KUWEI

酷威文化

图书 影视

上册

米狸 · 著

江苏凤凰文艺出版社
JIANGSU PHOENIX LITERATURE AND
ART PUBLISHING

目　录

Chapter 01

落子

○ ●

波斯湾连接着高楼林立的海滨大道，这样漂亮的海湾城市，与沪城、港城分不出模样。

司零最后看了眼外观犹如子弹一样的 K 国外交部大楼，随飞机冲入云霄。

她正要去 D 国的首都曼城，可这在眼下，并非易事。

"K 国今天刚遭到六国断交，请问您要去做什么呢？"邻座一位 D 国富商问司零。而他的理由很简单，两国断交，不早早离境，等着被驱逐么？

司零答："我在路城希河大学读书。"

由于 Y 国和周边众国无外交，不通航，司零需要先到达曼城，再经由陆路，从这个和 Y 国关系缓和的邻国回到路城。

富商并没有问司零是如何能在今日离境的，能坐在这里已足够彰显出背景——由 K 国士兵护送，进入商务机楼乘坐专机。

接下来，富商的问题千篇一律。

"你为什么去 Y 国啊？Y 国这么小。"

"你是学生物的？平城大学的研究生？那为什么去希河大学啊？"

司零笑笑说："我喜欢弗洛伊德。"

降落之前，飞机在空中盘旋了数圈。

"看，我们旁边也有一架飞机。"有人说。

司零抬头看去，窗外还真有架私人飞机一同在周旋。她不经意动了眉头——那架湾流 G550，它的主人从港城起飞，本应直抵 Y 国，中途兴起改道来此，这些她都知道。

司零抬手扫了眼手表，时间恰好对得上，看来或许要提前见面了。

还是对面的飞机先一步降落了。

踏入候机楼的那一刻，司零的步子滞了滞。

走道尽头，一个高挑的男人站在那里，一手拖行李，一手讲电话，最简单的 POLO 衫与中裤也被他穿出了秀场感。每个旅客路过他都默契地保持距离，不愿靠近，明明走这条道的人一样非富即贵。

他叫钮度，天一集团的继承人之一。

司零渐走渐近，目光也随之抬高。她知道钮度精确的身高，一米八八，也是第一次直观感受差距——她最多到他肩头。

她等不到走近钮度身边，右转进了洗手间。

洗手间里有个女生在补妆，是钮天星，钮度的亲妹妹。见到进来个东亚人，钮天星先是一愣，还没看够，司零已关上了门。

很快，司零听到隔壁进来阵脚步声，也关了门。随即听到钮天星倒吸一口凉气，她犹豫了半天，终于敲了敲隔板，出声："Ex…excuse me？"

司零直接用汉语回："什么事？"

钮天星喜出望外，张嘴一口浓重港普："太好了！请问你有没有……卫生巾？"

司零从包里抽出两张递给了她，对方回应："太谢谢啦，一张就可以！"

"方便你买不到的时候用。"

她接了过去，道谢时司零已经冲水出了门。

出去之后没再看见钮度。

从商务机楼走出的人都有专车迎接，只有司零背着个双肩包，去往租车点。她在满街的起亚、现代、丰田里挑了个英语还算顺溜的大叔的车，坐上车。

到达 Y 国边境口岸车程不到一小时，过境后哪怕是坐大巴车，应该也能在天黑前回到路城。司零再我行我素也始终遵守不在夜晚独自外出的规则，倒不是害怕，是不想给国家添麻烦。

车上了路，很快司零觉得自己不太好。车里充满难闻的烟酒味，司机大叔口臭还很健谈，她感到一阵头晕反胃。

没多久，她终于熬不住喊了停车，钻出车门栽在路边倒头呕吐。

司机大叔下车的同时，后面一辆黑色轿车也跟着停下来。

司零埋头蹲在路边，司机在一旁不知所措地问候。忽然，她感到肩头有双手扶上来，接着一个女孩讲："你怎么了？你没事吧？"

司零抬起头，是钮天星。她怔了怔，目光越过钮天星……只有她一个下来。

司零不想让自己这么狼狈，可她实在不太好，绵软地回了句："没事……有点晕车。"说完，低头再吐。

钮天星往身后喊："车上有没有水？矿泉水？"

很快钮天星给司零递过矿泉水，她囫囵灌入，再吐出来漱口，然后又开始咳嗽，难受得钮天星和司机的安慰一句都没听进去。

终于感觉好了些，司零试着站起来，伸手寻摸护栏。她胡乱地抓了抓空气，手最后落入一面宽厚的掌心。她以为是司机大叔，正准备道谢，一抬头，整个人僵住了。

是钮度，正握着她的手。

钮度看出她的恍惚，收紧手心扶她站稳再让她反应。他的脸清晰真切地在她眼里帧帧放大，五官立体，浓剑眉，深眼窝。而她面色土青，头发很乱，看上去很狼狈。

场面一度十分尴尬。

司零直视钮度说："谢谢。"

他微点头，再递过来一瓶水："还需要吗？"他的微表情和肢体动作一样诚实，她没捕捉到任何反感或排斥的信号。

"谢谢，这瓶就够了。"司零示意手中的半瓶水。

钮天星说话了："你好点没有？"

"好多了，谢谢你。"

"你也去曼城？我们可以送你。"

司零没想到钮天星会直接邀请她，迟疑后说："不用了，我直接到中部口岸，回路城。"

"没关系，多几十分钟而已，你一个女生身体又不舒服，有好多不方便的地方，"钮天星转头看向钮度，一秒切换成妹妹，"刚才在机场厕所她给了我两张卫生巾救急，我们送她到边境去好不好？"他们兄妹果然感情好。

钮度当然不会拒绝妹妹："好，上车吧，小姑娘。"

钮天星拉起司零的胳膊就要走，她比钮度更真诚，司零没有拒绝。

车是钮家兄妹出行前预约的。他俩这趟来没助理、没接待，如果不是老爸肯用私人飞机送，司零都快相信他们就只是来度假玩耍的普通人家兄妹了。

多了一位新朋友，钮度坐到副驾驶座，两个女生在后。

钮天星注意到了司零之前那句"回路城"，打头便问："你在 Y 国上班吗？"

"算是吧。"司零过了一秒才回答。她注意到钮度紧实的手臂线条，以及那块表带显旧的机械表，懂表的人会觉得很抢眼。

罢了，来日方长，不急着第一天就把他看出个窟窿。

司零开始专注地听钮天星讲话。她很开朗，一路都在与司零搭话，但最终只得到了她在路城工作这个信息，反倒自己的信息快被她套了个底朝天。

"我们从港城来的，哥哥调到 Y 国这边工作，我跟过来玩……我哥哥看起来冷冰冰的，其实对我很好……先在 D 国待几天，再去 Y 国……我去年刚毕业啦，准备在家里的公司找点事做……"

钮天星倒也不傻："K 国今天刚刚遭到好多国家断交，你怎么会过得来？"

司零知道钮度在听。她决定转移话题："我去年也刚毕业。"她们同岁，钮天星大她七天，她都知道。

"哇？这么巧，"钮天星微笑地看着司零，"你的声音好甜，不是娃娃音，但是又好甜好可爱。"

司零不动声色地黑了脸。她的声音好比甜而不腻的慕斯蛋糕，听到她的声音，你绝想不到她竟是这样一个清冷的人。这也是司零自认最大的败笔。所以她不喜欢开口说话，能用眼神传递的，她绝不用言语告知。

钮天星的手机突然响起，她看到来电，向钮度请示："是阿明……"

钮度往窗外看，一个字不讲，明显不喜欢这位阿明仔。好的，收获他一个妹控的属性，这场提前见面也不算无趣。

司零也自觉别开脸。钮天星按下接通，阿明仔出现在屏幕里："babe，我去见客户才回到酒店。"

钮天星："见面这么快？平城不是才十一点？"

"谈得不愉快，太没有诚意了，不想多废话。"

考虑到身旁有外人，钮天星没有多问："住哪个酒店？"

阿明回答完又问："怎么了？现在去哪里？跟 George 在一起吗？"

"没有啦，刚才在飞机上无聊所以打给你，现在从机场出来。"她不说钮度就在近处，司零猜阿明仔怕钮度。

"为什么？他嫌你太吵了？""哪有啊……你是不是瘦了？""啊？有吗？""不跟你讲啦，今天回港吗？""下午就回，准备去退房。""好，晚点打给你。"

互道"love you"，挂了电话。

钮天星放下手机的第一件事就是对钮度说："你看啊，阿明也开始做事了，他真的不像以前那样了。"

没人说话。钮度是不想理她，司零是不愿拆穿。

之后钮天星要了司零的微信，约定到 Y 国找她玩，二人再交换名字，边境口岸也就到了。

司零下车时，钮度也只是礼貌地偏一偏头，算作道别。

临别前一刻，司零最终叫住了钮天星。

她走到钮天星跟前，以轻淡却有分量的语气说："你男朋友住的那家酒店浴袍分男女款，十二点退房，你可以在退房后给前台打电话，说自己的口红落在了浴袍口袋里，让酒店的人找一找，记得多说一句，在浴袍周围也找一找。酒店给你回电的时候，问问看浴袍放在什么地方了。"

钮天星惊讶得说不出话。

"谢谢你。"司零最后道谢，转身走了。

她只能帮到这了。那个喊她"babe"的男人从肢体动作到声音都在说谎。

今天过关的队伍不算太长，司零在日落前入了境，一眼瞧见前来接她的唐棠——她师哥周孝颐的女朋友。

昨夜凌晨，断交新闻爆出后，周孝颐就打电话斥责司零："早跟你说了别去 K 国，你非不听，我看你明天怎么回来！"

司零漫不经心道："这不是还有你吗？"

"你就知道给我添乱，我明天肯定忙得焦头烂额。"

"你不就是忙着维护我国公民的权益？"司零的语气和表情都非常欠打。

周孝颐眉头褶子一深，声音却没带半点火气："你明天先在酒店待着，等我安排。还有，记着看好时差给老师打个电话报平安。"

司零说："不用了，有人会把我弄回去的，安心忙您的工作吧，参赞。"

周孝颐没太意外，他见过司零不少大显神通的朋友。

知道司零去 K 国的人不多，至于周孝颐，司零躲不过他这一关。

周孝颐是驻 Y 国大使馆参赞，司零父亲司自清的得意门生。那时司零念中学，时常能在家中见到周孝颐。对于恩师之女，周孝颐一直在尽兄长之责。

尽管知道司零有本事回来，周孝颐总归还是不放心，所以让唐棠到边境接她。

灰白色的公路穿梭在姜黄色的荒漠里，追着夕阳而去。

唐棠："你师哥今天太忙了，电话一直占线，我都找不到他。"

司零："嗯。"

唐棠："最近就不要往周边这些地方跑了，师哥很担心你的。"

司零："嗯。"

司零待人一向这样，对"嫂子"也没客气半分。但她的确不喜欢唐棠，唐棠也不喜欢她。远在异乡，周孝颐自然要照看她，逢节找她吃饭，好说歹说她还是十邀九推，谁又会喜欢一个傲慢的姑娘呢？

周孝颐安慰过唐棠："她小时候不是这样的，后来妈妈走了……你多担待些。"

唐棠还是尽责："出来玩也找个同学一起嘛，女孩子一个人多不安全，多跟朋友待一起多好。"说是这么说，唐棠心里很清楚，她这性格，哪有什么朋友。

司零依旧应了声"嗯"。

回到路城，正值落日西沉。

世界若有十分美，九分在路城，八分在路城的黄昏。一座城的石灰岩墙砖镀上金色，它变成了光芒万丈的"上帝之城"。

外界总觉得这里充满了永远没有尽头的战争和苦难，其实这里拥有世上最神圣的安宁。

从一号公路下来再开十来分钟便抵达希河大学学生村。校舍建在山头上，车子几个上下坡后才最终来到公寓楼前。

司零没什么行李，双肩包挎上背就开门下车，唐棠最后留了句没用的嘱咐："有空过来跟师哥吃饭。"

"好，"出于礼貌，司零补一句，"唐棠姐路上注意安全。"

驻 Y 国大使馆在拉维市，距离这里八十分钟车程，周孝颐和唐棠住在那里。

目送唐棠的车消失在坡下，司零转身上楼。

宿舍门没锁，司零推门进去，妹子朴敏熙正在客厅里跳爵士舞，先打招呼的也是她："你回来啦。"

司零一笑："嗯，刚到。"

"火车回来的？"

"对。"

离开前她告诉室友自己要去拉维市，他们都知道她有个哥哥在那，这也是她每次出远门打的幌子。司零看了眼敞着门的 2 号房，问："陈欣不在吗？"

"她去图书馆啦。"

司零应了声，走向 4 号门——她自己的房间。

以司零的性格是该租房独居的，可她打探了路城的房租后，只好作罢。

学生村公寓有二人间、三人间、四人间、五人间，她所在院系可选三人间或五人间，人越少费用越高。得知五人间一年 6000 美元后，她就不想再知道其他的了。

宿舍五室一厅，她是最后一个入住的，留给她的是 4 号房，没人愿意选"4"。

司零淡定地入住了 4 号房，不到一年时间，一个人休学，一个人结束交换回国，只剩下朴敏熙、陈欣，还有司零。

房门一关,司零的手表响起一个巨可爱的声音:"滚滚到家啦! 滚滚到家啦! 滚滚该睡啦! 滚滚该睡啦! "

这音量不小,屋外的人能听见,大家都以为这是司零设置的闹钟。

事实上,滚滚是她手表上语音机器人的名字,由一位AI大神设计赠送给司零的——虽然研究经费是司零掏的。虽然没有人形,但滚滚已具备超人工智能的雏形。滚滚没有性别,声音有点像《动画梦工厂》里的跳跳龙,却被司零无情吐槽"和你的缔造者一样娘炮"。

舟车劳顿,司零早早入睡了。

清晨醒来之后,她看到钮天星给自己发了微信:

"司零,我到Y国了,现在在拉维市,你是在路城吗? 我今天可不可以过去找你? "

"我按你说的给酒店打电话了……谢谢你,我男朋友的确出轨了。"

……

钮天星在学校门口等司零,由司机载她们前往餐厅。

钮天星对司零充满了好奇:"你都在研究些什么? "

司零说:"主要是人类基因和病理方面。"

"平城大学不好吗? 为什么要来这边? "

司零笑了笑,还是答:"我喜欢弗洛伊德,他是希河大学的建设者之一。"

"这样哦。"

钮天星坚持请客,司零便挑了家价格适中的餐厅,离希河大学说远不远,就在雅法门边上一条巷子里。落座后,钮天星将菜单推给司零:"你懂,交给你啦。"

"其实我平时不怎么吃这边的菜,"司零边翻菜单边说,"相信我,吃过这一次你再也不会想吃了。"她用希河语报出一串菜名:"鹰嘴豆泥、葡萄叶卷米、薄荷叶沙拉、柠檬烤鱼……"

服务生走后,钮天星问:"都点什么? "司零将主要食材告诉她,她更是不解:"这里不是沿海吗,怎么都没有螃蟹? "

"嘘,"司零压低了些音量,"犹太人不吃螃蟹,你如果想吃,可以到阿拉伯市场上去买,会很便宜。"

"噢……"钮天星拖长尾音,算是明白。而后她神色微变,主动提起了话："我给酒店前台打电话了，那件女士浴袍……是放在床上的。"

这说明，被人穿过了。

司零看得出来，在钮天星的脸上，愤怒多于心伤："谢谢你……不过，你是怎么知道的？"

司零说："首先，你男朋友……"

钮天星纠正："是前男友。"

"好——你前男友，其实有一点就很明显，他不停地在摸自己的耳朵和后脑勺，这都是最基本的紧张不适的表现。

"其次，他当时说的话语调很不自然。我们正常人说话都会有着重的词，有停顿有突出，以提醒对方注意，而说谎的人要边说边想，因此不会注意到哪里需要着重。

"再有，他为了打断你的询问，主动连续问了你几个无关紧要的问题，这都是为了转移你的注意力。

"还有就是，你说他瘦了，其实是因为和平时相比，他把手机拿得远了些，这是将你视为危险，下意识要远离你的表现。"

钮天星听得目瞪口呆，司零的话音落了好一会儿，她才说出口："你……太厉害了。"

司零知道，钮天星更喜欢她了。她真是个极诚实的女孩，喜怒哀乐全都溢于言表，说到那个勾引她前男友的人，她什么脏话都骂得出来，而聊到司零本人时，她的双眼明亮而闪烁。

钮天星还说了件更为重要的事："我哥哥明晚在家里有个派对，来的都是跟家里做生意的人，我一个都不认识，好闷的啦，你陪我一起去好不好？"

司零一怔："去哪儿？"

"我哥哥住的地方，在拉维市，明天我找人过来接你。"

司零非常意外，但矜持还是要装的："这个……派对应该会到很晚吧？要再送我回来就太麻烦你了……"

钮天星夺了她的话："这有什么麻烦，又不远。不然你就跟我住一晚，哥哥房子好大的，我让他收拾间房间给你。"

司零不擅长拒绝人，更何况她本就不想拒绝。

司零和钮天星约定了明天下午。

晚上，司零洗完澡，一回到卧室就听到滚滚报信："胖零胖零！梅林找你，梅林找你。"

她朝手表呸了一嘴，围一条裹胸浴巾在书桌前坐下，接通视频。

"你这也太香艳了。"梅林吓得往后一弹。

司零举着毛巾擦头发："有屁快放。"

梅林说："拉维市下周的国际投资大会，钮度确定会去。"

司零的导师担任一家企业的技术顾问，在此次大会之列，定了司零随行。梅林挑着眉毛说："你准备好要怎么英姿飒爽、威风凛凛地在他面前出场了吗？"

司零脸色骤变。

她快气炸了。她苦心经营了这么久，为了在钮度面前英姿飒爽、威风凛凛地闪亮登场做了无数次预演，万万没想到，因为一次晕车凉透了。

司零决定不作答："Andrew 和我已经谈好了。"

梅林挤眉弄眼："你谈不好才是怪事。"

这个 Andrew，正是司零不顾遭到滞留风险，执意前往 K 国的原因。他名叫陈安德，供职于全球著名印钞公司。

当天，司零将一只巴掌大的木匣摆到陈安德面前，里面是他的家族失窃近二十年的传家古董，年代可追溯至明初。

陈安德震惊地看她："你……你从哪里找到的？"

司零说："一个 X 国人把它收藏在了自己家里。"

"我是说，你是怎么找到的？"

司零再从包里取出一个信封，推过去："我连谁偷的都给你查好了，这是证据。"

陈安德拆开信封，瞪了瞪眼。他抬头，开口还要再问，司零先一步作了答："追了五个月，足迹遍布两个洲，详细说来需要两个小时，你确定想听？"

陈安德的嘴唇抿成直线。他当然清楚这件物品的价值，多年来从未放弃探寻却一无所获。他不由得问："费了这么多心思，我真有这么重要？"

司零嘴角挂笑，往前欠了欠身，原本稍低的个头更压了些，气场却全然凌驾于对方之上。

"就当是我的见面礼，我的诚意，足够了吗？"

临走前，陈安德问了最后一个问题："我真的是你第一个亲自邀请的人？"

司零距他三步远，回头看他："这样的事，我想也不会再有下一次了。"

第二天，打通好关系、用专机将司零送出境，已是陈安德同意合作的诚意。

说完正事，梅林转了话："我搞到了门萨今年的测试题，你要不要再刷一次呀？"

司零："你真当我太闲了？"

"啧啧，看看满分大佬今年有没有变笨啊。"

门萨是知名全球智商俱乐部，每年都有一份智商测试题，司零倒不是真的得过满分，但也不差几分。司零笑皮不笑肉："将智商局限于一份测试题，梅林同志，你的格局什么时候变得这么小了？"

梅林自讨没趣，接着说："你打算什么时候让这个什么——陈安德过去？"

"合适的时候。"

"唉，为什么不让我去啊？难道我比他差？"

司零抿唇一会儿，说："你和我站在一起，太招眼了。"

"哦？"梅林凑近屏幕，"你这算是在夸我吗？"

司零翻了个白眼，说："先到这吧。"

"好，"梅林的眼睛使劲儿往她身上盯，不想放过这个调戏她的机会，"没看出来，你居然这么有料啊。"

还没等司零喊打，他断了通话。

看着关闭视频的聊天窗口，司零眼里终于浮出一丝笑意。

敢跟她这么说话的人不多，梅林是其中之一。

梅林并不是他本名。他叫费励，高中时，司零在模拟联合国大会上认识了他。后来她考上平城大学，费励进了清北，两人又时常在辩论赛上唇枪舌剑，惺惺相惜的情谊就此积累下来。

司零问过他："你为什么老挑我抬杠？"

费励不正经地笑："下了赛场哪有机会听你说这么多话？"

费励是世界破解大师，全球最高规格黑客大赛Pwn2Own的总冠军称号。在网络里只有费励不想干的事，没他干不成的事。他曾大言不惭地告诉司零："那个破比赛还没显出我真正的实力，咱还是藏一手，免得被人盯上。"

司零打趣道："你就没想干点出格的？"

费励难得正经了一回："当然不行了，超人要有底线，超能力不是拿来为所欲为的。"

他最喜欢的动漫角色是Saber，亚瑟王。因此他给自己取的代号叫"梅林"，传说中守护着亚瑟王的副手。

就像他一直守护着司零那样。

司零没有告诉梅林她早已和钮度见过面，并且还要去见钮天星的事。这种计划之外的变化，会让梅林看她笑话的。

从学生村到实验室有四站路的距离，司零一向在晨间跑步前往。

希河大学的建筑和整个路城都是清一色的米白，这所被誉为"中东哈佛"的院校，爱因斯坦和弗洛伊德都是它的建设者。

司零的导师是约瑟夫-杨，一年前两人首次在平城的一个学会上见面，在其他评委给司零的汇报打出参差不齐的分数时，杨教授的最高分将她送入了决赛，她最后获得了冠军奖学金。为了报恩，司零选择休学，来到希河大学杨教授的实验室，为他工作。

她本科时还修了个心理学的双学位，因此，她在一个非营利的医疗组织里谋了个心理救助的活儿，不时会前往难民营或孤儿院等需要援助的地方。

她跑过一座又一座爱因斯坦的雕像，在一片开阔的草坪上见到了一群端坐的学生，站在中央的是一位花白头发的犹太教授，正绘声绘色地讲课。

司零绕进对面的小道，上了实验楼。

她今天还是来得不早不晚，师哥钮言炬也还是头一个到的。

钮言炬端着384孔板从司零面前走过，白大褂之下一双笔挺长腿。他冲司零笑起来，充满阳光的气息："早啊，什么时候回来的？"

"昨晚，"司零说，"外面是怎么了？"

"听说教学楼里发现了疑似炸弹，机器人正在排爆，所以只好在草坪上课了，"钮言炬无奈地摇摇头，"一个面对战火还如此淡定地上课的民族，很神奇吧？"

钮言炬对犹太人迷之崇敬，不然也不会来到这里。

司零看到他的黑眼圈比她走时深了不少，便问："你不会熬了整个周末吧？"

钮言炬马不停蹄地操作着仪器："是啊，一到期末就是我们这些人的灾难，你以为人人都和你一样是天才，'论文不要急，下个月10号交给我就行'。"他变了音调，学着教授的口吻说。

"得了，你知道教授不看重这个。"

这里的教授的确不看重你发表了多少论文，他们更愿意看到你有多少研究转化成应用，投入了市场。换句话说，论文是个人的，应用却是全社会的。

钮言炬笑了笑，又问："今天待多久？"

"下午要出去。"

"又要去玩？"

司零抬眼看向他："去见你姑姑。"

钮言炬也抬了头，神情疑惑："谁？"

"钮天星。"

钮言炬不知道钮度兄妹来到Y国的事，他们的关系果然一般。

按辈分算，钮言炬的确该喊一声"叔、姑"，实际上钮言炬比钮天星要大两岁，也只不过比钮度小了几岁而已。

这个显赫的钮家，还是平民百姓津津乐道的谈资。

同多数富商传奇的发家史一样，出身沿海小渔村的钮鸿元远渡南洋，前往南亚谋生。凭着吃苦耐劳的精神，钮鸿元更比常人多了野心和胆识，他只用了不到十年，便从打零工到自己办厂，以种植和加工制造创立了天一集团。

此后，钮鸿元掌舵的天一集团，业务囊括地产、能源、运输、金融等行业，分公司遍布五洲数国，通过无数个成功的并购发展成了庞大的商业王国。

　　天一早早进入港城市场，现今，天一集团总部及钮家大部分资产都在港城，钮家人也已居留港城多年。

　　不过，在广大网友眼里，钮鸿元的三房太太和子女们可比他的发家史出名有趣得多。

　　钮鸿元原配夫人早逝，之后长子故亡，留下一个孙子，便是钮言炬。

　　二姨太之子钮辰，在钮鸿元身体抱恙后开始接手天一集团，现为集团总裁。

　　三姨太之子，也是钮鸿元最小的儿子——钮度，之前在天一集团一家公司做高层，因工作失误，被派遣到 Y 国开拓市场。好听点叫进修，讲白了就是流放。

　　至于钮天星，与钮度一母同胞，就是个无所事事的大小姐。

　　离开实验室前，司零最后半开玩笑地说："明明可以更轻易地赚钱，你为什么非得来抢我们这些平民百姓辛苦搬砖的饭碗。"

　　钮言炬自嘲道："哪里轻易？一看商科我就头痛。"

　　"你找我帮忙啊，你知道我的基金玩得很溜。"

　　钮言炬一笑而过，低头继续凝神注视他的培养基。

　　司零沉默地看着他聚精会神的模样，转身离开实验室。

　　像这样明里暗里地旁敲侧击，这一年里她试了不知多少回。直到她彻底死心，钮言炬就是一个一心沉浸科研的书呆子，视金钱如粪土的人。

　　他能不视金钱如粪土吗？不好好搞科研，就只能回去继承家产了。

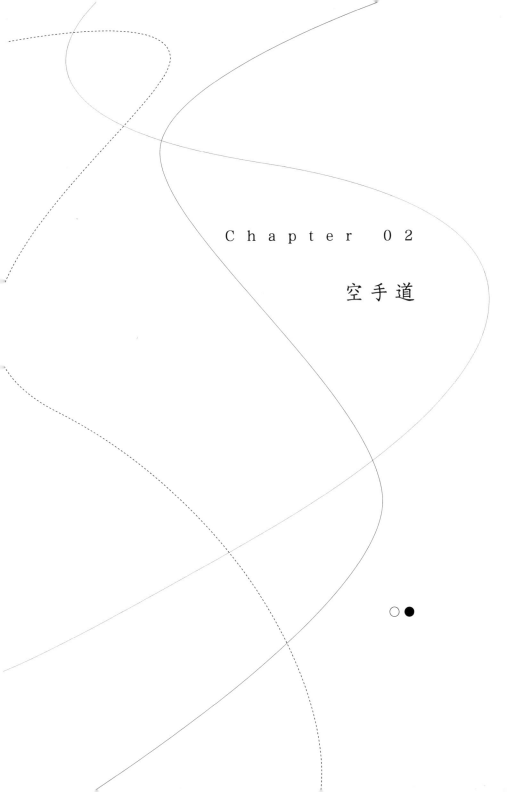

Chapter 02

空手道

司零穿了件白T恤配牛仔短裙，扎个丸子头，踩一双小白鞋出了门。

前往拉维市车程不到九十分钟。沿着高速公路两旁，起伏的丘壑上堆积着米白色的房子，更远处终于出现了中东该有的荒芜，却又不是那么地道的荒芜。

驶入拉维市市区，鲜花盛开，绿树成荫。

这是一个沙漠覆盖了三分之二国土的国家，人们却把这里建成了绿洲。该国发明了全球最先进的灌溉技术，成为农业大国，出口鲜美可口的瓜果。

犹太人的智慧，绝非浪得虚名。

钮度在拉维市北部的 Herzlyia Pituach 租了套房子，一共两层，坐拥地中海全景。

前院草坪有人来往忙碌，派对就在这里办。领司零进门的是一个心形脸、褐色发的女佣，她对司零说："钮小姐在后面，请跟我来。"司零很熟悉这样的发音方式，便直接用希河语回了她。

"你会希河语？真是感谢！"她看司零的眼神立刻亲如姐妹，"我叫法耶，有事你可以找我。"

司零问："他们昨天刚住进来，你今天就到位了？"

"哦，是的，先生过来之前就有人安排好了，房子和车什么的。"法耶给她一个弧度很夸张的笑。法耶很礼貌了，但司零还是明白——东亚有钱人就是这样阔绰又爱排场。

这些据说是董事会老头们安排的，流落民间的三太子也还是太子，得走心。

到了后院泳池边，法耶愉快地与她道别。钮天星妖娆地躺在太阳椅上喝果汁，司零坐到她身边，问："就你在吗？"

钮天星说："哥哥还在公司呢。"

"不远吧？"

"我没去过，不知道远不远，在那个什么……罗什么街？"

"罗斯柴大街，"司零帮她补全，"拉维市的金融中心。那里下周会很有意思，市政府要搞个开放展厅，还有一些街头艺术，你可以去看看。"

"没意思的啦，本来想去深潜，好巧不巧又碰上大姨妈，"钮天星摘下墨镜，兴冲冲地凑近司零，"哎，听说拉维市的夜店比港城的酒吧更嗨，你去过吗？带我去吧！"

司零决定说谎："没去过。"

司零的酒量差得惊人，且一喝醉就发疯，谁都劝不住，比下药还管用。

"你这种学霸肯定不会去啦……那我带你去吧，偷偷告诉你，我人称'港城小太妹'。"

"我快期末了，明天回去要开始赶论文呢。"这倒是一个很好的理由。

钮天星撑着脑袋，忽然痴迷地看着司零："零零啊，听你说这么多话真好，你的声音真的好可爱哦。"

司零："……"

司零一向觉得自己的名字很酷，怎么被叫起叠名来一下子就没了气场？

她也觉得自己跟钮天星说的话太多了，也许是钮天星实在自来熟的缘故。

法耶过来了："小姐，先生回来了，客人们也都陆续到了。"

"好，"钮天星随后看向司零，"我上去换身衣服，你先到前面去吃点心吧。"

司零应了声"好"。

司零并不想单独去前院，可有人轮番来请了几次，出于礼貌，她还是起身过去了。

与通常的派对一样，音乐与灯光，点心与美酒，衣着光鲜的男男女女觥筹交错，谈笑风生。到场的亚洲人不少，确切来说几乎都是亚洲人。

司零一出现，不少注意力便汇了过来，一对男女直接迎面走来："我想，这位就是钮小姐了吧？"

司零礼貌地笑了笑："我不是，我只是她朋友。"

"噢，真是不好意思。"女人挽着男人的胳膊离去，压低声私语，"真是太尴尬了，不过那是谁？她可真漂亮。"

"也很有气质，想必也是哪位老板的千金吧。"

"钮先生。"有人在喊。

司零循声看去，钮度出现在门口，正与来人握手。下一秒，他抬起头，目光准确无误地落在司零身上，后者淡定地迎接他的目光，像是有默契似的，两人竟同时向对方微笑点了头。司零知道，他很乐意接受这样微妙的默契。

刚从公司回来，钮度穿着整套规制的西装，白色衬衫，藏蓝色领带，西装裤长度如教科书般严谨，站在一群西方人中间，身高也没有丝毫逊色。

巧的是，他身上色调与她很配。

又有人上前与他交谈，他别开了脸。

司零这才注意到他身边不断为他介绍到场来宾的助理，在她的资料库里，这是个陌生面孔。

正好钮天星出现了，朝司零挥了挥手。

司零走向她，要先经过钮度身边。她换了左手端高脚杯，步步走近，特意绕到助理跟前一遭。她左腕手表嵌着的微型摄像机，悄无声息地拍下了他的面孔。

钮天星带司零参观宅子，司零赞扬道："你哥哥品位真好。"

钮天星并不介意拆兄长的台："才不是，他买的精装修的，不过这些画是他选的啦，这画家好像还是一对双胞胎。"她忽一回头，冲后面扬了扬下巴："喏，就是那两个人。"

司零也看过去，是一对 Y 国兄弟，正带钮度观摩他们的作品。

司零随钮天星走了过去，几人正驻足在一幅挂画前，兄弟其中一人问钮度:"您猜猜看,这幅画是我们俩之中的谁画的?"

钮度一笑,像是认真地端详起了画。钮天星也在看,司零凑近她耳根,说:"是哥哥。"

钮天星问她:"你怎么知道?"

"钮小姐猜到答案了吗?"见两人私语,还是刚才说话的人发了问。

钮天星急于验证,脱口而出:"是哥哥画的。"

兄弟间一直没开口的那人说话了:"你是怎么知道的?"

钮天星挤了挤眼神:"是她猜出来的。"

所有人看向司零。

司零平静地解释:"首先,从哥哥身上可以看出,他是个很注重细节的人,很懂得香槟礼仪,握杯手势非常标准。还有就是,一般人都喜欢侧对灯光欣赏香槟的气泡,而真正会看的人都是从杯口正上方看的,哥哥就是这么做的。

"而这幅空中楼阁,描绘的正是各种细节,单凭那个打伞的小女孩,"司零指向画中一处,"还没我的手指大,裙子的花纹,甚至袜子上的蕾丝边都勾画得那么细致。"

兄弟二人听得愣怔,哥哥对她更是佩服得一时失言,好一会儿才想出了一个"amazing"。

一直不作声的钮度开了口:"但是,你又是怎么猜到他是哥哥的呢?"

一语点题,兄弟俩猛地意识到,这个小姑娘事先根本不知道他们谁长谁幼。

"这个,"司零笑了笑,"哥哥一直很谦让着弟弟,眼神里也充满了保护之意。"

会场响起掌声。

钮度突然说了句:"司同学,了不起。"

面对这突如其来的称呼,司零不慌不忙地接受并回应一声:"过奖。"

离开钮度之后,司零的手表轻轻一震,她低头扫去,上面显示一行字:徐洋,钮辰的人。这是那个助理的名字。她一点儿都不意外,虽说是降职流放，可钮辰怎么可能会真的任钮度在外逍遥。

正好钮天星去方便，司零走到无人的角落里，左手端起杯子凑近嘴边，道："你有相好了？这么久才干活儿？"

手表里，滚滚还有点起床气："刚才不小心睡着了嘛。"滚滚会因"劳累"而自我休眠，这是那位大神的恶趣味之作。

话音未落，她肩头一沉，同时响起钮天星的声音："你自言自语什么呢？"

司零回头时胳膊撞上钮天星手里的酒杯，酒水倾倒而出，全数洒在司零衣裙上。

"啊……"钮天星惊呼着拉住司零，"对不起对不起，都怪我不小心。"

"不，都是我没有注意。"

"走，我带你到我房间换衣服。"

钮天星从行李箱里抱出一堆还未拆标的衣服摆到床上，十分慷慨："你看看喜欢哪件。"

司零知道她不打算再要她还了，这些衣服都很贵，怕她不敢选才不在现在明说。这个大小姐没什么上进心，涵养还是很好的。司零巧妙地回答："你看看哪件适合我？"

钮天星果然高兴地主动给她挑起了衣服。

"这件吧？"她举起一件低胸背心裙，"你胸这么大，穿这件好看！"

司零无奈地笑："明天是安息日，回路城我还是穿得正经一些。"

"这样啊……"钮天星的衣服大多性感，要选一件规矩的还不太容易，"那这件吧。"灯笼袖的蕾丝衫，防晒又透气。

司零接了过来："好。"

钮天星抱着胸看她："你说你，个子怎么这么矮？"

其实司零并不算太矮，只是在一米七五的钮天星面前，她的一米六三就成了萝莉身高。

钮天星又补刀："你说你一个平城人，怎么能这么矮？"

司零笑言："我妈妈是南方人。"

"你妈妈一定也很漂亮。"

司零眼神微黯："嗯，她年轻的时候很美。"

"现在也一定很美啦。"

"应该是吧，"见钮天星微怔，她笑了笑，主动说，"我妈妈在我很小的时候就去世了。"

"……对不起啊，"钮天星的声音弱了些，"生病了吗？"

"嗯，2003年的时候，得了重症急性呼吸综合征。"

所以她心甘情愿地读生物学，研究病理，这是原因之一。

钮天星出去让司零换衣服，她脱掉了外衣，准备解文胸扣时，兀地警觉不对："——谁？"

司零探向窗外，离窗户不远的一棵树上，有个头戴面具、一身西装的男人，正看着她。在司零抄过衣服遮挡自己的同时，男人迅敏地跳树跑走了。

司零迅速换上衣服，大步流星地冲下楼，在大同小异的西装堆里锁定目标。

……该死，谁提议的假面宴会？

她在人群里疾步搜寻，大家纷纷好奇地向这个气势汹汹的小女孩侧目，直到她将目光钉在不远处一个白衬衫、黑面具的男人身上。

司零几乎是冲了过去，男人才注意到她的接近，便猝不及防受了一记硬拳。

"老天——"人群惊呼，男人捂着肚子后退两步。他紧抿嘴唇，眉头微动，是惊讶，惊讶于一个娇小的姑娘竟有如此强劲的力量。

司零没有给他喘息的机会，一个箭步上前，抬手又是一拳。这次，男人没再让她得逞，他接下她右拳，却防不胜防，右脸结结实实地挨了她一巴掌。

赶来的保镖正要上前，被他抬手制止。

司零一言不发，眼神锋利。她再次进攻，男人终于全神贯注地接了招。司零拳腿齐发，劲道狠戾，招招式式皆有架势，男人则一味防御和退避。

两人竟在偌大的会场上大打出手了。

在场来宾惊呆了，这是来了场货真价实的功夫秀？

面具之后，男人饶有玩味地看着她。如果时间允许，他还真想这样打下去，看看她还能有什么办法对付他。可他不能再让她这么继续胡闹了。

他接住司零一只手腕，一个用力将她拉拢过来，她在他跟前旋转一圈，另一只手也被他钳制。司零彻底无法动弹，以双手交叉的姿态被他控制在跟前。

她背后紧贴着他宽厚的胸膛。司零一怔，这股极有质感的木香，她似乎在哪闻过。

"怎么回事？你们怎么打起来了？"钮天星闻声赶来。

司零终于被放开，远离了几步才重新转身看向男人。

他缓缓摘下面具——是钮度。

司零终于想起来，那天钮度扶她起身时，她闻到的正是这种香味。

徐洋走近钮度："先生，没事吧？"

钮度注视着司零，钮天星也正在询问她。

司零抬起食指对准钮度，并没有因他是谁而面露惧色。她一字一句，为了在场所有人听懂，还特意用了英语："你，刚才偷看我换衣服。"

哗然四起。

"我想你误会了，"钮度直接回应，声线低沉，掷地有声，"我一直在这里，从未离开。"甚至不需要加一句"不信你问谁谁谁"。

司零皱起眉，她知道他没有说谎。

"但司同学作为我的客人，在我的家里发生了这样的事，我一定会为你查清楚。"钮度又说。

一旁徐洋站出来，重重地颔首："先生，对不起，是我。"他转身面向司零，"司小姐，非常抱歉，刚才是个误会。"

司零紧盯徐洋，沉默的注视通常会有很好的逼供效果。

"对不起，司小姐，刚才有位客人的面具不小心甩到了树上，我爬上树去捡，没想到，如此不巧……"

那位被保护的客人也主动站出来承认："都是我不好，我把面具甩到了树上，造成了这么大的误会，这位小姐，恳请你不要责怪徐先生……"

司零没作声。徐洋和钮度都穿的白衬衫，而他们的面具一个黑色、一个紫色，刚才在黑暗的树梢间，她的确没有看清楚。

钮度发话了："下属行为有失，我也有责任，实在抱歉。我替司同学罚他三个月月薪减半，司同学看这样行吗？"

司零并未消气，可她别无选择了。好歹音量还是降了下来，她丢给了钮度一句："管好你的人。"

转身离开。

……

"有什么问题你再叫我，我就住你隔壁。"钮天星说，末了再补一句，"今天的事……真是不好意思啊，真是太对不起你了。"

司零说："没事，我不会记挂的。"

"那你好好休息。"

"嗯。"

钮天星关门出去了，司零看了看她留给自己的睡裙，依然是性感风，缎面深 V 吊带，最适合勾引男人。单身二十三年的司零，这种衣服从来入不了她眼。

司零的睡眠质量一向不好，浅眠多梦。她知道这样不好，可她不愿调理，她怕那些消失的梦，会一同带走她想见的人。

她想见的爸爸妈妈。

她又梦见爸爸了。那是在她还很小很小的时候，爸爸教她念唐诗、读英语，给她讲睡前故事。

三岁那年，她看到爸爸在拉小提琴，便闹着要学，爸爸说："好！爸爸明天就去给你买把琴！"妈妈却说："乐乐正在学两种语言，还在学骑马和游泳，再学琴，你要累死她呀！"

爸爸笑了："我的女儿，就要和我一样十项全能。"

爸爸妈妈各执一词，最后爸爸说服了妈妈，终于买回了儿童型小提琴。

但爸爸最终一节课也没给她上过。

"乐乐。"爸爸在叫她。

在机场大厅里，爸爸蹲下来抱住她，她还在嘟囔爸爸过于用力弄疼了她，却不知道，在她看不见的背后，爸爸泪如雨下。

"乐乐，你要记住，爸爸爱你。你要记住，爱你的国家。"她不过三岁，哪知道要爱什么国家。但她无论如何也想不到，这竟是她此生最后一次听到爸爸的声音。

波音 737 飞机带着她和妈妈永远地离开了那片土地。爸爸说，妈妈要带她去一个好地方学琴。

落地时，她来到了平城。她并不知道她飞了多远，她不过是睡了个短暂的午觉而已，她根本不知道，这里离爸爸到底有多远。

她牢牢记着爸爸的话：学好了琴，爸爸就来看她。

只是无论再过去多少年，哪怕她已将小提琴十级考到了手，她都再也没有见过爸爸。

直到 WO 病毒带走了她仅有的妈妈。

"妈妈，你是不是和爸爸一样，不会再回来了？"

"妈妈去找爸爸了，等你长大了，你就可以见到爸爸妈妈了。"

她天真地信了，此后每一天，她无比盼望自己长大。

后来她真的长大了，也终于明白，她再也见不到妈妈的笑颜了。

……

"……司零？司零？"

隐约之中，她听到有人在唤自己。

"司零……司零……"

她不想应答，这个名字太沉重，她并不乐意的。她只想听爸爸妈妈叫她："乐乐、乐乐……"

"……司零，司零。"

白光尽处，一切的光怪陆离在瞬间幻灭。

钮度终于看到她睁开眼，却空洞无神，仿佛被掏走了灵魂。

他沉了口气："你醒了。"

司零终于意识到了这声音来自现实世界，目光陡一聚焦，恍如隔世。

她眼前首先出现男人浴衣敞开的胸膛，随之扑面而来一阵清淡的木质香。她试着叫："钮度？"

钮度默了一瞬，为的这直呼其名："是我。你做噩梦了？"

噩梦？

司零如遭撞钟，猛然抬头，看清了他近在咫尺的俊颜。

她竟瘫坐在地上，更要命的是，在他怀里。

司零发现自己还死死地抓着钮度的手臂，她当即松手，那里已烙了不浅的指甲印。一同推开的还有他的怀抱。她窘迫地问："我怎么会……"

钮度说："我经过你房门，听到你在讲话，敲门问你出了什么事却没见你回答，你喊得紧急，我就推门进来了，看到你和被子都在地上。"

司零叹了口气："应该是我在说梦话，一不小心滚下来的……不好意思，打扰你了。"

钮度注视着她，目光幽深不见底："没事就好，休息吧。"

说着他起了身，直到他走开了几步，司零才回过神跟着起身，目送他走出房间。

司零去了躺卫生间，洗手时抬头照镜子，不由得倒吸一口冷气。

她的上围实在勾人，难怪他最后的眼神那么……微妙。

回到床上，司零听到窗外传来划水的声音。她走近一看，楼下的游泳池里有人，浴袍丢在岸上，身上只围了条紧紧的泳裤——这当然是刚从她这离开的钮度。

她这才恍觉，她竟没问他为什么大半夜地经过她的房门。

钮度，她追踪了他的信息这么些年，对于他的性格却一直都很模糊。梅林说，他在 E 国读书时曾看过精神科医生，因为抑郁症，但消息不确定。

他生长在港城，毕业后进了天一集团，既不是掌舵人，也就难言其功绩。

他很帅，颜值是钮家男人里最高的，存在感却是最低的。钮辰的花边新闻不断，今天这个超模，明天那个影后。钮言炬呢，好歹发表 *Cell* 论文的时候上过报道，而钮度，简直是新闻绝缘体。

明明他的学历也碾压了钮家其他公子，本硕皆是就读于全球前十的学校。绯闻，不报道不代表没有，只是全在面世前被资本扼杀在了摇篮里。

不论这般低调是否钮度本人的意愿，但钮辰绝对很乐意钮度继续这样的低存在感。这样一来，提起天一集团，捆绑的就是他钮辰的名字了。

坊间传言这三房兄弟叔侄都不和，实况无从得知，老百姓们倒很愿意看豪门恩怨的戏码。

说到底，天一集团的实权掌握者，依然还是钮鸿元。

司零换上钮天星给的衣服，下了楼。

钮度没有停歇地来回反复，反复来回，只怪这泳池太窄，不够让他一往无前。

司零站在池边安静地看他。直到他终于停下，缓缓走上阶梯。他知道她一直站在那里，却并不着急抬眼看她。

他的上身完全浮出了水面，她的目光紧随他身上的水流而下，从臂膀开始，淌过刚硬的腹肌。

"看够没有？"

司零猛地抬高视线，钮度正在盯她，嘴角挂着撩人的弧度。

她也勾唇，浅笑道："扯平了。"

钮度在最高一层台阶坐下，小腿还在水里，开口与她说话："司同学也想来试试？"

司零慢慢走到他近侧，说："先生泳池里的漂白粉味道过重了，像这样的室外小型泳池，我建议先生使用三氯异氰尿酸，杀菌效果更好。"

钮度一笑："我以为你会说，游泳池不好，大海更好，然后给我推荐个好去处。"

司零还真的想了想："这边的潜水都是面向游客的，先生最好还是租船出海，或者到塞浦路斯、马耳他，Y国南部有个叫埃拉的小地方在红海边，这里的人也很喜欢去。"

"不再加一句话？"

司零等着他把话说完，钮度抬头看向她："比如，'如果你想去，我可以带你去'。"

司零决意无视掉他微妙的语气，说："地方并不难找，导航也可以找到。"

钮度一扯唇角，看向了别处："司同学的深潜一定很不错吧。"

"其实，拖着个氧气罐潜水并不太有意思。"

"那什么才叫有意思？"

"没有任何辅助工具的潜水，或者说，把自己浸在水里，什么都听不到，什么都看不见，只需要提醒自己时间过了多久，只需要想一

028

件事，活着。"她的语气如此诚实坦荡。

钮度过了片刻才接话："我倒想体验体验，当你的病人是什么感觉了。"

司零说："医生都好管，我不例外，比如，先生现在应该休息了。"

钮度再次抬眼："你学生物，最懂怎样对身体好，作息应该都很规律。如果明天就是投资大会，你的精神会不会受影响？"

她毫不意外，自他称呼她"司同学"开始，她就知道他已经查过她了，明明在车上她对钮天星说自己是个上班的。谁知道她是不是故意的，有多少人有本事聊天时把别人套得底朝天自己却守口如瓶呢？如果钮度没察觉到这个，她才要小看他了。

司零说："当然不会，生活总是能把人逼出无限可能。"

钮度似乎知道司零来此的真正目的，用了一招抛砖引玉："你的功夫不错，看路数，是日本空手道？"

"先生慧眼，我只不过会几招，上不了台面。"她顿了顿，终于说，"今天是我冲动了些，没认清人就动了手，对不起……您，没事吧？"

语毕，司零看向他耳朵前那道鲜红的指甲划痕。

钮度一笑："你似乎无所不能啊。"

司零的眼中恢复了惯有的傲慢："至少，还从来没人能让我做我不想做的事。"

钮度盯着她，微勾唇："是吗？"

突然，她被他伸手一揽，整个人随他一同栽入水中，他将她牢牢摁在池壁上，严严实实地给了她一个"壁咚"。他的嘴唇压制下来，与她的唇只有纸片之距时赫然停下。

他无遮无掩的戏谑语气将她包围起来："如果我现在吻你呢，你跑不了。"

司零恼怒当头，抬手就要打他，他准确无误地收住了她的腕，嘴角笑意不减："又想输给我了？"他深瞳如琥珀，五官过分英气立体，她忽然想起来，他的母亲是E国人。

司零用力地推开钮度，他也就此后退了。

这一退，更尴尬了。她上衣本就是大摆设计，面料又轻薄，泡在水里全都浮了起来。直到司零觉得他盯着自己某处很久了，才猛然惊觉。

"你——"司零气急败坏，可偏偏还打不过他！

她胡乱地扯着衣服，转身往上爬。可这泳池……她看他游觉得浅，竟忘了自己是个小矮子！

钮度看戏一般看着她手忙脚乱一阵，不厚道地笑了笑，伸手揽过她的腰，一把扛到肩上，转身往岸上走。

"你——你放我下来！放我下来！"司零像个张牙舞爪的小丑，又开始乱抓钮度的背。

梅林的声音忽然如幽灵般飘进脑海："你准备好要怎么英姿飒爽、威风凛凛地在他面前出场了吗？"

——为什么？她几次在他面前都宛若智障！

钮度终于走上岸，一把将司零扔下来，她踉跄地后退几步，迅速摆出攻击架势。即便成了落汤鸡，尊严还是要挽回的，至少她还是只美丽的落汤鸡。

钮度根本懒得再理她，以一种忍无可忍的语气丢出了一句："你的指甲，该剪剪了。"

……

翌日清晨，司零是被法耶叫醒的。叫醒还不算完，法耶还在屋里陪着她洗漱，嘴上聊个不停。法耶也不知道为什么，明明司零是客人，她却莫名相信司零绝不会出卖她。事实上，司零很不喜欢吵吵嚷嚷的人，但——好吧，她也莫名觉得法耶有点可爱。

"我得下去了，"法耶几乎是依依不舍，"先生和小姐都在用餐，你也要快点。"

事实上司零早就醒了，从钮天星在走廊上大喊一声"哥哥"之后，接着钮度从她门前走过，她都听得一清二楚。

司零来到餐厅，钮天星率先抬头看她，微笑道："早啊，昨晚睡得好吗？"

司零下意识扫了钮度一眼，后者仿若未闻，正在听助理将一份希伯来文的报纸翻译给他。为了不打扰到他，司零只点了点头。

钮度坐在主座，钮天星在他左侧，她让司零坐她对面，也就是钮度的右侧。

明明昨晚散场后只剩法耶一个帮佣，他哪来的满桌港式早茶？

司零才坐下，钮天星就凑过来，明目张胆地吐槽："跟哥哥吃早饭最没意思。"

钮度看向她，然后冲念报助理微点头："先到这儿。"原来他对下属是这样亲和的啊。

助理刚出去，在外等候的徐洋就顺着流程走进来，准备向钮度汇报今日行程。

钮天星又不高兴了，钮度开了口："今天的行程同你有关，你也要听。"

徐洋开始念了。今天是安息日，上午钮度要和一位老板看球，下午跟另一位喝茶，到了晚上有个宴会，就是上流社会男人比事业、女人比老公的那种聚会，钮天星得和他一起去。

初到此地，他是该多在这些场合刷脸。

钮天星答应钮度之后，转对司零说："司零你想几点回去？"

"没礼貌，"钮度开了口，"应该问人家愿不愿意多留一天。"他这语气，倒充满了兄长味道。

钮天星委屈叫嚷："我昨天问过她了嘛，她讲她今天要回去写论文的啦。"

司零笑了："是我说的，先生错怪阿星了。"

司零说用完餐就要走，钮度当即联系了司机，拉维市不大，早餐还没吃完，车就已经到了。

"我去帮你交代一下，你慢慢吃，不着急。"钮天星说着起了身。

司零也确实吃完了，礼貌地跟钮度打过招呼，她起身走出餐厅。

"司同学，"钮度叫住了她，她回头，阳光下他那双琥珀一样的眼眸分外迷人，他浅笑道，"周二见。"

Chapter 03

攻辩

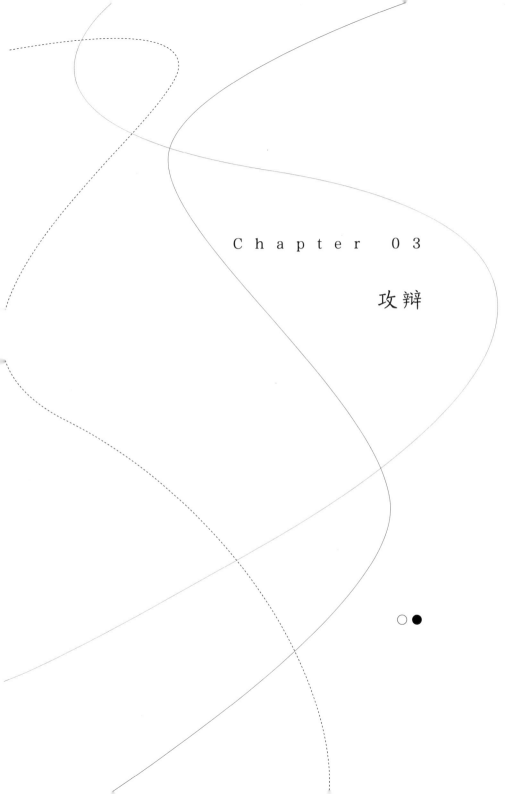

回到路城将近中午，安息日从落日才开始，这座严苛的宗教圣城的人一向起得早、睡得晚，这个点已几乎万人空巷。

司零回到宿舍，发现客厅茶几上堆满了酒水和食物，周围摆着许多不知从哪来的椅子，朴敏熙正踩着梯子往吊灯上系彩带。Y 国人好聚，司零以为这不过又是一个以安息日为由的聚会，便淡淡说了句："今天在宿舍里聚？"

朴敏熙说："今天是陈欣生日呀。"

司零一怔，她真的没记得。朴敏熙并无责备之意，笑着说："昨天就想告诉你，可你不在。"

虽同在一所大学深造，她们却很清楚，自己与司零的智商存在着巨大差距，她们理解她的漠不关心，也许她们的言语在她看来愚蠢无比。像她这样的天才，鲜有对手，一定很孤独吧。

朴敏熙又说："陈欣去拿蛋糕啦，很快回来，等下会来很多你们国家的朋友。"

司零不知道该说什么好："我收拾一下就出来帮忙。"

"好呢。"

司零回到屋子里翻箱倒柜，找出了一个全新未拆的美容仪。出国前有人知道 Y 国气候干燥，给她准备了一箱子护肤的，她也不太用，今天就算借花献佛了。

陈欣很快带着蛋糕和一群同学回来了，她招呼大家："来来来，都坐下快开蛋糕，这天气太热了，我估计回来这路上都化了点儿了。"

"钮言炬呢？"

"窝在宿舍写实验报告呢，别理他了，叫不动的。"

"司零，你们学生物的可真累啊，做不完的实验，写不完的实验报告。"有人看向司零。

"咳，"陈欣笑了，"我们司零可是天才，事半功倍的，早就做完了。"

司零笑了笑，把盒子递给陈欣："生日快乐，今天仓促，也没给你准备什么好东西。"

陈欣见到盒子上的标志，瞪了瞪眼，一旁有人惊道："哇，这是最新出的美容仪吗，全欧洲断货哎！我找了好久都没买到。"

"这还不叫好东西，我傻零，你一定不知道这玩意干什么使的吧？"

司零大概知道："按摩脸的？"

"哈哈哈哈哈……"在场起了笑声。

同学们陆续把零食饮品搬上来，生日宴就此开场。男男女女挤满了客厅，希河大学宿舍男女混住，也就没有"男士止步"这一说了。

蜡烛点上之后，司零架着小提琴从屋里出来了："我给大家伴奏个生日歌吧。"

"好哎！"陈欣拍手称快，司零平时很少这么主动，"司零小提琴拉得可好了！你们都要洗耳恭听啊！"

众人投来期待的眼神。

司零架琴上肩，右手运弓，和弦出曲。她的功力已至人琴合一的境界，不过是一首简单的《祝你生日快乐》，根本无须考量技巧，竟也能让人沉浸其中。

以至于一曲完毕，大家都忘了她是伴奏，自己是要唱歌的。

"也好！我们又能再听一遍了！"陈欣的心地是真的纯善。

司零再拉了一遍，大家齐声唱了一首《祝你生日快乐》。

常规的生日流程过后，大家自由聊天喝酒。

司零窝在女生中间听她们聊教授的八卦，男生堆里突然爆出了一声高呼："……根据自称 CR 的先生提供的重要情报，被马六甲海盗绑架的三位游客获救——肯定是 CR 的人！"

"你在说什么呢，什么是 CR？"

男生突然捂住嘴，惊觉自己过于激动了。

有人说："还神神秘秘的，你这是又知道什么内幕了？"

男生闪烁其词的反应越发勾了大家的好奇心，纷纷追问："什么嘛？CR，什么人啊，我怎么都没有听说过。"

男生终于忍不住，抬眼环视一遍在座："这都是咱国家的人吧？"

陈欣笑了："我室友 H 国妹子刚才出去了，你快说。"

"哎，还是算了……"

"喊……"

"你太没意思了……"

"好吧，"男生叹了口气，"我这说了，你们爱信就信，不信呢，也就当听听故事会啊。"

一些原本不注意的人被这神秘的一句话勾起了好奇心，纷纷侧目。

男生终于开口了："CR 啊，是我们国家的一个天才联盟组织，CR 就是'超人'的拼音首字母，也有'CHINA 仁'的意思，仁是仁慈的仁，这样你们大概知道他们是干什么的了吧？"

有人点头，有人懵懂地摇头："不知道。"

"简单来说就是复仇者联盟，特神秘，专干好事。"

"都干了啥事儿啊？"

"比如这个，给警方提供海盗绑架的线索，"男生把手机里的新闻举起来，"据我搜集的，之前有个跨境洗钱的案子，也是一个自称 C 先生的人提供的情报……最后警方把他们一锅端了！

"之前有国外黑客攻击我们一个企业的核心机密，被我国黑客反攻到瘫痪，CR 干的。

"还有，有个科学家把他发现的一颗小行星命名为'仁'，这我不确定是不是 CR 的人，我怀疑是！还特地去查了他的履历，闪瞎人眼啊，符合 CR 成员标准！

"还有啊，有家公司老恶意收购，后来被一个操盘手用一系列神操作搞得股票狂跌——人家可没一点经济犯罪！全是智商操作！……我怎么知道的？他自称操盘手 CR 啊！"

男生做了个总结："你们数数我刚才说到的行业，黑客、金融、天文界，里面全是天才！"

司零默不作声地听着。她知道这个男生，他叫孟建宇，学计算机的，在学界小有建树，数独玩得也不错。他一直热衷于搜集各种关于CR的情报，她知道他一定很想加入。

有人听得云里雾里的："真的假的？谁建起来的啊？"

"这才是重点！"孟建宇激动得连拍桌子，"复仇者联盟有M国队长，坊间把CR队长传得更神秘，据说连部分CR成员都不知道他的面貌、性别、年龄。"

"那有什么是知道的？"

"天才，"孟建宇单手遮嘴，神秘兮兮地说，"据说是个大帅哥。"

"还有还有，他们成员互相都不知道名字，每个人都有代号，太帅了！"

有人逗他："孟建宇，你肯定想加入吧，要是你加入了，你准备叫什么代号啊？"

"我？图灵啊！祖师爷！要是有人叫我一声图灵，什么都值了！"

孟建宇继续滔滔不绝，大家也都十分感兴趣，把司零解救离场的是梅林打来的视频电话。她走到楼下无人的角落里接了电话，梅林一直坚持给她打视频电话，声称要确认和他对话的是她，但司零知道，他想看见她。

司零并不介意音量，反正犹太人听不懂："什么事？"

梅林相当细心："宿舍里干什么呢，怎么出来了？"

"室友生日，开趴。"

梅林知道她不喜欢废话，开门见山了："战神完成任务了，请旨行赏呢。"战神，就是方才孟建宇口中帮助警方破获大案的人。

"你是不是太闲了？让回文把滚滚拿回去修一修，那家伙真是越来越会顶嘴了。"

面对如此傲慢的司零，梅林竟然笑了，毕竟这才是他最熟悉的司零："喊，你又欺负滚滚。"

司零主动开口问："孟建宇你观察得怎么样了？人家连代号都想好了，图灵呢。"

梅林轻蔑地笑："他还叫图灵，哪来的脸。"梅林下了判官令："他不行——他没有天赋，靠的只是努力。"

尽管这话听起来令人咬牙切齿，但终究无可奈何。所谓天才，就是普通人用尽全力所达到的终点，却只不过是他们的起点。你不甘于他们的轻蔑，却不得不屈服于他们的资本，在一次次被他们的智商碾压得无地自容之后，最终认输：上帝真的给了他们一些你没有的东西。

人和人之间真的不公道，有志者事竟成，从来都是一个美好的祈愿而已。

孟建宇说的话，大多是对的。说错的那些，也是因为他的确无法再查实了。

CR 有进阶，级别越高，知道的成员身份就越多，低级别的成员是根本无法接触队长的。当然，几个创始人都认识队长，正是凭着这些元老的赫赫战绩，才能让更多的天才仰慕 CR，穷追不舍地想要加入其中。

低级别的代号，比如"战神"；高级别的代号，比如"梅林""回文"。

他们并非自诩天才的狂妄之人，孟建宇所说的最重要的一点是——他们只干法律范围内允许的好事。

……

国际投资大会为期三天，以周一晚上的欢迎接待会为开幕，也就是两国政要的聚餐，其余人员是不需要到场的。

周二上午九点开始签到，七点半从路城出发即可，可主办方给所有人员都安排了酒店，不住白不住。

杨教授带上了他的两个学生随行，即司零和钮言炬。其余的，提供翻译工作的陈欣和孟建宇也在与会之列。陈欣是司零推荐过去的，孟建宇得知后，巴巴地求着司零也帮帮他。孟建宇在国内就做过交传翻译的兼职，这次前去，主要是想见识一下前沿应用，毕竟机会珍贵。司零欣然答应了。若论起高智商的优越感，她真的没有梅林那么傲慢。

会议设在一家酒店宴厅里。

"要不是今天来这，我都不知道两国现在有这么多商业合作！"孟建宇感叹。

走在一旁的司零对他说："两国关系渐入佳境，你以为是为了什么？"

一场签到红毯，见识了不少大咖，有两国政要、各科研院所代表、诺奖得主，以及各企业代表。周孝颐来了，钮度也来了，且恰好就在杨教授一行人之后。

"司零。"周孝颐叫住她，表情略有惊讶，"你也来这？怎么不提前告诉我？"

"我做事如果提前跟你说了，你会更觉得奇怪吧。"司零毫不避讳他。

周孝颐和司零说话的时候，钮言炬也见到了钮度。钮言炬主动走向他，乖乖叫："小叔。"

钮度的声音里听不出什么情感："过来之后忙得腾不开手，都没得找你过来一起吃饭。"

"我学校那边也好多事，没能去看小叔姑姑，是我不好的。"

钮度的视线越过钮言炬，定在司零身上："那是谁？"

钮言炬也看过去，回答道："我实验室里的师妹。"

钮度明知故问："同她讲话的也是你们同学吗，是博士生？"

"不是啦，那个是周参赞，驻以外交官。"

钮度浅笑道："你这位同学，可不简单。"

钮言炬以为钮度误会了什么，接着解释："那个外交官是司零爸爸的学生，噢——我同学叫司零。"

钮度点了点头算是应答，不再多言。

周孝颐走开了，司零回过头，见到了正一齐看着她的钮家叔侄。既然对上面了，钮言炬便按礼数把司零叫了过来，介绍说："这是我小叔。"

司零轻轻一笑："小叔好。"她声音实在软萌，两人岁数相差不大，这样听来却没什么违和感。

钮度的眼里浮着寡淡的笑意："看你同学从打扮到说话都好精神，你该向人家学习。"

司零的眼神毫不示弱："言炬有先生做榜样，就足够了。"

钮言炬察觉出了一丝微妙："小叔……你们认识？"

钮度笑意不敛："刚认识。"

"对，刚认识。"

钮度又说："你这同学聪明又有礼貌，找女朋友就该找这样的。"

钮言炬略窘地将两人先后瞟了一遍，最后以笑声圆场："是是是，小叔说的对，我们司零聪明又有礼貌，我是配不上了。"

司零也笑了。

两人走回去的路上，钮言炬说："怪了，小叔今天怎么跟我说了这么多话。"

司零问："你小叔平时话很少吗？"

"是啊，他平常都冷冰冰的，挺捉摸不透的。"

大会准时开始。巨大的屏幕上显出两行大字——Go For Ysrael，走进 Y 国。

这个享有"中东硅谷"美誉的国家，纳斯达克上市公司数量位居世界第三，无数高科技企业争先恐后地将研发中心建在了这里。同时，这里还是全球创业密度最高的国家，为此吸引来了全球最高密度的风险投资。

弹丸之地，寸土如金。

欢迎致辞由两国政要发表，周孝颐健步上台，面向在座数千人，优雅而沉稳地开了口："女士们先生们，上午好，我是驻 Y 国大使馆参赞周孝颐。很遗憾，我们的全权大使郑新先生因病无法到场，我代大使向各位表示由衷的歉意，并代表大使发表欢迎辞。"

台下的司零认真地看着周孝颐。

说来，周孝颐的性格一直都没有变过，读书时便是如此，处变不惊、斯文俊雅，从头到脚都写着"我要当外交官"。他并不是一个精明的人，也正是因为老实，才会对唐棠那种女人死心塌地。

司零觉得唐棠就是一个彻头彻尾的心机婊，读书时因为周孝颐穷而拒绝了他，得知他考入外交部后，屁颠颠地倒贴了回来。可怜周孝颐还满心欢喜，根本看不透。

司零或许没察觉到，自己还是很关心她师哥的。

生物技术小组在下午有一小时的主题板块发言，杨教授所负责的公司在这其中。和郑大使一样，杨教授咽喉不适，找人代言，这个人就是司零。

主持人引导后，司零随众位教授一道上了台。在这些德高望重的泰斗面前，司零非常谦逊，让老人家一个个走在自己前面，还帮扶了一把。

轮到她发言时，她稳健地走上台，调整话筒，开了口："女士们先生们，下午好。我叫司零，来自路城希河大学约瑟夫－杨实验室……

"我们PEP位于肽药物发现的前沿，在医药业、农业、畜牧业和化工业都已成功取代了创新型分子的原有发现方式……我们同时能够预测分子在后期发展阶段失败的趋势，为早期药物开发市场带来变革……由此，肽基分子引入市场的时间和成本将会大大减少……"

司零几乎全程脱稿演讲，淡定从容，掷地有声，谦逊而不逊色。

在台下那些来自上市公司、风险资本、私募基金等机构的投资者的注视之中，钮度的目光最是热切。一个能在断交当天乘坐专机离境的小姑娘，他真的没有低估她。

"……我们将诚挚期待与投资人共创成功的未来，谢谢大家。"

话音落下，掌声雷动。四下而起的私语中，有人在说："这个小姑娘可真厉害。"

身在国外，荣辱将不再属于个人，而属于你背后的祖国。

大会最后一项是时长两小时的B2B会议，没司零他们什么事了。按原计划之后要去聚餐，可钮言炬说："既然碰见我小叔了，他让我晚上到家里吃个饭，现在就要去了。"

司零明知故问："你小叔不是还在开会吗？"

"还有姑姑呢，"钮言炬笑着补充，"其实姑姑比我要小两岁，跟你同一年生的。"

钮言炬刚走，一位黑发黄肤的青年找到了司零："司小姐，你好。"司零认得他，钮度的助理叶佐。钮度之前将他留在了港城，不知为何又过来了。

司零说："你好。"

"我是钮度先生的助理叶佐，先生想在会后请小姐吃个饭，不知小姐肯否赏光？"

司零一笑："先生言重了，先生的邀请，我当然不敢推辞。"

……

餐厅在海滩附近，司零等待钮度的时候，两个Y国小哥过来搭讪，开口用英语："你好，请问需要帮助吗？"

司零用希河语回答："不用了，谢谢。"

Y国人搭讪是常有的事，更何况，她还这么漂亮。

司零正望着海平面尽头的落日发呆，入口处传来了一阵脚步声。她回头，西装革履的钮度正提步过来，他身板实在好看，典型的穿衣显瘦、脱衣有肉。

司零的目光落在他的香槟色衬衫上。她今天穿的一件浅杏色薄衫，真是怪了，怎么每次与他的色调都这么相配。

司零一怔，意识到得赶紧把脱掉的高跟鞋穿上。钮度落座时似笑非笑地看着她："司同学穿不惯高跟鞋？"

司零笑皮不笑肉地回应："那么先生是开不惯长时间会议吗？怎么这么快就离席了。"

钮度松了松领口的温莎结，浅笑道："这个会对我来说意义并不大。"

"对于先生现在的处境来说，意义的确不大。"

钮度似乎对她的话并不意外，向后一仰，靠着靠枕，笑言："司同学似乎很了解我。"

"既然先生说过想做我的病人，就应该知道……"司零故作神秘地挑了挑眉毛，"我有读心术。"

"哦？"钮度饶有兴致地看着她，"那么请你读一读，我的处境如何？"

司零谢过服务生倒来的茶，漫不经心地饮下一口后，才说："在两国经济合作日渐密切的趋势下，这个国家又是这么有实力，天一来这里开拓，似乎是一个很有远见的决定。而让钮家三太子——先生您担此重任，也似乎是对您极高的器重。

"天一立足于亚洲多年，势力可谓翻云覆雨，掌舵的钮辰先生——您的哥哥，一心以亚太市场为重，对于Y国这样一个遥远的小国，他可从来没有放在心上。

"您被遣调来这里，看似得到了一个极好的历练机会。实际上，天一在这里，没有根基没有人脉，等到您花上数年时间站稳了脚跟，钮辰先生在天一总部，也就更为根深蒂固了。"

钮度面色无澜，同样气定神闲地喝着茶："司同学平时话不多，可一开口，没一句废话。"不等司零开口，他又说，"如果说，我是自愿把自己送来这里，司同学可不可以再读一读缘由？"

司零笑了："当然，先生您在港城时，对于公司议案都是一味地妥协和退让，却在一个明显会吃亏的投资上全力争取。对于这个，我记得宾夕法尼亚大学的投资学教材上有过一模一样的案例，拿到了全额奖学金的您，当然不会是忘了。"

钮度也笑了。

她说得没错，在那次投资中，他的确是全力争取了一个明知错误的决定，接着当然是亏了本，他被董事会斥责，逐出天一集团总部，打发来了 Y 国。

他是故意将自己送到这里的。

是他笨吗？是他一时冲昏头脑了？钮辰一定更愿意相信是他笨，他没有才能。

"那么，司同学可知，我为什么要这么做？"

"先生是问，先生来到 Y 国的真正原因？"

四目相对之间，是无声的较量。

钮度浅薄地笑着，告诉了她答案："为了找一个人。"

司零隐忍住仿佛听到了笑话的神情，说："就这样来 Y 国毫无头绪地找一个人？"

"也不是毫无头绪，Y 国才多少外国人？就算我一一拜访，半年内也能走个遍。再讲，那个人并非等闲，我把目光对准精英群体，这样一来，范围就更小了。"

司零低头喝茶："先生今天来参加大会，该不会也是为了找他吧？"

"算是吧。"

"那么，请问您找到了吗？"

"我想，我离他已经很近了。"

司零抬起头，钮度目不转睛地盯着她，更确切来说，是审度着她。

她放下茶杯，说："那么，我祝先生，早日完成心愿。"

服务生终于把菜上齐了，司零相信，钮度和她一样都没了胃口。

钮度握起刀叉，一边说："我想，司同学在与杨教授初见的那次学会上，发表主题恰巧同杨教授的研究方向一样，应该也是有心而非无意吧。"

双方都在平静的交锋中漫不经心地抛出了对彼此掌握的信息。

司零拥有一个百试不爽的借口："先生太聪明了，我很喜欢弗洛伊德，一直想找机会到希河大学来。可我老板白教授不肯放我走，明目张胆的不行，只好给自己找了个理由。"

"既然这样，为什么不专攻心理学呢？"

司零不介意告诉他："我的母亲在我很小的时候，感染 WO 病毒过世了。"

"我很抱歉。"钮度决定为她转移话题，"你刚才讲，我在这里站稳脚跟需要数年时间，请问司同学，你认为究竟是几多年呢？"

"先生目前对 Y 国的市场环境应该还是功课尚浅，但 Y 国毕竟是小国，也许三五年，以先生的才能，这里又会是天一的另一片天下。"司零慢条斯理地补充后面的话，"但如果先生找到一个得力助手，帮助您解读市场，这个时间当然会缩短得更快。"

"那么，"钮度看她看得极认真，"司同学愿意当我这个助手吗？"

"我？"司零有些意外，"先生，我是学生物的。"

钮度笑看她："刚才司同学一系列的解读，甚至连我的研究生教材都记得那么清楚，真的只是学生物的而已？"

两人又开始了较量的眼神，好像不吃死对方不罢休似的。

司零说："我这边实验室实在很忙，现在在做蔓丝病毒的源头追踪，有时会出去实地采样，先生还是另请高明吧。"

钮度往前欠了欠身，眼神里竟多了股她解读不出的意味："你知不知你现在看起来像什么？"

司零一怔，平静地回应着他的注视。

他说："像一个临阵脱逃的逃兵。"

钮度先送司零回酒店再回家，临别前对她说："要不要再到我家里住一晚？"

司零听清了他声音里的取笑，不遮不掩的，像个恶作剧的孩子。和他说话，实在头疼，若要一招一式地交锋，她决不会输，可他总喜欢剑走偏锋，不按常理出牌。

太阳为你加冕

司零快快地应："不用了。"

她不知道，她更像个在游戏里输急了的小孩子。

走进酒店房间，司零着急着给梅林打了电话，过了好一阵，梅林传回一声模糊的"喂"。

"怎么不接视频？"

"我睡相丑，不想让你看。"

司零这才意识到平城时间还是深夜凌晨。她说："那你睡吧，明天再说。"

"不不不，你说你说。"梅林立马精神了起来。

司零跷起左腿卧在软塌上，面朝幽暗的地中海，含笑道："钮度比我想象的要聪明许多。"

"见到他了？"

"他知道我在那次比赛里故意调查了杨教授接下来的研究方向，定为了我的发表主题。"这一方向在学界尚未受到认可，所以她才会在其他评委那里得到低分，而只有杨教授给了极高的分数。

"嘁，"梅林嗤之以鼻，"傻子都能看出来。"

司零说过，梅林是一个比她更傲慢的人。

梅林问："接下来什么打算？"

司零笑了："一切都在进入预定轨道了，你说我什么打算？"

Chapter 04

夜曲

下半夜，司零又一次从梦中惊醒。

梦里，她站在后面看着爸爸策马扬鞭，爸爸说："乐乐，想不想像爸爸一样？来，爸爸教你骑马。"妈妈又不高兴了："乐乐这么小，摔断腿了怎么办？"

爸爸非常得意："我六岁时就拿了马术比赛冠军，我的女儿可不能逊色。"

其实这些记忆，早已流失在了岁月的长河中，并不是她真的记得。

是她从梦中捡回来的。

弗洛伊德说，梦具有一种超强的重现力，能将儿时遥远的甚至早已忘却的记忆唤醒。

所以，即便现代心理医学对他充满负面评价，司零仍旧愿意相信他。因为他为她找回了那么多的记忆，她原先不确定那是不是真的，因为她实在有太多太多年没有见过爸爸了，但弗洛伊德说，那是真的，那都是你曾经最真实的经历。

她从无数梦的碎片里，拼凑出她爸爸是个骄傲的人，他的特长甚至远胜于现在的她。

司零拿着向酒店要来的小提琴，往海滩上走。

海风很温和，从地中海很远的方向来。像这样平静的风，那些从非洲偷渡到欧洲的难民求之不得，他们拥挤在一只破旧的小船上，摇曳在惊涛骇浪的海上，向死求生。

佛祖保佑他们，脱离苦海；也保佑他们，在获得重生后安分守己，习得文明。

为什么是佛祖呢？司零不信教，但她最近开始尝试着看一些佛经。

因为据说，佛学是人类相对高级发展阶段的学说。她不敢妄想，可总归有向往。

海岸上响起一曲悠扬的降 E 大调夜曲。

司零细长的指尖扶在弦上，揉弦颤音炉火纯青。她闭着双眼，任由这曲声在她记忆里穿梭，将她带往遥远的从前。

"爸爸！这曲子真好听！你教我好不好？"

"乐乐乖，这曲子很难，乐乐要先学容易的，才能学这个，好不好？"

"这曲子叫什么呀？"

"肖邦的《夜曲》。"

她是那么那么喜欢爸爸拉的这首曲子，爸爸曾将它作为摇篮曲，让她在无数个夜晚安然入睡。

海风渐嚣，她的琴声很快消散开来。

没关系，就让风将它们带走，带到爸爸身边。

……

晨起之后，司零接到了司自清的电话。

平城时间正是中午，司零正襟危坐地看着视频里的司自清，乖乖喊："爸爸。"

司自清长得一派学究气，就等一头白发了。他也并不是一个爱笑的人，温平地开口道："听你师哥说，昨天见到你了。"

"嗯，我跟教授去开会，师哥也在。"

"师哥很关心你的，有什么事多找他商量，出远门也要跟他说一声。"

"好，我知道了。"

"在那边吃饭不习惯，可以去师哥那吃，买些菜过去，你师哥和你唐棠姐给你做。"

"嗯，好。"

司自清像寻常父母那样念叨，而司零一向乖巧温顺。

"月底就放假了，机票买了吗，哪天回来？"

"还没定呢，实验室的工作在收尾阶段，可能要延后一段时间了。"

"研究进展得怎么样了？"

司自清知道她在做什么，她可不想像骗钮度一样骗自己的父亲："刚把最新采集到的毒株进行重组分析，正在整理数据。"

司自清最后说："如果要去野外采集，注意保护好自己。"

"好的，爸爸，放心吧。"

挂下电话之后，司零的目光落到了手边的小提琴上，接电话前她准备要拿去还给酒店的。

司零是在母亲病逝之后不久开始叫司自清爸爸的。她并不那么乐意，可她烦透了每当提起"我叔叔"时同学们的追问。

那她的亲生父亲哪儿去了呢？她也想知道。她穷尽一生都在寻找他的下落。

她妈妈名叫颜双，她后来无意中听到邻居议论：这名字就晦气，谐音可不就是"嫣"吗？就是命啊。她从小随母姓，名叫颜乐。

颜双带着女儿来到平城后，投奔了刚刚博士毕业、留校任教的司自清，颜双告诉女儿："叫叔叔。"她便乖乖叫他叔叔。颜乐并不知道母亲与叔叔的关系，知道了也理解不了。后来，她在司自清凝望着颜双遗照的眼神中理解了，但那已是多年以后。

颜双走后，她的名字被放进了司自清的户口本里，自然也就改姓了司。

"乐乐，你想叫什么名字？要不还叫司乐，好不好？"司自清问她。

她摇摇头，说出一个字："零。"一无所有的零。

"这样也好，"司自清把她抱起来，在纸上画出一个完整的圆圈，"你看，零，并不只是一无所有，也可以是无所不有。"

从此，再无颜乐，只有司零。

司零跟随司自清长大，他待她很好，她生父要她学的那些，司自清一样不落地继续让她学。

她追问过司自清："我爸爸是真的得病过世了吗？"

这是颜双告诉司自清的，司自清没有追问细节。

亲生父母把司零当成珍宝一样小心呵护，而司自清希望司零练就坚强的心性。他从不会讲哄孩子的话，而是直接告诉她："是的。"

"你骗人！"一开始，小乐乐还会冲他哭嚷。后来她变成司零，终于懂得亦师亦父的司自清的良苦用心。

　　她在爸爸身边只长到三岁，她真的不知道和他有关的更多信息，竟连一张照片也都没有。她当然知道过爸爸的名字，只是妈妈带她离开后不再提起，多年过去，小孩子也就忘了。

　　后来，她凭借着"六岁时获得马术冠军"这条线索，找回了爸爸的名字。

　　朱一臣。平城极有名望的商贾世家的大少爷。

　　怪不得，爸爸那么博学多才；怪不得，她在爸爸身边时过得那么优越。

　　她从朱家那里查到的有关朱一臣的东西并不多，只知道朱一臣在二十世纪九十年代初到港城经商，在 1998 年后音讯全无——正是妈妈带她离开的那一年。

　　也是直到那时，司零才知道原来自己幼时随父母生活的地方，叫作港城。

　　朱一臣家世显赫，新闻并不少见。而与他一同出现在新闻里的，大多会有"天一集团""长子钮峥"的字样。

　　钮峥是钮鸿元与原配夫人之子，也就是钮言炬的父亲。朱一臣在港城与他结识，生意往来甚密，交情渐深。甚至钮峥常带朱一臣赴钮家家宴，整个钮家包括钮度，都是见过朱一臣的。

　　除了生意，还有一个原因。钮言炬幼时曾遭绑架，是朱一臣冒死救回，钮峥感激涕零。

　　1998 年钮峥在视察一个有安全疏漏的工厂时遭遇爆炸身亡，这件事曾被媒体大肆报道。蹊跷的是，朱一臣正是在这一年销声匿迹的。

　　也正是在这一年，天一集团形势骤变，钮鸿元退居二线，次子钮辰上位，逐渐成为天一集团的领航人。

　　1998 年，到底发生了什么？

　　她相信这绝不会与她父亲无关，她一定要知道答案。

　　她找到了钮言炬，钮峥的儿子，比她年长两岁的钮言炬。

　　她在高中保送了与钮言炬相同的专业，生物学。

　　知道钮言炬跟随杨教授在希河大学深造，她想方设法地查到杨教授的预备研究方向，在比赛中投其所好得到杨教授的高分，以"报恩"之名，来到 Y 国。

来到钮言炬身边。

聊到家长，钮言炬一笑而过："我爸爸在我小时候去世了，我是跟妈妈长大的。"

他倒曾主动说起过幼时被绑架的经历，说起那位救了自己的叔叔。司零旁敲侧击地追问，他却说——听家里人说，朱叔叔后来也病逝了。

好一致的说法，听起来太像是真相。碎片也许可以拼凑成另一种图案，但绝对存在令人不适的违和感。二十多年来，她在无数条线索与推测中不断地找出了这种违和感。

她想以自己的才能，将钮言炬扶上天一集团的权力顶峰，也许这样才更能让她接近事实真相。可在钮言炬身边这一年的引导和鼓励，都无法激起他争夺天一集团权势的热情。

他满脑子只有科研，只有学术。

司零早在半年前就已心灰意冷了。

就在这时，梅林告诉她——钮度，这个钮家最小的儿子，正在暗地里追踪着 CR 的信号行踪。

钮度追踪 CR 信号的原因不得而知，但这对于司零来说，是个天大的好消息。

半年前开始，她便让梅林悄悄地暴露她来自 Y 国的 IP 地址，并成功地吸引了钮度的注意。她本以为钮度会一纸机票直接过来，没想到他竟这么聪明，设局将自己送到了这里，并长期地待着。

她相信直到这一步，她还是赢的，局势还牢牢地握在她的手里。

而在与钮度的这几场交锋中，他接连的试探和微妙的眼神让她确信，她已成功地让钮度的目光锁定了自己。

梅林问过她："会不会太刻意了？"

是有些刻意了，可她别无选择，在 D 国机场的相遇实在意外，断交当天乘坐专机离境的一个小姑娘就足以引起他的注意了，更何况，这个小姑娘还是个在 Y 国工作的、绝顶聪明的人。

再且就是，她时间不多了。她来这已有一年，她还要花多少时间在这上头周旋。

她原本不在意的，但她这些年神秘的行事多少让司自清有所猜测，他甚至当面斥责过她："你太自私了。"

司自清说："身为一个平城大学学子，你的心里应该装着国家和民族。"

她不得不承认，那一刻，她心里是震动的。

她的确太自私了。

……

司零来到酒店大堂，看到那拦了道警戒线，四下站了不少警察。员工引导着来往旅客往一旁走，可她要退房，员工便将她带到了前台。

司零问前台出了什么事，却没得到回答。

不远处警察的问讯传进了她的耳中。

"说一说你在昨晚七点到凌晨一点之间的活动。"

"呃，我七点应该是在餐厅里，服务到九点，九点后去了三楼酒厅，待到十点换班，"警察示意他继续说下去，他接着开口，"换班后直接回了家，我家离这很近，每天都是走路来回，十点半前就回到了家里。然后接到朋友电话叫我去酒吧，我想着明天不上白班就答应了，凌晨一点时还在酒吧，大概是三点左右回家的。"

看这阵仗，应该是刑事案件了。

司零回头看去，被问讯的人是酒店员工，警察正快速地记录着他方才所言。

司零毫不犹豫地走过去，笃定地告诉警察："他在说谎。"

警察一愣，莫名其妙地看着她："谁？"

司零用视线来回答。

员工迫不及待地喊："你凭什么……"

"那么，请你将你刚才所有的口供倒过来说一遍。"司零直视着他。

对方哑口无言。

警察在眨眼之间擒住了他的双手。

……

"这位小姐，请你留步。"在走出酒店大门之前，警察叫住了司零。

"请问，你是怎么看出来那个人在说谎的呢？"

司零笑了笑："我算是一个心理医生，他的声音里有明显的紧张和焦虑，普通人听不出来很正常。"

"那么，倒过来说一遍又是怎么回事呢？"

"谎言往往是边说边想的,他不会记得住倒过来是怎么回事。"

警察向她投去崇拜的眼神。

那员工不是 Y 国籍,刚才问讯时用的英语,司零说的也是英语,警察便问:"请问小姐,你会说希河语么?"

司零以希河语回答:"会的,怎么了?"

警察喜笑颜开:"是这样的,今早我们在街上捡回了一个小男孩,问他什么都不说,不知道是不是离家出走了,我们无法联系他的父母,我想也许你可以帮助我们,请问,小姐方便和我们走一趟么?"

与此同时,离酒店不远的马路上,叶佐正载着钮度前往公司。

叶佐说:"既然你已经怀疑司零,接下来想怎么做?"

钮度望向窗外的海,日光明丽,却逊色于他琥珀般的双瞳。脸上虽是柔色,声线却很薄凉:"我怀疑,她另有目的。"

"另有目的?"

"我要找的人,就在钮言炬身边,有这么巧合?"

叶佐沉默了。

钮度想起来,司零笑着告诉他:"我喜欢弗洛伊德。"

为了一个逝去的伟人而大费周章地策划了一切?鬼才相信。

可司零的履历,明明没有任何可疑。她幼时生活在南方,生父病逝之后,母亲带她到平城投奔她现在的继父司自清,之后母亲去世,她一直跟随继父长大。

她与钮言炬的人生轨迹相隔遥远,他实在找不出她有心接近他的理由。

为名为利?如果她真是他要找的人,他不相信她的格局是这么狭隘。

钮度的目光望得比地中海都要深:"我越来越有一种感觉……好像是她,引导我到这里来的。"

"……阿度,"叶佐突然叫他,"你看,那是不是司零?"

钮度迅速回头看去。

酒店门口停着数辆警车,司零正由两位警察"押"着进了其中一辆,警车很快启动上了路。

钮度眉头一皱,叶佐说出了他心中疑虑:"她这是怎么了?犯事了？不会吧。"

叶佐身后传来一道命令："跟上去。"

......

小男孩是很纯正的犹太人，大鼻子，凸额头——没错，就像爱因斯坦那样。

司零坐在他面前，先将他从头到脚细细地观察了一遍，然后开口："你的皮鞋很贵，你的父母一定非常富有，那么我猜……你是纽曼小学的？"那是一所贵族学校。

小男孩不动声色。

"噢，不对，那是六芒星小学？"

小男孩嘴角微动，是得意的意味，因为司零猜错了。

司零："那也不对。"

司零重新看了看他，接着说："你鞋子上的折痕很新，一定是今早走路走出来的，因为你平时都是坐车上学，用不着走这么多的路……那么你一定走了很远的路，对吧？"

"走了很远的路，却又不往家的方向走，"司零锁定了目标，"魏茨曼小学。"

小男孩指尖一颤。

司零抬起头看向警察："他是魏茨曼小学的。"

男孩突然大喊："我不要回去！不要回去！"

司零耐心地询问道："是同学欺负你了吗？"

她声音清甜，天然就带了几分安抚，男孩因信任她更是大哭了起来。

司零给警察多交代了一句："把这个情况告诉他的老师和父母吧。"

警察用崇拜的眼光将司零送出了警察局。

她一抬头，就看见了马路对面的钮度。他一身西装，手插在裤兜里，斜靠在车门外看着她。明明没有站着，看上去却还是那么颀长高大。

司零非常意外。

她主动走向他，显然他是在等她。

"先生怎么知道我在这里？"这是司零的第一句话。

　　钮度反而不知该怎么回答了，忽而一笑，说："就当我是个狗仔，跟踪了你一天。"

　　司零"哈"了一声，她实在不怎么幽默。

　　钮度如实作答："我路过你酒店门口，看到你被带上了警车，以为你出了什么事，所以跟过来看看。"

　　司零更是无言以对，因为她听出了他赤裸裸的关心，一时不知如何招架。

　　"如果你愿意送我一程，我可以跟你分享刚才的事情。"司零说。

　　钮度转身为她打开车门，一只手仍在兜里，微欠身算是做了个"请"。明明他的动作那么欠打，看起来却仍很绅士。

　　这一程，钮度将司零送到了路城。

　　他先让叶佐开车到公司楼下，司零以为他要下车，让叶佐接着送她走。没想到两人同时下了车，最后坐进驾驶座的竟是他自己。

　　"先生要送我回去？"她不得不确认一遍。

　　钮度："不愿意？"

　　司零："……"

　　一路上，钮度像挤牙膏一样把上午发生的事从司零嘴里全挤了出来。

　　司零瞥了眼他身旁的矿泉水瓶，说："先生，我的故事讲得够好听么？能不能赏我口水喝？"

　　钮度笑着将矿泉水扔给了她。

　　"你知不知道，听你讲话比看你板着脸有意思很多，至少你的声音还算可爱。"

　　司零猛地喷出一大口水，前面的钮度也有反应，司零从后视镜里看见他嫌弃的表情，赶紧抽纸巾上前替他擦肩膀。

　　但她并没有道歉，谁让他惹她的？

　　车轮抓地的声音兀起，突如其来的一个急刹，司零倾身向前，嘴唇准确无误地印在了钮度耳根之下。还贴了不短的时间，直到惯性作用结束，她得以控制自己的身体。

　　司零带着鼻间残留着的木香迅速坐了回去，钮度也从后视镜里窥见了她慌乱的表情。

她不打算说什么话，但钮度决定补她一刀。

"喂。"钮度叫她，她抬头，看到他指着自己的耳根。

——那里是个鲜红的口红印子。

"……不好意思。"司零不得不上前，拿纸巾为他擦掉。

钮度感受到了她微颤的指尖，眉眼带笑道："你知不知道……"

"你能不能不说话了？"司零知道他又要怼她，她一点儿都不想听！

钮度勾起唇角，他当然不会放过这个戏弄她的机会。

"你现在，很像那些跟我表白之后被拒绝的女孩子。"

论气人，她输得真是彻底。

……

司零不想让钮度知道自己确切的住址，便只让他送到学生村外。可钮度直接将车开到了她的宿舍楼下。

客套地道了谢，司零飞快地跳下车。

还没走几步，迎头见到也正要上楼的陈欣和朴敏熙。她们可见到了司零从车上下来的一幕，问："你哥哥送你回来的？"

"不！我上次见过她哥送她，不是这辆车！"

——"司零。"身后响起一道司零现在最不愿意听到的声音。

她听到两个室友倒吸凉气："好帅！"

司零回头，钮度走下了车，带笑向她走来，将手递到她面前："你的学生卡落了。"

司零低头一看……什么时候脱手出去的？

"……谢谢。"

钮度点了点头，转身过去，留下一道英挺的背影。

司零转过身，等待她的是两个室友喜闻乐见的八卦眼神："那是谁？"

陈欣像是发现了什么不得了的秘密："是男朋友？"

"当然不是。"司零否认得很干脆。

陈欣忽然想起什么："我怎么觉得那个人看着这么眼熟，是不是昨天在大会上见过——该不是哪个公司老板吧？"

司零沉默着快步上楼，她俩紧随身侧，陈欣还穷追不舍："肯定就是的，他那么有气质，我才不信是一个司机呢。司零啊，他是不是在追你啊？"

朴敏熙说话了："哇，那不容易啊，都发展到送回来了，以前那些追司零的男生，基本都是跟司零说过一次话以后就跑得没影了！"

她傲慢的壁垒，确实让不少追求者溃败而逃。

"我哥一朋友。"这是司零最后的解释。

中午小憩之后，司零去了实验室。她前脚进门，钮言炬后脚也到了。

"才回来？"司零问他。

"嗯，阿星上午拉着我去逛了逛。"

"你跟你姑姑关系还不错啊。"

"其实，以前和小叔关系也很好，只是后来三奶奶病了，他也就不怎么爱玩了，慢慢地就疏远了，"钮言炬无奈一笑，"很小的时候了。"

三奶奶，也就是钮度的妈妈。据说她在钮鸿元之后也病了，此后再看不到媒体上钮鸿元与三姨太的恩爱消息，没过几年钮鸿元回南亚养病，留了三姨太及子女在港。

但不知为何，她病得极其隐秘，司零探查不到任何消息，更不知道如今是否康复。

或许正是因为父亲远离、母亲抱病，才造就了钮度这样沉冷寡淡的性格？

司零问："那你和你二叔关系怎样？"

"难得啊你，这么八卦，"也许正因为如此，钮言炬并不介意告诉她，"我在港城出生，那时二奶奶和二叔还在南亚，只有过年过节能见。后来他来港也是一心打理公司，我很少见到他，小叔好像也是。"

这么说来，他们和钮辰的关系都很冷淡了。

钮鸿元举家搬到港城，独独将二姨太母子留在了南亚，后来天一在南亚的产业几乎都是二姨太在管。

比起钮度，身为天一集团总裁的钮辰性情更是阴鸷，他杀伐决断，很有手腕，在钮鸿元隐退的这些年，为钮氏江山立下了不少功劳。没了长子钮峥，孙子钮言炬又无心经商，钮度目前功绩平平，坊间都说这钮氏帝国最终定会落入钮辰掌中。

但，如果只能在钮辰和钮度之间二选一，司零仍旧会选钮度。

不为什么。

为了不让自己看起来对钮家兴趣甚浓，司零换了个话题："明年毕业之后打算做什么？"

"到M国去，争取一个四级实验室，"钮言炬也反问她，"你呢，打算在这里待到什么时候？"

"再说吧。"

"说来，有个问题我一直很好奇，还没问过你，"钮言炬系好了白大褂上最后一颗纽扣，抬起头来看司零，"你的梦想是什么？"

司零沉了口气，说："不知道。"

钮言炬对她的回答非常意外："像你这样的人梦想一定很棒。"

司零笑了："能轻易说出口的，那可不叫梦想。"

……

直到周五安息日前，司零每天都进行着实验室－图书馆－宿舍三点一线的规矩日程。她做事效率极高，一向事半功倍，从不像其他同僚那样早出晚归。

周五中午回到宿舍楼下，司零见到了个不算熟悉的人。

钮度的助理，叶佐。他双手交叠站在车门外，毕恭毕敬地，却有种E国皇家卫队的喜感。

司零毫不矜持地走向他，叶佐朝她欠身的同时，开口说了第一句话："司小姐怎么一个人回来？"

"我一向独来独往，"司零说，"你在这里等了很久？"

"那倒没有，五分钟前刚到。"

司零挑了挑眉："这么说来，你是摸准了我的作息时间了？"

"这并不难，留学圈这么小，随便一个东亚同学认识您，再称自己是您的追求者，以此为由打听您的出入时间，一般人都会很乐意帮忙。"叶佐浅笑道，要想从他的表情猜出他为谁办事轻而易举，简直和他的老板一模一样。

司零不再绕弯子："你家先生找我有事？"

"先生有位朋友明晚在家中举办私人晚宴，就在路城，先生想请小姐一同前去。"

"私人晚宴？"

"都是些生意人，喝点酒，聊聊天，小姐不用担心。"

司零冷笑道："我担心什么？"

"……"叶佐内心：我不过是客套地说说。

司零问："明晚几点？"

"下午六点我会过来接您，"叶佐从车里取出一个大袋子，"这是先生为您准备的衣服，小姐看看如果不合适，请联系我为您换一件。"

司零接过衣服，道了谢，然后说："既然是商友的聚会，你一定提前对每位客人都做过功课吧？"

叶佐没有作答，因为这不属于钮度指令的范围。但司零从他的眼里读出了默认："把所有客人的资料给我一份。"

叶佐讶异地看着她，她接着说："你觉得，你家先生难道想要的只是一个花瓶女伴？"

叶佐略有犹豫，还是同意了将所有资料发邮件给她。

回到屋里，司零把衣服拆开来看。抹胸式的层叠薄纱连衣裙，肩上有细细的系带，内衬是青色丝绸，外纱浅棕色，缀了花饰，不夸张，也不简约。来自 L 国一个小众贵牌的高定，钮度没有直接简单粗暴地甩给她一件大牌成衣，倒是让她有些刮目相看。

结合几次见面，他的衣品是真不错。重要的是，这条裙子严丝合缝地契合她的身段。

她想起那晚在游泳池边，钮度极嫌弃地将她从身上扔下来的样子。

……

次日下午六点，在学生村外等候司零的不只是叶佐，还有钮度。

司零大致知道了叶佐来到 Y 国的意图，他怎么会放心钮度身边盘踞着一个徐洋。钮家热衷慈善，叶佐是钮度资助的对象之一，他们年少便相识，钮度看中叶佐的天分，一路资助他读完硕士，然后成为自己的左膀右臂，叶佐对他，也谓忠心耿耿。

钮度的识人断物，不逊于钮辰分毫。

钮度站在车门外等她。恰逢西墙日落，风在吹，她的裙摆和发都飘着。她走向他，宛若上帝派来给他的天使从光里降落。

司零注意到，钮度穿着浅棕色的衬衫，系墨绿色的领带。

钮度主动往前两步迎她，看了一眼她脚上的高跟鞋，道："派对上可没有能落座的地方，为了我，真是难为司同学了。"

他这话说得绅士有礼，她却知道，他在嘲笑她穿不惯高跟鞋这个梗。

"倒也不为难，要是出了丑，丢的可是先生的面子。"

一旁叶佐嘴角一抽。这两个人怎么一见面就打嘴炮！

钮度并不在意输这一句两句，转身亲自为她打开车门。

车上了路。

钮度以一种似乎跟她很熟的语气说："你今天的香水味很好闻。"

司零一笑："蒙先生费心，这香水是我在 L 国一个小镇上的小作坊买的，今天拿出来登对先生送的裙子。"

"那店主的手艺很好，这个味道很适合你。"

"店主是个老匠人，当场给个人量身定制的，调配还需要一段时间，然后邮寄到客人手里。这样精细的活儿，年轻人倒是少有人做了。"

"这样有意思的作坊，我倒是想拜访一下了，"钮度微扬唇角，"不知道司同学愿不愿意为我带个路？"

"那先生到时可得问问看我有没有空了。"司零淡定地接下他的眼神。

到达私人别墅，那里已聚了不少人。宾客们推杯过盏，柔声细语地攀谈，在这个国家里，还真的看不到会纵声大笑的人。

司零挽着钮度的胳膊，随他往里。穿了高跟鞋，她好歹能到他的下巴了。他携她信步而过，引来旁人纷纷注目，或惊艳于她的貌美窈窕，或仰慕于他的气度不凡。

她在他身边小鸟依人，可眼神却不是真的那么温顺。她仔细地观察着每位来宾，叶佐的资料很全，她没看到任何陌生脸孔。

司零从一位男士的眼神里读出了攀谈之意，迅速在钮度近侧低语："你一点钟方向的人三十秒后会过来，阿尔玛·罗森，顶尖风险投资人，和上次在投资会上跟你说话的所罗门堪称一时瑜亮，这个人喜欢讲刻薄的冷笑话，接住茬的人才能成为他的座上宾。"

等到身后的叶佐觉察出那人的接近，钮度早已笑脸相迎。

与钮度几番交谈的人士多是风度翩翩，却也有个别低情商的。比如眼前的这位大胡子，先头说了些没着落的话，最后才抛出了主要目的："也敬这位美丽的小姐一杯。"

司零举杯相迎，大胡子的杯子却往后一退，说："在这样美妙的夜晚只喝果汁，怕是不太合适吧，您说对吗？美丽的小姐。"

司零知道这样不妥，可她酒量奇差，一般人也都是能理解的。

"抱歉，先生。"

她刚要找招待换一杯酒，腰间被人用力一扣，她撞向钮度身上，听到他沉着口气对大胡子说："不好意思，我的女孩今天不适合饮酒，就让我替她敬先生一杯。"

"my girl"这个词并不别致，可从他地道的英伦腔里发出，格外动听。

钮度男友力爆棚的保护让大胡子识趣地走开了。

钮度松开握在司零腰上的手，继而抬起了她的手："那么美丽的小姐，你愿意与在下共舞一曲么？"

司零莞尔道："先生可不许取笑我跳得不好。"

淡紫色的灯光洒下，成双成对的男女相拥起舞。

司零的手搭在钮度肩头，抬头望着他，问："你怎么知道我不喝酒？"

"你应该说，'你怎么知道我酒量这么差'。"

司零一个"不小心"，尖细的鞋跟踩到了他，钮度脸色一沉，扶在她腰窝上的手劲一狠，将她拢向自己的胸膛。和在泳池里一样，两人嘴唇之间只剩毫厘。

钮度眼带戏谑，说："如果我现在吻你，你好意思推开我么？"

司零身体一僵，下意识抵触地后退，身子却被他的手禁锢着。虽担心他真的出格，眼神却倔强地不肯示弱。

钮度松开她，寥寥一笑："那天在我家，你可是一滴酒都没有喝。"

"才第二次见面，就这么关注我？"

"给一位漂亮的女孩多些关注，难道不应该吗？"

"看在你夸我的分儿上，"司零主动靠近他，压了压音量，"我身后这个穿灰色衬衫的，是 Wayyar 公司创始人乌纳，他会在这支舞结束之后来请我跳下一支舞，他们准备开始 B 轮融资，我想乌纳会很有兴趣跟你谈。"

Wayyar 是网络安全领域的公司，钮度曾在投资会上与它的高层交谈。

钮度勾起了唇："你关注我也不少啊。"

司零回敬："你很帅啊。"

两人相视一笑，司零继续说："乌纳正在办一个慈善基金会，你找他捐一笔钱，钮家有做慈善的经验，不会显得突兀。但你让他对外称是他找你的，不然天——个外企刚来就搞慈善，外界看来有作秀嫌疑。"

赚钱的本职不好好干，抛钱倒是勤快，世人的眼色可没这么善良。

钮度说："那么，你会答应跟他跳舞吗？"

司零觉得他的关注点不对，好像他没听到她刚才说的话似的，那明明很重要。她答得敷衍："他又不丑，跟他跳舞怎么了？"

"如果是为了我，你不用答应。"钮度凝住她。

司零仿佛听到了笑话："钮公子，别这么自以为是了，没人能让我做我不想做的事。"

这傲慢的模样，很司零。

一曲结束，乌纳果然很快来邀请了司零。

"司小姐，你的希河语说得真好。"乌纳称赞道。

"谬赞了。"司零致笑。

外国人念她的名字发音近似于"奢岭"，乌纳又说："您的名字很像英文名 Shirley，那是美丽的牧场的意思，您真像牧场上一望无际的翠绿草原，清新动人。"

英语用词总是这么简单粗暴，重达意，而乏美感。

司零说："多谢先生，可惜中东这里没有那么美丽的牧场。"

"沙漠也有它的美。"

"当然是的，有些沙漠我也很喜欢。"

"小姐都去了哪些地方的沙漠？"

"那倒是去了不少，我在一个非营利组织里做心理医生，走过一些贫瘠的国家。"

"是吗？"乌纳眼神发亮，显得尤为感兴趣，就此与司零继续聊了下去。

聊到北非某国，乌纳脸色微变，诚恳地告诉她："小姐最近还是不要去那了，反政府武装卷土重来，当地局势混乱，竟还出现了奴隶市场，买卖难民。"

司零没有说话。

乌纳看出她不相信这般反人类的行径，苦口再劝："我有一位朋友是战地记者，他因为拍摄到奴隶市场的画面而被杀害了……里面有一些东亚的医疗志愿者，我不知道那是哪国人……小姐可不要再和组织的人到那里去了。"

司零心头微震。

次日是周日，宴会持续到很晚。但之后司零显然有些不耐烦了。

一同不耐烦的还有她的双脚，她实在扛不住穿着高跟鞋站这么长时间。趁着钮度和人说话，她偷偷跑到无人的花园角落里，脱了鞋，索性一屁股坐到草地上，好在灌木高，没人看得见。

她撑着脑袋思索乌纳方才的话。东亚的援非医疗队十有八九都同在一个圈子，她认识不少人，如果真是之中的哪一个……

"累了？"顶上忽然传来一道男人的声音。

司零稍惊吓地回过头，钮度弯着腰站在她身后，嘴角带笑，很是英俊。

她竟懒得在他面前顾形象了："是啊，你知道的，我穿不惯高跟鞋。"

"那我们回去吧。"钮度说，还未等司零反应，他直接将她从地上捞起，落进他怀里成了公主抱。

"我自己可以走……"她勾着他脖子说，他并不理会。

回去的路上，钮度问她："宿舍还进得去吗？"

"宿舍没有门禁，"司零说，接着她问了一个让自己后悔的问题，"要是进不去了，你打算把我弄到哪去？"

钮度直截了当："当然是开房了。"

"……"

直到叶佐把车开到宿舍楼下，司零才想起来问他："先生去哪儿？"

钮度："你这算是在关心我？"

"你可以这么认为。"

那么他便认真回答："住酒店，明天约了人谈事情。"

钮度看着她手拎高跟鞋跑上了楼。

"走吧。"他吩咐。

上路之后，叶佐拿他打趣："你刚才同司小姐跳舞时离得好近，我都快以为你们要接吻，屏息期待了好久。"

钮度嗤笑："那种距离还有一种可能，准备打架，我跟她更有可能是这一种。"

叶佐笑起来，钮度接着说："她让我找乌纳捐款。"

叶佐一怔："这不是您原先的计划吗？"

"她多说了一句，让乌纳对外称是他找的我，这样免了在外界眼中的作秀嫌疑。"

叶佐默了片刻，说："司小姐果然聪明。那，您想让乌纳告诉她的那些呢？"

车子驶在寂寥的马路上，钮度松了松领结，看向窗外，淡橘色的路灯在他脸上一明一灭，琥珀般的双瞳一隐一现，让人猜不透他眼中的意味。

他说："看她后来不耐烦的样子，是知道了。"

……

司零几次拿起手机想要给周孝颐打电话，最后还是作罢。这个点急于知道一个战乱国的情况，难免让他担心，保不准就会告诉司自清。

她辗转难眠，熬到凌晨两点起来给梅林打了电话。

平城时间是早晨八点，梅林正在吃早餐。

"怎么了？这么晚了还不睡？"

司零将乌纳所言告诉梅林。听完之后，梅林的第一反应是："你不说这一趟跟钮度的进展，反而更关心奴隶市场的事，有觉悟啊。"

司零脸色不好，梅林不再逗她："那边局势太乱，我也没有更确切的消息，你还是等天亮之后问你师哥吧。"

新闻早已将那国内乱的消息传遍了全球，可奴隶市场这样骇人听闻的事情却鲜少有人知道。

梅林提醒她："钮度知道乌纳告诉你这些吗？"

"我没告诉他。"

梅林没说话，这并不等于钮度不知道。他又问："进展怎么样啊？"

"一切顺利，他现在巴不得每天见到我，"司零忽然冷哼一声，说，"他可真是自以为是，以为我会为了帮他去向乌纳示好？"

司零将钮度的话重复了一遍，梅林却不像她那样哂笑，他从这语气中探到了一丝令他极其不安的微妙。梅林犹豫着，还是忍不住说："他不会爱上你了吧？"

司零毫不犹豫答："要真是这样，那我可就小看他了。"

梅林皱眉："你什么意思？"

"你以为我会贬低自己？"司零冷笑，"我绝不会爱上一个与自己全是利益勾连的人。"

梅林试着确认一遍："那么，你是说……你绝不会爱上他了？"

司零想起了钮度那张贱嘴。她从不把这些对话告诉梅林，她不想让梅林知道她干不过钮度。

司零说："他有什么可爱的？"

"长得帅呗。"

"长得帅的人多了去了，我非得找不痛快爱他？"

看着司零气鼓鼓的模样，梅林更是不安了。明明该是一脸高冷的不屑，她从何而来的气恼？钮度怎么她了？

他没有多问，她不想说的，问了也没用。

和梅林打完电话，司零舒服多了，就此睡着。

为了不让自己看起来太着急，司零到了午饭时间才给周孝颐打电话。

他果然很忙。他告诉司零，那国有人想转移到 Y 国来，两方使馆官员正就签证问题协商。

司零问："撤侨安排呢？"

"军舰今天还在公海，正在办进港许可，"周孝颐显得忧心忡忡，"可当地政府基本瘫痪，不知道要等到什么时候。"

司零听到唐棠在一旁安慰他："你别太着急了……"偏见就是偏见，无论她说什么司零都觉得虚伪。

"怎么算人？"司零又问。

066

"使馆人员会收集信息、统计人数的。"

"那要是有人没办法去到撤侨地点呢？"

周孝颐沉重地说："我们会竭尽所能。"

这些都不是司零主动问的，而是巧妙地让周孝颐主动告诉她的，因此他没有怀疑她的目的。但他想起了她是志愿医生的事。

"我郑重地告诉你，无论你的组织有什么任务，你都不许跟着去，"周孝颐极其恳切地说，"那里多地通讯中空，恢复联络之后，据说还是有一队医疗小组在失联。"

司零心头一震。

说了这么多，终于回到了司零打此电话的目的上。周孝颐说："师哥最近不能给你做饭了，过些日子再去接你过来，好不好？"

"好，你忙你的。"

挂下电话，司零陷入漫长的沉思。

她终于给梅林打去电话。梅林依然是那般漫不经心的腔调："你这个电话来得比我预想的迟啊。"

司零面色沉冷，郑重其辞："通知赛特，今天落日之前跟我联系。"

Chapter 05

田忌赛马

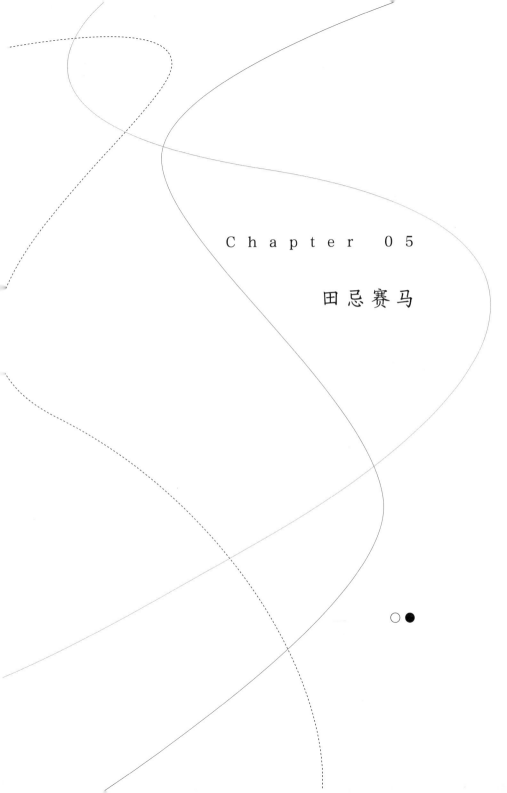

撤侨军舰顺利入港，接回了身在战乱国的数千国人。那支失联的医疗队终究没能踏上军舰，驻外人员也实在无法找到他们。

可就在不到 24 小时之后，网上赫然出现一条震动全国的新闻——

"惊魂 24 小时！援非医疗队死里逃生，安全抵达大使馆！"

"以无偿提供医疗服务为目的，武装分子将医疗小组扣留，在非高管积极协助搜救，成功救回医疗小组！让我们为这位心怀天下的爱国企业家点赞！"

"哇，这人好厉害啊。"陈欣窝在客厅沙发上刷微博，惊叹不已。

司零刚好路过，陈欣叫住了她："司零啊，这年头还真有蜘蛛侠、蝙蝠侠这种超级英雄存在啊？"

司零对她说："你说的那些都是 M 国人，要说行侠仗义，金庸的书里比比皆是。"

"上次孟建宇还说过那个什么，CR！"陈欣一声尖叫，"你说这个高管会不会也是咱 CR 的？"

咱 CR？司零暗自发笑。

"你去哪儿？"见到司零要出门，陈欣又喊她。

司零侧过身，犹豫了一下，答："明天拉维市大学孔子学院的晚会……我去做个头发。"

"哈？"陈欣以为自己听错了，"为了晚会？"

司零草草应了声"嗯"，转身出了门。

拉维市大学孔子学院明晚将举行端午晚会，由学院师生表演，使馆官员和各界人士都会参与，周孝颐在列，她当然不是为了周孝颐。而是……钮度也去。

坐在理发店里看着镜子里的自己，司零有些懊悔。

她为他这么费心做什么？有病。

不久后，司零收到了钮天星的微信。她要回港城了，明天的飞机，母亲卧病，她和钮度不能同时离开她太久。她问司零，今晚能不能过去陪她睡。

司零对钮天星没比别人多半分热情，也不知道她怎么能扛住司零的性子。也许还是记挂着最初为自己识破男友不忠的恩情，觉得她并不是个冷心肠的人吧。

司零答应了。

去到钮度的别墅，他并不在家。两人收拾一番，结伴到海上冲浪。晚上她们一起睡，钮天星趁机袭了一把司零勾人的大胸。

"你会不会想我啊？"钮天星望着她问。

"会。"司零答。

钮天星当然读不懂她眼中的敷衍，美滋滋地入睡了。

像她这样不学无术的大小姐，司零实在看不上。确切来说，对社会没有什么用处，对人类发展不奉献积极力量的人，她没有瞧不起，但是真看不上。

凌晨过后，钮度才回到家。司零睡意浅，汽车引擎声，法耶的迎接，钮度的脚步，她都听得一清二楚。她听见他问："阿星呢？"

"已经睡下了，雪莉跟她一起睡的，先生。"

她听到钮度的脚步声止于她的门前良久，才往前回到他的房间。

钮天星的飞机在上午，她起得很早，稍作收拾就要出发去机场。早餐餐桌上除了上次的三人，还多了个叶佐，钮度待他实在好。而徐洋，自己多半也无心跟他们一同用餐。

钮度不停地在给钮天星嘱咐照顾母亲的事宜，不自觉地多了话，司零趁机偷窥他，这副卸了冷冽的唠叨模样，倒还挺有味道。

呸！她在想什么？贱嘴度！

他虽然没有明说，但司零听出，他母亲没有自理能力，她猜测要么残疾，要么精神失常。

"你要帮我把司零好好送到学校哦。"钮天星也交代钮度。

"知道了。"他头也不抬地说。

钮天星走了，钮度理完衣冠也要出门，司零明知故问道："先生不打算送我回去了？"

"把你送回去，换身衣服，就接你过来？"钮度的笑里总带着不失气度的痞味。像是一匹桀骜而优雅的白马。

端午晚会就在今夜，若她在路城，这个点也该出发过来了。

司零可没忽略他的意图，说："那么就不劳烦先生了，我自己叫个车去酒店吧。"

穿好了鞋的钮度站起身，一下子拉开与她的海拔，他居高临下："谁允许你离开我的房子去住酒店了？"

"你——"

"你的东西都在阿星房里，哦，钥匙我弄丢了，自己找个锁匠吧。"

叶佐跟着钮度开车走了，司零跑到二楼露台，冲着他远去的车影破口大骂："——贱！人！度！"

司零收到了钮天星的消息，她已到达机场，正在办手续。

接着，她神呼呼地发来一句话："哎……我在机场这边看见一个人，好帅啊。"

司零回："金发碧眼的都差不多。"

"不是，我偷拍给你看。"

很快，司零收到了钮天星发来的照片。一个男人，西装革履，大气俊雅——周孝颐。

司零往对话框里敲下几字："很不错。"

接下来的时间里，钮天星的话题一直围绕着周孝颐。

"他好像是外交官哎。"

"好有气场啊，太帅了。"

"啊啊啊他跟我说话了，超级有礼貌，超级优雅！"

司零几次敲下"他是我……""他有女……"，统统删掉了。她估计周孝颐也看不上钮天星，但相比起唐棠，钮天星至少真诚。

"哎，算了，反正我都要走了。"

是啊，又能如何呢，她今天就要走了。

司零最后决定："你下次来Y国，我带你认识他。"

钮天星起飞后，梅林接着打来了电话。司零找了个最朴素的角落

072

接电话，却还是被梅林一眼看穿："你这是在哪儿啊？"

"……同学聚会，租了栋别墅。"司零也觉得这谎太扯了，梅林肯定不信。

意外的是，梅林没有继续追问。他接着说："徐洋盯上你了，他最近在查你的背景，要不要设个套把他弄走？"

"徐洋现在要是还没察觉我，那钮辰可真是选了个废人，"司零不屑地笑，"设什么套？他本来就有把柄在咱们手上，但现在还不是时候。"

"那你自己可得注意了。"

"知道了，梅林大师。"

该说的说完了，梅林迟迟不挂，在司零的催促下才扭捏着开了口："也要小心钮度。"

"什么？"

"我怕他占你便宜。"

司零勾起唇："他敢？我废了他。"

……

钮度出门之后没再回来，到点直接从公司前往拉维市大学。

依照春晚的惯例，端午晚会晚八点开始。半个留学圈的人都来当观众了，使馆官员和各界贵宾坐在最前排，现场顿生一贯的热闹氛围。

全权大使仍旧抱病，周孝颐代为发言，之后竟是钮度，司零这才得知，天一集团是此次晚会的赞助商。

毕竟是喜庆的节日，钮度讲话很随性，聊些家常，没扯半句冠冕堂皇的话："今晚让我感觉真的好像在过年，比在家过年都要热闹……像端午这样的节日呢，街上买不到粽子，家里也会一起来做……"

司零听到下面有女生激动地在说："本以为钮辰才是九亿少女的梦，没想到三姨太的儿子钮度更帅啊！他眼睛好好看啊，果然是混血！"

"就是就是，怎么都没见新闻说过他？低调又帅气，这不是小说男主完美人设吗？"

节目多是才艺表演，载歌载舞、相声小品。司零和几个同学组成乐队，由孟建宇主唱，合作了一首《平城平城》。

司零还有一项任务。晚会有一个脱口秀比拼环节，六名Y国学生分成两组，各派一人，两两合作演绎，由嘉宾打分，总分最高组获得奖品。经同学介绍，其中一组找到有辩论经验的司零担任指导。

两组学生都有水平高低之分，出场顺序由双方自行决定。

司零把三个组员聚到一起，排兵布阵："我已经摸清那边的三个人了，他们的导师我也认识，他喜欢把王牌留到最后，但开场声势不能太弱，他一定会派水平排第二的汉斯上场。"

"那么，麦克，你来应第一战。"她选定了能力最强的麦克。

三个同学心有疑虑，但还是听从了安排。

第一局结束，麦克战胜汉斯，司零组胜。

"开场就败，那边一定开始着急了，第二局再输，胜负就定了，所以一定会把王牌调上来。"司零有条不紊地说，"第二局，你去。"

第二局司零派出水平最弱的同学迎战。结果，司零组败。

到了第三局，司零组还有一个次等水平的人，而对方只剩了最弱的人，轻而易举地决出了胜负。第三局，司零组胜。

三局两胜，最终夺魁。

周孝颐上台为获奖组颁发奖品时，三个同学突然跑到后台把司零也拉了上来。

"是她！是她的安排才让我们取得了胜利！都是她的功劳！"三人将司零包围起来，就差当场举高高。

主持人问："我想请问一下这位小姐，是怎么想出这样的安排的呢？"

司零谦逊地笑了笑："想出这个办法的人不是我，是战国时期一位名叫孙膑的军事家。有个典故叫作田忌赛马，孙膑在赛马中，正是用这样的方法帮助田忌将军打败了他国。"

在座掌声雷动，惊叹连连。

晚会最后一项是吃粽子和饺子，会场顿时香气四溢。

周孝颐在和钮度说话时瞧见了司零，招手让她过去。周孝颐先向钮度介绍："这是我老师的女儿，正在希河大学读书。"而后说，"这是天一集团的钮度先生，司零，叫先生好。"

司零乖乖点头："钮先生好。"

钮度也笑："小姑娘一个人远在国外，要多听你师哥的话。"

周孝颐无可奈何地叹气："她要真能听我的话就好喽，从来不让我省心。"

周孝颐问司零："你今晚去哪儿？"

司零说："……回学校，学校安排了车，你不用担心。"

同学们拉司零过来喝酒，纷纷要敬她这个大功臣。司零犹豫着，答应了喝一点，可她看到有人给她倒的酒时不由得咋舌——竟然是贵州茅台？

周围人都看着，她既已答应，就不能反悔。她憋足劲儿喝下一小杯，感觉自己整个肠道都在烧。目的得逞，同学们哄笑起来。他们也不是存心戏弄，给她换了兑红茶的威士忌。

正常人的确不会醉，可司零同学的酒量真的差到难以置信。

五杯下肚后，司零开始有些晕乎了。但酒不仅致晕，还致兴奋，她在同学们说笑间随着他们继续喝了下去，竟忽视了自身的异样。

直到有人发现司零似乎卸了几分平日的高冷范儿，才问了她一句："司零，你是不是醉了？"

她猛然察觉。她起身往外走，同学拦下她问去向，她说："我去找我哥。"相比起钮度，周孝颐真是温暖的港湾。

没有人再拦她了。

可她在满场的人员里并没有见到周孝颐，随便拉住一个人问："周孝颐呢？"

"周……你是说周参赞？刚刚就走了，说是还有事。"

司零往出口走去，视线有些恍惚，眼皮也变沉了，但她很清楚自己在做什么。

可她下楼时还是踩空了，一连滚下三阶，摔倒在地。

"司零？"

有熟悉的声音在叫她，很快她被声音的主人抱起来，她知道是谁，看都不想看他一眼就要推开。钮度攥住她乱动的手腕，抱她抱得很紧："喝醉了？"

"……嗯。"

"你要去哪儿？"

"找周孝颐。"

"为什么不找我？"

"朋友让我提防你，说你会占我便宜。"她纯粹是在复述梅林的话。

钮度笑起来，喝过酒的声线略带喑哑："你不是不怕我吗？"

"我当然不怕你了，我怎么可能会怕你？"她挑衅地看他，可明明身子要借助他的怀抱才能站稳。

钮度不敛嘴角弧度，迫近与她嘴唇的距离，说："那，我们回家？"

"好啊，我们回家。"

司零在车上睡了过去。

"我们到了。"车子停下，钮度叫了她一声。

司零一动不动，歪着头，闭着眼。钮度再叫了声，还是没反应。

叶佐在前面说："要不要让法耶过来扶司小姐下去？"

钮度同意，法耶很快出现在车外。钮度打开司零那边的车门，庭院里的灯光漫上她的睡颜，意外显出了柔和。钮度微怔。看惯了她的盛气凌人，他从未想过她会有如此猫咪般温驯的一面。

法耶上前为司零解开安全带，轻唤："雪莉？雪莉？"读司零的中文名实在为难她，她自作主张给取了这个名字。司零本来是拒绝的，也不知道啥时候稀里糊涂地就给应了。

钮度发了话："我来吧。"

他上前，手臂穿进她背后，让她靠到他肩头，接着他右手向下伸去。他想将她横抱起来。而他的手和她的腿只差毫厘时，他滞了须臾，最后果决地将手抽了回来。

这一抽，免了叫醒，司零迷糊地半睁眼："……到了？"

"嗯。"钮度应。

司零扶着车门出来，踉跄地走了几步，往身侧一栽。钮度接住了她，顺势揽着她往屋里走。

一路上，司零还在不停念叨："没事，我真没事，我自己能走……"

钮度扶她来到钮天星房门口，转了手把却推不开。他想起这门是今早自己故意让人锁了的。他抬声说："去把钥匙找来。"

法耶才刚走开，司零突然捂住了胸口，脸色很不好。

钮度问："怎么了？"

"厕、厕所……"

钮度立即带她走向走廊尽头的主卧——他的房间。一进门，司零实在忍无可忍，一头扎进卫生间，倒地呕吐。钮度在后开了灯，见到司零瘫在马桶边上的场景。

他疾步过去，等她吐完后，伸手去扶。

"啊！"司零一声惊呼，反手狠推了他一把。她今天穿了条露腰的裙子，他的手恰好掐在那儿，惹她发痒。司零吼他："你干什么？"

钮度"噌"地起了身，面带怒意。真是好心当成驴肝肺。他扭头就要走，却听到她继续呕吐起来，他看向她，她头发凌乱地散落着，沾了些污物。

在她走上舞台时他就注意到了她这一头波浪大卷，配着她的容颜，冷艳十足。他当时想，可算是有点女人味了。

女人味这东西可不是天生附着在身材上的，譬如司零，今夜之前，她的身材配她简直是浪费。

钮度重新低下身来，单膝跪地，将司零的长发挽起。等到她彻底吐干净，身子也变得绵软了，向后一瘫，倒在他身上。

钮度抬起手，法耶把水递过来，他喂司零慢慢喝下。

"好些了吗？"他问，声音不自觉间带了温柔。

司零点点头，说："我……我想洗个澡。"

"好。"钮度说，然后吩咐法耶取来她需要的所有东西。

司零卸妆洗脸的时候，钮度在淋浴房里帮她调试水温。等她洗完了，转头一看，破口大骂："你在这里干什么？出去！"

钮度的脸阴云密布，狠狠把阀门一关，走了出去。

听着浴室里的流水声，钮度低头看了看自己沾湿了的袖子，觉得自己真是脑子有坑才把这个女人带进自己的卧室。

很快，浴室门开了，司零围着过胸的浴巾走出来，见到站在落地窗前的钮度，彼此都是一怔。

钮度脱了上衣，露出硬实的腹肌线条。

而司零，她的皮肤白得通透，还沾着些水珠，浴巾不是太长，恰好能遮住她腿根。她有些懵怔地看着他，没了脂粉和口红，看上去略显稚嫩。

更稚嫩的是她的声音："我的衣服呢？"像这样她不怼他的时候，他很难将这个拥有一副甜软嗓音的女孩和那个高冷的司零联系起来。

钮度："就放在架子上。"

司零走回了浴室。她再出来的时候，换了件浅粉色的缎面睡袍，露出一双细腿，一荡一荡地走近他——没错，是直接走向了他。

钮度缓缓放下茶杯，注视着她走近。

"这是什么？"司零的眼神示意他的杯子。

"醒酒茶。"

"你喝醉了？"

钮度淡漠地笑了笑，说："没有，只是酒精作用下，很容易让人干一些平时想干却不好直接干的事。"

"你也会有想做却做不了的事？"她对他的称呼没半点恭敬，他暂时无法研判她是故意的还是没醒酒。

钮度："你想知道？"

"你想说的话。"

他决定换另一种方式逗她："比如，我一直很想找到你的弱点，今天可算是找到了。"

司零眉头一皱，十分警觉："什么？"

钮度一勾嘴角，迅速出手掐住她的腰，伴随着她的吟声，她被他转了个身，收拢进怀里，他的手仍没放过她的腰。她在他怀里痛苦地笑着，想推他，被掐住的痒肉却让身体痉挛，无法自理。

"哈哈哈——啊……你、你住……哈哈哈……住手！"

钮度的嘴唇贴到她耳根上："你求我啊。"

"……求、求你了。"她绵软而妩媚地说。

他才松开手，她手间猛地发力想使一招反擒拿，却被他先发制人地扼住手腕，她来不及收力，向后一倾，紧握住她的钮度和她一起倒在了软榻上。

钮度抬起头，司零正看着他，眼神里竟带了丝狐狸般的妖气。

谁说她不撩人？

司零冷笑一声："变聪明了。"

"你可真是学得犹太人，锱铢必较，以牙还牙。"

太阳为你加晃

"仁慈那是伟人的特长，我只是个庸人。"

钮度饶有兴致地看着她："上一次离你这么近，还是跳舞的时候。"

她不忘怼他："你是说，你被我踩了一脚的时候？"

"叶佐说，一个男人同一个女人离得这么近，接下来要么接吻，要么打架，我觉得我跟你更适合第二种。"

"完全同意。"

"但是……"钮度眸光一深，"我觉得以现在的氛围，我们应该适合第一种。"

司零笑起来，抬手抚摸他的脸庞："我也觉得。"

钮度吻了下来。

他急切地闯入她的齿关，旋起她的舌头。一同交缠的还有呼吸与呻吟，这样的状态是司零不熟悉的——身体这种被鼓动起来的状态，她知道那是肾上腺素的作用，她在许许多多次 SPA 按摩时有过相似的体验，但那终归只是相似。

而这一次，是完完全全的雌激素作祟。

她可以在其他所有方面与钮度势均力敌，可男欢女爱，她只能是他的手下败将。她真不喜欢这样，她不是那个掌控全局的主导者，从心到身，一切都要交给他。

但是，她不得不承认，这感觉实在美妙，美妙到让她沉沦。

她的手缠着他的脖子，在他的深吻中享受着他强大的雄性气息。

钮度倏然抬起头，司零过了好一会儿才睁眼。她感受着他紊乱的呼吸吐在自己脸上，笑了："你不怕我以牙还牙？"

他发觉她变得越发性感，忍不住也笑："比吻我更狠的是把我睡了，这是你的风格，我挺愿意被还的。"

司零戳了戳他的脸："想得挺美啊。"

钮度突然变得认真："你喝醉了。"

"我没醉，"她斩钉截铁地否认，"你不信啊，我明天倒着告诉你我们今晚干了什么。"

忘是不会忘，但也许会后悔。

钮度一笑："要是你后悔了呢？"

"我不是那种不负责任的女人。"

"是吗？"钮度稍起身，说话间松开了她睡袍的系带，"这可是你说的。"

司零感到他的胡茬扎进了她的胸脯，感官被酒精麻痹，身体只剩下这种又痒又刺激的感觉……她好喜欢。

蓦地，钮度睁开了眼，眼神带着股狠劲儿，缓缓起身。

"你喝醉了。"

等到钮度一扯睡袍将她身体遮住，她才反应过来。

他抽身离去，没再回头。

偌大的房间剩下回荡的风声，还有心跳声。待到司零的呼吸恢复平静，眼里也没了醉意。

她慢慢爬起来，随意系上睡袍带子，起身去卫生间。

司零用冷水一遍遍地洗脸。

最近，她回答不上来的问题越来越多了。

比如，今夜如此，到底是不是她故意的？

司零到了下半夜才睡着，早晨在天光拂照下自然醒来，耳边很静，没有一点声音。

洗漱出来之后经过钮度的衣帽间，司零停了下来。他的衣服不带任何洗涤剂的味道，它们几乎都是一次性的，他再喜欢也穿不过三次。所以，沾染了的香水味还留存着。

她用指尖从他排列整齐的衬衫衣肩上划过，最后停驻在其中一件上，将它抽了出来——是他带她赴晚宴的那件浅棕色。

她勾了勾唇，动手解扣子。

一出门就见到端着花瓶的法耶，她显得很惊慌："雪莉！是我吵醒你了吗？"

"是我刚好要出门。"司零冲她笑了笑。

法耶打量了她一身，挑挑眉，主动告诉她："先生正在一楼跑步，早餐已经准备好了。"

司零点点头，往前走过她，没两步她又回头叫住了法耶，说："他不喜欢风信子，下次换成蓝色绣球花吧，也不要买任何鲜红色的花。"

"好的好的。"

司零下楼见到钮度，他正在跑步机上，浸湿汗水的背心绷着身子，更显健硕硬朗。司零走过去，扶着机子望他，问："昨晚睡哪儿啊？"

钮度没理她。

司零用手垫着下巴："干吗一脸委屈？是不是觉得我欺负你了？"

钮度终于瞥向她，看到她身上穿着自己的衬衫也没什么反应，别开脸。司零突然胡乱地去摁那些按钮，钮度在自己被绊倒之前飞快地压住她的手，一并按了暂停。

司零抬起头，钮度在瞪她，她贱兮兮地笑起来，抽了抽被他攥紧的手，却抽不掉："这么舍不得？"

钮度松开手，说："你——"他抬起另一只手，食指摁着她额心，发力使她被迫后退，"不要得寸进尺。"

司零愣着退了两步，直到钮度走开稍远了才回过神——什么鬼？这种莫名其妙的动作，以她的性格应该火冒三丈才对！

可她最初的反应却一点儿都不恼。或许是因为，他的语气也一点儿都不凶。

钮度洗完澡下来，见到正堂而皇之地吃着早餐的司零，冷冰冰的脸上又多了分嫌弃。最气的是她还笑眯眯地跟他打招呼："快过来坐啊。"

真把这当成自己家了？

法耶过来为钮度倒牛奶，钮度顺带说了句："今天的花很漂亮。"

法耶笑着说："多谢先生，您卧室门口的花我是听了雪莉的意见换的，她可真了解您呀。"

钮度没什么反应，司零开了口："接下来你道个谢会比较合适。"

"我想，最该道谢的人，不只是我一个，"钮度终于认真地看向她，"那支被武装分子扣留的医疗队今天抵达了肯尼亚，他们会继续在那里工作，你们这些志愿者可真是大爱无疆啊。"

司零讪笑："哪儿有先生说的那么伟大，响应国家号召，混口饭吃罢了。"

"那么，海基公司的魏总冒着这么大危险查到他们被扣留的具体地点，你认为也是响应国家号召？"钮度看她的目光一向带着研判，这个女人实在深奥，他真怕稍有不慎就被套进去。

司零喝了口粥，漫不经心地说："就是新闻里那位协助搜救的爱国企业家？"钮度没答这种废话，她又说，"魏总在非洲做了这么多年基建，人脉很广，找个人对他来说并不难吧。"

难是不难，可问题是，他怎么知道有医疗队失联了？

钮度并不急于道破："解救人质并没有新闻表面的那么简单强硬，据我所知，魏总给当地的医院捐了不少的物资，在这上头斡旋投入的资金都是小事，可万一惹急了武装分子，引来什么报复之举呢？这场战争谁输谁赢，他可没有定数。"

司零说："与在开辟新市场时有国家护航保驾相比，放弃一个小小战乱国的市场又算得了什么呢？"

这位魏总的侠义之举，显然为海基今后顺风顺水地接到其他国家的项目铺好了康庄大道。

钮度盯着她，突然换个问题："如果有一天，你收到一封随意署名的邮件，要你以这样的交换去完成一件危险的事，你会毫不犹豫地去做吗？"

司零打算让他如愿地说出接下来预备的话，所以答："随意署名？这种事情，如果不是非常信任对方，当然不会。"

钮度目光如炬，声线骤沉："魏总私底下称这个消息来自一封署名'CR'的邮件，司同学怎么看？"

不在公众上大肆宣扬，而是私下神神秘秘地提到 CR，这很有成员作风。

"就是那个，天才联盟组织？"司零想了想才说，"先生是想说这个魏总认识他们？"

钮度没有直接回答："司同学觉不觉得，这一招和你之前教过我的很像？"

让钮度和乌纳合作慈善，却对外称是乌纳找的他，钱他出，落得名声的是乌纳。哪里是像，简直是如出一辙，照搬照抄。

司零爽朗地笑了："先生不会以为那个发邮件的人是我吧？捐赠医疗物资？我一个穷学生哪来这么大本事？"

"精通马术、深潜、格斗，对跳伞也不陌生，普通家庭可培养不出这样的孩子。"

"我爸富养我呀。"司零的表情很真诚。

　　钮度倒还想继续跟她周旋几句，看看她还有什么招，可叶佐过来提醒，该去上班了。

　　"去换衣服，我让人送你回学校。"这是他离开饭桌前的最后一句话。

　　司零把粥喝完，迟钮度一步上了楼。在钮天星的房里换好衣服之后，她拿着钮度的衬衫去找他。

　　钮度听到有人叩门，一转头，司零抱着衬衫站在那里，笑得很甜："这个放哪？"

　　他正站在镜子前系领带，用眼神示意了沙发，没有说话。

　　司零过去把衬衫放下，随后折回门口，见到了正往钮度房间走来的徐洋。司零当即转身回来，走向钮度。

　　钮度沉默地看着司零从他手中拿走了领带，手搭上来，站在离他很近的地方，为他系领带。

　　她个子不高，又穿着拖鞋，所以要仰着脖子。她的手法并不娴熟，甚至有点笨拙，但极其认真。

　　他曾这样多次很近地看着她，却是第一次觉得，她有些温柔。

　　下一秒，徐洋出现在门口，轻叩门后说："先生，该出发了。"

　　钮度注视着司零，应了声："知道了。"

　　徐洋一走，司零并不着急松手，还真帮他系领带系到底。

　　钮度动了动唇，声线放低："照顾了你一晚上，算不算你欠了我一个人情？"

　　司零不紧不慢地答："我已经在还了。"

　　钮度等她继续说下去。

　　司零终于打上了结："你不是一直想赶走徐洋吗？我正在帮你铺路，不然你真以为我有那么骚？穿你的衣服下去吃饭。"

　　所以，她才会折回来，故意在徐洋面前为他系领带？虽然不知道目的是什么，但她显然是要在徐洋面前营造她与钮度的暧昧关系。

　　打结之后缓缓拉紧，一个不算漂亮的温莎结出现了。

　　司零抬头看钮度，他的表情如她所料的木然，她笑："钮先生，我不会给你机会套路我的。"

　　司零得意地看着他。

钮度突然说："那么，昨天晚上，也是你计划好的吗？"

司零微怔，这句话完全出乎她的意料。她知道他指的是什么。钮度紧盯着她，她也不示弱地回应，却一时语塞。

而这无言，在他眼里等同于默认。

钮度将她的手从自己身上摘下来，转身出了门。

司零愣在那里。

她没看错吧？她为什么觉得他的眼神里有些不悦？更坦白一点就是，生气。

罢了，他的性格一向古怪，况且她也没有心思去琢磨这种小事。她要考虑的是，接下来该如何应对钮度进一步的逼问。

她可不想让他的路这么好走。

所有与司零合作的人都直言不讳："你是个绝对值得信任的伙伴，但也绝不是一个值得信任的朋友。"

因为你永远不会知道她今天为你做的这件事，是不是在为以后要你等价交换而设的套。

这样性格的一个姑娘，又有谁会喜欢？

你说梅林？他是怪胎，他爱她爱得死心塌地，毫无道理。

"或许你真的就是我的亚瑟王，我终其一生都要这样守护你。"他如是说。

但他认真地问过司零："你有没有利用过我的感情？"

司零给的答案是："没有。"

梅林笑起来："没劲，我还准备说，我甘愿被你利用。"

司零发自肺腑地告诉他："你没有任何能被我牵制的弱点和秘密，反倒是你，你是唯一一个知道我所有秘密的人。"

梅林这才从稍稍的紧张中恢复为了散漫："这倒是。"

……

到了办公室只剩下钮度和叶佐的时候，叶佐说："今早徐洋问我，司零是不是你女朋友。"

钮度推了推鼻梁上的眼镜，头也不抬："然后呢？"

"我问怎么了？他讲你两个举止亲密，问清楚方便以后安排座位。"

钮度不再作声，这点小事叶佐用不着他教怎么应付。可叶佐真的问了一句："是不是啊？"

钮度抬头瞪他，他缩了缩脖子。钮度沉了口气，说："那些所谓的亲密，是她故意做给徐洋看的。"

"为什么？"

"为了帮我赶走徐洋。"

叶佐很是吃惊："你告诉过她？"

钮度不说话，叶佐知道这是"没有"。他不得不摇摇头，接着说："阿度，你有没有看过内地的一个电视剧，叫《琅琊榜》？"

叶佐在钮度骂自己闲着没事干之前补全了话："我觉得，她真是一个梅长苏一样的女人。"

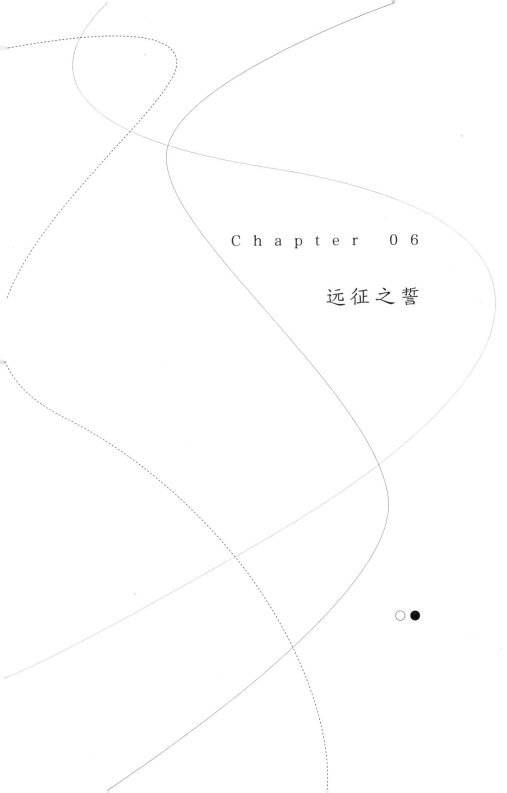

Chapter 06

远征之誓

太阳为你加冕

Y 国的夏季炎热干燥，托这鬼天气的福，邻邦关系都变得浮躁了起来。

南部加沙地区与北部戈兰高地一同爆发了冲突，火箭炮的硝烟萦绕边境，大学校园里近一半学生穿上军装重返部队，前往战场。

战争的阴云从未远去，路城的天空却依旧湛蓝明亮。

陈欣回国那天打趣道："刚好赶上暑假了，你说为什么不是在学期中起战事，说不定我们大半年都不用上课呢。"

"那你想多了。"司零一边阅读学校发来的警报邮件，一边对她说。

"你真的不回去啦？我前天还听你爸爸给你打电话呢。"

"爸爸最近在日本开会，我回家了也是一个人，再说了。"

陈欣一步三回头地离开了宿舍："那你一个人注意安全哦，不要再乱跑了。哦，对了，钮言炬不是也没走吗？他那个人脑子木了点，其实挺热心的，有事你找他。"

说是这么说，司零什么时候有过自己搞不定的事？她笑答："好。"

陈欣一走，宿舍只剩下了司零。实验室却不空荡，走的人不多，但趁着教授出国访问，大家略有颓势，组长钮言炬以身作则，每天都在勤勉监工。

司零看着他长过耳根的油腻头发，问："你几天没洗头了？"

钮言炬的头发自然微卷，本该是蓬松的，可他挠了挠竟没怎么动。他一副不拘小节的模样："不要在意这些细节。"

这天司零在实验室待到日落，除了一向最后离开的钮言炬，还有 M 国妹子布兰妮。司零听到她积极地邀请钮言炬："一起去吃饭吗？"钮言炬答："我还不饿。"

他倒好心提醒了一句:"你早点回去吧,你住得远,晚了不安全。"

司零看到布兰妮的脸色青一阵红一阵。你以为人家乐意待这么晚?还不是为了让你送回去?

她心领神会,脱掉白大褂就要走,给他们二人留空间,布兰妮见状赶紧起身跟着她离开了实验室。"让他跟他的小白鼠过一辈子去吧!"布兰妮气呼呼地说。

钮言炬,可谓低情商理工男的典范。

司零还在思考要如何安慰几句时,一出小花园路口,见到那里停了辆熟悉的车。

还有个熟悉的人,高大俊朗、西装笔挺的钮度。他双手插兜,斜靠在车门外,嘴唇翕动,司零猜他正在哼歌。

三人之中先开口的是布兰妮:"这不是钮言炬的小叔吗?"司零并不惊讶,她喜欢钮言炬,对他的家人做点功课是应该的。

布兰妮热情地迎上去:"先生是来找言炬的?他正在实验室里呢。"

钮度的目光从她脸上挪向司零,一扬下巴:"找她的。"

布兰妮非常知趣,一溜烟儿没了影。

司零拉低了棒球帽的帽檐才走过去,最近窝在实验室,她也两天没洗头了。

她开口很直接:"布兰妮和钮言炬关系不错,你不怕她转头告诉他?"

钮度浅笑:"告诉了如何?我跟你又没什么见不得人的关系。"司零一时语塞。钮度很会把握时机,眉毛一挑,抛了句:"是吧?"

世界上怎么会有这么贱的男人?

她看了看远处的夕阳,说:"找我什么事?"

"闲来无事,请你吃个饭。"

有事也不能在这里谈。司零想着,便答应:"那劳驾先生帮我开下门了。"

钮度转身打开副驾车门,并伸手为她扶挡头顶。司零这才发现,他竟是一个人来的,不过脑便问:"叶佐哪儿去了?"

钮度并不看她:"我办私事,一向自己开车。"

车子离开学校时,街上亮起了路灯。天边浮着橘红色的云,将他们温柔环绕。

"在想什么？"钮度忽然说。

司零晃了晃神，答："什么？"

她看见他勾起嘴角："你知不知道你盯着我看好久了？"

司零有些尴尬地转过头，说："在想先生找我会是什么事？"

"没事就不能找你吗？"

这话暧昧得明显，司零没有接茬。她似乎是忘了，她之前可是回怼得轻巧利落，压他一筹。

难不成他真对她动了心思？

司零在心里冷笑。

她胡思乱想了一路，安静地等待钮度开口言明目的。可他真的就悠哉地吃着饭，跟她聊着旅游和健身，甚至讲了些冷笑话和八卦。

如果不逼问出他此行目的，那这一顿饭可就变成约会了。

司零被这个想法吓了一跳，在钮度话音落下时连忙接了句："先生，我可不太关心你同学的葡萄酒庄园酿出来的酒有多难喝。"

钮度依然气定神闲，也不看她："我是想提醒你，下周拿到手上，可别一下子喝一大口。"

"……什么？"

他拾起纸巾擦拭嘴角，终于抬头："我同学下周结婚，徐洋问我带不带你，你说我有什么理由说'不'？"

他这位在 L 国拥有葡萄酒庄园的大学同学，要结婚。

司零确认了一遍："你要带我去 L 国？"

他看住她："嗯？愿意吗？"

……

钮度将司零送到宿舍楼下，她转头向他道别时，他忽然说："别动。"

他伸手探向她的头，司零蓦地怔住，感觉到他指头落在她发间，很快便离开。她看向他指尖的落叶，看着他扔出窗外，然后说："好了。"

"你今晚很喜欢这样盯着我看啊，"钮度在与司零对视了片刻后说，"是我今天特别好看？"

"你……"一瞬的犹豫之后，司零作罢，"路上小心。"

090

她打开车门站出去，听到钮度最后说："头发该洗洗了。"

她才要回头瞪他，眼看他阖上了车窗。

回到宿舍，滚滚迎头就问："你刚才想跟他说什么？"

司零莫名有些烦躁："要你管。"

滚滚非常委屈："胖零怎么可以凶我！"

司零一怔，不是它这一句话，她还没意识到自己情绪有异。

"滚滚。"

"哈？"

"你以后别偷听我跟钮度说话。"

"好的。"对于这样直接的指令，滚滚只能照收不误。

司零沉了口气，打开行李箱。

她刚才想警告他，别撩她。

……

葡萄酒庄园位于 L 国中部的一个小镇上，或许是巧合，这与司零买香水的那个镇子相隔仅二十公里。

既然如此，钮度便要她实现之前带他去逛逛的"诺言"。

那间香水作坊开了已有几十年，铺面很不起眼，就藏在陋巷的角落里。店门是个拱形木门，矮而逼仄，对司零来说还算方便，钮度弯了腰才挤进去。

坊主老匠见到司零，白须里咧开了笑容："又见到你了，眼睛里藏着星星的女孩。"

司零会的 L 国语不多："你好，老先生。"

老匠看向身后的钮度："这是你的心上人？"

"噢不，他很差劲的。"

老匠纯粹是寻她开心："我也觉得，还纳闷你怎么就看上了他。"

两人笑起来。

装满五颜六色液体的玻璃容器从脚边一直堆到天花板，屋子最里边是一座楼梯，此刻响起了一阵脚步声，很快便出现一个络腮胡男人："叔叔，是有客人来了吗？"

"是我们的老朋友，我的孩子。"

络腮胡和司零看向彼此。他叫加百列——陈安德遗失传家宝的最后一任收藏者，老匠是他的亲叔叔。

司零率先笑了："好久不见，加百列。"

"你好，司零。"加百列走近她，目光却落在钮度身上。

老匠说："感谢这巧合的缘分，加百列昨天刚从 X 国过来。"

"所以，这是……"加百列的眼神在司零与钮度之间往返。

司零简明利落："我朋友。"

"朋友？"他显然不信。

司零感到自己肩头忽然被人揽住，近处随之响起一道低沉的兰顿腔："谁告诉你我们只是朋友？"

她抬头瞪他，钮度正看着她笑。

"噢，懂了，年轻真好，还能体会这种爱意的游戏。"加百列调侃道。

西方人喜欢开玩笑，再较劲可就失礼了。

"怎么又有空过来了？"司零问。

"办点事，几天就走，"加百列说完，老匠冷哼一声走远了，他回头哄道，"叔叔，X 国那边工作很忙，圣诞节我一定回来待上两个月。"他也问司零，"那么你呢？这次是来旅游了吗？"显然，他知道司零上一次来这并非是为了旅游。司零并不介意钮度正听着，她当然有办法圆谎。

司零答："来参加朋友的婚礼。"

加百列微怔，问："是杜尔庄园的主人吗？"

"噢，他很有名气？"

"倒不是，他买走了附近小镇所有花店的花，"加百列又问，"是你的朋友？"

"是他的朋友。"司零眼神示意钮度。

加百列微妙地将两人扫了一遍，说："看来，还真的不只是朋友。"

……

钮度的同学约他见面，他们没在镇子上待太久。

他将司零送回酒店，自己却不再上去了："我今晚会回来很晚，你不要乱跑，这里治安不好。"

司零忍不住笑："是所谓的婚前单身派对吗？"

092

"你可以这么理解，"见她没有应答，钮度重复了一遍，"你不要乱跑，有事打我电话。"

他难得唠叨，她便给他个面子："知道了。"

刚回到房间，司零收到了加百列的消息。

"还记得你说过，欠我一个人情吗？"

"杜尔庄园的主人，你那位兰顿腔帅哥的新郎同学，我要你帮我拿到庄园里的一段监控录像。"

看完短信，司零沉默了片刻，然后回："我需要知道内容。"

加百列回得爽快："我要知道我女朋友是否与那位新郎有染。放心，我只是想找个证据甩掉她，父母逼我们下周结婚，我只好出此下策……至于那位可怜的新娘，与我无关。"

司零终于明白了心头微妙预感的由来。

L国这一趟，是钮度给她设的套。他一定是知道了加百列与新郎之间的隐情，也挖出了加百列与司零曾经的往来。她猜，他一定会在她下手时逮个正着，以此质问她的身份。

那么，是完成加百列的要求，由着自己落入钮度的圈套？

但司零无法全身而退。

陈安德对钮度来说至关重要，所以，她不得不花血本追踪他遗失的传家宝，花重金从加百列手里买下来。

司零天大的秘密不少，以下这个也绝对够格排上号——颜双临终前找人做了公证，等司零十八岁时告知她，朱一臣留有一笔丰厚的财产，够她不干活也能奢侈地挥霍一辈子。她不是太注重表面功夫，女生该买的东西买的不多，这笔钱在这些年除了用来钱滚钱和公益捐助，就是用来与别人合作，建立牢固的利益关系。

这样一来，陈安德欠了她极大的人情，他们的关系会更加牢固。

她一直笃信，人与人之间唯有利益关系最是牢不可破。

这理应是笔干脆的买卖，可加百列觉察出她有些手段，附带了一个还他人情的条件。拷一段监控录像这样的事对她来说轻而易举，可退一步说，她也担着风险，且，会牵连上钮度。

与这起链式反应所产生的后续影响相比，眼下的事情都算无关紧要的。

——如果让钮度因此觉察出她招揽陈安德的用意，她的全盘计划都将会被打乱。

她就像一个即将落子的棋手，走一步，观十步；牵一发，而动全身。

可她别无选择。

第二天去到杜尔庄园，司零发现婚礼会场还真不是那么容易混进来。来宾不到五十人，安保随处可见，就连庄园毗邻的湖泊对岸都站了保镖。

钮度携司零出现时，新郎正向女方亲属介绍他这所建于哈布斯堡王朝时代的房子，两人相熟，新郎便打发他随处逛逛。钮度也不客气，带着司零四处欣赏别墅里的藏品，转眼间把整栋楼走了个遍。

可真是谢了他的别有用心，她摸清了所有监控摄像头的位置。

婚礼在下午举行，新娘车到得很准时。司零待在钮度身边，跟所有人聚集在草坪上，等待着这场浪漫而隆重的仪式过去。

夜幕降临，她等来了自由酒会的时间。

"失陪一下。"司零冲钮度莞尔，待他点头之后，将手从他胳膊上摘了下来。

她随手拉住一个招待，用蹩脚的L国语问："休息室在什么地方？"招待的回答无关紧要，回头她便可以说自己听不懂。

一进别墅，她的目标非常明确，在钮度拉着她乱逛的时候，她就已经锁定了监控视频终端的位置。

走过最后一段处于监控的长廊，一过拐角，司零换了张冷冽面孔，疾步向前。

调取加百列所需要的时间段，果然如他所说，一男一女在走廊上亲热缠绵，边脱边往卧室移动。

一直到将存有完整视频的U盘拔出，都进行得非常顺利。

司零将U盘收进手包，转身出门。

还没走几步，她被人喊住了："——请等一下。"

司零转身，是一袭黑衣的保镖。保镖径直走来，严肃地看着她："请问，您是？"

司零平静地回答："我是钮度先生的女朋友。"她发誓！这是因为她不会说"女伴"这个词！

保镖的脸上并未露出质疑，但他依然要求："请把你的手包打开。"这条走廊接连的几个房间都很重要，他不得不确保万无一失。

司零的面色和内心一样没有波澜，可她当下也没想出一个好计策。她笑着问："我能知道这是为什么吗？"

"例行检查，女士。"

她不得不照做。

就在她摸到手包别扣时，身后房门被人打开，有阵脚步声走出来，司零和保镖一同看去——是钮度，且衣衫不整，衬衫顶上开了两颗纽扣，领带是松的，胸口和脸上都挂了汗珠。

他懒懒地看了眼惺忪的两人，一把揽过司零，以暧昧无比的语气问："怎么了，亲爱的？"

司零顺势往他怀里一躲，面带娇羞道："没什么。"

保镖看出来了，原来二位是躲到房间里翻云覆雨去了。他毕恭毕敬地鞠了个躬："先生，女士，祝你们愉快。"转眼便没了影。

保镖一走，司零冷着脸就想推开钮度，却被他用力一扣，浅笑道："至少得帮我整理好衣服吧，女朋友？"

司零将手包递给他，耐着性子去为他系纽扣，脸色并不好。最后整好了领带，她又要走掉，钮度抓起她的手挂到自己胳膊上，笑言："你见过有人偷情之后转头翻脸吗？"

不等她瞪他，他拉着她往外走去。

回到酒会上，钮度重新扎进同学堆，司零去找点心吃。按照计划，她要将 U 盘塞进比萨里，让出现的斑点"流浪狗"叼走。

一切进行得非常顺利。

宴会结束之后，司零和钮度回到酒店，他将她送到房门，她全程沉默。钮度在她的房门闭上之前用手拦下，勾着嘴角道："今晚帮你解了这么大的围，你不好好报答我？"

司零当然知道他不会轻易离开，索性打开了门。她往屋里走，往桌沿一靠，双手抱胸，说："你想怎么报答？"

钮度挂着痞邪的笑走近她，单手插兜，另一只手松开领结，致命地性感迷人。

他展开双臂，将她圈起来，直视着她："告诉我你的代号。"

今夜该图穷匕见了？

司零在心里冷笑。她漫不经心道："我不知道你在说什么。"

钮度笑："司零小姐，这样的回答可是给你聪明的脑袋大打折扣了。"

"我本来就一般聪明。"

钮度一发破的："那你为什么要帮 Andrew 找那件古董？"

司零的眉头不经意一动。她以为他会跟她打一场太极，这是他们之间惯用的方式。钮度清楚她的意图，此问一出，便省得她拿些虚招搪塞他了。

司零吐了口气，笑得随性："我只是个跑腿的，我留学生的身份便于游走周边国家而不被引起怀疑。"

——无懈可击的理由。他也无法直接证明古董是她买的，她要像上次那样自称穷学生，他便无可奈何。

但钮度显然预料到了这样的情况："既然这样，欠加百列人情的人，不应该是你呀。"所以，她没必要为他去完成任务。

"我只是为了印证我的想法。"司零稍微抬了抬下巴，"故意带我来这里，当场把我逮住之后，你下一步打算怎么做？更大胆一点，要是我故意暴露了呢？你该怎么跟你那位同学收场？"

钮度接得很快："他有把柄在我手上。"

所以，要是东窗事发，翻脸的话，把柄曝光；但即便不翻脸，日后两人之间也只剩下了虚与委蛇。

无论如何，他终究把自己的同学卖了。可他钮度的大学同学哪里会是普通人？这么说来，他权衡之下，认定她值得让他牺牲掉一个同学了？

司零笑起来："有魄力。"

钮度更凑近她一分："不管你信不信，我同你是一种人。"

两人对视了很久，司零轻轻推开他，往落地窗边走："知道我为什么要让你投资 Wayyar 吗？"

她回头，看到钮度缓缓直起身，掏出手机找了些东西，给她递了过来。

——是他写的计划书。Wayyar 与 Y 国国防部有合作，投资 Wayyar 之后，他便顺理成章地接手这层关系。Wayyar 之后的下一个目标是一家做军用无人机的公司，有了国防部做牵头，将之收归麾下便不在话下。

写这份计划书的时间，是他到达 Y 国之前。

这与司零的设想不谋而合。

司零抬起头看他，将手机还了过去。

钮度非常满意司零此刻的神情，有赞赏，也有一丝妥协。

他走到她跟前近处，令她必须仰着脖子看他，他喜欢这种完全压制她的感觉。

"我刚才讲过，我同你是一种人。"

找到一个能完美默契地打配合的人，实在是一大幸事。

司零扬起嘴角："想知道我的代号？"

钮度表面风平浪静，心底却重重沉了口气。

她终于承认了。他凝着她的笑容，恣意、张扬，而又神秘，同时也非常美丽。

司零知道他对自己突如其来的摊牌还没缓过来，便继续说了下去："我知道你有求于我，虽然我不知道那是什么，但我丑话说在前头，我的级别很低——不然，怎么可能会让你发现我的信号？"

钮度的表情很复杂。起先是不信，而后变得凝重。他问："那么，海基的魏总也是低阶？"

司零说："他不是 CR 的人，发邮件的是他手底下的一个工程师，叫赛特。"

"赛特？"

"古埃及神话中司掌沙漠和风暴的神。"司零耐心地解释，"现在你又知道一个低阶成员了。那位魏总之所以愿意完成赛特的请求，是因为他也想加入 CR，不过据说因为他的身份太招眼而被拒绝了。"

CR 的人身份总是要隐秘些的，大名鼎鼎的世界破解大师梅林同志除外，谁让他是创始人呢。

所以，同样处于低阶的司零才会知道这位赛特。司零轻轻一笑："再说了，你觉得传传话这种跑腿的事儿，是高阶成员干的吗？"

太阳为你加冕

钮度眼中的质疑挥之不去，却也不敢太张扬。因为司零的说辞有理有据、毫无漏洞。

司零放缓了语调："你今天知道的信息，足够队长把我踹掉了，你可不能把我卖了啊。"

钮度冷哼一声："难道你会相信我空口无凭的承诺？"

司零的目光落到他的温莎结上，酒会时她负着气，系得并不严谨。她贴近他的胸膛，温柔地为他系紧领带，脸上却浮起傲慢而轻蔑的笑："你要知道，我能促成你和 Wayyar 合作，同样也能毁了。"

她抬眼向上，撞向他愠怒的眼神。

这好像还是她第一次把他惹毛。

门铃响了。

司零收回手，过去开门，回来时手里端了两份甜品，酒店送的。她直接往沙发走，端起一碗坐下，把另一碗摆在侧沙发面前，给了钮度一个眼神。

他提步时，司零说话了："说吧，你想干什么？"

钮度坐下来，上身前倾，手肘撑膝，恰好能与司零平视。司零的勺子漫不经心地撞击着瓷碗，钮度在这样的声音里开了口："前不久有一家恶意收购的公司，被一位操盘手整得股价大跌。"

"是我的队友。"

钮度犹豫了须臾，说："钮辰纵容过几次这样的事。"

"你对你二哥也太客气了，他哪儿是纵容啊，分明就是怂恿。"司零吃得津津有味。

钮度并无半点袒护之情，只不过是因为，钮辰是当今天一集团的脸面，黑他就等于黑了自家公司。他接着说："钮辰并不相信会遭到什么后果，更不相信 CR 这种幼稚的组织能奈他何。"

"他当然不会相信了。"司零迅速接过话，"你们家什么地位？曾经是南亚经济的半个支柱，权势之大，一手遮天，且不说并购的那些公司有些所在国家本身法律监管就有漏洞，政府睁一只眼闭一只眼，就算有人管，以钮辰的手腕，那些小公司只怕也是申诉无门。"

"其次，之前那个公司之所以这么顺利地搞下来，是因为他们太过急于扩张，本身就漏洞百出。"

钮度很怕在这个时候得罪她："那是钮辰的原话，不是我的本意。"

她也知道他这一连串解释的用意："我不是来请求你放过天一的。"

司零等着他说下去。

钮度沉了口气："我不想看着钮辰把天一搞得乌烟瘴气，到处树敌。"

"你想取代他的位置。"司零直视钮度，一字一句。

"也可以是言炬，或是其他人。"钮度说。

司零笑着放下碗，凑过去，仰着脖子望他。她嚼着东西，脸颊鼓起来，眸中有光在闪，十分灵动可爱。就连她的声音、说的话，都一起可爱："小叔，你知道我能看穿你在说谎哦。"

钮度的眼底隐约有些笑意。他大概在想，你让我矜持一下能怎？

不，是因为她的模样实在可爱。

"是。"他的语气不重，却有分量。

司零缓缓站起身，在沙发前来回踱步："所以你开始找我们的行踪，你想要我们帮你，可万一你找到的这个 CR 成员对经商一窍不通呢？万一我是那个卧底的线人，又或者我是一个搞科研的呢？"

钮度："你开一个条件，帮我联系懂行的成员，这有的谈吧？"

还真有的谈。说白了就是帮朋友找了份美差，自己还捞了笔中介费，何乐而不为。

可这不是重点。

司零："以你的能力想干掉钮辰，并不需要这么大费周章地找个帮手。"

司零觉得钮度变得有些想笑。她可能没意识到，这是她第一次夸赞他。

"我没得选，"钮度坐起身来，看向别处，"钮辰掌权多年，我在港城处处受制于他，无论是工作还是生活，我身边每一个人都有可能是他派来的，我没办法信任任何人。"

"除了叶佐？"

"除了叶佐。"

这倒真是司零不曾了解的，他在天一集团的处境竟是这么艰难。

她问他:"你跟他有过节?"

"换作言炬,也一样。"

"为什么?"

"说来话长,"钮度松了松刚才被司零故意扯紧的领结,眼底略有倦意,"我爸爸之所以娶杏姨,是因为那时候姨母病重,爸爸的事业又在开拓期,无人替他料理内务。杏姨自己也知道,父亲把她当作一个工具,没什么感情。"

杏姨,是钮鸿元的二姨太周杏儿;姨母,是他的原配夫人。

司零不厚道地笑了笑:"你们家小孩儿这么爱八卦长辈啊?"

钮度没搭理她,继续说:"所以钮辰小时候爸爸几乎没有陪伴过他,后来我们到港城去,爸爸也把他留在南亚,而我……"

"你就不一样了,"司零帮他说了下去,"你父亲娶你母亲的时候,天一已经成为了一方霸主,他们的邂逅也相当浪漫,商界巨子和最美歌姬的一见钟情。"

相应地,生逢吉时的钮度便不像二哥钮辰那样缺少父爱了。把自己和儿子丢下,跑到港城去娶了第三房姨太太生子——周杏儿当然会有积怨。而在这之后出生的钮言炬更是集万千宠爱于一身,难怪他能长成这么个单纯傻愣没情商的理工直男。

按这么说来,周杏儿母子跟他们关系能好真是有鬼了。

自己幼时在家里受的冷落,长大了要在公司里叱咤风云地还回来。站在钮辰的立场想,似乎也并没有错。

人生在世,各为其利罢了。

"我明白了,"司零坐到钮度正前方,双腿交叠,直视着他,"要我帮你,我有什么好处?"

这一刻的空气静得仿佛停止了流动。

钮度的目光缓和了些许,好像他并不在意她接下来要说什么,无论那是什么,他都在所不惜。他的双眸深邃而平静:"你想要什么好处?"

"你要知道,你现在所承诺的金钱和地位,都是空头支票。"

"可你要是不相信这空头支票,等于不相信你自己。"

又是一段漫长的对视,他们似乎爱极了这样的对峙。

司零扑哧一笑："钮度，你知不知道……我现在对钮辰的了解都比对你的多，你……打个比方说，我会很强的摄神取念，而你会很强的大脑封闭术。"

司零直到今天才终于承认，她真的无法看透这个人。哪怕他刚才对她说出了自己最大的野心，而他从始至终没有任何细微的动作和眼神逃过她的眼睛。

她仍觉得自己对他一无所知。

钮度被她逗笑了："你想了解什么？"

他笑得恣意，她忽然不想去提那些伤脑筋的正经事了。司零撑着下巴，眨眼望他："有过几个女朋友啊？"

"从这能排到拉维市。"

司零皱着眉往后缩："你吃得消吗？"

他逼近几分："想试试吗？"

"不想。"她当即回答。清醒状态的司零可是很屄的。

钮度一笑："套我那么多信息，你是不是应该告诉我，你来 Y 国的真正目的了？"

"看来你是不相信我对弗洛伊德的追寻了，"司零敛了色，"但那是真的，还有就是，我很珍视去难民营的机会，想为这个苦难的世界尽点绵薄之力。"

钮度纯粹是想开个玩笑："你们这个组织的人，是不是漫画看多了？"

司零笑了起来，却很认真："那就送你一句日漫的台词吧——我们想成为正义的伙伴。"

钮度是真的没话说了。

"是，这听起来是天真而可笑，可你知道为什么会有人创造出蜘蛛侠、钢铁侠这些超能力英雄吗？因为人们打心底还是希望最善良、最正义的人来做这个世界的主。法律有下限，人性却没有，所以这些能够僭越法度、快意恩仇的英雄只能存在于幻想之中。

"一个人说我想惩恶扬善，也许会遭到周围人的嘲笑，但十个这样的人站在一起，他们不会相互取笑，而且他们发现，站在一起的他们，是真的有能力成为正义的伙伴的。"

101

一个人谈正义，就是蚍蜉撼树，可要是十人百人，蚍蜉便有进化成猛兽的可能。

话又说回来，这个世界什么时候变得让正义和善良等同于天真可笑了呢？

钮度全神贯注地看着司零。

他从来没有见过她这么认真地说话。她总是很傲慢，跟谁说话都像看一个傻子；她总是很狡猾，说三分藏七分，言语间充满了博弈与陷阱；她总是很警惕，时刻猜忌，建立堡垒。

而此刻的司零，明明只是一个坐在他面前的娇小女孩，却让他觉得她正站在高山上呐喊。

"那么，你的代号是什么？"此刻的钮度，比夜色温柔。

司零沉了口气，嗓音略有疲惫："我还不足够认可你，Wayyar 的事成定局后，我们再谈。"

"我困了。"

"好，"钮度站起身，"明天十一点的飞机，别睡过头。"

钮度一走，司零转身便抬手看表。凌晨一点，平城时间早晨七点。

司零决定洗个澡再给梅林打电话，那正好是他的早餐时间。

果不其然，梅林吃着豆浆油条跟她说："早上好。"

"我很困了，先长话短说，"司零打了个哈欠，"钮度跟我摊牌了，问我代号，来 Y 国干什么。"

"你怎么说的？"

"半真话半糊弄咯。"

什么叫半糊弄？分明是胡说八道。钮度总结来说问了三个问题，她没给出任何一个真正答案。

梅林："然后？"

司零："他要我扶他上位，取代钮辰。"

梅林嗤笑："他行不行啊？"

司零太过傲慢，她从未告诉梅林她与钮度多数时候都是势均力敌。

可以，这很司零。

但这次不得不说了。

司零："有两件事。天一，你让赛特和 Andrew 警惕些，清理干净

102

关系网，别让钮度挖出更多的人。"

　　梅林好一会儿才反应过来。钮度发现赛特是必然的，可是："他怎么知道 Andrew？"

　　司零陈述了一遍 L 国之行的圈套，梅林无语了好久。

　　所以在答应钮度结盟这件事上她才有所矜持，之前为了加快钮度对她的锁定，她已过于刻意。更没想到，他查到了陈安德。

　　"管不了这么多了，"司零说，"第二件事，告诉 Andrew，可以开始了。"

Chapter 07

小黑裙

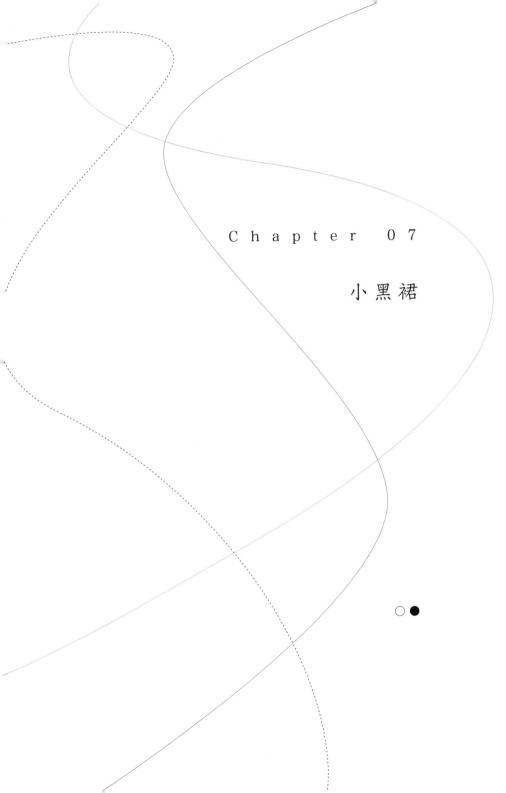

起飞后不久，司零就睡着了。

之后弄醒她的是空姐分发餐食的窸窣声。当司零发现自己竟是在钮度的肩头醒来，并在他的衬衫上留了一摊口水时，她尴尬得霎时没了气儿。

"对、对不起……"司零没敢看钮度，伸手去找纸巾。她这才发现，身上盖了张毯子，自然是他让送来的了。

钮度低头看她认真擦拭。司零刚睡醒，眼神有点蒙，加上尴尬，竟有了些委屈的感觉。

真可爱啊，不像昨夜她那张卖萌的圆鼓鼓的脸，是自然而生的可爱。钮度没忍住发笑。他以为这一笑会惹来她的瞪眼，却没想到，她仍是懵懵地看了他一眼，咕哝道："笑个鬼啊……"

"不用擦了，吃饭吧。"

司零利索地放下纸巾。

"阿星睡觉也喜欢流口水。"她嚼坚果的时候，听到他说。

司零顺道问下去："她回港城都在做什么？"

"跟在这里一样。"

"不准备带着她做点事情？"

"辛苦的事交给我，她负责无忧无虑，陪好妈妈就可以了。"钮度语气无异，司零却听出了认真。命真好啊，锦衣玉食，还有个护妹狂魔的哥哥。

在他的港腔里，"妈妈"这个词都是发一声，在司零听来，多了许多温柔与眷念。

司零试探地问："你妈妈，身体不好？"

"嗯。"

她等待了几秒都没有下文。他不想多说，她便换个话题："一直都是这样宠着阿星吗？"

"是啊，"钮度拖长尾音，嗓音慵懒了些，"好吃的留给她，好东西买给她，犯了错当她的替罪羊，做哥哥不就是这样吗？"

司零想起自己中学时打翻茶水弄湿了司自清的书，是周孝颐帮她背的锅；她放学跑去找费励玩回家晚了，周孝颐帮着她骗司自清说在他那里写作业。

她在这世上寥寥几个亲人里，周孝颐名列其中。她决定这两天里去看一看周孝颐。

司零笑了："比如呢？"

"比如……"钮度想了想，"小时候有次过节，大哥过来一起吃饭，阿星看见外面放很多礼物就拆开来玩，结果有一条蓝宝石项链是大哥的。她搞丢了，我帮她从妈妈那里偷拿了一条放进去。我以为妈妈项链那么多，不会发现的，没想到……"

钮度的声音里露出内疚，司零问："怎么了？"

他摇了摇头，笑得无奈："那条项链是外祖母给妈妈的，她准备要么给女儿，要么给儿媳。"

"不能要回来？"

"那是大哥给他一个很好的朋友准备的礼物，妈妈发现的时候大哥已经送出去了。"

司零如遭撞钟。

横穿整个地中海，回到拉维市。

叶佐来接的机，一上车他就汇报工作，头件事就是："乌纳先生今天下午六点约您见面。"

钮度看向司零，她很懂事："我坐火车回去。"

叶佐直接开到车站，下车前，钮度最后对司零说："委屈你了。"

她这才发现，近来他送她往返，已成习惯。

才进宿舍，布兰妮便来敲门："你这两天去哪儿了？我正找你呢，米拉的结婚请束，快拿着。"

是系里的一个犹太姑娘，婚礼在下周。司零心不在焉地收下，也没有留布兰妮多聊。

一进卧室，司零直奔桌角深处的一只盒子。

盒子打开，里头嵌着一条蓝宝石项链，水滴状的宝石，镶了圈钻。成色极品，价格不菲。

她知道那是怎么回事。那时朱一臣即将回平城探亲，这是钮峥给朱一臣的妹妹准备的礼物，却被钮度掉了个包。朱一臣带回家后，颜双见了很喜欢，他不忍心就将项链留给了颜双。

之后，就到了司零手里。

捧着项链，司零收紧手心。

"那条项链是外祖母给妈妈的，她准备要么给女儿，要么给儿媳的。"

司零沉思许久，松开手，宝石上的光蓝得妖冶。

她心里有种说不出的感觉。她总觉得，自己忽略了什么重要的事。
……

钮度对 Wayyar 的投资意料之内的顺利。

三天后，他出现在了当地一份经济日报上：《天一子公司领投Wayyar——首次出手，精准狠！》除了罗列数据，剩下的一通对决策者的赞美之词：战略性的眼光、精准的分析、无懈可击的谈判……各类自媒体的推送里，也不约而同地出现了钮度西装革履的英俊面孔。

司零放下手机，脸上没什么轻松意味。

要想扳倒根基深厚的钮辰，他要走的路还很长。

司零拒绝了钮度庆功酒会的邀请。现在还不是她大肆露面的时候，以往他是来客也就罢了，可这一次，他是瞩目的主角。

没过两天就是米拉的婚礼，几个同学一同乘车前往拉维市，到达酒店正是时候。

新人双方都是正统犹太人，婚礼全程有许多司零不懂的烦琐仪式和礼节，她只需要负责和大家一起鼓掌欢呼、举杯同庆，以及之后逃不掉的喝酒。

司零不知道自己喝了多少杯，还是同学发现了她的异样。

"你别再喝了，"布兰妮夺过她的酒杯，"我忘了你酒量不好，真抱歉。"

司零傻笑一下，站了起来："我出去吹吹风。"她还有想让自己清醒起来的意识。

布兰妮跟了出来："你是不是不舒服？我先送你回酒店吧。"

"我……我不想回酒店。"

"那到车上坐坐？"

"也不想去。"

"那你想去哪儿？你可别乱走。"

司零似乎很认真地想了想，这时候另一个女生也过来了。

她最后说出了一个地名。

"那是什么地方？"布兰妮很疑惑。

女生是本地人，惊讶地说："一块豪宅区，离这不远。"

"她去那儿干什么？是不是她哥哥住在那儿？"

"噢，外交官的待遇可真好。"

布兰妮决定将司零送过去。出租车开过一幢幢独栋别墅门前，布兰妮跟着司机一起找司零报的那个门牌号。

最后在一幢两层高的宅子前停下。

布兰妮扶司零下车，司零走到门口，伸手去按密码锁，门"嗒"一声开了。布兰妮还要再扶她进去，她说自己可以，司机可不好等。既然进了门，也算是放心，布兰妮便上车走了。

司零往宅子门口走，刚要抬手敲门，很快想到这个点前厅一般没有人，随即调头往前走，绕过游泳池，寻摸后院的玻璃门。

一转扳手，从里头锁了。这个门休息时间才会锁，看来已经很晚了。里头亮着灯，司零敲了敲门，无人回应。

她只觉得好困好困，转身就地坐下，抱着头闭了眼。

亮堂堂的房子里，法耶从楼上走下来，一眼没看这边，直奔前厅去。外面有人解锁进门，家里会有提示，可这么久了都不见人，钮度和叶佐也都在，她便下来看看。

法耶在庭院里转了一圈，回来时钮度也下来了。

"先生，我没见到人。"法耶显得很警惕。

钮度稍皱眉，目光一眺，或许是个子高，他一眼看到了玻璃门外抱成一团的女孩。钮度心里一惊，疾步出去。她背对着他，今天穿的衣服他也从没见过，可他无须确认，那就是她。

钮度单膝跪下，抱起她的肩头，见到她双眼紧闭，声音都藏不住了焦急："司零？司零？"

他多叫了几声才叫醒她，司零半睁眼，费劲地看着他模糊的轮廓："你来了。"

她这样子，他见过。

"你去干什么了？喝醉了？"

"同学结婚。"

"谁送你过来的？"

"同学。"

"怎么不叫人？"

"我敲门了的。"每一个问题，她都答得乖巧，像个认真交作业的小学生。

钮度想扶她起来，反被她扯住，不耐烦地嚷："别动……别动！让我坐一会儿，头晕。"

钮度看了她一会儿，紧挨着她坐下。

站在身后的法耶转身离去。

他一坐下，她的脑袋就靠了过来。他调了调坐姿想让她靠得更舒服些，没想到惹起了她的不满："别动！信不信我又流你一身口水！"

钮度黑着脸看她，睡着了还这么凶！

"你信不信我把你赶出去？"他呵斥她，却不凶。

不知道她是不是真的听见了，脑袋在他肩上蹭了蹭，像是在撒娇。他心底某处一陷，就此无言。

她对他家已经熟悉到，知道门锁密码，知道哪个点哪儿没人，哪个点哪道门不锁了。看她刚才赖在地上的架势，真像占山为王。

夜不静，有风从海上吹来，在空中奏起交响乐。穹顶上，群星拥月，交相辉映。

司零的头突然一沉，钮度抱住了她，转了个面儿，让他看见她的脸。

天气炎热，她脸上浮了层汗，呼吸之间带出酒气，却不难闻。除了描了几笔的眉和浅淡的唇，再无多余粉黛。她似乎真的不太喜欢化妆，要是她醒着一定会吹嘘自己：天生丽质，皮肤好。

钮度忍不住笑。他横抱起她，上楼。

钮度让法耶协助司零洗个澡。洗完后司零穿着浴袍走出来，问他："我穿什么？"

法耶从身后出来："雪莉，你的衣服在这里。"

还是钮天星那件深 V 缎面睡裙。司零没有任何反应，穿了衣服再进浴室。

里头法耶又惊呼："雪莉，这是……"

钮度闻声过去，看到一把黑色电动牙刷正在她嘴里穿梭。司零抬头瞥向他，眼神无辜，完全没觉得有什么不对。

钮度："……"那是他的牙刷！

见钮度没有斥责的意思，法耶就此住了嘴。

刷完了牙，司零穿着那条睡裙出来，见到坐在床尾沙发上的钮度，走向他，脸凑到离他很近的地方，问："你这次怎么不喝醒酒茶了？"

钮度懒得理她，重新看回手机屏幕。

"喂，你居然不理我？"她捧住他的脸，掰过来正视她。

她对他，可真是放肆。

钮度勾唇："对我这么放肆，是要付出代价的。"

司零明知故问："什么代价？"

他抱起她，翻身压倒在床，问："敢吗？"

司零挑衅一笑："是你不敢还是我不敢？"

她以为自己风情万种、分外妖娆，实际像个傻子。

"雪莉，你还没有吹头发……"从浴室里出来的法耶见到这一幕，尾音就此淹没。

"交给我吧，"钮度起了身，目光还在司零脸上停留，"你去休息。"

法耶出去了，钮度取回吹风机的时候，司零已倒头睡着。钮度坐到她身边，左手挽起她一束头发，右手推开开关。热风溢出，却没任何噪音，扰不到她半分美梦。

他层层掀开她的发，耐心地将她所有头发吹干。

关掉吹风机，关掉窗帘，关掉灯。钮度掀开另一头被子，躺下。

屋里沉寂下来。或许是酒醉，或许是太累，她呼吸微重，每一声起伏都听在他心里。

钮度在黑暗中睁开眼，沉了口气，侧身过去，从身后抱住司零。

他第一次这样好好抱她，不带有任何遮掩的目的性，不带有任何的虚情假意。她真的那么娇小，他的怀抱可以将她完全包围。

……

钮度最后系好领带，往床上看了一眼。

窗纱过滤了一层阳光，覆在睡熟的女人身上，朦胧之间生出暧昧，细胳膊和好看的锁骨露在被子外，睡裙肩带很细，可以忽略不计。

如此迷情的早晨，空气里竟没有事后的味道。钮度摸了摸自己剃得干净的下巴，一扯嘴角。

一切就绪，钮度走到床沿，俯身下来，在她耳畔呢喃："宝贝，我去上班了。"

司零回了声："唔……"

钮度起身，离开房间。

等司零醒来时，天已大亮，屋子里没有别人。环视了一圈屋子，再探向身旁微陷的枕头，她的意识才逐渐恢复完全。

原来那一声"宝贝"，不是做梦。

她慢悠悠地起床洗漱，挑了件钮度的衬衫穿上下了楼。

只看见了叶佐，他非常主动地汇报："先生上班去了。"

"那你怎么不去？"

"先生让我留在家，好看看您还有什么需要。"

司零点点头，转身又要上楼。叶佐叫住她："司小姐，您不吃早餐吗？"

当然是要上去换衣服了，她以为徐洋也在，所以才故意穿钮度的衬衫装骚。可叶佐，想必她和钮度之间他是知道的。

司零冲他笑了笑："别那么客气，叫我司零就好。"

叶佐也笑："好。"

司零再次下来时才记得告诉他："我这没什么事，你上班去吧。"

"今天事情不多，我下午到公司就行，"叶佐又问，"需要安排人送你回去吗？"

"没事，我自己看着办。"

叶佐继续敲打键盘，没一会儿司零端着早餐过来了。

"看什么呢？"

"先生想招些新人，这些是人员资料。"

司零看进屏幕，叶佐不避讳，侧身给她让位。她草草看了几眼，似乎没太在意。

司零开口问的问题，让叶佐确定她刚才只不过是随便看看："你有女朋友没啊？"

叶佐一怔："……有。"

"在港城？"

"嗯。"

"那你岂不是没有性生活？真惨。"

"……"

"我是说真的，从生物学的角度讲，性生活可以促进血液循环，增强心肺功能，调节胆固醇，保持骨骼密度……"司零说得头头是道。

叶佐露出尴尬而不失礼貌的微笑："嗯，是。"

"这边再找一个呗，要不要我给你介绍？"

叶佐清了清嗓子："不劳您费心了。"

"别那么见外嘛，没准哪天我变成你少奶奶了。"司零舒服地跷起了二郎腿。

她突然想道："话说，你家先生有没有女朋友啊？"

"这个，你还是问先生比较好。"桌底下，叶佐的脚换了个方向，这是不想再继续听她废话的表现。

"他说他没有，怎么可能呢？"司零一拍桌子，"难道他没有性生活？"

叶佐合上笔记本站起来："我还是去公司吧……"

他才起身就来了电话，接下后他率先出声："阿度。"

"……已经起了，在吃早餐。"

"她……"叶佐往司零那边看了眼，后者睁大眼睛看他，很无辜。

叶佐决定报她一仇。

"司零讲，她想做你的少奶奶。"

从钮度家出来，司零去了周孝颐家。大使馆已闭馆，他应该是在

113

家的。

开门的是唐棠，见到司零，她免不了惊讶："司零？今天怎么有空过来？也不提前给姐姐说一声。"

司零说："刚好有事，就顺路过来了。"

"你师哥不在，姐姐今天也没做什么好菜，要不，姐姐带你出去吃饭？"

"我师哥不在？"

"闭馆之后有人找他吃饭去了。"

这就很尴尬了，她跟唐棠实在没什么可聊的。

唐棠说："正好我有朋友从国内带了些吃的过来，来，姐姐给你拿。"

司零点点头，随她进了屋。很快唐棠拿了一大包东西出来，有老干妈、螺蛳粉、老坛酸菜，还有一些卤味和糕点。唐棠又说："前两天还包了饺子，姐姐给你下一碗？"

"好。"司零纯粹是想减少和她说话的时间。

可她不知道，饺子需要人看着的时间很短。水烧上了，唐棠便过来跟她聊天："听你师哥说你学校那边很忙，暑假了也不回去。"

"挺忙的。"

"平时有空还是要多跟老师通话，好让老师放心。"

"好的。"

司零忽然想起什么："师哥的任期是不是快到了？"

"是啊，还有半年就结束了，"唐棠面露愁色，"说到这个，你师哥有意争取连任，已经在拟申请书了。"

"连任不好吗？"

"我们之前问好了，这次回去是能在国内待上五六年的，这下可好了……"看着没表情的司零，唐棠叹口气，"哎，你还小，不懂我们的顾虑……我们到年纪了，父母都在催，本想着这次回国……"

懂了。回国，结婚，生娃。

司零说："师哥对 Y 国一直很有研究，毕业论文都是国际冲突，他是想再多了解这片土地一些吧。"

"是了，这有什么好的啊，气候不好，吃的也不好，也没几个像

114

样的商店。"司零看得出唐棠是真不喜欢这里。

"那要是师哥真的连任了，你还会跟着随任吗？"司零问。

"我父母不是很同意。"唐棠答。

而她的眼神告诉司零，主要是她自己不同意。外交部的高离婚率不是传说，妻子随任虽有补贴，可怎么也没有她原本的工资高。

饺子快下好的时候，周孝颐到家了。

"唐棠姐似乎不太乐意你连任。"两人站在阳台吹风，司零对他说。

周孝颐笑："我会再说服她的。"

"你也该考虑一下自己了，早到该当爸爸的年纪了。"

周孝颐相当讶异："我没有听错吧，你什么时候开始关心我了？"

司零不作声，看向别处。

周孝颐又笑："你还是关心关心自己，多找些朋友玩，也该找个男朋友了。上次投资会和你一块儿的那个小伙子挺不错的啊，高高的那个。"

司零挤挤眉毛："你是说那个头发又油又卷像泡面的？"

"对嘛。"

钮言炬。

司零说："他是钮鸿元长房孙子，钮度的侄子。"

周孝颐反应了阵子："我倒是知道有这么个人在 Y 国，原来是这个小伙子……那算了，这种有钱人家，咱们还是不要招惹。"

虽然她不赞同这种偏见，但她不打算反驳。

司零还在发怔，一只大手揉住了她脑袋。她抬头，周孝颐正看着她："但是我们司零的男朋友也不能太差，至少，要跟我一样帅吧。"

"喊。"司零毫不客气地白他一眼。

司零不肯留宿，周孝颐便开车送她回学校。

"哥，"车窗即将关上，司零叫住了他，"路上小心。"

周孝颐笑了，一抬下巴："上楼去吧。"

司零目送他的车影消失在了金色的夕阳里。

她抬手看表，这个点，该去一趟实验室。

钮言炬当然在，司零看着他能反光的脸和头发，不知道他又窝了几天不收拾。

"你回来了，"钮言炬说，"我们的数据样本有点问题，需要再安排一次采集，最近边境不安宁，等教授回来了我们再商量。"

"怎么回事？"司零换上白大褂，与他展开讨论。

"是我们忽略了这些变量的影响，"司零看向钮言炬，"教授什么时候回来？"

"要等到下个月了，"钮言炬一推镜框，"正好大家放个假，我也有事要回家。"

"回港城？"

"回南亚，爷爷生日，得回去。"

司零点点头，没有多问。

她没走开两步，钮言炬又叫住了她。他支支吾吾，挠着自己油腻的头发，说："呃……我听布兰妮说，昨天婚礼结束后，你去了一个地方。"

布兰妮不知道那是谁家，钮言炬可知道。

司零不绕弯子："你小叔家。"

钮言炬微挑眉，笑容充满调侃。司零称了他的意："你小叔在撩我。"

"哇——"钮言炬用力地拍手，"真好，你们两个的颜值我是服的！"

"你的不修边幅我也是服的，"司零戳向他肩膀，"把自己收拾收拾，不比你小叔差。"

钮言炬自嘲："算了算了，我就是收拾好了，给谁看啊。"

身后的布兰妮气得跺脚。

"这样也好，你就在这陪陪小叔吧。"他又说。

司零听明白了："你爷爷生日，你小叔不回去？"

"嗯，他说身体不舒服，不想长途跑了。"

离开实验室后，司零给叶佐打电话。他似乎有所顾虑："是的，阿度今天回来之后就一直待在卧室里。"

"不请医生来看看？"

"他不想看，说只想自己待着。"

"到底什么病？"

那头叶佐一怔，他还是头一次见到司零如此着急："抑郁症复发。"

……

"钮度的抑郁症，是真的。"

屏幕那边，梅林笑言："你跟他进展不错啊，我们查了几年都没法坐实的情报，就这么告诉你了。"

司零陷入思考："叶佐说，钮度是从他认识的第二年开始的，那不也是他妈妈生病的第二年？"

由于症状表现的个体差异，抑郁症的病发时间并不完全准确。叶佐认为是那时候，却说不定，钮度在那之前很久就已经不对了，只是他不知道，身边人也没意识到。

甚至，有没有可能，是从两年前就开始了呢？——就在钮家天翻地覆的那一年。

"你难道不觉得奇怪？"司零和梅林交换眼神。

"我知道你在想什么，"梅林抱起双臂，"为什么从那一年开始，整个钮家病的病，走的走，隐退的隐退？"

"除了周杏儿母子。"

钮鸿元隐退后，立即把钮辰叫到港城主持天一集团，钮辰从此掌权。而留在南亚的周杏儿也在各界崭露头角，如今不仅是多家企业董事，更有政坛公职在身。

天一集团的两大主阵营皆被他们母子牢牢掌握在手。

司零又说："利高者疑，这么简单的道理钮鸿元不可能不懂。"

"但他还是让他们母子掌管了天一，而且说白了，钮鸿元这么多年唯一一次出现在媒体前还是坐着轮椅的，他很有可能受了周杏儿的管制，"梅林的想法一向辩证，"可是你想想，如果当年周杏儿母子也倒下了，现在的天一会是什么样？"

恐怕他们这两个远在内地的人根本无从得知"天一"二字的存在。

"还有一件事。"司零抬起头。蓝宝石项链的事，除了儿媳那部分，她简单复述了一遍。

"你觉不觉得，有哪里不对？"司零问。

梅林总有一些独特的洞悉能力，可这一次，他只耸了耸肩："怎么不对？话说回来，你爸和钮峥关系是真好，连他妹妹的伴手礼都想到了。"

想着给妹妹带伴手礼，说明朱一臣和朱家没有闹掰。

司零有过疑问——可为什么朱家对于他的寻找如此不上心？

也给出过假设——朱家知道答案，但没有声张。

……

次日，钮言炬回家，司零和他坐上了同一趟前往拉维市的火车。他终于洗头了，摘了眼镜，头发也梳得整齐，见到他的时候司零没认出来，还是他先打的招呼。

"想不到，你捯饬一下还能看啊。"司零斜眼看他。

钮言炬任由司零调侃，毫不在意自己的外表。

钮言炬说："你去哪儿？"

司零说："看你小叔呗。"

轮到他用揶揄的眼神看她："是不是下次见你，得喊'小婶'了？"

"那真保不准。"

两人在车站道别，司零不着急往钮度家赶。她去了趟商场，千挑百选，相中一条小黑裙。裙长不过膝，大露背，束腰显胸，堪称为她量身定制。

司零直接剪标穿上，打车到钮度家。她在路上涂了个大红唇。

到达前十分钟司零才给叶佐打电话，到了家里，见到正匆匆离开的徐洋。自从那次偷窥闹乌龙之后，徐洋和她的关系一直很尴尬，其实她早不在意了，之所以保持如此，且待后话。

"先生从昨天开始一直没吃什么，要了些酒上去，我什么也不敢说。"法耶显得心急如焚。

司零说："你把刚做好的布丁给我，再做一些他爱吃的菜。"

"早就做好了。"

才上楼，迎头看见叶佐。

司零说："我要的东西呢？"

"都在这里。"叶佐递了打文书过来。

司零走向钮度的卧室。

天快黑了，他没开灯，一面墙上闪着光，他在那放了个投影仪，此刻正吼着一句铿锵有力的台词：

"——萧景琰，你有情有义，可你为什么就没脑子？！"

钮度坐在地毯上，背靠沙发，看电视。他单穿了件背心，紧实的肌肉着实好看。

司零关上门，不紧不慢地走向他，身段婀娜，尽态极妍："你什么时候喜欢看这种电视剧了。"

钮度盯住她身上的裙子，嘴角一扯："叶佐说你像梅长苏，我想看看这是个什么样的人。"

"那你觉得我像吗？"

"你比他更无情。"

司零心头一颤。

她不知道为什么，明知这是实话，从他嘴里说出来，却让她失望。

"那是因为还没有值得我牵挂的人。"她看起来像作赌气。

钮度不理会她，继续看电视。

司零放下托盘，在桌子边上看到了几个药瓶，拾起一看，还真是抗抑郁药物。

她端着布丁坐到钮度面前，也不叫他，兀自吃得津津有味。

"一整晚都没有睡吧？"

"吹这么久的空调，会感冒的。"

他没有搭理她的自言自语。

"这布丁烤得真好，你尝尝看？"司零挖了一勺递到他嘴边。

他不为所动。

司零起身，一条腿跨过去，坐到钮度大腿上。他的目光回到她眼中。司零伸手去摸他胸肌，力道不重，摩擦出些微的痒，从肩膀，一路摸进他手心。

她取走遥控器，关了电视。

沉寂的空气里，她甜美的嗓音放大般飘进他耳中："难道我不比电视剧好看？"

钮度不语，双眸透着幽冷。

司零挖一勺布丁放到嘴边，伸出舌头舔了舔，再慢慢缠入。她始终与他对视，饱满的红唇微勾，衬着暗淡天光散出几分妖媚。

布丁被她半含在嘴里，更使人馋涎欲滴的，说不清是布丁还是她。

钮度面瘫脸，像是在看一个胡闹的小孩子。

他看着她缓缓靠近，将那块布丁塞进自己嘴里，柔软的唇也贴了上来。

他反客为主，撬开她的嘴，吸走了那块布丁，一口吞掉。接着，他的手在她背后一扣，不许她再动，用力地吻她。

"好甜。"他压着她的嘴唇说。

司零摸着他的胡茬，问："是我，还是布丁？"

钮度紧捏住她下巴，嗓音凶狠得勾人："专门来勾引我的？"

她笑："听说你病了，来治你的。"

"那么，这就是你开的方子？"钮度用指腹摩挲她嘴唇，那抹鲜红已被他吻掉了大半。

司零握住他的手："这是，给你开的独有的方子。"

他用力地抓过她下巴，吻得近乎疯狂。他一只手沿她脊柱沟徘徊，学着她刚才的力道，不重，恰到好处地痒，再渐渐地落到她腰窝。他很会挑地方，她对那里很敏感。

司零缠在他背后的手紧攥成拳。她能听清自己紊乱的喘息。在钮度舔舐她脖子的时候，司零睁开了眼。她深吸口气，在沦陷中挣扎。

"钮度，"她喊，声音不大，却花了好些力气，"你根本没病。"

他的动作蓦然停止。她听到他笑："这次又是什么理论？"

"没有理论，就凭着，你对我还这么有兴趣。"

司零推开他，与他对视。

"当然，我指的是这次所谓的复发。我上来之前看了你上个月做的体检单，5-羟色胺和 NE 的浓度都很正常，普通人不会做这项检测，你曾经有过抑郁，但已经痊愈了，关于这一点，叶佐没必要瞒我。"

钮度摊手装无辜："我只是找个借口不回去，我怎么知道钮言炬会告诉你。"

司零知道他在避开重点："徐洋在我来的时候就走了，你举全家之力演给我看，搞什么鬼？"她可没忘刚才进门时法耶焦急的眼神。

"想看看司同学你，会怎么治我啊。"他笑里玩味甚浓。

司零麻利从他身上起来，人还没站稳，手被他一扯，重新落回他怀抱。

钮度低头看她："听说，你想当我的少奶奶？"

"马克思说的，"她想也不想就答，"在辩证法里，这属于可能性。但我个人认为，这还属于抽象可能性。"

夕阳仅存一缕余晖，她快看不清他了。

唯独他醇厚有力的嗓音，洪钟般回荡在她耳畔："我可以给你机会，把它变成现实可能性。"

司零久久沉默。

他的声音里带了种她不熟悉的情感，分量不轻，令她无措。

她决意将气氛拉回她习惯的方式——"原来你也不过如此，能不能用高级点的手段？"

若是电影自带的温情音效，这便是戛然而止的时刻。

钮度还没反应过来，司零人已坐起。他保持着刚才的姿势没动，目光也未跟随她。

原来她以为，这不过是他为了与她结盟而用的手段啊。

视线一瞬变得通明起来。司零开灯回来，不再坐地上，找了把椅子，以制高点俯视钮度。仿佛这样她能增强几分傲气，让她从方才暧昧不清的氛围迅速逃脱。

"我们来聊一聊，那些你没告诉我的事。"

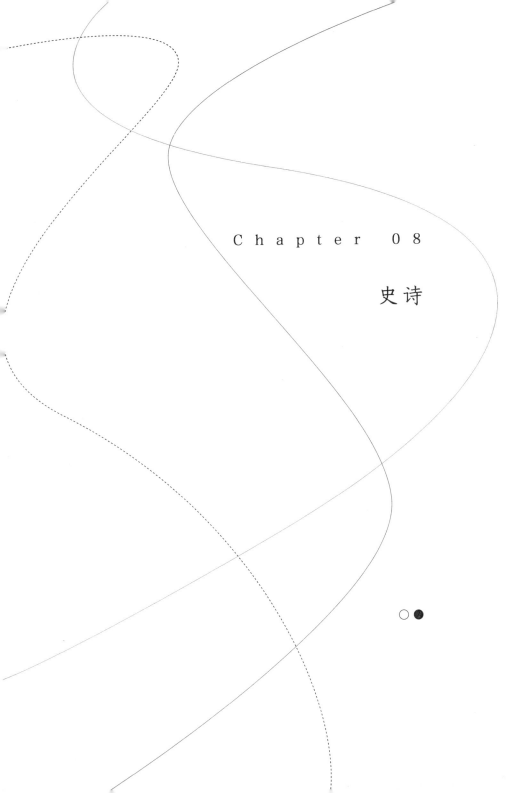

Chapter 08

史诗

"你想知道我的病因？"钮度听起来像是在陈述。

"直觉告诉我，这很重要。"司零说。

"你没有必要知道。"他斩钉截铁。

司零本能地一恼，她极少碰上能给她脸色的人。但这一次，她必须和颜悦色地恳求他。她沉住气："你上次不是还问我，想了解你什么？"

钮度晒笑："信任是对等的，你都只说三分藏七分，凭什么要我和盘托出？"

他看见她迸出愠色，他猜她接下来会说：钮度，你搞清楚，现在是你有求于我。他知道自己处于劣势，但不知为何，就是想故意气她。

出乎他意料的是，她压住了火气。

"史诗，"司零突然说，"我的代号。"

钮度愣了好一阵，才反应过来她在说什么。他重复一遍："史诗？"

她直视他："这是我能给予你最大的信任。"

此言一出，结合之前的信息，她至少违反了十条纪律。

明面上是他有求于她，可她才是那个心急如焚的人。她若是要挟他，不坦白就不合作，就足以令他束手就擒。关于这一点，钮度也很清楚。

终究是她对他不忍心。

所以，她突然交底，钮度受宠若惊。面对她的如此诚意，他将一肚子疑问暂压下去："不是我不愿说，是一说出来会牵扯到其他家人，我大可以告诉你是因为换了新环境，没有朋友、不适应这些理由，你也不得不信。"

但他没有，他想让她明白，他不愿骗她。

司零笃信，他接下来要说的话，会朝着她想要的方向。

但她总得给自己的执着找个理由。

"钮度，你生病这件事，除了你的家人，没人知道。而你对于病因如此三缄其口，我敢肯定，这就是你的弱点。"

"我这个人没有朋友，我从来只会和人建立牢不可破的利益关系，或者牢牢地抓住他们的把柄，"她的目光透着狠劲儿，"我对你没有所图，要是没点什么落在我手上，我是不会跟你结盟的。"

司零希望这套说辞能够掩盖住她的着急。

两人安静地对视了很久。

天完全黑了。

"出去吹吹风？"钮度说。

司零点头。他关掉空调起身，拉开门出去。司零跟上去的时候，听到他在给法耶打电话，让她送点吃的上来。

"你还知道我什么？"这是他的第一句话。

司零说："和媒体记者知道的一样。"这是实话，她对他所有的了解，都在与他相识之后。

钮度看向夜色深处："我妈妈……患有精神疾病。那年我十岁，没多久爸爸就和妈妈分开住好让她静养，然后爸爸就回南亚了。"

司零问："是心因性，还是物理性？"

"诊断结果是心因性。"

司零读懂了他的语气："你有所质疑？"

钮度动了动唇，又沉默片响，似乎是在酌量措辞："杏姨同我母亲的关系，一向不是很好。"

"你的语气充满了犹豫。"司零希望她的一针见血能加快对话进程。

"……那时候在家里，杏姨说了算，父亲的很多事情也都是杏姨在管理，我母亲讲不上半句话，甚至没有什么露脸的机会。我想，她是有些不甘心的。"

司零明白了。他一定是目睹了母亲和周杏儿之间不少的宫斗大戏，但不愿说母亲的不是。

"然后呢？"

"后来有一天，我在踢球的时候被钮辰故意撞倒，拖着受伤的腿回家告诉母亲，我记得她说了一句：'阿度放心，他很快就不敢再欺负你了'……那几天她总是找机会跟父亲单独谈谈，但都没有成功。"

司零头一歪："按照剧情来说，此处阻碍的人应该是钮辰和他妈妈？"

钮度默认："我起初并不太注意，心想母亲除了帮我告个状还能怎样呢？还担心她因此遭到杏姨针对而阻止过她，但她很肯定。"

司零直截了当："你是想说，你母亲抓住了周杏儿的把柄，所以遭到她的报复？"

钮度看向她："你觉得，我太夸张了？"

"不，"司零反倒很认真，"如果真是这样，值得周杏儿下这么大狠手的把柄，一定很致命。"

钮度面色无澜，关于这些结论，二十年来他已经反复推敲了无数遍。

他继续说："之后大哥过世，父亲出了车祸……"

"等等，"司零猛地一震，"你说什么？你父亲出了车祸？"

钮度缓了缓她的反应："噢，对，这件事没有对媒体公开。"

"原来所谓的钮鸿元大病一场，其实是出了车祸？"

"就在大哥出事的那天，"他眸中的光仿佛来自遥远的从前，"父亲得到了工厂爆炸的消息，慌忙出了门，却没想到在半路上……之后父亲就半瘫了。"

司零好一会儿没说话。

"医生说母亲是因为去医院见到父亲的样子，受了惊吓，悲伤过度，所以才会精神失常，"钮度的眼神意味不明，"但医生，都是杏姨安排的。"

"这些，都是你自己想出来的？"司零目不转睛望他。

"是。"钮度也看她。

这便是他的病因。之后的那些年，他一直活在怀疑与自危之中。

司零走到他面前，抬头看着他："你不想让母亲担心，所以到 E 国读书之后才开始看医生，你之所以痊愈，是因为你决定要争夺天一掌权人的位子，你有了笃定和执着的追求。"

126

钮度有时候怀疑，这个女人是他的另一半灵魂。不然，她怎么总是能够在他话说一半时，便全然明白了他的所想所为？

"别那么看着我，"司零别开脸，近来她总是这样决绝地无视他的深情，"我说过，我有读心术。"

"介意我抽根烟吗？"钮度说。

"你随意。"

他钻进屋里，出来时指间夹了支带火的烟。

"大哥和父亲出事后，天一股市震荡，那时我还太小，要不是钮辰和杏姨，天一不会撑得过去。"

那一年，钮辰也只有十七岁。

"那时大哥声望很高，他一走，很多投资人和生意伙伴也跟着走了，"钮度往护栏一靠，吐出大片白雾，"你不是问我那条项链为什么讨不回来么？大哥送给的那个朋友，之后也再没有消息了。"

司零一时无言，听到他再说："说起来，这个人对我们家恩情不浅，小时候救了被绑架的钮言炬，父亲车祸也是他第一个发现的。"

在钮度看不见的地方，司零的手猛颤。

她变得小心翼翼："恩这么重的人，就这样没有消息了？"

"他叫朱一臣，"钮度说，司零猝不及防，几乎是心惊肉跳，"内地人，听说不久后就病逝了。"

"司零？"钮度发现她走了神。

司零眨了眨眼："你们家，好大一出戏，编剧都不敢这么写。"

他笑了，起身撑开双臂圈住她："现在我对你已经没有秘密了，故事听得还满意吗？司小姐。"

"满意，"司零说，"现在，我们互相握有把柄了，不是吗？"

他们的每一次对视，都是一场没有硝烟的斗争。

"我饿了，"司零忽然说，"上来之前让法耶做了你爱吃的菜，一起去吃饭？"

钮度嘴角一扯，揽着她的肩膀下楼。

这一整晚，司零都在努力掩饰自己的心不在焉，但终究耐不住早早回了房。她住钮天星的房间，徐洋不在，她用不着"委身"跟钮度同住。

钮度坐在游泳池边，看着二楼灭掉的灯，轻笑一下。

"全都告诉她，没有关系吗？"一旁叶佐问。

"当然有关系。"钮度收回视线，身上的水珠折光，让他看起来很白。

钮度没有继续说下去，叶佐等了好一会儿，才问："阿度？"

钮度说："你以为，她那样的人，会没有目的地帮我？"

"如果是因为钱呢？现在国内的科研工作者，收入可不多。"

"要真是这样就好了，"钮度仰着脖子吸了口气，"用钱能解决的事，都不算事。"

他知道这是一场没有筹码的赌注，可他别无选择。

第二天司零起床的时候，钮度已经在游泳了。

叶佐正要过去叫他："徐洋十分钟后到这接先生。"

司零说："我去叫吧。"

她"叫"的方式，就是换了身比基尼，一同扎进泳池里。

司零游了个来回，最后钻到钮度面前，捶了把他硬邦邦的腹肌："身材不错啊。"

钮度说："能听你表扬我真是难得，无论哪方面。"

"之前不还说你帅么？"

"那是公认的。"

"……"你厉害。

司零绕了一圈，跳上他后背："这样可以吗？"

钮度一头钻进水里，背着她游了一圈。两人嬉闹着冲出水面时，看到了已到达等候的徐洋。

"我后天回国过个暑假，顺便帮你带走一个人，"司零搂紧钮度脖子，在他耳边低语，"你以我不喜欢徐洋为由把他赶走，这样钮辰不会怀疑你。

"另外，叶佐给你准备地要招揽的人的资料，我都看了，那个叫高枫的是钮辰的人，几天后他的负面新闻会被曝光，省得你再想办法踢掉他。"

钮度挑眉："我倒很好奇是什么负面新闻。"

"一个是发表不当言论，一个是参与非法军火走私，你挑一个？"

司零淘气地看着他。

钮度说："还有一个问题。"

"什么？"

"拿你当借口赶走徐洋，这样一来，所有人可都把你当成我的女朋友了。"

"没错。"她淡淡道。

司零从他身上下来，绕到他跟前："从今天开始，我的身份就是你的女朋友。"

钮度说："你是说……"

"钮度，"她在水下朝他摊开掌心，"我们来搞事情吧。"

钮度浅笑，伸出手，覆在她小手上，牢牢握住。

司零冲他笑起来，犹如太阳，光芒万丈。

她回不了头了，她会一直陪着他，直到他加冕。

……

"原来，您之所以和徐洋保持尴尬，平时老给他脸色看，故意让他看到您和阿度有关系，都是为了撵走他做的铺垫？"在送司零回路城的路上，叶佐说。

司零说："跟你说了别对我这么客气，反倒是我，该称呼你一声叶总了。"

叶佐笑："都是帮先生办事，我不在乎这些名头。"

投资 Wayyar 旗开得胜，意味着钮度的工作也开始步入正轨。形形色色的人，大大小小的会，从早到晚挤满了他的行程单。

信息量是打开投资圈的钥匙，而信息等于人脉，即便是在亚太地区呼风唤雨的天一，在毫无根基的 Y 国，也只能从零开始，蹒跚学步。

在港城，钮度就是个一人之下、万人之上的"太子"，可他从来到 Y 国的第一天起，就奔波于各种酒会宴会，游说各类投资人和企业高管，喝他可能最不喜欢的红酒，听他觉得无聊透顶的笑话。

这很辛苦，非常辛苦。不然，钮辰也不会打发他来这。

比起钮度在此开疆扩土，别树一帜，钮辰可谓前人栽树，后人乘凉。

没关系，她不会让他举步维艰的。如果这是一场远征，她便是他最强劲的骑士，她会义无反顾地为他冲锋陷阵，直至拥他为王，为他加冕。

为了这一天，她已经准备了太久太久。

叶佐担任钮度的助理兼项目部总监，项目逐渐上手之后，同样忙得不可开交。说是总监，他手下也就一个人。

可再忙，也得亲自负责把老板的女朋友送回学校。

司零纯粹是打趣："这么任劳任怨啊。"

"你大可试探我对阿度的忠心。"

"钮度给了你多少好处？"

叶佐浅笑一声："你去过西城吗？"

"去过。"

"可你们去的都是漂亮的山水和景点，对吧？"司零默认，叶佐继续说，"我出生的地方没有景区也没有矿产，不通电不通路，如果不是阿度，也许我今天还走不出那座山。"

司零当然很懂这种恩情，朱一臣留给她的财产，也曾被她这样用来拯救过别人。司零又问："你和钮度很小就认识了，他怎么会懂你？"

"我爸爸在天一投资的化工厂做工，老爷子有一次带阿度一起下去慰问基层员工，我爸爸是最困难的。"司零听不出叶佐任何的自卑或避讳，她想，钮度会选中他，一定是当时在他身上看到了不同于常人的心性。后来叶佐拿全额奖学金进的港城大学，可以说是非常争气了。

司零说："你能力很强，也比别人更懂他，以后还是要多靠你。"

"其实我不算什么，比我有本事的大有人在，"叶佐自谦一笑，"只是在港城，阿度的交际圈实在不自由。"

在钮氏两位继承人之间，公司的人自然要各自站队，谁优谁劣显而易见。

"他没有哪点比钮辰差，只是没有机会。"司零几乎是咬着牙说。

叶佐挑眉："如果你在阿度面前也能这么说，你们就能少吵很多架了。"

司零呸道："我才不会给他机会臭屁。"

又来了。叶佐暗自发笑。

好一对相爱相杀的欢喜冤家。

"辛苦你了。"司零忽然说。她是指跟随钮度的这些年。

叶佐听得明白:"最辛苦的是阿度,承着太多压力,但总是一个人。"

"就没有人陪过他?我是说女人。"

"那种陪伴都是暂时的,都只是过客,走不到他心里。"

司零无言,又听见叶佐说:"这么多年,司零,你是唯一一个能听阿度说话的女人。"

她心头一阵欢喜,与傲慢无关,纯粹是欢喜。

司零往后一窝:"你那堆资料里的人,那个叫田浩宇的,给他待遇好一点,一次请不动就三顾茅庐,其他人你看着办。"

叶佐说:"我以为你那天只是看看而已。"

"我当然只是看看而已,因为之前早看过了,"司零说,"只是看他履历不错,这个人思维发散性很强,结果一查,还真拿过 MCM 奖。"

"数学建模竞赛?"

"是啊。"

叶佐问:"是你找的人?"

司零哼出一声笑:"我才不会安排这种小喽啰,你等着吧,大招在后头。"

很快回到学生村,暑假加上战乱,显得这里很冷清。

"后天上午十点,我准时到这接你。"叶佐说。后天拉维市到平城只有一趟航班,他用不着问。

"不用了,你们忙,我自己去。"司零说。

叶佐笑而不语,反正他知道自己做不了某人的主。

果不其然,后天上午,司零从宿舍窗台上见到了钮度俊朗的笑颜。

司零锁好卧室门,回头,钮度站在宿舍门外。

"上来干吗?"

"给你的服务周到一点啊。"钮度提步过来,拎起司零的行李箱,往外走。

车上路伊始,钮度的电话响个不停,他起先接了两个,之后索性将手机调成静音。司零打趣道:"钮先生,错过几个电话,你可能就错过几个亿了。"

钮度也笑："可我身边的是无价之宝。"他声线浅薄，却有如宣誓一般认真。

"承让承让。"司零别过脸，藏起慌乱。

飞机在湛蓝的天空中拉出一道长长的尾拖，好像裱花师挤出的奶油。

"什么时候回来？"钮度问。

"你要是想我，我考虑早点回来啊。"司零调皮地笑。

这一路，他们没谈半句工作。

到了机场，钮度帮她托运好行李，将她送到安检口。司零一甩背包上身，钮度的手接着伸过来，提了提她的书包带。司零低头，原来是她内衣肩带露了。可她看不到自己泛红的脸。

他们相对而站，穿了平底鞋的她，只到他肩头高。

有个姑娘路过："这个妹子好小一只，和男朋友站一起好萌，嘤嘤嘤！"

司零说："回去吧。"

钮度说："你先进去。"

"我又不是小孩子了。"

他笑起来，还是没走。

司零说："你……跑完步不要直接洗澡，容易着凉。"

钮度学着她的语气："我又不是小孩子了。"

她瞪了他一眼，他笑意却更深。这才是他熟悉的司零啊。

他们每次分开之前都会斗嘴，不是他气她，就是她怼他，像这样有仪式感的道别，还是第一次。

"那我走了。"司零乖乖挥手。

"好。"他说。

飞机直冲云霄，抬眼是镜面一般的天与海，一低头，米黄色的拉维市越变越小。

司零心头有些落空。她也许不知道，这种感觉，名为不舍。

……

八月的平城同样很热，不同的是大学校园里成荫的银杏树，聒噪的蝉鸣。

"这里随便一棵树，没准就上百万！"

"这里随便一个打太极的老头，没准就是一位学界泰斗。"

家属院老楼下，一对经过的情侣游客如是说。

"你说，司自清是不是也住这儿？"

"你是说那个政治学大牛、《政治经济学总论》的作者？"

"对，我考研的时候靠他的论文拿了不少分呢。"

"这树都长到人家屋里去了，也该砍砍了。"女孩指着三楼一户人家说。

"树祖宗，可不敢砍。"男友回应。

手执毛笔的司零稍有一顿，继续带出流畅的墨色，完成最后一笔。她搁笔时，后头传来司自清的声音："笔力不稳，婆婆妈妈，你分心了。"

司零咧嘴笑："天气太热了嘛，你看外头知了都不安宁。"

"行了，别陪着我了，谁不知道你急着去见你的小伙伴。"司自清手捧一份报纸坐下。

司零卖乖："爸爸，别看报纸了，字太小，现在报纸都有微信公众号，我帮您把手机字号调一调，您看着方便。"

"不用了，你知道你爸，闻着纸味儿，心里舒坦。"

"爸爸，我帮你浇个花吧。"

"我早上浇过了。"

"那，我帮您把球鞋洗了？"

司自清终于抬头看她："说吧，出去玩要多少钱？"

临走前，司零说了句实话："爸，你赶紧跟学校说说，这树该砍了。"

……

梅林带队出去比赛，今日回平城，跟司零约在老地方——凯德广场的一家火锅店，他们本科时常去——确切来说这里没人不爱，三条地铁交汇处，去哪都方便。

司零一口气在菜单上画了十几种肉，给服务员一递，她好心提醒："您好，这么多菜，你们两位是吃不完的……"

司零扬着下巴看梅林："没关系，反正这位帅哥掏钱。"

梅林翘起鼻子哼气。

司零说："我说你本人怎么这么黑？视频开美颜了？"

梅林说："别提了，东城那天气，那也是人待的地儿？"

"靓仔，可唔可以细声嘀？呢度东城人咁多。（能不能小点声，这里这么多东城人。）"

"哟嘀，"梅林拧起眉，"学得有模有样的，你是快要带着你度宝宝凯旋港城了？"

"那还是没那么快的，Wayyar 想要上市，至少还要三轮融资。"

"说到这个，"司零涮好一块肥牛，"你可能得过来帮我。"

"开什么玩笑？华为我都不去，跑到那么远的小公司搬砖？"梅林的表情牛气上天，"还是个没有火锅的，比东城还热的国家。"

司零冷哼："年底去了拉维市的网络安全大会之后，我看你还嘴硬。"

梅林嗤之以鼻："谁要去了？"

"你去不去？"

"不去！"

"去不去？"

"不去！"

"到底去不去？"

"……去去去。"

见面第一天不谈正经事，这是规矩。

吃完火锅，梅林带司零去电玩城，几个熟人见到他，纷纷戏谑："费励，女朋友啊？"

梅林搂过司零："是啊，漂亮吧？"

"得了吧，你能找这么漂亮的女朋友？喊。"

"谁说我们费励找不到了？"司零突然发话，"一大堆比我好看的小姑娘排着队泡他。"

他们两人之间互怼可以，可外人黑自己人，是要义无反顾地维护的。

梅林带司零把游戏打了个遍，他技术了得，游戏币赚得盆钵满满。之后下楼，路口有摊子摆满了人高的毛绒娃娃，司零拉他凑热闹，这是个游戏比赛，从 1 开始按顺序写数，不准出错，写到 300 送一只，

600 送两只，以此类推。

"这有什么难？"

路人多的是兴致盎然地开始，垂头丧气地溜走。

"费励，咱们上一次玩这个游戏，是什么时候？"司零问他。

"高二下学期，我写到 700 的时候，你还在 694。"他笑。

两人相视一眼，同时坐下，往桌上一敲，笔芯出鞘，提笔落字。

纸面上出现一排又一排连贯、整齐的阿拉伯数字，引来旁人阵阵惊叹："——哇——哇——牛厉害啊！"

"我们这群凡人是不是太膨胀了？都敢围观神仙打架了？"

司零写到 921 的时候，老板终于按捺不住："这、这位同学，你行行好……再这么写下去，我可就要破产了……"

司零瞥了费励一眼，他还在 915。

她笔一扔，笑："怎么样，服不服？"

费励晃晃脑袋，伸懒腰道："输了输了。"

最后司零只抱走了一只小狐狸。

费励送司零回家，两人并肩走，他忽然一抬下巴，道："前面什么地儿，记着不？"

"我中学？"

"是你摔倒的地方。"他一脸幸灾乐祸。那天模拟联合国会议结束，费励送她回学校，她摔了一跤，他便把她背回了家。

"好啊，梅林同志，看来你是很想重新体验一下了。"司零说着绕到他背后，跳上去。

"你怎么这么沉？"费励佯装往下一栽。

"喂，不是我重，是这只狐狸重好不好？"

狐狸满脸问号。

费励笑了："走吧，史诗同志。"

"哎，你什么时候去 Y 国？"费励问。

"九月初吧，没定哪天。"

"那你今年生日可以在这过了？"司零生于狮子座的最后一天。

"是啊，你可得给我备一份大礼。"

"大礼？你想得美，"费励哼笑，"我算算，你几年没过生日了，上一次还是大一的时候，那天我把你家窗户外那棵银杏树挂满了灯，后来还被一个教授逮着骂了，你记得不？"

"……喂，你怎么不说话？"

费励侧过脸，看到肩膀上一张睡着的小肥脸。

他心底一软，轻笑，提步往前。费励抬头看了看四周，粗略一算离她家还有多远。

然后他只想把她轰起来！

司自清打开家门，见到笑得一脸灿烂的费励。他压低声乖乖叫："叔叔好，司零睡着了，我把她背回来。"

司自清皱眉："这孩子，赶紧叫她起来，让她自己走。"

"别别别，我给她送回屋里去就走。"

他把司零放到床上，帮她脱鞋，司自清拎鞋出去。

司零的手机突兀响起，费励迅速摁成静音，来电显示也一并入眼——是一串陌生号码，来自 Y 国。最熟悉的人的号码她一向不存，比如爸爸，比如费励。

费励心头一颤。

他按了接通："喂，你好。"

对方沉默了会儿，说："司零呢？"

费励已经猜到是谁了，哼了声气，说："她睡着了，我是她男朋友，有事可以跟我说。"

又是好一阵没声，才传来云淡风轻的一句港普："麻烦你转告她，她的耳环落在我这里了。"

安静的空气里，能听到费励磨牙的声音。

对方冷笑一声，挂了电话。

跟你小叔斗，段位还不够。

摘下手机后，叶佐明显感觉到钮度周身气压骤降，他试探地问："阿度，司零怎么了？"

钮度回头，叶佐更是一惊，这眼神……怎么会这么生气？他决定转移话题，却选得非常错误："司零的耳环落在哪边？"

叶佐永远都不会明白，这句话为什么会惹来钮度的一个白眼。

翌日，司零盘算日子，叶佐该选的人也选得差不多了，是时候了。

看好时差，选了个司自清不在的时候，她打给钮度。

接通之后，钮度极其冷淡："干什么？"

司零嗲声调戏："看看我走了半个月，你有没有想我啊？"

"我很忙，挂了。"

他真挂了。

司零满脸问号，火气蹭地冒头。她正想重拨，却看到下一条通话记录赫然是他的号码，时间是昨晚，还进行了半分钟的通话。

她更是诧异，立刻重拨，通话后打头就问："你昨晚给我打电话了？"

"是啊，"钮度一本正经道，"扰了您的春宵，对不住了。"

"什么鬼？"

她听到他一声浅笑："不过，下次跟我接吻的时候，别装得那么没有经验。"

"你……"字音未全，电话挂了。

司零火冒三丈："——神经病吧？"

"神经病吧，神经病吧，神经病吧……"阳台上，鹦鹉学舌。

……

司零很快揪出了祸源。

"是，是我接的，"费励若无其事道，"我说你睡着了，我是你男朋友。"

"你——"她气得说不出话。

费励皱眉。司零从来没有因为别人冲他发火，他和她不分彼此，开再大的玩笑都不过分。可这个人，偏偏是钮度。

他变得稍认真："你干吗这么生气？"

"我……"司零更说不出话了，她才意识到自己竟生了这么大气。

"我倒想问你，你在他那睡过？"

司零一怔："他跟你说什么了？"

费励有答案了。

"我妈回来了，先挂。"不等司零开口，电话里传来"嘟嘟"声。

司零想摔手机。

一天之内被两个男人挂电话，都有病！

接下来的几天，司零谁也没联系。

早上司自清看到司零在化妆，便问："今天要去哪？"

"蕙子回来了，"司零说，"爸，我今晚去蕙子家住。"

司自清点头应允，出门去了。

朱蕙子暑假去马尔代夫度假，昨天刚回来。确切来说，去年本科毕业之后，她一直在浪，因为人长得美，偶尔给网店拍拍平面，或者无聊开个直播，一赚一桶金。虽然她不缺这点钱。

司零没有朋友，朱蕙子是唯一的例外。

朱蕙子是司零的表妹，朱一臣亲妹妹的女儿，她嫁的人正好也姓朱。

学会用电脑开始，司零一直在关注朱家。这个名噪一时的商贾世家，因为后代不擅经商，将大部分资产变现，现在只经营着一个连锁餐厅品牌。

这样的家底，也足以羡煞旁人。

朱蕙子比司零小一岁，司零高二时听说了这个走关系进入附中的高一小太妹，在他们那样个个精锐的高中，人人避而远之，朱蕙子落了单，终日混迹校外，与游戏厅酒吧为伍。

附中的孩子出身都很好，父母皆是精英，教育意识很强。同学们都说，呵，她父母大概是暴发户吧。谁能相信，她祖上个个有头有脸，有名有望。

司零痛心疾首。

一天放学之后，司零去了朱蕙子常去的酒吧。

她穿着超短裙，坐在几个头发五颜六色的青年之中打牌。

"小妹妹，这把你又输了。"

朱蕙子不服气："再来！"

"咱这样没意思，要不下一局开始，你输一局，脱一件衣服。"几人色眯眯地看着她。

朱蕙子咬着牙答应了，她这样的千金小姐，可受不得窝囊气。

可她又输了。

在她即将解开上衣扣子时，司零截住了她的手，淡定地对众人说："哥哥们好啊，妹妹我也想来一把，这把就算了，下一把开始我再输，我和她一起脱。"

小青年个个眼睛冒花，一口答应。

开局之后，司零直叫对方输得满地找牙，赔钱赔到裤裆里。

"妹妹，妹妹，是哥哥错了，今儿哥哥就算认尿，行不行？"几个小青年点头哈腰，狼狈逃离。

朱蕙子在一旁看得目瞪口呆。她问司零："你是这家酒吧的老板？"

司零："为什么这么问？"

"那你为什么能出这么厉害的千。"

司零浅笑，捏起桌上的扑克牌，说："我没有出老千，我算的。"

朱蕙子此等学渣根本不知道司零在说什么。

"这种棋牌游戏都有概率，会算，等于稳赢。"司零说。

朱蕙子似懂非懂，但两眼放光，极其崇拜地看着她。

"我叫司零，"司零终于自我介绍，"高二（1）班，我想你从来没有去看过月考榜吧，不然，你会在数学榜的第一名看到我的名字。"

朱蕙子傻笑："我是你学妹，高一（17）班的……"

"朱蕙子。"司零替她说。

朱蕙子受宠若惊："你知道我？"

"附中的，都知道。"

这是朱蕙子有生以来，第一次为自己是个学渣感到可耻。

从那以后，朱蕙子成为了司零唯一的闺密。

她被司零的才华所折服，痛改前非，一心向学。最后逆袭考入了平城一所重点大学，虽然在附中算是平庸，但没有拉低升学率，就足以让众位老师登门道贺了。

司零为人傲慢清冷，旁人都不解朱蕙子为什么会这么喜欢她，蕙子却知道司零有多好，因为司零只对她一个人这么好。

……

司零和朱蕙子逛了一整天的街，坐在咖啡店休息。

取咖啡时，店员小哥将她俩看来看去，直笑道："两位小姐姐是亲姐妹吗？长得好像啊。"

"不是亲姐妹，"朱蕙子搂过司零，"胜似亲姐妹。"

"原来，闺密还真的会越长越像啊。"

两个女孩笑着坐下。

朱蕙子张了张嘴，又闭上，司零终于看不下去了："你欲言又止一天了，到底想说什么？又把哪个男人甩了？"

"哎呀，不是……说出来怕吓你一跳。"

司零放下杯子，正对她："你再不说，就永远别说了。"

"那我说了，你可得捂好小心脏！"朱蕙子神秘地笑，"我申请希河大学的研究生，已经通过了。"

司零差点儿把水吐出来。她不死心："哪个希河大学？"

"哎呀！"

"你……你怎么不先跟我说一声？"

"想给你一个惊喜嘛。"

"惊是惊了，这喜……"司零顺了顺气儿，"你一个学经济的，跑去 Y 国留学？"

"怎么了吗？我看中介那边口碑都很好啊，"朱蕙子凑近她，"哎呀，这不是重点，你离开我太久了，我特别不习惯……"

她实在太依赖司零了。

司零皱眉："你爸妈怎么说？"

"他们啊，一听我要跟你去同一个学校，比我还乐呢！"

事情就这样了，意味着下个月，她们要一同去 Y 国。

吃过晚饭又去看了电影，然后才回家。

蕙子妈妈朱一姗见到司零，一如既往乐开花："小零来啦，大半年不见，怎么好像瘦了点？在国外吃不好吧？这两天就在家里住着，阿姨给你做好吃的！"

家里正好有客人，端详着两个女孩说："这女孩儿跟你闺女长得真像，我还以为是你哪个亲戚的孩子呢。"

朱一姗非常自豪："这就是我干女儿！"

一个成绩超级好，又帮助自己女儿迷途知返的人，他们怎么会不喜欢？

开始接近朱蕙子，司零当然是有目的的，她也轻轻松松套出了朱一臣的下落——病逝了。

颜双这样说，钮言炬这样说，朱家还是这样说。似乎这就是最明白的事实——她最后一次见到的依然神采奕奕的爸爸，在她离开后毫无征兆地病逝了。似乎朱一臣的消失和钮家真的毫无干系，这也就解释得通为什么朱家人不曾寻找过他。

但，在后来的一个凌晨，两人夜聊时，朱蕙子当家常说了出来——"我也不知道为什么，大舅没入我们家祖坟，我以前问过妈妈，说是当时不好办手续，葬在港城了。"

还好她们关了灯，朱蕙子看不见司零的眼泪："那……每年祭祀的时候会很麻烦吧？"

尽管有所怀疑，但就因为这一条线索，那段时间里司零发了疯地在港城寻找朱一臣的墓地，仍旧一无所获。

"说来奇怪，我们家从没有人去港城祭拜过。"朱蕙子如此回答。

怎么会有亲人从不祭拜的？朱一臣可是朱家引以为傲的大才子啊！

司零坐实了自己的猜想——这是个谎言！不会是钮家人骗了朱家人，不会有亲人看不到尸首也能接受病逝的说法！更何况以朱家的背景，和钮家怼上脸并非难事。所以——或许这是两家人串通一致的说法。

事已至此，司零彻底打消了无数次涌上来的认亲后质询朱家人的念头。

后来，偶尔能这样见见家人，见见表妹、姑姑、爷爷奶奶，她也就知足了。那年爷爷去世，朱蕙子哭得伤心，司零躲起来，哭得更伤心。

"后天就是你生日了，"两个女孩躺在床上，朱蕙子侧对司零说，"我得好好计划，难得能跟你一起过生日呢。"

司零笑笑："咱们还是逛街吃饭就好。"

"那可不行，让我好好想想。"

"快睡吧，朱小姐。"

关了灯，说着悄悄话，渐渐没了声。

夜半，朱蕙子起来如厕。回来时，见到桌上司零手机亮了，她一看，有个叫George的给她打了语音电话。

朱蕙子解开司零手机，点进微信，翻看司零和他的聊天记录。

对话寥寥，"今晚我让叶佐去接你"，"好"；"到哪儿了"，"还有十分钟"，诸如此类。因为司零喜欢直接电话联系，她觉得等待回复简直浪费时间。

但这已足够令朱蕙子咋舌，能和司零保持暧昧关系的男人，绝无仅有。

这人还用的繁体字。朱蕙子翻看 George 朋友圈，还是寥寥，转发几条投资信息，没了。朱蕙子猜，这是个商界人士。

她还是挖到了线索。天一在澳门某处开业，他负责剪彩，发了张单反拍的照片，高大英俊，气度不凡。顺藤摸瓜，朱蕙子很快锁定了钮度的身份。

她眼珠子瞪得快跳出来了。

看他们聊天内容，就知道两人没什么进展。朱蕙子决定帮闺密助攻一把。

她给钮度回复："嗯？"

撩人于无形，朱小姐很拿手。

钮度回："忘记平城是半夜，抱歉。"

蕙子啧啧嘴，回："那我就不给你打回去了？"

对方沉默了。

蕙子乘胜追击："见本人，难道不更好？"

钮度："司零，大半夜，犯什么骚？"

有戏。蕙子几乎是边笑边打字："想见你的骚。想让你在最快的时间里出现在我面前，做得到吗？"

Chapter 09

平城

朱蕙子破天荒比司零起得早，因为她一直在期待 George 大帅哥的回复。但是对话框始终停留在她那最后一句话。

这么老干部？司零撩到也是无趣，罢了。朱蕙子想。

司零从卫生间出来，朱蕙子半卧在床上，妖娆地看着她："钮度跟你……是什么关系？"

司零愣住："你怎么知道这个人？"

钮家三公子的名头，亿万少女都知道，但司零问的是，她怎么知道他们认识。朱蕙子眨眨眼："从你的梦话里听到的。"

"我说什么了？"司零仍瞪眼。

"你说，'钮度爱我'。"直到朱蕙子大笑起来，司零才知道自己被要了。

"好啦，他半夜给你打了个视频电话，然后我就帮你回啦。"朱蕙子说。

司零赶紧拿起手机，看完后，几乎想掐死她："——朱！蕙！子！"

"钮度哎！这可是钮度哎姐！九亿少女的梦啊！"司零冷脸不理她，她继续缠，"老实交代，你怎么会搞上钮度？"

司零实在扛不住，简述了在曼城遇到钮度和钮天星的过程。

朱蕙子听完，转移了重点："钮天星啊，那可是真正的白富美啊！"

"你已经很有钱了，姐姐。"

"哎，她本人怎么样？"她指的是长相。

"读书太少，无法沟通。"这是司零的重点。

朱蕙子心里一沉，这么多年来为了不让司零看不起自己，她博览群书，可还是觉得自己离她很远。她真不知道自己哪儿吸引了司零，能让她待她这么好。

还是聊聊钮度吧。朱蕙子趴着望司零："我觉得钮度喜欢你。"

司零脑子一片白，条件反射问："为什么？"

"直觉，"朱蕙子说，见司零嗤之以鼻，她补充，"你就信了我吧，很多细节对于你这种直女来说无关紧要，可我看得出来啊。"

看着一跃而起的司零，朱蕙子呆住了。

"那真是有鬼了！你知道他嘴多贱么？回回拆我台，落井下石，还损我，还骂我！"

"天天觉得自己比我聪明，整个人不苟言笑，装高冷脸，他以为他是霸道总裁么？好吧，他就是，壁咚这种招数骗骗无知小姑娘还行好吧？他当我傻白甜呢？"司零骂骂咧咧，整张脸气鼓鼓的。

朱蕙子目瞪口呆。这是她第一次从司零口中这样完整地得知一个男人的存在。原来，她与他的交集不只是微信上简短的几句对话，他是这么频繁地来往穿梭于她的生活。

朱蕙子改说法了，她觉得司零也喜欢钮度。

……

司自清打来电话，十分歉疚："闺女，院长临时通知爸爸去外地开会，下午就要走，后天才回来，生日不能陪你过了，对不起啊。爸给你打了点钱，你跟同学出去吃点好的。"

司零有些失望，她本想平静地跟爸爸在家吃顿饭而已。

这天下午梅林告诉她，人齐了，地点也定了，她什么都甭操心，人到就行。

司零邀请朱蕙子一起过去，朱蕙子喜出望外："真的吗？你要带我去见你的朋友？"她也有点担心，"他们是不是都很大神啊？"

司零笑了："什么大神，一群傻子。"

朱蕙子十分愉快地答应了。

的确，司零这场生日宴的来客都不简单。中学时她积极参加各类竞赛，结识了全国各地不少天才，这些人大学大多来到平城，彼此间交流更深了。

当时他们组了个群，群名就叫"复仇者联盟"。里面只有司零一个女生，她性格太冷傲，只有男生才忍受得住。而且，一样聪明的他们，一样傲慢。

这些人中，有成了顶级黑客的，有站在 AI 前沿的研究员，有活跃于股市的操盘手，等等。

而司零呢？

狮子座末尾的这天下午，朱蕙子在家精心打扮，司零难得也有兴致化了个精细的妆。

司零手机响了，朱蕙子离得近，帮她看了一眼："是个东城的号，没备注。"

司零忙于画眼影："垃圾广告电话，挂了。"

手一滑，没声了。

没过多久，司零手机又响了，还是朱蕙子看。这次她很惊喜："是你钮度的语音电话。"

"朱蕙子！"司零瞪她，"挂了。"她可没忘上次钮度挂她电话的事。

"好好好，"朱蕙子阳奉阴违，解锁按了接听，"喂，雷猴哇。"

钮度略有迟疑："你好？"

"找司零呀？在呢在呢，"朱蕙子推过手机，"司零，你男人找。"

司零的白眼要翻上天了。

她关掉外音，放到耳边："干什么？"

"生日快乐。"

"嗯，谢了。"

"我……"

"我很忙，挂了。"嘟一声，撂下手机。

朱蕙子整个人弹起来："喂，你干吗那么对人家？"

司零说了一遍上次的事，她只不过是将钮度的话一字不漏地奉还回去。

"你……"朱蕙子快被她气疯了。直女连男人吃醋都看不出来的吗？

"再不快点就晚啦。"司零催她，不再理会电话。

到达约定的地方，刚好日落。

他们聚在其中一个称"老七"的哥们儿的音乐工作室里，加上两个女生，一共七八人，助兴的设备都有，再买来点吃的喝的，齐活了。

"真带了个美女过来啊？我还以为你糊弄我们呢。"

"就是，我还说司零上哪儿认识一大美女去。"一进门，几个哥们儿便怼得毫不留情。

朱蕙子积极地融入他们："你们都哪儿的话，只有司零这样的美女，才会吸引来美女朋友呀。"

"咳，美女，跟你一比，她就是个屁。"

"就是，整个一土肥圆了都。"

司零指着他们："我说你们，太久不见都皮痒了？来把麻将我虐死你们。"

他们就这么玩玩闹闹，互黑互怼，明明是一群天才，却互称傻子。

"司零，好久不见了。"

"好久不见，老七。"司零和他们一一拥抱。

轮到费励时，他很委屈："为什么不抱我啊？"

"得了吧，谁不知道你天天能见她，哈哈哈哈哈。"

他们给司零准备了蛋糕，有人负责音响，有人负责灯光，派对拉开序幕。

"毕业之后各奔东西，有些人一生就再见那么几次，剩下的不过是朋友圈里的点赞之交，"费励举杯，"可我始终很关心你们都在干吗，真的。"

有人说："对，看到你们大家都还在努力实现梦想，为改变时代而奋斗，我会特别有干劲！"

互相询问近况时，文科生朱蕙子听得云里雾里，但好歹能听出他们的专业有涉及核工程的、航天的、计算机的。朱蕙子满是感慨——全是国家栋梁啊。

"司零呢？做了这么多铺垫，其实就想知道你，哈哈哈。"有人问。

"听说你之前入股了一家生物技术公司？"

司零说："是个很小的公司，我只是技术入股，认识的人创业人手不够，帮忙打个下手而已，现在已经退出了。"

"人家谦虚呢，那家公司首轮融资就超过五千万美元，"费励冲司零使眼色，"还是留不住我们司零这尊大佛啊。"

司零拿酒瓶锤他："你们就听他吹呢。"

朱蕙子自来熟，很快和大家打成一片。

另一头，司零和费励，还有一个男人聚到一起。

"回文同志，"司零举杯敬他，"我正式通知你，赶紧把滚滚改一改，它哪来那么多没用的屁话！天天说我胖！"

"这个，滚滚只是实话实说而已。"回文挠挠头发。

"我看你是不想待了！"

"你这可属于滥用私权，我有权抗议！"

司零包袋里的手机，已经堆积了几个来自同一号码的未接来电。音响放着歌，她什么都听不见。

大家说好灌醉司零，她也喝得心甘情愿。能以酒助兴，是人生一大乐事。

"老七！"司零红着脸，一把抱住对方，"你这歌唱得不错，谢谢你给我提供这么好的地方，我今天给你个面子！"

老七笑："女神要怎么给我面子啊？"

司零从包里掏出手机，拍了几张照片，编辑发送朋友圈，加了定位。

"司零单独为你发朋友圈，殊荣啊，老哥！"众人哄笑。

聚到深夜，几个喝醉了的男生在工作室里横七竖八地躺下。费励和回文先前说好负责到底，节制了酒量，一人扶一个女生，准备往家送。

"姓肖的，这可是我亲妹，出了什么岔子，你就再也别来见我。"司零醉意蒙眬，指着回文，说话断断续续。也趁着酒意，说真话也没人当真。

肖瀚笑了笑："放心吧，您。"

朱蕙子酒量非同一般，完全无恙："你就别操心我了，我好着呢。"

四个人一起往巷口走，到了稍微宽敞点的地方，看到那站了个人。

最先反应过来的是费励。他盯住那个男人，面露愕然。

——是钮度。

他的目光正直直定在半醒状态的司零身上。

接着，朱蕙子也认出了他："我的天——那不会是钮度吧？是长得像吗？"

听到这个名字，司零猛地抬头看去。她挣开费励，癫笑起来，趔趄往前："钮度？怎么是你？你从哪过来的？怎么不给我打个电话啊……"

她身子冷不丁打歪，钮度快步往前，伸手搂住她。

"又喝醉了？"他的气息拂到她耳边。

"生日，开心嘛，"她傻笑，"后面那我好哥们儿，帅吧？比你帅。"

钮度笑了。

身后，梅林和回文相视一眼，犹豫是否该往前。钮度已经知道了司零的身份，要是现在看到他们仨聚到一起，对她日后的计划不利。

可是钮度对司零过分的亲密让费励忍无可忍。他提步过去，一把抓回司零，说："司零，你喝多了，我们赶紧回去吧。"

另一边，钮度也没放手。

费励看向他，钮度也在看他，两人对峙一阵，费励先开口："我送她回家，叔叔放心。"

"是吗？"钮度面色冷峻，"据我所知，她父亲昨天就已经不在平城了。"

费励不接话。

中间挂着个迷糊的司零，被两人一人扯一条胳膊。

朱蕙子感觉要出事，上前救场："行了行了，你们争什么争啊，我问问她——司零？司零？醒醒，有人接你来了，你看怎么着？"

司零半睁眼，看都没看，挣开一边胳膊，扑到灰衬衫男人的怀里："我要他。"

钮度抱紧她。

"司零，你……"费励以为她根本不知道自己选了谁。

司零双手缓缓往后，回拥住钮度，闭着眼，轻轻说："你身上的味道，我熟悉，很好闻。"

费励还在惊愕，回文和朱蕙子上前拉走了他。

三重人影退下，僻静的巷子里只剩了一对身影交叠的男女。

"钮度。"司零突然叫他。

"嗯？"他抬起她的脸。

"蕙子说，你喜欢我。"

"那你觉得呢？"

"我觉得靠谱。"

钮度像是听了个笑话，伸手捋了捋她的碎发："为什么？"

醉鬼一向嚣张："我——好看，聪明，能打，你干不过我。"

钮度无语了，往她额头轻轻一敲，一把扛她上肩："那试试看。"

"喂？你干什么？放我下来！"醉鬼在捍卫形象这件事上显得尤为清醒，"我穿了裙子的！"

钮度一上来就把她的裙摆抱严实了，他笑得很不厚道："说真的，原来你腿那么粗。"

"你这个人嘴这么恶毒的？腿粗关你屁事？你放开我——"

直到钮度把司零塞进出租车，她才停止呱唧乱叫。等钮度给师傅报完酒店地址，司零凑了过来，像只树懒一样趴在钮度肩上，用手指戳他的脸："钮度，你，对我图谋不轨——嗝。"她打了个嗝，钮度皱着眉躲避酒臭味，想往外挪一挪却被她压住半个身子。

钮度真的很嫌弃了："你看看现在像谁图谋不轨。"

"我？我用得着对你图谋不轨？别逗了，"司零往窗外一指，"那条路，看见没？进去有个特别好玩的夜店，比你帅的我每次去能收一排微信。"

钮度别过脸不想理她，又被她扯了扯袖子："哎，你看——那栋楼，像不像怪兽？俩大灯跟鼻孔似的，你看哪！"

"你能不能安静一点？"钮度都快要求她了。

司零鄙视地斜睨了他一眼，往前一凑："师傅……"

钮度立刻揪住她脖子后衣领给抓了回来，收拢到自己怀里，说："求你了，安静一点。"

"行，给你个面子。"醉鬼终于妥协，乖乖窝在他心口。

一回到酒店，司零就吐了。钮度抱着她站在马桶边，把胃腾个干净。

"我要洗澡。"她说。

"别洗了，我帮你洗把脸，好不好？"钮度说。

"不，我要洗澡。"司零推他出去。大夏天的，喝醉了也嫌自己恶心。

流水声起，钮度每隔一会儿唤她一次，她倒也乖，顺利洗完了澡，穿着浴袍出来。

钮度靠在软榻上用电脑，司零过去往他身上一靠，闭着眼问："你怎么来了？"

"想你啊。"说是这么说，钮度肩膀一拱，把司零从身上弹走。

"打车辛苦吗？"司零赖着不动。

"太辛苦了，你记得给我报销一下车费。"

司零回头看他："哇，我生日你一句祝福都没有，还让我给你报车费。"

钮度看着司零半眯着眼，明明很傻却还是很嚣张。他往别处看了眼："给你带礼物了。"

"真的？"司零立刻瞪大了眼睛，"在哪里？"毕竟是小女孩，小裙子呀，包包呀，没有抵抗力的。

钮度抬手一指。司零爬起来，小跑过去，在纸袋里掏，拆掉层层包装，取出裙子。

"哇？"这是她的第一反应。

"试试看？"

司零二话不说，解开浴袍——当着他的面。钮度盯着她看了好一会儿，才意识到别开脸。

"好看吗？"他听见她问。

钮度回头，她窈窕的身上，是一条缀满刺绣星星的浅粉色连衣裙，她转了个圈，裙摆带起仙气。

钮度眉眼都带笑："好看。"

收到朱蕙子最后那条微信，是 Y 国时间晚上九点，他赶不及十点的航班前往平城。拉维市直飞平城的航班只有单周日有，很不巧，次日是双周日。他只能搭乘中午十二点半起飞、经转莫斯科的航班，飞行十六小时，来到她身边。

今天上午十点落地，辗转到酒店落脚，他刚要打给她，公司那边却临时要开视频会议。他忙到下午，才发觉自己两手空空地准备去见她。

今天是她的生日啊。

他不知道要买些什么，精心定做的来不及，他在商场里转了半天，以他的直男审美实在挑不出来。

　　最后他走进一间店铺，把她的照片拿给柜姐看，柜姐给挑了一条裙子。

　　从看见照片到送走他，柜姐至少说了十遍："您女朋友真漂亮啊。"

　　当然了，不用她说，他知道。

　　可她挂他电话，他一时无奈，只能干等，等到她终于发了条朋友圈，显示有定位。

　　他打车到那里，隔着门听到他们狂欢，不忍心打扰，便找了个小店坐着，等她。

　　"可是这又不能穿着睡，"司零实在困，倒头又闭上眼，"你找件衣服给我穿嘛。"

　　"我……什么都没带。"他出门太急，除了护照和钱包真的什么都没带。

　　"那怎么办？"

　　钮度转身坐下，语气又变欠揍了："不穿我也没意见。"

　　"不行，你会占我便宜。"司零还是闭着眼。

　　钮度斜睨了眼枕头上被挤成一团肉的脸："你占我便宜，还少么？"

　　"钮度。"她不厌其烦地叫他，见没人应，又叫了一遍，"钮度啊。"

　　钮度没让她听出来自己在笑："我在这儿。"

　　"你嘴巴这么毒，没有女人会喜欢你吧？"

　　"是啊，所以你行行好，不然我就惨了。"

　　司零缓缓睁开眼睛，想仔细看清他的脸："那你得好好想个办法，讨我开心了。"

　　钮度笑了，起身坐到司零身边，敲了敲她的额头："行，司零小姐，你想要什么，今天我统统答应。"

　　他很喜欢这样敲她的脑袋，不知道是不是他擅作总结，发现女人很吃这套。至少司零喜欢这样的理由，在爱情上，她不想钮度对她太过特别，她无福消受。但她不得不承认这几乎成了他的必杀技，她无法忽视自己波动的心，仿佛有光照进一泓清泉。

"我好渴，你去帮我拿点水。"司零转了个面，不让自己看他。

"遵命，女王陛下。"钮度拖长尾音。

钮度转身时，司零回头说了句："幼稚鬼。"

钮度拿了瓶矿泉水过来，拧松了瓶盖递过去："起来喝水。"

醉鬼缓慢地爬起来，接过水。她的脸难受得拧成一团，钮度的语气有点像命令："你以后别喝酒了。"司零不答话，钮度又说，"你喝醉真的好难看。"

"你才难看，"醉鬼推了他一把，"走开走开。"

"你还不相信，"钮度打开了手机，"明天你自己看。"

"喂，你干什么？你怎么这么烦啊？"醉鬼在捍卫形象上很卖力，弹起来抢钮度的手机，"你给我——给我！"

钮度想要令她束手无策太容易，稍稍一抬手，她就是跳也够不到。录像还在继续，屏幕里有个美丽的醉鬼抓着他上蹿下跳，表情又傻又凶，比小丑都好笑。

"钮度——"司零好不容易抓住钮度手腕，往下用力一扯，他重心被她带偏，压着她倒了下来。

他的脸离得那么近，她突然不会说话了。钮度也不打算听她再聒噪什么，嘴唇压了下去。他的舌头慢慢往里旋，撩起她的，温柔缠绻。她的气息又香又甜，他真想吞个干净。

司零好不容易才清醒一点，这么快又醉了。他真的是高手，太容易让人沉醉。

"钮度。"司零又喊他，显然和之前那一声不同。

"嗯？"所以，他也不同于之前地回应她。

直到张嘴前，司零都不知道要说什么："我困了。"

"好，"钮度的语气仿佛不过是答应了明天要给她做她最爱吃的菜，然后就翻身躺到一边，"睡觉。"

司零就真睡了。钮度冷静了一段时间，转头一看，醉鬼已周游九天外。她侧对着他，头稍仰着拉长了脖颈，光洁的皮肤透着红晕，太适合去演《贵妃醉酒》。

连睡着都在勾引人。钮度盯了司零好一会儿，去拿手机转移注意力。然后就看到了那段录像，她一阵张牙舞爪，突然抱住他的手臂，他人倒了，手机也掉了。屏幕再没有任何画面，只剩下一段微妙的——床被摩挲沙沙、喘息厮磨……

睡吧。钮度给自己下了指令。他彻底躺下才没过去几分钟，树懒就缠了上来，一条胳膊，还有那条大粗腿，牢牢地压住了他。

然后，她温热的、带着一点她的甜味的呼吸，开始反复地吐在他颈窝里。

"你真的太过分了，"钮度总想尝试让自己看起来凶一些，奈何他的普通话水平并不能在语速上提气势，"不是每一次我都会让你胡闹完放过你的。"

不知道他是在警告她，还是警告自己。

……

司零睡眠一向不好，再浓烈的酒精或者佐匹克隆，都无法阻止她撞进那些色彩浓烈而又诡异的梦。她曾怀疑自己是否患有人格分裂，梦里的境遇是她藏在身体里另一个姐妹留下的记号，但丁泉再三确诊——你没有。

那那些梦究竟从哪来的，为什么和她有记忆以来的人生毫不相干？弗洛伊德终其一生也没能为她找到答案。

但司零总信，梦是人生轨迹的海市蜃楼，它一定曾出现在某个你忽略的过去，才能在之后的某个时刻重新抛出海面。

酒意褪去是下半夜，司零醒来，发现自己被钮度藏在怀里。她枕着他肩胛，耳根连着他心跳，他的呼吸不宁静，有些微鼾声，却不粗鲁，很有男人味。

司零睁着眼，一动不动。

今夜她与他之间的每句话，她都没忘，只是酒醉时没有理智，也无法思考。现在冷静下来，脑子倒带一样重复着那些话，她变得无措了。

她记得自己直白地问他是不是喜欢她，这一问，不带以往任何的好强心，反而令她小心翼翼。

而他还是那样，避重就轻地撩她。

但他肯在她生日时从地球另一端赶来，她真的可以说服自己他不过是在取悦她以巩固他们之间的联盟吗？

司零半起身，端详钮度睡态。他下颚冒出不少胡茬，他本是络腮胡，勤于每天打理才那么净整，她想，他混血的脸留一留络腮胡，一定很性感。

她摸着那些扎手的胡茬，心想他至少两天没剃了。

她很清楚拉维市到平城的航班时刻，也推断得出他一定是在看了那条短信之后即刻启程。她以为他会嗤之以鼻，还预备了下次他以此嘲讽她时她要如何回击。却没想到，他真的会来。父亲的生日他都借故推掉，却因她一句玩笑而颠簸万里。

她不自觉上扬嘴角。她似乎是忘了，不久前她还对钮度的感情十分轻蔑。

你真可恶。她学着他那样，敲了敲他的额头。她步步为营，自从他出现，就总充满意外。

她怕他胳膊发酸，便离开他翻身睡到另一边枕头，还不等闭眼，他的怀抱紧随而来。她看着他将她的小手裹进掌心，开心得偷笑起来。

一直到上午钮度醒来，司零都没有再睡着。

听到他闷哼，司零收回缠在他身上的手。她不太习惯，也不知道该怎么面对这样的亲密。

"醒了？"司零先说，声音很乖。

钮度睁眼，看她这么精神，有些诧异："什么时候醒的？"

"……不知道。"

"睡不着？"他低下头看她。

两人稍微分开的身体让被子腾了空，司零下意识压了压被子，遮挡自己。清醒的司零，可是很厌的。

钮度主动说："我们没有……"

"我知道，"平时满嘴跑火车的司零，却突然害怕听到任何暧昧的词语，心虚地重复一遍，"我知道。"

他以为她急于划清界限，便不再多言。

钮度翻身起来，进了卫生间。

司零看着他的方向，有些失望。多美好的早晨啊，她还想就这么安静地躺着，跟他说说话。

趁他洗漱的工夫，司零换上衣服。昨晚根本没精神细看，她现在才发觉，他给她买的裙子竟是这么好看。

钮度剃胡子时，司零蹿进去，在他面前转圈，问："好看吗？"

"你昨晚问过了。"他看都不看。

"我忘了，你再说一遍。"

钮度不耐烦地瞥她一眼："不好看。"

"喂，这可是你买的裙子啊？"

"我是说人。"

"你——"她气得砸了他一把。

"嗞"一声，剃刀在他下颚拉了道口，他皱起眉。

司零惊呼着跳过去，踮脚尖捧他的脸，白色泡沫里溢出丝丝的红，她着急得快哭了："疼不疼？我错了……疼不疼？"

看她可怜巴巴的模样，他只想逗她，冷冷地说："让开。"

"你让我看看嘛。"司零拨开泡沫。

钮度不咸不淡道："我嫌你嘴臭。"

司零猛地瞪他，狠推一把，他却像堵厚墙，纹丝不动。

司零低头气鼓鼓地找牙具，趁她看不见，钮度偷笑了一下。她赌气地耍性子："叶佐呢？住隔壁吗？这条裙子我不喜欢，让他给我买件换洗的来。"

"在Y国。"

司零着实吃惊："你一个人来的？"

钮度迟了一瞬，说："我有我的私人时间。"

他的私人时间，全是她。

司零忍不住又笑。她踮脚凑近他，他才说"嘴臭，滚远点"，话音未落，她张大嘴，冲他用力"哈"了口气。钮度差点把她扔出去！

念及他不远万里，不顾形象，她的心软得像棉花糖，哪里还得空生气。

司零主动说："那天……费励送我回家，是他接的电话。"

钮度知道她在说什么，但逻辑不太通。他简单理了理，问："你在外面睡着了？"

"我也不知道怎么突然就困了，他就把我背回去了。"

钮度动作一顿，重复一遍："他背你回家？"

司零"啊"一声，算是答应。

接着她觉得他眼神不太对了："男朋友？"

"不是，就是……朋友。"迟疑的时间里，司零在想，要是那家伙知道她这样轻描淡写地称他为朋友，他一定很生气。

她与费励是不分你我、紧密无间的袍泽情谊，她可以把命交给他，没了他，等于斩断她一条臂膀。

可这犹豫落到钮度眼里，就不太正常了。昨晚在巷子里，他认出费励了，他的声音还颇有辨识度，他可没忘记费励那充满敌意的眼神。

钮度说："知道了。"

司零说："你知道什么了？"

他不再理她，专心刮胡子。

赶上早餐时间的尾巴，餐厅里剩的不多。她跟他一起吃过很多次早餐，但总觉得这次不一样。

"吃完我带你去买衣服。"司零说。

钮度说："为什么？"

"你总不能这几天都穿这件吧？"

钮度慢慢抬头看她："你凭什么以为，我会在平城再待几天？"

"那你要去哪里？"她迫切地看着他，似乎怕他马上要走。

钮度立马没了脾气："回港城，看看妈妈。"

每次他念"妈妈"，她总觉得他像个没长大的男孩。他一定很爱他妈妈。

"哦，"司零拿叉子乱戳面包，"什么时候走？"

"明天。"他答得干脆利落，没一点不舍。

"可是我还有一周多才开学呢。"且这次朱蕙子也去，她得和她商量时间。

钮度本来想说"关我什么事"，还是作罢："你可以到港城待几天，阿星会很高兴见你。"

"算了，不打扰你们一家相聚。"那块面包快被司零戳得不成样子了。

他们真像一对闹脾气的小情侣。

司零说："吃完饭，你先送我回趟家。"

"干吗？"

"化妆嘛。"

钮度抬头，她连口红都没上，看着气色是有些差。他微讶："你什么时候开始这么注意形象了？"

"……"还不是为了你。

吃完早餐，退房，然后送她回家化妆，之后逛街。

陪钮度买衣服，简直是看一场他的时装秀。他倒三角的好身材，肌肉健硕，比例完美，进一家店引一片店员围观。

对于着装，钮度相当比司零讲究，他挑挑拣拣，她却觉得他穿什么都好看。

她真的是这么认为的。

之后他们到咖啡店小憩，碰见了同样来逛街的朱蕙子和肖瀚。

看着相当熟络的两人，钮度问了句："他们昨天才认识的吧？"

司零悄悄告诉他："阿瀚是我的'好闺密'。"

两人买好咖啡过来坐，朱蕙子挑着眉对司零说："起得早啊，我还以为下午才能联系上你。"

司零不适应这种有深意的玩笑，吓得一呛。肖瀚笑出声，钮度也礼貌地跟着笑。

"帅哥大老远跑一趟不容易，晚上我开局，大家一起过来玩儿怎么样？"朱蕙子很热情。

司零面露难色："我爸晚上回来，我得在家。"

"那就明晚？"

"……他明天就要走了。"

"啊？去哪儿？这么快就回去了？"

钮度一笑，客气答："回港城那边。"

"再待两天嘛，你这大老远的，我们都没好好招待，这多不好意思啊。"朱蕙子说。生意人家出来的孩子，总是比较能说会道。

"蕙子。"司零挤眉，小声叫她。

钮度大概还是头一回见到对他这么随便的小姑娘，但他的表情显然很愉悦。不等他开口，司零帮他把话说了："他回去陪家人。"

"噢，那很遗憾了。"

司零看向钮度:"明天几点走?"

他扫了眼手表:"大概中午。"

司零看了他好一会儿没说话,朱蕙子从她眼中读出了不舍。她脑子一转,开口道:"说到这个,司零,我们到港城转机吧。"

司零回头:"什么?"

"平城飞拉维市只有单周,时间不太好,我查了查,港城每天都有直飞,而且有两班,"朱蕙子说,"而且,听你吐槽 Y 国的商场和物价一年了,我都有了阴影,想着去港城囤点货再过去。"

司零不知道该说什么:"……太麻烦了吧。"

"我可以去接你。"她转头,钮度正认真地看着她。

朱蕙子赶忙一锤定音:"那,就这么说定啦!"

出租车开到附中附近,司零开了口:"就停这儿吧。"

师傅减了速,钮度问:"到了?"

"……还有点儿距离,我自己走,家属院老师都认识我……"她声音渐小。

钮度笑了声:"我有这么拿不出手?"

"不是啦,我只是……"尿。

她听见司机师傅在前面偷笑。

钮度和她一起下了车。司零反应过来,他这是要将她送到家门。

这还是他们第一次这样一起走路,有点怪怪的,她有意与他错开些距离。在他海拔一米八八的压制下,她果然很娇小啊,把脖子仰得老高才能看见他的眼睛。

司零原本走在钮度左侧,等红灯时她低头看了眼手机,一抬头,人不见了,再往左看,才见到他。他换了个边,挡着来车的方向。

明明是个很温柔的男人啊。

绿灯到了,钮度说:"走了。"她晃着神没注意,一只大手直接盖住她头顶,推着她往前走。

马路一过,便进了大学校园。乔木与路灯为伴,将道路延伸,背书包的学生来来往往,或三三两两,或成双成对。多人行都是朋友,双人行都是情侣,或挽手,或十指紧扣。

除了那对高个混血和矮个萝莉。

偏偏他们回头率还很高，阵阵说笑声近了他们周围明显转为悄悄话，有的走远了还在回头。

"好帅啊，是研究生？"

"别逗了，气质一看就很商务，你知道他那双鞋多少钱吗？八万。"

"女朋友也特漂亮，艺术学院的吧？"

"哎？我刚没注意看。"

这不怪他们，今天的气场全是钮度的，即便他只穿了件最普通的白色短袖，也挡不住风度卓然。而司零呢，她现在很尿，一路耷拉脑袋。

明明她跟费励都要把这条路走穿了，碰上爱开玩笑的邻居还会被问"男朋友啊"，可今天，格外心虚。

"在这住很久了？"钮度忽然问。司零抬头，他正看着那些老旧的楼房。

"是啊，"司零说，"从小就在这儿，小学、初中、高中、大学，来来回回这两里地在绕。"

"还有学生也在住？"

"很多老师搬走了，把房子租给了学生，研究生宿舍也在这里。"

"那你爸爸怎么不搬？"

司零一笑："反正家里人少，住哪儿都一样。"

钮度默了会儿，才说："他没有再婚吗？"

"他很爱我妈妈，"司零吐了口气，"死脑筋，怪不得教政治。"

司自清和颜双，青梅竹马。司自清幼时，母亲给颜双家里做工，把他带到颜家。他家里条件差没法儿上学，颜家小姐见他好学，便将自己的书借于他，后来他考上当地最好的学校，读书全靠颜家资助。

两人朝夕相处，他怎会不对这样一个温婉善良、知书达理的女孩心生爱慕？碍于家世相差悬殊，她便成了他年少最美好的秘密。

后来，颜家破产，颜双随父母四处躲债，自此与司自清失去联络。多年后她带着一个孩子出现在他面前，他不问过往，毅然爱她如初。

颜双在隔离区直至死去，自己没能陪伴她照顾她，这让司自清抱憾终生。

她苦口婆心劝他在她离去后另寻她人，护士却给她传回他的一纸答复：年少时，是你教我读"不得于飞兮，使我沦亡"。

那时司零还太小，这些，都是后来她从司自清珍藏的信件中知道的。

守着一方老宅？不过是守着有她的回忆罢了。

钮度没再就这个话题继续下去。

后方有自行车铃传来："同学——让一下！"

司零转头，一时不知往哪边退，钮度抓紧她的手，往里一拉，自行车擦着她肩膀过去。

"毛毛躁躁的，一看就是大一小屁孩儿。"司零吐槽。

有力道带着她向前走，她低头一看，手不知道什么时候被他牢牢扣上了，且他没有再放开的打算。

人来人往之中，他们总算看起来正常了。

司零扭扭捏捏地跟着，没什么话。黄调的路灯，藏住她绯红的脸。

她想起来，大学时室友们聊起恋爱，开头也是这般懵懂。

"到了。"走到路口，司零说。

钮度停下来，顺势看去："几楼？"

"三楼，就是有根粗树枝戳到窗子的那间，"司零给他指，而后笑，"有一年我生日，费励在那上边儿挂满了彩灯，然后在树上叫我，之后被一个教授看到了，追着他骂，哈哈哈……"

司零没看到钮度变臭的脸。

她提醒："我要走啦。"他才意识到要放手。

司零主动说："明天几点，我送你。"

钮度说："到时我过来接你。"

"好啊。"

似乎没什么话了，却没人先挪动脚步。

良久，钮度先开了口："回去吧，外面热。"

司零点点头，他转身就要走，她叫住他："喂，你不觉得，还有点应该做的事吗？"

她眼珠子转了圈，钮度抬眼一扫，周围有不少将女友送到这里，依依惜别的小情侣，要么吻别，再不济都是个拥抱。

他堂堂三公子，可干不出这种小屁孩儿的事。

钮度轻敲司零额心，一副懒得理她的样子："赶紧回去，我走了。"

看着他决然转身，司零难以置信地杵在原地："——喂？"

钮度走了几步，终于回头，见到她气得憋红的小脸。他提步向她，双手插兜，不自在地看了看左右，低头在她嘴唇上轻吻一下。

他一脸"满意了吧"，而她显然是"不满意"。司零气呼呼地扭头走掉，步子还没迈开，被他一个拉回，炙热的深吻烙下来。

也不知道吻了多久，反正身边情侣走了好几对。

钮度带着微重的喘息，说："满意了吧？"

司零用笑靥回答，伸手为他拭去嘴上的口红印。

"你刚才不是还很怕被老师看见？"

"你这么拿得出手，我怕什么？"

司零收回手："你走吧。"

她一副嫖完爽够了你滚吧的样子，真的很欠打。钮度忍不住抬手，轻轻一推她额头："走了。"

直到他消失在转角，她才肯上楼。

等司自清回来，司零把朱蕙子到希河大学读书的事告诉他，他淡淡道："这样也好，你们互相有个照应。"

司零问："爸爸，蕙子总是这么依赖我，我一不在，她就没有人生的方向，我该怎么办好呢？"

"等待一个能让她真正成长的人出现。"

"可是，她都谈了好几个男朋友了。"

司自清突然看住她："那你什么时候谈一个？"

司零真是引火烧身。她笑嘻嘻："我不着急，你还怕我嫁不出去？我再多陪你几年。"

司自清冷哼："陪我？过几天你又要走了，就算你在平城，能有几天是在家的？"

司零忽感惭愧。司自清不是个善表达的人，他一生都没对颜双表白，所有的情意都融进了一句"不得于飞兮，使我沦亡"，对司零如是，从小到大没有过多的亲昵，甚至过分严苛。只是每次送她去机场，他都在车里静坐许久，遥望那些直冲云霄的飞机，猜想哪一架带着他的女儿。

"爸爸，"司零认真地说，"最多两年，我一定回来。"

……

到了上午十点，钮度迟迟没有给司零打电话，她耐不住打了过去，却听到电话那头的声音，以及他低沉好听的嗓音："我到港城了，刚下飞机。"

她一下子跳起来："什么？你怎么不叫我？不是说好了送你？"

"不想让你看我走，怕你舍不得我，会哭。"他的声线低浅平静，却如洪钟般震得她心头一颤，久久回荡在耳畔。

司零又甜又气，丢出二字："有病。"

钮度笑："我还要联系司机，晚点打给你。"

"哦。"她乖乖应。

挂下电话，司零愣怔许久。真不习惯这种感觉，明明没有什么事要商量，却很想等到他的电话。

这算是意外吗？之前与他的每一次见面，都是她精心安排；他找她的每一通电话，都是她意料之中，分秒必争的她，什么时候开始愿意等待这种无聊的电话了？

几天后在机场，司自清父女见到了同来送机的朱一姗母女。司自清和朱一姗在家长会上见过，得知他是大学教授，朱一姗直呼："有其父必有其女啊！"

天分继承了亲生父母，司自清对司零后天的浇水施肥，同样功不可没。

"妈妈，你们回去吧，我们走啦。"朱蕙子说。

两个女孩一步三回头，往安检走。两位家长还站在后头，舍不得走。

朱一姗说："有司零看着蕙子，我就放心多了！"

司自清说："孩子大了，会照顾好自己的。"

"两个孩子待久了，还真是越长越像了！上回小零来家里吃饭，家里客人还以为是我们哪个亲戚的孩子呢。"

司自清随她一同笑，少顷，嘴角弧度渐而敛起。

长得像？

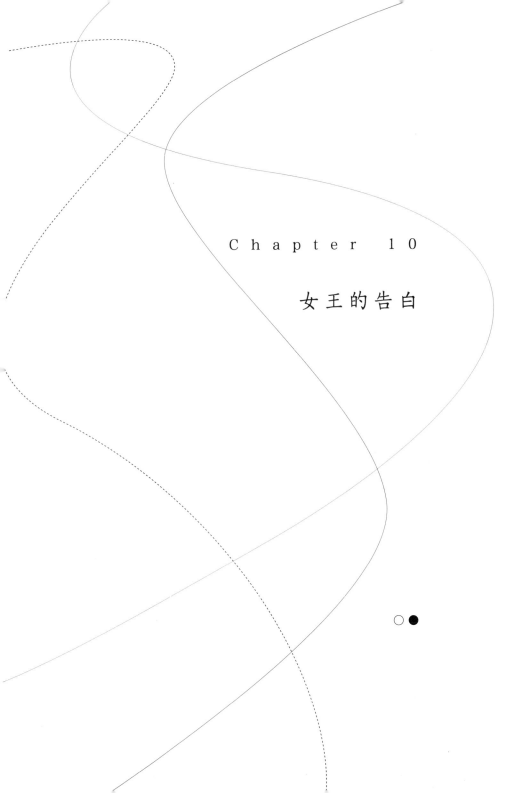

Chapter 10

女 王 的 告 白

进隔离区前，司零最后回头扫了一圈，心底有些落空。

几道检查一过，来到候机厅，司零给费励打电话。

"喂？"他的声音像是没睡醒。

"还真不来送我？"司零说。

"昨晚喝多了，起不来。"

司零深吸口气："还生气呢？"

电话里没声。

自从生日那晚在巷子里她选了钮度，费励就和她打起了冷战。自然他们还有很多事情要谈，CR每天都有事要处理，但费励除了公事公办以外，别无他言。

司零有点尿："你知道我不会安慰人的……要不你想听什么，你告诉我？"

费励说："我只是气，你爱上他，为什么不告诉我？"

司零心里五味杂陈："我还啥也没说呢……"

"某些人前不久还说'我绝不会爱上一个与自己全是利益勾连的人'，你这脸打得可爽？"

"……挺尴尬的。"

费励说："其实我早就知道了。"

司零听得懂："为什么？"

"这不重要。我不跟你的行踪是建立在我知道你不会瞒我任何事的情况下，可你居然关掉了滚滚对你和钮度的实时监控，这是我最无法忍受的。司零，你开始对我有不能说的事了。"

司零沉默好一阵："我也不想你不开心啊……"

费励哼了声："你想太多了。"

她示软，他也没了脾气，打着哈欠说："走吧走吧，你在只会让我分心。"

司零一阵考虑，说："还有件事……那天晚上，钮度没有看到老七他们吧？"

"没有。但是，他看到我你回文三个人在一起，就已经够你棘手了。"费励似乎有些幸灾乐祸。

司零抿住唇。他说的没错，如果钮度知道他们俩是谁，她的身份必然也藏不住。

"不过依我看，"费励又说，"要不了多久，你怕是要对他敞开心扉了。"他话里醋味很浓。

"乘坐港城航空公司 HX337 航班，前往港城的旅客……"

"我该登机了。"司零说。

"一路平安。"

司零还没挂，她最后说："费励，以后，我不会再瞒你任何事。"

……

落地前，朱蕙子问司零："你真要跟我住酒店啊？"

司零摘下眼罩："不然呢？"

"分开这么久……"

司零轻笑："来日方长，不急这朝朝暮暮。"

朱蕙子往后一弹，惊呆："士别三日，你变成老司机了？"

"那也没你老。"

"喂，我比你小一岁好不好？"

"是十个月零三天。"

朱蕙子回来靠在司零肩上："幸好有你呀，我们家人太少了，我还真没有哪个堂姐妹表姐妹呢，从小到大都是一个人，可闷了。"

司零小心问："你大舅……没有孩子？"

"没有，听我妈说大舅年轻时很帅，人称'平城三少'，风流倜傥，处处留情，为他要死要活的千金小姐能绕平城一圈。"

朱一臣才貌双全、风度翩翩，引无数美女竞折腰。他流连风月场所的喜好，从平城到港城一直未改，在那边也是出了名的。

司零脑袋猛地一声嗡响。

她终于找到了一个极为关键的，却一直被自己忽略的细节。

钮度安排了人接司零，那人说："先生还有些事要办，我先把两位小姐送到酒店安顿好，晚上先生请两位小姐吃顿便饭。"

司零答应。

可到了约定时间，朱蕙子却临时变卦："这饭你们两口子吃就好了，我才不想当一万瓦的电灯泡呢。"

"说什么呢？"司零佯装愠怒，她不习惯这种揶揄。

"反正我才不去。"

"那你要干吗？"

"我还有几个朋友，约好了局。"

"行吧。"

司零先出了门，来到酒店门口，见到车里只有一个人的钮度。

上了车，她摸着他的脸，大胆调戏他："还真是水土不服啊，回到港城，皮肤好了不少。"

钮度掐住她的腰："在家待了一个月，你胖了不少啊。"

司零冷脸推开他。

车开动起来，钮度直视前方，说："听说你脸色不太好，怎么了，不舒服？"

司零不打算回答："那个司机？人怎么样？"

钮度知道她想问什么："他叫曾广杰，一直跟我做事，除了叶佐我最信他。"

司零没说话。她的整盘棋都是以钮言炬落子的，当然有刻意结识一些港城和南亚的朋友，其中确实也有能直接带她认识钮言炬的，但，太过刻意的事，不利于建立信任。

谁能想到所有的精心筹划因为钮度的出现翻盘重来？

"怎么了？"钮度一笑，"是不是我的处境比你想象的还要差？"

司零很斩切："很快就不是了。"

"这么信我？"

"你值得信。"

钮度转头看她，都有点哭笑不得："好久没听你损我，都有点不习惯了。"

为了他，她也在悄悄地改变不是吗？司零往窗外看："开你的车。"

地方离酒店不远，花了些工夫停好车，钮度带司零步行进入一条陋巷。一开始司零以为他在搞鬼，直到见了餐厅招牌才了然。

铺面很小，挤在老旧的居民楼里，周围毫无景色。说起来你可能不信，这是港城最贵的餐厅之一。

他们进门时，钮度碰见了个熟人。

"头一次见你带人来这种要预订两周的地方吃饭，哪个靓女这么有面子？"司零听不太明白，大概是这个意思。

钮度笑笑，打过招呼往里走。

入座后，钮度点菜。司零撑着下巴看他："提前两周预订？"

"老板给我面子，七天。"他不抬头。

司零看了看窗外居民楼上晾的衣服："我还以为……"

"以为什么？"

"以为你会做表面功夫。"浪漫的约会不该是去海景餐厅么？

"就这些，"钮度合上菜单递给侍者，然后看她，"现在不是有句话，低调奢华有内涵，我属于这种男人。"

司零非常不高雅地喷了笑。

钮度手机响了，他看到来电，迟疑半秒，按了静音。

司零瞥了眼，是个女子英文名。她问："怎么不接？"

怕她误会，他索性告诉她："她约我吃饭。"

"哦，又是哪个白富美啊？"

"没你漂亮。"钮度笑起来，想哄她开心。

"魅力这么大，回来没几天就招惹了一颗心。"司零看上去有些任性。

"你也不赖，能让一个男人一往情深这么多年。"他还在笑，语气辨不出情绪。

司零嚼了口茶，没接他的话："阿姨身体还好吗？"

"最近气色不错。"

"现在还唱歌吗？"他母亲曾是名噪一时的歌姬。

"偶尔会。"钮度笑。

她本想借此还击，提醒他谁都有不能开玩笑的事，谁知道，他似乎不像之前那么避讳了。可他哪是不避讳，只是不再避讳她而已。

钮度显得从容，司零索性陪他聊下去："她平常都喜欢做些什么？"

"画画、做陶土、种花种草，逗逗猫咪，遛遛狗。"

"你们家还有猫和狗？"

"是啊，一只橘色的缅因猫，还有一只柯基。"钮度专注看司零。

"噢，那柯基一定很惨，它打不过缅因猫。"

"是啊，那只猫跟你一样肥。"

"你……"司零瞪他，他笑起来。

用完餐，钮度带司零去逛艺术展，登国际金融中心大厦观景。到了街市灯火将息未息时，他们把车停在维港边上，并肩倚着护栏，什么也不干，遥望五光十色的高楼，聊聊天。

钮度扫一眼手表，说："这么晚了，朱蕙子该回到酒店了吧？"

"她泡吧去了，说不准什么时候回来，"虽然是这么说，司零还是有点担心，"我给她打个电话。"

电话通了很久朱蕙子才接，只第一声司零就察觉她有异："喂？"

司零说："你怎么了？"

"……碰到姓李那对狗男女了。"朱蕙子满腔怒气。李某是她前男友，后劈腿分手。

"别理他，伤了眼。"

"呵，那个女的见到我还嘚瑟得很呢，她怕是不知道她一身香奈儿都是李狗骗老娘的钱给她买的！"

司零有点不安："你冷静点，就当喂了条狗。"

朱蕙子冷哼："不说了，我去玩了。"

一挂电话，钮度问情况，司零转述一遍，想想还是不妥："蕙子容易冲动，我得去看着她。"

钮度："什么地方？我送你去。"

地方离得不远，就在中环一幢高楼顶层，但司零还是来晚一步。

双方杠上了，李某身上被泼了酒，李某女友谩骂朱蕙子的朋友推了一把，再被李某的朋友反推，冲突愈演愈烈。

"你他妈还有脸骂我？你——"司零拦住朱蕙子即将落下的掌，朱蕙子一怔，"你怎么来了？"

"别闹了，快坐回去。"司零拉她胳膊。

司零是朱蕙子偶像，她从来都很听她的话。本想就此息事宁人，可对面的人再挑衅："大姐，这么快就怂了？你刚才不是架势大得很吗？格格就这点出息？"

朱蕙子友人替她不平，一推对方："说什么呢你？还要不要脸了？"

"谁他妈不要脸了？你谁啊你，这么着急出头，不知道的还以为是她养的小白脸呢！"

"你再说一遍？"

"我就说了，怎样？"

双方互相推搡撕扯，司零努力护着朱蕙子，被人挤到中间撞来撞去。

轰吵持续了一小阵，直到其中一个寸头男抬头看到一张脸孔，霎时变色："钮……钮生？"

场面稍静，看向来人，钮度看了眼李某，问寸头男："你朋友？"

"是，是啊。"

"都是出来玩的，客气一点。"钮度说着，将司零拉过来。

"误会误会，都是误会……"

钮度另一只手拉过朱蕙子，寸头男对他胁肩低眉道："最近天气燥热，人也变得冲动了，冲撞了您的朋友，真是过意不去……"

没听他说完，钮度拉着两个女孩走了。

坐进车里，司零对朱蕙子一顿批评："你这脾气怎么还是没改？说你那么多次了。"

在姐姐面前，"小太妹"就是个乖尿："对不起嘛，看见他烦得很，多喝了几杯。"

"让我看看，有没有哪伤着？"

"没有啦……"

前面钮度突然说："有狗仔。"

司零往窗外一看："哪里？"

"后面，"钮度面色沉冷，加了车速，"酒店不能回了，不然你们明天会被跟踪一整天。"

朱蕙子正在兴奋劲儿上："哇？有狗仔追我？有生之年我竟然还有这种体验？"

司零问他："那怎么办？"

钮度改道往另一个方向："我在西半山有处公寓，我们去那儿。"

……

按照通俗定义，整幢公寓大楼有六十多层，可由于基本都是复式，且开发商取掉了带"4"的楼层，楼层编号便显得有些复杂了。

钮度所住楼层偏高，全景落地窗览尽维港，可见金融大厦与环球贸易交相辉映。

钮度给朱蕙子安排好客房，朱蕙子关上房门前贼笑道："我一定把耳朵捂严实，不会打扰二位的！"

司零靠着墙，明知故问："那我呢？"

钮度走到她跟前，低下头来，吐息拂面："你想睡哪儿？"

她往客厅跑，一头倒向沙发："睡这儿。"

他俯身抱住她："那我就陪你睡这好了。"

司零傻笑起来。

钮天星打来电话。等他挂了电话，她问："怎么了？"

"阿星有朋友告诉她酒吧的事，然后问我现在在哪儿。"

"她说什么？"她是指，关于她跟他在一起。

"没什么，"钮度答，"她说明天带你们到家里吃饭。"

"不好吧……"

钮度知道她的意思："阿星已经知道了。"

司零一怔："为什么？"

钮度目光一抬，略有尴尬："有一天她翻我手机，看到你照片。"

她心头倒了蜜罐，嘴角都忍不住翘："什么照片？"

钮度不答。

"什么照片？"司零凑向他的脸，去捉他眼神，他还是不动，她的手胡乱摸上他，"手机拿来，快拿出来！"

他只好拿出手机，开给她看。

——是她躺在床上熟睡的样子，雪肤透红，带了醉意。看房间是在拉维市，她在婚礼上喝醉的那次。

司零看向他："那么早就开始喜欢我了？你也没多少定力嘛。"

钮度浅笑，眼带星辰："那你那天为什么会想到来我家？"

她说不出话了。

他胸膛笼罩下来，用气息压制她："嗯？你告诉我，为什么会想到来找我？"

客厅开着暖光，钮度近在咫尺的脸，让司零看得清他眼底细碎的温柔和期待。

"钮度，"司零开口，"当我喜欢的人，不是那么容易的。"

连表白都要这么傲慢吗？

司零搂住钮度脖子，说："无情的人一旦用情起来，是很可怕的。"

她还记挂着那天钮度说她比梅长苏更无情。谁都可以这么说，只有他不行，她所有的情，都给了唯一的他啊。

"司零，"钮度复刻她的口吻，"要是想赌谁更爱谁，你会输的。"

司零笑起来："那，走着瞧？"

"走着瞧。"

钮度吻了司零良久，之后离开她，两人安静地对视着，司零动了动嘴唇，说："田浩宇搞定了吗？"

钮度看向别处，无奈地笑。他以为她要说什么情话呢。直女司零奇怪地追问："怎么了？"

钮度抱着司零起来，答："见过面了，很顺利。"

"怎么样？"司零用邀功的眼神看他。

"司大小姐看中的人，还用说吗？"钮度换了个眼神，"但听叶佐说，田浩宇在司大小姐眼里，还只是个小喽啰？"

司零没有直接回答，反问："你觉得，我为什么要让你用田浩宇？"

"他是密码学出身，有和军方打交道的经验，之后我们进军军用无人机领域，有他在，对外出口会方便很多，"钮度说，"其次，他家里以前做企业，有管公司的经验。"

钮度目前的声望招揽不到太多人，他太需要这种全能型人才了。

司零的表情没有变化，似乎是在等待什么："还有呢？"

此问一出，钮度的眼神复杂起来，先是一怔，后变惊喜，甚至狂热。这一刻，他全然相信司零是他的命中注定。

钮度说："区块链。"

区块链技术基于密码学，这才是司零选用田浩宇的最重要目的。

司零的脸上出现了和钮度刚才一模一样的表情。她问："这也是你到 Y 国之前就想了的？"

"当然，我分析了 Y 国的区块链优势，最终拟订的计划，"钮度说，"你是不是还想问，等我们把区块链做起来之后，要把它带到哪去？"

司零等待他的回答，而钮度给了她如愿的答案："南亚。"

天一集团掌握南亚能源产业的半壁江山，而区块链正给能源领域带来巨大变革。钮度将区块链带回南亚之时，便是他在天一集团拥有话语权之日。

"钮度，"司零让自己冷静一点，"以你现在的处境，如果周杏儿和钮辰母子有心挡你，你很难在南亚推广区块链。"

"我当然知道，所以才要先做军用无人机。"钮度的语气很像一个排兵布阵的将军，"我得到消息，南亚国防部准备开始找无人机合作商，所以我们动作要快。"

司零接他的话："今年之前。"

钮度说："今年之前。"

原来最不为人所熟知的钮家三公子，竟是城府最深，最有头脑的一位。若他是一个有智谋而无兵权的皇子，那就让她做一个党附他的将军，为他打天下吧。

一开始接触钮言炬，司零就想，要扶他上位，她大概要筋疲力尽。到今天她才知道，是因为她选错了人。

得亏钮辰出生得早啊，否则哪轮得到他？

司零抱紧钮度，他都有些愣住了，这是她第一次这么主动。

他知道，她是真的相信他。

"可真的要开始做区块链，一个田浩宇是不够的。"钮度说。

司零继续在他肩膀上趴了一会儿，才缓缓抬头。她直视钮度，脸上有些无奈的笑意："你应该知道，我接下来要说的人是谁了。"

174

太阳为你加冕

这一刻，四目相对间的博弈，犹如一盘错综复杂的棋局。

钮度郑重而谨慎地说："Andrew Chan，陈安德。"

司零从他身上起来，缓慢踱步，用肢体动作来分散钮度的注意力，以掩饰她的不安。她开口道："你知道他，那我就不多说了。有政府拖欠了他们公司薪酬，加上政局不稳，他正想从 K 国脱身。"

还记得那个在 K 国的陈安德吗？断交风波影响了他的工作，他正觅新东家。

而这个陈安德，做过天使投资人，还是一个比特币高手。他正是司零最后的撒手锏，负责区块链的不二人选。

要是有人能用上帝视角来连贯整件事情，必会惊叹于司零的未雨绸缪——花重金和精力来追踪陈安德的传家宝，以作为与他谈判的筹码，合作顺利达成；接着，陈安德听从司零指示，以薪酬拖欠为由辞职，寻找新东家——这个时候出现的钮度，简直顺理成章。

从理论上来说，在钮度这里，绝看不出司零和陈安德之间的半点联系。

可 L 国之行，那位 X 国商人的出现，让局面变了样——钮度提早知道了司零与陈安德这号人见过了面。

这正是司零此刻如此紧张的原因。

若钮度大胆猜想，陈安德被司零收买了，那么整件事他便明朗了。接着他就会问：原来，是你选择了我，而不是我找上你——为什么？

说到底，司零从未预料到，钮度竟是如此绝顶聪明。

钮度注视着司零，没有很快说话。猜疑，必定是有的。她只是在赌，他能猜到哪一步。

司零的谎言向来天衣无缝，她极擅长一本正经地胡说八道，可今天……她慌了，因为她要对她的爱人说谎。

钮度也起了身。司零看着他步步走近，站到自己面前，握住自己的手，说："什么时候，我才够格知道你的一切？"

司零的心猛地一震。

"钮度，"她抬头望着他，尽力认真，"你只需要记住，我喜欢你，就一定不会害你。"

……

翌日上午，钮度带司零和朱蕙子回钮家吃饭。

路上，朱蕙子翻看手机，被一条娱乐新闻吸引了眼球——是昨晚他们在夜店，港媒嘴毒又爱添油加醋，竟写成钮度不在 Y 国好好工作，跑回来泡妹，惹事打架。

朱蕙子满脸愧疚："对不起啊，给你添这么大乱子……这会不会对你有什么影响啊？"

钮度笑笑，满不在意："没事。"

钮鸿元给三姨太杨琪曼择的爱巢位于香岛道，钮度就在这里出生，在这里长大。

一进院子，司零就很紧张。这是她第一次……见他的母亲啊。可杨琪曼夫人和钮天星都不在，邻居家做了烘焙，钮天星陪母亲过去尝鲜了。

他们家里就像他所说的那样，有一只猫、一只狗，还有他妈妈烧的各种瓶瓶罐罐。

钮度带两人到客厅喝茶，突然他来了电话，看到来电，钮度脸色不好，仍是淡定地接了起来："哥。"

司零一怔，看着钮度起身出去。

这个电话不长，挂下后，钮度转身，看到司零站在身后问："钮辰？"

"嗯。"

"什么事？"

钮度耸肩："就昨晚的新闻骂我一顿。"

司零一惊："……对不起啊。"

钮度笑了，过来搂她："新闻是我安排的。"

"……为什么？"

钮度捏了捏司零的鼻子，说："这种方式，更能让钮辰相信你是我的女朋友。"

司零又好气又好笑，捶了捶他的胸膛。

"而且，"钮度挑挑眉，"说的也是事实啊，不好好工作，为了女朋友跑回来。"

"哦。"

很快，钮天星带着母亲回来了。

钮度出去迎接，司零从落地窗往外看，钮天星搀扶着一位体态丰腴的金发妇人，那就是他们的母亲，杨琪曼。钮度继承了她最好看的鼻梁和眼窝，立体有致得过分。常年病扰让她看起来有些憔悴，却不难看出，她曾是一个标致的美人。

司零对着玻璃理了理头发，惹得朱蕙子发笑："想不到司零见了婆婆，居然这么少女啊。"

门口那边传来钮天星的声音："妈，我之前跟你说的那个很聪明的女孩已经在客厅啦，你一定也会喜欢她的。"

杨琪曼说："我的宝贝，妈妈一直都很想见她。"

司零和朱蕙子起身等候，看着钮度兄妹搀扶杨琪曼从墙后走出。

杨琪曼的目光直接锁在司零身上，不知为何，她一眼都没看朱蕙子。

钮天星在一旁说："妈，这就是司零。"

司零欠身道："您好，阿姨，我是司零。"

一霎间，杨琪曼脸色骤变："你……你……"

她后退一步，钮度扶住她，皱眉道："妈妈，怎么了？您不舒服？"

杨琪曼一只手伸向司零的方向，食指抬得最高，钮度和钮天星或许注意不到，但司零知道，她确切地在指自己。

杨琪曼倒向钮度怀里，面色痛苦："我，我的头……好痛……"

钮度抱起母亲："妈，我带你回房间。"

钮天星紧随身侧，同样焦急："怎么突然会这样，今天一直好好的……"

朱蕙子也跟着无措了，拉拉司零胳膊，说："他妈妈看起来不太好哎，是不是我们太唐突，打扰到她了？"

司零盯着楼梯，抿唇不语。

……

"实在对不起，"电话里，钮度说，"妈妈可能还是不习惯陌生人。"

"没关系，"司零一笑，"反倒是我，给你添麻烦了，对不起。"

"我得让医生过来看看，你好好照顾自己。"

"好。"

挂下电话，朱蕙子问："怎么样了？"

司零说："没事。"

"那你的脸色怎么还是这么沉重啊？"

被她这么一说，司零正了正神，说："蕙子，我得回酒店打两个很重要的电话，你先出去逛街，我之后再去找你，好不好？"

和朱蕙子分开后，司零火速回到酒店，打了两个电话。

梅林是第二个，他打头便轻飘飘道："我还以为，您老这两天光顾着跟某人二人世界，没空搭理我了呢。"

司零语气不好，开门见山："我没工夫跟你开玩笑，我刚给丁泉打电话，证实了一件事。"

丁泉是一位真正从事心理疾病治疗的医生，司零的朋友。

梅林迅速进入状态："什么事？"

司零全身发颤，她已经很久很久，没有这么神经紧绷了。

"我见到了钮度的母亲，而她见到我之后，几乎可以说是精神失常，"司零尽量让自己看起来冷静一些，"丁泉说，这或许是因为，我令她想起了过去的事。"

梅林还没反应过来："什么？她之前见过你？"

"——费励！"司零几乎想骂他愚蠢，"难道不是因为，我跟朱一臣长得太像了吗？"

电话里沉默了。

"还有一件事，是我在来港城的飞机上想到的，一件一直以来，被我忽略掉了的事。"司零又说。

"什么事？"

司零全身冒鸡皮疙瘩，深呼吸片刻，才敢说出口："钮家，钮峥——可能根本都不知道朱一臣有过孩子。"

司零的声音很淡，但费励知道，她很用力在克制自己。费励的语气变得更平静，这是他和司零之间的默契——一个人情绪波动时，另一个人必须保持冷静。

"为什么？"

"钮峥连我姑姑的伴手礼都有份，更何况是我和我妈妈，他最好朋友的妻女，"司零的语气难辨情绪，握着电话的手有些发颤，"我在港城长到三岁，我的出生、满月、生日，这些都是大日子……可这么多年，颜双手上的确没有任何一件钮家的礼物。"

电话里安静了片刻，费励理了理思路，有条不紊道："颜双当时没有带着你投靠朱家，你以为是朱一臣怕朱家容不下她，所以没有告诉家里。后来你问过朱蕙子，她没有任何表亲，更证实了这一点——那会不会，这也是朱一臣没有告诉钮峥的理由？"

颜双告诉司自清，家里破产后，她跟父母到东城躲债。随后父母病逝，她独自谋生，白天带钢琴家教，晚上到夜场唱歌。所幸后来遇到良人，他姓梁，是个生意人。颜双嫁给了他，生下女儿，丈夫却轰然病逝，颜双这才北上投靠司自清。

而这套说辞，司零长大后才知道漏洞在哪——颜双的丈夫不姓梁，"东城"也是不完全的实话。

司零以为是母亲不想说，随口编造的，既然母亲不愿说，她便也没必要澄清什么。后来她有去查证这名梁姓男子，却查无可查，更让她坐实了母亲不过是胡诌的想法。

但颜双和朱一臣，的确是在风月场里认识的，朱家这样的高门大户无法接纳一个风尘女子，所以朱一臣没有把颜双带回家。司零是这么认为的。

费励现在认为，朱一臣不告诉钮峥她们母女的存在，是同样的理由。对一个歌伎动真情，与她生儿育女，在一圈公子哥里怕不是要被笑话。

"按这样说，如果朱一臣金屋藏娇，合情合理啊。"费励说。

"费励！"司零厉声道，"钮峥是朱一臣最好的朋友，不告诉家人，也不告诉好友，那这世上还会有谁知道？你还不明白吗！"

费励才明白了司零的恐惧——或许在这世上所有人眼里，她们母女根本不存在。

费励声音慢了些："你别这么想……你看，不也有好些明星有私生子啊什么的……"

司零心乱，脑子却不乱："我妈究竟知道些什么，也同意用病逝掩盖朱一臣的真正去向？不然，如果只是单纯地不想提，为什么要编造一个毫无根据的姓氏和地点？你不觉得她是为了……"

"是为了增加可信度，"梅林替她说出来，"可你现在觉得，有点欲盖弥彰。"

颜双害怕被发现与朱一臣的关系。

"她就那么信任爸爸，认定他不会追问，也不会去查？"司零指的是司自清。

蓦地，她眼神一定："难道说，她根本不怕被查。"

"不会吧……"费励听懂了，"她来平城前还要串通一个东城人？哪有那么大劲儿？"

两人都静默了一阵。

忽然，司零笑了一声，费励从这笑里听出了荒凉，竟有些急："怎么了？"

朱一臣一定是筹备好了什么，才会提前送走她们母女，而这个时间夹在钮峥出事与朱一臣失踪之间，所以司零一直笃信，这其中有某种因果关系。

或许是朱一臣和钮峥得罪了什么人，钮峥出事了，朱一臣怕牵连她们母女，这才紧急转移。这些年司零所有的猜想和调查，无外乎这个方向。可在那个天一集团叱咤风云的时代，除了绑匪，司零想不到其他威胁——这太好验证，一绑就会上新闻。

司零也曾想，或许是因为自己目前权限不足才一无所获，所以她广识英才，拓宽人脉，让自己的耳朵听得越来越高。直到现在，她还是在找这一双将钮峥和朱一臣撕碎的手。

可今天。

"梅林。"司零突然换了称呼，让费励都吓了一跳——这昭示接下来她说的话，是指令，是任务，他必须不惜代价地完成。

费励应："在。"

费励等了良久，等来一句："算了。"

他瞪了瞪眼："你玩儿我呢？"

"是我过于着急了，"司零说，"这件事先放一放，明天到了 Y 国，我的任务还很重。"

"什么事？"

司零没回答他："还真是差之毫厘，失之千里。"

　　费励觉得，她的声音更荒凉了。司零抬起头，望向窗外的海湾：
"费励，这么多年……我们可能一直都看错了方向。"

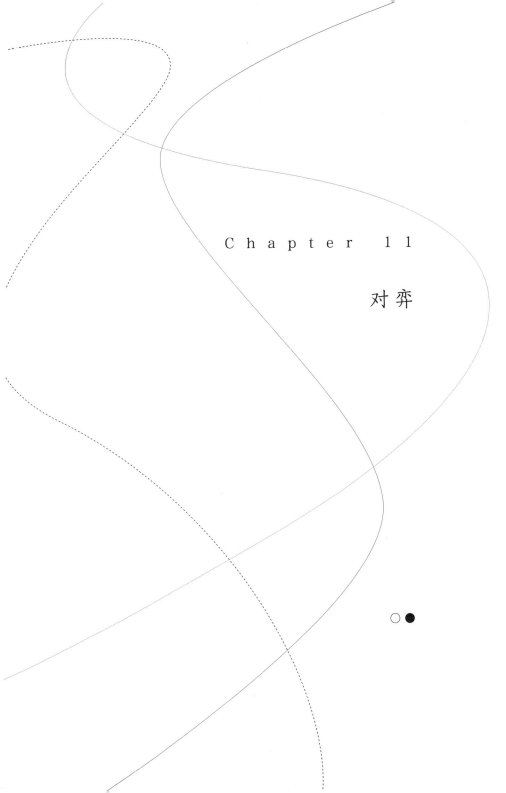

Chapter 11

对弈

次日上午在酒店门口，车窗落下，出现了钮天星清爽的笑脸："阿零！"

司零走近，也笑："这么给我面子，来送我啊。"

钮天星苦了脸："你来港城都没有好好找你玩，本来昨晚要请你出去的，可是妈妈不舒服，好可惜哦……"

也正因如此，钮度原定今天与司零一同启程，后来决定留下再照看母亲几天。今天出来，只是为了送司零去机场。

女孩子聊天的时候，钮度下车去搬行李，虽然有酒店礼宾，但女朋友的行李，他还得亲力亲为。

"这我朋友，朱蕙子。"司零将朱蕙子往前带。

两人互相打招呼，钮天星说："你们两个长得好像啊。"

司零和朱蕙子相视一笑，朱蕙子说："人人都这么说。"

钮度在后面关上车厢，走过来。司零和朱蕙子正要往后排钻，钮天星从副驾驶座站出来了，推司零进去："你坐这你坐这。"

司零明白过来："不用了，我……你坐……"

钮度走到对面，似笑非笑地看着她。

"哎呀，你坐嘛！"钮天星将司零塞了进去。

钮度开车，司零坐副驾驶座，钮天星和朱蕙子坐后，上路了。

前排的两人一路无话，连看对方一眼都不看。在钮度面前作妖作媚就算了，当着别人的面儿……在司零撒娇卖萌、甜软妖媚的时候，这种代表了软弱的一面，她只想展示给他。

八卦让两位白富美迅速结盟，朱蕙子和钮天星表面上聊些有的没的，暗地里加上微信，疯狂互传情报。

"他们两个在平城的时候开房去了！司零还是喝醉的！"

"这有什么，我听我哥助理说，他们在 Y 国都睡了多少次了！"

"什么？这两个死傲娇，都骗我们！"

"就是就是！"

到了机场，两位小姐非常知趣地离小两口远远的。钮度帮司零拖行李，司零跟在他身边，有人扛着大包小包从他们身边蹭过，钮度拉司零的手靠近自己，像上次那样，没再放开。

怎么牵个手也要等契机呢？

司零知道她们在偷看，窘着脸说："我……热，你放手。"

钮度越攥越紧。

钮度带司零到值机处，他是金卡会员，值机办理得非常迅速。这样一来，司零就得进安检了。

"走吧。"钮度递夹着登机牌的护照给司零。

"……等一下吧。"司零不情愿地说。她不情愿的是，他竟这么快赶她进去？

钮度笑了。他知道呢，看了一路她的傲娇脸，逗逗她的。

钮度拉起司零的手，去找座位。不巧今天贵宾休息室里人不少，只剩一座单人沙发，钮度带司零过去，自然地让她坐到自己腿上。司零就要起来，钮度掐住她的腰，不许她动："不想抱抱我？"

司零翻白眼看别处，钮度扭回她的脸，追问："嗯？"

她转移话题："你什么时候走？"

钮度浅笑："你想我？"

"可能会吧。"

"那就……看你什么时候会，我再决定什么时候过去。"钮度一副逗小孩儿口吻。

司零起来看他，认真道："回到 Y 国前，你把 Andrew 谈妥，如果他在你之前过来，我替你招待他。"

钮度说："这么着急？"

"我们时间不多了，"司零顿了顿，说，"我答应了我爸爸……最多两年后回国。"

"好。"钮度毫不犹豫。

另一边，朱蕙子和钮天星找地方喝咖啡。

她们都很开朗，很有话题聊。钮天星说："你们今天走，哥哥没几天也要走了，又是我一个人在家。"

朱蕙子说："那你也过来嘛。"

"我也好想去的，上次回国在机场看到一个好帅的外交官，阿零说下次等我去了带我认识呢。"

"外交官？"朱蕙子立即明白，"你是说周孝颐吗？他是司零的哥哥，我男神哎！"

"啊？是真的吗？"

"是啊，孝颐哥人很好的，下次来了你就知道了。"

钮天星神采飞扬："哇，那我一定要去了！"

……

飞行时间很长，飞机上有 Wi-Fi，中间朱一姗打来视频电话，朱家奶奶也进来了，她还很健康，每天坚持锻炼、散步，整个人精神抖擞。

对司零来说是奶奶，对朱蕙子可是姥姥。

挂了电话，司零说："姥姥这么大岁数了，每天一个人出去锻炼，你们也放心啊？"

朱蕙子说："放心吧，姥姥身体好着呢，她退伍后一直保持着习惯，都好几十年了。"

奶奶年轻时当过兵，也是一代巾帼英雄。

司零赞道："姥姥好厉害啊。"

朱蕙子狂点头："姥姥家那边都是的，我三姥爷造航母的，我表舅做导弹的，他们的孩子年轻时都要送去部队服兵役，还有啊，我二爷是……"

朱蕙子凑近司零耳朵，说了一个军衔，司零惊了惊："这么厉害，那你也算是将门之后了？"

朱蕙子笑了："我就是一条咸鱼。"

司零说："你家里对你的男朋友要求一定很高。"

"我妈倒没有这么说，你知道为什么吗？"朱蕙子诡秘一笑，"当年我爸想娶我妈的时候，就是没什么成就，全家都反对，只有我舅舅支持她，所以妈说不想我像她一样。"

司零醉翁之意不在酒："你舅舅还在的时候你妈妈就结婚了？我记得你说他比你妈大了好几岁，怎么他都没有结婚生孩子呢？"

"舅舅啊，那就更难了，"朱蕙子说，"妈妈说他琴棋书画样样精通，各种球类都会玩，还是数学专业毕业的，动不动就拿国际比赛的奖，我听妈妈说，如果不是姥爷要他管家里的生意，他就当个数学家了。你说，这么优秀的人，妥妥的顶级高富帅，哪那么容易挑对象啊？"

朱一臣，的确才华横溢。

司零笑了："是啊，你上次还说，你舅舅有几分花花公子的作派。"

尽管司零想听，朱蕙子却没继续多说："我妈就没那么厉害了，所以生了我也就这样，以前我妈还想让我读理科呢，我哪有那个基因啊？"

朱蕙子又说："不过也说不准，你看你爸是学政治的，你数学就那么好，是不是？"

司零又笑了。朱蕙子突然意识到，自己竟在跟司零聊基因，她差点以为司零就要拿什么理论来跟她解释。

但司零没有。

因为她正在想，原来她身上，有爸爸的数学基因啊。

到达拉维市，叶佐前来接机。

路上，司零问叶佐这段时间的工作情况，得知投资无人机公司的事已提上了议程，其他大小事务也井井有条，直赞他得力。

叶佐一开始有顾虑，因为他不认识朱蕙子。然后他听见朱蕙子问司零："你跟钮度一起工作？"司零答："嗯。"既然是司零信任的人，他才放心了。

钮度不在，自己又离开了这么久，很多事情都要谈要查，司零让叶佐把车开到火车站，她对朱蕙子说："我还有事要办，你自己去路城。"

"啊？"朱蕙子吃惊地看着她，"我……我不行的，我不会啊。"

"给她点钱。"司零对叶佐说，叶佐递过来钱包，司零抽了几张给朱蕙子，说："汇率1比2，别忘了，到了路城车站，会有学校接新生的牌子。"

看司零是认真的，朱蕙子慌了："不要嘛不要嘛，入学住宿还有那么多手续要办，好麻烦的，你不是要带我去宿舍吗？你要是现在忙的话，我待着等你啊。"

朱蕙子真的太依赖司零了。

"蕙子，"司零把钱塞到她手里，抬头看她，"你不是小孩子了，要学会独当一面。"

朱蕙子憋着小脸，眼睛有些红，最后点了头。

把朱蕙子送到车站，叶佐打趣道："居然有人这么黏你啊。"他顿觉不妥，补充，"我不是那个意思……"

司零并不介意："她是唯一的例外。"

晚上司零就住在别墅里，第二天她还有一项任务，带着司自清的东西去"慰问"周孝颐。

到了家里，唐棠做饭，司零和周孝颐在客厅说话。周孝颐都不好意思了："让老师费心了，是我没来得及告诉老师，过几天我就回去看他了。"

司零问："你要回国？"

"是啊，回国述职，提交连任申请。"

司零眉毛一挑："决定了？"

周孝颐笑："申请都写好了。"

司零往里看了一眼："唐棠姐呢？"

周孝颐顿了顿，有些无奈地道："这次回去，再看她愿不愿意来吧。"

要是不愿意呢？她在国内等你两三年？

司零没问出口。

周孝颐送司零回学校，开学季路上很堵，司零便在山下与周孝颐道别。

司零一进宿舍，就见到窝在客厅沙发上的朱蕙子、陈欣和朴敏熙三个人的诡笑。朱蕙子入住了5号房，一来就大方地给室友们送了一堆小礼物，她们很快打成一片。

司零皱眉："干什么？"

朱蕙子说："我跟她们说你恋爱了，她们都不信，刚给她们看证据啊。"

司零看了其余两人一眼，她们又是吃惊又是兴奋，问："什么证据？"

朱蕙子晃了晃手机，司零抓过来看——是在机场休息室里，她坐在钮度腿上，看脸色是两人正斗嘴的时候，朱蕙子偷拍了下来。

司零烧红了脸，张口吼："——朱蕙子！"

"哇……"陈欣和朴敏熙异口同声，"司零害羞起来居然这么少女啊！"

司零推了推朱蕙子的脑袋，闪身躲进屋里。

朱蕙子追进来问："听她们说钮度早就送你回宿舍过了？你跟他居然开始得这么早！"

司零整理床铺，假装没听到。

朱蕙子不放过她，坏笑道："那天晚上在西半山的公寓，你们俩是在房间里，还是在沙发上……"

"你烦不烦啊？"司零想赶她走，"明天就要上课了，书都看得懂吗？还不去预习预习？"

"哇，你的脸怎么红成这样？哈哈哈……"朱蕙子捧起司零的脸，无情嘲笑。

司零有点后悔了，谈恋爱太折她身段了，怎么动不动就遭人调戏取笑？

司零试着转话题："……你的手续，办好了？"朱蕙子不搭理，她又问，"行李都收拾好了？"

司零成功勾起朱蕙子的记忆，她说："我昨天来的时候，刚好碰到一个男生，他人还挺好的，帮我把东西搬上来了。"

留学圈基本都相互认识，司零问："叫什么？"

"不记得了。"

司零皱眉："人家帮你这么大忙，你都不记着？"

"长得很普通，我现在都没什么印象了，"朱蕙子耸耸肩，"就记得戴个眼镜，头发卷卷的，长到耳朵，还挺油。"

司零呛了呛，这形象，钮言炬无疑了。

司零说："他是钮言炬，钮度的侄子。"

朱蕙子瞪了瞪眼，着实一惊："钮言炬？那个不修边幅的样子，完全看不出来是钮家孙少爷啊。"朱蕙子努力回想他的模样，可似乎真的没于人海了。

司零有点想笑。

朱蕙子走之前，司零叫住她，犹豫了一下，开口："你……把那张照片发给我。"

朱蕙子故意道："哪张？"

"刚才那张。"

"刚才哪张？"

司零瞪了她一眼，没好气道："我跟他……在一起那张。"

朱蕙子捂着肚子笑，不逗她了，转身出去。

铺好了床，司零躺上去，捧着那张照片，放大来看——好吧，她看起来是有点傲娇，有点欠打，也有点……羞涩。

司零长按照片，发给了钮度。平城时间凌晨一点，不久后钮度打来电话："谁拍的？"

听出他语气里的不安，司零有些好笑道："蕙子啦。"

她听到他无奈一笑，想了想，评价道："腿还是粗。"

"……你这个人，够会讲话。"

钮度正正经经地说了声："多谢。"

"我睡了！"

"早点睡，"钮度在那边笑，并没有留她，"明天约了陈安德见面，做点准备。"

司零惊道："他在哪儿？"

"他最近在深城。"

即便她早已设定好了结果，还是要装一装："他对茶道很有研究。"

钮度淡笑："我约了他明天喝茶。"

"对了，"司零说，"田浩宇下周过来。"

"我已经替他找好了房子，叶佐会安排好。"

司零挤了挤眉："你……还不回来啊？"

钮度声线一沉："想我？"

"……公司事情很多，叶佐忙不过来。"

"想我？"

"下个月就要跟南亚国防部的人交涉了,我们要早做准备。"

他还是问:"想我?"

"……"司零落败了,"开始有一点吧。"

钮度笑了。

"宝贝,"他最后说,"我也想你。"

司零脸一红,什么也不说就挂了电话。

"鬼才想你。"她趴着喃喃自语,盯着那张照片又是好一阵。

"你恋爱了!"床头的手表传出滚滚的声音。

"是啊,"司零忍不住笑,"这种感觉,还蛮好的。"

开学第一天,司零乖乖去了实验室。

"早啊,"司零一边穿白大褂,一边跟钮言炬打招呼,"什么时候回来的?"

钮言炬说:"有一个星期了。"

"你对蔓丝病毒可真是死心塌地。"

"当然,能不能毕业,全靠它了。"

钮言炬又说:"听阿星说你去港城见小叔了?你们进展很快啊。"

怎么突然间,所有人都知道她和钮度在一起了?

司零看着钮言炬乱蓬蓬的头发,笑道:"是啊,要是你小叔赶在你前面,你说你多没面子啊?"

钮言炬眼神定了定,忽然说:"我昨天碰到了一个新入学的女生,帮她搬行李到宿舍才知道是你的室友。"

"朱蕙子。"

"对。"

"她是我高中的学妹。"

钮言炬点点头,不知怎的就别过脸去,捣弄手中的试管,轻声道:"还蛮可爱的。"

司零这就有点窘了。初次见面,一个印象不错,另一个却连他长什么样都没记住。

司零奚落道:"你啊,想撩妹,回去洗个头先。"

钮言炬还真对着仪器上的玻璃照了照,似乎在认真地考虑这个问题。

等到下午杨教授回来，召集大家开了个会——几位教授联合成立新的胰腺癌研究所，同学们都要去干活，开头交接工作烦琐，大家都会很忙。

杨教授特别点名："司零，这个月你就老老实实待着，别乱跑了。"

同学们一阵笑。

她还真没有时间乱跑。

陈安德先钮度来到了 Y 国。当天去接机前，叶佐领司零到给陈安德选的公寓转了转。他们绕开高楼大厦，钻进毗邻 CBD 的一条窄巷里，走进了纸玩具一样不起眼的小楼。当初叶佐要按照商务人士一贯偏好给陈安德选高层公寓时，司零出来说："他并不享受俯瞰城市的感觉。"

有些成功人士痴迷这种居高临下的感觉，好彰显自己将千万人踩在脚下的气魄。事实上，陈安德并没有什么野心，这样的人往往难抓弱点，最难搞定。

当看到婴儿床和齐全的母婴用品后，司零由衷表扬："不错啊，你一个大男人办这部分事也这么周到。"

叶佐一向判断不了司零是真心或假意，想了想说："需要再请一个保姆吗？"

司零刚参观完最后一间屋子，问："这房租多少？"

叶佐如实相告，司零惊现一副被要了老命的脸色："那你还给他请个屁保姆？"

叶佐动了动眉毛。这都开始给相好省钱了？

下午，叶佐和司零都去接机。陈安德拎简单的行李，他的妻子抱着牙牙学语的宝宝出现了。见到司零也在，陈安德觉得意料之外却又情理之中。在他还猜想司零会给自己编排一个什么身份站在这里时，叶佐介绍道："这是钮度先生的女朋友。"

陈安德在叶佐看不见的余光里，给了司零一个惊诧的眼神。厉害，真的。

虽然是司零找来的人，但两人联系并不紧密。

回程路上，司零和叶佐在前，陈安德一家在后。

妻子喂宝宝喝了点水，司零给她递过去纸巾，再逗了逗宝宝。她笑得很真诚："钮度是个很细心的人，选的房子太太和小朋友一定会很喜欢。不过我还得告诉你实话……我尽力了，没能帮你把租金压下去。"

陈安德笑了："拉维市的房价我是知道的，但还真没研究过原因。"

"人工成本太高，效率又低，政府已经在考虑让建筑单位过来接手了。"车里人都笑了，司零很能掌握这种适度的玩笑。

陈安德笑得很淡，还在看窗外那些匆匆而过的楼房。司零很熟悉这种聪明人思考问题的模样，便说："怎么了？先生有兴趣？"

有头脑的人就像一头嗅觉灵敏的狼，空气里飘着的任何气息都要分辨、品尝，细细琢磨，揪出隐藏的商机。果然，陈安德回头置以一笑："这得好好做个功课。"

刚进屋落脚，叶佐就接到电话有事回公司，距离晚饭时间还有两小时，司零留下来陪他们喝茶说话，等叶佐来接。

叶佐一走，妻子去哄宝宝睡觉了，只剩下司零和陈安德两个人。

司零漫不经心地煮茶，陈安德在她周边踱步，看似在熟悉自己的新家。司零轻飘飘道："我知道你有很多想问的，别着急，等茶煮上了，咱们先下盘棋。"

陈安德看向窗边那副摆好的国际象棋，先在一边落了座："你对这个也有研究？"

"只是会下，"司零抬头一笑，"别让我被吊打得太难看，一级棋士。"

陈安德指着楼下一只正晒太阳的猫咪，目光回到对面的司零脸上："这里的猫这么多吗？我敢说这是我到现在见过的第四只了。"

司零正往棋盘上摆棋："而且它们都不怕人，还很喜欢挡路。"

"这条街真安静，连猫都这么懒。"

"事实上，猫在哪都很懒，"司零和陈安德一起笑，又说，"从这走个十分钟就能到公司，你可以在午休时回来睡个觉，看看小朋友。"

陈安德也将黑棋摆上，笑了笑："我还会有时间午休吗？"

"噢，你确实没有，"司零看上去像幸灾乐祸，"钮度周一到这儿，这几天工作的事你只能和叶佐说，我负责生活的事，等到叶佐告诉你'这件事你和司零说比较好'的时候，你才可以找我。"

果然还是他熟知的那个司零。当天他在西湾凯宾斯基大楼六十一层餐厅落地窗前见到这个娇小的姑娘时，他差点要再打一个电话确认才敢在她面前坐下来。谁又敢相信令人闻风丧胆的"史诗",长得跟一只兔子一样天然无害呢?

陈安德问:"现在也不可以说?"

"现在有什么好说的?"司零迅速一瞥,看起来像做鬼脸,"你一无所知,耐心地告诉你基本情况是叶佐的活儿,我才没工夫。"

陈安德有点难以置信:"我上次都不知道,原来你也会讲笑话,和George一样。"

司零顿了顿才拿起茶壶。连她自己都不知道,她和钮度越来越像了。

"我刚知道,George在我们之后才和你认识,"陈安德语气迟疑,拿不准该怎么说,"所以……你原本另有选择?"

司零笑得云淡风轻:"你说呢?"

司零低头倒茶,陈安德调整坐姿好自在些——他不得不承认,没人敢说他不是人中龙凤,但在这个小姑娘面前,他可没觉得自己摆得出半点气场。

司零执白棋,兵前进一步落E4,陈安德黑色的兵下到C5。接着马C3——马C6、马F3——兵E5、象C4——兵D6……常规地走了六七个来回,轮到陈安德,他犹豫地拿起马落在B6,然后看着司零顺理成章地用马吃掉了自己,接着——A7的黑兵斜吃掉了她还没站住脚的马。

"哇,一举两得,厉害厉害。"司零的表情没有半点真诚。这步棋虽有牺牲,但也算漂亮,既为按兵不动的棋开了路,也能吃掉她一只马。下面这句话司零就诚恳多了:"你看起来不咄咄逼人,实际上每一步都很危险。"

陈安德一笑:"你很一针见血。"

司零接着用兵,陈安德先是王车易位,接着王走H8。司零一动不动地盯着棋盘,两只黑兵并列在她前头,她可以斜吃一只,但就因此为另一只打开了前进的路……她揣测他正试图冲击她的后翼——司零用马D2加强了后翼防守。

"这一点也不像新手的下法,"司零抬头,陈安德喝了口茶,慢吞吞地说,"你很有耐心。"

司零一笑，低头继续研究下一步棋，说："你早有体会的。"

"也是，多亏你在九个月前就看中我，不然今天我也没机会坐在这和你下棋。"

"听起来，被我利用让你很不服气。"司零的眼神在邀功，语气却不客气。

"噢，不，绝不是，"陈安德放下茶杯，像是在光可鉴人的写字楼里预备接见一位贵客那样正式，"这件宝物的回归甚至让我在医院躺了几个月的奶奶一下子好了起来，我成了全家人眼里的英雄……谢谢你，真的。"

司零又笑着给他倒茶，动作、神态多了，在他眼里她就没那么盛气凌人了。她说："钮度现在给你的，已经是他尽力开出的最好条件，他的处境并不好，希望你和我一样有耐心。我能保证的是，这是你这辈子得到的提升空间最大的工作。"

陈安德挑眉："听起来，你们很有野心。"

"钮度配得起这份野心。"

或许是她漫不经心的语气给了陈安德轻松的氛围，鼓励他问出："那么你呢？未雨绸缪这么久，最后钮度实现了野心，你又得到了什么？"

司零刚被茶杯烫到了手指，正委屈地冲手指吹气，认真得好像这世上不再有更能令她发愁的事了。

陈安德知道这不是一个容易的话题，得到这样避重就轻的回答，如果是别人，他一定贴心地配合转移话题。可，他想试试看，他能够逼问到哪一步。陈安德说："刚好还会一个适合你的词——运筹帷幄。"

司零笑了起来，好像陈安德刚才是夸她漂亮，而不是别的。对弈还在继续，司零下了一步王F1将王保护起来，陈安德想都不想就下马C6。司零无奈地摇头："你还真是每一步棋都尽力给我最大压力啊。"

陈安德笑而不语。司零任凭自己落入陷阱，用象吃掉C6的马，紧接着，斜边上的黑兵螳螂捕蝉，黄雀在后——吃掉了白象。陈安德知道，这盘棋她下得一点也不认真。

"我得到什么？"司零把陈安德的话重复一遍。陈安德反应过来这是他掣肘了司零的奖励，他提了一口气，等待回答。

　　司零的声音比茶水还淡："人生在世，无非被金钱、权力、名气或情感左右——你猜我是哪一个？"

　　陈安德考虑的时间并不长："看起来，钮度最能给你前三个。可这三个都不用他给，你自己就唾手可得。所以……"

　　屋子里传来了婴儿的啼哭，很快伴随母亲的安慰。紧接着，叶佐的电话打了进来，说他已到楼下等候。全世界都存心打断这场对弈。

　　"可惜了，"司零舒展了一下胳膊，"不过也没什么，你势如破竹，我应该是输定了。"

　　陈安德说："我想，你擅长扭转局面。"

　　司零笑笑："是啊，越难做的事，做起来就更有趣。"

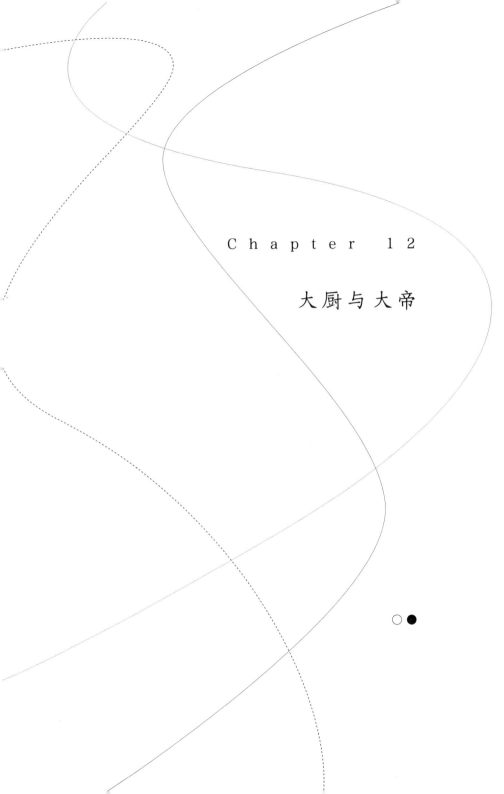

Chapter 12

大厨与大帝

司零开始怀疑是不是有人给司自清偷偷报信，才派了朱蕙子这么个盯梢的。除了上课时间，朱蕙子一天到晚黏着司零。朱格格并非认生，她在交际圈里可谓是"流水的姐妹，铁打的 C 位"；也并非语言障碍，她在实验室楼下等司零时几乎没落过单，司零每次见她都是和碧眼白皮的帅哥聊得满面春风。就算是晚上，朱蕙子也要在司零房里待到犯困才肯走。

晚上过了十二点，司零才终于把朱蕙子踢回房间。

手机里钮度给她发了几份商业计划书，司零花了半小时把那些很不专业的叙述和数据看完——初创技术青年往往不懂得怎么把专业术语转化成投资商看得懂的大白话。她还在其中一个项目里看到负责人之一叫作 JIANXIAN MENG。

MENG 姓同胞的项目多得了五分钟的垂怜，司零的手指快速划过屏幕："应对气候变暖的农业技术……蛮有想法，只是小叔分不出人手帮你哦。"

他们现在人手不足、时间紧迫，不能做单线项目——除了赚钱别无好处，一定要选能够结点成网、带来更多资源人脉声望乃至政治权益的。司零目前看不出这个农业技术能够为钮度产生什么连锁反应。

司零给钮度回消息："全都不要。"

钮度回得很快："还不睡？准备给你早上看的。"

司零从朱蕙子的对话框里转发过来一个可爱的表情包，看着 GIF 里小女孩嘟起的嘴，她默许了自己以后会常对他用，点了保存。

钮度的语音电话迟了一些，她猜他有过短暂犹豫。他的声音自带混响，她立刻听出："怎么这么累？"

"刚醒过来。"

司零笑了:"怎么睡着了?"

"上午开会,中午到家接妈妈去复诊,又去公司,本来要直接回家,阿星又 call 我去码头接她。"钮度可能是在伸懒腰,声音又近在耳侧,司零快要以为他在她身边醒来,"回到家想看点东西,不知道怎么就睡着了。"

"我看你今天不是去办事。"

"为什么?"

"是去上小学,现在给我交小学作业呢。"

钮度是真睡着了,迷迷瞪瞪的,愣是过了几秒才笑:"那司老师满意我的作业吗?"

"太满意了,"司零说,"睡着了还回得这么快。"

"我对你全天候营业。"声音清楚了,智商也上线了。

司零开始拿手指抠墙壁:"给我设提示了?"

"不然呢?"

"那我得注意点儿了,别在你开会的时候打扰你。"

钮度看了眼手表:"还不睡?"

"刚把蕙子赶走,"司零打了个哈欠,"去洗漱完就睡。"

"把她给你的大红唇洗掉吗?"钮度在笑。司零却惊了:"你怎么知道?"

"我怎么会懂不紧要,最紧要的是你知道有人开始注意你了。"

独揽大权的钮辰,对自己放逐在外的弟弟竟然也戒备到了这种程度?

司零已经坐了起来:"阿星怎么不叫司机,非得叫你?"

钮度说:"她从小都是这样,有事就找我,东西找不见,想冲牛奶喝,全当家里没有阿姨,只有我可以使唤。"

司零笑了,钮度又问:"你在想什么?"

"什么?"

"你有没有发现,你在想事情的时候,会讲一些不相干的事分散别人注意力。"

"这么了解我啊,"司零着实意外了,"我确实在想事情,但我也确实喜欢听你说阿星。"

"想阿星了？那我这次也带她过去。"

司零觉得钮度今晚真笨："是喜欢听你聊家常，笨蛋。"

钮度满意地笑了："我只是故意听不懂。"

你小叔还是你小叔。

司零烦躁地断了电话："睡觉睡觉。"

一上午司零都没有出门，朱蕙子上课去了，说好中午给她带饭回来。

到了快中午有人敲门，打头的是抱着一沓书的孟建宇："嗨，司零，我给你把书搬上来了。"

"哇，谢谢，这怎么好意思啊，我还准备下午过去呢，"司零看见了后面的钮言炬，也抱着书，"你怎么也来了？"

钮言炬耸了耸肩，解释道："这是朱蕙子的书……我跟建宇一起碰见，就顺便帮你们搬上来。"

"快进来吧，"司零把他俩带到沙发，"放桌上就行——蕙子不在，等她回来了我告诉她。"

"噢，没关系。"钮言炬往卧室门看了看，若是寻到一缕气息也知足。

司零看着钮言炬诡异的头发，说："换发型了？"

钮言炬挠了挠头："就是随便剪了剪。"

司零还在打量他："可以啊，剪了头发摘了眼镜，精神多了。不过你自然卷，真的要多注意打理头发。"

"怎么打理？"钮言炬像着看着杨教授那样看司零。

"不能太长，会显得乱；也不能太短，就没型了，"司零挑了挑下巴，"你参考一下陈奕迅吧。"

"对哦！"钮言炬似乎有了个重大发现。

一旁的孟建宇也笑："言炬最近越来越爱收拾自己了，咋了，有对象了？"

"啊？"钮言炬瞥了司零一眼，"我没有啊……"

司零看破不说破，看向孟建宇："真不好意思，还麻烦你俩搬上来。"

"没事儿，都小事，"孟建宇站起身，笑着说，"上次你帮我去投资会，我还没谢你呢。"

懂得还人情，司零喜欢这样的人。她又问："听说你放假没回家？"

孟建宇有点儿惊了，他认为大佬不可能记住他这等无名小卒的事。事实上，当天陈欣说的时候，司零的确没在听，只是就在刚才，她从记忆里抽取出来的。孟建宇说："对，我没回，明年就毕业了，在海城找了个实习做。"

"做什么实习？"

"一家做区块链的公司，打个杂，研究生不就是廉价劳动力咯。"

司零眼神定了定："什么公司？做哪方面的？"

孟建宇笑了："一个小公司，叫作 CELU，给金融行业做协议的。"

司零的表情没有更多信息："那还得另外租个房子咯？"

"没，我弟在 Y 国理工，他自己租了个房子，我住到他那儿去。"

司零歪了歪脑袋："你还有弟弟啊？"

不只是孟建宇，钮言炬都露出了惊讶，他敢说这是他第一次见到司零过问同学的事。孟建宇笑笑说："对，亲弟弟，他这次也没回家，跟别人合伙做项目呢，最近正在找投资。"

这么说，那个做农业技术的 JIANXIAN MENG 是他的弟弟。司零一笑："理工大学对初创的帮助机制比我们都完善，应该不会太费劲儿。"

"说是这么说，他们几个合伙的都是技术宅，对财务管理啥的一窍不通，还得找个肯花心思帮他们打理的不容易啊。"

司零表示认同，打趣问："怎么你们爸妈把你俩都送这儿来了。"

"哇，你知道他是怎么说服爸妈的吗？"孟建宇又是叹气又是好笑，"我们是新疆的，新疆气候、环境不是和 Y 国一样嘛，国家一直有派人过来学习这边的农业技术，所以新疆的耕地和产粮情况才越来越好。我弟就跟爸妈说，他想来这边学习农业，以后回去为新疆发展做贡献。"

"厉害了啊。"司零和钮言炬都忍不住笑了。

"他就唬人呢，这小崽子，就想跟着我，"孟建宇的语气实实在在像哥哥，"你都不知道，有个黏你的弟弟，可烦了。"

"我很有体会了，"司零显得更近人了，她看向钮言炬，"蕙子从高中开始就一直很爱跟着我。"

门口传来朱蕙子的声音："我看又有谁趁我不在说我坏话呢？——哎，这么热闹？"朱蕙子提着两份饭走进来，挥手看两位男生："嗨。"

"嗨。"钮言炬回应。明明和朱蕙子还有一段距离，他却不自觉退了一步。

司零示意桌上的书："你的课本，言炬给你搬上来了。"

"真的啊？"朱蕙子看看书，又看看钮言炬，"你也太好了，真谢谢。"

"没事，刚好我碰见建宇，就顺便跟他一起。"钮言炬说话时加了很多小动作，都是不自在的表现。显然他也没意识到自己的解释逻辑不通。

朱蕙子一向热情："明天安息日，你们干什么去呀？"

"我一般就是打球打游戏，"孟建宇拿胳膊肘捅了一下钮言炬，说，"他我就帮你回答了，图书馆，实验室。"

朱蕙子嗤嗤地笑起来，钮言炬很想辩解一下，努力过后却只说出："我偶尔去电影院，学校附近有家安息日不关门的。"

朱蕙子兴致勃勃："我还没去过电影院呢，司零咱们明天一块去吧——你俩也去。"

"我明天有事，找我弟去。"孟建宇不笨。

"我也有事，"司零看了看钮言炬，"你和言炬去吧。"

钮言炬的眼神像是受惊飞走的小鸟，还没反应过来，朱蕙子已经替他做了决定："行啊，就咱俩，去吗？"

天知道，他很乐意就这样被她安排。

……

周六一早，司零带上电脑去了实验室。朱蕙子近来老缠着她，很多事她都办不了。好不容易等实验室的任务完了，钮度的电话又打进来。

"猜猜看中午过来这边会有什么惊喜？"

对她而言，他回来就已是惊喜。司零故作埋怨："又不早说，这会儿火车都停了。"

"我什么时候让女王陛下坐过火车来找我？"钮度手上似乎在做别的事。

女人一旦受宠就会变作，司零也不例外："又不提前说，实验室还有事，我不去了。"

"太可惜了，这么多好菜我一个人吃，"她不搭话，钮度就说，"你忙你的吧。"

"喂——"司零从靠背上弹了起来，"你怎么这样啊？你就不能求我一下啊？"

她终于听见他笑了："好，恭请女王陛下回宫，嗯？"

什么时候他那成了"回"了？

一上车，叶佐就被司零瞪了一眼："你家小叔回来了你怎么也不告诉我一声？"

叶佐伴钮度混了这些年，好歹也是见过场面的人，就这俩人，他真不知道怎么伺候了——您二位这关系还用得着我通报？

"行，"叶佐点头如捣蒜，"以后我按照流程给你发邮件。"

"行啊你，原来你也不是木头啊。"司零乐了。

"逗乐您也算一功，我可以回去请赏了。"叶佐就是翻译软件里的语音机器人，能够机械地读出世上最好笑的话。

上了高速，关窗隔音，景色单调，适合谈事。窗外所有色彩如延时摄影般倒退，却也快不过他们脑中信息流转。

先说话的是叶佐："Andrew 确实厉害，他常年在中东，对什么都熟悉，我不敢说带了他什么，反倒是他对营商律法的熟悉帮了很多忙，哪些可以利用，哪些有漏洞，他都非常清楚。"

司零挑眉："这么说又省了请法务的钱？"

叶机械竟也懂得笑："他有些做事风格和阿度很像，阿度会很喜欢他的。"

"你这是在为谁笑呢？"司零又逗他，"才这几天，就这么崇拜人家了？"

叶佐不打算搭理她。

"钮度什么时候回来的？这都和老陈见上面了？"司零问。

"天亮后不久，他们一起吃的早餐，"见司零不说话，叶佐以为她有意见了，"是 Andrew 找阿度，阿度才……"

"你刚才用的时态不像是他们已经见过面啊，"司零主动解释，"见一面不够看出来钮度喜不喜欢他？"

"噢……不是，我没跟他们一起，去办别的事了。"

"有事办还让你来接我。"

叶佐像是决定好了那样告诉她："阿度最重要的事，都是我来办。"

好有本事，下属随便一句话都能帮到他撩妹。司零漫不经心："噢，恭喜，你回去可以请两次赏。"

到家正好是吃饭时间。

法耶没像往常那样告诉她钮度在哪儿，却用眼神将她带往厨房。她准备好了一进去就奚落说"吃饭也不等我"，转眼却看到他在案板间系了围裙的背影。

"不得了，"司零一斜一扭地过去，"你还会做饭？"

"好男人应该会做饭。"钮度拿教小学生的口吻说，侧脸冲她一笑。司零不得不承认，那一瞬她有被帅到。

他刚好揭锅盖搅一搅焖着的肉，司零凑上去用力吸鼻子："这是什么？牛肉吗？好香啊，这是什么味道？"

"是红酒，"钮度稍稍凑近司零，像是准备要讲谁的坏话，"上次从 L 国回来我同学给的，我告诉过你很不好喝的。"

司零扑哧一笑，问："还要做多久——哇？这些都是你做的？"

餐桌上已摆了三四盘菜，色泽搭配讲究，摆盘精美得堪比米其林三星。司零彻底变成小学生："这是什么？三文鱼？上面这些绿不绿的东西呢？这个虾上面又是啥？奶油啊？这是——这么大的鲍鱼，几头的啊？"

"九头。"钮度专注对付他刀下的食材。

司零的下巴掉了一截："菜不是你买的吧？"

钮度笑了："过去市场的时候老板刚好要关门，给我便宜了一点。"

参观完了成品，司零又过去凑热闹："这些都是什么？"

牛肉准备出锅，钮度开始清理厨余废料："那是松露。"

"这个呢？"

"黑胡椒粉。"

204

"这又是什么？"司零不满足于看，还上手了。钮度睨了她一眼，很有意见。接着她又碰了碰刚洗净的菜花："这花儿干吗用的？摆盘吗……哎——"

钮度看不下去了，像拎个玩偶那样拎起她后衣领，把她扔到凳子上："你老实坐好。"

小叔头可破、血可流，信用卡随便碰，厨房不能碰。

司零傻乎乎地撑着脑袋看他，嘴就是缝不住："公子爷，你们家平时都吃得这么精致啊？"她可真是擅长给他取五花八门的称呼。

钮度说："家里阿姨做什么我吃什么。"

"阿姨是饭店退休大厨啊？"

"不是，阿姨周城过来的，做的菜都很普通，但我妈妈很喜欢，最喜欢阿姨煲的粥……"只要和他的厨台保持距离，小叔很乐意跟她说话："起先她儿子在港城中文大学读书，她就在港城打点零工陪读。后来儿子毕业了进天一做事，想接她一起出去住，但妈妈舍不得她，她也愿意留在我们家，一待就是十年。"

他又变成了那个最温柔的别人的儿子。司零相信，如果时间充裕，他就会这样一直讲下去，讲他最喜欢的妈妈和妹妹。

"让我猜猜，"司零从记忆里抽出一段影像，"是上次在港城来接我的阿杰？"

钮度用一个微笑夸奖了她。他正在铲肉出锅，突然，他像是碰上了什么天大的苦恼一样说："可惜买不到桂皮和香叶，味道差了点。"

"能有多差？"

"差很多。"钮度看起来难过极了。

一盘冒着馥郁酒香的牛肉摆到司零面前，菜上齐了。

司零仰着脖子看钮度："那你这五花八门的手艺从哪儿学的？"

"在E国读书的时候慢慢练的。"

"那你好厉害，"司零学着他港普的强调，摇头晃脑，"我爸做一手好菜，教了我几年宣告战败。"

钮度过去做善后工作，用抹布把厨台擦得滴水不留。他慢悠悠道："做菜要有耐心，我一开始也很差的，女朋友吃了我半年烧煳的菜。"

司零有几秒钟没说话，她或许没意识到，在那几秒之间她嫉妒了。

眼前这些精美的菜就如同他此刻的人生，成熟而完备。那么烧坏菜的钮度又是什么样？那时的他一定也少不更事，酱料、火候都拿捏不当，也许会为了一件小事跟人吵嘴，也许会因为没约到喜欢的女孩而失落，也许会在外面玩个通宵不醉不归。

太可惜，她永远无法再认识这样的钮度，她永远看不见他那副坏菜的模样。从前也是这样的厨房，他那时的女友就坐在她此刻的位子，看着他手忙脚乱，没有章法，肉切得不好，也不懂控制油锅被油溅到烫了手，下盐仿佛一块钱三把大甩卖……他女友也会像她一样望着他笑，只是不同于她现在的欣赏，而是真的觉得好笑。

她再也没法认识做坏菜的钮度。她遇见的钮度已经样样得体，是一个近乎完美的男人。

"原来晚出生也有好处，不用吃试验品，"司零说，"你几点开始做的？"

"两个锅同时做，不到两小时。"讨饭妹吃惊的嘴刚张开，他又说，"你吃不惯通心粉，给你煮了米饭，在电饭锅里。"

"你对我也太好了吧。"

"讲过要讨好你的。"

这个时候，钮度刚好解下围裙，转身冲司零一笑。

司零第一次认真觉得，能嫁给他的人太幸运。

厨台恢复成没人碰过的模样，钮度才肯罢休。他到司零身边坐下，轻轻说："吃饭吧。"

他们专专心心吃了一整顿饭，什么也不谈，就只聊菜，好像这是全世界唯一重要的事。

做饭不会，洗盘子司零还是会的。她负责收桌子，钮度去找叶佐打斯诺克，之后正好法耶在换花，她便过去跟她学插花。到了午休时间，各自回屋睡觉。

安息日的下午，大家都很闲。除了司零，她特意带了电脑来继续赶她的论文，等到钮度午休起来，她又迷迷瞪瞪地睡着了。

等司零醒过来，大家都各忙各的。

法耶在做她最喜欢的晚饭，一是因为大家晚饭吃得少，二是晚饭终于能回到她身为欧洲人的烹饪水准——简单加工，几乎没技术含量。

比如钮度，通常是吃低卡增肌餐，水果蔬菜切开后一通捣再抹点酱，鸡胸肉都不用切，直接放锅里煎一煎，大功告成。法耶和许多欧洲人一样对中餐又爱又怕，因为看不出来是怎么做的，不像他们吃的东西——下地什么样，上桌基本还是什么样。

叶佐在办公，专注得连招呼都懒得跟司零打。

还好有一个陪她的钮度，悠闲地在游泳，并且他还打算晚饭后出去散步。

司零陪他一起，刚出院门他就牵住她的手，她不习惯地想收回，钮度却说："搞不好有眼线，就知道有名堂了。"

真是够冠冕堂皇的。

Y国的秋天比夏天更燥热，走到海边才终于找到一缕风。

"言炬最近开始收拾自己了，"司零说，"他再也不顶着油头和拖鞋来实验室了，还试了几个新发型，等他学会穿衣服，搞不好真的比你帅。"

"那太好了。"钮度哪里会同小辈计较。

"你猜为什么？"

"有中意的女生了？"

"小叔还真是小叔。"

钮度看了她一眼，说："你很想告诉我是谁。"

"你又看出来了。"

"都在你的眼睛里。"

"好吧，"司零的确想快点说，"是蕙子。开学那天他帮蕙子搬行李上楼，后来又帮她搬书，殷勤得不得了，今天他俩一块看电影去了。"

钮度没半点意外："朱蕙子，聪明漂亮，热情活泼，是言炬会喜欢的。"

"怎么到了别人你这词汇就一套一套的？"

"那你——神秘多变，精明谨慎。"

"喂，轮到我就没啥好词儿了？"司零有点真生气，天知道她多想听到他一个彻底的褒义词，哪怕是最普通最肤浅的"漂亮"也好。

钮度得逞地笑了，然后没任何考虑地说："重情重义，果敢无畏。"

司零突然没话讲。钮度转头看她，欣赏着他意料之中动容而惊讶

207

的表情。而她习惯嘴硬："不用你说我也是这样。"

她突然踢了一把沙子，气自己才反应过来竟这么在意他的看法。钮度敲了敲她的额头，显然在哄她："你最是了。"

这招是有什么法力吗？怎么每次都这么管用？

太阳被海面藏了一半。周而复始，日落和日出在某一刻是一模一样的，似乎是为了提醒芸芸众生，结束的事物都会重新开始。

钮度在橘色世界里对她说："言炬有一说一，在家最受宠。"

在他们那种塑料家庭里，单纯的人最安全，当然受宠。司零说："是啊，所以他是小孩子，你是大人。"

钮度要计较了："他只小我五岁。"

"小孩和大人的区别，不就是小孩眼泪往外流，大人往里流吗？"司零说完就觉得自己今天未免太容易情绪化了，一定是橘色太阳的错。她又主动说："那阿星呢？"

"阿星有点懒得做事，学什么都不积极，"钮度想显得有点糟心，但更多还是纵容，"算了，女孩子不愁嫁，她开心就好。"

"哦，"司零这一声很用力，"那我也好吃懒做等着嫁人好了，反正我爸养我一个不费劲儿。"

"你不行。"钮度立刻就说。

"为什么？"

"我要你跟我一起作战。"

远处的海浪翻涌起势对他呼应，自古有多少帝王也是这样面朝大海，立下远征的誓言，比如恺撒大帝，比如亚历山大大帝。

司零并没有很感动，可能是塑料港普与播音腔的交错对话实在太好笑。更好笑的是，塑普选手和标普选手偶尔还模仿对方的口音讲话。

"其实我最近时间真的有点赶，"司零说，"中午你们都睡了我还在写论文，后来实在太困我才去睡的。"

钮度问："写什么？"

"老板要求我回国前发一篇 Nature，不然就三篇 SCI，你以为他那么容易放我来 Y 国呢？"司零一脸的苦大仇深，当然，发论文本身不足以难倒她，而是发论文妨碍了她做其他事。

钮度先是一愣，然后笑了："你常常让我忘记，你还在读书。"

司零又说："蔓丝病毒的研究暂缓一段时间，杨老师又跟其他老师联合成立了胰腺癌研究中心，最近我都在干这个。"

钮度问："搞研究中心这么快吗？"

"对，Y 国的研究中心很多都是随项目设立，项目结束就解散，不像国内总是固定的团队人员，"司零又补充，"我觉得这个思路也可以放到公司里试试，或许更有灵活性。"

"好。"她的话，钮度一向认真考虑。

司零终于发现自己话太多了。跟他在一起真是不愁没话讲。没办法，她还要继续讲："其实我真的不太懂金融，尤其是证券类……"

"我知道，"钮度又笑，"你可以懂，但不太会做。"

"所以，现在有了叶佐和 Andrew，再等田浩宇过来之后，你就可以慢慢地把事情分给他们做，我就专注做我该做的。"

风忽然停了，海浪也跟着歇了会儿，一下子安静得像有人拿遥控器按了暂停。

钮度的声音稍显增大："田浩宇来不了了。"

"什么？"司零停下脚步。

"一周前他父母出了车祸，情况不太好，两天前找我道歉，说他没办法了。"

这是个非常糟糕的消息。

钮度大概是想安抚一下她："下周跟国防部谈改由我和 Andrew 负责，K 国一断交他就过来投靠我，他们知道了会很高兴……"

他解决了最紧急的事，可之后的区块链，田浩宇做技术，陈安德做管理，相辅相成，缺一不可。

司零不知在看什么："这个人比杜甫还惨。"

"你在想什么？"钮度发现了她在用玩笑转移注意力。

司零收回目光，笑笑："好吧，我习惯了……所以你这两天是在想解决办法？"

钮度用一秒钟默认，然后说："我很希望今天能给你好消息。"看来是真的没办法了。钮度颇有些无奈："不过，他确实挺惨。"

田浩宇出身富裕，大学读密码学和计算机，竞赛奖拿到手软，自己又喜欢捣鼓技术，动手能力极强。他也是梅林欣赏的那种天才。

209

"如果不是他的父母被列失信名单，我一定找他。"梅林是说，找他加入 CR。CR 要求成员背景清白，直系亲属无违法犯罪背景。

这也是他坎坷的开端。此前他被合伙人背叛，独吞技术，打官司期间，家里企业因银行抽贷而破产，他只好放弃官司，辍学帮父母。过了几年拆东墙补西墙的日子，女朋友也离他而去。之后他仍旧遇人不淑，许多单位都因为他辍学而不肯录用，一身才华与抱负无处施展。

钮度注意到他时，他正在说服老板技术转型，但老板只着重短期利益不予理会。钮度切实是他的救命稻草，可现在……

"但我还是借给他二十万，他现在很困难。"钮度说。

司零点点头："在最困难的时候拉人一把，你恩情会很深，将来等你回港城，他父母康复了，还可以再找他。"

钮度一怔，想说什么，却还是改口："我再找别人，这不是很紧要……"

司零立即说："我来想办法，你专注做你的事，下周跟国防部谈不能马虎。"

"好。"钮度有种给她添了麻烦的惭愧。

司零看出来了："别这样，你要把我当成你自己。"

钮度笑了，慎重地点头："好。"然后又说："该回去了。"

"再走走吧。"司零的眼神近似恳求。

"干什么这样看我？"钮度都笑了，"这又不是难事。"

气死司零了，她竟会为了多跟他散会儿步露出这种小女生的眼神。但，好像只要往前走，他们就能停留在这个薄荷色灯光的世界里，停留在这个无比悠闲的时候。

"爱走不走。"司零甩开他手往回走。她这才意识到，他们牵手走了很久很久。

钮度一只手抓她回来，继续往前走，说："你脾气越发古怪。"

他永远不知道她为什么生气。

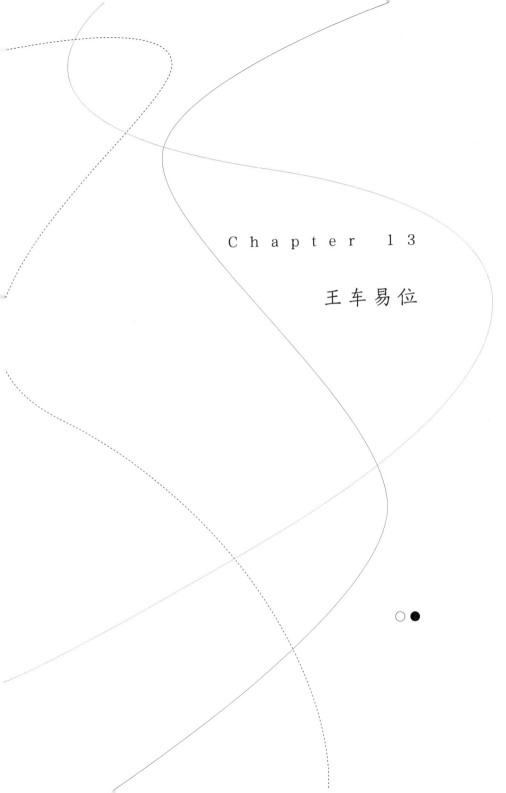

Chapter 13

王 车 易 位

　　第二天，叶佐找了辆商务车，带钮度司零及陈安德一家去南部小城埃拉过周末。埃拉是南迁候鸟的补给站，在春秋两季，所有水域都围满了成百上千种鸟类，小孩子会很喜欢。

　　说来好笑，他们看起来很像是全公司拖家带口跑路。

　　刚出发时，陈安德的妻子问了句："有多远？"

　　司零说："反正开不出国内两个市的距离。"

　　所有人都笑了。

　　晚上，母亲带孩子，另外四个人吃喝谈事。从这一刻起，便是让陈安德讲什么都不必避讳司零。

　　次日午饭后返程，先送司零回学校，他们再回拉维市。

　　司零一进门就见到敷着面膜坐书桌前的朱蕙子，表扬道："你难得老实。"

　　朱蕙子抬头看她，面膜挡住了她可怜巴巴的表情："太热了，竟然还有比平城更干燥的地方，我脸起皮儿了都。"

　　她面前摊着一份希河语作业，司零当姐姐很称职："有什么不懂的？"

　　"太有了。"

　　接下来是姐姐给妹妹辅导功课时间。

　　辅导完功课，还负责做饭，司零和朱蕙子在一块真是带娃奶妈。不过，司零的厨艺也就吃了能活命的水平。

　　"姐，"朱蕙子难以启齿地看着她，"咱出去吃吧？"

　　"不，你要吃完。"司零在捍卫尊严。

　　朱蕙子放下筷子，想法子转移她注意力："埃拉怎么样？"

"照片不都给你发了，喜欢的话下次带你去。"

"得了吧，有了男朋友，出去玩还能想到姐妹？"

司零知道接下来的问题不会得到什么愉快的回答："你和言炬玩得怎么样？"

朱蕙子换了表情："你想象得到的。"

"其实他人很好，就是太呆萌直男。"

"我知道，他涵养很好。怎么说呢，不会做错事，但做不好。"司零认同这个说法，朱蕙子挤了挤眉毛，"你知道我喜欢你度哥那种的。"

"女生都喜欢成熟会照顾人的男生，其实他们也都是从不成熟过来的。"司零的脑海里浮现出做坏菜的钮度，二十来岁的模样也许和钮言炬一样青涩，她好想坐时光机回去看一看。她说："其实陪着他一起成长也很好。"

"我知道，"朱蕙子也认同，"但他吧，目前实在没什么感觉，穿得也又土又傻。"

"相信我，这比你来之前好上一百倍了。"司零忍不住说。

"人也笨笨的，我说我想去买一台投影仪不知道在哪儿，他说他知道，"朱蕙子故意停顿一会儿，好让司零也白等一场，"没然后了。"

司零重点问："你买投影仪干什么？"

"装外面客厅啊，躺着看电影多爽的。"

有钱人为了舒服可真是啥都能干。

朱蕙子的手机"嘀"了一声，她看到了钮言炬的消息，然后递给司零："来了。"

Edward.N：你什么时候想去买投影仪，我带你去。

朱蕙子主动表扬："还算有进步。"

"哎，"司零颇为好笑，"你都不知道，为了憋这句话他做了多大努力。"

晚上，司零想去实验室写论文，出门前费励打来电话。

看到司零绑头发，费励问："去哪儿啊？"

"实验室，写论文。"司零又说，"其实我也有事找你。"

"那你先说。"

"我这个不急，你先说。"费励说的事一向更重要。

"我这有一好一坏两个消息。"

"先说好的。"

"钮辰有家公司，给他表妹周乔伊开的，最近查到资产注水，已经超过三十个亿了，当然这对他来说是个小数字。"

费励在那边挖鼻屎，司零见怪不怪了："确切吗？"

"有个小调查员发现的，但根本报不上去，"费励一脸的"你懂的"，"他在云南买了块地说要开矿，那地儿早就勘探过了，有个屁矿产。"

司零没什么表情："这种事确实取证困难。"

"是啊，不过，有其一必有其二，肯定不止搞了这三十亿。"

"就算搞到借壳上市再被揭发，也不会怎么动摇他的地位，毕竟他不是最大股东。"司零还想继续说，被费励打断了："嘿？你现在都知道？这个还是我找你之前做的功课呢。"

司零不讲废话："但至少可以让钮鸿元亲眼看到钮辰安排进来的周家人都在做什么，好提醒他，他还有一个儿子可以用。"

一提到钮度，费励就瞎哼哼："人家未必不知道。"

"钮鸿元好面子，"司零说，"言炬和钮度从小又帅学习又好，他就喜欢带他们见人。周杏儿长得一般就被放在身后当贤内助，娶一个貌美如花的三姨太充场面，但她一生病不能见人了，他就让她搬走去很远的地方住……所以说，亲戚出了这种丑闻，他不翻脸也绝不会放任不管。"

费励过了好一会儿才说话："你刚才说钮度帅？"

"……"司零挥了一个拳头，"你还有完没完？"

"好好好，"费励真的挡了一下，"知道了。不过现在不是时候，没有查他们的契机，三十亿也远不够，最多开个罚单警告一下。"

"嗬，偷摸着补习商法了？"

费励拒不承认。

"你知道该怎么做。"司零最后说，然后问，"坏消息呢？"

"坏消息啊……"费励看了眼时间，"估计也要说很久，不如你先去实验室。"

"你快讲。"

"好吧，"费励一定在那边抖腿，他越是表现轻松，实际就越紧张，

214

"你以前叫颜乐，你妈以前叫颜双，她告诉司叔叔她在东城嫁了个姓梁的人，对吧？"

费励看着屏幕里司零的脸色一变，才说："怎么说这个？"

"他叫梁国忠。但是……这是个假户籍。"

不知道是不是为了骗自己，司零竟呆呆地问："什么意思？"

费励残忍地告诉她："意思就是，这个人，不存在，这个户籍是伪造的。"

司零吐了口气："这两天的坏消息真是不少啊。"

费励陪她开玩笑："还有比这更坏的？"

"这真的是够坏的。"

"你别这样，想什么，说出来。"不止钮度一个人发现了她转移注意力的小习惯。

司零往后一靠，说："我最近觉得脑子不够用了，常常一片空白，不知道该想什么。"

"我告诉过你，即便我们设想了一百种可能，但现实往往是第一百零一种。"

"这么说，在港城我跟你打电话说的情况应验了，"司零挑了挑眉毛，"老实讲，我不意外。"颜双在掩盖自己和朱一臣的关系。她又补充："她一个女人没本事搞到的，一定是朱一臣。"

"我想说的是，我都能查到，司叔叔如果要查，一定比我容易。"费励说。

司零终于想起来问："你怎么查的？"

"有点儿绕，懒得说了，前两年上派出所找人查这个很容易，现在不行了，我找的是偏远地区的一个小兄弟，管得没那么严。"费励说完，又提醒她，"而且，没准你爸能挖出办证的雇主。"

司零摇头："满大街都是办假证的广告，连办证的都不会记得是谁给的钱。退一万步说，一般人也不会相信我妈一个落魄卖艺的人会和有钱人碰上。"

"这倒也是。"

两人都沉默了一阵。费励一笑："我都说了让你先去写论文的。"

司零也回应一个笑："不用，习惯一下也好，这只是一个开端。"

费励很努力地想一句安慰的话，却说不出口。他的语气像极了战友：“其实你早就猜到了，在港城的时候，你想说的是查一查朱一臣户籍，看他有没有和颜双公证结婚对吧？”

费励太懂太懂她。

“梅林同志，”司零突然垮了，噘着嘴看他，“没有你我可怎么办？”

“嘁，”费励懒得感动了，“你还有那个老男人。”

“好想直接就去问一姗姑姑啊，或者直接问钮度？”司零看起来真的很累，连后一句“他才十岁懂个屁”都没说出口。

“你又来了，”费励叭叭地敲键盘，甩过来一张图，“问，求你立刻就去问！”

是一张时序流程图，早八百年前费励就做出了她一旦开口的所有可能——当然，也许还会有那第一百零一种可能，但就目前的一百种而言已经够糟糕了。

费励没忘记她刚才说的：“还有什么更坏的消息？”

司零说：“你应该已经知道了，田浩宇父母出了车祸，来不了了。”

“噢，他家前几年躲债躲怕了，家里的事不习惯找人帮忙，我知道得不比钮度早，”费励在观察她的表情，“怎么着？看样子你是给自己揽这事儿了？”

“这本来就是我的事。”

“那我显然知道你要找谁。”费励抱着头往后一靠，悠悠地抖起腿。

要做区块链，CR有完胜田浩宇的能力者。但，司零想让钮度培植一些自己的人手，被她的人包围会让他没有安全感，按照墨菲定律，最后一定会爆发矛盾。

而且……她开始怀疑钮家最后是敌是友——杨琪曼上次看到她为什么会那么害怕？

“我不找老七，他最近也没办法来这。”说是这么说，可眼下她也没有更好的人选，“这件事不算急，之所以让田浩宇现在就来，是因为他懂得和军方打交道……”

“嚯，要我提醒你，老七做了多少国防项目，给研究所干了多少活儿——但他不会愿意去给你打杂的。”费励真的很幸灾乐祸。

司零忍不住骂他：“你真的很烦。”

这事就先到这儿了。挂了电话司零出门，路上收到孟建宇的语音消息："司零，保险柜的事我给你问了，租金不贵，标准型号的也就一二百谢。但是押金挺贵的，得两千。如果要租的话需要写申请本人办理，材料和型号价格我一会儿给你发。"

上次司零提到想租一个保险柜，地方离孟建宇宿舍楼很近，他就主动说先帮她问问。其实钮言炬也住那，往常都是钮言炬给她帮忙的。

但她不想让钮度知道——她要放的是那条蓝宝石项链。

司零回复孟建宇："好的，麻烦你了，我有空就去办理。"

其实在孟建宇帮她搬书之前，她对他的印象是不立体的。她只知道他是学计算机的，CR 超级粉丝，说话嗓门有点大，笑起来挺憨。现在，她慢慢地知道，他逻辑感很强，很有自己的想法，也更刻苦踏实，还是一个有担当的哥哥。能去 CELU 实习还笑称打杂，要知道 CELU 是区块链领域的顶尖公司，全公司不到十人，一个人能当三个人用。

等等?

司零蓦地在半坡上停住脚，没站稳往前斜了斜，干脆一口气跑到坡底。在希河大学上学真的每天都在翻山越岭。

孟建宇……合适吗? 她立即能想象到费励听到这事会怎么反应——"你也太敷衍了，还不如让我去"。如果她接"那你来啊"，他一定又会说"得了吧，那小破公司也就能用孟建宇这种选手了"。

司零和费励，真的是两个绝配怪胎。

……

周四这一天，司零比钮度都紧张。她一早起来给钮度发微信：加油，会顺利的。他给她回了一个微笑。

司零盯着那个小黄脸假笑，扑哧一声笑出来——可真是够老干部的，不知道现在年轻人都拿这个表情表示不爽吗?

她上午写论文，下午准备到钮度那去，化妆时被朱蕙子逮个正着。朱蕙子靠在门上，贼兮兮地看着她："这才回来几天啊，你干脆直接住那儿别回来了好不好呀?"

"钮度今天去谈很重要的事，我想去帮忙做饭等他。"司零在刷睫毛膏。

"你——做饭?"朱蕙子以为她在开玩笑。

"……总得学一学吧。"

司零脸上泛起红晕，朱蕙子知道她还没打腮红。"好吧，"朱格格大发慈悲，"我跟你一起去，我教你。"

朱蕙子转身去换衣服，嘟囔道："钮度真是有通天的本事，把女王变成主妇。"

司零叫住她："要不要把言炬叫上？"

"好啊。"朱蕙子对他从来没有意见，对付这种事她轻松自如。

她们在宿舍楼前见到钮言炬时，司零知道他穿的又是新买的衣服，虽然并不好看。

路上多是朱蕙子在说话，但司零明显能感觉到钮言炬比以前开朗了，一些以前在他看来很无聊的话题也会尝试着与她探讨，而且是很真诚不刻意的。

到了家里，法耶刚好买菜回来。钮言炬主动去挑选食材，司零惊了："你也会做饭？"

"嗯。"钮言炬无辜地看着她。

好了，厨房轮不上司零了。两位大厨联手开工，什么顺序什么酱料什么火候，司零根本听不懂他俩在说什么。眼下，朱蕙子在调料，钮言炬在颠勺，司零卑微地凑上去问："你们在做什么呀？"

"杏仁虾饼，"朱蕙子看都不看她，转头把料碗递给钮言炬，"可以了可以了，我来。"

司零再次卑微："有什么我能做的吗？"

"哗——"的一下锅头翻沸起来，两人忙着控锅，没人理她。

菜做到大半，钮度打来电话告诉司零，中午他要和南亚国防部的人一起用餐。司零"啊"了一声。"怎么了？"钮度以为她误解了，"我们还要继续谈。"

司零回头看了眼忙活的俩人，说："那……好吧，我在家里等你。"

"好。"钮度笑了。

当一桌香味扑鼻的菜摆好时，司零快抬不起头了——请得起保姆的孩子都会做饭，她却白白让自清喂了她二十年肚子。

钮度有饭局，他们只好自己吃。饭后司零不知道从哪搜罗出一副麻将，凑上法耶，四人开局。这种游戏司零就是虐菜，要真打钱的话三个人现在估计连养老本儿都没了。但法耶依然兴冲冲地说："这种游戏应该推广全世界！太有意思了！"

可不是吗？我国国粹，五分钟上手，十分钟上瘾。

在司零就要给法耶放水和一局时，钮度回来了，跟着的还有陈安德。

钮言炬比法耶都要先站起来，乖乖喊："小叔。"

钮度点了点头，司零觉得他高冷得有点刻意在摆长辈的架子："真抱歉，我们回来晚了。"

"给你们留了菜，"司零想了想，还是补充，"言炬和蕙子做的。"

钮度如释重负："那就好。"

"喂，你什么意思？"

"哈哈哈哈……"所有人笑了。

要是司零做的他就上楼了，侄子的面子还是得给的。钮度招呼陈安德和叶佐一块过去尝尝，一句接一句的夸奖跟着就来。

陈安德最先上楼，谁都看出来他们还有事谈。叶佐过来拍了拍司零的胳膊："这局完了你上去，我替你。"

司零没读懂钮度的表情，凑近叶佐套情报："怎么了这是？"

"上去你就知道了。"

钮度刚好吃完走了过来，笑对大家说："你们继续玩。"然后他瞥了司零一眼，"真是什么都能让你找到。"

钮度上楼了，钮言炬还在笑。"怎么了啊？有这么好笑吗？"司零都见怪不怪了。

"我只是没想到……哈哈哈，我是说没见过——小叔这个样子。"钮言炬的脸都快笑出褶子了。

叶佐说话了："事实上，他是最近才变成这样的。"

最后一局司零让贤，钮言炬和了。

钮度的房门敞开着等待司零，他站在落地窗前，陈安德坐一边沙发，留了另一边给她。

"你们干吗？"司零的语气没半点紧张，她不相信会有坏结果。

"是不是气氛吓坏你了。"说话的是陈安德。

"不，你们的微表情告诉我没有坏事，"司零仔细研读两人的脸，又说，"但也不算好事。"

"我告诉过你她有读心术的。"钮度耸耸肩。

司零说出了猜测："他们愿意有条件帮忙？"

"不是，谈话很顺利，他们很愿意为我们做牵头。"钮度和陈安德交换一个眼神，继续说，"但是我们决定对 HERO 的投资改为收购30% 的股份。"

"……什么时候决定的？"

"一秒钟之间。"陈安德又看了钮度一眼，似乎在重现当时他们共同决定的场景。叶佐说得很对，他们很像，彼此欣赏，可以用一个眼神做出共同决定。

钮度不等司零问为什么了："他们给了我们一个消息，HERO 最新计划以拉美市场为主，已经在做拉美的地理调研了，预备研制更适合这种地形作业的无人机。"

看司零的眼神，钮度知道后面的话不必说了。Y 国和拉美各国交好，区区其一的投资商不可能左右他们的计划，除非收购拿到控制权。

"让叶佐整理一下还有没有其他……"司零自己也说不下去了。当初选定 HERO 肯定是深思熟虑的结果，其他公司要么技术不够成熟，市场潜力不够……她很努力地在想："我记得还有一家公司也有丰富的出口经验，但是存在管理问题，我们是不是可以找人……"

"上周已经被一家印度公司收购了。"钮度说完，司零心头一震，就如他刚知道时那样。被亚洲公司收购，要打开哪里的市场不言而喻。钮度斩切地说："我们没有犹豫的机会。"

所以，他在一秒之间做出了决定。

"可是，"司零为难地看着他，"你有那么多钱吗？"

"没有，"钮度看了陈安德一眼，"Andrew 同意借我一部分。"

司零的脑袋转了九十度看陈安德。"不用这样看我，"陈安德笑了，"同意帮你做事，我就会全力以赴。"

明明可以趁机敲一笔股份，可他真的什么都不要。司零真的太会选人了。

钮度说出了三人此时共同的想法："这样一来，区块链的计划会耽搁一段时间——对不起。"最后一句话是对陈安德说的。

陈安德的笑容里永远带着诗人般的悲悯："慢慢来，你还很年轻。"

这是个不好过的下午。陈安德回家了，但他并不能安心陪他的宝宝；他的位置换成叶佐，三个人继续在房里谈事情。也奇怪了，他们的会议总是很巧妙地只有三个人，仿佛这个房间再多一人就挤到窒息。

麻将搭子凑不齐了，但朱蕙子很会找乐子，继承了司零的功力搜刮出一副扑克牌，一边打牌一边给钮言炬和法耶讲述当年司零用一局扑克带领她改邪归正的传奇。钮言炬真的笑出褶子了，法耶一下午合不拢嘴——她一直在心里道歉，朱蕙子太讨人喜欢了，可她不想背叛司零。

到了傍晚，据说是叶佐饿了，三个人才从房里出来。

出门前，司零看到钮度环视一圈卧室，问他："想什么呢？"

"我们应该在家里收拾一间会议室了。"钮度说。

钮言炬主动去热菜。法耶现在真的好纠结，希望他们常来——这样就能吃上家乡菜——可又会凸显她做的菜是真难吃。

几个人纷纷落座，法耶突然拍手："这是家里最热闹的一天了，要是阿星小姐也在就好了。"

大概钮天星是个千里耳，非常凑巧在这时发了消息过来。

接收者既不是她哥哥，也不是她侄子，更不是与她同床共枕过的司零——是朱蕙子。朱蕙子真的太太容易讨人喜欢，很多费尽心思想获得好人缘的人怎么也理解不来。

"阿星问我在干吗。"朱蕙子索性给她打了视频电话，接通后她举起来，镜头收尽了饭桌上所有人——"嗨！"

"哇？"钮天星惊了，"你们怎么这么多人？"

"就差你了哦，"朱蕙子故意刺激她，"给你看看我们吃的菜，我做的！还有你——你什么来着？"

钮言炬乖乖答："侄子。"

"妈妈，你快看啊！"视频里钮天星的脸不见了，转到杨琪曼身上，司零下意识低头吃饭，"哥哥那边好多人啊，言炬也在，我的朋友都在，我好想也过去啊！"

"胡闹。"钮度又是那种语气，"妈妈需要你陪。"

杨琪曼笑了："没有关系，她想去找你玩就让她过去几天，我最近很好。"

钮度还是不同意:"我没空去接你。"

"我才不用你接,"钮天星现在可有底气了,"我现在那边不止你一个。"

挂了电话,朱蕙子还在兴奋。

"言炬怎么了?吃菜啊。"司零发现他同样在走神。

"没事……"钮言炬毫不掩饰地笑了,"大家好久没有这样一起吃饭了。"

司零没说话,朱蕙子看了她一眼,也没说话。

钮度开口了:"所以,以后喊你过来吃饭,你多过来。"

……

"行啊你陈安德,这么有良心。"费励夸人的时候总显得很浮夸,但他是真心的。

"这钱花得太值了。"司零终于能开玩笑了,她整整一天都很紧张。

"你到底给他花了多少钱买到那件破古董?"

"反正很贵。"贵到司零现在提起来还肉疼。

"到底多贵?"

"给你儿子在平城四中旁边买个破老小都绰绰有余。"

费励鼓掌起来:"太舍得了。"

贵到滚滚都忍不住说话了:"胖零真有钱,胖零真有钱。"

司零让他闭嘴,然后说:"行了,到你说了。"

"战神通过了可可西里保护站的筛选,已经在培训了,"费励难得严肃一些,"他打算在那里待到明年。"

"就让他在那里静养吧——好吧,那并不是什么好地方。"

"嗤,他可不愿意了。"

"为什么?"

"想找点任务做好早点进阶呗。"

司零几乎是在嘲笑他:"难道保护藏羚羊不是维护正义吗?"

别忘了,动物也是这个星球的居民啊。

费励沉默了一阵,认真说:"对不起。"

战神是国防生出身,一米九几的汉子。他毕业后参加过 F 国外籍军团，退役后拿着攒了几年的工资和一台单反周游世界，主要是去危险的地方，因此受到各种地理杂志和地质勘探队的喜爱，找他买照片或者领路。

他很懂 CR 的需求，拿自己的情报网当敲门砖，全票通过入盟。所以他才会那么顺利地帮助警方救回海盗绑架的人质——不是完全顺利，受了点伤，这次去可可西里算是疗养，也是圆了他多年保护动物的愿。

战神目前还差一阶步入高阶成员行列，费励猜测就在明年，等他从可可西里出来之后。

战神家境不错，但除了最初的那点路费，他再没问家里要过钱。

事实上，他们这群人大多来自不错的家庭，并且少有父母阻拦。并不是只有底层人民才知人间疾苦，读书就是要学会如何辩证地看待这个世界。

"在可可西里和盗猎者斗智斗勇也不轻松，我相信这对他来说并不难，"司零最后一句话总算像个小姑娘了，"告诉他注意安全，好好养伤。"

费励笑了："我们史诗同志越来越接地气了。"

司零用几秒的静默做衔接，接着说："我还有事要问你——你觉得孟建宇怎么样？"

"——谁？"费励确认司零没在开玩笑，然后摆出了她想象中的表情，"那个想用祖师爷名讳的孟建宇？——我说你再不济也用不着找他啊，你这也……"

"其实他很有自己的想法。"司零已经记不得上一次和费励产生分歧是多少年前了，这一次她很认真，"虽然不够聪明，但是很肯付出，费励，你不得不承认这样的人值得尊重。"

费励往后一靠，没表情，司零知道他在思考。然后他一样一样说："做的东西不少，有篇论文写得不错，他自学了一种算法，学得相当到位，还就几个盲区提出了自己的解决办法，我敢说我还没见过类似的——好吧，确实蛮有想法。"

司零不是专精计算机，费励点到为止："哦，如你所愿——这个东西叫作元胞自动机，有个搞区块链的图灵奖大佬也在用它……"

渐入深秋，边境局势稍有缓和，南北部各国都撤了军，大概各自都得准备准备过圣纪节。这当然是个好消息，对蔓丝病毒实验室的孩子们就"更是"了——实地采集工作重新开启，快则本月就得出发。

似乎所有人都不约而同地忙了起来，小学课本讲的真是老道理——秋天是个收获的季节。

钮天星就这样被秋风吹来了Y国。钮度真的没去接她，你是猪（钮司朱）三人组也没人有空，可怜星公主还以为第一天就能吃上满汉全席。

终于等到安息日，钮言炬借了个车，载两位姑娘一起去"俱乐部"。说起来你可能不信，这还是钮度自己调侃的——麻将俱乐部。早已等在门口的钮天星飞奔过来抱住刚下车的两人，亲如多年姐妹。

钮度上午去公司办公，还没回来。

几个人都挤在厨房里，钮天孙和朱格格掌勺，司娘娘和星公主打下手，一边干活一边说笑。法耶可怜巴巴地站在门口。

司零没活儿干了，退出去休息。她注意到客厅放着电脑，上面是一张办公室设计图。钮天星的声音传过来："你正好看看这样好不好？"

司零抬头："这是什么？"

"哥哥想在那边做个隔断当会议室。"钮天星一抬下巴，司零知道她说的是哪儿——只放了一台跑步机的宽敞空地。她继续说，"让我看看怎么做合适。"

司零着实惊讶："这是你设计的？"

"对呀，"钮天星想起来她从没说过，"我是学设计的。"

"很不错啊，"司零不由得赞叹，"这面墙是放幕布的吗？利用得很好。"

"谢谢，我就只能帮哥哥做这点事啦。"钮天星很认真。司零想，她是知道钮度的野心的，甚至知道钮度的猜疑——不用他说，而是源于同胞的心有灵犀。

司零知道这句话很土，但她真心实意："你永远开心，就已经帮了他很多。"

突然间司零接到周孝颐电话，才知道他已从国内过来了。

"妹子，老师让我给你带了大闸蟹，现在正是蟹黄肥美的时候，赶最后一趟车过来，哥给你做。"

224

司零咽了口水才说："我……今天跟同学一起出来玩了。"

周孝颐听了很高兴："应该多和同学一起玩。可是螃蟹不能久留，不然晚上师哥蒸好了给你送过去，分同学一起吃。"

"哥，你别麻烦，我就在拉维市……"司零只好说实话，"不然我过去拿吧。"

为了让周孝颐放心，司零得带上一个人，必然是跟她一样不负责掌勺闲着的钮天星。直到开车上路，钮天星都没相信今天会有这种好运。

司零老实跟她交代："师哥什么事都会告诉我爸，我还不想让我爸知道我和钮度的事，所以——我们不能说是在钮度家里玩，就说是同学一起租的别墅，OK？"钮天星点点头，司零接着说："还有……师哥有女朋友，我不知道她这次有没有跟着来Y国。"

钮天星眼睛一亮，问："他女朋友做什么的？"

"之前在企业上班，随任来这做临时编制的活儿，补贴不多。"

"那回国之后怎么办啊？"

"重新找工作咯，如果是国企或者事业单位才会有留职。"司零无奈一笑。

"哇？"钮天星有点钦佩了，"这么愿意牺牲自己啊……"

她这么一说，司零突然觉得自己对唐棠有点刻薄了。无论她是否真的贪图周孝颐的平城户口，无论她有没有真的爱过周孝颐，她的的确确为他牺牲了几年。

车子开到外交公寓，保安看了司零一眼就放行了。周孝颐住三楼，钮天星期待地跟在司零身后，现在比起周孝颐，她更好奇唐棠是什么样的女人。

她们走到二楼半时，听到了一阵明显是普通话的争吵。司零和钮天星为难地对视了一眼——周孝颐和唐棠在吵架，确切来说，唐棠在骂他。

"你当初不顾我反对申请连任的时候就该想到今天……你还想让我在这儿待几年？你知不知道我今年多少岁了？你要我三十几岁再回平城和那些应届生竞争考试……"

"周孝颐，我为你付出了多少？你根本只爱你的工作！"

"我这次来不是和你谈的，我后天回平城，你让我收拾行李……"

司零认为她们不应该继续偷听下去，给周孝颐打了电话。屋内静默下来，周孝颐说话时已换上惯有的从容："司零，到哪儿了？"

"在楼下了，你在家吗？"她明知故问，想必他也没心思细想。

"在的，你快上来。"

开门的是周孝颐，他的笑容永远优雅："司零来了……这位是同学？"

"对，同学，叫阿星。"司零侧身让了让。

钮天星乖乖鞠躬："周参赞好。"

"阿星，跟司零一起叫哥哥就好了——别站着了，快进来。"

两人进屋，钮天星迫切地搜寻唐棠的身影，她正在厨房烧水，开口温柔得让你无法联系刚才那个怒气冲冲的女人："司零带同学来啦，水正烧着，马上给你蒸上。"

"谢谢唐棠姐，你别麻烦了，我们自己带过去蒸就行，"虽然很失礼，但现在绝不是多待的时候，司零说，"同学们还在等着呢。"

周孝颐也不留她了："那好吧，你们自己弄。"他提起地上的四箱蟹，司零惊着后退一步："这么多？——爸爸肯定是给了你两箱，你要全部都给我吧？"

"哥吃不了这么多，你拿去分同学……"

"你吃不了唐棠姐还吃呢，"司零没给唐棠再帮腔的机会，推着钮天星走了，"再见啊，哥，唐棠姐，我走啦！"

等坐上了车，司零才问："怎么样？"

钮天星都不必考虑，她刚才仔细将唐棠观察了很久："虽然不太漂亮，但是好温柔哦。"

按以往司零一定会吐槽，但今天，她总觉得再说唐棠坏话是件恶事。

钮天星面露同情："原来外交官这么苦啊，我还以为很拉风哦，去那么多国家玩，见的都是大人物。"

"是啊……"

还有一件事，司零不得不承认——原来周孝颐这么爱唐棠——他刚才心情差得连司零去哪里玩，什么时候回去都忘了问了。

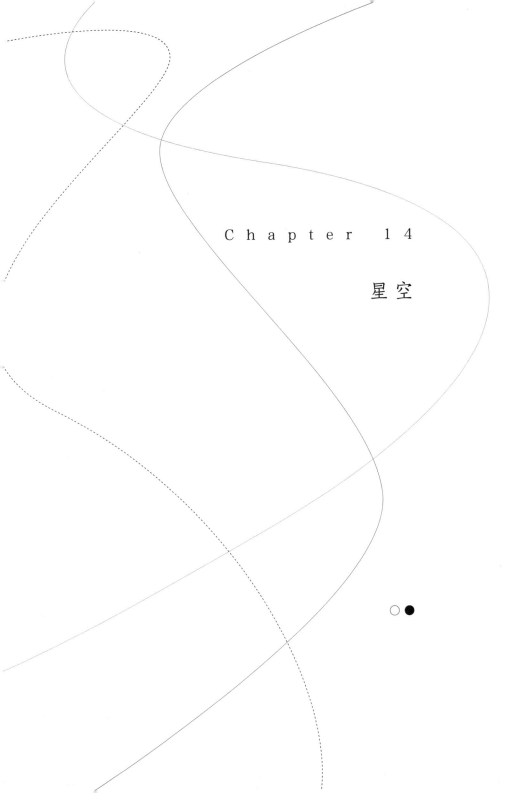

Chapter 14

星空

太阳为你加晃

回到"俱乐部"，钮天星第一个看见钮度，下车朝他奔了过去。司零顾着停车，只听见她喊"哥哥"，等她抬头时，钮天星已经抱住了钮度。

她知道这样不应该，但是——好吧，真的会有一点吃醋。

钮度放开她，走向后面的司零，从她手里提走那两箱蟹，说："他们说你去周参赞那里了？"

"嗯。"谈点正事能让她从那种酸不溜丢的情绪里出来，所以她决定说，"我听见师哥和唐棠姐吵架，看来师哥是连任成功了。"

"的确成功了，"钮度说，"周参赞邀请了我参加他的连任宴，就在下周。"

钮言炬正把最后一道菜铲出锅，司零煮水把蟹蒸上，吃完饭正好能当甜点。

正好三男三女，钮度和叶佐单独相对坐，钮天星和钮言炬分别坐钮度两侧，剩下司零和朱蕙子随机——朱蕙子主动坐钮言炬身边，司零便在钮天星旁落了座。

反正司零坐哪儿都是离钮度最远的。

钮天星扯着钮度的袖子跟他讲话，朱蕙子抻长脖子问司零："他们在说什么？"

司零笑了："阿星说这个菜是言炬做的，做了好久，很好吃。"

"啊……对不起，"钮天星这才意识到，"我忘记了，我在家跟哥哥都是讲东城话的。"

钮度看向司零："你听得懂？"

司零像是瞪了他一眼："你不会以为以前你跟叶佐说话我都听不

228

懂吧？"

钮度的表情像是在反思自己有没有说过她坏话。剩下的，大家都有点愣，谁都没听过有人敢用这种语气跟钮度说话——似乎自从家里变成俱乐部之后，他们两个就再没独处过。

叶佐低下头笑，钮度可算逮着机会出气了："所以你一直都知道她听得懂？"

"不瞒你说，"叶佐一咳嗽，就表示他准备要用机械音讲笑话了，"我们两个讲话的时候经常都是用方言。"

"哈哈哈……"所有人笑起来。

钮度的表情太憋屈了，司零给了他面子："讲不好啦，我说方言就跟你说普通话差不多。"

更热烈的爆笑——"哈哈哈哈哈……"

饭桌上都是聊开心的，去哪里玩，碰到什么好笑的事。钮天星正在说已经跟工人约好时间过来装办公室的事，钮度一边听，一边剥蟹壳，他技术精湛地把整块蟹黄完整地剔了出来，拿勺子往前一送——

钮天星理所应当地推了推碗准备接纳。可钮度冷不丁地越过她，把肥美流油的蟹黄放进司零的碗里。

所有人又愣住了，包括司零。

朱蕙子最先反应过来，带动大家起哄："哇哦——"

钮天星觉得自己今天真是蠢到家了："对不起，阿零！我又忘记了你们两个……"

她咬牙发誓，以后离哥哥的距离绝不能比司零近！记不住就拿纸条贴脑门上！虽然——真的也会有点吃醋，那是她黏了二十几年的哥哥啊……

亲妹妹和女朋友，真的有点难搞。

司零把蟹黄让给小公主："阿星，你先吃吧。"

"不不不……"钮天星哪里敢收。

"你吃，"钮度简短命令，又抓了只蟹开剥，"我再给她剥一只。"

午饭愉快地结束了。大家决定下午一起出去玩，"老干部"钮度不参与这种活动，稍作午休就要接着办公。女生们都要洗澡再出门，司零进了钮度的卧室——今早她提醒法耶把她的用品和衣服都搬了进去。

司零一边洗澡，一边哼歌，唱完《空港》，又唱《不爱之恩》。老实讲她唱歌并不好听——是有点难听，也不知道为什么，拉一手好琴的人竟然五音不全？

总之，有人在外头笑得快岔气儿了。

歌声停了，水也关了，司零裹浴袍出来，一眼看见沙发上的钮度——"你怎么在这儿？"

钮度很无辜地看了看四周，提醒她这是谁的房间。

好了，看他的表情，他听见她唱歌了。她不说话了，抄了件干净衣服又回浴室。

等她穿好了衣服，钮度才起身过去。他单手撑着墙，点评道："发音还算标准。"

司零专注梳头。钮度凑近两步，脸横到她面前："怎么了？我又不是别人。"她还不说话，刚挪一步远离他，就被他一把拉过来。又是那种她可以看见他喉结颤动的距离，他说："女王陛下今天看起来不太开心。"

"放开，我要梳头。"

"为什么不开心？"

"谁不开心了？"司零挣了挣，"放开放开，我又不是你妹，不要随便抱我。"说完，司零觉得自己傻透了。

司零发誓她没见过钮度笑得这么开心。他从身后抱住她，语气有点斥责："怎么连阿星的醋都吃？"他的手臂收紧了一些："那我这样抱你好不好？"

她已经很久没见到他这样的表情了，这种只对她一个的柔情。他感受到她僵直的身体开始放松，然后喊他："钮度。"

"嗯？"

她不愿承认，但忍不住又喊："钮度。"

然后她整个人被他调转方向，吻住了。

司零把自己的舌头送上去那一刻终于承认——他一出现，她等的就是这个时刻。这一刻她谁也不是，只是一个被他吻的人，只要他在吻她，这里就是另一个世界。

钮度咬着她的嘴唇说："我们好久没有好好待在一起了。"

她骄傲，不肯说，不肯低头，没关系，他懂。他的目光饱含邀请，而她不说话便是纵容。在他解开纽扣的时候，没人考虑他们能进行多久，进行到哪一步会被打断。

"不行……不行啦……"司零还是推开了他，匆匆套上半开的连衣裙。她人还没坐直又被他拉回怀里，暗哑的嗓音听起来很凶："为什么？"

"因为……"

"司零，你好了没有？"这么会破坏气氛的一看就是朱蕙子！

也好，她趁机甩锅："你看，他们叫我了。"

"那你走吧。"钮度毫不留恋地松手，脖子一仰闭上眼。

司零知道他真的有点生气了，她发誓这是她现在能说出的最认真的话："钮度，我不想这么久见你一次。"

他整个人呈大字，一动不动。

"司零？好了没啊？"朱蕙子全然不想掩饰笑意。

"就来。"司零回应她。

公子爷双眼紧闭，似乎真的不打算理她了。司零豁出去了，抱住他的头一通乱亲……怪事，为什么他亲她就这么有感觉，她亲他就纯粹的肉碰肉？

直到司零关上门，钮度都没有再动一下。

玩回来后他们直接分道扬镳，叶佐载钮天星回家，钮言炬带朱家姐妹回学校。

一直到周天下午，司零都把自己关在图书馆写论文。司零记得今天什么日子，唐棠说她今日回平城，眼看使馆就要闭馆了，她准备给周孝颐打个电话。

"妹子，怎么了？"周孝颐依旧温和。

"我那天听到你和唐棠姐吵架了，"司零开门见山，"她今天回京是吗？你有说服她吗？"

几秒钟后，周孝颐的声线沉了几分："已经走了。"

"那你们……"

"她说得很对，是我对不起她，我没有拖着她的权利。"

"可你们都这么多年了。"

"正是因为这么多年了，更不能继续拖下去。"周孝颐说完，司零一时无言，他很懂他这个不爱表露的妹妹，笑笑说，"师哥没事，你不用担心。"

司零叹了口气："其实你真的没必要现在连任，你现在回去就是晋升，几年后回来说不定就是大使了，到那时候你的孩子都上小学了，在婴幼儿这段最难的时候你能和妈妈一起照顾他。"

也许是从小看着司零长大，每当她像个小大人一样说话，尤其是现在——还在训斥他，周孝颐就忍不住想笑："你想得倒是周到。其实这不仅是我的个人意愿，大使近来身体不好，如果我也不在了，没有第二个更适合接我位子的人。国家今年年初刚对Y国定义了新的外交关系，你知道这有多重要吗？"

"我知道。"

"你知道就好。"周孝颐一说话便像是开启巡航速度，永远不失气度，这一次更是多了几分坚毅，"承蒙老师教导，我先属于国家，再属于自己。"

司零也很诚恳："我只是希望你好一点。"

周孝颐终于能开玩笑："你少让我操心，我就够好了——对了，我的连任宴在下周，你跟着我一起去，对你以后工作有好处。"

司零都快要怀疑周孝颐也会读心术了，美滋滋地答应："哦，好。"

……

送保险柜工人的电话把司零召回了宿舍。安装妥当之后，司零郑重地把那条蓝宝石项链放了进去。她和钮度的关系越来越密切，宿舍楼又不拒男生，她必须有所确保。

所以，当钮度的电话突然闯进来时，司零有种被捉赃的感觉，气都撒他身上了："干吗呀？"

"下来。"他不说废话。

"……你在哪里？"

"你说呢？"

司零往窗台下一看，钮度坐在车里，只露出的半张脸就足以谋杀菲林无数。

"来干吗呀？"坐进车里，司零先问。

钮度直勾勾地盯着她："你不是说，不想太久才见我一次吗？"

"那也不用……"司零没忍住笑场了——好吧，她有点开心过头了，"那也不用就隔两天啊！阿星不是在吗？"

"想去哪里？"钮度专注地看她。此刻对话里出现第三人名字也算打扰，他最疼的亲妹妹也不行。

"我想让你决定。"

"别后悔。"

"绝不。"

司零看着钮度开车先下山又上山，路边反复出现的米黄色两层民房让司零觉得他不过是在漫无目的地开。她不得不确认一遍："你知道要去哪儿吗？"

"知道。"钮度答。

"哪里啊？"

"去了你就知道了。"

"行啊你，对这儿的路都比我熟了。"司零往外看那些低矮的石灰岩屋，笑了，"你觉不觉得日本的房子像是小孩儿从商场买回来的精品玩具，Y国的房子就像直接在沙堆里搭的？"

钮度不想让自己笑得太夸张，可他憋笑的样子更好笑。

她真的变得话好多。所以他也想出一个好笑的话题配合："言炬那天偷偷来找我，你猜猜看他说什么？"

"什么？"

"他问我怎么穿衣服好看。"

车里静默一秒，引发爆笑。司零一边捂肚子一边说："求求你了，再给他看看什么发型合适吧！"

钮度突然问："蕙子家里做什么的？"

司零答："做餐饮的，'姥姥厨房'，听说过吗？"

"是这样啊，"钮度很真诚，"在深城吃过，门店做得不错，服务很好。"

当初朱蕙子要来Y国，司零不是没考虑过她和钮度接触的后果，但首先，大方地介绍"我们一个高中的"就不会再被追问了；其次，总比将来某一天被动地让他先发现要好。

不知道天上的那些亡灵会怎么想？原本生生世世不愿再有瓜葛的两家人，竟被一个二十四岁的小姑娘巧妙地又联系了起来。

"干吗，开始帮你侄子把关啦？"司零揶揄他。

钮度一笑，没否认："蕙子是个好孩子。"

夜里的路城凉得让人舒服，如果女孩稍微怕冷一些，躲进身边人的怀抱正好。钮度越往山上开，四下越安静，黯淡的灯光，空荡的街头，仿佛要去一个只有他们两个的世界。

就这样一直开下去吧，不要停，不要到终点。就像他们一直在聊的那些琐碎的事，如果他们的生活就只如此琐碎，如果他们的未来就只如此自在而快乐，那也很好。

穿过一条长隧道，就接近了山顶。钮度找地方停了车，带司零下车。

"去哪啊？"看他还往前走，司零又问。

"就到了——来。"他把手递给她。

他带她进入绿化带，穿过一片小树丛，迎接整片星空，以及与星空遥望的路城。

"哇——"站在这里，谁也说不出别的话，司零也不是什么文豪。此刻她心甘情愿做最渺小的凡人，在浩瀚星空下用凡人的方式叹："——哇！"

"有人说，之所以会有灯火，是怕天上的星星在夜里太孤单。"钮度也觉得这种浪漫又傻又刻意，但此刻他也愿意做凡人。

"怎么发现这里的？"

"有一次送你回学校出来，想随便走走，就走到这里。"

"我以为你直接回拉维市了，"司零像在责备他，"你怎么不叫我陪你？"

钮度看着她："以为你会觉得无聊。"

"怎么会无聊？"司零脱口而出，后悔已来不及。跟你在一起，怎么会无聊？

钮度得逞一般笑起来，她才知道中了他圈套。他把她羞怒的脸装进怀里，说："下次带你，每一次都带你。"

234

司零真的不怕冷，但她忽然觉得，被他的体温环绕刚刚好。

他们在星空的拥抱下开始接吻，这一次不会再有人打扰。

钮度半躺在草地上，司零枕着他的腿。

"师哥的连任宴，他要带我一起去。"司零说。

"我猜到了，"钮度正在玩她的手指，"到时候会来很多人物，认识对你在哪里发展都有好处，你师哥很疼你。"

"师哥说的每一句话，你都要记住——每一句。"

钮度要笑了："我又不是小孩子。"

"我知道，可我就是想唠叨。"

司零用脸蛋轻轻蹭他的腿，钮度喉咙一紧，转过脸去说话："阿星要我带她一起去，真是胡闹，还不懂什么场合不能玩。"

司零笑起来："她可不是去玩的，我好像没告诉你，上次阿星回国的时候在机场碰到师哥了，跟我夸的哦……"

"那更不能去了，你师哥有女朋友了。"

"……他们分手了，"司零坐起来说，"唐棠姐今天回国，不会再来了。"

司零把整件事说给钮度听，最后说心里话："其实我不知道师哥会那么难过，你都没看见那天唐棠姐烧水要给我蒸螃蟹的时候他的表情，他一定以为刚才的争吵是一场梦，明天唐棠姐还会像那样给他做饭，他们还会继续过这种柴米油盐的平淡日子——我是说，他从来没表现得让我觉得很在意。"

"傻瓜，男人不容易说出来的，"钮度笑了，"你看我，不也是吗？"

四下不亮，刚好够她看清他眼睛。"哦，"她反应过来后佯装不经意，"那你藏了多少啊？"

"你想有多少？"

"算了，你不说我也知道。"

钮度都快跟不上她的逻辑了："你说说看。"

司零的语气太理所应当："我值得很多啊。"

她真的是说相声转世的。钮度忍不住又敲她脑袋："你能不能有一刻不臭屁？"

"哎呀，其实我很一般般啦，不值得你喜欢的啦，"司零嗲声嗲气，接着一秒变脸，"——怎么样？喜欢吗？"

钮度笑得好大声。是了，不骄傲的司零便不是司零。

"好吧，其实我真的不好。"她这回是认真的。她抱住钮度曲着的膝盖，下巴挨了上去，"我毛病很多，有很多人不喜欢我，同学们看起来佩服我，其实离我远远的，我都知道。"

都不用她说，钮度知道朱蕙子是她唯一的朋友——宿舍那些一起住了一年的同学从不和她一起出门，即便她们知道她本性善良。

钮度认真问："为什么不跟大家多说话？"

"觉得无聊，"司零想也不想就说，"他们真的太慢了，做什么都慢，说一半我就知道他们想干吗。"

这就是天才和普通人的区别。

钮度无奈地笑："很多时候我也有这种感觉，你知道我会怎么处理吗？——我会帮他们说出来，这样别人会觉得你很懂他。"

——这是什么神仙情商哦？

"哦。"司零像个小学生一样点头。

钮度凝视着她的眼睛，好像那是夜里唯一的光："你知不知道我第一天见你的时候在想什么——这个女生好不讨人喜欢，是我同事我一定不想接近。"

司零心头一震。尽管难过，但他说的是事实——她就是这么不招人喜欢。她也知道，他把她当成自己才会说出来。

钮度捏了捏司零委屈的小脸，笑说："所以后来就想，欺负你看看会怎么样？"

"哦，"她应得好甜，"所以结果怎样？"

"心被你骗走了。"

司零愣了好久，才低头去蹭他的膝盖，不让他看见她在笑。却立刻被他拉到胸膛上，凶巴巴地斥："不要惹我。"

司零明白过来后，更故意："这样就受不了了？"

钮度被她压倒在地，被她笨笨地吻了。

"教你那么多次，一点用都没有。"他又骂她。

"是我不想学，交给你就好。"司零重新躺在他心上。

夜越来越深，灯火变得疏疏落落，谁也没有要走的意思。

她想，关于路城，她什么都可以忘记，唯独不会忘记这片草地上的星星。

走了个钮度，来了个钮天星。距离安息日还有三天，她实在熬不住了，钮度整天忙工作也没空跟她玩，索性卷铺盖睡到司零宿舍里来。

当然她不只是因为无聊。她逛超市的时候偶遇周孝颐了，周孝颐先跟她打的招呼，两人一路聊到最后，钮天星要了他的联系方式。

钮天星憋了半天，终于在晚上问出口："怎么才能跟他一起工作？"

司零和朱蕙子对视一眼，同时笑了。朱蕙子说："考公务员呗，但是真不好考——哎，等等，我给你查查港城居民能不能考。"

"可以，"司零回答了，"算你好运，两年前开始放宽的。"

看她俩这么认真，钮天星反而怂了："我就是随便问问啦……"

"别怪我没提醒你，他那个人可无聊了，比你哥还无聊。"司零剪着脚指甲说。朱蕙子点头附和。

"我觉得很好啊，从容又大方。"钮天星看上去有点着急。她很认真问："他女朋友……前女友怎么跟他在一起的？"

"为了平城户口呗。"司零答非所问，趁机吐槽，朱蕙子就是个点头机。

"平城户口很难吗？"

"也就比港城户口难了十个沪城户口。"

路过的陈欣听不下去了："你俩打从出生就是平城户口的人在告诉人家平城户口有多难？"

几个人都笑了。司零又说："你哥不会同意你嫁到平城的。"

"讨厌！你怎么说这么快！"钮天星满脸通红。

"要的就是快，别磨叽，想想怎么约他吃饭吧，"朱蕙子对这种事明明白白，"大使馆十二点下班，下午有活动出去，没活动就没事儿。"

"可是他才刚分手……"

"所以正好你来啰。"

"可是他知道我知道他是外交官，会不会以为我有别的目的……"

"所以你要快点证明自己没别的目的啰。"

姐妹想催你脱单的时候，真的能全方位堵住你的借口。

连任宴在周四晚上，来了很多政要和高管。一切都很顺利，钮度总有办法让人喜欢跟他交谈。

宴席结束后，叶佐只接到了钮度一个人。叶佐往后看："司零呢？"

"她今晚住周参赞那里。"钮度松开领结，往后一靠。

周孝颐不知道她和钮度的关系，当然要负责她的留宿了。叶佐从后视镜里看见钮度的凝重，问："怎么了？有什么事？"

"周参赞给了一个消息，两国签署了新的医疗合作协议，未来几年会重点投资引进 Y 国医疗优势。"钮度眉头稍稍拧紧，他在想很重要的事情。周孝颐说的每一句话他都要咬烂嚼碎，才能从中发现机遇。

叶机械立刻上线："我回去就做分析。"

"司零和你一起做，她对这方面比较熟悉。"钮度在低头看手机，司零刚刚给他发消息，说她今晚就可以把合适的项目筛选出来给叶佐做评估。

"OK。"

回到家里，钮天星欢天喜地地迎上来："哥哥，明天上午有人过来装桌子和椅子，办公室就可以开始用了。"

"真乖。"钮度揉了揉她的脑袋，揽着她往里走。

一周时间，做隔断、灯光、网线、投影和幕布，就差明天最简单的摆桌椅就完成，阿星原来只是懒，认真做事也很利索。

钮度绕着走了一圈，欣慰地笑了："你如果进公司做事，老板会很喜欢你的效率。"

"我最近也真的在考虑找事做。"钮天星搂住钮度的胳膊，求助一般看着他。

"你想做什么？"

"我自己找找看有没有别的设计公司愿意要我。"她的意思很明显，不想进家里的公司。

钮度不打算阻拦："想做就动身，快点回港城。"钮天星不说话了，钮度盯着她说，"你别告诉我你想在这里。"

钮天星自己也知道这不可能，便低下头："我知道了。"

钮度回屋前，钮天星终于有了点自知之明："哥哥，我来这边之后都没有见司零来跟你……我是不是打扰到你们？"

钮度考虑了几秒才回答："我有去找她。"

他最擅长模棱两可的回答，钮天星一定以为他们已经上过床。

钮度知道自己今夜不会睡得着。洗完澡他戴上眼镜坐下就要办公，却在眼镜边上看见了一瓶褪黑素——司零给他买的。

分别前她答应今晚把市场分析做出来，他陪她奋战，也不算辜负。

一开电脑，司零刚刚发来一份资料——比他们动作快的大有人在，M 国已有领头的咨询公司预测投资数字医疗将在五年内翻四十倍，达到 1200 亿美元。

眼前的工作群里，司零和叶佐的对话不断往来，到了最擅长的领域，她表现出前所未有的专业性。而钮度呢？一些新想法正在他的脑子里孵化，但还不足以通过他的手指变成行文。

连上帝都帮他们排好顺序，第二天装桌椅的工人一走，司零和陈安德陆续就到了。人人进来都先夸钮天星一句，她笑得好开心，原来自己真的可以帮哥哥的忙。

钮度不等坐稳就开口："大概情况你们都看过，我不多说。我现在要说的是我想了一整晚的想法——我想和 FT 共同设立联合基金，在未来两年内资助 Y 国医疗技术。"

剩下三人相互看了一眼，显然他对任何人都没说过。

钮度继续说："不用我说你们也懂这样的好处在哪里，我计划三年内把几家做得好的兼并整合，回港城 IPO。"

叶佐一愣："Y 国还没有过公司到港城上市……"

"所以我们要做第一家。"显然这是钮度预设好的回答，他从桌上抄起几份文件发了下去："这是目前我的首选，其实这一家规模和增长情况就很适合上市。"他没把最后半句话说出来——但我的野心不止于此。

钮天星也真是体贴，连打印机都给他准备好了。

陈安德提纲挈领地说："George，我尊重你的想法，但如果做一个基金，无论 FT 那边出多少，剩下的也都会远超我们的预算。"

"我已同 FT 总裁 Mr.Darmon 初步谈过，他们也很有意思进这个项目。"钮度停顿了片刻，他知道大家都在等待下一句话——"无论需要多少，我回去跟钮辰谈"。

会议室里沉默了一阵，叶佐最先说："好，我重新做评估。"

"FT 那边会找团队一起做，我后面给你联系方式。"钮度的语气变得轻快起来，似乎有一个人支持他，他就有了千军万马。

陈安德继续跟进 HERO 无人机公司，钮度和叶佐着手基金会的事。

那司零呢？

陈安德走后，司零主动进了钮度的卧室。

"你为什么这么着急？"司零与钮度隔了一个书桌。

"着急？"钮度推了推眼镜——完蛋，就这么普普通通一个动作她都觉得好帅，但她现在没空欣赏。

司零提了口气，继续说："你知道我在说什么，我们以往谈的每一个计划都没有现在这样让你……雄心勃勃，简直就像十年前刚刚发现互联网机遇那些人一样狂热。"

钮度轻轻一笑，站了起来："想听实话？"

她等他继续说，钮度来到她身边，开口道："因为你。"

这又是她没想过的第一百零一种答案。钮度不等她问出来，接着说："在家装办公室，是因为你没有合适的身份到公司和我们一起开会——现在我找到机会了，生物医疗是你的专长，你可以来做 PM，顺理成章地跟我去每个地方。"

司零觉得有点唐突，但万万没想到，钮度接下来的话更加震撼她："IPO 之后这家公司就由你来管，你会是最大股东。"

司零的脚后跟没来由地退了半步，她不知道自己现在什么表情："钮度？你在开玩笑吗？我和你……从法律意义来说什么也不是，而且你——你不怕有一天我会和你成为仇人吗？"

她似乎没意识到这句话有多无厘头，但无论多荒唐都比不上她心里的慌乱。

司零的脑子真的掉线了，又急急地说："还是你想在上市之前娶我？"

钮度笑了起来："如果你愿意的话，随时可以。"

"好吧，"他欣赏了一会儿她无措的表情，继续说，"回到上一个问题——我不会和你做仇人，如果有那样一天，我第一个缴械投降。"

司零不知道自己的手什么时候已经被他放在心口上了。

这是她第一次真真正正地意识到，他爱她。

240

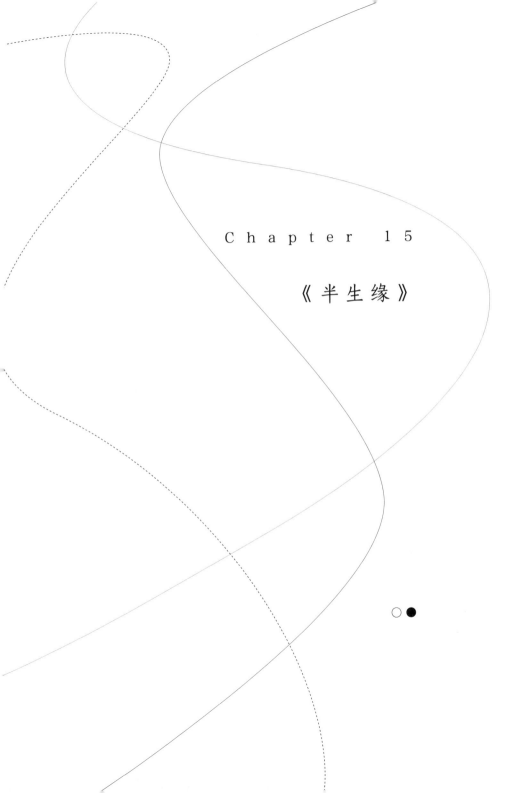

Chapter 15

《半生缘》

太阳为你加冕

　　这个晚上，司零像个逃兵那样跑回了学校。

　　她不是保守，也不是端着，更不是不喜欢他——相反，她发现自己已经太喜欢他了，但她拿捏不准是否该让他知道。

　　一到宿舍就接到费励电话，他问："孟建宇的事跟钮度说了吗？"司零才意识到，原来还有这件事要跟钮度说。

　　也不知道是谁发明的"多事之秋"这个词儿，"秋"字用得可真是传神啊。

　　司零把今天的事逐一告诉费励，最后带着不确定说："我在担心一件事。"

　　"什么？"

　　"钮辰不比钮度笨，我们想到的一切他未必想不出来，如果他看穿了钮度要打回港城的计划，会不会做点什么？"

　　费励看热闹不嫌事大："啧啧，这家人活得真累。"

　　司零又问："周乔伊那家公司怎么样了？"

　　"一直在想办法虚增资产，看来真是奔着上市去的，"费励停顿一秒，"你不会想如果钮辰不给钮度钱，就现在曝光让他自乱阵脚吧？"

　　"我知道这样很冲动，这点数额做不了什么文章……"

　　"你知道就行。"

　　司零咬咬嘴唇，最后说："我再想想办法。"几秒沉默算作下一个话题的承上启下，她接着说："之前跟你说的投资孟建宇他弟的事，虽然数额不多，但钮度一旦上手医疗基金会，应该一时半会儿做不了了。我在想，是不是由我……"

　　"打住吧您！"费励都不用听她后面的话了，"您最近脑子是长包

242

啦？呵，果然老话说得好，恋爱中的女人智商负值！让钮度知道您有那么多钱，我看您准备找个什么说法！"

费励说的没错，如果钮度知道她的资产状况，麻烦可不止一丁点儿。

第二天朱蕙子和司零一起去实验室，钮言炬说好了要帮她补希河语。司零见到钮言炬的时候快要不认识他了——钮度的调教真是立竿见影，钮言炬现在很像一个高富帅了。

你说同实验室的 M 国姑娘布兰妮？人家早柳暗花明又一村了，稀得和这扶不上墙的烂泥？所以，在钮言炬和朱蕙子调侃司零准备又要去找钮度的时候，布兰妮也欢乐地过来凑热闹："司零还真是舍得，火车都要一个多小时呢！"

"司零说咱毕竟是大平城混过的，一个多小时算个啥？"朱蕙子说，"在平城啊，上哪儿都是一小时起步，跨区恋爱等于异地。"

终于轮到司零怼她了，最近等这机会真不容易："你一出门都是司机开车的格格，你好意思嫌远？"

司零一边笑一边离开了实验室。谁都发现她最近变得接地气了，总喜欢和朋友们待在一起。

九十分钟后，司零到达俱乐部，钮度和叶佐果然都在抱着电脑办公，法耶正督促工人给游泳池换水，只有钮天星不在。

司零一进门就翻倒冰箱找喝的，钮度抬头问她："怎么来得这么快？"

"打车了啊。"她挑了一瓶最喜欢的椰汁。

"终于舍得打车了？"

司零吸了一大口，理所应当地看他："当然，因为有你报销啊。"

得。

司零喝光果汁，上楼。钮度很自然地跟了上去，她也自然地给他留了房门。

"我有话跟你说。"司零看着钮度从门口来到自己身边，坐了下来。

"你说。"钮度嘴角带笑。

"这次回港城，我陪你回去。"

"不用，你学校的事还很多，外出采集随时要去，到时候你人不在，怎么跟老师交代？"司零一时想不到反驳，钮度便继续说，"我和钮辰不是仇人，只是感情不好，好好谈事情不会有什么问题。"

司零问："你打算怎么说？"

"还没想，评估结果要一周左右，我今天在跟 Andrew 谈 HERO 的事。"

"既然说到这个，那我还有一件事。"司零表情微敛，钮度也随着她调了调坐姿，等待她开口，"之前说过要找人代替田浩宇，我这有了个人选——我们学校的孟建宇，你在端午晚会上见过他，唱《平城平城》的。"

钮度在记忆里摸索，司零简单介绍了孟建宇的情况，接着说："他虽然不如田浩宇有天分，经验也不够多，但我很欣赏他的拼劲儿，也是一个很有想法的人。"

钮度沉了口气："这件事我想等我回来再说。"

"没有时间了，你继续听我说，"司零抓住钮度的手腕，"孟建宇有个弟弟叫作孟建宪，就是之前你给我看的几个项目里面一个做农业技术的创始人之一，刚从 Y 国理工学院毕业。叶佐已经做了估值——五百万，这笔钱虽然不多，但眼下我们捉襟见肘，我还是得要告诉你——"

司零几乎没喘气儿："两国在农业上的合作也非常广泛这你是知道的，我可以把孟建宪引荐给周孝颐，他最喜欢这种学成回馈祖国的人才，一定会尽快帮忙找买家接手。我要说的是，其一，这是笔快钱；其二——你做了孟建宪的金主，用起孟建宇会更放心。"

简而言之，这笔投资一为赚钱，二为牵制孟建宇。

钮度盯着司零不动，她皱了皱眉："怎么了，我说得不对？具体细节我会找叶佐再……"

"我只是觉得，你找每一个人，都要找一个制衡的办法吗？"钮度平静地看着她。上次他说到借给田浩宇二十万元，她的反应就让他有此想法，他当下的确只是出于好心，她却立刻想到利用这次恩情将来找他讨回报。

司零反应过来他的意思了，冷笑一声："我以为你比我更懂得在商场上什么诚心诚意都是屁话，只有利益关系最牢固。"

钮度不说话——他怎么可能不懂？他不过是……

司零站了起来："让我告诉你吧，孟建宇是 CR 狂热粉，天天盼着 CR 找他，你猜猜看如果我用我的身份找他，他会有多愿意来帮我？但我不这么做是为什么？——因为我要他为你做事，而不是为我做事！"

司零觉得他今天真是幼稚透了："你不会今天才发现我是这种人吧？在你认识我之前很多年我就已经是这样了。"

"那我呢？"钮度抬头看着她。

这一刻钮度的眼神，让司零觉得自己太活该——她这样的处事之道，活该不被人相信她会真的爱上谁。

司零转身就要走，下一秒就被钮度牢牢抱紧。

"对不起，我不是那个意思。"他吻着她的耳根，她却拼命闪躲他的目光。钮度看到她泪盈盈的眼眶时，整个人蒙了："宝贝，对不起，我……"

司零推开他，胸腔微颤，一字一句说："你听好，哪怕明天我和你分手，我和你的关系比你跟法耶都要普通，该帮你做的我一样不会少，你大可放心。"

这一刻钮度觉得如果让她走出这个房门，他的世界就空了。

"好了好了，对不起，都是我讲错话，我不会再说了，好不好？"钮度把司零紧抱在怀。

多事之秋，他们最近都不够冷静。

司零从没有一刻像现在这样觉得自己受了天大的委屈，可她就是不许自己哭出来。当钮度开始吻她的时候，她再也绷不住了。

"对不起，宝贝，我真的没有那样想……"他一边吻，一边用只有她听见的音量说。比起她，钮度才真的是被她的反应吓坏了。他从来——从来没见过她这样委屈。

钮度把司零压在床上之后，司零顺从地勾住了他的脖子。

她不再故意想浅尝辄止，或许她就该和所有普通女孩一样，在这种时候被爱被宠被哄，她什么都不需要做，交给他就好。

情到浓时，谁都忘了自己尚在人间。

开始之前，钮度终于显得尤为敷衍地说："宝贝，我不想等了……"

钮天星是下午回来的。她出去约周孝颐吃饭了，还投其所好地邀请他饭后去逛博物馆，周孝颐当然不会拒绝，他甚至可以算得半个讲解员。

事实上周孝颐一开始婉拒了——也怪她自己笨，忘了周四是连任宴，人家名正言顺地推了，但也没有主动说下次。她鼓起勇气问"那什么时间合适"，周孝颐知道一个女孩连着两次碰壁会有多难堪，便答应了周六。

钮天星既不失望也不开心，周孝颐一言一行都很周到，没表现出任何不适，但她知道这不过是出于他的个人涵养。

一进门，钮天星习惯就喊："哥哥——"

在她上楼之前，法耶冒出来拦住了她，一脸痴笑说："你最好别去，雪莉在。"

钮天星很惊喜："她什么时候来的？"

"上午，"法耶特意补充，"一直到现在都没有出来。"

两人交换了一个会意的眼神，各自走开了。

门"嗒"一声被钮度锁上，他走回去时，枕头上的司零微微睁开了眼皮。她好累好累，声音唔哝："你要出去？"

"只是锁一下门。"

"现在才想起来？"

钮度一笑："阿星回来了。"

原来是她没有听见。她又问："你早就醒了？"

"半小时前。"

"那……你在干吗？"

钮度刚好走到床沿，在她身边坐下，笑言："像现在这样——看着你。"

司零对上他那双薄凉的深瞳，他的英俊很有荷尔蒙力量。这样一双唇，几个小时前吻遍了她每一寸肌肤；这样一双眼，她刚刚见过另一种燃烧的模样……

司零别开眼，却落在一个更让她羞窘的地方，她才匆匆翻身，就听见钮度一声笑，他对着她的耳根耳语一般道："还不敢看我？"

她闭上眼不动，转瞬被子就被他掀开，她一转身，人已在他身下。

246

钮度吻她脖子的时候，她几乎是在哀求："还不够啊……"

他好坦诚："不够。"然后抱着她翻身，坐了起来。

司零紧抱住钮度："你要干吗……"

钮度轻轻摘下她的手，扶着她的腰，让她视线足够好："让你好好看看我。"

……

叶佐回来的时候，太阳已经开始落山了。法耶知道他第一句要问什么，主动用眼神回答了。

叶佐好委屈："我以为我回来就可以吃饭了。"

"噢，事实上，你可以和阿星一起吃。"

"阿星也回来了？"

"她在后面，"法耶往后院一指，补充道，"看起来心情不太好。"

叶佐往后院走，看见钮天星坐在泳池边，双脚踢水做玩耍。他笑起来："我们小公主看起来有点不开心。"

钮天星也笑了："小叶哥，你回来了。"

"怎么？怪你哥哥不陪你玩？"叶佐单膝在她身边蹲下。

"当然不是啦，你乱讲！"钮天星瞪了他一眼，"OK，我确实才真正意识到，我们都长大了，不可以再像小时候一样，哥哥有他的生活，我也有我的。"

"但你永远还是他生活的一部分。"

"我当然知道。"钮天星低了低头，然后又笑，"从来没见过他这样，那天他夹蟹黄给她我就知道啦，哥哥好喜欢她。"

叶佐推了推她脑袋："小朋友，还吃哥哥女朋友的醋。"

"怎么会？我不是！"钮天星认真说，"司零真的同别的女孩子都不一样的，我从来没见过哪个女生这样般配哥哥，又聪明又厉害。"

叶佐笑了，用手往外推了推水，说："你们都觉得司零好酷好独立，但如果她从小有一个哥哥，她一定不会这样。"

"我开始真的不明白怎么会有女孩子这样的，后来才知道她妈妈早就过世了，爸爸又对她过分严苛，"钮天星有些同情，"你说得对，都是哥哥从小保护我，我才这么开心——但他现在要开始保护他喜欢的女孩了。"

叶佐说话的口吻像极了钮度："所以，你也要找到一个继续保护你的男人。"

钮天星忽然抬头看他，支吾道："小叶哥……小美姐愿意就这样在港城等你吗？"

"如果有休假，我会接她过来。"叶佐眼神有愧。

"两个人不在一起，真的没有关系吗……"

叶佐点破了她："真的看中那个外交官？他年纪比你哥哥还大几岁。"

"要是他不嫌我年纪小，我都要烧香拜谢了——这根本不是最紧要的。"钮天星抱住双腿，更失落了，"小叶哥，你说我不上班这样玩是不是很不好？"

叶佐一笑："如果你想找事做，我可以帮你。"

钮天星像是在自言自语："难怪他是司零的师哥，他们有点像的，他也喜欢有斗志的人，很努力做事的那种……"

"那你就开始工作，不是为了他，是为了让自己更好。"

屋内传来动静，两人一同抬头，一定是法耶告诉了他们，钮度和司零一起过来了。钮度抱歉地说："真对不起，以后你们不用等我吃饭。"

叶佐笑了，把钮天星扶起来，几个人在饭桌落座。

钮天星注意到，司零一直在躲避钮度的目光，突然她就说："叶佐，吃完饭麻烦你送我回一下学校行不行？"

钮度迅速抬头："这么晚还回去做什么？"

司零还是不看他："我不想一天和你待太久。"

尤其是，那样待着。

叶佐和钮天星交换了眼神——谁也没见过司零这么矫情。

钮度当然不想在饭桌上吵嘴，便暂时说："那我送你。"

"不要。"司零立刻没理由地拒绝。

叶佐耸了耸肩，一句话不敢讲，也不敢答应。他转头看见同样无辜的钮天星，索性给她夹菜："阿星，来吃这个……"

司零最先离开饭桌，上楼收拾东西。她前脚刚进卧室，后脚就听见有人关上门，将她翻身压在门后。

248

"还生我气？"钮度高她太多，这样的包围让她无处可逃。

司零试着推了他一把："你都这么欺负我了，还不让我气一气？"

他听懂了，一把抱住她，语气更欠打了："是，都是我欺负你，我该死……"

每次他一这样抱她，她就想忘记全世界。她终于想起来那张开出玫瑰的床单，用低到只有他能听见的声音问："……床单怎么办？"

"我洗，我来洗。"钮度很明显在笑。他放开她，果然勾着嘴角："真的要回去吗？"

司零说出真正原因："阿星应该会有很多话想跟你说，或许跟我说更有用，但是……对不起，我不是那种很会谈心的闺密。"

"好，"他答应了，然后又明知故问，"那，让叶佐送你？"

司零瞪了他一眼，挣开他转身开门。

高速路上，司零懊恼地踢了踢腿，终于想起来："真可恶，我什么都忘了，我想好了得先让你发誓的！"

这是司零说话最没有逻辑的一天，但钮度全部听得懂，也只有他一个人听懂。他笑问："发什么誓？"

"要你发誓，你永远只能爱我一个人。"司零热切地看着他，观察他脸上每一处肌肉——如果他有任何的迟疑或轻浮，她一定能够捕捉到。

但他没有，什么也没有，没有笑也没有愣，专注地看着前方，然后说："你会来港城吗？"

司零愣了一下，才说："如果你爱我的话。"

"你爸爸会让你来港城吗？"

反而是她迟疑了。钮度追问道："如果我们没有办法说服你爸爸，你还会来港城吗？"

司零又一次意识到他有多成熟，或许大多数女生更愿意听到他当即不顾一切地发誓，但钮度——把现实明明白白放到她眼前，让她自己决定。

那么她也慎重地回答："爸爸还有几年就要退休了，港城离他的家乡很近，我想他会同意的。即便他开始不同意，但从小到大，我很坚持的事他从不会阻拦。"

"那好。"钮度笑了。他一只手从方向盘摘下，与她十指相扣，然后说，"我会爱你永远。"

司零的心怦怦直跳——什么鬼，明明一点也不浪漫，每个字都普普通通，是编剧八百年前都已淘汰掉的台词——可她还是好想哭啊。

车开进了山里，司零抬头看见希河大学一幢幢米白色校舍，这一刻他们与她毫无关系，她只想属于身边这个男人。她回头看钮度，鼓起勇气第一次行使作为女友的撒娇权，轻轻靠到他肩头说："我们……不要直接回去好不好？"

钮度喉咙一紧，嘴却不够身体诚实："阿星等我回去。"

"哦，"她立刻起来，"那你送我到学生村门口就好了。"

钮度快哭了："想听你多撒娇一句就那么难吗？"

"……什么？"

路城夜里很冷清，要找一个没人的地方停车太容易。

吻她的感觉太醉人，他一秒钟都不想浪费，尤其是在答这种废话上。

路城的星星啊，她永远永远也不会忘。

……

评估做出来是一周以后，基金会预计设立三亿美元，天一集团和FT集团七三开。好处当然是钮度具有优先权，确保他顺利收购最心仪的那家公司——在该领域已占据20%的市场份额。

钮度订了第二天回港的机票，钮天星一同回去——上帝也算有心，杨琪曼生日就在一周后。

同时，杨教授确定了野外采集工作下周五出发，果然司零无法陪他回去。

钮度和钮天星出发前夜，司零和朱蕙子都到俱乐部留宿。几人聚在一起整晚，后来先是叶佐要和女友视频电话走了，接着钮度去收拾行李，钮天星一看时间不早，便第一个去洗澡了。

只剩司零和朱蕙子。对于司零到边境去做采集，朱蕙子迟迟不放心："你以前怎么都不告诉我这么危险啊？进蝙蝠洞哎？那有多恐怖啊？"

"你以为搞科研就轻轻松松在实验室里摸仪器呢？噢，那也不轻松，级别越高的实验室储存的病毒越危险，我还见过埃博拉病原体呢。"司零冲她眨眨眼，后者已吓得缩了脑袋。

"别搞了别搞了！把我这心揪的呀！你赶紧跟钮总坐办公室去！"

司零笑着笑着，目光就聚焦在了法耶刚换好的蓝绣球上。

她忽然开口："你知道我和我妈都感染过 WO 病毒吧？"

朱蕙子差点没反应过来。司零很少提她妈妈——几乎没有。她小心问："怎么了？"

刚好走到门后的钮度，停住了脚步。

"我现在研究的蔓丝病毒和 WO 病毒很像，但没有那么致命，找到蔓丝病毒源头，或许对找到 WO 病毒有帮助，"司零顿了顿，自嘲一笑，"其实我是很想去找 WO 病毒的，这个现在是科学院一个所在做，我投过简历，但他们不准实习生做这么危险的活儿。"

"所以你就来这儿做和 WO 病毒很像的？"

"对啊。"司零和她一起笑。

"没准你还没毕业，他们就已经找到了，等不到你咯。"朱蕙子幸灾乐祸。

司零知道她是担心她，就不怼她了。她重新看向那株蓝绣球，接着说："我妈妈很喜欢绣球花，她说她小时候家里种了好大一片。"

朱蕙子笑起来："听起来像是在日本。"

"南方很多省都有的，"司零说，"我妈说她那时候不知道这是什么花，就和我爸一起给它取了个名字，叫玉颜花。"

"好听是好听，为什么啊？"

"他那时候念了首诗——'转晰流精，光润玉颜'，呵！我长大了他才告诉我，这首诗是形容女子貌美的，他是对我妈念情诗呢。"司零的表情快酸死了。

钮度在身后也悄悄地笑。

她说过喜欢听他聊家常，却从没说过自己的家人。他现在终于明白她为什么喜欢聊家常的他了，就如同他喜欢此刻的她一样。

朱蕙子突然问："那你小时候住的地方又是什么样的？"

司零一怔："……我？"

"对呀，在来平城之前，你不是在东城吗？"朱蕙子想了想，又说，

"不过那才几岁啊，没啥印象的吧？"

的确，有印象的不多，颜双很少带她出门，她甚至不太记得住的那间公寓的全貌了，记忆如同钟摆，反反复复回到桌上那把小提琴上……

突然，她的脑子里迸出几个浓墨重彩的画面，却不够完整，她害怕她们下一秒溜走，便断断续续地说了出来："想起来我们家住在那层楼很靠里的地方，看楼的大爷每次都吓唬我楼里有妖怪，害我不敢坐电梯……"

"坐电梯？你小时候就住高楼啦？"朱蕙子问。

"应该不太高，我不记得了，只记得窗户外面的高楼都是五颜六色的，"司零仰着脖子，慢慢想，"楼下有个卖云吞面的阿姨，小时候十块钱一碗，我觉得好贵啊……"

朱蕙子惊了："什么？平城 2002 年的时候一碗面还不到五块钱！"

司零看向很远的地方，轻轻地笑着："然后，离家里不远的地方有一家电影院，贴满了电影的海报，我记得有一次上的《半生缘》，我可想看了，但我妈死活不让我看。"

钮度也笑了。这部电影上映时他已九岁，虽然他一屁孩儿对这种你侬我侬的爱情片没兴趣，但冲着男主角黎明的粉丝滤镜，怎么也要贡献一下票房。

1997 年，《半生缘》……

这一刻的钮度，眼里只有司零孩童般的笑靥。他知道她还在回忆，他不愿打扰。

钮度横抱司零从浴室里出来，刚在床上把她放下，她就像只灵巧的猫咪一样翻身把自己卷进被子里。钮度都无奈了，她还是很屁，不在进行时绝不敢同他赤诚相对。

司零咕哝地问："几点了？"

钮度答："两点零五。"

明明进去的时候不到十二点……她把脸埋进被窝里笑。

她看见他去找毛巾擦头发，又问："你行李收拾好了吗？"

"收好了。"

司零挑琐碎的东西审查："眼镜呢？"

"装进去了。"

"我给你的蒸汽眼罩和褪黑素呢？"

"都装进去了。"

连护照她都要问，钮度还是耐心地答"都放好了"。司零没想过自己有一天也会变成这样的女人，她还是不放心，麻溜儿地爬起来检查他的行李。他确实没什么好带的，日用品衣物家里都有，文件传过去到那边再打印。

司零一抬头，钮度站在那儿看她，浅笑道："最想带的不能带，你再检查都没有用。"

"最想带什么？"

钮度过来一把将她捞起，重新放回被褥里："你呀。"

这时他只留了一盏落地灯，刚好够他们看见彼此的眼睛。

"什么时候回来？"司零看着钮度躺到自己身边，伸手揽她入怀。

"应该要待到爸爸离港。"钮度吻了吻她的额头。

"阿姨生日，老先生都会来吗？"

"每年都来的。"

"那你准备给她送什么礼物？"

"往年都是阿星准备的，我还没得问她。"

司零抬头蹭蹭他的下颚："那你记得多拍照片给我看。"

钮度也用手轻轻摩挲她的背，笑言："好。"

她真的好喜欢这样同他聊最无聊的话。

钮度说话时，司零耳根跟着震动，她爱极了这样的感觉："孟建宇兄弟就交给你负责了，流程上的事叶佐都会做好，有问题你都找他。"

"哦，我就这样开始正式给你打工啰。"

"嗯哼，打工的女王陛下，"钮度吻了吻她手背，"喜欢吗？"

司零毫不客气："白天给你打工，晚上给你暖床，你要付我双倍工资。"

"一颗心都给你，够不够？"

她又反复地问："你要去多久？"

钮度说："有你在，我走不久。"

"不久是多久？"

钮度只好认真算："两个星期左右。"

"两个星期……"司零也在盘算日子。

"可能都要比你回来得早。"钮度希望这样能起到一点哄的效果。但他转念严肃起来："你防护服都准备了吗？疫苗打了吗？"

"出发前两天才会打。"轮到司零乖巧。

"卫星电话？ GPS？当地向导呢？"

"都有人专门负责好啦。"

"那要是真的受伤怎么办？"

"最近的农庄只有三十公里啦。"

钮度的喘息没有沉下去，他在仔细想还有什么要问的。过了一会儿他又问："你爸爸知道了吗？"

"我都提前跟他说好了，"司零把他抱得紧了些，笑得美滋滋，"你就放心吧，如果我没有回你消息别着急，二十四小时内一定回你。"

钮度又想到了些什么，轻轻地笑："你爸爸看起来还很年轻。"

司零一下子抬了头："你什么时候见过我爸？"

"司教授的照片不难找，网上一大堆，你没找过吗？"

"又不是明星，我搜他干吗？"司零说完，转瞬又想起什么，仰起脖子看着钮度说，"啊哈，太子爷是不是还有上网搜自己名字的癖好啊？"

钮度好无辜："我哪有这么无聊？"

"我还真搜过，你猜猜我都看到什么了？"司零故作神秘，等他问了再继续说，"你知道有多少人拿你当原型写小说么？"

"都写我什么？"钮度自己都笑了。

"跟你偶遇然后谈恋爱啦，女主五花八门，打工妹啦，女明星啦，你助理啦——哇，写你助理那一篇哦，办公室激情！唉，让我想想叶佐要是看了得是什么反应。"司零唉声叹气。

钮度不想让自己笑得太夸张，但是实在有点儿忍不住了。司零越说越起劲儿："还有还有，有个写你从黑帮大佬手下救下一女的，贼漂亮，一半篇幅都在写她多漂亮，然后被你金屋藏娇……哎哟，我的天哪！现在看来——嗯，离本人还差了点儿。"

钮度笑得快不行了，好不容易问："原来你每天都在看这种？"

"你不知道！心情烦躁的时候看上一两篇，那真是快乐源泉。怎么着你想看？我给你找上一两篇，女主有胸有屁股颜值逆天的。"司零像极了街上吆喝跳楼打折大甩卖的推销员。

钮度认真想了想，说："那不是你吗？"

得——你小叔还是小叔，反应真是够快的。

也不知道过了多久，钮度起来看时间，才发现都过四点了。这两个人在一起讲乱七八糟的事也能聊这么久的？

钮度把闹钟调到八点，司零问："你起那么早干吗？"

他的航班在晚上十点，上午十点还要找陈安德合计点事儿，下午跟一个项目负责人见面。

钮度看了她一眼："你说干什么？"

直到第二天早上八点，她的身体又一次被他碾成烂泥的时候，她才明白为什么。

……

送走了钮家兄妹，朱家姐妹顺道去外交公寓慰问孤家寡人。

她们免不了拿钮天星调侃周孝颐，大哥哥一开始不当回事儿，随这俩兔崽子怎么说。当她们开始说钮天星为了他开始改变自己的时候，周孝颐终于叹了口气。

"胡闹，"周孝颐一本正经地开启巡航速度，"人家小我多少岁，你们算过没有？"

"怎么没算过？不就跟我俩一样嘛？"朱蕙子嚷。

"你俩在我这就是小朋友。"周孝颐一脸家长风范。

"孝颐哥，您以后可别真香哦。"朱蕙子已经完全偏向钮天星了。

周孝颐脸上终于有了点表情："有空给你哥操心，你怎么不多给司零操心呢？"

朱蕙子猥琐地看向司零，暧昧地说："她啊，本事可大了，我操什么心？"

"我发展对象那可太多了，就看我愿不愿意，"司零赶紧接话，"你呢？每天见的人就那么几个，你就准备这几年当空巢老人啊？"

周孝颐难得开玩笑："你先操心自己吧，谁比谁晚还不一定。"

朱蕙子的眼睛在两人之间来回，很努力在憋笑。

周孝颐赶紧岔开话："司零，让你把紧急联系人设成我设了没？"

"早就设了……"

"设使馆电话一键拨通了吗？"

"真设了……"

"背一遍我听听……还有全球领事保护热线……"

他可真是会挑话题。

出发前两天，小组一直在开会。这次队伍一共七人，除了司零和钮言炬，其余都是博士生。

采集地点位于阿拉伯区，联系好的当地向导也是阿拉伯人。

注射好疫苗，整装完毕，队伍一早从路城出发，三个小时后到达离边境最近的一座小城。他们和向导在这里会面，制定详细的路线。

他们联系到的人里，特别熟悉地形的不太会讲希河语，希河语讲得顺溜的一般都不是常住民，对地形不熟，综合下来选了这么个小伙了——比钮言炬还卷的头发，一双绿宝石眼睛像会说话，让你就算听不懂他在说什么，也忍不住想看着他的眼睛倾听。

小伙子名叫阿米尔，土生土长，今年二十岁，正在努力学习希河语考取希河大学——这也是他这么积极给他们当向导的原因。

"我还没见过真的希河大学的学生呢！一来就是七个！"阿米尔把这句话反复说了百遍。

队里的博士生也拿自己打趣："我们不算学生啦，真正算起来只有两个，哈哈哈……"

阿米尔知道的几个蝙蝠洞都在边境边上，剩下的都要靠他领路，随走随问。

虽然官方宣称停火，但个别骚扰还是时有发生——Y国和各位邻居就像一群不受管束的孩子，家长让停火，但私底下还是会干架。边境不时响起防空警报，战机隔三岔五地从天上飞过，阿米尔见怪不怪，笑话讲到一半，等飞机过去安静了再继续讲。

Y国迷弟钮言炬再次上线："这得是多强的意志力才能这么淡定啊！"

采集工作过去了五天，一切都很顺利。蝙蝠昼伏夜出，他们在日暮时分进入洞穴，把捕到的蝙蝠带回扎营的地方抽取病毒，赶在天亮之前带回去放生。

这天扎营的地方难得有两格信号，司零给钮度打了个电话。

"有没有受伤？"这是钮度问的第一个问题。

"没有啦，你放心。"司零想，如果换作司自清唠叨她，她一定不是这样撒娇的语气。

"什么时候结束？"

"顺利的话还有三天。"

"记得随时给我定位。"

"好嘛。"她好好答应，然后问，"谈得怎么样？"

钮度一笑："意料之中，他找人写了一百页的风评，找了一百种说法来拆解我们的风控。"

钮度一个人回港，不带叶佐也不带陈安德，司零一想象他一个人站在会议里看尽钮辰党羽脸色的场面，她就好恨好恨。她咬着牙说："要不要我……"

"不用，这件事我可以做好。"无论她说什么，钮度都坚决如一。为了让她稍微安心一些，钮度又说，"这边还有广杰，他现在已经是VP了，但我不会让他太直接帮我。"

司零不说话的时候脑子一直在转，办法她确实可以想一些，可她现在在这个鸟不拉屎信号很差的地方，挂了电话就过去接着忙，也根本分身乏术。她只好说："好，那你再好好想办法。"

第二天傍晚出发前，再次响起防空警报。全组人都和阿米尔一样，已经可以完全无视了。到了地方，阿米尔照惯在车里等待，队伍全副武装下车，进入洞穴。

他们作业到一半时，蝙蝠们突然有了些异动，接着就听见外头呼啸而过的战机轰鸣。

钮言炬开了句玩笑缓解大家的心情："现在终于理解他们为什么这么淡定了，一天听个八百回谁都能习惯。"

大家都笑了。

猛地一下，"轰隆"一声巨响，大地都跟着震了震。

蝙蝠们躁动得更加厉害，在顶上窜来窜去。所有人相视一眼，迅

257

速判断发生了什么事。年纪最长的最先拿主意："我们还是立刻撤离，先弄清情况。"

七个人迅速收拾好装备，有序撤退。还没等到门口，就听见有人冲进来的脚步，阿米尔冲他们大喊："你们快出来！我们先回去吧！有一发导弹落在了这边，部队正在增援……"

有人更紧急地冲他喊："阿米尔！快出去！快出去！"

他什么防护也没有，就这样冲进来太危险了！

受惊的蝙蝠群魔乱舞，一行人尽量弯腰前行。没等眨眼，阿米尔已经惊叫起来："——啊！快滚开！快滚开！你们快滚开！"

"阿米尔——"所有人都在喊他的名字，加速往前。

司零走在最前面，她最先冲到阿米尔身边，按住他的背尽量往低走。

——也不知道是哪个部位传来的痛觉，也许是好几个部位，但司零顾不上了。

洞里的蝙蝠乱作一团，每个人心里都有几分恐惧，但所有人都严格按照约定，一个接一个有序地撤了出来。

等所有人撤到离蝙蝠洞足够安全的地方，才稍微放慢了脚步。

有人第一个问询阿米尔："阿米尔，你怎么样？快检查一下自己！"

"我没事！我没事！"阿米尔也被吓得不轻，脸都白了。

"我们要再提醒你一遍，无论发生任何情况，你都不可以直接进入洞穴！你知道刚才那样有多危险吗？你知道蝙蝠身上携带多少种病毒吗？"

阿米尔被他们围了起来，有人严肃教导，有人感谢他这么着急进去通报……

司零在一边一言不发，他们都戴着面罩，没人发现她更加苍白的脸。

——她为阿米尔挡住了大部分的攻击。

又是毫无征兆地，他们所有人突然就被铺天盖地的强光灯和鸣笛包围了——

除了司零和钮言炬，这里所有的 Y 国同学都当过兵，立即反应过来这是怎么回事，有人低声说："国防军来了。"

钮言炬惊愕地张大嘴："这是什么情况？"

他们错愕地往外开，强光灯直射下根本什么也看不见，只凭声音判断来了不少的车、兵、枪……

——"我们是 Y 国国防军，你们已被包围，现在听我命令，举起双手……"

KUWEI
酷威文化

图书 影视

下册

米狸·著

江苏凤凰文艺出版社
JIANGSU PHOENIX LITERATURE AND
ART PUBLISHING

目　录

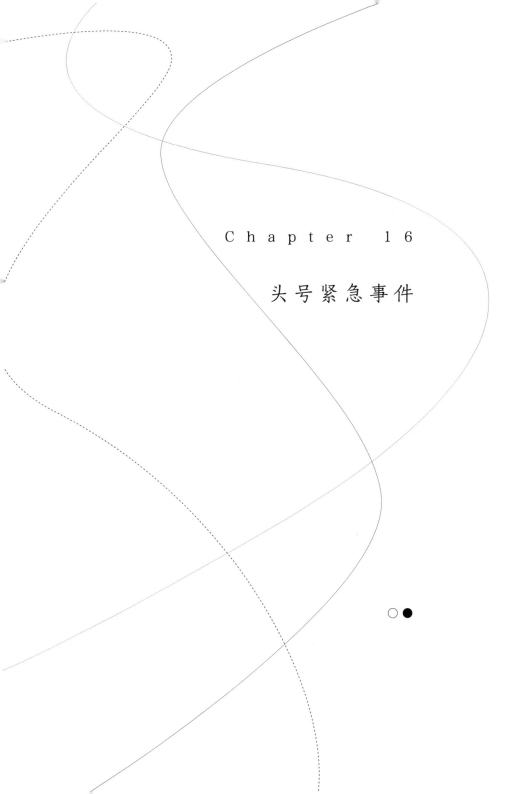

Chapter 16

头号紧急事件

这绝对是他们大多数人一生中最戏剧性的一天。

"老天，这真是令人难以置信——"一个年长的师姐说，"几个月前我刚刚从这里退役，刚才的地方离我的岗哨不到二十英里。"

"还有更幽默的，我知道他们要带我们去哪儿。"另一个师哥颇为无奈地说，"离这最近的部队只有三十分钟车程，我还能告诉你们我们会被关在哪间屋子——这帮崽子！哥哥我在那当指挥官的时候你们毛都还没长全呢！"

此刻他们都被要求摘下了防毒面罩，连续几天劳作，又被莫名其妙地关押起来，大家都显得有点狼狈。钮言炬试着用手机，左上角直接显示"No service"，这一带信号全都被屏蔽了，难怪士兵们不着急收缴他们的通信工具。

阿米尔惊魂未定："他们要带我们去哪儿？"

"也许是刚才交火时有人非法越界了，而我们刚好看起来很可疑。"一个师哥解释完，好心安抚他，"别担心，只要审核我们的身份清楚，我们就可以走了。"

"听着——按照规定，我们可以一人打一个电话，"组长师哥镇静地说，"阿米尔必须联系他的父母，我们还需要有一个人打给老师，你们谁愿意放弃联系家人？"

必然是没有家人在此的钮言炬和司零了，两人同时出声，钮言炬接着说："我打给老师，你打给你师哥说一声。"

司零一直把脸缩在防护衣里，迟疑后说："如果打给老师证明我们就可以解决问题，还是不要劳动他出面了。"

钮言炬想想确实也在理。周孝颐知道等于司自清知道，司零更多是不想让爸爸担心。这样一来，她就没有可以打电话的人了——钮度不在，朱蕙子更是没必要。

终于到了部队。他们被要求排成一列，脱下身上厚重的防护服，交出电子产品。这时，钮言炬终于发现："司零！你受伤了？"

其他人刚想回头看他，立即被士兵呵斥："不准交头接耳！"

司零确实受伤了，她不知道自己被蝙蝠咬了几下，总之不少。

他们大概知道了事情原委——有敌军战机进入 Y 国领空被击中，飞行员跳伞逃生，部队正全力搜捕——正好出现在那的他们就成了可疑的倒霉蛋。士兵似乎并没有直接审讯的打算，而是先将他们关了起来，应该是还要继续搜捕其他的可疑分子。

如果不是因为阿米尔，师哥师姐们交涉一下，或许他们不会被这样严苛对待，但没人提过一句阿米尔的不是，反而一个劲儿地道歉和安抚他。

司零和钮言炬相视一眼，不知所言。

所有人都坐了下来，才仔仔细细地看清司零的伤势——她的衣服多处被抓破，手臂、背部、脖颈都有咬痕。师哥着急地跟看守士兵要医务人员，却无人搭理。

"给我们一卷医用纱布，我们自己处理总可以吧！"师哥开始恼怒了。

"我没事。"司零坐在角落里，她出门时在口袋里放了个口罩，不知道什么时候已经戴上了。大家都看见她眼角弯了起来，她一定是在笑："伤口有点肿胀，不怎么疼，我们都已经打过疫苗了……"

"如果你真的认为自己没事，你就不会戴口罩！而且你从一开始到现在一直在避免跟我们说话！"组长师哥"蹭"地一下站了起来。

所有人都愣住了，大家都很清楚司零为什么这么做——避免传染。

组长师哥比谁都要紧张。出发前，教授们万千叮嘱过他："你是年纪最大的，要肩负起照顾好每一个人的责任！"——他真的做到了，他时刻都在仔细观察每个组队的状态。

既然说开了，司零也不想啰唆："你们最好离我远一点。"

"司零……"

"来人啊！有人吗？"组长师哥愤怒地砸着门，"我要见你们长官！他叫尤利·埃利亚胡，当年跟我一个宿舍的，我见过他屁股上那颗大痣！快给我来个人！"

终于有人送来了简单的医用品。男生们背对过去，师姐打掩护，司零在角落里给自己消毒清洗伤口，再重新把自己封闭起来。

一直到晚上十一点多，才终于有士兵过来审讯。

他们被要求出示身份证明，所有的证件都在那辆车上，钥匙在阿米尔手里，可是……

"一定是刚才进去找你们的时候弄丢了！"阿米尔快急哭了，"对不起，真对不起……"

所以，部队还得找一套防护服，派个人到蝙蝠洞找钥匙，再去开他们的车找证件——听着就麻烦，难怪他们被甩了一个又一个白眼。

"现在时间不早了，到军医那要防护服也需要手续，你们就先待在这里吧。"士兵头也不回地走了。

几个人站起来喊："喂！我们这里有人受伤了！是很严重的传染病！需要紧急治疗！"

偌大的收押室只剩下他们的回音。

钮言炬忍不住想慰问司零，却被她厉声赶开："别靠近我！"

渐渐地，大家都只好静坐下来，默默等待。

这漫长的一夜，司零最清楚自己身体的变化。她知道自己有点发烧了，不太使得上劲儿，各处伤口不痛却很难受。十一月的 Y 国夜里气温十几度，她却觉得比以往都要冷……

这种感觉，她并不陌生。

十四年前的那个春天，她和妈妈相继出现感染 WO 病毒的症状而被隔离，她的情况不算太糟，病情很快被稳住。而妈妈，她来不及听一声飞回平城的第一只燕子的呢喃，就永远闭上了眼睛。

当时的治疗办法只有注射大量激素，许多逃过一劫的病人在出院后都留下股骨头坏死的后遗症，多年来苦不堪言。司零呢？照样活蹦乱跳地长大，空手道、骑马、潜水她想干吗就干吗，此后的人生更像是开了挂，样样顺心顺意。

她不知道这一次，还能不能有这样的锦鲤命格。

……

264

　　与外界隔断的一夜，可怜的研究生们都不知道这次冲突已被新闻铺天盖地报道了，军队有更紧急的任务，他们就这样被选择性遗忘。

　　天终于亮了，外面传来各种动静，各个队伍气势汹汹地出发，没人知道他们什么时候会被想起来。

　　终于有人想起了收押室里还有一群倒霉蛋，终于能够让他们按照规定每个人打一通电话。

　　"有人去蝙蝠洞找钥匙开我们的车了吗？"组长师哥问。

　　士兵似乎没听说过这件事，匆匆说出去问问由谁负责。

　　尽管一肚子火，组长还是有序地做了安排："言炬，你第一个去，打给老师。"

　　老师们得知后，一个比一个内疚，立即安排人过来解围。阿米尔是第二个打电话的，部队对他的要求更严苛，不仅要监护人，还要他的希河语老师一同证明。

　　钮言炬一直陪在司零身边，师哥师姐们说，再快应该也要到下午才能离开……

　　与此同时，隔着整块亚洲大陆，也有一座很漂亮的海湾城市叫作港城——钮度刚陪钮鸿元下完棋，将他送回卧房午休。

　　他再次查看手机，当地时间下午三点，Y国上午九点，一整夜过去了，她都没有回复他的消息……钮度不得不试着联系钮言炬，同样没有回音。

　　钮度不再等下去，当即联系叶佐，这才得知昨夜边境爆发了冲突。

　　"哥哥……"电话打到一半，钮天星在身后喊他，难以启齿，"蕙子刚刚告诉我，司零和言炬他们被边境部队抓了起来，刚打电话到学校找老师……"

　　钮度先是一惊，很快理清头绪："这一定是有什么误会，军队行事严谨，扣住他们查问清楚，应该不会有什么问题。"

　　"可是……"

　　钮度看着钮天星变得更为难过的眼神，忍不住催："可是什么？你快讲。"

　　"打电话给学校的是言炬，他说司零受了伤，有可能被感染病毒了……"

最先反应过来的是费励。滚滚身上的信号哪怕再弱他都可以捕捉到，可自从昨天下午七点左右，滚滚的 GPS 一直停留在 Y 国边境某处，信号自此消失得干干净净。他尝试打开定位附近的防火墙，却发现是他不可以冲击的国防级别。一查消息，果然边境戒严了。

他一开始没什么好担心的。按照老师的指示，一旦遇到突发情况就立即中止作业返校，边境警察也会帮着遣散游客。

可她的定位一直在那儿一动不动，过去了整整一夜。

天一亮，费励当即联系肖瀚，自上次司零生日后，他一直和朱蕙子有联系。费励特意提醒："别太刻意，朱蕙子不知道我们。"肖瀚清楚他所指，随便找了个借口问朱蕙子，她却在犹豫之后说："司零还没回来，刚给我发过消息，估计就是太忙了，你等等呗。"

朱蕙子不想让太多人担心，她相信司零也会这么说的。可她不知道，这样的说辞在他们眼里全是漏洞，更坐实了司零有事。司零绝不可能在有条件的情况下让费励找不到她。

——史诗失联，这是头号紧急事件。梅林和回文都不敢掉以轻心。

"让赛特去，他在附近。"回文说。

梅林还是决定："再等等，等到天黑之前。"

直到 Y 国时间次日下午五点左右，滚滚才终于恢复了信号。可不久后，梅林却只等来了一句——"我没事"。说完，她就让滚滚把自己关了。

关得了通信，却关不了定位，这是回文设的一项死权限。

之后的半小时里，司零一直在位移，最终停在了离她最近的一座小城。梅林确认地点之后愣住了——是一家医院。

钮度得到消息比梅林要晚一些。

当晚是杨琪曼的生日，饭桌上，钮鸿元和钮度父子对饮，钮天星在一边给杨琪曼夹菜，一派阖家欢乐。

就在这桌寿宴上，钮度得到了回港以来最好的消息。可很快，他将收到叶佐带给他的——全世界最坏的消息。

"司零疑似感染病毒，已经被医院隔离了。"

费励和肖瀚决定出发去 Y 国的时候，司零已被转回路城的医院。早在她去 Y 国的第一个月，他们就都办了十年签证。即便他们没有比医生更好的办法，但也绝不能让她在这种时候，独自在异国无依无靠。

地球的这一头已入夜，这架飞往东二区的空客 330 正在逃脱时间的规则，飞向越来越明亮的天空。

费励盯着天边尽头明橘色的晚霞很久很久了。"别多想，"肖瀚用最朴实的话安慰他，"别提早吓唬自己。"

"谁多想了？"费励此刻的表情和司零一模一样，"她谁啊？能这么容易死吗？"

肖瀚试图转移一下他的注意力："还有一个问题，传染病这种卫生事件一定会通知领事，周孝颐那边瞒不住，不出两天司叔叔就会知道，加急签证三天内可以下来。到时候叔叔来这见到我俩，肯定得骂我们不告诉他。"

费励不说话。他哪还有心思管会被谁骂？哪怕是被司叔叔揍一顿，只要她能好起来……

无论多温柔的想法到了费励嘴上，都会变得凶巴巴的，这一点也和司零一样——"她最好给我在司叔叔来到之前好起来！"

朱蕙子接到肖瀚电话的时候，震惊得说不出话。费励耐着性子再问一遍："病房怎么走？"他们不是非得问才能知道，但既然人都到跟前了，还是提前打个招呼。朱蕙子支吾了半天，才说："我……我去接你们。"

如果不是十分钟后他们真的站在了她的面前，她一定还以为他们在开玩笑——这离她骗他们还没过去二十四小时！朱蕙子目瞪口呆："你们怎么会知道……"

费励一上来就骂她："臭丫头！敢骗我们！"

"对不起，我不知道……司零连孝颐哥都不让说……"

肖瀚说："但估计这会儿他已经知道了。"

"还没有，要等到确认感染才会通知领事，"朱蕙子快哭了，"他们整个小组都被隔离了，还要再观察两天，但其他人都很正常，只有一个男生有点儿低烧，可是司零一直都高烧……"

朱蕙子开始揉眼睛，肖瀚扶了扶她的肩头，费励还在嘴硬："死丫头，我们要是不来，你还能哭给谁看？"

"观察期不能探视，司零现在一天醒着的时间也很短。"尽管朱蕙子这么说，两人还是要求去一趟医院。

他们刚到隔离楼层，就看见杨教授和医生从办公室出来。朱蕙子迎上去："杨老师，情况怎么样了？"

杨教授个子不高，头发黑白参差，约莫不过五十，法令纹尤其深，是他常年爱笑的缘故。显然他已见过朱蕙子，习惯性微笑道："没什么，例行检查一下，大家的情况都很稳定——这两位是？"

不等朱蕙子介绍，费励就说："我是司零的哥哥。"

朱蕙子补充："他们刚从国内过来。"

杨教授很惭愧："真对不起，我没把孩子们照顾好……司零今天除了吃饭和例行检查，一直都在休息。"

旁边的医生补充道："最严重的那个女孩，现在还不允许探视，她的高烧还没有退，今天又出现了呕吐腹泻……"

朱蕙子哭着抓住肖瀚的手，医生才紧接着说："别太着急，某些病毒潜伏期症状看起来会吓人，但实际并不是很危险。"

医生和老师们基本已经可以确认是蔓丝病毒，但用词还是很保守。

"各位教授，我知道你们对病人非常负责，但我们并非接受不了事实，"费励说英语比说普通话都要快，镇定自若，条理清晰，"即便现在不能确诊，但我们不想太被动。目前蔓丝病毒疫苗还没有研制成功，据我所知 M 国有一些实验室已经做出了试验药物，万一确诊，我们是否可以申请临床试验？"

杨教授和医生对视一眼，这样理性的家属并不容易遇到。杨教授先开口说："的确有这样的办法，如果你们需要，我可以提供一些帮助。"

医生还是很谨慎："现在还只是观察阶段，请各位少安毋躁，试验药物申请流程复杂，对病人的要求也很严格，我们还是先等待诊断结果。"

……

钮度登上返回拉维市的飞机是两天后。

所有人明显能感觉到三公子这两天里有多么如坐针毡，可偏偏后续还有一堆会议和手续。钮辰得以趁机奚落："钱到手了，就不愿多看一眼老爸。"

这天是观察期的最后一天。朱蕙子每天都直接向钮度跟进司零的现状，他在飞机可以开始使用 Wi-Fi 的第一时间联系了朱蕙子。

"已经有四个人出院了，包括言炬；有两个人退烧了，但还有一些咳嗽感冒，降低监护级别。"朱蕙子说到这里，钮度的手指收了收，等她继续说，"……司零情况比较复杂，诊断结果还没出来。"

"什么叫比较复杂？再复杂也要有说法。"钮度语气稍重，朱蕙子愣了好一会儿，他随后沉了口气，"抱歉。"

"没事，我今天也是这样跟医生发火的，"朱蕙子说起来又想哭了，"说潜伏期一般是三天，就会有下一阶段的症状，可是她什么变化也没有，医生说还要再继续观察……"

朱蕙子最后说："也许明天等你到了，就会有好结果了。"

挂了电话，钮度的大脑进入短暂的空白。

他与她已五天没有联系了。司零清醒的时间很短，几乎没有力气玩手机，尽管医生说过蔓丝病毒只是表征凶险，实际没那么糟糕，但还是没给任何人起到一点安慰作用。

起飞时已是深夜，头等舱里关闭了灯光，几乎所有旅客都已卧躺休息。钮度盯着舷窗外黑漆漆的夜空，仿佛在等待哪个降临的神仙助他实现愿望。那么他想求——他要她平安无事，只要她平安无事，能够依旧冲他笑得像太阳一样光芒万丈，他舍弃一切都在所不惜。

是，他终于承认——比起与她一同披甲开疆扩土，他更喜欢在路城的那片星空下她微笑的模样，那是他生命里最耀眼的太阳。

入夜为什么最难熬？因为那是绝望的顶点。之后越是接近天亮，就越能燃起希望，其实那不过是另一种绝望的开端。

钮度重新打开笔记本，屏幕一亮起就是蔓丝病毒的资料，这几天里他几乎看完了所有前沿文献，逐字逐句去查那些普通人八辈子也不看的专业术语。

终于，在一个宾大的研究成果里，钮度见到了熟悉的名字——他们上学时总一起打球，一起开车出去玩，他曾在 M 国 66 号州际公路上放声呐喊——"我要成为全 M 国最有名的医生"。

落地是凌晨三点，叶佐知道他不想谈公事，便一句不讲。但有件事还是得提前告诉他："司零有朋友从国内过来了，两个男生，昨天又有一个从非洲过来。他们在路城租了一套公寓，看来是打算久留。"

钮度注意到了措辞中的问题："前面两个什么时候到的？"

叶佐知道这个回答会让他不悦："司零转回路城的第二天。"

得到消息竟比他早了这么多。钮度理所应当认为是朱蕙子通知的他们——原来在她心里，他这位正牌男友的地位竟不如两个朋友？

赶早不如赶巧，这刚好是允许开放探视司零的第一天。

钮度是最先到的，朱蕙子已经在那里等他了。当朱蕙子看到费励一行三人出现时，吓得赶紧过去："我不是告诉过你今天……"

费励懒得理她，这又不是他跟钮度第一次交锋了。

费励走到钮度面前，直接说："医院规定每天只能探视一次，只可以两个人，今天由我和朱蕙子进去。"

钮度面无表情："理由？"

费励说谎总是有点冲动："这也是司叔叔的意思。"

钮度没工夫跟他啰唆："年轻人，以后还想讲假话，就先提前找一个更合适的理由。"

"你……"

护士过来了："请问你们谁进去探病？"

钮度没有谦让他们任何一个的意思，刚提步，费励就抓住他："钮度，你不要太过分。"

钮度轻轻拿回自己的手，直接对护士说："我去，我是她男朋友。"

护士抬头又问："另一个？"

费励还在瞪钮度，朱蕙子主动把他往前推："他去他去。"

司零已经靠在床头等他们了。她知道梅林、回文和赛特都到了，但不知道今天是谁会进来。她猜费励会叫朱蕙子一起，但朱蕙子一定会让给回文。

微信里又堆了几百条消息，她连昨天的都还没看完。钮度每天都是最早的，他几乎睡不着，天一亮就找她，可一天下来，就会被别人陆陆续续的对话框挤到最底下。

病房门口终于有了动静，接着门把转动，传来一阵轻盈的脚步声。

两个只露出一对眼睛的大老爷们出现了，司零先认出费励，接着看见钮度……她一下子坐直起来："——你回来了？"

270

钮度刚想往前一步，被费励拦住了。然后他攥紧拳，说："对不起，我回来晚了。"

司零眼底有泪光在闪，那是费励从未见过的娇柔模样。

她眨了眨眼，故作轻松，可即便是这样，声音还是很虚弱："你们两个——真是太让我尴尬了。"可不尴尬吗？想对钮度说的话费励不能听，跟费励要说的话钮度也不能听。

钮度轻轻一笑，问她最普通的话："他们都给你吃什么？"

"鸡蛋、蔬菜、土豆，偶尔会有肉汤，"司零可怜巴巴地望着他，"好想你做的饭哦。"

钮度感觉有人往他的心上扎了一刀。她连笑起来都显得这么憔悴，脸小了一大圈，被口罩捂得严严实实。"好，"他也笑起来，"你出院那天，我做一桌饭等你。"

司零看了他很久，然后转向费励："帮我跟他们说声'对不起'。"

费励别过脸去："要说你自己说。"

"去住最好的酒店吧，我给你们报销。"

"得，今晚立马就去，一人一间房啊。"

司零笑了，费励就勉强陪她一起笑。

很快医生也来了："家属都到了，我现在来告诉你们病人的情况……"

她的情况很特殊，没有常规进入第二阶段的临床表征，既不恶化，也不好转，医生们都在讨论原因。个体总有差异，她的观察期将会延长，现在还无法用药。

医生出去之后，探视时间也所剩无几。

司零的精力也快到极限，不能多说废话了："这次如果能好起来，我的体质也会大不如前——别说什么以前 WO 病毒用过那么多激素都没事，人的身体总有一个不能承受的极限，最坏的可能连健身都不行了，我大概会越来越胖……"她笑了一下，继续说，"有些事情，你们要早做准备。"

钮度和费励各自都清楚她在说什么。

"好啦，你们出去吧，我还得留点儿精力给我爸打电话。"

一直到他们出门，司零都保持微笑。

之后费励他们先走一步。钮度找到医生说，他已联系了 M 国有相关经验的研究所，他们对司零的病例很有兴趣，但传染病人出入境受限，他们愿意到这边来诊治，不知道院方是否可以安排相关手续。

医生都惊了——这是个什么病人？家属怎么都这么有本事的？

"噢，谢谢，之前我们也有过联合会诊，相关手续不难办，"医生顿了顿，接着说，"但病人目前还没必要，之前她已有一位家属询问过这件事，我们也是这样回答的。"

钮度皱了皱眉。他很清楚医生说的就是费励。

钮度往电梯口走，叶佐在窗台前向他招手："阿度，你过来。"

他走到近处，随叶佐视线往下看——费励三人站在一起，很快一起离开。

叶佐指向其中一人："其他两个人都是司零在平城的同学，这个从非洲过来，暂时不知道是做什么的。"

钮度一直看着他们消失在视野中，抿唇不语。

费励和司零的关系，绝不仅于此。

车子开上回拉维市的高速，关上窗隔绝风声，世界只剩叶佐和钮度两个。

叶佐习惯边想边说，便直白道出："阿度，我觉得那个费励，也是 CR 成员。"

坐在后排的男人很快接话："我知道。"

钮度这样的回答吓坏了叶佐，他惊道："你知道？"

"我是说，我也这样想。"钮度迅速将那几张脸过滤一遍，说，"你是不是讲过，他们其中一个刚从非洲来。"

"对。"

他又想起了另一个答案："他叫赛特，海基的工程师，也是其中一员。"

那么，他们几个人怎么会认识，就只剩下了一种理由。

叶佐替钮度说了出来："阿度，我大胆地猜——另外那两个也全部都是——这么说，他们三个，加上司零，全部都是低阶？"

钮度像是在自言自语："她的确说过，低阶不可以联系高阶。"

叶佐停顿好几次，不敢肯定自己的想法："真的好好奇他们的制度，一个低阶成员出事，就出动这么多人，如果是高阶的那又会怎样？"

是啊，一个低阶成员怎么会劳动这么多人，这太不符合经济逻辑。

他忽然想起那夜在港城，他握着她双手说："什么时候我才够格知道你的一切？"

司零，你到底还有多少秘密……

车里静了很久，钮度才说："司零说过，低阶成员不可以联系高阶，但没说过，高阶不可以联系低阶……"

手机来电打破了这场令人头痛的猜疑。钮度看到来电时，叶佐从后视镜看见他自然地就笑了，不用去猜，那一定是："喂——宝贝？"

"钮度。"司零在那头轻轻喊。

"怎么了？你给你爸爸打电话了吗？怎么还有精神？护士说这样可以吗？"他一连问了好多，叶佐从未见他如此着急。

"护士刚走，我偷偷打给你。"司零压低声笑起来，仿佛这只是一个捉迷藏游戏。

钮度一点也不敢凶她："这样不好，我希望你乖乖休息。"

"我知道，"司零停顿许久，铆足了劲儿才说，"可是我好想你。"在钮度错愕的几秒间，电话里又传来她低低的哭腔："钮度，我好想你……"

"哭什么，笨蛋，"钮度在笑，"明天我再去看你，好不好？"

司零立刻拒绝："你不要来。"

"为什么？"

"我现在好丑。"

"哪里丑了？"

"我都知道，我现在都不敢照镜子。"

"你不丑，"钮度一字一句，"你全世界第一漂亮。"

那边愣了好一会儿，才传来小朋友吃到蛋糕一般满足而欢乐的笑声。这一刻钮度觉得她谁也不是，只是他一个人的小朋友。

后视镜里，叶佐瞧见钮度愈发温柔的眼神，宛如览尽星河。

"——等等！别挂！"司零突然说，之后就没了声，钮度等了半晌，才重新听见她的声音，"……护士刚刚走过去。"

太阳为你加冕

钮度认真说："宝贝，你要好好休息，听医生的话。"

"我知道……"司零变得扭扭捏捏，"我怕你误会生气，所以打给你。"

他明白她在说什么——费励为什么会比他早那么多。可眼下他真的不在乎了："我现在没有空误会也没有空生气，我只想有什么办法能让你马上好起来。"

"钮度，"司零的语气平淡得好像在问他今晚吃什么，"如果我死了，你要花多少时间忘记我啊？"

"我向你保证，你今天扑街，我明天就忘记你。"

"喂——"司零一下子精神了，"哪有这样的？你发过誓爱我一辈子的！"

钮度得逞而笑："那你就好起来，让我有机会爱你一辈子。"

仿佛那一下子花了她太多力气，听到这么甜的话，她都笑不起来了。可她还是好不舍得挂电话，就这样安静地听他呼吸也很好。

"你该休息了，宝贝，"钮度终于狠心说，"明天准时让你见到我，好不好？"

"好。"她乖乖答应。

挂下电话，叶佐猜钮度不会愿意继续刚才的话题，索性说："这段时间的工作我会负责好，你放心吧。"

"不，"钮度抬起头的一瞬，眼神恢复了凌厉，"重新评估一下孟建宪的项目，尽快让他来跟我见面。"

……

一个星期过去了。其他人都已确认无碍，相继出院，只有司零待在很尴尬的隔离区。

既然是虚惊一场，钮言炬不打算让家里人多担心，钮度答应会帮他一起瞒着，但他每天去看司零的时候，都坚持给钮言炬送营养餐。

钮言炬说话一向朴实又单纯："小叔，最近经常让我觉得回到了小时候。"

司零的病情终于有了转变，体温趋于正常，表征也越发稳定——这让整个科室的医生集体措手不及——所有人几乎都可以直接肯定那就是蔓丝病毒，现在却朝着完全不符合蔓丝病毒第二阶段的方向发展了？

医院给司零做了各项实验室检查之后，确认她的身体正在朝着好的方向变化——不知道为什么，病毒竟在她体内变异消亡了……

司零慎重思考之后，向医生说出了猜测：“我八岁的时候感染过WO病毒，WO病毒和蔓丝病毒的基因序列相似，会不会产生了某些抗体……”

医生们恍然大悟，立即朝这个方向展开检查——结果发现，目前没有比这更合理的解释了。

这一惊人发现，吸引了全Y国相关的传染病专家莅临会诊，感染科从未如此热闹，迎来了一批接一批的医学生、研究员……

医院预测，按照这个速度发展下去，不出两周她便可完全自愈了。

钮度知道这个消息的时候，激动得赶紧给远在港城的家里阿姨打了电话，向她讨要煲粥秘方，好给他的小朋友增强营养。

他足足试验了三次才算满意，明明第一锅“废品”在法耶嘴里已是惊为天人，第二锅简直就是天庭御宴。

司零的监护级别已经降低，探视时间也开放多了。

眼下，她正舒舒服服地跷着二郎腿，享受三公子的伺候。

“啊——”司零张开嘴，吞下钮度送进来的一口粥。

“你也太会了，”一旁的朱蕙子看不下去了，“我前任没一个这样给我喂饭的。”

司零的语气真的很欠打：“所以说，数量取胜不如质量取胜哟。”

钮度也笑了，他看向朱蕙子，罕见地为钮言炬美言：“言炬很会照顾人的，家里人都夸他懂事。”

司零不知道是不是自己眼花，朱蕙子竟然脸红了。她追问道：“言炬最近怎么样了？”

“他没事，”朱蕙子低头抠手指，“就是心情不太好。”

司零和钮度交换了一个眼神，笑了——谁都知道，那是在乎一个人的表现。

“言炬一直怪自己没有保护好你，好久都不敢见我，”钮度一向善解人意，“现在才发现他长大了，变得这么有担当。”

朱蕙子赶紧接：“是啊，我劝过他好几次了，还是闷闷不乐的……”

司零踢了踢钮度："赶紧给支个招啊，人家小叔。"

钮度想了想，抬头道："十二月十日是大嫂生日……也就是言炬他妈妈，你要不要帮忙想送什么礼物？"

"好主意哎！还有不到半个月了！"朱蕙子拍起手来，"小叔你也太棒了吧！"

司零扑哧地笑了，学着她的语气："小叔你好棒哦……"

"司零，你真的好烦……"

成天跟这群小屁孩儿在一起，钮度都变得比以前常笑了。

粥快喂完了，他低头看一眼表，说："好了，费励他们该到了。"

还知道错开时间，不打扰他们和司零说话。司零忍不住贴到他身上，妩媚地看着他："你怎么这么好？"

"特殊时期，特别照顾，"钮度一派冷漠，用手指推她额头往后，"等你病好了你再看看？"

——等你病好你再看看，我还准不准你跟别的男人待一起！

说着就有人敲了门，不用想也知道是谁。钮度慢悠悠地擦掉司零嘴角的残粥，费励现在已经能接受这种场面了。

"明天再来看你。"钮度站了起来。

司零像个小朋友那样冲他傻笑。

钮度往门外走，他注意到其中一个男生换成了女生，年纪约莫和陈安德相仿。等他们三个人都出现在司零眼前，司零简直喜从天降："敫钦！你怎么来了？你不是在南极吗？"

叫作"敫钦"的女子答："科考任务结束了，刚回国，就顺便过来看你。"

费励说："看看人家为了你，这顺便顺了整个亚洲。"

钮度不想刻意多听，快步远离了病房。

司零不避讳告诉他费励和肖瀚的名字——事实上，她现在跟自己维持着一种约定，他不问她就不说，只要他问，她便不会再骗他。钮度很快查到费励和肖瀚的背景——一个顶级黑客，一个顶尖 AI 开发员，细看履历都是万里挑一的天才。

他们三人的组合，实在耀眼得让人无法相信只是巧合。

而今天的这位新朋友——南极科考队队员，女性，凭这两点就太容易找到她是谁。

钮度看着手机屏幕上这位女科学家的真实姓名，想起来司零喊她……敖钦？难道她喊的是代号吗？

钮度输入相近读音，试了好几次才准确锁定"敖钦"二字——神话中的南海龙王——南极科考队队员，这个代号取得可真是名副其实。

另一头的病房里，盟友们欢聚一堂。

回文因工作问题不得不回国，前两天已来向司零拜别。而敖钦，司零已经有三年没见她了——作为 CR 里少数女生之一，司零当然很愿意跟她多待。

一上来就顾着寒暄，敖钦都忘了问了："刚才那个人是谁啊？"

费励不可能回答这种问题，赛特哪敢出声。还是司零自己说："我男朋友。"

敖钦简直是震惊："可以啊？小姑娘，长大了啊——不过，他是做什么的？咱可得好好考察考察，不是随便啥歪瓜裂枣都配得上我们史诗的。"

费励又开始瞎哼哼："他就是歪瓜裂枣，架不住人家就是爱。这医院眼科行不行？我说你要不顺便检查检查去？"

司零懒得搭理他，握住敖钦的手："好不容易回国，不好好陪老公孩子就来我这了，我真的是过意不去……"

"你别这样说，事情一传过来，大家都吓坏了，前阵子看起来真的很危险……"敖钦现在说起来还后怕，"想来的人还很多，梅林给压了回去。"

"哈哈哈，是不是都怕见不到我最后一面了？"

费励的毒舌真是雨露均沾："老实告诉你，就是了。"

"梅林，闭嘴！"

"哈哈哈哈……"

司零说："别让其他人来了，等回国过年的时候大家再好好聚聚。"

费励的嘴就是闲不住："您是心疼报销吧？"

"说什么呢？赶紧把这几天的开销算算，我现在立马给你报。"

"得，还有，你这路城的破气候，我们带的衣服都不合适，买了好几身新的，一并给报了啊。"

　　赛特忍不住了："梅林，你能不能有一秒钟不跟人抬杠？好歹人家也是病人。"

　　"咱这也是没办法，以前跟她打辩论惯出来的毛病啊。"

　　"哈哈哈哈……"

　　什么天才联盟？分明是一群相声演员。

　　在这样一台相声剧里，刚到宿舍的朱蕙子给司零打来了电话。

　　她整个人慌了："司零！你的保险柜被撬，里面东西被人偷走了！"

Chapter 17

路城的冬天

　　"谁这么胆大包天？敢偷我们史诗的东西？"整个病房里最激动的是赛特，谁都知道他是司零头号脑残粉。赛特一拍腿站起来，"我想办法帮你找回来！"

　　司零出奇地平静，除了最开始接到电话吃惊的那一下，完全看不出她有哪点紧张。"你别这么着急，"司零说，"蕙子已经报案了，一会儿警察和我室友们都会一起过来，了解清楚情况再说吧。"

　　清甜嗓加上体虚，她的声音听起来弱弱的，但还是轻轻松松震慑住了赛特。赛特老实坐下，纯属顺嘴一问："你丢了什么？很重要吗？"

　　费励给了他脑袋一拳："不重要能放保险柜吗？"

　　司零笑了："等会儿你们就知道了。"

　　警察和姑娘们都到齐是半个小时后。朴敏熙最近出国度假，宿舍只有陈欣和朱蕙子。警察看了一眼病房里的其他三人，司零会意地说："他们都是我的家属，没关系。"

　　"那么，好的，开始吧。"

　　一个警察拿好了纸笔，另一个开始发问。

　　警察详细地说完时间线和嫌疑范围——宿舍楼里的学生，他们已检查过录像，除了学生就只有一些学校员工出入，而他们的停留时间绝不可能作案。而时间，就在朱蕙子发现的前半个小时内。

　　警察问："有谁知道你这最近都在住院？"

　　几人同时说："大家都知道，这件事都上新闻了。"

　　警察转向朱蕙子和陈欣："那么，根据你们两人所说的作息习惯，嫌疑人一定已经观察了你们一段时间，才选出了合适的作案机会。"

　　朱蕙子插了句话："我突然想起来，前不久我回到宿舍发现房间有点乱，但我以为是我自己没整理好……"

司零开口了："各位先生，是这样的，请容我说几句话。"

所有人的目光像镁光灯一样对向她，警察："请说。"

司零倏然吐了口气，费励一直在观察她的表情——她真的足够耐心地听警察说完这一切，充分给了他们敬业的机会——现在，她要开始表演了。

司零说："首先，嫌疑人事先一定踩过点，发现了我的保险柜，回去计算所需的时间，做了充分准备；其次，如果他认真观察的话，就会看到保险柜旁边有一个工具箱，那简直是现成的最佳帮手……"

警察忍不住插话："你为什么要在保险柜旁边放工具箱？这不是……"

费励替她说："先听她说完。"

司零继续说："接着，他会从里面挑选出最趁手的工具。当然，他不至于笨到不戴手套，那上面不会有他的指纹，但是我呢，一不小心在手柄上弄了个刀片，那一定会划破他的手……"

听到这里，警察集体愣住了。

司零知道他们会摆出这种表情，轻轻一笑，接着说："他应该不会笨到丢下带血的工具就跑，水槽就在我房间隔壁，他会拿过去清洗。这个时候，他很容易发现水槽边上放着一瓶酒精，那是去除血渍的好东西……"

"拿到酒精需要往前踏一步，也不知道为什么，那一步脚下刚好放了一块地毯——你们猜猜那上面有什么？"司零的语气仿佛在讲笑话，"我在上面撒了点儿钠，经过氧化和潮解，形成了粉末——你们要不要去那看看，有没有留下他的脚印？"

病房里除了司零说话的声音，连呼吸声都没有。

除了快要笑出声的费励，其余所有人都目瞪口呆。

做记录的警察最先回过神："抱歉，请允许我问一下——你是学什么专业的来着？"

司零最后说的是，如果那位朋友直接把工具带走了，那么在两小时这么短的时间里带不了多远，麻烦警察们自己找咯。

朱蕙子和陈欣带警察回去取证了，如果找到脚印，那嫌疑范围将会大大减小。

病房里剩下的都是盟友，赛特脸上一直保持着崇拜："明天我就要回去了，能在临走前亲眼见到史诗一次大手笔，不虚此行。"

"其实这真的没什么，"司零有点惭愧，"最近事情实在太多，我没有时间想出更好的办法。"

"可不是么，以你的能耐，应该直接准确定位到本人。"敖钦在帮她削水果。

费励撇撇嘴："喊，恋爱中的女人，智商为负。"

……

钮度从医院离开后一直还在路城，刚好有人约他在这儿谈事情。到了晚饭时间，他当然要回医院看望他的小朋友。

到了司零病房所在楼层，钮度先绕进盥洗室一趟。从隔间出来，他看见一个戴眼镜的医生正在洗手，那人听见动静，下意识侧了个身。

钮度回到病房，司零正倚着窗台往外看。

"在看什么？"他笑着走过去。

"看着你停好车，走进来，然后算一算你还有多久到我面前，"司零笑起来，脸上终于有了几分血色，"为什么迟了三分钟？"

"去了个卫生间，"钮度走到她面前，将她双手贴到自己脸上，"手有点凉，最近天气冷了，你不要站在这里吹风。"

她乖乖答应："好，听你的。"

钮度带她走回去，一边说："刚才在盥洗室看见一个医生在洗手，手心好像被划破了。"钮度转身给她掀开被子，没注意到她眼神一变："在感染科的医生身上有伤口不是小事，他们也是有父母的孩子。"

司零小心地问："是左手还是右手？"

"右手，怎么了？"

"男的女的？"

"男的。"

为什么会是医生？不——是希河大学医学院的实习生，感染科，男的，和她住同一栋楼……目标简直不要太准确。

钮度看出她在走神："怎么了？"

司零看着他那对深邃的眼睛，想起自己不再骗他的约定——好吧，这次情况特殊。她笑笑说："没什么，以为是认识的同学。"

钮度终于打开带来的打包盒，说："我路过一家中餐馆买的，老板是西安人，我讲了几次口味不要做得太重，你尝尝。"

司零乖乖盘腿坐好，像只等待开饭的小狗。虽然她基本已经能蹦跶了，还是赖着让钮度给她喂饭。这段时间她精神不好，关于工作钮度一字不提，今天她想试试看能不能说了："基金会最后结果怎么样？"

钮度无奈一笑，看着她吃下一口菜，才说："已经在和 FT 对接了。"

"钮辰怎么会同意的？最后怎么说的？"

"他还是不同意的——你吃慢一点，"钮度给她抽了几张纸，"有人透露给了爸爸，妈妈生日那天晚上，爸爸当着妈妈面说起这件事，就同意了。"

司零惊喜地挑眉："真是要谢谢阿姨了。所以其实你最近很忙？你不用每天都来看我的……"

钮度给她舀了一口饭，笑言："你最重要。"

"我还有不到一周就可以出院了。"

"别着急，你好好休息，孟建宪我已经见过了，下周开始走合约流程。至于孟建宇，我打算年后再找他。"

司零抱住他的胳膊，软绵绵地说："给你添了这么多工作量，我这病真是耽误了不少事。"

钮度拿额头轻轻撞她的，还是说："你最重要。"

钮度走后，司零特意去查了科室今晚的值日表。

晚上十点，感染科的病人都已卧床休息，空荡的走廊上偶尔出现一两个走动的护士。

加勒刚查完最后一间病房，一切如常。他走回办公室，摘下眼镜洗了把脸，准备在这个漫长的值班夜赶自己的实习报告。

"哎哟……"

加勒听到外面有人说话，出去一看，司零摔倒在地。加勒一愣，才反应过来要扶她起来。

"真谢谢你，闷在病房太久了，我就出来走走。"司零冲他一笑。她的希河语讲得很地道，至少他没见过哪个外国人讲得比她好了。司零恳求道："不好意思，请问你能扶我回病房吗？"

加勒没有理由拒绝："当然，请吧。"

一进病房，冷风扑面而来。即将进入十二月了，路城夜间只有十度左右。司零有点不好意思："刚才开窗透气，我都忘了关上了。"

加勒走过去帮她关窗："下次别忘了，你现在不能再受凉。"

加勒关好窗，一回头，司零刚把房门锁上，直视着他。

司零眼里没有敌意，语气不凶，却不客气："我这人一向直接，我想你也不愿跟我多待。"

"怎、怎么了？"加勒下意识后退一步，或许他没发现他脊背已渗出冷汗。

司零像讲一个故事那样娓娓道来："我知道你家里情况不好，母亲一个人把你们兄弟俩拉扯大，你们买不起房子，正在申请进入集体农庄……"

加勒浑身一震，说不出话。

"可遗憾的是，你弟弟不像你一样好学，最近还迷上了赌博，欠了一大笔债，如果再还不上，他可能就要被打死了……你也很绝望，不敢告诉母亲。"司零看着他的神情愈加痛苦。

"盗窃虽然是最差的办法，可你走投无路了。"

"我并非你的首选，因为我穿着打扮都很普通，也从不去哪度假一掷千金，看起来不像有钱人。你最先盯上的是朱蕙子——噢，不得不说，她花钱确实有点大手大脚，比如投影仪，一个电饭煲就五百谢，美容仪更是一个比一个贵……但是除了生活用品，她在穿着上同样很低调，全身上下只有手表值点钱，可手表从不离身。"

加勒像被阎王审判一样剜心刻骨。

司零继续平静地说："找遍了我们的宿舍，你只发现了我的保险柜……我想，你不会愿意继续听我说后面的事的。"

司零朝他伸出手："算你走运，我并不想让太多人知道这条项链，但它对我来说非常重要……把项链还给我，这一切我就当作没有发生过。"

"所以，你就这样便宜了那小子？"费励和司零一起坐在沙发上，刚听她说完昨夜的故事。敖钦和赛特都已离开Y国，只剩下他一个。

司零冷哼一声："难道你想闹到让钮度也知道这件事？别忘了，那条项链……"

"行了，我知道了，"费励掐断她的话，"可是，他真不怀疑你？"

秋冬和路城真是绝配，整座城市色调统一，宛如一盘大地色系眼影。

司零望着远处，声音和秋色一样清冷："他大概知道你们是什么人了，我说过你在我身边太惹眼，我想他一定和叶佐讨论过我的级别。"

费励提醒她："司零，你知道纪律……"

"我当然知道纪律，我不会滥用职权的。"

司零沉了口气，继续说："他现在已经能确定Andrew是我找来的，联系起我和加百列认识，不知道他够不够胆猜——我早就知道他会来Y国。"

费励冷笑："就算他敢猜，也不敢说。"

"费励，钮度不是为了利用我才有顾虑，"司零看穿了他的眼神，直截了当，"——是因为他爱我。"

费励看了一眼司零脚上的毛绒袜子，司零从不怕冷，可最近入冬进入雨季，加上她体虚，这是钮度亲自给她买的。他还是嘴硬："司零，没有你他什么也做不了。"

"你真的以为只靠我一个人他可以做到今天吗？我陪着钮言炬跟病毒打了一年的交道也没见那个木头脑袋有什么开窍的。"

以往费励奚落钮度，司零都当他臭屁，但今天，司零真正意识到了他打从心底蔑视钮度。之前她不想在费励面前为钮度说话，但眼下她非说不可了："投资Wayyar本就是他的计划，决定收购HERO他也没有跟我商量，现在要进军医疗，基金会的想法也是他提出的——我知道你要说如果不是钮鸿元出面，他根本拿不到钱，但你以为钮鸿元真的只是看在他妈妈的面上？如果不是Wayyar在C轮的估值翻了几十倍，如果不是钮鸿元看到他在收购HERO上表现出的强势……"

费励脸色很臭，司零还要继续说："不用我说你也知道天一现在内部有什么风声了吧？周乔伊的公司注水速度为什么变快了？因为钮辰需要再做出点成绩，他已经开始坐不住，意味着他开始把从不放在眼里的钮度当作对手了，你不明白吗？——需要我再提醒你一下，钮度刚到 Y 国不到半年吗？"

"好了好了，"费励像赶苍蝇那样摆摆手，"夫唱妇随，我能说什么？"

司零换了种神情，继续看窗外那棵光秃秃的树："我最想说的是，我并不想让他知道太多 CR 的事。我在想，下个月的计划你是不是……"

"我不同意，"费励立刻说，"我必须来，他保护不好你。"

"费励，这只是个意外，换作是你，你也没有更好的办法。"

"怎么没有？你知不知道他比我晚了整整两天才知道你出事儿？"费励几乎是在吼她。

司零全神贯注地看着他，说："费励，我不想这么自私，你应该有更多自己的空间，而且……那边也不会同意的。"

她知道他在为什么部门工作。

"这个我自有办法。"费励的眼睛眨都不眨，"你不说他爱你吗？我偏要说我就是为了你来这儿的，看他有没有胆收我。"

司零没话讲了，他俩脾气一样倔，否则能当这么多年至交？

她问："好吧，那你打算在这儿一直待？"

"什么破地方，连豆浆油条都没有，不稀得待，"费励站了起来，松松筋骨，"我明儿回国，机票你记得报一下。"

司零笑了："多少钱啊？"

"买的公务舱，也就不超过一万五吧。"

"……费励，你有病啊？"

……

司零出院的那天，路城下起了十二月的第一场雨，天气预报说，这场雨会淅淅沥沥地持续小半个月。

钮度如他所承诺的那样准备了一桌饭菜接司零出院。他最后把鸡汤焖上锅，交代了法耶该减火的时间，便开车出发去路城。副驾上放着给钮言炬的便当，可怜的大侄子，打从明天起司零出院，他就再也吃不到小叔亲手做的饭了。

司零记得提醒了朱蕙子不要将项链的事告诉钮度，可她忘了，朱蕙子会告诉钮言炬。

这种低级错误从前她从不会犯，费励说得太对了——恋爱中的女人智商为负。

钮言炬坐进钮度车里，揭开盒盖闻到香味的刹那，整个人都活了过来："哇——今天还有排骨！"

钮度一笑，提醒他："后天就是你妈妈生日，不要忘记给她打个电话。"

"你放心吧，我一定记得，"钮言炬已经忍不住抓了一块肉吃，边嚼边问，"司零直接跟你走，不回宿舍一趟？"

"对，什么事？"

"没什么，以为她要回来收拾一下，毕竟前面被弄得乱糟糟的。"

钮度不明白："什么乱糟糟的？"

"被偷了东西之后啊，司零不让蕙子她们帮忙整理，说等她回来。"钮言炬专心吃肉，没发现钮度的表情变化。

钮度皱起眉："她被偷了东西？"

"啊？她没有告诉你？"钮言炬抬起头，一脸迷惑，"是不是怕你担心……"

钮度抿了抿唇，一笑："那你知不知道她丢了什么东西？我去买回来好让她开心。"

钮言炬非常放心地告诉了钮度："是一条蓝宝石项链，我也没有见过，不过蕙子说司零把它看得很重要，不然也不会租保险柜来放——你不用去买，已经找回来了。"

"怎么会找得回来？"

"我也不太懂，听蕙子说是司零自己找到那个人，跟他谈过话，就拿回来了，"钮言炬一脸钦佩，"司零不肯说是谁，还要为他保全颜面，怎么会有人这样好？"

钮度扯了扯嘴角："看来她真是不想我担心——蕙子最近是不是常与你在一起？什么都喜欢分享给你了。"

钮言炬也笑："其实实验室事情很多，我都没时间陪她。尤其司零还在住院，以前都没发觉，没了她我们多了好多事，老师都说了——你们终于懂司零多厉害了，一个人做你们几个人的事……"

"你一个男子汉，还比她年纪大，不能给老师这样讲。"

"没办法，司零我是比不过啦，"钮言炬摇摇头，突然又激动了起来，"对了，她有没有给你讲过她是怎么认识蕙子的？那才是真的厉害……"

……

钮度把司零裹成粽子，才允许她走出医院。

司零提醒他："下雨天开慢一些。"

"再慢一些，你的鸡汤都要凉了。"

司零咽了口水，才说："那也要慢一些。"

车上了高速，钮度就这样让她毫无防备地开了口："你东西被偷，怎么不告诉我？"

司零一怔，都顾不上追究他从何得知，赶忙说："事情当天就解决了，你最近太累，我不想让你担心。"

"费励知道吗？"

司零沉默了，在钮度眼里这已是答案。他猛地踩住刹车，司零刚问他"你干吗"，就见他往路边停下了车。钮度转头直视司零，眼神比谈公事都要严肃："司零，我才是你男朋友。"

"生气啦？"他一认真生气，司零就怂了，挨近他说，"我们认识很多年，他就是我亲兄弟……"

"那以后有事我都找阿星讲，不告诉你了？"钮度反问。

司零心头一颤，立即说："不行。"她凑上去亲了亲他嘴唇，又说一遍，"不行。"

"那你……"

"我知道了，以后都告诉你，好不好？"赖皮鬼缠抱住钮度的胳膊，解释道，"其实不是特意要告诉他，就是那天警察来的时候他刚好在。"

钮度看着她像猫咪一样拿脸蹭他——这已经成了她的标准撒娇方式，然后抬起头，一双大眼睛委屈巴巴地望他。

这叫他还怎么气？

钮度淡淡道："坐好。"

"我不要。"

"鸡汤要凉了。"

司零麻溜儿地弹了回去。

叶佐在家老老实实把菜热了热，等他们回来。

饭桌上，叶佐发现自己被司零盯了好久，摸着脸问："怎么了？"

司零仔细端详他："我发现你最近气色好了很多啊。"

说话的是钮度："他女友上周休假过来，昨天刚回国。"

"哦——"司零把尾音拖老长，表情十分猥琐。

叶佐清咳两声，说："我觉我最近还是搬出去住比较好。"

"为什么？"两人同时看他。

叶佐认认真真反击："阿度你知不知道，你房间隔音不好的？"

……

晚上司零洗澡出来，看到钮度坐在办公桌后，半眯着眼看电脑屏幕——她又被帅到了。她拿一块毛巾走到他身后，轻轻说："看什么这么急？眼镜也不戴，头发也不擦。"

钮度把她的手摘下来吻了吻："司小姐服务好周到。"

"那要感谢钮先生更周到地给我送了两星期饭啦。"

钮度抬起头，司零凑近他，嘴唇碰嘴唇，客客气气的一个吻。

"还记得我们之前说好今年之前拿下无人机吗？"钮度继续敲键盘，"明天我和 Andrew 过去跟他们最后签字。"

司零停下手，用力地亲了亲他的脸颊，说："恭喜你。"

她卧病太久，工作的事自然有很多要跟他谈，但他们都不希望是今夜。

钮度贴着她的脸说："我还要看点文件，你先睡，嗯？"

"哦，"司零立刻起来，"那我就先睡了。"

钮度抓住她的手，很无奈："怎么又生气了？"

"哪有生气？明明是听你的话去睡觉。"

司零如愿以偿地被钮度拉进怀里，火热地吻住。

司零勾着他的脖子，声音都哑了："用你的体温就好。"

……

钮度回到床榻边，看见她后背裸露在外，试着叫了叫她："宝贝？宝贝？穿了衣服再睡，不然会着凉的。"

她呼吸沉匀，一动不动。钮度无奈一笑，找了套自己的衣服，帮她穿上。

刚给小朋友盖好被子，就收到叶佐一份文件。知道他还不睡，钮度索性去了叶佐房间。

叶佐关上门："什么事一定要现在说？"

"有酒吗？"钮度坐了下来。

"我去拿。"

碰杯之后，钮度一饮而尽。"不是吧，"叶佐看不懂他的脸色，"你认真的？"

钮度重新给自己倒上酒。酒瓶放下后，屋里不再有一点声音，他在这样的沉寂之中开门见山："你知道朱蕙子是什么人吗？"

叶佐不明所以，只得陈述一遍自己知道的情况："她爸爸朱辉是一家餐饮集团的董事，最有名的连锁店叫'姥姥厨房'，在港城也有投资，有几家店你也爱的。"

钮度又说："那你知道他们第二股东是谁吗？"

"……这个我没有注意。"

钮度沉了口气，说："是朱蕙子的妈妈，朱一姗。"

叶佐对这个名字没感到任何不对："然后呢？怎么样？"

"她有个哥哥，叫作朱一臣，"钮度异常平静，"和我们家里有过往来。"

"什么样的往来？"

叶佐这一问，让钮度难以作答，就如同他刚才咽下那口酒时都还不知道该以什么做切入点展开今夜的谈话。所以，他暂时回答："生意上的往来。"

"你想说什么？"钮度当然不可能大半夜专程跑过来，就为了告诉叶佐朱蕙子是故交。

钮度说："你知不知道司零和朱蕙子怎么会认识？"

叶佐默了一秒钟，答："法耶讲过给我，那天他们打麻将，朱蕙子告诉言炬和法耶的。"叶佐刚停下一瞬，就立即接后半句，"你是不是想说，司零有意接近天一？"

钮度太会划重点了。论据当然不止这一个，但他需要最直接地做开场。

对于司零是有备而来这件事，他们多半早已确定。从相遇以来的种种，投资会后她对他了如指掌的谈话，之后与他不谋而合的投资计划……最关键的是，他发现了她和那位 X 国商人有过联络，而那位，竟然与即将要来助他一臂之力的陈安德有微妙的联系。

她仿佛真的有读心术，往往先他一步。但这世上哪有什么读心术，所有的完美，不过是未雨绸缪的结果。

后来他与她的关系升级，他试着问过她，但她说："你只要知道，我喜欢你就不会害你。"

虽有过质疑和提防，可她讲起自己的亲友都很坦荡——爸爸是大学教授，妈妈病逝了，师哥是外交官，交的朋友也全都清清白白，大部分在业内都说得上名字……这样出身的一个二十四岁姑娘，哪怕再对他耍什么心思，又能出格到哪儿去呢？

最重要的是，他爱上了她。

钮度的声音更低沉了："之前我以为只是接近我，但现在，我想我需要把背景图再拉大一些……要大很多。"

"我来 Y 国之前，她已经在这里一年了，是为了等我吗？不，还有另外一个姓钮的人在这里。"

叶佐说了出来："钮言炬。"

钮度用几秒钟默认，而后说："所以其实有可能，找我或者找言炬对她来讲都一样，我们共同的身份就是姓钮。"

"她二十四岁，在平城长大，和钮家有什么关系？"叶佐知道这是句废话，但谈话需要这样循序渐进的引导。

钮度浅笑一下，在脑海里给这句话做了备忘录，稍后作答。他先是漫不经心地问："你觉得朱蕙子跟司零有哪里像？为什么会做好朋友？"

"哪里都不像，性格作风天差地别，"叶佐明白他的意思，主动作了补充，"朱蕙子也不是司零欣赏的那种人。"

"可她们还是做了最好的朋友，说出来谁也不会相信，当初是司零主动去找她的。"钮度笑着摇了摇头，"这个小朋友太厉害，接近一个人的方式都这么……无懈可击。"

叶佐全神贯注地盯着钮度，说："所以你想到查朱蕙子背景，发现了那个叫……什么？"

"朱一臣，"钮度抬起头，"很不巧，在我跟你认识的前一年，这个人刚从我们家消失，不然你一定知道——他是大哥最好的朋友，也是第一个发现爸爸车祸送他去医院的人。"

叶佐大吃一惊，显然没想到这位朱先生有这样的地位。他紧接着问："那后来呢？"

"后来……听说是病逝了。"钮度很犹疑。

叶佐又在边想边说："所以，司零找朱蕙子，是因为朱家和钮家有联系——可这已经都过去二十年，太不合理，天一在平城不是没产业，常年保持紧密的合作伙伴也数不清，这太不合理。所以……"

钮度说了出来："朱家和天一只有一个联系点——朱一臣。"

窗外的黑夜里，大雨正在诉说一场愈渐磅礴的故事，它们卖力演出，却被一扇扇紧闭的窗拒之门外。

桌上漂亮的红酒也在讲故事，可在这个夜晚，不会有人再舍得听它讲自己经过多少道工艺酿造，经年沉淀之后有多么香醇。

在这个星球上，没有谁不会孤独。

叶佐又重复一遍："司零在平城，认识过这个人？"

"你提过两次她在平城长大，可你有没有记得她是在东城出生，三岁才随妈妈到平城，"钮度依旧不疾不徐，"你知不知道她是九五年生？三岁刚好是九八年？"

猝不及防，叶佐直截了当："你不会想说，司零是朱一臣的女儿吧？"

叶佐脊背一阵发凉，不知道为什么，他觉得自己被钮度瞪了，那眼神像是……他欺负了他心爱的小姑娘一样。"怎、怎么了……"仿佛被人提着，他往后斜了斜，"我只是单纯地从年龄来说，没有别的根据……"

叶佐此刻需要多说点话："而且，如果要查朱——朱什么来着……朱一臣的家庭，这不是一件难事。"

的确不难，所以钮度已经有答案了："他没有结婚，没有妻子，也没有孩子。"

片刻停顿后，钮度又说："但他喜欢去歌厅。"

"他怎么可能认歌厅妹生的小孩？我不信歌厅妹有本事培养出司

零这样的小孩。"叶佐说。

叶佐说得对，这样的事过于离谱。可如果，不是一个普通歌厅妹呢？钮度继续说："你知道司零妈妈怎么会和司自清教授认识吗？"

"不知道。"

"司教授从小在她家做工，后来她家破产，她才到东城打工，"钮度的声音一贯薄凉却有力，"一个能帮打工仔变成大学教授的家庭，对亲女儿的教育会差吗？"

"阿度……"叶佐不是真的想找漏洞，而是不希望他走错路，"那时进出港城不容易的。"

很突然地，钮度笑了一下，说："这个问题，我也是刚刚才找到答案。"

"什么答案？"

"我和阿星回国前一天，我们大家在一起说话，后来你们都走了，只剩她和朱蕙子两个。"

"对。"

"她讲起她小时候的事，被我听见了，我一开始觉得没有什么问题，这两天才突然发现……"钮度笑得很暧昧，"那个时候，就算是在东城，也没有那么多五颜六色带电梯的高楼大厦，东城的云吞面绝没有十块钱那么多。最重要的是——《半生缘》……"

见他顿住，叶佐问："什么《半生缘》？"

钮度一字一句地说："《半生缘》从未在内地上映，只有港城看得到。"

此刻多一秒的静默都是恩赦，只要一开口，谁都不好过。

但叶佐不需要思考太久，如果不是能够紧跟上钮度的思维，他又怎么可能跟他做事多年？"她不大大方方承认，说明真的有问题，到底这个朱一臣是什么人？"

"不是她不承认，一个三岁小孩子会懂什么？"钮度一针见血，"是她父母不承认。"

"阿度，"叶佐现在是真的想安慰他了，"这件事串得太远，有很多细节说不通的……"

"说不通的太多了。"或许是说累了，钮度重新给自己倒了杯酒，一扫而空。叶佐知道，越是有把握的事，他就越不着急说出来。

良久，钮度才慢慢地开口："你知不知道司零这两天丢了什么东西？一条蓝宝石项链，据我所知，她前不久刚刚租了保险柜用来放这条项链，你知不知道为什么？——我曾告诉她阿星弄丢过大哥一条蓝宝石项链，是我拿了妈妈一条很像的去顶——而大哥那条，原本是要给朱一臣的！"

无数个偶然的重合概率有多低，这样的数学道理不会有谁不懂。

叶佐哑口无言，尝试用反证法："你刚刚说朱一臣已经病逝，这和天一没有关系，她为什么要找你们？"

"这就是最后剩下的问题，"钮度吐了口气，"她到底知道什么，还想知道什么？"

叶佐长舒一口气，站起来走了几步，笑言："其实我以为你今晚找我是要问别的事。"

"还有什么事？"

叶佐学着钮度那样，轻飘飘地发了问："你觉不觉得司零很容易让人相信？没理由地，就想相信她。"

钮度扯了扯嘴角："我不就是吗？"

"我是想说哪怕一些萍水之交，比如像阿星、孟建宇、法耶……"叶佐赶紧说，"你知不知道她跟孟建宇讲话没超过两次的？法耶第一天认识她，就把最好吃的点心留给她……"

是啊，这个女人啊，好像真的会魔法，好容易让人死心塌地。她说不会害他，他就不再怀疑；她说好想他，他便风雨无阻地往医院给她送了半个月的饭……

"这样的信任，有一个好处——可以轻易让人为你做事。"叶佐知道钮度已经反应过来了，便加快了语速，"你不觉得司零可以随随便便调动 CR 成员吗？让非洲的那位去战乱国帮忙救人质，让 Andrew 辞职过来帮你做事，就连远在南极的都可以为了她跑半个地球……"

钮度又笑一下："这些，我很早就想过了。"

"我知道你有想过，但你不愿意过多猜测，毕竟这是他们的事。"叶佐也笑一下，"阿度，你一定不常看权谋剧吧？但你有看我推荐过的《琅琊榜》，你难道不知道，最擅长搬弄人心的，从来都是权力在手的核心人物？"

　　此刻窗外，非常戏剧性地划过一道闪电。

　　"不瞒你说，我已经确认过，费励的级别很高，"钮度的声音出奇地平静，就像经历一场风暴过后疲惫的荒原。他没来由地笑了一下，才说："我猜，CR 的队长，在费励和司零之间。"

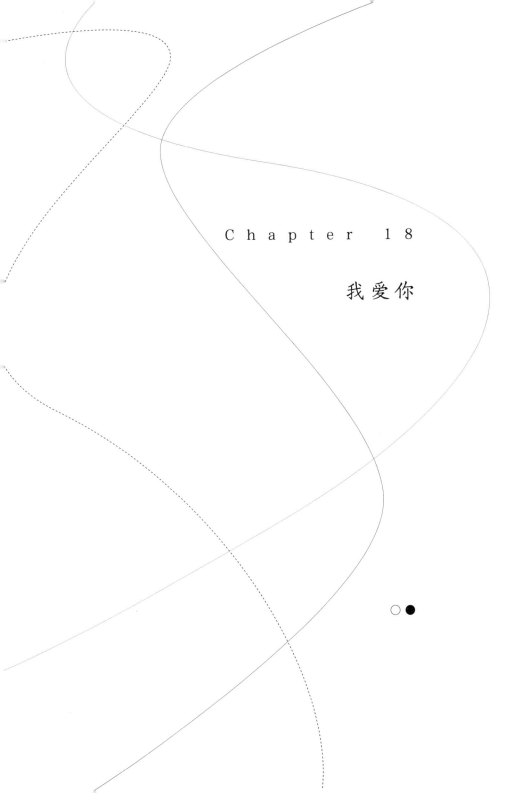

Chapter 18

我爱你

深山藏猛虎，田野有麒麟。原来不过如此。

仿佛有一张错综复杂的电路网被接通了，叶佐整个人感觉好畅快。他重新坐下来："但是有一个问题，把 CR 运作起来需要很多很多钱。"

没错，司零的消息网很广，非常广，建立起这样的资源需要投注多少金钱？光钮度知道的那些……她之前入股的一家生物技术公司、她的手表、陈安德的古董……

虽然，她总是看起来很抠，打车贵一点心疼得要死，外卖配送费八块简直要了她的老命……

想起这些，钮度忍不住想笑："如果她是朱一臣女儿，你猜猜看她的钱是不是朱一臣的遗产？"

一切都找到了答案。

天已经快亮了。

叶佐说："阿度，你想怎么做？"

钮度长长呼了口气，站起身来："回去睡觉。"

从开关门到走回床上，钮度没发出一点动静。睡美人已沉睡了几个世纪，改朝换代都与她无关。她蜷缩成团抱住自己，好像没有他的被窝就没了任何温暖。

在钮度躺下来抱住她的那一刻，他忽然觉得刚才那一切都没发生过，他一直就在这里，从未离开她。

"宝贝，"钮度裹住司零绵软的小手，"我能为你做什么呢？"

飘着小雨的清晨，全世界都变得慵懒。

司零醒来是九点，另一半床已空，她立刻寻摸手机找他。电话接通后，她委屈得要哭了："你去哪里了？"

"上班啊，小朋友，"钮度的声音好像棉花糖，软得入口即化，"在去 HERO 的路上。"

——老天，她怎么忘了今天有多重要？！司零一下坐直起来，对着没人的房间比了个手势："加油哦，我等你回来。"

"好。"

电话挂了，她还在笑。通话界面一过，费励的消息出现了：有个坏消息，特别坏，你爸已经知道你感染病毒的事了……

"什么？！"司零瞪大眼睛，后背发凉。这世上能让她害怕的人，也就司自清这么一个了。她赶紧给费励打电话，一接通就喊："怎么会知道？老师已经答应我不通知家长了。"

"他本来是不通知的，"费励也很无奈，"但是要留下你的血清样本做研究必须向领事馆申报，后面的事你应该猜到了……"

费励话音未落，另一个国际长途插了进来……司零盯着屏幕，倒吸一口凉气，给自己打了打劲儿，才敢接通："爸爸……"

"你还知道你有爸爸！"司自清连开场白都省了，实在是气坏了。

司零一阵激灵，声音弱成蚊子："我……对不起嘛……"

"你现在出院没有？医生怎么说？会不会有后遗症？需不需要再吃药？"司自清半秒停顿都没有。

司零突然地就鼻酸了。她从来没听过爸爸这样说话，急得声调都歪了。"爸爸，我现在很好，昨天已经出院了。"司零希望这样轻松的语气能给他一丝安慰，"医生说我真的没事了，体温完全恢复正常才准我出院的，也不会有什么后遗症。"

司零不知道，电话那边的司自清，几乎一夜白头。他重重沉了口气，问："你这两天都吃什么？有没有休息？实验室事情还多不多？"

"朋友给我做了鸡汤，老师说了，等我休息好了再回去。"司零万分羞愧，老老实实说，"爸爸，这件事转折得太突然，医生说我开始好转的时候，我才想着不过是虚惊一场，我不想让您隔着老远揪心……"

电话里安静了良久，司自清揪着心，却不善言辞："乐乐，你爸什么都没有，就只有你。"

"嗒、嗒"的几下，被单上迅速湿成一小片。司零抹了一把眼泪，说:"爸,对不起。"

司自清听上去筋疲力尽:"我刚到使馆提交签证申请,加急签两三天就会下来……"

"爸爸!"司零蒙了,"您不用过来!费励来看过我了!真的!不信你问他!我还有一个多月就回国过年了,我真的没事儿……"

"司零,你这几天就给我老老实实待着,"司自清恢复了惯有的严厉,"我还有别的事要当面跟你说。"

司零都快要冒冷汗了,被父母叫全名真的太恐怖了……

她重新躺倒,怔怔地盯着天花板。爸爸要过来了?爸爸要过来了?她有什么得藏的?有什么得找人串通的?她得跟哪些同学交代让他们守口如瓶……司零完完全全变成一个被家长突击检查的女大学生。

惊魂未定,周孝颐接着突击。他的话与司自清大同小异,最后要司零今天过去一趟。

周孝颐一见到司零,端详半天,纳闷道:"怎么还胖了?"

司零笑而不语……被钮度喂的。

"坐吧。"周孝颐给她拉开椅子,转身揭开锅盖,汤香顿时四溢,"师哥上班前给你煲了鸡汤,足足三个小时,来尝尝。"

司零觉得自己最近泪点好低:"谢谢哥。"尝完之后她发现——原来钮度的手艺竟是这么高人一等。

周孝颐说:"老师下周一早上到。"

司零把脸埋得看不见:"我知道了。"

"干吗这种表情?心虚啦?"

"就是觉得让我爸揪心了,"司零忍不住怪他,"你也真是的,我都没事儿出院了你非得告诉他干吗呀?真是够听话的。"

"你说干吗?自己闺女都到鬼门关溜了一圈……"周孝颐自己刹住嘴,"呸呸呸,我说什么呢?我们乐乐好着呢。"

司零嗤嗤地笑起来。

周孝颐把坐姿端了端,嗓子一正,摆足了上台发言的架势。果然,他一开口便是:"我问你,你最近是不是谈恋爱了?"

司零差点被呛到,她装得够无辜:"你这都听谁说的?"

"我打电话到你们宿舍了，你舍友说你经常到拉维市来，还以为是来找我的。"

司零头皮一阵麻。不可能是朱蕙子，那就是陈欣了——也怪她自作自受，谁让她每回都这么骗人家的？

"我……"开头一个字，结局全靠编，"最近在这边一家公司上班呢。"

"上什么班？"

司零真是要感谢钮度了："就上次那个钮度先生的公司啊，你也知道的，做投资的，我现在帮他们看看项目，做做翻译。"

"这样啊，"周孝颐面露欣慰，"钮总人很好，跟着他多学东西……你有在这过夜吗？"

"……不怎么过。"

周孝颐严肃地说："女孩子要提防一点，别让人家随随便便欺负你。"

司零不知道自己现在什么表情："……哦。"

她继续喝汤，周孝颐看了她一会儿，冷不丁又问："你还干了别的啥事没？"

"没有啊，"司零谨慎地看着他，"我又干吗了？"

周孝颐若有所思："我老觉得老师心事重重的，好像还有别的事要跟你说。"

司零摇头晃脑凑近他："你这是在给我通风报信吗？"

"乐乐！我和老师都是为你好！"

不光周孝颐，司零自己也感觉到了，司自清在电话里欲言又止。可她也想不到其他理由了，到时候见招拆招吧。

既然说开了在为钮度做事，也算周孝颐帮她做了铺垫，司零顺理成章向周孝颐介绍孟建宪的项目，而他也欣然答应会留意合适的机会。

幸好周孝颐下午有活动，司零得以早早脱身。回到家，她一头扎进电脑办公，医院躺了大半个月，落下的事不少。

钮度今天不会回来得早，签约仪式结束后还有一堆对接细节、媒体采访、祝贺饭局。司零本想回学校住，自从知道司自清要来之后，待在这里实在让她心虚。可她更想等他回来分享胜利，这一等，就等到了天黑。

钮度回来时，法耶特意冲楼上喊："先生回来了。"

司零扔掉电脑跑下楼，正好看见钮度进门。西装外套抓在手里，温莎结半松，最顶的纽扣开了，果然，她走到近处闻见了他身上的酒气。司零张开双臂环抱住他，像在迎接他凯旋。

叶佐直接绕过他俩，对法耶说了句："可以帮我泡杯茶吗？多谢。"

司零也说："这里多一杯，谢谢。"

"不用了，"钮度低头看她，带着三分醉意的笑尤为性感，"这样刚好？"

司零问："什么刚好？"

他笑而不答，搂着她的腰上楼。

"你先去洗个澡。"司零把门关上，一回头，钮度正扯下领带——如果她的双眼是一台摄像机，眼前所见每一帧都够上 *Esquire*（《时尚先生》）封面。

钮度不紧不慢地解扣子，朝司零抬起一只手。她走向他，指尖刚触到他的手，就被他一把攥住手腕拉到近处，几分疲态的嗓音自带混响："你陪我。"

"什么？"

钮度不介意明明白白告诉她："陪我一起洗。"

"喔……"司零扬了几个调，而又低沉，"那，你求我一下？"

"求你了。"他抵住她的额头，炙热的气息吐在她脸上，明明是弱势的一句话，却被他说得好霸道，"嗯？求你了。"

他当然不打算等她答应，直接将她打横抱起。

司零留在浴室吹头发，出去时钮度靠在软榻上。她走近他："在想什么？"

钮度从夜空中回头，司零已经在他腿上落座，他摩挲着她的腿，说："在想明天的会。"

她摇摇头："不，你一定在想别的。"

"真是什么都瞒不过你，"钮度一笑，"好吧，在想……能不能把你捆起来，哪也不能去，谁也不能见，永远只跟着我。"

最后回到床上已是下半夜，钮度等不及跟司零道一句晚安，几乎是一沾床就睡着。很快，她听见他起了低闷的鼾声。

钮度好比一个上了发条的精密机械表，不需要休息，从容严谨，不会出错。而今天，司零第一次见到他累了。她知道他保持了一天高度集中精力，却不知道在那之前，他彻夜不眠。

她伏在他心口听他的鼾声，忍不住痴笑。这样粗鲁的钮度……也好性感。

"钮度。"司零随意一唤，听起来软软糯糯。她最近时常这样，撒娇而不自知。她用食指在他胸膛上反复乱画，他的胸肌很挺硬，真是一块好画板。

不知道这是第几遍"乱画"，她决定把它说出来。

"我爱你。"她很小声地说，他好像故意似的，恰好用一阵鼾声掩过，连她自己都听不清。

司零赌气地掰开他的手臂，睡到另一头去。

在她决定明早起来骂他一顿的时候，钮度从身后抱住了她。他像个催促小朋友睡觉的家长，又凶又短地命令："睡觉。"

就好像，他没听见她刚才说了什么；就好像，他醒过来不是因为听见了那句告白。

别怪我没说过。司零倔强地想。

至少，窗外的雨可以为她作证。

细雨呢喃着摇篮曲，路城进入了冬眠。

钮言炬撑伞站在公寓楼下，一身工装风又酷又随性——单品都是钮度给他挑的，但他现在已经学会举一反三，自己搭出新花样了。头发理得很齐，显然是在等女生。

很快，公寓门口出现朱蕙子窈窕的身影。她就这样理所应当不带伞，习惯地分享钮言炬伞下的一半空间——确切来说，是一大半。

钮言炬看着她单薄的毛衣，皱眉道："怎么穿这么少？"

"没事儿，"朱蕙子推了推伞柄，她知道他会让给她这边很多，"今天十五度，平城这个时候我都这么穿。"

钮言炬一言不发地脱下外套，拢到她身上。朱蕙子就要卸下来："我真的不用……"

钮言炬稍使力把她裹好，伸手揽过她的肩，淡淡道："走吧。"

朱蕙子藏在衣领里的脸红了。

搁几个月前，钮言炬绝不敢这样跟女生说话，谁知道是不是跟他小叔学的——男人对女人霸道点不会错。

"司零还没回来？"钮言炬问。

"哪能这么快？没个两三天回不来啰。"朱蕙子肆意调侃。

钮言炬笑了："可是小叔这几天都要开会，很忙的。"

"你现在开始关心你小叔啦？"

"其实，我关心他才是应该的吧。"

朱蕙子一愣："我不是那个意思，我……"

"我知道，"钮言炬低头一笑，"我是说我才应该主动关心他，我是小辈，而不是让他给我送了半个月的饭才意识到。"

朱蕙子觉得他突然成熟了很多："是啊，一家人和和美美最重要，这样你爷爷身体也会好很多的。"

他们来到下坡路，雨天路滑，钮言炬将她搂紧了些："是啊，爷爷一直想再抱孙子，家里人也希望快点给他冲冲喜，可是二叔、小叔都没动静。"

"说不定你小叔就快了，"朱蕙子越想越起劲儿，"哎你说喔，他们两个生的小孩要有多聪明啊？"朱蕙子没发现自己什么时候也学起了港普口音——两位姑娘都完全被港普带偏。

钮言炬也跟着叹笑："IQ 要刷新世界纪录了。"

"话说，你二叔不是有三十六七了吗？怎么还没有成家？"不知道什么时候，朱蕙子已经一一了解过他的家人。

"其实是有过的。"

"什么？"朱蕙子抬头看他。对于钮家这种顶流豪门的八卦，她和广大吃瓜网友一样热心。

"我不很清楚，记得好像是有过，"钮言炬很认真在想，"他想过和一个女生结婚，但是爷爷不同意，后来也不知道怎么样了……"

一路闲聊，就到了实验室，钮言炬今天上午值班，正好给朱蕙子补希河语课。

朱蕙子四处张望道："我听说司零的血留下来做研究啦？"

钮言炬一歪脖子："对，就在隔壁的实验室。"

"真好玩，等她回来，她就要研究自己的血了。"

"其实她已经都研究过了，"钮言炬把外套挂起来，回头冲她笑，"我们之前做基因研究的时候，拿自己的血来练手过。"

"研究什么呀？"

"就很基本的，基因排序什么的，看看有哪些遗传病，血统构成……"

"这么好玩啊，"朱蕙子亮晶晶的眼睛望着他，"可以帮我测吗？"

钮言炬很乐意："可以啊，结果需要等几天。"

……

司零很早就醒了，听着雨声和钮度微重的喘息双声道环绕。等天光亮了七分，她便爬起来端详他的脸，手指轻轻抚过他眼角浅浅的细纹，对于三十岁的男人来说，这样刚刚好。

他的下颚线硬朗而凌厉，五官完美得摄影师也不舍得再修哪里。她拿来手机把这一刻装进照片里，贪婪地希望就这样存续到世界腐朽。

司零刚放下手机，钮度就醒了。他一眼看见司零放大的傻笑，咕咕哝哝："怎么醒了？"

"以前都是你比我先醒，然后就走了，"司零往他嘴唇上砸了砸，"今天想看看，你睡醒起来什么样？"

"什么样？"

"蛮帅的哦。"

九点半，三公子终于精神抖擞地起床了。十分钟后他们下楼吃早饭，法耶已经在收拾叶佐的餐盘。叶佐料到了今早会是这种场面，刚好趁钮度吃饭时跟他讲今日行程。

而司零，今天即将第一次从幕后走到台前，去见一见孟建宪的团队。

"叶佐陪你一起去，"钮度说，"让他带一下你细节的事。"

叶佐点点头，就要起身："那我把开会用的资料准备好给你。"

餐厅只剩他们两个人。司零开口说："还有一件事……我爸知道我住院的事了，他要过来看我一趟，估计两三天后到，所以今天办完事我就暂时先回学校住。"

钮度说："你不打算说在跟我交往？"

"不是，我只是……"司零很清楚他这种生气的语气，其实她心乱如麻，不知所言，"我不知道该怎么说……"

"钮度，一九八八年生，身高一八八厘米，兰顿理工学院数学本科，宾夕法尼亚大学金融硕士……"钮度一本正经地报自己履历。

"我不是说这个！"司零要被他逗笑了，"好吧——人家没有过这种经验，不知道怎么开口啦！"

"我来说。"他很执着地看她。

司零都要笑开花了："你真的……好吧，我想想用什么机会跟他提起来。"

钮度一听，立即放下刀叉，叫来了叶佐。

"阿度，怎么了？"

"帮我打到 F 国，问三天时间够不够发衣服过来——L 国好像会快一点？"

"喂，钮度，你真的是……"

……

司自清于三天后的清晨到达，周孝颐开车带司零去接机。司自清足足把司零盯了十分钟，才肯把眼睛挪开。

"爸，都跟您说了，我真没事儿，"司零也懂得抱着爸爸胳膊撒娇，"师哥前几天还说我胖了呢。"

周孝颐笑了："好像是胖了点，医院都给你送的什么饭？"

"……是蕙子每天给我做饭的。"

司自清又盯着司零看："蕙子最近怎么样？"

司零笑嘻嘻说："好着呢，这边冬天不太冷，可把她美坏了，不用穿厚衣服。"

周孝颐提醒她："说正经的。"

"哎呀，真好着呢，她现在只能选英文课，都能跟得上，希河语也在慢慢地学。"

司自清说："你可得多帮帮她。"

"她啊，用不着我帮，钮言炬一直在给她补课呢。"司零把腿一跷，像绝了槐花树下乘凉的大爷。

"钮言炬？他俩处对象了？"周孝颐问。

"蕙子还没点头，我看快了。"

周孝颐顿了顿，又说："这样的话，真的是门当户对啊。"

"这大清朝都亡了一百年了，您怎么还揪着这个不放啊？"司零往前一坐，皱着眉头，"你不会就因为这个不跟钮天星好吧？"

"钮天星？"开口的是司自清。

"老师您别听她瞎说，"周孝颐发现自己惹祸上身，着急解释道，"乐乐，两个人能不能走到一起有很多因素。当然，家庭环境也是一个原因，我父母都在农村，她那样家境的孩子，家里人不会看得上我的。"

司零有点恼火："你不要这样妄自菲薄好不好？"

"这是事实，而且我的工资也不高，她跟着我只会比在家里差很多……"

司自清又重复一遍："钮天星是谁？"

"对不起老师，"周孝颐才反应过来，迟迟叹了口气才说，"是钮鸿元的小女儿，跟着她哥哥一起到 Y 国住了一段时间，我也是偶然认识的。"

"那刚才那个钮言炬……"

"也是他的孙子，和司零是同学。"

司自清看了一眼司零，她不知道是不是错觉，总觉得爸爸的神情有点凝重。

司自清这段时间就住在周孝颐那儿，周孝颐带他们回公寓放好行李就去上班了，中午下班再回来带他们出去。

司自清又问："费励他们来住哪儿？"

司零说："租了个房，待了快两星期吧，前面一个星期我不能探病的。"

"你知不知道房租花了多少？我给了他三万元不知道够不够。"

"——啥？"司零惊了，"爸，您不用给他的……"

"看你说的，人家大老远为了你跑过来，你就这样理所应当让他自己负担？"

"爸，我不是这意思……我都给过他了，这王八蛋回去的时候还讹了我一张商务舱呢……"

司自清凝神看她:"你哪儿来的钱?"

"我之前跟他们合伙搞公司攒了点儿啊,"司零说的实话,就算没有那笔财产做本金,这些年她也挣了不少,"而且……我最近也有做一些兼职实习的。"

她还不想这么快把钮度放到爸爸面前。

司自清继续问:"我还听说,有人想给你联系 M 国的试验药治疗?"

"就是费励呀,"司零不动声色地以偏概全,"他那是着急了,不想等到时候拖着时间,我真啥事没有。"

"费励对你这么好,你们……"

"爸,你又来了,都跟您说了八百回了,我俩就是铁打的兄弟。"

司自清沉了口气,说:"那你什么时候找对象?"

老天是故意的吗?怎么老爸一上来问的都明里暗里跟钮度有关?真逼她带着穿上 L 国加急运过来的西装的钮度来见老爸?

"爸……"司零显得很无奈,"您这次怎么都问这个?我还是喜欢您多问我学习,我可以流利地告诉您我在学校最近的表现……"

……

周孝颐下班回来以后,载上他们父女俩去了路城。

关于路城,司自清太有得讲了,周孝颐——活脱脱一个伟大的教学成果摆在眼前,Y 国与周边国家近年局势及背后势力纷争,司自清信手拈来。

他们到希河大学之后,朱蕙子也加入了导游行列。但眼下,司自清最想去见司零的主治医师,而不是参观学校。

司自清和医生们谈了很久,但尽管再多人再三向他确认司零已无恙,他仍显得忧心忡忡,一整天没有半点笑容。

"你要理解老师……"周孝颐对司零说。

"我知道,"司零满是愧疚,"他失去了妈妈,差点也失去过我,他太害怕了。"

为了让司自清放松一些,恰逢周末,周孝颐便开车带他们出去散心。

眨眼又到了工作日,周孝颐上班,朱蕙子上课,司零便自己带爸爸到北部走走。

白天父女俩到拿撒观光，天黑前来到海城过夜。当司零说到海城是很多大企业的总部或研发基地时，司自清突然说："听你师哥说，你最近在一家投资公司上班？"

"……是啊。"事已至此，司零认为还是主动提一下为好，她挑了一个看起来会拉近距离的切入点，"老板是钮天星的哥哥。"

中学女生总想和别人暗搓搓地说起暗恋的男孩，司零知道那种语气，可她一点也不想说出钮度的名字，她不确定自己不会脸红。

入夜下起了雨，气温又降了些。司零起身去关窗，一回头，沙发上的司自清目不转睛地看着她。

司自清又是那么地猝不及防："乐乐，你告诉爸爸，你怎么会到他那里去上班？"

要在以往，司零张口即来一套天衣无缝的说辞，可最近，她越来越无法蒙骗她爱的人了。

一定都是钮度的错。

所以她决定说："爸，我也不是想瞒着你，只是你知道我在这方面就是挺笨的……"她提了口气，才说出口，"我和钮度……在谈对象。"

Chapter 19

真相

　　司自清此刻的神情，是司零从未见过的，不惊喜、不诧异，更没有激动好奇。在她就要照钮度的方式报他履历时，司自清开了口："什么时候？"

　　司零被难住了。什么时候？在她与他结盟那日，她说过对外她就是他的女朋友，可她不想从那日算起……可她也不记得，自己究竟是什么时候承认爱上他了。司零最后说："这个学期开始吧……"

　　见司自清不语，司零坐到他对面的沙发上，说："爸，钮度……"

　　"我知道，"司自清没什么表情，"他在港城出生，一直都没有入外籍。"

　　司零很意外，哪怕是广大吃瓜网友也没有对钮度了解得这样张口即来，他一个老人家怎么会知道的？司自清继续让她措手不及："你喜欢他什么？"

　　司零浑身一颤，显然不是因为冷。司自清今天太不按常理出牌，可她没空去想原因。"他……有胆识，有魄力，"司零稍微仰了仰，不自觉地笑，"虽然有时候说话贱兮兮的，但是对我很好，暑假的时候蕙子用一句话就把他骗到平城看我，还有……我也骗你了，我住院的时候给我送饭的不是蕙子，是钮度。"

　　"可是这些费励也都做得到。"

　　"爸……"司零开始认真，"师哥也说了，两个人能不能在一起是有很多原因的。"

　　费励和钮度，像又不像。

　　她与他们的相处方式很像，相识伊始互怼互损，却又惺惺相惜，势均力敌，形成一种铜墙铁壁的紧密，失了彼此，便失了一条臂膀。

　　不像的，就是犹如薛定谔的猫的心动。她会为了钮度做发型、买裙子，花半个钟纠结他会喜欢哪种口红；而费励，去见他连洗头都不必。

　　司零露出一丝恳求："爸，慢慢了解他之后，你会明白的。"

　　司自清又沉默了，下了讲堂他便不善言辞。他最终叹了口气，尤为意味深长："乐乐，爸爸最近一直在想，爸爸从小这样教你，是不是错了。"

　　"爸，你怎么突然这么说？"司自清的眼神复杂到司零没有一点头绪。

　　"爸爸从来不怎么陪你玩，也不找你谈心，把你当男孩养，一心放在培养你的能力上，因为你妈妈说过，希望你将来成为栋梁之材……"司自清显得很痛苦。

　　"爸……"

　　司自清继续说："你从小别人就说，你又懂事又会学习，太让我放心了，我竟然就真的以为我是个成功的爸爸了……"

　　"爸，你干吗突然这样说？"司零不知所措。

　　"你爸不会说太多话，我想你也不需要什么心理准备。"司自清抬头直视司零，她知道他下一秒就要破釜沉舟，连喘气都不敢了。这一刻，司自清比任何时候都要痛苦——"我都已经知道了，你为什么要认识蕙子，蕙子家里还有哪个长辈，你出生在哪里。"

　　司零在一瞬掉进了冰天雪地，血液冷到快要凝固。她一动不动地坐在那里，脸上没有一点色彩。她终于切身明白有些演员为了表现惊恐而瞪眼张嘴是多么浮夸做作。其实她刚见识过的，那夜加勒被她当面审判时，和她现在的表情一模一样。

　　永远不要低估父母为了你能做出什么。

　　再拐弯抹角只会让她显得更可怜，所以，司零说："爸，你为什么要查我？"

　　司自清心痛极了："总是听别人说你和蕙子长得像，也不知道为什么，听得多了，就觉得哪里不太对……"司零不说话，司自清终于问，"乐乐，你想知道什么？"

　　又是一阵无言。等到司零终于能够抬头，她一字一句地问："朱一臣，他在哪里？"

二十多年了，除了费励，她从未对任何人说起过这个名字。她知道，司自清刚才一直规避这个名字，是想先看她会用什么称呼。

司自清还是先问："你妈妈告诉我他病逝了，你为什么要怀疑？"

"你应该知道为什么的，"司零尽量让自己冷静，"蕙子说他的尸骨没有回平城安葬，我让人找遍了港城的每一个墓地——每一个！就连一些可能的乱葬岗我都找了——话说回来，朱家怎么可能让他入乱葬岗？病逝为什么会这样尸骨无存？"

司自清几乎是立刻就说："那是因为他火葬之后，骨灰撒进了大海……你应该知道，半个朱家都是海军。"

雨渐演渐烈，又一次在黑夜里孤芳自赏。

过了良久，司零凄美一笑："你是不是还想告诉我，他之所以不认妈妈和我，也没有别的原因，就是因为她是歌女。"

司自清的手颤了颤，说："我以为你不会怀疑这个，他如果带你妈妈回家，你妈妈一定要经过政审，就算不是因为她唱歌，你外公外婆破产后的债务纠纷就足以让她被拒之门外……"

这说辞完美得让人没有辩驳的可能。真相就是最简单、最合理的那样。

司零哑口无言，司自清正明明白白地告诉她——她这么多年的苦心经营全是自作多情！全是瞎忙活！朱一臣亡故和钮家没有半点关系！

"所以你是来告诉我……"司零深吸一口气，把自己控制在崩溃的临界点，"那一年钮家发生的一切都只是巧合，天知道为什么他和钮峥就这样毫不相关地一起死了，我这些年做的一切都是个笑话……"

司自清准备得足够充分："乐乐，你还年轻，现在跟爸爸回家，做什么都可以。"

——你还年轻，从现在起停止这些年自作聪明的一切，做回自己，都还来得及。

司零突然抱住自己的头，无助地哭了起来："爸爸，我现在头好痛……好痛……"

司自清心都要碎了，他将她从小养到大，竟是第一次觉得她只是

314

一个孩子。他在她身边坐下，扶住她颤抖的肩："乐乐，跟爸爸回家吧，钮家的人跟你不再有任何关系。"

"为什么……为什么……"她彻彻底底地哭着，再说不出一个字。

……

司零被点了穴一样坐了很久很久，几乎连眼睛都没眨。她就像一个世界末日的幸存者，醒来发现自己漂浮在没有尽头的海上，世界什么也不剩，甚至那些海面下的遇难者都要好过，他们已不用再迷茫和恐惧要怎么才能够活下去。

司自清去洗澡了，有人给他打了电话。司零在铃声作罢前起了身，走到跟前的时候，来电的人已改为给他发信息：怎么样？闺女肯回家吗？

发件人是老何，司自清多年好友，也是费励的顶头上司。

司自清调查她的那些，桩桩件件都要极高的权限，比如朱一臣，再比如……她的财产。就算不是这次意外染病，他也做好了要来Y国带她回家的准备。

这一夜父女俩都没有再说什么，司零任凭大脑放空，睁眼盯着窗外直到破晓将她带进新的绝望。

回拉维市的火车上，司自清有条不紊地说："学校那边我已经了解过，只要通过这学期的考试，你就可以办离校回国，白教授那边我已经联系好，他随时等你回去。"最后一句，他像给学生留作业那样："至于钮度——你自己找说法。"

司零轻轻地应了声："好。"

送司自清到周孝颐那里后，司零直接回了学校。所幸宿舍里没人在，她可以继续这样失魂落魄地苟延一段时间。

"胖零别难过，胖零别难过。"滚滚突然开口了。她已经很久很久没有跟滚滚聊天打发时间了，在她刚到Y国的时候，滚滚是她唯一的陪伴。后来，蕙子来了，阿星来了……钮度来了。

滚滚听起来充满元气："你是最棒的，明天会更好。"

雨才停了半天，水分就蒸发得仿佛从未降临。司零在暮色中离开学生村，漫无目的地沿马路往前走，好像只要走下去，她就能得到救赎。

朱蕙子最先发现她在宿舍放下的包，可发微信打电话她都没有回应。蕙子很快向司自清询问，他看上去没有一点着急，让她安心等司零回来——做傻事是庸人之举，他的女儿绝对不会。

尽管如此，朱蕙子还是感觉得到，他们父女间进行了并不愉快的谈话。她很容易以为这和钮度有关，司零说过要向爸爸坦白，她认为钮度需要在这种时候陪着司零。

司零接到钮度电话的时候，完全不想去推测这个中缘由。

关于她和钮度，司自清仿佛听了个笑话后不当回事，他不想再知道她对钮度是不是动了真情，他不想让他的女儿和这家人再有任何瓜葛。

司零以为自己智计无双、无所畏惧，可终究这世上，还有一个管她疼她的爸爸——这让她又挫败又幸福。

手机上显示钮度第七个未接的时候，他已来到路城。没过太久，她就听见身后传来他的声音——"司零。"

司零回头，钮度正走下草坪。阴雨天藏起了星月，还好有一盏路灯，够他看清她的笑："找得这么快呀？"

钮度过来抱住她："都多大了，还玩出走消失。"

"才没有，只是出来走走，谁知道蕙子会告诉你。"

"她这样很对，"钮度松开手看着她，"上次你在边境出事，她宁可告诉在平城的费励也不告诉我，我很有意见。"

司零扑哧一笑："都多大了，还玩争风吃醋。"

"怎么了？"钮度摩挲着她的小脸，看到了哭过的痕迹，"叔叔说什么了，让我的宝贝这样委屈？"

司零都不知道自己是这么好哄，他随便一句话就能让她鼻酸。她吸吸鼻子，说："那你猜猜看。"

"我希望是他要带你回国，但他不同意你和我在一起的概率更高。"

"你这什么臭嘴巴哦，两个都说中了。"

钮度啄了啄她的嘴唇，像是真的不担心那样漫不经心地说："那怎么办？"

她突然变得无助："我不知道。"

"真的没有商量？"她忧伤得让钮度意外，"你的小笨嘴都说了什么，让叔叔连见我都免了就直接审判？"

司零看似无关地问："钮度，来 Y 国你觉得苦吗？"

"怎么会？没有比遇见你更甜的事。"

"……搞什么？你以前不会这样甜言蜜语的。"

钮度笑了，索性甜蜜到底："你喜欢的话，以后每天讲给你听。"

司零又变成一只蹭他心口的猫咪，倏然间她看向一旁的草地，说："好想和你再一起躺着看星星啊，我刚刚摸过了，草地还是湿的，而且，大冷天的，有人看见一定觉得我们有病。"

他立即说："那就等天气暖和起来，找一个最好的晴天。"

"钮度，我是说真的，如果你原本不必来 Y 国，你会后悔吗？"司零抬起头，不等他回答就说，"你知道的那个操盘手，他就在港城，如果你找到他，他会很愿意帮你打败钮辰，根本不像我要逼问你的秘密……"

"你知不知道我为什么喜欢看你睡觉？"钮度捏了捏她的鼻子，"看你睡觉会让我觉得，原来我也可以做普通人，每天安心地看着心爱的女孩醒来，不争不抢地过日子，这样也不错……"

他话锋一转，语气也变了："但这永远也不可能——我想你懂我，如果我变得那样没斗志，你也不会再爱那样的我；如果你也因为我放弃了你的理想，那也不再是我爱上的你。"

"是。"她很肯定。

"所以你明白吗？永远没办法实现的才是最美好的，"钮度像极了深情的诗人，为司零而作的诗即将流芳百世，"你是我心里那点永远的执念。"

这是他第一次这样坦荡直白地向她表达爱意，看起来像极了诀别前夕。

司零不想这样隆重地告别，让他们都正常一些吧，所以她恢复了傲慢："钮度，总有一天你会知道，被我爱是一件多么了不得的事。"

可自从爱上他，无论多么霸气的话在他听来也不再盛气凌人，永远都有那么几分撒娇。

钮度笑得好开怀，他永远有一种从容，让人觉得他即使是面对神佛也依旧气场全开。

"我想我已经知道了，你说呢？史诗队长。"

她就是那个——传闻中能够轻易让人唯命是从的，不知面貌、不知性别、不知年龄的，被称为"队长"的，以维护正义为任的 CR 领袖——史诗。

司零如释重负地笑了一下，走过去靠在护栏上，说："其实费励他们过来之后，我就知道他离猜到不远了。"

"其实我没有百分百确定是你，费励看起来更像，"钮度也笑了一下，"但在你身上，越不像的，就越是真相。"

的确费励更像队长，他有着光鲜又神秘的身份，计算机般的超强脑力，发布、收集信息的工作都是由他来完成的。他是坐在案牍上的皇帝，而司零是身后垂帘听政的太后。

"其实我俩当初石头剪刀布决定谁当队长的时候，是他赢了，"司零轻松得像在讲段子，"但是他说我更适合。"

"是啊，你很容易让人听你的，自己没有发现吗？"钮度走到她身边。

"你不一样，你敢算计我。"

"我如果不这么大胆，你怎么会喜欢我？"

司零想了想，像煞有介事地点了点头："说的也是。"

钮度遥望着万家灯火，也讲起笑话："你不是上网搜过我吗？我也搜过你，也看到关于你的很多猜测，基本上都觉得你是男人，很可怕的那种，也有人猜你整天待在一个秘密基地不出门，是个两百斤的胖子。"

司零放声大笑："这让我很有成就感。"她敛起嘴角，看向他，"我不想骗你，但很多事情是我不能说。"

"还有什么想告诉我？"钮度转身面对她。

"你该知道的，应该都已经知道了。"

"可我希望你说给我听。"

司零沉了口气，又笑一下："你当初会来 Y 国，是我故意让费励泄露信号的。"

钮度一怔……他猜到了之后的所有事，却忽略了这根本的源头。他接她的话说："你原本想接近的是言炬，可是他对做生意没有什么兴趣。"

318

"是啊，那个木头脑袋，花了我将近一年的时间，真是一个巴掌拍不响，"司零自嘲一笑，"幸好你来了，其实我知道，你才是最适合取代钮辰的人，只是……"

钮度替她说了出来："只是你拿不准我和大哥的关系，言炬才是他的儿子。"

司零看向他，虽然有点惊讶，但不算意外："既然你知道，那我要说的就少很多了。"

钮度再次说："我希望你说给我听。"

天边响起一道闷雷，可两人专注得似乎没人听见。

"好。"司零的绵羊嗓第一次听起来这样低沉，"我在港城出生，三岁时爸爸把我和妈妈送到平城，从此没有音信。后来妈妈告诉我，他病逝了，但我不相信。"

"为什么不信？"

"因为他连一块墓碑都没有，因为在他消失的两天前还在教我拉琴，因为在他消失的短短一段时间前他最好的朋友——你大哥，和你们整个家都发生了天翻地覆的变化！"

钮度说："所以你就开始找答案。"

"对，"她的眼神很清冷，"所以我找到蕙子，学生物接近言炬，之后跟你合作，找人帮你做事，都是为了让你在天一掌权之后才能帮我找到答案。"

钮度无奈地点点头："好像也没有更好的办法了。"

"可是爸爸刚刚告诉我，我做的一切都是自作聪明，"司零讪笑一声，"妈妈说他病逝了，朱家说他病逝了，你也告诉我他病逝了，是我自己不信……"

之后很长一段时间，钮度提出了这二十年里她想到的所有疑点，但直到和司自清谈话之后，全都被一一破解了。

"那短短的几天，确实像世界垮了，"钮度说，"大哥遇难，爸爸赶去的路上出了车祸，后来妈妈也病倒了……但如果你告诉我说，这一切都可能跟一个外人有关，而我在这二十年里从没听谁说起过他，我也觉得很荒唐。"

司零都没心思注意他犹疑的语气了，接受这突如其来的一切已经耗费她太多力气。

如果不是路灯周围飘起了细毛般的雨，他们甚至都感觉不到。

钮度浅笑说："原来你爸爸找你说的是这些啊……所以你还没有跟他说我？"

司零看向别处："说了，我还说，希望他慢慢了解你。"

"他以为你跟我在一起是为了别的目的？"

"不是，他知道我用不着使美人计这种伎俩——好吧，其实他什么也没说……"司零垂下眼，声音比雨都要细，"但是钮度，我们需要分开一段时间。"

尽管他们的确爱着彼此，尽管真相一点也不影响他们在一起，尽管司自清没有任何反对的理由……但，世上更多的事都是这样，没有理由，没有原因，也不可以。

钮度脸上挂满冷冰冰的雨珠，但他看她的眼神依然炙热："多久？"

司零重新抬头，没有看他，也没回答："陈安德会继续留下来帮你，他很欣赏你，跟我夸过你很多次，现在就算我要他走他也不会愿意了。"她笑了一下，继续说，"另外，按照计划，费励会过来加入 Wayyar，肖瀚加入 HERO。就算我不在这里，阿瀚还是会来，但是费励……如果我没有爱上你，他也还是很愿意来。"

"没关系，我本来准备告诉你，我有同学下个月从谷歌过来，他被老板逼问了很久是谁敢把他挖走。"钮度也笑了，伸手把她的帽子收紧了些。

司零才发现，不知道他什么时候帮她戴上了帽子。

"我在港城和南亚还有一些人，"她继续交代，"到了应该的时候，他们会出手做事的。比如——钮辰正给他表妹周乔伊的公司持续虚增资产，我回头把目前的所有资料都……"

她被钮度抱住了。

"这些我都不想听，"钮度几乎要拧断她的腰，质问道，"你打算离开我多久？"

"我不知道，"她的眼泪已沾湿他大衣，"我不知道……"

"如果你要回去读书，我就等你毕业。"

320

司零疯狂摇着头，整个人都在发抖："你不懂吗？我这么多年一直在建一座塔，现在塔被拆了……我不知道我该做什么……"

她哭得撕碎了他的心。

"我懂，我当然懂，"钮度低头贴着她的耳朵，"那你就回去，吃想吃的东西，看想看的书……"

他知道她现在不需要什么安慰，甚至不需要陪伴，她只需要时间。

雨越下越大，钮度用尽全力在吻司零。

这一夜的水乳交融成了一种救赎，曙光将现时，她对他说："如果天不会亮就好了。"

钮度喜欢把她的手放在心口："我就是为了告诉你，如果你不想天亮起来，待在我身边就可以。"

司零爬起来，像是宣布什么国政那样严肃地看着他："钮度，我走之后，你不可以移情别恋。"

他笑了："我们又不是分手，我没有资格那样做。"

"你严肃一点。"

"好——你不在的时候，我不会找别的女人。"

"约会也不行。"

"连一起吃饭都不会有。"

司零就这样安心地睡了过去。

他说她很容易让人死心塌地，她对他又何尝不是呢？

司零一一找老师把考试都提前安排到了下周，同时开始收拾行李。

朱蕙子全力劝阻："你走了我怎么办呀？本来不是说了还有一年吗？叔叔这有点过分紧张了，大不了你换个课题做呗，再说了你回平城大学不也是继续研究这个吗……"

钮言炬也帮她："如果你想继续留下来，我和老师都会帮你跟你爸爸谈的。"

司零没什么解释。学校办事效率很高，考试成绩下来之后，离校手续很快办好。虽然匆忙，但事事妥当，回国前一天，司零的宿舍已空无一物。

朱蕙子难以置信地哭了："这都什么呀，怎么这么突然……"

"还记得我跟你说过什么吗？你已经不是小孩子了，要学会独当一面，"司零把背包背上肩，周孝颐的车在楼下等她，"而且，你现在有言炬了。"

司零最后看了一眼这间说不上来喜欢与否的宿舍，窗台外的景色倾听过她发呆时所有光怪陆离的想法，它们会在这里迎接下一个入住的同学，但愿她没有那么多难以道出的烦恼困顿。

车上高速时，两旁沙漠都已没入黑夜，也许它也知道，她并不会怀念，也没什么不舍，所以她不需要再看最后一眼。

"喜欢这里吗？"周孝颐问。

"没有喜欢的必要，"司零说，"但，还不错。"

对她来说，这已经是很高的评价了。

周孝颐叹了口气："其实我也跟老师谈过，我说其实钮度这个人很好，谈吐很得体，也很实在，没有什么绯闻纠纷……"

司零笑了："周参赞也会上网看八卦了？"

周孝颐又说："老人家的观念不容易改变，如果你很喜欢他，可以再慢慢和老师谈谈。"

到公寓不久，司零就向司自清申请："爸，我今晚不想住这儿。"

司自清问："你想去哪儿？"

她很诚实："钮度那里。"

在周孝颐紧张地就要代师训斥的时候，司自清答应了："好，明天早点回来。"

出租车一路向北，一面是海岸，一面是繁华的街道。经过她和钮度初次相约的餐厅时，她也来不及多看一眼。

人生好比一本相册，只有几张照片时如数家珍，后来照片越来越多，却也越来越让人疲于翻看。记忆不会被遗忘，只是怀念一下都好累。

别墅里灯火通明，司零熟稔地输入密码，懒得掏钥匙开门便绕到后院。法耶正在院子里打扫，惊喜大叫起来："雪莉！我以为你不会来了！先生说你要回国了，是真的吗？"

"我会想念你的英语口音的。"司零说。

"噢，我会想念你在这里的每一分钟的。"

有人闻声下楼，司零抬头，对上了钮度的眼睛。

他快步走来，什么都不必说，拉着司零上了楼，房门还没关紧就开始吻她。

"下雨了，你没有关窗……"司零抱着钮度的头。

他当然不会去关，离开她的每一秒都是浪费。

以后一定会有许许多多的人问她，Y 国怎么样？她一定会公式化地回答，干燥闷热。可她脑海中出现的，也一定是这一场永远不想停下的雨。

"以后你帮我照顾一下蕙子，如果她和言炬吵架，你不准偏心。"司零像在以往许多个夜里那样枕着钮度的胸膛。

钮度一笑："如果要偏心，应该偏蕙子才对，她是你最疼的人。"过了一阵，他又问，"那她那边，你打算怎么办？"

"不知道。"这几天里，司零说尽了这辈子的不知道，以前不论理工农医经管文法，只要你问，她一定能说出个一二来。她闭上眼，"至少最近我什么也不想做，我不想再经历那种对话了，跟爸爸跟你的那种对话，你懂吗？"

"那你要有一个长长的假期了。"钮度换了轻快的语气。

"才不是，一回去老板肯定找我，学校落下的课也要尽快补上来。"

"这不会花你太多时间的。"

"这样说好像太过分了——好吧，确实不会。"两个人同时笑了。

司零突然说："对不起。"

钮度问："为什么？"

"我骗你了。"

"你保证以后什么事都告诉我，我就原谅你。"

"好嘛，"司零抬头，像个向老师认错的小学生，"我保证，以后什么事都会告诉你，哪怕是哪天便秘这种事。"

钮度复刻她的语气："你严肃一点。"

"我保证以后什么事都告诉你。"钮度满意地点点头，司零又说，"怪事，你觉不觉得我们越来越像了？"

是因为越来越爱啊，笨蛋。钮度笑了，但他不打算说出来。

"好吧，还有一个对不起，"司零凑近他的嘴唇，"你的生日我不能陪你了。"

钮度是水瓶座，生日在二月二日。他皱起眉："我不可以去平城？"

"真的吗？"她眼睛亮起来。

"下次接到东城号再挂，我直接买返程票走。"钮度敲了敲她额头。

"我不挂我不挂。"

两个人就这样闲聊，没有半点离别的仪式感。就好像一早起来，他还是会先去上班，她吃完法耶准备的早饭就回学校去，等到下一个周末他们又会再次见面缠绵。

第二天司零在钮度臂弯中醒来，她惊喜地问："你怎么不去上班？"

钮度若有所思："我想作为老板，还是可以有旷半天班陪女朋友的特权。"司零笑了，重新舒舒服服地闭上眼。钮度问："你什么时候走？"

"我想作为成年人，我可以任性一次。"司零说。她不想考虑这个问题，航班在晚上，司自清也不会催她。

后来在饭桌上，钮度出其不备地说："等下我送你过去。"

司零抬头看他："你确定吗？"

"我应该送你去。"

"好。"她又想哭了，这真是史诗最不酷的一段时间。

钮度长长舒一口气："也算我定的衣服没有白费。"

钮度去换衣服了，司零得空跟叶佐说几句话，他正闲着画画。司零调侃道："你也不去上班，干吗？舍不得我啊？"

他说："是替阿度舍不得你。"

"够会讲话。"

"我是认真的，"叶佐停笔看她，"这是我认识阿度以来，他过得最轻松愉快的一段时间。"

司零轻轻一笑："我也是。"

临别之际，多少都要感怀一下。叶佐说："你们两个刚认识的时候，都不是现在这样。"

司零说："我刚认识你的时候，也以为你是个机器人啊。"

叶佐笑了："如果阿度有做坏事，我第一个给你报信。"

"你也太好了吧！"司零锤了锤他的肩膀，而后说，"我没什么好跟你交代的了，以后就多辛苦你照顾他。"

"你放心好。"

听到开门，司零走了出去，一眼看见……着装正式得仿佛要去交易所敲锣上市的钮度。

"你还喷发胶了？皮鞋都擦了一回？"司零看着他锃亮的皮鞋，哭笑不得。他本只送她到外交公寓门口，应该是见不到司自清的："你这要是见不到我爸，我都替你亏了。"

钮度浅浅一笑，拉着她的手下楼："走吧。"

不得不说，穿上冬装大衣，钮度气场拔高了两米，加上络腮胡高级脸，不知道的还以为他准备去领电影节影帝奖。

上路不久，周孝颐的电话非常适时地打了过来："妹子，回来了没？快四点了。"

"在路上，"司零停顿了一秒钟，补充道，"钮度送我。"

"钮度送你？"周孝颐在重复给司自清。

"我收拾了点东西，有个行李箱，我拿不动，"司零鬼灵地冲钮度眨了眨眼，"他帮我搬上去行不行啊？"

周孝颐决定自作主张："行啊，你让他搬上来。"

电话挂了，钮度只是扯了扯嘴角。司零很故意地凑近他："你不紧张啊？"

"我紧张的时候，会盯着一个地方不说话。"显然就是此刻。

需要他告诉她，说明她此前从没见过。司零揶揄道："所以，之前见多大的人物，谈多重要的事，都比不上见我爸紧张？"

"是啊。"他听起来有点可怜巴巴。

当钮度拎着一个二十寸行李箱站在门口时，谁都知道了这不过是一个借口。他毕恭毕敬，像是在董事会上讲话——还要厼一些："周参赞好，叔叔好，我是钮度，你们可以和家里人一样，叫我阿度。"

周孝颐的嘴唇动了动，愣是没办法改口，只得免去称呼："快进来，坐下来喝杯茶吧。"

两个人杵在门口不动，好像司自清才是这个屋的主人，他的赦令才算数。司自清也略显礼貌地点头微笑："进来坐吧。"

四个人围桌而坐。司自清倒没有刻意冷淡，但也不积极，只是客客气气地问钮度一些工作上的事。反倒是周孝颐，谁都看出来他一直在帮钮度美言——热衷慈善、颇受当地官商欢迎、积极促进两国关系，等等。总之，很官方。

没多久就是饭点，这次是司自清主动说："阿度留下来一起吃饭吧。"

周孝颐进厨房掌勺，客厅里，司零自然就说起钮度的厨艺，以及她住院时他雷打不动地给她送了两星期的饭。之后司自清主动问起钮度父母的身体状况，钮度答得比告诉司零都详细。

周孝颐突然喊她："乐乐，过来给师哥帮个忙。"

司零起身就去，留钮度和司自清单独说话。她一边摘菜，一边偷笑说："平时要求周参赞开尊口美言几句比什么都难，你今天是怎么了？"

周孝颐瞪了她一眼："臭丫头，还不是因为你。"

"你以前不是给我介绍过一个么，那也没现在这样。"

周孝颐轻轻一笑，说："可能是觉得你很喜欢他吧。"司零不说话了，周孝颐逗她，"是不是？我们丫头这么喜欢一个人不容易，师哥能不多帮你吗？"

客厅里虽没什么欢声笑语，倒也算自在。钮度不会在这种时候刻意去讨司自清欢心，只是轻松地向他讲和司零相处的琐事。

司自清面前茶杯空了，钮度主动给他添上。杯中腾起薄烟，司自清跟着一道沉了口气，说："我这丫头一向不安分，又太过自我，很多事我不是放心，是根本不知道。谢谢你在外面这么照顾她，我都听说了，她住院的时候，你一直在联系 M 国的医院……"

钮度微微颔首："这些都是应该的，叔叔。"

简单的开场一过，司自清便按一贯的强硬直接："这丫头看起来有几分聪明，在处理人情世故上有自己一套办法，但实际上不太懂变通，习惯总而观之，往往忽略许多细节。"

"果然还是叔叔最了解她。"钮度一笑，大概猜到了他想说什么。

"我们到底也只是寻常人家，对你家这样的大家族的事，有很多方面是从来不了解的，很多事情司零都不会懂该怎么处理，"司自清非常实在地说，"我自认为没有办法在这样的环境中很好地保护我的孩子，我并不希望她以后在这样的情况下生活。"

厨房里刚好炸锅，一片沸腾，司自清的声音刚好够钮度听见而已。

钮度谦谦一笑，坐正了些："叔叔，我很遗憾在这样仓促的时刻与您见面，没有更多机会让您了解我。我非常理解您的担心，但是我们之所以会在一起，是经过很久的观察和考虑的，我相信司零是最适合我的，我们在一起之后也彼此磨合了很多，我想，谁都不会一开始就找到最恰当的方式……

"我觉得，让彼此都变得更好是两个人在一起的目标，相信您也会慢慢感觉到司零的改变……说到以后，我只能在这里向您保证，我会保护好她。"

司自清很久没有说话。他又何尝不知道他们有多匹配？用钮度的沉稳来压制司零的骄傲，再好不过。

还是钮度开口："我希望您不要着急现在就作判定，司零就要跟您一起回平城了，我们有很长时间不会见面，希望经过这段考验之后，您再重新对我们做出考虑。"

司自清很清楚现在操之过急，只会适得其反。他不再说什么，抬头一看，司零已经把菜端出了厨房。

饭桌上，钮度说："晚上我送你们去机场。"

这次是司零说："不用了，今天又不是周末，叶佐手上积了一堆事，你回去吧，师哥有车。"

"好。"他不勉强。

饭后，司零送钮度下楼。

站在车旁，司零抓住钮度的手："你们俩都说什么了？"

钮度笑了："担心我说错话吗？"

"你当然不可能说错话，"司零低头，扭扭捏捏，"可是……"

钮度抱住她："顺其自然吧，你就要回平城了，我们现在说什么都没有用。"

她也环绕着他的腰："好，给我一段时间，我也需要好好休息。"

"记得健身完不要马上洗澡。"

"那你要记得按时吃饭。"

"不要再踢被子了。"

"你也不许喝那么多咖啡。"

似乎话都说完了，还没有人愿意先放手。他们开始接吻的时候，周孝颐拉上了窗帘。他回头，司自清正收拾东西，完全不在意的样子。

"老师，"周孝颐又忍不住说，"丫头这次是认真的。"

波音 777 飞机腾空而起的时候，拉维市已经入梦。

——喜欢这里吗？

——我没必要喜欢一座海外城市，我只是必须热爱有他在的地方。

直到很多很多年以后，或许是一个午后得闲睡到自然醒，窗外飘着小雨，全世界都很安静。那么司零终于有空想起，她也曾拥有一段不受拘束的时光，能够放肆地跟他在一起，没人打扰。

这让她足够用一生来怀念这座城市。

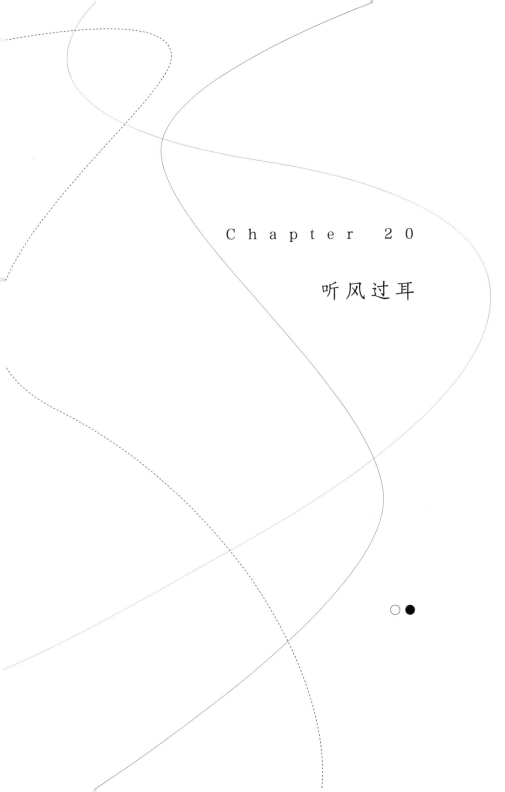

Chapter 20

听风过耳

太阳为你加晃

熬过漫长的考试月，朱蕙子迫不及待地收拾行李准备回国。手机里闪出一条消息——Edward.N："我到了。"她回复"马上到"的时候已经在下楼。

路城的一月仍然是雨季，又是一个下雨天，又是钮言炬撑伞等她。朱蕙子小跑到他的伞下，挽住他的胳膊。

两人一同向食堂走，钮言炬说："今天的事我都听说了，她后来有没有对你怎么样？"

朱蕙子今天和同班一个女生有些分歧，对方一气之下竟摔了东西，险些砸到她身上。朱蕙子把钮言炬抱紧了些，淡淡道："没怎么样，我转头就走了。"

钮言炬立即说："我去找她。"

"别去了，我有个学法的朋友说要告诉老师，她这样最高能被遣返回国，"朱蕙子撇撇嘴，不以为意，"这样最好，让学校来处理。"

钮言炬夸奖道："这样想就对了，我怕你气不过会怎么样呢。"

"要是在以前，真的会打回去。上次我在港城的酒吧遇到仇人就动上手了，还是司零和钮度来把我拉回去的，"朱蕙子露出一丝失落，"但是司零现在不在了，没人替我善后，而且她说过，要我学会遇事冷静一点。"

"她说得对，"钮言炬看向她，"但你还有我。"

"我知道啦，我是说不论是谁，我都不要惹麻烦，我已经不是小孩子了。"她学着司零的语气说话，看起来更像司零了几分。

每个人都会长大的，感谢路城，见证过他们每一个人的成长。

钮言炬想起来："对了，上次帮你测基因，结果已经出来了，这段时间一直考试就没有告诉你。"

"真的？那我们什么时候去看？"

"等下吃完饭就过去。"

……

钮言炬给她打了好几页检验报告，逐字逐句给她把专业术语转成人话。到了最后，钮言炬才说："还有一件事有点奇怪。"

"什么？"朱蕙子抬头看他。

"你和司零的基因……怎么说呢，有很大部分很像——这样说也不太准确，其实就是一样的，"钮言炬之所以迟缓，是因为觉得不可思议，"达到这么高的相似性，一般都有血缘关系。"

朱蕙子怔怔地看着他。

钮言炬轻轻一笑："有没有可能你们是远房亲戚但不知道？但是从结果来看，并不是隔得很远的血缘……"

朱蕙子心跳如擂鼓，这么多年来每一个说她们长得像的声音一齐涌上了脑海。怎么会这样？这是什么小说情节？她和司零是失散多年的姐妹？

难不成……她是爸爸的私生女？

朱蕙子好不容易能说话："你……不会搞错吧？"

钮言炬叹了口气："我也觉得很奇怪，但其他可能概率太小了。"

"不可能啊……"朱蕙子开始摇头，"她和爸爸长得不像啊……"

"你怎么了？在想什么？"

朱蕙子像抓住救生圈一样抓着钮言炬的手："司零妈妈确实和司叔叔是再婚的，难道她以前……是跟我爸在一起？可是司零和我爸长得一点都不像……而且，她来我家这么多次，从来没觉得她有想刻意接近我爸啊，她也没问过我爸什么，反而是问妈妈和外公外婆多一些……"

钮言炬说："那会不会是你妈妈？"

"你是说我妈妈生下她然后给了她妈妈养吗？"

"不，我的意思是，从结果来看，她不太可能是你的亲姐姐，"钮言炬难得转了转脑子，"你刚才说她从不刻意接近你爸爸，所以你是觉得其实她早就知道，所以才来认识你是吗？"

事发突然,朱蕙子并没有把逻辑理得这么细,直到钮言炬说出来,她才猛地意识到自己竟是以此为出发点推断的。她承认道:"是……她那么聪明的一个人,你记不记得我告诉过你,我和她是怎么认识的?这么多年我一直没明白,她为什么会去酒吧里救我……"

钮言炬比她冷静很多:"所以你可以按照刚才的逻辑再想想,她平时跟你提到谁最多?最想知道谁的事?"

她和司零认识快十年了,从前无论聊起谁聊起什么,她都只当那是唠嗑,又怎么会去注意呢?这么说的话……

朱蕙子猛地一下瞪大眼,钮言炬知道她有了答案。

"我知道是谁了……"朱蕙子的声音很小很小,她觉得这荒谬到说不出口,"……我舅舅,朱一臣。"

这真是一个神奇冬天。

朱蕙子没想到的是,钮言炬比她更为震惊:"——你说什么?朱一臣是你舅舅?"

……

平城难得一个见蓝的天,午饭后司零插上耳机,从办公室下来,走向平湖的路上给钮度打电话。

Y国是早上八点,通常这个点他刚跑完步要上楼洗澡——只有枕边有她的早晨,他才会赖床。果然,钮度接听时,带着微重的喘息:"宝贝?"

司零笑起来:"跑完步啦?"

"嗯,准备洗澡。"

"跟你说过不要马上洗澡的。"

"所以我刚好坐下来等你的电话。"钮度说完,又问,"现在在哪里?"

司零说话时带出雾气:"刚在办公室点了个外卖,吃完下来消消食。"

钮度问:"周末也去学校?"

"就是周末才要来,"她又开始嗲声嗲气,"爸爸周末在家,我没办法给你打电话。"

之后司自清有找司零再谈,强硬地表示不允许他们在一起,无论她怎么说都不肯松口，她第一次觉得爸爸竟是这样不解人意。但她和钮度现在天各一方，又不是明天就要怎样，这件事便像一个被搁置的议案，只要不提就能够和平共处。

钮度声音一沉："我应该找个什么机会和你爸爸相处一段时间。"

"不说这个了。"

钮度笑了："走到哪里了这么吵？"

"平湖，上面有人溜冰呢，"司零一副沧桑口吻，"大多是大一二的小孩儿，还有一些老师的孩子。"

"你怎么不去？"

"等他们到了我这个岁数也就懒得去了。"两人一起笑了。

司零又问："你什么时候回港城？"

"快了，还有一些工作需要收尾。"钮度就要回港开年会，前后会待两周左右。她等待着什么，然后他便说："我会找时间去看你。"

"好。"隔着电话都能感受到她笑得多甜。

私事虽然一言难尽，公事却非常顺风顺水。

跟进的项目发展势头都很好，融资估值节节高升，一些公司还成为了业界黑马，钮度这个名字逐渐成为一个品牌、一个标杆，走到哪里都是座上宾。有了影响力之后，公司新收了一些人，许多工作分摊开来，钮度不必事事亲力亲为。但因为项目越多，他却也变得更忙了。

肖瀚加入 HERO 之后，公司管理沟通越发流畅，他们预备开春便开始试着和南亚国防部接洽。

再说周孝颐，一下子拉近了和钮度的关系，事事照顾他，给他介绍了一些和内地的合作。司零从没想过将师哥也利用进来，这算是莫大的意外之喜。

而司零呢，这段时间她慢慢地退出与钮度的利益关联，既然没有了目的，那么她希望和他的关系可以变得纯粹，就只是她爱他、他也爱她而已。

正好他手底下人也变多了，她这个挂职的项目经理，现在只做他一个人的远程顾问，在有关医疗的项目上给他一些意见。

以往年前还有一件事——只有高阶成员才能参加的 CR 年会，司零让费励发了通知今年年会取消，传回一片哀声。取消了年会，进阶名单还得如期公布，战神不出所料进入高阶，兴奋得他订了第二天去平城的机票。

他叫高长宁，人和名字背道而驰，高是高了，一米九的个子，却没半点安宁。

见到司零的第一眼，他的反应如司零看惯了的那样："天哪？你是个女的？"

司零只好说："天啊，你比照片看起来要壮好多。"

一般接下来，他们又会说："天哪——你的声音怎么这么可爱？"

朱蕙子回国那天，司零恰好出发去长白山度假。这样也好，漫长的十小时飞行，都不够让她想好如何面对司零。

高长宁闲谝时说起："我家在长白山有个庄园，现在承包出去做度假区了，老板人很不错，你们要是去了，报我名字免费！"

司零想了想："听起来不错。"

她确实需要出去走一走，去一个没有车水马龙和高楼大厦的地方，放空自己。

地方不太好去，司零先到长白山机场，租了个车进山，走了九曲十八弯才来到庄园。尽管司零不打算真的报名，但她总归是一个女生，高长宁还是提前跟老板打了招呼。

司零有意模糊自己的性别，这便是原因之一。无论你有多么神通广大，但只要你是一个女生，就永远会让人下意识想谦让和保护，不知道该幸福还是该挫败。

庄园冬季游客不少，有心找到这里也多是资深的度假客，少则待三五天。老板弄了间小酒吧，谈不上什么生意，纯粹是为了让天南地北的游客有缘相见。

司零白天出去滑雪，疾驰到无人的山头，迎风而立。

到了晚上她便去酒吧坐坐，一开始喝气泡水，后来也允许自己小酌两杯，听其他游客谈天说地。三两天后，有人开始鼓励从不发言的她："你呢？怎么大冬天一个人来这里待着？跟男朋友吵架了？"

这个时候，刚有一位大哥讲完自己事业不顺、妻子离异的故事。

司零略微一笑："我没什么，就是突然觉得……好像找不到自己了。"

"怎么会？小姑娘你懂得很多呀。"

即便不报学历出身，谈吐之间也是藏不住的。"谢谢，"她先是道谢，饮了口酒，又说，"其实我……"

大家都在耐心地等她开口。

"其实也没什么好说的。"酒过三巡，司零很喜欢现在这样微醺的感觉，至少可以随意傻笑，"可能我只是无病呻吟吧。"

"我也没什么可说的，就是一个普普通通的人，"不知道是谁在说话，暂且称为有缘人，"小时候很开心，读书的时候很累，考的大学也不错，工作也很稳定……但我还是常常觉得很累，可能活着就已经很累了吧。"

司零耳畔忽然响起一阵风声，酒吧的窗户还关得很严实，或许是雪山头上那阵风吹进心底，又慢慢地涌了上来。

生而为人，谁都不易。但是——

"有时我听风过耳，我觉得为了听风过耳，也值得出世为人。"

……

朱蕙子到家三天，每天都睡到日上三竿。

朱一姗问了几次："宝贝是不是不舒服呀？怎么看起来蔫蔫儿的？"

"没有啦，就是考试熬了好几天通宵，睡个回本儿。"这个理由很过得去。其实她有点不敢和妈妈待太久，她怕自己忍不住就喊出来——妈妈，司零真的是我姐姐！

如果是半年前的朱蕙子，一定会这么做。但她现在终于学会了沉住气——十年了，司零都没有开口认亲，就一定有她的苦衷，她不能就这样拆穿她十年的忍耐。

朱蕙子突然找朱一姗说："妈，我们今晚去外婆那吃饭吧。"

"怎么啦？"

"没什么，我长这么大第一次出远门这么久，回来应该去看看外婆，给外公上炷香。"

"宝贝懂事啦，"朱一姗都快哭了，"果然让你和司零多待着没错……"

……

　　一到外婆家，朱蕙子就主动进了小祠堂。燃香作揖后，她忽然开始细看神龛上那些齐整的牌位，上面的列祖列宗大多军功赫赫。

　　……二十年了，她竟然才注意到，这里没有舅舅的牌位。

　　……怎么会这样？

　　"妈妈，"朱蕙子出去叫人，等朱一姗回头，她又说，"你来一下。"

　　朱一姗起身过去："怎么了？"

　　"妈妈，"朱蕙子很小声地问，"为什么舅舅的牌位不在这里？"

　　朱一姗一怔，问："你怎么突然想到问这个？"

　　"就是突然想起来，你不是说过他在港城病逝，不方便送回来吗？"朱蕙子尽量让自己自然一些，"怎么连牌位都不立呀？"

　　朱一姗的脸色难以形容。

　　外婆拄着拐杖过来了，朱一姗过去搀扶，就要岔开话题："妈，我在想，小年的时候，我们是不是……"

　　外婆压了压朱一姗的手，看着朱蕙子说："蕙子，你已经长大了，外婆觉得，有些事情你是可以知道的。"

　　"妈……"朱一姗用眼神恳求。

　　朱蕙子蒙了。她咽了咽唾沫，声音都变了："……什么事？"

　　……

　　东北天亮得很早，司零一早被钮度的微信电话扰醒，又嗲又软地接起来："喂……"

　　钮度被她可爱到了，迟了几秒才说话："今天不用去学校吗？还不起。"

　　"我来东北玩几天。"

　　"什么时候？"

　　"有三天了。"

　　他不高兴了："你怎么不告诉我？"

　　"不想让你担心嘛，你最近那么忙，"钮度没说话，司零又补充，"我自己来的。"

　　钮度听起来还没消气："那好吧，你继续在那里吧。"

　　"你不要生气嘛……"司零彻底清醒了，翻身躲避从窗帘缝隙漏进来的光线，"我也没干吗，就是待在一个度假村里，出去滑滑雪。"

"倒也不是生气，"钮度慢条斯理地说，"只是还以为到了平城再告诉你能给你惊喜，可是你又不在，我是不是该现在就回港城？"

电话里默了三秒钟。

"——什么？"司零猛地坐直，"你回平城了？你在哪里？"

话音未落，就听到他身边传来的广播："迎接的各位旅客请注意，东方航空公司 MU5715，已经到达本站……"

司零再确认一遍："你回平城了？"

老天庇佑，她还能赶上今天回平城的飞机。

钮度已经去酒店放好行李，开了个车来接她。她在接机口熙攘的人群里一眼望见他，她飞奔过去扑进他怀里的时候，引来周围一片惊羡。

"真的是高颜值情侣，好般配啊。"

"就是女的矮了一点……"

"这种和小只女生的身高差最萌了好不好！"

钮度牵司零的手出去，她发现他戴着手套，打趣道："我大平城都冷到让太子爷戴上手套啦？"

钮度一笑："怕碰你的时候冰到你。"

钮度找到车位，司零坐进副驾驶座，问："怎么有车开？"

"朋友借的。"他摘下手套，把安全带一扣——是太久不见面了吗？他每个动作每一帧画面都快要把司零帅晕了。司零扑过去吻住他，才发现他的脸有点冰凉。钮度笑了："我都忘了，应该把脸也捂热一些。"

他们继续拥吻，情意渐浓，钮度终于说："宝贝，我们不能把人家的车弄脏，对不对？"

"什么嘛……"她羞红脸坐了回去。

钮度枕着司零的胸脯，她被他的胡茬扎到时又痒又刺，但她好喜欢这种感觉。"我只能陪你一天，"钮度轻轻地啃咬她，"明天下午要回港城开会。"

司零咬着牙说："好。"

"你可不可以试试像别的女孩子一样抱怨生气？骂我太忙不陪你？"倒像是钮度在求她。

"笨蛋，"她也学他骂，"我一点也不生气，你舍得提前跑来平城，我已经很满足了。我不想耽误你，只是我不知道该怎样回到你身边。"

"想通了？"

"这几天待在山里，听了好些游客说自己的故事，"司零摩挲着钮度的脸，像在试他的体温，"我知道有很多人羡慕我的生活，我一直事事顺意，就算得了病也能死里逃生，活蹦乱跳——我是说，的确有很多不够我聪明，也不够我有能力，还不够我幸运的人，都还在更努力地活着……"她笑了一下，"他们让我说自己的事，我开不了口，那时候我真的觉得自己只是在无病呻吟。"

"我的小朋友，越来越懂事，"钮度敲了敲司零额头，"叔叔那边，我会再找时间跟他谈。"

"我也不知道爸爸为什么，从小到大第一次这样坚决反对我的意愿。"她难免有怨，跟司自清说了一个多月，她也累了。

"所以他也不会肯放你去见我？"

司零摇摇头。

"那要怎么办好？"钮度说得像陈述句，"还想过几天带你到家里吃饭。"

"为什么？"

"你说为什么？"他的目光带着威胁。

司零扑哧傻笑起来："好嘛，有点没反应过来——太子爷的生日，我知道啦。"

三十年了，钮度第一次为有人忘了他的生日而生气。

司零又说："有件事我想跟你说。"

"嗯？"

司零放开他，好好靠着床头："上次我去港城见你妈妈的时候，她反应很大对不对？其实那不是偶然的，后来我联系过医生，说她有可能是被某些东西触发情绪……"

钮度想也不想就说："你和朱一臣长得很像？"

"就算是这样，可是为什么？"司零直视着他。

钮度也靠了过来。司零拉起被子堪堪遮住自己——在床上谈事情太不认真，挡住自己能让她好过一点："我有一个想法，不知道你……"

"你说。"

"我有一个很好的精神科医生朋友，叫作丁泉，长居深城，你可以查到他。他是催眠治疗的权威，我曾向他问过你妈妈的病，他说如果有什么触发媒介，和病因关联越大越好，这样就有治好的可能……"

钮度迫不及待地问："治好？完全恢复正常？"

司零点点头，又说："但是，你知道的，只是有一定概率，还有一定概率会更严重……我把他的联系方式给你，你可以再跟他沟通一下详细病情。"

钮度抓着她的手，看向别处不作声。

"你应该知道我所说的媒介是什么了，"司零望着他说，"那条蓝宝石项链。"

……

钮度需要时间考虑，无论决定如何，都是他自己的权利。

送走他之前说到朱蕙子，司零说最近和她没有联系，钮度很意外："言炬说她前几天已经回国了。"

相好走了，司零开始烦叨姐妹，电话一通就龇牙咧嘴："我的朱大格格，又跟哪个男人鬼混去了？回来这么多天也不舍得告诉我？"

"哎呀，我这几天……"朱蕙子有些支吾，"一直都在睡觉。"

"怎么了？心情不好？言炬跟你吵架了？"

"没有啦，刚考完试又收拾了好多东西，给累的，这几天又被家里拉着走亲戚……"朱蕙子匆匆就想挂，"完事了我再找你，先挂啦。"

司零还来不及说话，电话断了。她本想找她商量要不要一起去港城——明面上跟司自清肯定不是这么说。她试着在微信里编辑文字，却想不好理由，索性作罢。

那天外婆把一切都告诉了朱蕙子，后来她继续旁敲侧击："妈，那时候我也三岁了，舅舅年纪比你大，他没有孩子吗？"

朱一姗还在擦眼泪："那时候你外公外婆一直在催他，他都推说太忙，谁知道他……"

果然，家里真的没人知道司零的存在。

那么她又知道些什么？她是不是也知道朱一臣……所以才不敢回家认亲呢？

朱蕙子头痛欲裂。她现在里外不是人，不能告诉钮言炬，也摸不准该不该向妈妈坦白，更不知道要如何跟司零开口……

她觉得自己就像动漫里的废柴主角，走在路上莫名其妙成为天选之人，扛起打败大魔王拯救世界的重任。

朱蕙子稍微冷静了两天，才鼓起勇气找司零。两人相约去泡温泉，发现朱蕙子好几次走神之后，司零终于问："你到底啥事儿？"

"没什么啦，"朱蕙子将计就计，也不多掩饰，"就是觉得突然开始学着一个人生活，有很多不一样了。"

"别告诉我你又不想去了。"

朱蕙子摇摇头："我没这么任性，而且……言炬不是还在吗？"

司零由衷地说："蕙子，你懂事了很多。"

泡汤上来，有专人给她们奉茶，过滤好能入口后才离开。

司零半卧着，隔着腾腾白雾看朱蕙子："我有事想跟你说。"

"你说。"朱蕙子放下茶杯。

"大后天是钮度生日，我想去一趟港城，可我爸还是很坚决反对，"司零极少露出这样求人的模样，"我在想你是不是也一起去，这样我们可以说是去别的地方玩了。"

钮言炬也已放假回港，朱蕙子过去合情合理。

朱蕙子放声大笑："没想到司零有一天会为了情郎这么低声下气。"

"哎，可不是吗？"

"当然好啊，"朱蕙子爽快答应，又说，"可你爸万一提防起来，扣押你的港澳通行证怎么办？"

司零一下子坐直了："我怎么没想到……"

"我居然能想到你想不到的事，费励说的真是没错，你被爱情冲昏头了。"朱蕙子无情嘲讽。

"有没有什么临时的……"

"我倒有个办法，"朱蕙子悠悠地说，"我们可以说去东南亚，T国或者哪里，再从第三国入境港城，这样就不用通行证，最后从港城回平城，叔叔也不知道。"

"哎哟，你这个小机灵鬼，"司零都想扑过去亲她，"被爱情滋润得这么机智了啊？"朱蕙子翘起鼻子，司零又突然想到，"可是过境港城只可以待七天。"

朱蕙子差点喷茶:"什么?你是想待多久?"

司零提出的疗法,钮度同意了,所以她不知道她要在港城待多久。

第二天朱蕙子就去找司自清说情,好说歹说,司自清最后果然收走了司零的港澳通行证才肯松口。T国是落地签,随时可以走,谁能想到她们早已准备好脚还没站稳就又坐上飞机回到港城呢?

司零觉得惊心动魄:"我一个二十好几的人了,谈个恋爱居然还要斗智斗勇偷偷摸摸?"

朱蕙子奚落道:"谁让你不早恋,弥补一下你的童年遗憾呗。"

她们特意坐最早的飞机,转机之后到港城是日落时分。钮言炬和钮天星一同来接机,进入海底隧道前,维港两岸已是流光溢彩。

"小叔这几天都在开会,叶佐和他在一起,"钮言炬告诉司零,"刚刚给他打电话,他说晚上还要加班,这段时间家里人都很忙。"

司零说:"我知道了,我们不用等他吃饭。"

朱蕙子戳了戳钮言炬后脑勺,揶揄道:"人家还用得着你报信儿。"

"阿星呢?"司零看向副驾驶座,"穿得这么正式,你今天去哪儿了?"

钮天星有点不好意思,钮言炬帮她说了:"阿星现在在一家公司上班做设计,我先接她下班才去接你们的。"

朱蕙子喊:"真的啊?这么给我们面子!"

司零也笑了:"上班怎么样?辛苦吗?"

钮天星婉婉一笑:"刚开始都是做简单的事,比起你们都不算什么,先做做看,积累一点经验。"

司零很欣慰:"这样想很好。"

钮天星力邀她俩住到家里,钮度不想勉强司零,还是安排她住到西半山的公寓。四个人一起吃饭、一起玩,到了快十点钮度才来电话。钮言炬和朱蕙子也有话说,钮天星非常识趣:"这里又离家不远,我自己打车回去得啦。"

他们先开车送司零回公寓,下车时她走得头也不回,完全不想关心钮言炬要带朱蕙子去哪、什么时候回来。

钮度已经在家等她。门打开后,司零被他一把拉进怀里,她摸着他单薄的衬衫问："怎么穿这么少？"

钮度横抱起她，一边上楼一边答："刚好等你过来一起洗澡。"

已是凌晨，钮度枕着司零，她在帮他按摩太阳穴。钮度闭着眼说："听说有几位董事有意调我回港。"

司零冷哼一声："你猜猜是不是钮辰的意思。"

"他打算让其他人过去Y国接手。"

"我都听说了，天一现在的一些风声，让钮辰着急成这样，说明你在Y国是真的做得风生水起，"司零很用力地亲了亲他，又说，"半路截和你的成果，把你弄回港城继续管制你，你二哥对你可真够好的——我猜他给你准备了一个又好又闲的职位？"

钮度颇为好笑地摇摇头："什么都让你说中，他准备让我进董事局做副主席。"

听起来离掌权人只有一步之遥，实则最容易被架空权力。

司零忍不住叹："亲爱的，不得不说你这位二哥真的一点都不笨。"

"能帮我讲话的人不多，爸爸那边我也没有更好的理由，"虽然棘手，钮度却没半点不安，"那边还有一些事要我亲手办，我应该最多拖到开春和南亚国防部谈——如果顺利的话。"

"好吧，我知道你要干什么了。"司零双手捧住他的脸，他也睁眼看她，两人相视而笑。

"开春是个好日子，"钮度抚了抚司零的碎发，"我应该给二哥准备一点惊喜。"

谈完工作谈私事，他们一直这样默契。

钮度吻着她的手臂，说："明天家里请厨师做饭，你过来一起吃饭。"司零不作声，钮度抬头看她，笃定道："我都考虑好了，没有什么事是可以一直逃避的，现在躲开，将来也要面对。这大半年过来我们遇到过那么多难题，还怕什么事再来吗？"

"好，"她笑着答应，"我会去的。"

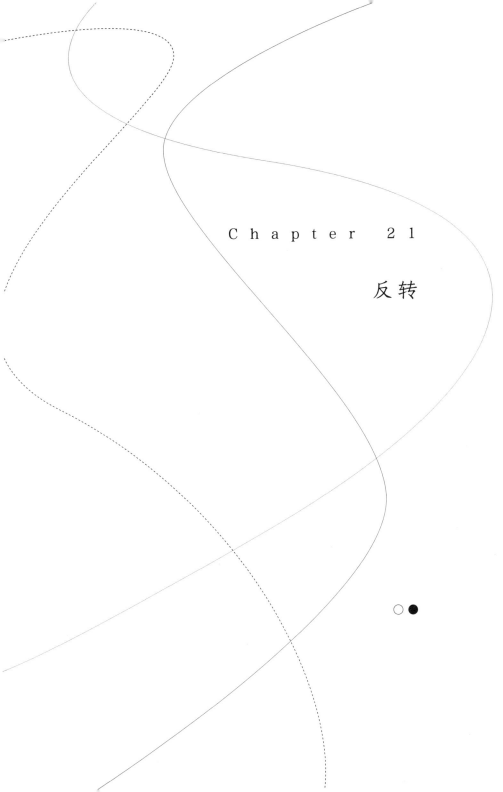

Chapter 21

反转

　　面海的某一间酒店里，钮言炬披着浴袍从浴室出来，走到香肩半露的朱蕙子身边。钮家长孙的房产当然比两位叔叔只多不少，但钮言炬……有点尿。

　　等他躺下来，朱蕙子滚进他怀里。钮言炬压低声问："为什么不肯让我告诉我妈你是朱家的孩子？"

　　知道朱一臣是蕙子的舅舅之后，钮言炬简直喜从天降——女朋友是救命恩人的外甥女，这种只发生在电视剧里的事居然被他撞上了！

　　但朱蕙子心里隐隐觉得不对，要他答应在她回家问清楚前不要声张，更不许告诉家里人。

　　直到外婆对她说的那些话，证实了她的不安……

　　朱蕙子沉着气说："舅舅已经去世很多年了，我们两家一直没有来往，现在打着他的旗号去见你妈妈，总觉得我别有目的似的。"

　　钮言炬反应过来确实在理，他绝想不到这些话都是朱蕙子临时编的。她继续说："而且，很难说阿姨知道了以后会不会再告诉你们家其他人，我们没有理由让她不说。钮度一旦知道了，司零怎么办？她这么多年一直没说出来，就一定有她的理由。"

　　"你说得对，"钮言炬说，"是我想得太简单了。"

　　"我最近真的好难受，"朱蕙子突然就哭了，"我不能告诉我妈司零是我姐姐，我也不能告诉司零我知道她是我姐姐……"

　　"我们会想到办法的，好不好？"钮言炬抱紧她，"这几天我好好陪你，你什么都不要想。"

　　朱蕙子几乎是在哀求："再抱紧一点。"

　　钮言炬低下头来，吻住了她的眼泪。

钮度今年的生日和往年没什么不同。杨琪曼一早便让用人开始打扫屋子，等待厨师过来商量给她的儿子做什么菜，儿子昨夜来电说工作太晚直接留宿就近的房子，她便一早打电话嘱咐他今天不许加班太晚，早点回家吃饭。

不一样的是，今年他的座位旁边会坐上他心爱的女孩。

到了下班时间，钮度先去接司零，再回家。

停好车要进门的时候，司零缩了缩被钮度牵紧的手，张口无言："我……"

钮度不遮不掩地笑话她："你现在知道我见你爸爸的时候是什么心情了？"

"放屁，明明你还有心情用心打扮。"

"刚刚是谁告诉我她从两点钟就开始试衣服了？"

曾妈第一个发现这双人，惊喜迎上："阿度回来啦——真的带靓女回来！阿姨还以为你是呃（骗）我的！"

钮度习惯地同她开玩笑："骗谁也不敢骗阿姨，我怕以后没人煮粥给我喝。"

曾妈又笑眯眯地转向司零："介（这）位秀（小）姐怎么称呼？"

司零颔首问好："阿姨，我是司零，你好。"这个发音实在为难曾妈，司零又愉快地补充，"叫我小零就好。"

"好！小零！这样就容易多啦！"

两人一道进门，杨琪曼不知在哪里监工，听人报告说钮度回来了，匆匆从里面出来："阿度——阿度回来了？"

等她出现在门口，钮度微笑道："妈妈。"

司零没来由一颤，钮度压了压她的手。

杨琪曼转向司零："这位小姐就是……"

"妈，她是司零，"钮度说，"前两天给你写过她名字的，还记得吗？"

司零紧跟着鞠躬问好："阿姨，我是司零，您就叫我小零吧。"

"小零？女朋友？"杨琪曼怔怔，"哎呀，阿度……妈妈都忘了，妈妈今天哪里都不好看，就这样出来见她……"

"阿姨今天精神好，怎么都好看，"司零笑得乖乖巧巧，"见到阿

345

姨这样，小零好开心的。"

"小零好乖啊，"杨琪曼温婉地笑着，又有点困惑，"阿姨是不是在哪里见过你……"

楼梯间传来钮天星的声音："妈，你都忘啦，哥哥和小零早就在交往，上次带回家来吃饭，碰上你犯头痛，人家就匆匆回去了。"

"啊？真的有这样？"杨琪曼惊愕道，"真是对不住……"

司零说："阿姨身体要紧，都怪我上次太突然。"

钮度一笑，带着司零向里走："我们进去再说，来。"

司零松了口气。杨琪曼今天看起来容光焕发，果然心情是精神病人状态的主导因素。

司零坐在钮度身边，饭桌只有四人也足够热闹，载笑载言。第一轮当然是家长盘问个人信息，司零的答案样样令人羡慕；第二轮就到了怎么认识怎么相处，将这些事娓娓道来的时候，司零忽然发觉，她和钮度的相遇相知或许并不浪漫，但绝对独一无二、刻骨铭心。

从杨琪曼的眼神中，司零知道自己成功讨到了她的欢心。诚然从没有家长不喜欢她，但杨琪曼的审度总归不一样。

这些年有多少女孩子为了接近钮度而对她百般殷勤，她们个个出身良好、知书达理，无论是哪个配钮度都算登对，但全都入不了她的眼。

眼下，她的确对这个孩子颇有好感，无关她漂亮的脸蛋，她早年看遍了娱乐圈、名媛圈的绝色，司零的样貌在她眼里惊艳不到哪去。她中意的是司零的气质，聪明、坦荡，有一丝从象牙塔带出来的青涩，但说起话来周到又得体。

曾妈将一碗长寿面端上桌，钮度吃完了面，突然向司零伸手："我的礼物呢？"

司零摆摆手："时间太仓促，我没来得及准备。"

钮度不依不饶："那你现在就想，要给我送什么？"

杨琪曼斥了声："阿度，怎么这样跟人家讨礼物的？"

司零笑了："阿姨，我现在的确有可以送的。"

司零和钮天星交换了一个眼神，钮天星起身出去一趟，回来时手上拎了一个小提琴盒。

346

杨琪曼问："这是……"

"妈，这是我帮司零藏好的。"钮天星正说着，司零已经过来取琴。

她架琴上肩，一边调音一边说："今天钮度生日，阿姨这么开心，容我献丑向阿姨演奏一曲。"

在座响起掌声，司零冲钮度眨眨眼，开始运弓。

莫扎特降B大调第一号小提琴协奏曲，她自己稍作改动，更适合独奏。曲风轻快愉悦，杨琪曼跟着节拍点头挥手，钮度则变成头号迷弟，拿出手机全方位拍个不停。

一曲结束，热烈的掌声之余，杨琪曼又感慨："阿姨年轻时也拉小提琴的，但是在你这个年纪的时候，一定没你拉得好。"

司零笑言："阿姨，以后有机会的话，我和你一起拉。"

刚被琴声吸引过来的曾妈回去做事了，她由衷地对另一个年轻女工说："好多年没见杨太这么高兴了，家里好多年来从没有这样热闹……"

饭后，钮度郑重地向杨琪曼提起看病的事。过去将近二十年了，钮家给她找的医生只多不少，她早已从失望变成厌烦。可这次既然说是司零的想法，杨琪曼怎么都不能拒绝。

钮度已同丁泉谈过，再详细的都需要面见患者之后再定夺。

两天后丁泉就过来了，一番诊断后，认为杨琪曼可以尝试催眠疗法。当晚，司零郑重地将那条蓝宝石项链交给丁泉。

治疗前夜，钮度久久没有困意，司零靠着他肩："紧张吗？"

钮度长叹口气，有些无奈："这么多年过去了，或许我本来不应该抱希望的，我不是怕自己失望，最怕妈妈失望。"

"就算真的没有办法了，阿姨现在也很开心，"司零说，"或许她愿意这样，忘掉那些不愉快的事。"

钮度伸手揽住她，闭上了眼："我知道。"

"还有一件事，"司零有些失落，"明天是我待在港城的第五天，第七天我必须离港……后续有什么事你尽管跟丁泉说。"

钮度再睁眼："这倒是个问题……"

"怎么了？"

他想了想，说："你现在也是我的员工，我可以找人帮你换签，这

347

样你以后来港会方便很多。"

"我怎么没想到呢？"司零激动得一个翻身起来。

钮度又敲她额头："宝贝，你真的变笨了。"

······

钮度和司零一早便迎候丁泉，钮天星本想向公司告假，却有一个重要会议不得不去澳门。似乎只有杨琪曼最轻松，早起吃饭喝茶、逗猫逗狗，好像已经忘了这件事。

丁泉过来时带了个助理，大家帮着他们把仪器搬进屋。曾妈扶着杨琪曼过来坐下，开始之前，她们一直在聊今天买到的菜怎么样。

丁泉笑了："老太太状态很好，很有利于做催眠。"

"那就辛苦你了。"司零回以一笑，转头看钮度，他一言不发地盯着母亲。她知道他很紧张。

开始治疗之前，司零把钮度拉走了，房间里只剩杨琪曼、丁泉及其助理。

钮度和司零到客厅坐下，曾妈笑盈盈过来问："阿度中午想吃什么？"钮度摇摇头，她又说，"阿姨给你煮粥喝好不好？"

"阿姨决定吧。"钮度说。

"不用担心啦，"曾妈和杨琪曼一样轻松，"不会有什么问题的。"

曾妈进了厨房，司零也想办法说些话分散他的注意力："这就是阿杰的妈妈？"

钮度点点头。

"上次来得匆忙，我还没有跟阿杰说过话呢。"

"会有机会的，"钮度扣紧她的手，"你师哥介绍的一些内地的项目，一直是阿杰帮我做接应，天一现在这些风声他也有不少功劳。"

天一集团多年来几乎都唯钮辰马首是瞻，钮度之前一直在读书，这几年被安排的职位也没什么影响力，大家都习惯了忽视这位三公子。而现在，是该让他们逐渐意识到，钮度早已有了独当一面的能力。

突然间，治疗室传来杨琪曼的喊声："你——你——你怎么会有······怎么会这样？怎么会这样？"

钮度当即疾步过去，打开门，杨琪曼正揪着丁泉的白大褂，丁泉正劝她冷静下来。钮度将杨琪曼拉开，眉头紧皱："妈，怎么回事？你

348

感觉怎么样了？"

杨琪曼打开手心，那条蓝宝石项链被攥在其中，里面藏了一条时空隧道，让她一眼便回到多年以前。

曾妈也冲进来抱住了杨琪曼，多年来她已驾轻就熟地为杨太打发各种医生："不好意思，我家太太今天状态不好，治疗就到此为止吧。"

这次不一样的是，杨琪曼没有疯喊乱叫，只是死死地盯着那条项链，脸色苍白。

钮度还在安抚她，司零想先将丁泉拉走，他却说："不行，杨太现在处于半催眠状态，必须先恢复过来再中止治疗。"

钮度问："那要怎么做？"

丁泉说："只能打镇静剂了。"

杨琪曼很快冷静下来，脱离催眠状态后，她茫然无措地睁开眼："我……我是怎么了？你们怎么都进来了？"

丁泉主动说："患者现在确实不适合催眠治疗，今天先到这吧。"

司零送丁泉出门，一再致歉，丁泉说："多年交情，你不用多说——杨太的病况的确罕见，你自己要小心，有事随时联系。"

司零点点头。

回到屋里，钮度刚好出来，他说："阿姨已经安抚妈妈睡下了。"

司零握住他的手，也想安抚一下他："阿姨好信任她，也很依赖她。"

"我在外面多年，阿姨一直把妈妈照顾得很周到，"钮度眼神有愧，"对不起，今天对丁医生失敬了，后面我会再亲自道歉。"

"没关系，阿姨最要紧，"司零嫣然一笑，"我想你现在需要休息，你已经好几天没有好好睡觉了，我先回公寓去，你就留在家里。"

年节下事情太多，又要忧心母亲的病，只有她陪他的夜晚，他才能够安心睡着。

司零回去了，一直到了晚上她才敢给钮度打电话。

"阿姨怎么样了？"

钮度往后一靠，沉着气说："今天睡醒后就一直把自己关在房里，我也不见，曾妈也不见，刚刚阿星回来她也不见。"

"是不是刚刚失而复得，阿姨有点难以接受？"司零神色黯淡，"对不起，或许我应该早一点还给她……"

"跟你没有关系，是我……"

——"阿度。"杨琪曼突然出现在了钮度的房门口。

钮度立即摘下手机起身："妈妈，你怎么样？吃过饭了吗？"他顾不上挂断电话，放在桌上的手机还接通着，司零安静地听他们说话。

然后钮天星也过来了："妈妈，你感觉怎么样？饿不饿？我让阿姨……"

杨琪曼说："你先出去，我同你哥哥有话讲。"

"妈妈……"

"快出去。"

钮天星关门出去了，钮度扶杨琪曼到沙发坐下，问："妈妈，你有什么事想告诉我？"

此刻，杨琪曼的目光毫不呆滞，也不无神，有一小簇火苗在她眼底燃烧，让她慢慢恢复力量。她开口时，比以往任何时候都清楚有力："阿度，妈妈今天想了一整天，突然才发现已经都过去二十年，我的阿度也长大成人，到了要结婚的年纪了……"

"妈……"

杨琪曼问："你今天说，这条项链是你从一个古董商那里买回来的，是不是？"

电话里的司零揪紧心，听见钮度"嗯"了一声。

"你可知原本那条是要送给谁？"

"我知道，是大哥要送给他的朋友，后来被我和阿星换走了，"钮度握紧她的手，"是不是有什么不对？"

杨琪曼摇摇头，久久不语。她再次抬头时，眼底那团火烧得更旺了几分："阿度，今天一天让妈妈决定好，要告诉你一些事。从现在开始，无论你听到什么，都不要插嘴，你做不做得到？"

"好，我做得到。"

她像一位无从落笔的作家，思量久久，才终于决定从何说起："我同你爸爸在一起后，周太就一直想办法对付我，当时我年轻气盛，当然不想让她欺负，也有出手还击，所以我们积怨很深。后来你爸爸决定跟我长居港城，就把南亚那边的产业交给她和她儿子，以为这样算是对她有所补偿……

"后来天一的发展重心转移到港城，大部分资产也都在这里，她和钮辰就像两个被发配的人，离天一中心岛越来越远……我想，她是有计划把钮辰再送到港城，重新争取在天一的地位的。"

这世上又有几人是非黑即白的？身在其位，各有立场，谁也不能直言谁是谁非。如同古时成王败寇，改朝换代，那些背负国仇家恨的皇室后裔，不也是眼睁睁地看着仇人们创出了另一个造福万民的盛世吗？

杨琪曼继续道来："周太确实是铁娘子一个，我没有她那么多手腕，可我也要为你做打算啊！钮辰十五岁就会进公司做事，你只小他七八岁，几年很快就会过去……"

"我一直有派人留心周太的动作，希望可以抓住她什么把柄，以后也好为你谋一个位置……"

杨琪曼突然变得很痛苦："可是我没有想到，我没有想到……"

钮度扶住了她："妈妈，你怎么了？没关系，不想说就不要说……"

杨琪曼泪眼婆娑地抓紧钮度的手："这么多年，妈妈一直不敢说，你现在有能力了，妈妈必须告诉你……"

"那年，就是那年……我无意中探得，周太竟然和钮峥的那个朋友——朱一臣，私下有来往……"

钮度的手机，还静静地躺在桌上。

钮度惊愕地问："然后呢？"

这么多年了杨琪曼仍没有摆脱恐惧，她蜷缩在钮度怀里，声泪俱下："这是个天大的事，我紧跟不放，后来有一次，得知他们竟然在一起说，本来是选中你的……"

钮度猛地一震，还没反应过来，杨琪曼突然变得有些失控了："我不知道那是什么意思，但一定不会是好事，那段时间我没有一秒钟敢离开你，想告诉你爸爸，又不知道拿什么做证据……"

钮度隐约猜到了。

杨琪曼终于说出了谁也不想听到的真相："然后，钮峥突然死了，说是工厂爆炸，负责安检的当值主任也跟他在一起，死无对证……我当时整个人吓坏了，还没反应过来，你爸爸也跟着出了车祸，在医院一躺就是几个月……

"我隐约明白过来那句话是什么意思，他们本来想要杀的是你！是你！可谁知道他们还会不会继续下手，那时我发疯一样告诉别人有人要杀你，想找人保护你，没有人信我，没有人信我……周太势力太大太大了……"

不知什么时候开始，钮度的手变得冷冰冰的，和他的脸色一样。

"他们都说我被吓怕了，发疯了，没人信我……"杨琪曼痛哭流涕，"我发现，只要我这样装疯卖傻，他们就不再敢动你，一个疯女人带的儿子，也只会越来越被家族厌弃……年轻时我也想过争权夺势，想过像周太那样有话语权，后来我什么都不想要，只要你和阿星平平安安，比什么都好啊……"

全世界都在静默，专注听她讲残忍的故事。

杨琪曼用尽全力抱住钮度："儿啊，妈妈都已经忍过二十年，什么也不求。钮峥当年为什么会被他们搞，你还不明白吗？妈妈求求你，不要去跟钮辰争了，你做什么都好，没钱也好，没地位也罢，妈妈都不在乎……"

"好，好，"钮度抱紧她，一遍遍说，"我知道了，妈妈，你放心……"

……

钮度把杨琪曼送回卧室，一回来，钮天星在他房间里，流着眼泪看他。"哥哥……"她不知道该说什么，她在门外听得一字不差。

钮度一言不发，他终于想起他的手机，打开一眼，司零几分钟前刚刚挂断了通话，也就是说——她也一字不差地听完了杨琪曼的话。

"哥哥！这么晚你去哪里？"钮天星看着钮度头也不回地冲出了家门。

感谢老天一路都给他开绿灯，他把油门踩到底。他赶到公寓楼下，刚要开进地下车库时，从后视镜瞥见一个拖着行李匆匆而过的身影……

钮度直接把车横在路中央，开门下车，往那个方向追。

"司零！司零——"一过拐角，他看见她抱着行李在跑，全力追上去。

352

钮度最后抓住了她，迫使她转身，她却低头不看他。

"对不起，"司零先开了口，她攥紧拳让自己不哭，"我不知道为什么会这样……对不起……"

钮度喘着粗气说："你跟我回去。"

"求你了，不要马上就让我看你，我想一个人待着……"

"你不会想一个人待，"钮度抬起她的脸，才发现她的眼睛已哭肿，"你一点都不想一个人待，你需要跟我说话，你需要我陪你。"

司零突然放声大哭："钮度，我真的不知道为什么会变成这样，我真的不知道……"

"不是你的错，你一点错都没有，"钮度用吻堵住她的泪水，"我们先回去，我们刚刚说好，不会有什么事是我们扛不住的，好吗？"

司零任凭钮度拉着自己往回走。

又是一条上坡路，又是无人的角落，可凭什么不能像在路城那片星空下的草地一样，他们只不过是一对普通情人，在一个好天气出来散步而已。

有没有可能年后开学时，她回到Y国继续上学，他也回去继续上班，这样就可以当作一切都没发生，他们继续在那里幸福又自在呢？

路城，你告诉我可不可以？

钮度只匆匆开了一排壁灯，司零一个人走到沙发背后，瘫坐下来。大片落地窗外，维港还在那里与她遥望，万千霓虹化作一盏盏蜡烛，祭奠从现在起作废的从前。

钮度坐到她身边，又擦了擦她刚掉下的眼泪："至少今天让我知道，妈妈从来没有精神病，她一直都是好的。"

坏事千千万，他偏偏要说唯一一桩好的。

"我以为你不会这样，"钮度严厉得像教导主任，"难道你不应该马上反应过来，朱一臣死得更离奇了吗？为什么大哥死后两家人还能达成一致用病逝替他打掩护？他和周太之间发生了什么？他和大哥相交多年，为什么突然反目成仇，和周太联手……"

"——钮度，"司零转头看他，面无血色，"你现在不该替我想这么多，你应该恨我，我爸爸杀死了你哥哥。"

"现在已经不是要诛九族的清朝，"钮度与她对视着，似乎在做比谁先眨眼的游戏，"而且这件事……还有很多疑问。"

司零突然笑了："你知道吗？半年前我来港城那次，我就已经觉得不对了，你妈妈看我的眼神……很害怕，我当时就给费励打电话说，这么多年来我们可能都看错了方向……我一直以为是有谁要对付钮峥和朱一臣，我一直都是这么以为的……"

"你还记不记得我告诉过你，爸爸出车祸，朱一臣是第一个到现场送他去医院的。"钮度紧盯着她。

司零如遭雷噬。钮度接着说："这件事绝没有那么简单。"

她深呼吸良久，终于能够冷静下来："你想怎么做？"

"就算我们现在知道真相，也什么都做不了，周太势力太大了，"钮度说，"一切都照原来那样，我们慢慢找答案，等我回到天一，等我可以说话。"

钮度的声音铿锵有力，似乎早已将自己差点被害的事忘掉了。或许在十年前他可以害怕退缩，可现在，他必须顶天立地，他有妈妈和妹妹要保护，还有——心爱的姑娘。

"对不起，对不起……"司零倒进他怀里。

"哭吧，都哭出来，"他一下又一下轻拍她的背，"我陪你。"

后来等到司零的脑子可以正常运转的时候，她说："我爸爸一定知道什么，不然他不会这么坚决反对我和你在一起，等我回平城，我就去问他。"

钮度沉了口气："总要问出来的，他现在不告诉你，或许只是想再等你长大一些。"

"那……"司零犹豫不决，"言炬和蕙子怎么办？"

钮度也没有很快拿主意。对他来说那还只是大哥，对钮言炬来说，却是父亲，他只会更无法接受……他还能继续和仇人的外甥女来往吗？

钮度还是决定："我会告诉言炬，他有权利知道，他也有权选择他该怎么做。"

延续了这么多年的猜疑链，是时候摊牌上桌，分清阵营了。

司零无地自容地说："阿姨一个人忍了这么多年，装疯卖傻，没人可以诉说，真的好伟大。"

"其实曾妈知道，"钮度半垂眼，"我终于懂妈妈为什么这么信任她了，这么多年，一直是曾妈在护她……"

"你……先不要告诉阿姨我是……"

"傻瓜，"钮度要骂她了，"我知道怎么保护你最好。"

"对了，我可以告诉费励吗？"司零认真地向他申请。

钮度犹豫了很久，才不情愿地点头："可以。"

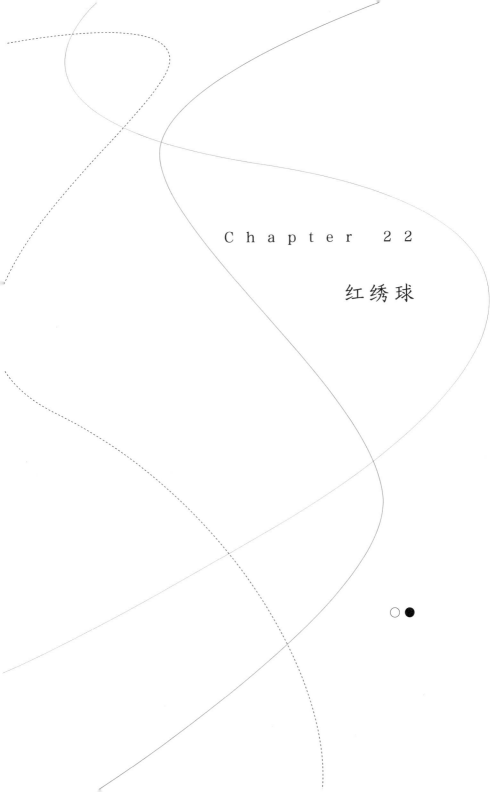

Chapter 22

红绣球

回平城前，司零又去看望了杨琪曼一次。杨太是真的喜欢她，好舍不得她走，一直追问她下次什么时候来，可司零觉得在她面前的每一秒钟都无比羞愧。

公司有事，钮度不便送机，还是由钮言炬开车。至于钮天星，她在家哭了两天，一是高兴母亲没有病，二是后怕。还好她不知道司零的身份，她一定比钮度更无法接受。

去机场路上，小两口在最后时刻把恩爱秀得淋漓尽致，司零的白眼都快翻上天了。

朱蕙子报了一仇："你终于知道我以前看你和钮度的感受了？"

"我们哪有这样的？"司零冤枉极了。

真是风水轮流转，到了机场，钮言炬拉着朱蕙子的手走在前，司零可怜巴巴地拖着行李殿后——和上次一样的场景，换了不一样的人吃狗粮。

还不一样的是，朱蕙子蹦蹦跳跳，肆意撒娇。

有时候司零很羡慕她，她这样爱护她，不仅因为她是她的妹妹，还因为她把朱蕙子当作世界上的另一个自己——无忧无虑、自在快活的自己。

一直到飞行时间过去了三分之一，司零都没有想好要如何开口。

"你是怎么了？"朱蕙子转身看她，"难道是去见钮度他妈妈不顺利？不可能啊，你这么容易讨家长喜欢的。"

司零笑笑："没什么啊，阿姨对我挺好的。"

"那你是怎么了？"

"什么我怎么了？"

朱蕙子凑近她："你有话想说的时候，整个人就特别特别安静，连呼吸都听不见。"

司零嗤嗤地笑："我说你们一个个的，现在怎么都这么懂我了？"

"那是因为你越来越打开自己让我们看了啊。"

司零深长地看了她一眼："谢谢哦。"

"好吧，确实有事，"司零接着说，"但我不知道该怎么说。"

"其实我也有事瞒着，"轮到朱蕙子卖关子了，"怎么样，要不要来交换？你先说完我就告诉你。"

"你那点小九九，我懒得听。"

"喂，这回可是真货色。"

司零开怀地笑起来，想了想决定："回去之后再说吧。"

他们都摸不准钮言炬和朱蕙子之后的心态——想想如果换作做钮度或司零其中一方来告诉对方，那比从杨琪曼那知道要糟糕太多。所以他们需要先各自知情，谁都需要时间说服自己。

第二天，司零收到钮度消息："我今晚去找言炬。"那么，她今晚也该向朱蕙子和盘托出了。在各自家里不合适，外边又人多耳杂，恰逢学校放假，司零便将朱蕙子请到实验室来。

朱蕙子拎着一袋甜点出现了——那当然是司零借口让她带的，她把实验室逛了个遍，撇撇嘴点评道："看起来比钮言炬那里要好一些哦。"

司零正拆开包装袋："平城大学生物系确实比希河大学要好一些。"

"啊？"朱蕙子回头看她，"那你为什么还要去啊？"

"想知道？"

"嗯啊。"

"一会儿就告诉你。"

朱蕙子以为她是要专心吃东西，她坐到司零对面，撑着下巴看她："为了你最喜欢的点心跑了半个平城给你送过来，我比小叔对你都要真爱。"

司零挑挑眉："哎哟，都直接叫小叔了。"

朱蕙子脸红了。

司零边吃边问："叔叔阿姨最近怎么样了？"

"好着呢，我妈还是念叨你，说我懂事多了，跟你待一起准没错。"朱蕙子知道司零会读心，为了不让她看出自己情绪有异，迅速转了话题，"你刚才还没说呢，为什么要去希河大学啊？"

朱蕙子不知道，这一问，如同荡秋千回到了原点。

司零看上去气定神闲，先按医务标准把手洗净了，回来从抽屉里取出护手霜抹上，待香味溢入朱蕙子鼻息时，她终于开口："蕙子，你相不相信我？"

"……信啊，我当然最信你了，"朱蕙子暂压疑问，顺着她走，"怎么这么问？"

"其实你很小的时候，我就开始注意你了。"司零选择了这样的开场。

朱蕙子一震，维持着心照不宣听司零继续说："你十二岁那年滑雪摔倒左手骨折，在医院躺了很久，其中有一篮向日葵是我悄悄送的；十三岁被同班同学欺负不敢说，是我给你的班主任写信；十四岁初中毕业演出你弹古筝，我就站在舞台边上看你……然后，十五岁，你进入附中，开学第一天你就逃了课……"

"我知道了……"朱蕙子把话掐了，她低着头，泪水砸到羊绒裙上。事已至此，她不必再隐忍："你是我姐姐，是舅舅的女儿……"

司零迟了几秒，问："你什么时候知道的？"

朱蕙子将钮言炬检测到她们基因相似性的事说了一遍，司零一时语塞。不知怎的，最近他们突然就变成了一盘棋上的棋子，被人一一安排好了走位顺序。司零问："那你有告诉家里人吗？"

朱蕙子摇头："我们认识这么久了你都不说，我想你有你的苦衷，我怕随随便便说出去，就破坏了……"

司零握住她的手："蕙子长大了。"

"你怎么会从港城到平城？怎么会让司叔叔养？舅舅又是怎么把你们藏起来的？你以前都住在哪里？"朱蕙子一口气问，天知道她这段时间憋得都要炸了。

司零眼里写满一言难尽："我对他没有什么印象了，记事起家里就只有妈妈，他时不时会过来看我，妈妈说他出去工作了……但是他对我很好，每次都教我很多东西，小时候真的觉得他是世界上最厉害的人……"

司零将之后的事一五一十地告诉朱蕙子，她怎么会注意到朱家，怎么会怀疑钮家，又是怎么找到钮言炬，为什么会认识钮度……精彩绝伦得就连在楼下排练的戏剧社同学都要自愧不如。

朱蕙子越哭越凶："这么多年，你都一个人在做这些……"

司零好好地安慰了她一阵，等她恢复平静后，司零才变得真正难以启齿："这次去港城所知道的，又把刚才我所跟你说的一切全都颠覆了。"

"……什么？"

司零无可奈何地道出，她看着朱蕙子的脸色先是困惑，然后惊愕，再是痛苦，最后苍白……

她全身发颤地重复着："你是说，言炬的……爸爸……"

"我知道对你来说难以接受，我也一样，"司零一直没放开她的手，"钮度也正在和言炬谈，今晚我跟你说的一切，他都会知道。蕙子，这件事太复杂太复杂了，现在还不是终点，我和钮度会继续一起找答案。至于你和言炬……你们需要自己决定。"最后她气势汹汹地补充，"但是蕙子，如果他怪责到你身上，我一定骂他。"

如果是钮度恨她，她无怨无悔；但若是钮言炬恨朱蕙子，她便要第一个站出来护她。家人，就是无条件保护你的人。

朱蕙子连哭带笑，抱住司零。两个人都够累了，可今夜的苟且还不止于此。朱蕙子把眼泪擦干，重新啜啜嚅嚅："我……我也有事要告诉你。"

司零看着她："你说。"

"我知道你今晚说的一切，都是天大的事，但是……"箭在弦上，朱蕙子还是最后犹豫了一瞬，"我现在要说的这个，比你说的全部——全部，都要大。"

司零的天灵盖爰开一道闷雷，她全神贯注地盯着朱蕙子："你说。"

朱蕙子又开始流眼泪，实在说不出口。她低头好久好久，司零就这样等待着，终于等到她抬起头，怯生生地说："我刚放假回来，就回了一趟姥姥家……我现在才知道，如果我带你去过姥姥家，或许司叔叔那样的说法就骗不到你了……"

司零凝神屏息，甚至不愿漏掉她一次眨眼。

朱蕙子说："我在姥姥家的祖宗祠堂里，没有看到朱一臣舅舅的牌位。"

司零攥紧拳："然后呢？"

"然后我就去问了妈妈，妈妈开始不想告诉我的，可姥姥听见了，她说我长大了，该让我知道了……"朱蕙子号啕大哭，"司零，司零啊……舅舅他……他一直在做走私，因为家里的关系，他可以接触到兵工厂里的稀有金属，然后携带出境，你知道吗……"

窗台下的马路上，两个刚好碰面的同学正在闲聊：

"听说你入围了国家队，今年要出国参加信息学奥赛了！"

"是啊，我最近一直在集训呢，到时候可得为咱们国家挣点面子……"

一阵风起，又有人说："风大，快回吧，回头聊。""回见。"

那阵风踉踉跄跄几个来回，闯进一旁学院楼的二楼实验室里，刺骨地打在两个姑娘的脸上，但她们都一动不动，似乎没人感觉得到。

司零竟然笑了一下："你说什么？"

"是真的，"朱蕙子鼓起勇气看她一眼，"姥姥、姥爷、妈妈，他们都知道。他也不是什么病逝，是自杀的，他过世后他们才查到了那些证据——你现在知道家里祠堂为什么没有他的牌位了吗？姥姥、姥爷都是军人，姥爷坚决不准他入祠堂，只是遵从他的遗嘱，把骨灰撒进了大海……"

司零觉得自己胸口有点闷，她把指甲嵌进肉里，强装冷静："自杀？为什么？"

"不知道，或许是有些机密不可以说，"朱蕙子痛苦地摇头，"但他留下来的那些证据确实能够指控他……姥姥说，可以说他是自首的。"

"——司零？司零？"朱蕙子抱住倒下来的司零，惊慌大喊，"有人吗？这里有人晕倒了！有人吗？"

……

隐约之中，她听见司自清逼问朱蕙子："到底怎么了？"

朱蕙子怯怯懦懦地说："等她醒了她会告诉您的……"

她现在不管不顾，只想躲进梦里。好妹妹，就帮姐姐再挡一下，好不好？

她又一次回到了二十年前分别的那天，人来人往的航站楼，抱住她的爸爸……"乐乐，你要记住，爸爸爱你。你要记住，爱你的国家……"

爸爸，你是不是后悔了？所以你才叮嘱你的女儿？所以你饮弹自尽，留下罪证，将自己的骨灰撒进祖父辈守护的领海？

可这一切，和钮峥又有什么关系……

司零一直躺到整个校医院的灯都灭了，一睁眼，司自清坐在对面的沙发上，满头花白。

她轻轻喊："爸爸……"

司自清立刻抬头，快步到她身边："乐乐，你怎么样了？"

"蕙子呢？"

"已经回去了。"

司零头痛欲裂，有泪从她眼角落下，她看不清司自清的脸："爸爸，你早就知道对不对？你早就知道他做的事，所以你不告诉我。"

司自清一愣："是蕙子告诉你的？"

"所以他把我和妈妈藏起来，是害怕遭到不测，对不对？"司零自顾自地说，"他造一个假户籍来冒充妈妈的丈夫，是为了不引起怀疑对不对？"

半晌，司自清重重叹气："他的背景……很容易被盯上，你妈妈以前唱歌的地方，就是一个集中的交易点。"

司零坐了起来："那钮峥呢？他为什么要杀钮峥？"

"没有证据表明他就是凶手，"司自清很严谨，"工厂爆炸一直都被定性为意外。"

司零低头落泪，司自清继续说："乐乐，更多详细的事不是该我们知道的，爸爸之所以不告诉你，就是怕你现在这个样子……"

她又问："他是不是后悔了？"

司自清斟酌之后，郑重地说："从调查来看，是。"

"那就好。"司零在谁也看不见的地方笑了。

哪怕是再无力的慰藉，对她来说也是救命稻草。

"乐乐，爸爸从没想过有一天真的让你知道这些，"司自清显得筋疲力尽，"事已至此，你应该知道，不要再和钮家人、钮度来往了。"

"爸爸，对不起，"司零跪进司自清怀里，泣不成声，"妈妈骗你，我也骗了你……"

"你答应爸爸，不要再和那家人来往了，好不好？"司自清哽咽着说。

钮度的声音从很远的地方飘来——"还有什么是我们扛不住的呢？"

这一次，她是真的觉得自己快扛不住了。

第二天不到中午，司零就接到了钮度用内地卡打来的电话。他一定是赶了最早的飞机，才能在这个点抵达平城。

司零挂掉关机，继续把自己藏进被窝里。

一直到了下午，滚滚突然报信："梅林找你，梅林找你……"接着，费励暴躁的吼声从手表里传出来："钮度说你再不理他，他就上去踹门了啊。"

他竟然舍得向费励低头求助？费励竟然愿意帮他？

司零还是一动不动，像被抽干灵魂一般躺了整整一天。

没过多久，外面就有人叫门："司零！司零！"费励那架势真是不折不扣的劫匪，"快给我开门！开门！"

她不动。她知道他不会就这样来等着她开门的。果然，转眼就听见门锁转动的声音，脚步声渐走渐近，她房门被打开，进来的却是钮度。

他在她床沿坐下，轻轻喊："宝贝。"

司零背对着他，猛地揪紧被单。

"蕙子告诉我，她给你讲了一些你难以承受的事，但她无权决定是否让我知道，"钮度的声音淡如茶，"我不知道那是什么事，但无论是什么，我们说好一起扛的，这么快又忘了？"

"嗯？"他隔着被子轻拍她，"妈妈知道我今天来平城，还交代我好好哄你呢，你一直不说话，我回去要被她骂了。"

一听到杨琪曼，司零又忍不住开始哭。"宝贝……"钮度刚喊她，她就一个翻身扑进了他怀里，号啕大哭。

费励闻声进门，见到他们紧拥在一起。这样的司零他从未见过，脆弱、无助、可怜，他还记得她从前说过，自己的泪腺里全是石头，永远流不出来。

钮度还在哄她："没事了没事了，我来了……"

等到司零终于能够平静下来，张口第一句便是："我饿了。"

费励说："叔叔说他给你留了饭，热一热就行。"

司零楚楚可怜地看着钮度："我要吃你做的饭。"

"好，"钮度立刻起身，"我去看看你家里有什么菜。"

费励无语凝噎——他不会做饭。

钮度刚站起来就被司零拉住衣角，说："你不要去冰箱看，去阳台外面看。"

钮度满脸困惑："这是为什么？"

"哈哈哈哈哈……"费励放肆狂笑。

当钮度站在窗台边上看见外面晒的一排整齐的白菜和腊肉时，整个人都怀疑世界了。

"原来北方人可以这样省电的，"钮度一边取菜，一边琢磨，"平城一年要冷五六个月，如果关掉冰箱，一个月下来就可以省……"

还真的是夫唱妇随，反过来也一样，公子爷竟被司娘娘带得一样抠门了？

饭不会做，那也不能白白张嘴等吃。钮度挽袖子的时候，司零给他套上围裙，系紧在腰后；他摘下手表，她乖乖双手接过给他拿出去。

钮度稍微视察了一下厨具："你们家这些……"他把后半句话生咽下去，"算了，我自己研究吧。"

司零在身后没皮没脸地笑。

快菜刚做出来，有人按了门铃。钮度忙着刷锅，安排了司零："我刚刚订的生鲜到了，你去接一下。"

司零拎着两个箱子走进厨房："你都买了什么呀？"

"螃蟹和鱼。"

"家里不是有肉吗？还买干什么？"

钮度无可奈何："现在解冻来不及呀，宝贝。"

钮度预备给她做蟹粥和清蒸鱼，焖上小火时，钮度对一旁傻乎乎的司零说:"桌上有菜,你要是饿了可以先吃。"

她摇摇头:"等你。"

司零突然想起来得招呼一下被冷落的费励,她走出厨房,看见他站在窗前往外看。她走了过去:"想什么呢?"

费励往树干缝隙一指:"原来我挂的彩灯还留了一盏在上边啊。"

司零笑了:"是啊,学校砍过几次树,都砍不到那儿。"

"那会儿真好啊,只有我愿意跟你玩,你整天跟我待一块。"

"放什么屁呢?谁只有你愿意一块玩儿了?"

费励嗤笑:"还不承认。"

司零也笑了:"好吧,算是吧。"

钮度也走了出来:"费励,要不要先坐下来吃饭?"

"不用了,我不饿,"他是真心的,"让司零先吃吧。"

哭也哭过,疯也疯过,是该好好说话了。司零踱步到沙发上,沉了口气。他们都知道这象征谈话的开始,可他们都没想到,接下来她的坦白竟是这样令人瞠目结舌、匪夷所思。

"首先,费励,"司零郑重其事地看着他,"这两天我会拟文退位,改由你做队长……"

"你说什么呢?"费励忍不住打断她,"大家都不可能同意的,他们一定要找你讨说法。"

"直系亲属无犯罪记录,这是规定,我也不例外。"

费励被司零盯了一阵,立马怂了。作为队长,她轻而易举能放出这样震住人的气场。费励咂咂嘴,不再说话。

司零没有接着对钮度说话,他知道她一直在躲避与他对视。

粥和鱼都上桌的时候,司自清回来了。他似乎并不意外家里这么热闹,也没有反感钮度用了他的厨房,更是欣然答应坐下来和他们一起吃饭,品尝钮度的厨艺。

其实钮度和费励都不止一次对司零说过,你和你爸爸真的很像。小时候她也曾被欺负了哭着跑回家,司自清还是这样,不慌不忙地问清缘由,再拉着她的手上门说理。后来他要求她练书法,她终于也学会像他那样,将喜怒哀乐沉淀下来,敛于心底。

吃完了饭,费励很识趣地就要走,出门前他对司自清说:"叔叔,我只想跟您说，无论什么事，都请您相信司零，她知道自己在做什么。"

司零负责收桌洗碗，司自清请钮度坐下来喝茶。司自清和钮度的声音本就低沉又斯文，都用不着她刻意不听，她不知道他们说了什么，也不想知道。她现在累了，有些事就交给别人，她只想要结果。

她干了一大堆活儿，给冰箱除霜、给加湿器除垢、给鹦鹉除粪……

直到司自清终于叫她过去。

司零先看了钮度一眼，他神色温然，有一丝鼓励。她很自然地坐在他身边，向爸爸表明立场。司自清开口了："钮度说想带你回 Y 国，你怎么想？"

司零说："爸爸，我想跟他一起去。"她很快解释，"首先，我一直在公司里跟他做事，现在我们想进军医疗领域，他需要我在；其次，我们说好要一起挣回在天一的地位，我不想中途离开他；还有……朱一臣和周杏儿之间到底是怎么回事，我需要一个交代。"

"这件事谈何容易，你们还能怎么办？"

"爸，我会保护好自己的，我一定把自己完好地带回来给你。"

"你今年就要毕业，学校这边怎么办？"

"毕设和论文我都会按时做好，如果白老师要求，我一定马上回来。"

"这些都完了之后呢？"司自清最后问，"等这些都实现之后，你又要如何？"

司零和钮度相视一眼，说："他去哪里，我就去哪里。"

客厅里沉默了很久很久。司自清才终于说："好，你去吧。毕竟他是你的亲生父亲，我没有权利阻拦你想知道的一切。但是你要记住，你现在是司零，你现在还有一个爸爸，可能我能做的，就是在你被摔打得够痛之后，接你回家……"

司零泪如雨下："爸爸……"

"行了，"司自清站起来，"我还要去一趟办公室，就不陪你们了。"

司自清穿鞋出门，司零想跟上去，钮度拉住了她："别去，他想一个人待一下。"

司零哭着抱住钮度，他揉着她的脑袋说："你爸爸真的很爱你。"

司零继续哭，钮度就这样抱着她，不打扰，也不劝。良久，他望见窗外簌簌落落地飘下鹅毛，笑了起来："下雪了。"

司零往外看了一眼，又看了看钮度亮晶晶的眼睛，扑哧一笑："果然是南方人，下个雪也这么开心。"

钮度很无辜："那有什么办法？兰顿也不下雪，宾城虽然常下，但我只待过一年。"

"什么？你硕士读一年就毕业了？"

"是啊。"

司零捶了他一拳："为了等你，我读了三年半。"

钮度抓住她的小爪子："我回国那天，路城也下雪了。"

司零说："听同学说过，一月份的时候偶尔会下，但每次我都放假回家了。"

"那现在已经二月，今年没有机会了，"钮度低头与她额头相碰，"明年也没有机会了，今年之前我们一定回港，怎么样？"

"好。"她笑起来。

"还有，"钮度脸色一变，"刚才为什么一直不看我？"

"当然是为了考验你，"司零说得理所应当，"看看如果没有事先商量，你要怎么和我爸说，是不是和我想的一样。"

刚才说的那些，他们事先没对过一句台本。

……

夜很深了，落地窗外的霓虹灯灭了一簇又一簇，大雪让每个人都早早回了家，很久很久也听不见一辆车疾驰而过。

钮度从身后抱着司零，她玩着他的手指说："言炬都说什么了？"

"他不知道要说什么，我也不想逼他。"

"我应该向他道个歉，"司零又鼻酸了，"我应该向他承认，当初接近他是有目的的。"

钮度支起身来看她："那你什么时候跟我道歉？"

司零一脸赖皮："人都赔给你了，还想怎样？"

钮言炬没有钮度那样无坚不摧，他知道这与朱蕙子、司零都无关，但他也无法坦然接受。

司零说："蕙子才是真的无辜，他要怪也是怪我。"

钮度抱紧她："你可以去找言炬道歉，但如果他迁怒于你，我也会骂他。"

司零嗤嗤地笑了："你知道吗，昨天我也是这样跟蕙子说的，一字不差。"

"你看我多偏心，"钮度的眼神像是要讨赏，"你保护你的妹妹，我却放弃侄子来维护你。"

司零傻笑着，仰起脖子吻了吻他。

"还有，"司零目光一黯，"我觉得我们应该告诉你妈妈，她应该知道是什么人和她儿子在一起，她有权利选择接不接受我。"

钮度说："你不要总这样想，我们现在不是该分出过多精力来应付家人的时候。"

司零思虑片刻，眼神陡变坚定："你说得对，我们还有很多事要做。"

几天后便是除夕，钮度要到南亚看望父亲，司零也要和司自清回乡，两人说好了年初十左右去 Y 国。

意外的是，在家宴上，钮言炬向钮鸿元提出想为家里做事。他是唯一最受宠的孙子，这些年他想做学术，就由他做；现在他想回来了，这令钮鸿元喜出望外。

接下来的事就更顺理成章了，钮言炬还要回到 Y 国上学，钮鸿元自然就让他先跟着钮度，等毕业后再回港城。

"这小白兔也变得这么有脑子了，"电话里，司零也很高兴，"他不会要开始黑化了吧。"

钮度说："或许这件事让他明白，他也该开始担当了。"

司零笑起来："这么说，虽然没有明说，但是……言炬就站在你这边了？"

年初十，司零和朱蕙子一道回 Y 国。

雪已经停了好几天，光风霁月，天朗气清。司机载朱蕙子到司零家楼下，司自清听到引擎声，往屋里喊道："乐乐，蕙子的车到了。"

"好。"司零背双肩包出来，一只手背在身后，说，"爸爸，我有东西给你。"

司自清看着她走近，手心摊开到他面前，是一张老照片。司自清接过一看，愣住了——照片透着霉味，又黄又旧，但终究不改美人笑貌——颜双梳着当年最流行的短发，衬衫搭配花裙放到现在也不过时，手捧一簇绣球花，笑看镜头。

司自清老半天才动了动唇："这是……"

"是钮度找到的，"司零一抬下巴，"你看背面。"

司自清翻过照片，背后是她的签名——玉颜。

"这是她在港城的名字，"司零轻轻一笑，"转昀流精，光润玉颜……"

司自清盯着照片，久久不语，等他回过神，司零已经穿好了靴子。"爸爸，你不用下去了，"司零半只脚踏出门外，"到了那边我会给你消息的，照顾好自己。"

他迟了很久，才微微点头。

照片里的颜双，还和他相识那年一样，双目灵动，笑靥如花。离乡后一路颠簸进风月场卖笑，她却保持着一双清澈的眼睛，或许就是因为这样，才会让朱一臣一见倾心吧。

有一滴热泪落到照片上，司自清赶忙一遍遍地擦掉。

"转昀流精，光润玉颜"……

原来，并非他独自将心意藏了一生啊……

……

航班夜发朝至，起飞后不久旅客们都陆续入眠，两人也不多聊，戴上耳塞就睡。天光亮起时朱蕙子先醒来，她揭开一点舷窗光板往外看，用手遮住多余部分，为了不让熟睡的乘客刺了眼。

目力尽头，旭日缓缓从云海下升起，犹如一只历劫归来、就要飞升上神的火烈鸟。

"醒啦？"

听见司零说话，朱蕙子回了头，冲她一笑："吵到你了？"

司零摇摇头，看了眼手表："还有两个小时就到了。"

朱蕙子合上舷窗光板，主动问："你打算回家里来吗？"

司零知道她的意思："之后再说吧，钮度说得对，我们现在没有太多精力来应付家人。"她深吸口气，又说，"而且，我爸也不那么愿意。"

"司叔叔？为什么？"

"或许他和我相依为命惯了，要是突然多出那么多亲人来爱我疼我，他会不高兴的，"司零笑笑，"虽然他不说，但我看得出来。"

朱蕙子差点笑喷："想不到叔叔竟然是一个女儿奴！"

"你呢？回学校之后，打算怎么做？"司零也问她。

朱蕙子也知道她指的是什么。她往后一窝，闭上眼："不知道，那是他爸爸，他再恨我怨我都是应该的。"

司零说："到现在我也没有好好跟他谈过，回去之后我会去找他的。"

朱蕙子突然想起来："那钮度呢？他真的没什么？"

"钮度和言炬不一样，他比言炬年长，比他成熟，比他看过的险恶多太多。"司零低头一笑，眼带心疼——这并不是什么好事，"其次，他太爱我了——我并不是说言炬对你的感情不够深，而是……"

"我知道，"朱蕙子抓住她的手，"你和钮度，比普通情侣的感情要深刻。"

钮度先她们到 Y 国，早早就候在机场。朱蕙子没想到的是，钮言炬也来了。

一见面，他就帮朱蕙子擦掉了眼角的眼屎。

朱蕙子："……"

"别看了，走吧。"钮度拉着司零的手走了。

上车时，司零问："叶佐呢？"

"现在才几点，除了我，谁舍得起这么早接你？"钮度敲敲她的头。他是真的把叶佐当兄弟，而不是下属或随从。

从机场出来上了高速，司零把窗户开到最大，迎着拉维市的海风呐喊："哇啊啊——Y 国！我又回来啦——"

"小点声，有人看你了。"说是这么说，可他却没半点真心阻拦的意思。

"哼，要是有人骂，我就说我是 H 国人，"司零趴在车窗上摇头晃脑，又冲外面吼了句，"——康桑阿米达！什么什么斯密达！"

钮度真的忍不住笑了——真的是神经病！

一转眼，司零又把窗户关了，弹回来黏到钮度身上，妖里妖气："我好想你哦。"

钮度面无表情，专心开车："你太兴奋了，控制一下自己。"

"什么嘛，难道你不想我啊？你去泡别的妹了？"

钮度丢给她一个白眼。

钮度问了一个正经问题："你的毕设怎么办？你已经从希河大学退校，要去哪里做实验？"

"可以随便申请一个研究所，但是地方都比较偏，"司零完全不着急，"去希河大学做也行啊，没有人会不欢迎我回去的。"

钮度成功抑制住她的兴奋，她接着问："阿星呢？还有没有想跟着你一起来？"

"妈妈身体变好，她现在巴不得在家里，"钮度话锋一转，"上次忘记告诉你，她最近在跟别人拍拖。"

"真的？又是哪个小说男主原型啊？"司零巴巴地凑近他。

"是一个阿Sir，"怕她反应不过来，他又补充，"做警察的，普普通通的人。"

"那也很棒啊，怎么会认识？"

钮度说来笑了："听说那位张Sir脾气很爆，阿星最近刚学会开车，有一天在路上违规，被他逮到一通骂。"

"然后呢？"

"然后，她听你说过内地喜欢给警察送锦旗表示答谢，她就送了一面旗到警署——感谢脾气最差劲阿Sir教导之恩。"

"哈哈哈……"司零爆笑，"听起来是一个浪漫小说的开头。"

"所以就这样了，"钮度转头看了她一眼，"不替你师哥可惜？"

司零轻轻摇头："其实阿星和师哥不太合适，你知道的，不是遇到了喜欢上就合适的，哪有那么多一眼万年呢。"

"你就是。"

"什么？"她没反应过来。

钮度认真地看她："你就是我唯一想要的。"

好一会儿，司零倾身亲了亲他的脸："我也是。"

"还有一件事，"钮度说，"言炬如果来公司，跟着你最合适，但是，我会再等他的意见。"

司零点点头："好。"

法耶欢天喜地地到门口迎接司零，司零被她一米七五的高个熊抱

372

住，几乎要窒息。

"你的行李昨天刚刚寄到，都放在房间里。"法耶没说在哪个房间，司零跟在她身后，知道她直接默认放进了钮度卧室。

司零揶揄她："你对我这么好，不会是爱上我了吧？"

"哦，亲爱的，只不过是因为，只要你还在这间房子里，我就不是厨艺最差的那一个。"

"……喂！"

法耶陪着司零收拾行李，司零注意到桌上她刚换好的蓝绣球，还沾着露水，仙气飘飘。

司零说："法耶，下次换红色的绣球吧。"

法耶不解："为什么？你不是说过先生不喜欢红色吗？"

司零理所应当地看着她："他不喜欢，我喜欢啊。"

法耶翻了个白眼，走之前回击了她一下："亲爱的，恃宠而骄的女人往往没有好下场。"

……

钮度已经去上班了，区块链的计划已经启动，孟建宇正跟着陈安德做事，肖瀚和他在谷歌的同学也参与了。司零对此很放心，她全部重心都放在做医疗上，这是钮度第一个真正属于自己的上市公司，半点马虎不得。

在此之前，还有一件事。

司零听从费励的意见，把退位公告推到年后发布。而现在，钮度不在，房间只有她一个人，没有比这更合适的机会了。

电脑屏幕里不长不短的几行字，她没有多做修改，也没犹豫太久，按了发送——

致各位盟友：

今天我想和大家分享我的决定。

感谢各位在对坚守正义的初心，以及在对我的无条件信任下，为完成每项任务所付出的巨大辛苦与牺牲，我感激不尽。

经查明，我因直系亲属有过法律认定的犯罪行为，于今日起，我将退下 CR 队长之位，改由梅林接任。

梅林与我风雨同舟、左膀右臂十年，在未来的日子里，希望各位朋友能够在他的带领下，不忘 CR 初心，继续奋斗。

最后，如各位他日有难，我必倾囊相助。

史诗

......

现任所有高阶成员里，只有梅林和回文能找到她。梅林早就知道了，所以，一小时后，回文来到了司零面前。

"搞什么？你找到你亲生父亲的身份了？"两人并肩靠在露台上，回文问她。

她点了头，他不会追问，却说："那你还来 Y 国干什么？你还帮钮度做什么？"

司零瞪了他一眼："爱上他了，不行啊？"

肖瀚双手抱胸："哦？那我现在算是彻底在帮你办私事了？"

"不愿意啊，你回去吧，我自己也可以。"

"你这个没心没肺的，"肖瀚拍了拍她的脑袋，"我和费励还不是担心你？费励现在一个人帮你应付他们的追问，你才能在这悠闲地看海！"

"喂，以后不要打我的头好不好？"司零捂住脑袋，"只有钮度才可以这么喜欢敲我的头。"

肖瀚无语了，他往回走了两步，忍不住回头骂她："我看你退休公告里写自己被爱情冲昏了头，他们会更愿意让你滚。"

"是啊，现在开始就是私事，我把你骗来 Y 国了，"司零又可怜又欠打地看着他，"好回文，你还愿意帮我吗？"

肖瀚看了她好一会儿，说："我要涨工资。"

"没问题。"

"我想自己弄一套新系统，你给我出经费。"

"太没问题了。"

"OK，那好说。"肖瀚重新回到她身边，陪她看远处的海。没一会儿，他由衷地说："他确实很不错，有态度有想法，行事眼光也很有战略性。"

　　司零知道他说的是钮度。她笑了："你不会听费励说他坏话多了吧？"

　　"那确实不少。"

　　肖瀚回头看她："我这次来还有事要告诉你。"

　　司零也转头："你说。"

　　"你的导师，希河大学的那个杨教授，正在秘密地寻找投资方支持他的新药物研究，他非常谨慎，我也是很偶然才探到的。"

　　司零谨慎起来："什么药物？"

　　"他很警惕，我还查不到更多消息，只找到了唯一一种疑似相关元素，"肖瀚摸出手机，"你应该一看就懂。"

　　司零接过手机看了看，皱起眉头："这种元素还没有通过研究认证，突变性还没有得到解决……是违禁的。"

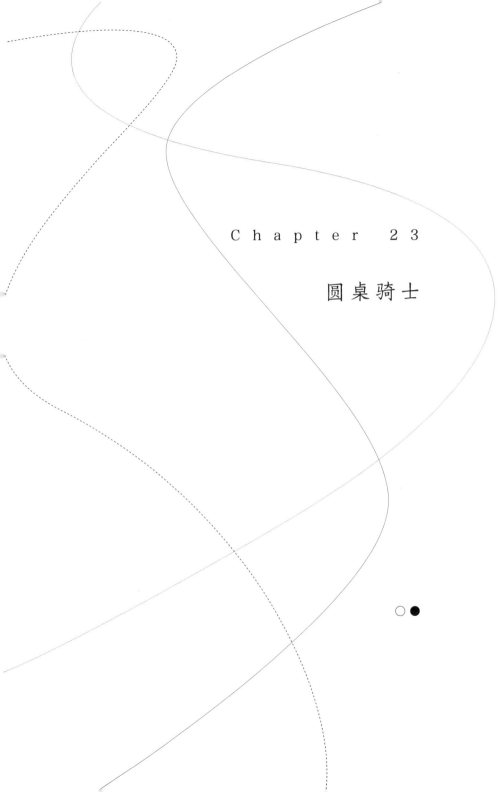

Chapter 23

圆桌骑士

　　司零去找钮言炬是两天后，钮度护花护得够彻底，开车送她，在楼下等，规定好时间上去接驾。司零下来的时候，钮度看了眼时间："这么快？"

　　司零轻轻一笑，系好安全带。

　　钮言炬说："其实我不是有怨，我只是有点懦弱，不知道该怎么办，索性就避开。"

　　司零说："你不想一直这样的，你跟你爷爷提出想开始为家里做事，就是想开始勇敢一点，不是吗？"

　　司零最后说："但我还是要向你说对不起。"

　　落日正慢慢融进路城的圣墙，车子驶出山头，司零抓住时间瞥了眼匆匆而过的宿舍楼。她突然才觉得，自己人生的每一刻都值得铭记。

　　出门前，法耶自告奋勇做中餐等他们回来，钮度便打趣道："你说法耶会做成什么样？我们厨房还有没有得救？"

　　司零笑了笑。钮度又说："你不是还去申请做实验吗？老师怎么讲？"

　　"没问题。"

　　"怎么了？精神这样差？"钮度伸手去抓她，才碰到她的手便一惊，"你的手怎么这样凉？"

　　"钮度……你现在不要跟我说话。"司零几乎是用耳语的音量。

　　钮度转头看她，才发现她嘴唇都白了："宝贝，你怎么样？哪里不舒服？"

　　"你现在，不要跟我说话……我，痛经……"

　　"什么？那怎么办好？"

司零没力气说话了。

偏偏今天是安息日，钮度转了半个路城也没找到一家有用的商店。

司零已经转移到后排躺倒："求你了，我想回家。"

"好，我们回家。"

上了高速，钮度把油门踩到底，一路狂飙。他不时从后视镜看司零，她在后排滚来滚去，蜷缩一阵，坐立一阵，呜咽乱叫一阵……痛经是上帝对女人多大的恶意啊……

钮度眉头紧锁："之前你都怎么办？"

"……忍着。"

"忍着？要忍多久？"

"……如果可以睡着的话。"

钮度恼火地砸了方向盘一拳："就没有药可以吃？"

司零嘶哑地说："止痛药要医生开才可以，今天已经不行了……"

终于回到别墅门口，司零迫不及待地下车，钮度停好车想过去扶她，却被她甩开："你离我远一点……"

她步履蹒跚地进了门，一见法耶就说："帮我……帮我烧一壶热水……"

"啊？"法耶匪夷所思，这是所有外国人的一致反应，"什么？烧热水？"

钮度说："我去烧。"

水烧上了，钮度上楼去看她，她边哭边说："你出去，我现在很烦……"

钮度烦躁地抓了抓头发——工作压力最大的时候他都没这样。

他一直不敢走远，没过多久，听到她终于忍无可忍地喊："钮度……"他立即开门进去，司零以奇怪的姿势半跪在地毯上，看上去像个怪物。她可怜巴巴地说："求你了，看看哪里能不能买到红糖，中餐馆什么的……"

"好，我马上去，水已经开了，我让法耶端上来……"他连外套都忘记披，匆匆拿钥匙就出门。

夜幕已至，街道上几乎空无一人。他去了知道的每一个中餐馆和亚洲超市，全都关门闭户，接着用手机搜其他可能的商店，仍是一无所获……

实在没办法，他终于想起来周孝颐，匆匆给他打去电话："你好，周参赞，我是钮度……"

周孝颐第一次见到钮度这样方寸大乱，愣了一阵才说："钮总，怎么了？"

周孝颐见到钮度时，他满头大汗，在这个天气里简直是稀奇。周孝颐把一包红糖交给他，叹道："没想到丫头需要这个，是我对不住她了，辛苦你跑了这么久……"

钮度都等不及跟他客套，下楼开车回了家。

周孝颐看着他扬长而去的车影，笑了笑，低头点开和司自清的微信对话框……

钮度冒着超速风险回到家时，司零已经睡过去了。他张口就问："她怎么样了？"

叶佐不知道从哪里冒出来："吃了止痛药，已经睡着了。"

"……哪里来的止痛药？"

"上次小美过来刚好也痛经，她剩下的。"话音未落，叶佐被钮度结结实实瞪了一眼，"怎、怎么了……"

——你怎么不早说！看我跑全城很好玩是吗？

钮度哑口无言，恨恨地说："小美就休假过来七天还碰上这种时候，你真是好可怜。"

那包红糖得到了山珍海味的待遇，被包装完好，隆重地放进橱柜里。

司零醒来时，钮度在一边书桌上办公。他坐到她身边，她的声音听起来有了几分力气："现在几点了？"

"还有一刻到十一点。"

"你去了多久？"

"……不太久，商店都关门了，最后问你师哥要到的红糖。"

司零挪了挪身体，刚枕到他腿上，肚子就叫起来。她委屈道："我饿了。"

钮度一笑："我已经给你煮好粥了。"

"你怎么知道我想喝粥？"

"给曾妈打过电话，她说女孩子例假喝粥最好。"

司零烧红了脸："我……我就痛个经，你搞得全世界都知道了。"

全世界连他为了她多着急都知道了。

司零又说："今晚我去阿星房间睡。"

钮度低下头来："干什么？生气了？"

"不是，以后来月经前两天，你离我远一点……"

钮度明白了："那我过去睡，你在这里。"他起身收拾衣服的时候，终于由衷地抱怨，"女人真的不应该来月经……"

……

后天便是元宵节，他们一早准备了面粉和馅，准备自己包饺子和汤圆。钮言炬带着朱蕙子过来一起过节，意味着他正式加入了钮度的阵营。陈安德也带着妻儿过来了，除了学校，这里可能是全 Y 国最热闹的社区。

最热闹的时候，往往有不速之客。

叶佐突然从外面来电："阿度，有个叫张家新的人从港城过来，他之前跟着钮辰手下的徐洋做事，现在在地产部做经理，说要见你。"

钮度一双手上全是雪白的面粉，电话夹在肩上："见我做什么？"

"讲有好消息带给你，真是莫名其妙。"

钮度考虑了片刻，说："家里人多不便，你找间咖啡厅等他。"

挂下电话，抬眼就见司零，他把事情告诉她一遍，她说："我陪你去。"

钮度问："就这么直接让钮辰知道你的位置？"

司零说："如果他现在还没意识到，那才是真正的兵临城下而不知。"

地方就在公司写字楼下的一间咖啡厅，不正式也不失仪。

路上时间，司零已经查清了张家新的信息——年龄二十九，一毕业就进入天一集团，第五年攒到首付，第六年做到经理，典型中环职业经理人——也算得一位佼佼者，甚至钮辰某次会议有点名夸过他。

但钮度似乎不太注意听。

张家新身材单薄，长得一派斯文，是过目即忘的类型。见到钮度，他主动起身递过右手，毕恭毕敬道："钮生。"

叶佐是最后坐下的，他向钮度介绍："张家新。"

张家新笑了："全公司现在都知道钮生有能力，原来钮生身边有这么多能干的后生仔，难怪越做越好。"

是个聪明人，说话模棱两可，这句话不会让钮度太舒服，却也没什么讽刺。叶佐显然对他有敌意："会做事也要有空间，如果在港城有像在这边的空间，你不会现在才发现先生有能力。"

张家新打趣道："叶生不要太着急，这位小姐同先生的关系都比你好，人家都还没讲话。"

司零笑了："怎么看出来？"

"都好简单，小姐比叶生先坐下，也比他更靠近先生一些。"

"今天是元宵节，我没有太多时间，"钮度开口了，"你有什么事要说，难不成拣准今天过来跟我们包汤圆？"

张家新还是那张笑脸："我也是最近刚知道先生喜欢讲笑话，今日一见果不其然。"

钮度嘴角一扬："你最近从哪里知道？"

——要切入正题了。

"先生今天时间不多，我便长话短说，"张家新敛起神色，"听说先生最近想重新调查二十年前钮峥先生工厂爆炸遇难的事，不知道先生是觉得哪里出了问题？"

叶佐头皮一麻，就连司零都跟着一怔，她不动声色地晃了晃左手，开启录音模式。钮度依然云淡风轻："这又是从哪里听说？"

张家新直言不讳："先生不必紧张，我这次过来是为了帮助先生的。"

钮度仿佛听到了笑话："你误会很大，董事会要我春季之前把事做完，我最近很忙，但也不缺人手。"

张家新不介意马上摊牌："张家栋是我哥哥，最近听阿星小姐问起二十年前那件事，就猜想其实是不是先生你想知道。"叶佐猛地看向钮度，后者漫不经心地听对方继续补充，"先生放心，哥哥一向严格执法，大大小小的功立了不少，在警队很受敬重，阿星小姐跟他在一起很安全。"

钮度脸上第一次起了波澜："你敢威胁我？"

张家新被他的眼神噬住，迟了几秒才说："我向先生交代得明明白白，哪里来的威胁？"

对话进展得太过刺激，司零刚把手拿下来准备做进一步的对策，就听见钮度闲闲一笑，道："你说你哥哥一向严格执法，如果他知道自己弟弟三年前贪污公司两百万，你猜猜看他会不会继续严格执法？"

叶佐一惊，司零一愣，张家新重重一震："——你早就知道我？"

"我还知道，你拿钱是为了给你母亲治病，等母亲康复之后，你用最快的时间拿攒下的薪水填补了所有缺口，所以——"刚好店员送过来咖啡，钮度热情地以笑致谢，才接着说，"我便装作没有看见。"

张家新一时语塞，钮度继续坐庄："你母亲常年需要吃药，想想看如果你丢掉工作，只靠你哥哥一人的薪水，还能不能供得起？"

"你——"

钮度打断他："被人威胁的感觉，如何？"

张家新终于低头："对不起，先生，我们并没有要利用阿星小姐的意思……"

"在港城我的确不够势大……"钮度拾起咖啡，不紧不慢地搅着，仿佛小勺与杯壁碰撞出了什么天籁要他细细听赏，"但对付你们两个，足够。"

他都不需要看着对方，便轻松把人慑住了。

"对不起，先生。"张家新郑重地低下头，诚意够了，他才重新说话，"我现在就向先生说全部的实话——我们两兄弟原本姓赵，如果先生真的查过那件事，就知道当天和钮峥先生一同遇难的还有当值主任赵伟——他是我们的爸爸。"

钮度说："我知道，公司认定他失职，发下去的抚恤金不多，不够养你们两个读书，所以你母亲打了很多工，积劳成疾，最后才会得病。"

张家新的声音在抖："老爸当时是被拉去顶班的，后来调查却死无对证，让他顶替的那个人，没多久就被调去南亚，一路做到厂长……"

说话的是司零："所以，你和你哥哥一个做警察，一个进天一，就为了找真相？"

"是。"张家新抬头，眼神坚如磐石。

钮度睥睨着他："想来帮我做事，是要有筹码的。"

"我进天一，就是为了找筹码。"

"所以你已经找到了，才会过来见我？"

"是。"

钮度足够耐心："让我看看，你的筹码有多重。"

张家新说："钮辰为了帮一家公司上市持续虚增资产，我有证据。"

回程路上由司零开车，钮度和叶佐坐在后排查看张家新提供的资料，叶佐说："他的确没说假话，这些都是证据，如果查得顺利，可以把证券公司和会计所一干人一并拉下。"

"现在不是时候，"钮度合上资料，"我们最好按兵不动。"

叶佐问："那，他哥哥张家栋……你打算怎么办？"

"他是警察，被人盯上不会注意不到，"钮度往后一靠，"我会跟阿星谈。"

"好。"

回到家里，汤圆和饺子都已出锅，大家开开心心欢聚一堂，半点不聊公事，聚到夜深才散。钮言炬和朱蕙子要出去住酒店，没人有客气一下留他们的意思。

司零脱下衣服准备沐浴，看见镜子里，钮度从身后抱住她："怎么了？我的小宝贝今天晚上话少了很多。"

"没有啦，"司零鼓着腮帮子，靠进他怀里，"就是觉得你今天好凶哦。"

钮度笑了："你之前只见过我对你、对叶佐、对自己人什么样，没见过我对外人，尤其是对手什么样。"

钮度往镜子里一看，司零把头低得看不见眼睛。他猛地把她整个人一转，捏紧了她的腰："要不是你今天……"

不看镜子终于让她好过一些。她大胆地勾住他的脖子，伸舌尖舔他下颚，极尽妖媚："这样凶凶的，还蛮帅的哦。"

"好啊，以后一直对你这样凶。"

他开始用力地吻她，吻到了极限，便安静地抱着。

司零贴着他耳朵问："既然知道他哥哥有问题，为什么还让阿星跟他在一起？"

"我并不知道那位张 Sir 就是张家栋，阿星不告诉我。"钮度说实话，他睁开眼沉了口气，"但是我们今天的确九死一生，如果张家新真的是钮辰的人，我不知道会变成怎样。"

"我当时也有点发蒙，已经在按钮辰已经知道来考虑后果了……"她不想让自己听起来在责怪他，但不得不说，"你不该告诉阿星的。"

"是她自己听见的，那天妈妈找我说话，她就在门口。"

"阿星年纪太小，太过情绪化了……"

钮度倏然一笑："阿星比你还要大一点。"

"是啊，可我却不像她可以做小朋友，"司零也笑，笑得坦荡而苦涩，"很多时候，我都觉得我一生已尽。"

"乱讲话。"钮度立刻就说。他放开她，稍用力地撞了撞她的额头以示惩戒："你现在想象不到以后和我结婚会有多幸福，我们有小孩之后会有多幸福，抱上孙子后又有多幸福……"

司零捂住他的嘴："好啦，我知道啦，我慢慢等着看。"

他们继续拥抱。钮度赌上一生的真挚，对她说："宝贝，以后在我面前，你永远是小朋友。"

……

不久后，钮言炬也向司零提起了自己发现杨教授在秘密寻找投资方的事。

钮言炬说："老师行事很隐秘，我也是很偶然才发现的。我不明白，他手上的项目大多是国家级的，经费要多少有多少，现在又是为了什么呢？"

司零说："这么说，他找得并不顺利。"

"你早就知道了？"

"也没有多早。还有别人知道吗？"

"应该就只有我，你知道的，最近大家忙各种项目，看起来我最闲。"他当然是拿自己打趣而已。

司零承认知道的消息不多，唯一获悉的一种元素还只是疑似。司零说："下周开始我回实验室去做毕设，我们想办法一探究竟。"

两个月后他们查明，杨教授的确在做这种元素的人工合成实验，他将之命名为 PW19。

钮度问："这个东西做什么用的？"

司零还很保守："我不想直接这样定论老师，但此前，M 国有一位教授试图用它研制特效药，后来被判了销毁药物和五年监禁。"

"什么样的特效药？"

"怎么说呢……"司零在想一个更确切的解释，"类似于加速细胞分化的物质，但比那要超常很多，所以到现在学界上都无法认定它是安全的——有些人认为它有助于人类增强体质、延长寿命，但也有人认为它会产生未知的变异。"

钮度明白了，而后问："你打算怎么做？"

"杨老师没有进一步的动作，没人知道他想做什么，在实验室出现这种物质也并不违法，老师连埃博拉都摸过，"司零说，"所以，静观其变，言炬会留心的。"

"我以为你准备留在这里调查。"

司零全神贯注地看钮度："下周你就要回南亚，这才是重中之重。"

下周，便是钮度来 Y 国整整一年的日子。回南亚和国防部洽谈无人机合作，是"打回天一"战略进入反攻阶段的第一役——这比他们计划的要提前了至少半年。

这整整一年凤兴夜寐、超高强度的努力和付出，即将看到阶段性的回报。

钮度和肖瀚带着 HERO 高管一同前往南亚，陈安德留守大本营，而司零——她最喜欢做对冲工作，简而言之准备 plan B。

肖瀚不得不说："你真的最适合做队长，什么都让你想好了，我们去执行就完了，你知道没了你，费励现在每天想事情想到头秃吗？"

司零无情奚落："你们码农本来就没几根头发。"

叶佐也过来问："现在做这些真的不早？"

司零很肯定："我不怕大言不惭地告诉你，我预感的事，往往就是真的。"

要说 Y 国、港城和南亚有什么共同点，那就是都处在热带至亚热带之间，几乎没有春天。还不知道哪天是开春，转眼就到了盛夏。

这样也好，说好开春后进行，就不会等到入夏。

钮度和南亚国防部接洽的事很快传进钮辰耳朵，周杏儿预料之中出手干预，提供了另一家无人机公司参与竞争，并想方设法向有关官员施压。

半个月后，该公司被曝合伙人之一与恐怖分子有接触……

这样一来，HERO受到的审查严了几番，商谈时间延长——总好过彻底凉了的周杏儿选送选手。

钮辰这边，开始加速给周乔伊的公司拟公开招股书。

司零对叶佐说："你告诉张家新，表忠心的时候到了。"

当然不可能全靠张家新一个，只是多了他这么个里应外合，具体细节操作起来会顺畅一些。

"其实钮辰现在的重心不该放在抢在你之前让公司上市，"电话里，司零对钮度说，"至少是我的话，不会这么做，我感觉他有点自乱阵脚了……"

"他以为周太会帮他解决这边，"钮度一笑，问，"你还在港城？"

"对，我不放心张家新。"

"我更不放心你。"

"我在这够保我安全，"司零说，"但我想试试张家栋。"

"你真是够喜欢做难做的事，"钮度有点生气了，"你最好保证我见到你时长胖了两斤。"

通话过去的第二天，司零便被钮辰的人"请"去喝茶了。

她被带到深巷中的一间茶室，茶香袅袅，看着她的那些个个一身黑衣的人脸却黑过包公。

她坐了有一刻，茶室走进来一阵脚步声，厚重、刻意、稍慢，极尽皇帝上朝百官跪迎的架势，不用猜也知道那是谁，果然听见那排黑脸齐喊："——先生。"

钮辰就这样走到了司零面前，他就坐在她案几对面，不刻意用制高点俯视，也足够让人感受到这个男人的危险。

司零不是第一次见到他，有一次她来港城刚好碰上他到店剪彩，她过去凑了个热闹。人前的钮辰风度翩翩，言笑晏晏，够对得起给他颁的一个又一个荣誉称号。

他和钮度长得并不像，五官不够立体，眉宇间也没有半点柔和。

钮辰一边倒茶，一边开了口："司小姐不好奇我是谁？"

司零一笑："先生不知道吧，小女生都喜欢看您的八卦，我不例外。"

"那总归该好奇，我请你来做什么？"

"一定不是喝茶。"

钮辰不蠢，她这般气定神闲，断不是普通人的心性。

"我倒想先问问司小姐，这几日来港城做什么？"

"钮度不在，我就代他回来陪陪杨太喽。"

"可司小姐这几日行踪，看起来不像是来陪老人家。"

"我总有自己的事要办吧，先生不会这么关心小女生的事吧？"

钮辰滤够了次数，开始往杯里倒。他迟迟才问："如果是跟我有关，司小姐说我该不该关心一下呢？"

"先生，"司零特别认真地看着他，"我觉得钮度比你帅，我不会变心的。"

钮辰笑着给她推过来一杯茶，司零谨慎地保持着和他的距离，突然听见他问："司小姐不怕我吗？"

"当然有点。"

"怕什么？"

"您气质超群，谁都会怕。"

钮辰又笑了，他知道她打定了这样打太极的方式。他笑起来的冷厉绝非令女人倾倒的那种魅惑，而是不折不扣的狠辣。

他终于开口："很抱歉司小姐，我的好弟弟最近带给我的麻烦不小，我没有空陪小姐多喝几杯茶了——或者可以说，是你们带给我的麻烦不小。"

司零摇摇头："先生，我真的不太明白。"

钮辰一挥手，有人送进来了她的笔记本电脑。

司零手心一紧。

有人把电脑摊开到她面前，说："请你输入密码。"

司零抬头看钮辰："为什么？"

"没有理由，"钮辰闲闲向后一靠，品着茶香，"但我想，你并不想听不输密码的后果——怕司小姐真的不知道，我想提醒你，你说什么都无法威胁我。"

司零没办法了，动手输入密码——主屏出现，桌面上出现大大小小的文件包，全是和生物学有关。

——她刚被带上车的时候，梅林就远程破解了她的防火墙，开始狂删她电脑里的东西。

电脑被钮辰的人拿走了，当着她的面，开始一一点开检查。

十分钟后，有人汇报："先生，这里有您的名字。"

钮辰拿过来一看，接着用十分复杂的眼神瞅司零："司小姐对我的幻想小说这么有兴趣？"

"太有了，"司零一拍大腿，"不只我有，我的女同学们都有，大家争相传阅……"

电脑被拿回去继续检查。

司零坐得屁股腿快麻了。她倒是不担心梅林办事……她突然后悔这样应付了，如果钮辰没从她这搜出点什么，一定会有下一步行动……

终于搜完了。什么也没有。清纯女大学生一个。

钮辰的脸色变得更加难看。他直起身靠近司零，还没开口，门口便进来一人传信："先生，外面有两个警察，说这里跑进嫌犯，要进来挨个搜查。"

钮辰眼皮子都不抬："让老板去应付。"

"可是……"传信仔冒了冷汗，"刚才门外几个女生跑过去，认出了您的车……"

钮辰瞪着司零，可怕得就要即刻将她这个幕后主使斩立决。

他终于坐回去："让他们进来。"

门打开的时候，司零开始收拾背包。

门外进来两个警察，其中一人和张家新长得很像，差就差在这位阿Sir身强体壮，能够一拳将张家新打飞。

看到慌张的司零，张家栋问："这里怎么回事？"

"没事没事，"司零嬉皮笑脸，"我不小心走错了，正给这位先生赔不是，就要出去了——警察哥哥，我不会像嫌疑人吧？"

司零跟在二人身后就要出去。

钮辰最后对她说："司小姐，今天运气够好，下次见了。"

她客气地冲他一笑，回头的一瞬，目光陡变凌厉——哪有什么够好运，不过是够有本事罢了。

一下楼，司零转身就走，没和张家栋交流半句。

张家栋的警车停得很远，上车之后他取下胸前的假警号牌，换上了真的——虽然不能完全杜绝被钮辰查到，但好过直接暴露。

如被发现——他这样，等于是公开和钮辰作对了。

梅林最先打给司零，他气急败坏："怎么样？你出来了吗？他有没有对你怎么样？"

司零笑嘻嘻："没有，感谢梅林大师，保我平安无事。"

"你别给我开玩笑！"梅林怒气冲冲，"钮度丫的就让你一个人待在港城？"

"就算是你想拦我，也拦不住。"

"司零，你他妈自己爽了，知不知道我们多担心？"

司零沉默了一阵，说："好，对不起，但这很有必要，不只是试探张家栋那么简单，我总要知道钮辰对我了解到哪一步，现在看来他确实低估了我。"

为防钮辰也找来一个计算机高手破译她的电脑，梅林没有采取编造一个假入口的方式，这能瞒过普通人却瞒不过高手，而是将她真正电脑版面里的东西——删除。却没想到钮辰只是按最常规的那样，一一检查她的文件包。

费励吼得凶神恶煞："你现在立马给我滚回钮度家里，离港前不许出门，你他妈让我知道你再出一次门，下次我绝不会帮你——你也别想让阿瀚帮你。"

他俩又合作上了，果然是钮费友谊靠司零有难。

费励电话刚挂，钮度的电话衔接得分毫不差。他同样劈头盖脸骂："你刚才跟谁打电话这么久？"

司零秒怂："费励啦……"

"你知不知道我快疯了？"

"……对不起，"她说完，钮度不作声，她鼻酸了，又说了一次，"真的对不起……"

钮度重重沉了口气："阿杰现在过去接你，在我回去之前，你不准再踏出家门半步。"

"好嘛，半步也不离。"

"要是你不听话呢？"

"你说了算。"

"我就告诉你爸爸，把你丢回平城。"

……这也太狠了吧？等不及她反应，钮度又吼了一句："听明白了吗？"

司零真的觉得自己委屈了："知道了……"

电话一挂，曾广杰到了。他气质和叶佐全然不同，笑得明朗又实在："先生让我来接你。"

司零上车后不怎么说话，第一次和曾广杰见面，她应该再了解他一些的，可她刚刚被钮度凶成那样，整个人变成了海绵，委屈得能拧出水。

自然是张家栋告诉张家新，张家新向钮度汇报，钮度叫来了曾广杰。张家新和曾广杰之间并无联系，这和战时特务总是单线联系一个道理。

曾广杰主动说："先生说，会尽快办完事回港接你。"

"随他便啦，"司零抱着背包，"早回来我早挨骂。"

曾广杰笑了，好心说："你要理解一下先生，他是太担心你，我从来没见过先生那样说话。"

他果然和叶佐不同，如果是叶佐，一定在这个时候趁机奚落她。

亲切爱笑是真的，反感不解也是真的。曾广杰两次私接到司零，第二次还是这样"胡闹而危险"，他一定将司零当作一个只会给钮度惹麻烦还委屈做作的女孩。这些，司零都从他微不可察的面部肌肉动作看了出来。

司零都不用清嗓子，噘着的嘴一收，气场全开："阿杰是吧？"

曾广杰看了看后视镜准备转弯："怎么了？"

"你新来的那个助理靓妹，读书时领过钮辰一个基金会的奖学金，有幸见了他一面，从此一见倾心。"才说到这，曾广杰一惊，从后视镜看见司零正恣意地望着窗外，仿佛不过在说一件家常事，"钮辰知道她的心思，特意把她调到和自己关联甚远的部门，最近她一回来就做你的助理，你猜猜看是不是冲你来的？"

曾广杰迅速在脑中过滤一遍至今对助理说过的话有无不妥。司零又说:"你离开公司这么久了,一会儿我给你一个程序,能够检查电脑有没有被人动过。"

看见他的神情,司零知道接下来这句很有必要:"我本想今晚告诉钮度,让他提醒你的,既然今天见到你了,就直接告诉你吧。"

曾广杰彻底信服。他刚才以为这些都是钮度的意思,司零只不过负责传话,原来……他郑重地说:"我知道了,很感谢你,司小姐,以后我会多注意的。"

司零回头一笑:"你就跟叶佐一样,叫我司零就好。"

她这样友好,反而让曾广杰惭愧了。

送她到家,曾广杰特意嘱咐:"先生让你不要再出门,如果先生不得空回港,就由我送你去机场。"

一知道身边蹲着眼线,他都顾不上进门看一眼母亲,急匆匆回公司去了。

知道今天司零会来,杨琪曼烤了饼干等她。曾妈带她到房间,一回头杨琪曼也进来了,曾妈便退出去留她们说话。

杨琪曼问:"其实他都还没有放弃对不对?我都知道了,他最近在南亚谈生意,周太一直没有好脸色。"

"阿姨,他现在已经没有回头路了,"司零说,"你说得对,都已经过去这么多年,他不是小孩子了,躲避才是小孩子做的事,大人只会前进,因为大人有责任和担当,你和阿星就是他的责任和担当啊。"

杨琪曼一笑:"你说得不全对。"

"什么?"

"他的责任还有你。"

无人机合作第一轮洽谈顺利结束,钮鸿元留钮度多住两天,他回来那天,司零一见到他就说:"猜猜看有什么好消息在等你?——周乔伊的公司已经开始做路演了。"

司零正在帮他解袖扣,钮度松开领结,眼皮都不抬:"我知道了。"

这就是司零留在港城的原因,把手上所有线索拾掇拾掇,谋划一个好办法透露给证监会。

司零取下钮度的领带,笑言:"我想最好是在我们第二次谈话期间，你不能在港城，你要让他们知道你很忙，忙到不得空理他出了什么事。"

钮度一笑："你有没有发现，你的口音越来越像我了？"

司零脸色一臭："早就发现了。"

他们正要接吻，曾妈敲了门："哎哟——不好意思，我是来说阿星回来了……"

"阿星这几天一直避免跟我说话，"司零环着钮度的腰，"她觉得很对不起你，你最好去跟她谈谈。"

钮度低头咬了咬她的嘴唇："好。"

……

证监会一开始调查周乔伊的公司，就被坊间传得沸沸扬扬。钮辰被杀个措手不及，再怎么极力设法掩盖，也留下了蛛丝马迹。

此时距离钮度与南亚国防部正式签署无人机合作，已经过去一周了。

Y国的夏天和平城的冬天一样，漫长得好像不打算结束。可若是好消息仍接二连三地来，谁都很愿意让这个夏天蔓延下去。

夕阳还撑着最后一缕余晖时，钮度和司零牵手去海滩散步，这已经成为他们的习惯。

"钮辰今天被父亲召回南亚了，"钮度像个孩子那样踢了踢沙子，"听说周太帮他说话，被父亲连着一起骂。"

司零摇摇头："如果我是她，这个时候应该帮着调查，至少把责任都推到周乔伊身上。"

"弃车保帅，"钮度浅笑，"你说得对，父亲不会真的想追究他，只是需要一个人来担责。"

司零不作声，钮度看见她眉头微皱，问："怎么了？"

"我总感觉不踏实，"司零抱住他胳膊，"张家新今晚回港，以后你不要让他来找你了。"

"我是这么告诉他的，不过有些事确实需要面谈。"钮度说。

周乔伊的公司，是钮辰通过天一第二大上市公司的名义扶持的，董事会有人提出要钮辰辞去该董事总经理的位子，由钮度接任。张家新便是带来这个消息。

司零冷哼一声："董事会那些老奸巨猾的家伙，一部分帮钮辰以退为进，一部分看你们兄弟相争的热闹，剩下几个才是真的想试你的水的。"

钮度说："如果真的是这样，我怎么都会找理由推掉。"

两人相视一眼，都不必说，显然这是共同的想法。

司零说："但是这个人，必须由你推荐上去。"

"你知道谁最合适。"

叶佐跟他太过紧密，曾广杰和张家新都不够资历，人选有且只有最佳的一个。两人四目相对，异口同声："陈安德。"

陈安德头衔很多，跟不少国际知名投资公司高层交情匪浅，搬出他的履历，不会有人太注意得到他帮钮度做事。

司零说："他太太一定很愿意去港城。"

钮度也说："是啊，她喜欢早茶。"

事情看起来太过顺利，反而让人不安。司零沉了口气："这几个月来看，钮辰似乎不太沉得住气，遇事过急。"

"他的确喜欢速战速决，他掌控天一惯了，所有人都听他的话，效率很高。"

"可是他最近很明显感觉得到，事事不顺，一定是有人在跟他抗衡，"司零仰脖子看他，"他查我、查阿杰，都是表现。"

钮度握紧她的手："你最近老实待在我身边，别乱跑。"

这是个拼数字信息的时代，并不是人不在跟前就无计可施，可钮度，仍下意识用最本能的办法来保护她——把她圈在身边。上次她突然被钮辰带走，司零知道他后怕，果然他又说："只要你没事，他查我什么都行。"

她半开玩笑问："所以，你最怕的是我有事？"

钮度不想答她这种废话。

"钮度，我又幸福又难过，"司零说，"因为我成了你的软肋。"

钮度停下脚步，拉起她另一只手与她相对。"我不想有时间安慰你这些话，"他显得有点凶，"早日变得更有力量保护你，比什么都有用。"

路灯亮起来的时候，他们开始接吻，他的吻总是那么热烈而张扬，那么迫不及待。

剩下的路钮度把司零托到肩上，她张开双臂，迎风乱叫："哇啊啊——原来这么高的视角风景这么好啊，哈哈哈哈……"

"好想一直在这里哦。"她忽然说。她知道不该，就只是说一说，甚至以为他不会在意。

"我也是。"他却这样回应。

风声太大了，司零问："——你说什么？"

钮度还是慢条斯理："我也是。"

"——我听不见？"

他无奈一笑，迅敏地将她整个人一倒，转了半圈掉进他怀里——司零目瞪口呆，他动作太快，她甚至没搞清刚才发生了什么……

钮度就要吻她之时，叶佐来了电话。

"阿度，我的电脑被人动过，拷走了一些资料……"

半小时后该到公司的都到了，肖瀚正系统地帮叶佐检查电脑。

叶佐有些张皇："我今天一天都在外面办事，刚刚才回公司，问了人说今天一直没有人进过我办公室。"

公司用全透明玻璃做隔断，如果有人进去不可能看不见。但是——"这两天月末考核，出入公司的人很多，会不会没有注意到？"司零承认，"我就没有太注意……"

钮言炬刚从外面进来："和上班的同事核对过了，今天最后一个人在六点半下班。然后……调了监控，他应该是进门前把电闸关了，监控在六点四十到七点之间有空缺。"

司零双手抱胸，分析道："公司监控都是云储存，他知道删掉监控没有用，所以直接断电——可是如果断电怎么开电脑？所以他只断了监控的电闸。"

陈安德总结性地说："对公司结构这么熟悉，手法这么流畅，一定花了时间观察准备——很有可能是内鬼。"

叶佐又说："我是八点回到公司，如果是在六点半到这之间，是不是可以去问楼下保安……"

"不可能的，整栋写字楼加班的人这么多，保安不可能注意得到。"

沉默短暂地弥漫开来。

做投资的常要出差办事，公司不设考勤，门卡是通用的，无法由此查证。

叶佐猛然一看手表："九点了，张家新回港城的航班是九点半！"

司零平静地问："你怀疑他？"

"如果是七点左右离开赶到机场不是没可能！他刚好就来两天，今天回港，有点太巧了！"

"如果真的是他……"司零眉头一皱，"他不怕被揭发之前贪污的事，还是说，钮辰已经给了他免死金牌？"

叶佐十万火急："现在不是讲这个的时候，如果报警拦下他，还来得及！"

"不必，"一直不作声的钮度开口了，"首先，如果是他，那么已经过去两小时，足够他把资料发给钮辰，拦下他也没用；其次，我想最好不要打草惊蛇。"

钮言炬第一次主动表达看法："我觉得不像他，他没有必要在这个时候反水。再说，就算二叔不追究他，可他贪污是事实，曝光也足够治张家栋一个包庇罪。"

叶佐一改往日冷静："搞不好他玩了一出无间道！"

钮度终于开口镇他："你不要太着急，着急时候做的任何决定都不理智。"

叶佐不说话了，肖瀚终于检查完毕："很有针对性，盗走的都是计划项目，对方很清楚公司最近的工作方向。"

司零立刻就说："这么看来不太像是张家新，跟他有来往后，只有他向我们输入，我们从不对他输出。"

钮度举纲持领地说："现在看来，对方目的是要提前知晓我们的计划从而有所准备，甚至是干预。其他项目不足挂齿，他们一定看得出那几家医疗公司才是重头戏，所以——"他看向陈安德，"如果对方煽动那些公司反收购，我想你最拿手怎么处理。"

陈安德颔首领下差事："你放心。"

"我知道张家新看起来嫌疑最大，你可以再查查他。"前半句是对叶佐说的，算是给他一个安慰。语毕，钮度转了话，"但或许背后的人不一定是钮辰，我们在这里时间已经不短，招人惦记也难讲，还是要排查公司里所有人，但注意动静不要太大。"

钮言炬举了手："我来。"

一直跟在他身边的朱蕙子也举手："我也一起。"

钮言炬和朱蕙子另外租了房子，最近都住在一起。

回家路上，叶佐忍不住又说："阿度，对不起，都是我大意。"

"不怪你，最近事情确实多，我们都有责任，"钮度还是那么温和平静，"从今天起多加小心，尤其是基金会下面的公司。"

"绝对不会有第二次！"

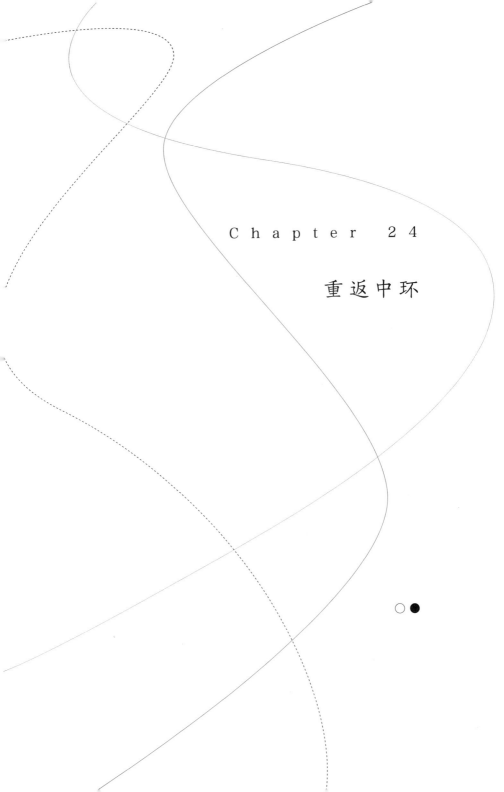

Chapter 24

重返中环

钮度洗了很久的澡。司零终于推门进去，看见他站在花洒下，他洗冷水，浴房没有一缕氤氲，她清楚地看见水流从他头顶淌下，他闭着眼纹丝不动。

司零走进门，从身后抱住他："想什么呢？也不出去说给我听。"

她听见他一笑："想了很多事，就忘记时间了。"

"那最近一件是什么事？"

钮度没有很快回答，司零感觉到身上变成了温水，原来他刚调了水温。他转过来，打了点浴液往司零身上抹，声音同温水一般："女孩子不要洗冷水。"

她娇娇嗔嗔："好，都听你的。"

他还是不开口，司零会心地问："你是在想，如果钮辰真的开始针对你，阿姨和阿星在港城的安全？或许钮辰没有那么狠毒，可是周太却有。"

钮度抬眼，往她鼻尖上点了团泡沫："什么都让你说中了。"

司零抱住他："其实我也好烦，普通员工容易被收买行事却很难这么缜密，可如果是管理层……人基本都是我选的，如果真的是这样，我很对不起你。"

"我怎么会怪你，"钮度顺势帮她擦拭后背，"你懂我，我们之间不需要花时间定责。"

司零眼神陡转："好，我们不能因此打乱或者暂缓计划，这样就是正中对方下怀了。接下来我会多留心，看看有没有人赶在我们之前有动作。"

钮度靠在她肩上，专心为她按摩后颈，他知道她睡眠不好，回家特意向曾妈讨教了两招。他也不多说，好像为她按摩就是他唯一的职责。他们早习惯了如此，事事心意相通，他放心底，由她说出来。

两天后他们就在家里开会，还是当晚到场的那些人。当初谁也没想到钮度一下子会多这么多人手，钮天星给办公室备的椅子不够，还搬了张板凳进去。

虽然钮度不说，在场所有人，除了一直和钮度黏在一起的司零，都主动提供了不在场证明。老板信任你，和让老板信任你，差别很大。

但，一无所获。

反而是半个月后，港城那边传来钮辰有意投资区块链的消息，专人团队已经组建完毕。

司零简直觉得好笑："这是钮辰第一次投资新兴科技，你猜猜看他从哪得来的消息？"

是谁指使了这一场盗窃已然众目昭彰。

司零气得一天吃不下饭。

一周前，董事会正式罢免钮辰，提任钮度，钮度也按照计划推举了陈安德，他后天要回港面试，钮度陪同前往。

司零兴致勃勃："好，正好我也过去一趟，让钮辰也尝尝后院起火的滋味。"

钮度皱眉："你又想干什么？"

"他不是有个表面上管理基金暗地里做着洗钱生意的马仔还以为没人知道吗？他那个最受宠的小表弟什么也不会，赌钱倒是有一手……"

钮度打断了她："你给我老实待在这里，哪里也不许去。"

司零以为他是没明白，继续说："我是说真的，我可以让他输到没血的时候救他，以此做筹码……"

钮度辞色俱厉地重复："——你给我待在这里，哪里也不许去。"

司零看向他，才意识到他真的生气了。三公子平时斯文俊雅、温声和气，可一生气起来，是连 CR 队长都要秒尿的。司零的声音都快低进尘埃了："你干吗那么生气呀……"

钮度攥紧她的手腕："这点事我受得住，你不许再主动招他，再有下次……"他终究不忍心说出什么狠话："我一定送你回平城。"

司零可怜巴巴地低头，却见他伸出了另一只手，命令道："拿来。"

"什么？"

"你的护照，"钮度不忘补充，"我会告诉你师哥，我回来之前不许你去补办新的。"

"知道了，"司零可可爱爱地嘟囔，"给你就是了呗，干吗那么凶……"

她被他抱紧了。钮度长叹口气，说："我不想你再去冒险为我做什么，我不需要，我只需要你没事。"

……

钮度和陈安德走了，钮言炬更不敢松懈，试着自己上手处理很多事，只要得空就去找叶佐讨教。

司零载朱蕙子回学校的路上说到这些，朱蕙子又好气又好笑："他啊，现在一天跟叶佐待在一起的时间都比我多。"

"你不是很乐意看到他这样吗？"司零揶揄她，"以前是谁说喜欢钮度这种类型的？"

"哼，一点也不乐意。"

"要是不乐意，你现在是回去干吗？"司零冲她挑了挑眉。为了能够提早毕业专心帮钮言炬，朱蕙子正要回学校拿书预习下学期的课程。

朱蕙子眼神一黯："内鬼到现在都没找出来，他们现在处处谨慎，话也不多说，也都懒得对同事们笑了，谁知道是他们其中哪个，以后想起来可不得像吃了屎一样？"

司零被她逗笑了，她又说："我是说真的，现在公司气氛可怪了，以前整栋写字楼谁不羡慕我们啊？"

她说得对，这件事不能再拖下去。以前都是司零算计别人，如今被算计了一回，原来是这种滋味。

车开到宿舍楼下，朱蕙子上楼，司零就在车里等。突然有人敲了敲她的车窗，她抬头看见孟建宇的笑容。

"今天也回来做什么？"司零降了窗问。虽然他已经在帮钮度做事，但他们并不常碰面。

"去实验室搬一些剩下的东西，应该也是最后一次回来了。"孟建宇也已经毕业了。

司零多看了他几眼，皱眉道："你怎么黑了这么多？不会买防晒霜啊？回头我给你几瓶。"

"哈哈，不用不用，我那还有好多，就是大老爷们懒得用，"孟建宇笑起来，他已经能够习惯这样和司零聊天了，"这边东西真的挺贵的，我弟从港城回来的时候囤了好多。"

"你弟？他最近不是在和内地那边谈合作吗？怎么有空去港城？"

"对，就是有两次到港城转机。"孟建宇多了几分认真，"我有好长时间没见到你了，一直想好好跟你说声谢谢，我知道是你帮忙跟周参赞介绍建宪的。"

司零一笑："他的想法很好，也很有能力，换作谁都很愿意给他机会的。"

"钮先生最近不在，公司的事我们都会看紧的，你放心。"

"好，别站着晒太阳了，快走吧。"

"回见。"

很快朱蕙子就下来了，一连敲窗两次司零都没有反应，不得不拿手机给她打电话。朱蕙子坐进来后问："你发什么呆呢？怪吓人的，那么大动静都没反应。"

朱蕙子一抬头，司零紧盯着她不动。她头皮一麻："怎么了……"

司零面色极冷峻："我刚查明，孟建宪在我们之后两次到港城转机，都待了超过两天。"

朱蕙子先是一愣，随即反应过来："我马上让言炬……"

"我已经查到，当天晚上，他开车离开海城到拉维市找他女朋友，"司零转过头，"可他女朋友八点半才下班。"

"你是说，在那之前没人知道他去了哪里，但是如果一问，他要是说自己被堵在路上我们也无可奈何？"朱蕙子说。

司零攥紧方向盘。孟建宪……真是个不错的选择，和他们来往频繁，关系上却不远不近，到现在为止都没人怀疑他。以对公司的了解程度，他很符合条件。至于动机……

朱蕙子问："你打算怎么做？"

司零考虑了良久，说："这件事，有一个人最适合去办。"

……

钮度回来那天，司零独自去接机。

陈安德的面试自然是一帆风顺，不日任职公文就会下来。时隔一年，钮度终于在天一中心岛嵌入了第一颗钉子。

"知道今天是什么日子吗？"司零说。

"什么日子？"钮度问。

"是你到 Y 国第 432 天的日子，"司零冲他一笑，"恭喜钮度先生，又比计划提早拿下一城。"

钮度可不放心让自己像她一样，在他开车的时候扑过去吻他。他说服自己把这个吻留到家，老实坐在副驾驶座上看着她："猜猜看明天我给你准备了什么礼物？"

司零一蒙："为什么要给我准备礼物？"

"……你不知道明天是什么日子？"

司零一阵错愕，才反应过来："噢……我都忘了。"

明天是她的生日。

"怎么了？最近有什么难事困住了我的小宝贝？"钮度挨近她一些，"让她连要过生日都忘了。"

"你就是因为这个赶回来的？"

"那不然呢，本来明天还有会要开的。"

司零用力地"哦"了一声，红着脸问他："什么礼物啊？"

"明天我就要去 EMA 签收购合同，之前一直不告诉你新公司的名字，现在可以告诉你了。"钮度很用力在看她，不想错过她每一帧表情变化。为了收购基金会下最好的医疗器械公司 EMA，钮度分拆出一家子公司做准备，之前一直对她故作神秘。

"什么嘛，难不成是我的名字啊？司零医药，听起来怪怪的。"她不想让自己看起来太过期待，故意说一些废话，脸上却是藏不住的笑靥。

钮度长情地凝着她的眼睛，说："太阳，太阳生命科技——因为你就是我的太阳。"

尽管他们已经这样很长一段时间了——钮度总是出差办事，一走就是很久，但司零还是不能够习惯，不能够习惯没有他变得空荡的另一半床。

司零轻轻地啃咬钮度的下颚，让他的胡茬扎进自己的脸，她发现自己很痴迷这样的感觉。她问："你几天不剃胡子了？长得这么邋遢。"

钮度好不惭愧："女朋友不在，不用考虑接吻会扎到她，就懒得剔了。"

"今天是我生日，我可不可以任性地问你一个问题？"

"你问。"

"那……我在你的世界里，排到第几？"司零一问完就噘起嘴，红着脸等他的答案。

钮度第一反应是笑，他简直是巴不得她能问这种小女生无理取闹的问题："家人第一，工作第二——你是家人。"

"哦。"司零甜甜地应。她真的好容易满足，他随便一句都够哄好她。

窗外变成银灰色时，他们终于洗好澡躺下。

司零选择在这种新的一天即将开始的时刻告诉他："我要告诉你一个……算不得好消息的事，盗取叶佐电脑信息的人查到了，是孟建宪……他在港城转机停留的时候和钮辰的人见过面，动机很简单，钮辰答应想办法让他的两个合伙人退出，由他全盘管控公司，我也是刚知道原来他们一直有纷争……"

司零给钮度几秒钟时间，接着说："是孟建宇问出来的，他觉得难辞其咎，等你回来向你提交辞呈……至于孟建宪，我想由你来处理。"

"我知道了，"钮度搂紧她，不再多说，"辛苦你了。"

EMA 的收购合同顺利签署——此前的确有一些不好的风声，但都被陈安德处理妥当。他离开 Y 国前几乎一周不眠不休，加班加点把手上的工作交接好，不给钮度留下一点麻烦。

陈安德在这个时候离开钮度的确会让他们有些棘手，但这个空缺一段时间后便会弥补上来，反而是董事局的重要一席，机不可失。

接下来的日子，钮度也在加班加点地兑现承诺——今年之前带司零回港城。偶尔得闲的周末，他便带她出去度假，往南去非洲原野上看猛兽扑食，往北到芬兰深山里观赏极光，往西去 X 国海域深潜……

HERO 第一批无人机正式在南亚服役的时候，当局官员请钮度共赴宴席。钮度顺理成章打开后续合作的通道，听说他计划将区块链引入能源产业，官员们都很乐意为他寻求好合作。

所以，在钮度向钮鸿元提起此事时搬出"已同相关要员接洽过，他们希望我早日落实"，即便是周杏儿也不好明着出言阻拦。

或许直到这一刻，钮辰才真正意识到，钮度的野心有多大。港城和南亚两块腹地同时开炮，他究竟是何时拉拢来这么多人力财力？

就在他眼皮子底下的天一也在暗流涌动，董事局那些见风使舵的老家伙们重新站队。这里面陈安德功劳不小，他够舍得在一切可能的时候为钮度说话，如果说此前的一切都是潜心磨剑，那么现在，是时候让剑出鞘了。

Y国入冬之前，董事局传来了调任令——要钮度回港任天一集团执行董事，及其他几家公司的副主席或董事。

当晚，别墅里第一次高调热闹地办起了派对，此前无论签下多重要的合同，他们都没有庆祝过。

私事一帆风顺，司零也不忘公事——和钮度有关的全是私事，和正义有关的是公事。

她一直在跟进杨教授的消息，几个月前杨教授租下了一间场地挂牌做生物研究所，手续合规合矩，不少同学都去过，即便是存在不少PW19——哪怕是再危险的物质，对于一个科研人员来说也完全合理。

别人不知道，他们却很清楚，这说明杨教授已经找到了PW19的投资方。

这是近来不知第几次司零和肖瀚在别墅里开会了。

肖瀚进门时，注意到司零穿上了毛绒袜子，现在气温不过十五度左右，在平城她甚至会穿裙子。"别看了，"司零窝进沙发里，盘腿把脚丫藏起来，"钮度逼我穿的。"

"你生病之后确实有点畏寒，他是对的。"肖瀚在她身边坐下。

司零打开笔记本，边敲边说："前段时间公司的事太多，有件事我一直没工夫做，我之前看杨教授的论文都是逮哪儿看哪儿，最近试着按照时间线把他的论文都看了一遍……"

肖瀚问："有什么发现吗？"

"杨教授做了不少宏观研究，他的立场比较悲观，认为地球生物在以一种不可控的速度遭到破坏。还有，他认为科学的大厦越盖越高，人一生可用于身体力行地探索的时间却固化不变，这对人类突破学科认知极限非常不利。"

看似无关的两件事，可肖瀚知道她不会无缘无故并到一起。

"我觉得我的猜测过于大胆，"但司零还是不得不说，"以PW19的前科来看，杨教授可能想研制出一种增强脑力的药物；如果联系到动植物，他可能也想能让动植物增强活力，可以在恶劣的生态环境下更长久地生存……"

"胡扯！"肖瀚皱紧眉头，"这会让人类和自然失衡，到时候更不可控。"

"可是我想不到更好的解释了，"司零也很头痛，她眼带不安地看肖瀚，"如果真的是这样，我们必须尽快阻止杨教授。"

"你想怎么做？"

"现在根本不可能报警，我们没有任何证据，杨教授要想一个说法掩盖他的研究简直轻而易举，"司零看向别处，迟了一阵才继续说，"还有……我的私心也并不希望他被曝光坐牢，他的本意并不坏……"

肖瀚理解她："但他选择的方法错了。"

片刻的沉默后，肖瀚说："实在不行只能走下策，找个时间我们到他那儿去，你设法引开他，我来搜他的电脑。"

司零都没心思诧异他会这么说了，而且也不打算反对："要真的这么干，只能成功，一旦被发现，我们绝没有再接近他的机会。"

"那你想个好理由，我们做好准备再去。"

"其实这件事，言炬去最合适，他明年春天才从杨教授那里毕业，"司零慎重地说，"我会再找他商量。"

"好。"

司零缓缓合上电脑，若有所思："我总觉得，我忽略了什么细节……"她眼神一定，说："杨教授是什么时候起不再联系投资方，又是什么时候开始组建新的研究所的？"

肖瀚答："八月底九月初。"

"八月底九月初……"最近大事实在不少，她需要时间排查，"八月钮度刚签了无人机合作，钮辰因为周乔伊的事被免职，钮辰也开始做区块链……到底还有什么事？"

"还有叶佐电脑资料被孟建宪盗了。"肖瀚纯属提起来再多一个骂孟建宪的机会。

司零猛地看向他。肖瀚用一秒钟领会了她的意思："那些资料里确实包含了杨教授的事，但我不觉得那是钮度会注意的事，同样都是生物医疗领域，显然基金会下的公司才是钮度的重点对象。"

"而且，"肖瀚继续说，"你看看现在天一什么情况，钮辰最棘手的应该是怎么巩固自己的地位，杨教授这种危险的项目，他怎么会这么愚蠢惹祸上身？"

司零半垂下眼："确实不合理。"

"我知道你着急，你马上就要跟着钮度回港城了，接着我们这些人他也会慢慢调回去，"肖瀚沉着气宽慰她，"着急易乱，就算你不在，我也会把这件事负责好。"

……

钮度最近都加班到很晚，就算回得早，也是抱着电脑办公。

他刚一进门就接到杨琪曼视频电话，杨琪曼兴冲冲地告诉他房间都打扫干净了，随时等他回来。他无奈地说："妈妈，我还有司零，回港以后我就不住家里了。"

挂下电话一抬眼，他的小朋友穿着浴袍站在边上看他。她都听见了，拔腿冲过去扑进他怀里，扑闪着大眼睛问他："回港城之后我们可以单独住在外面？真的吗？你要跟我单独住在外面？"

钮度轻敲她额头："不然呢？"

"天哎——我就要和男朋友在家长眼皮底下同居了！"她笑得好天真。

"你爸爸和我妈妈一直都知道我们住一起啊。"

"那不一样，在外面，我们就像两个偷偷在外面租房的大学生，回到家里就不一样了！"司零搂住钮度的脖子，又叹，"天哎……"

钮度宠溺地由她在他怀里打滚。在他肩头，司零渐渐敛起嘴角："好想早点和你过上那样的生活啊……"

他说："下周不够快？那我们再提前两天走？"

司零无神地说："钮度，我下周可能不能跟你回港城了。"

钮度立即拉她到前面，问："怎么了？"

"杨教授的事有了新进展，我必须留下来查清楚。"司零把今天和肖瀚的谈话告诉了他。

钮度眉头紧锁："我也不认为是钮辰，我想不到他有什么动机。"

"无论和他有没有关系，这件事我都要查清楚，"司零说，"于私，杨教授终究是我的授业恩师，我不想他做错事；于公……你知道我为什么会组建 CR 吗？以前我总想着自己的事，爸爸说我太自私，我不该做拿着文凭找工作的普通毕业生，应该心系社会……"

"我知道，所以我一直全力支持你，"哪怕是说正事，钮度也用哄小孩的语气，抵住她的额头说，"我知道现在对你来说，我才是私事。"

司零笑起来："那你同意了？"

钮度最后一个条件："我把叶佐留在这里，你去哪里都要告诉他。"

"是谁昨天才说，让人家和女朋友分开这么久怪不好意思的，要尽快让他回去的？"

"那又是谁今天逼我不得不假公济私了？"

两人安静地拥抱了一会儿，钮度说："后面我还会再过来的，我不是完全放心，有几个项目需要花点精力去跟进的。"

司零一笑："你知道吗，待在这个国家，有时候真的让我学到不少。"

"说说看？"

司零站了起来，绕着他周身踱步，慢慢道来："Y 国全民兵役，高级指挥官的人数却很少很少，底层士兵拥有很高的主动权和话语权……你知道为什么吗？"

钮度顺着她的思路认真想："宿敌环伺，四面楚歌，冲突和战争不知道几时就会来，士兵自己做决定，就不需要层层烦琐的指令手续？"

"对，他们很讲究随机应变，将官坐在指挥室对着沙盘发号施令，有时真的比不上前线士兵的临场应变更能抓住战争的关键。所以——"司零从身后靠住他的肩，"试试看充分放手，相信下属？"

钮度将她拉回来，嘴唇压下来了，司零想起来还有话要说。她轻轻推他，在他不悦的注视下开口："我之前告诉过你，钮辰让一个女助理到曾广杰身边盯梢，对吧？"

"对。"

"我也告诉你了她之前爱慕钮辰，被钮辰调到很远的地方，是不是？"

"嗯，怎么了？"

"我当时没反应过来，后来突然想到……"司零往他怀里一窝，"这和我以为的不太一样，我以为钮辰会很欢迎投怀送抱，他不是隔三岔五传绯闻吗？"

钮度笑了笑，似乎没想到她会关注这个："我也没有考虑过这件事，但或许有人和他传绯闻是各取所需，一旦投入真感情，反而处理起来会很麻烦。"

"所以，你也是变相觉得，他没有随便玩弄女人的感情咯？"

钮度慎重地点点头："可以这么说。"

司零挑挑眉："看起来你有八卦要跟我分享。"

他故意模仿狗仔的口气："嗯，确实是独家猛料。"

"说说看？"

"钮辰之前有过一个女朋友，大概是我还在读本科的时候，那女孩是普通人，真的很普通，父亲开出租车的。"

司零惊愕地打断他："……还真的有这种剧情啊？"

钮度继续说："钮辰很爱她，想跟她结婚，你应该想得到，爸爸和周太都不可能同意。后来钮辰不知道为什么妥协了，家里人想把女孩送到 M 国分开他们，可是后来不久女孩就出车祸去世了。"

"——啊？"司零目瞪口呆，"我……我该说点什么好？"

"这件事被家里当作丑闻压了下来，我也是后来才偶然知道的，听说钮辰就是从那之后性情大变的。"

"你不会告诉我，他之所以到现在还不结婚，是因为放不下那个女孩？"

钮度淡淡一笑，不予置评。

温存之后，钮度发现了他的小朋友在走神。天气冷了，他不想她着凉，让她穿上衣服再睡。他帮她系扣子的时候问："想什么呢，小朋友？"

司零说实话："在想……如果你爸爸妈妈也不同意我们，你会怎么办？”

“傻瓜，妈妈多喜欢你，你又不是没看见。”

“你认真一点，”司零微噘嘴，“我不是无理取闹，是突然才发现，原来这种事真的离我这么近，你真的是高门大户……”

钮度仍旧觉得好笑：“如果他们不同意，就说到他们同意为止。”他捏了捏她的鼻子，就要抱着她躺下来。

“如果怎么都说不动呢？如果他们威胁你，要我还是要天一呢？”司零知道自己很矫情，她最近爱极了这样给他送命题。

毫不犹豫地回答那一定是哄骗你的渣男，钮度先是一笑，说：“你以为我真的贪恋家里的产业吗？讲得不客气一点，我可以自己从零开始做到天一今天的地位，所以——”他压了压心口上她的手，“你最重要。”

司零还没开口，他又补充：“但我的确贪心，想要亲情和爱情平衡。我不知道钮辰用了多久决定妥协，如果是我，会一直等到说服父母。”

她终于安心说：“该睡觉啦。”

……

钮度走的第一天，司零觉得自己的世界塌了一半。明明他几乎没带什么行李，衣服鞋子样样原封不动，她却觉得屋里空空如也。

还好有一个陪着她一起难过的法耶：“先生一走，你也要走了吧？哦……我真不愿看到那一天，我会难过得觉得无处可去的。”

“也挺好的呀，”司零翘起下巴，“至少现在我可以随便插红绣球，不用怕他不喜欢了。”

“哦，我看，你是怕看到蓝绣球会想他。”

司零笑了。她们并肩坐在阶梯上，司零问她：“你呢？如果我们都走了，你要做什么？”

“原本来这工作是因为我一辈子也买不起拉维市的别墅，想体验看看住进来是什么感觉，”法耶往后一仰，伸了个懒腰，“之后啊，体验也体验过了，该回乡下去了。”

司零认真地说：“法耶，你一定要来玩，费用钮度包了。”

如果不是后半句话，法耶一定在感动落泪：“雪莉，你真是无时无刻不在占先生便宜。”

太阳为你加冕

钮度还在飞机上，陈安德突然来了电话："司零，阿星刚刚发现一件事，她联系不到钮度，所以只好告诉我。"

司零眼色骤变："什么事？"

"她刚准备出国度假，在机场看到钮辰一个手下准备登机去Y国，航班是LY076，按照那边是今天晚上八点多到，"陈安德不会漏掉重要的信息，"皮肤偏黑，穿棕色皮夹黑色毛衣。"

"好，我知道了。"

司零立即告诉叶佐，叶佐说："你想跟踪？"

"这个你去不合适，说不定他认得你，我让阿瀚去。"

"那你要我做什么？"

"不做什么啊。"

"……"

司零好心解释："钮度要我干什么都告诉你，这不是跟你报备一下嘛。"

叶佐简直是欣慰："我真的要谢谢你这么听话，我就少被阿度骂了。"

航班落地后，司零成功在机场锁定目标。为防露馅，她和肖瀚分工合作，她将车牌号告诉肖瀚，在车入城后由肖瀚接着跟。

黄金时段车流不少，肖瀚顺利地跟随到了目的地。

肖瀚全程直播，当他告诉司零那车驶入了某片街区时，司零几乎可以断定他的目标。

果然，很快肖瀚像是打赌输了那样传回声音："你猜对了，他去见了杨教授。"

凌晨将至，"俱乐部"里却比白天还要热闹。

钮言炬和肖瀚都过来了，加上司零和叶佐，四个人坐在会议室里。司零自然地在主位一侧落座，似乎还在等着谁过来。

"当时实验室里只有杨教授一个人了，"肖瀚说，"他们一直谈到十一点，将近两个小时。"

钮言炬说："我向实验室的人套过话，他们说杨教授今天让他们早点回去，不要加班到晚上。杨教授有这么多项目，我们以前就经常看见他和投资人谈话，这次完全避人耳目……"

412

——说明他真的在做一些不可告人的东西。钮言炬不忍心说出来。

肖瀚看向司零，他习惯让她拿主意："你想怎么做？"

这次司零考虑了很久："我们现在太被动了，一直在暗处不知道要待到什么时候才是头，我想——就按照上次你说的来做，而且现在非做不可。"

钮言炬在二人间切换视线："是什么？"

二人同时看他，说话的是肖瀚："我们要从杨教授的电脑里拿点儿东西出来。"

……

钮言炬和肖瀚负责行动，司零负责接应。她把车停在研究所最近的一个路转角，从他们下车起开始计时等待。

十五分钟后，司零从后视镜里看见两人闪现的身影，随后钻进后座，司零一踩油门，车子扬长而去。

司零问："怎么样？"

肖瀚迅速打开笔记本："我需要再筛选一下，时间不多，我来不及细看。"

钮言炬还在喘气："教授显得很心神不宁，我没能拖他太多时间。"

三个人都敛容屏息地等着。直到肖瀚终于说："……找到了。"

司零和钮言炬异口同声："怎么样？"

肖瀚没作声，司零从后视镜瞥了他一眼："有话说话，不对我们再想办法……"

她话音未落，肖瀚就说："不是钮辰。"

钮言炬皱眉："什么？不可能啊，叶佐确认过，那个人的确是一直跟着二叔的。"

肖瀚并非卖关子，他试图给自己寻一个合理的说法，却无济于事："我也不知道为什么，但是他的文件里显示……支持他的人，是钮鸿元。"

"不可能，"听闻此事，钮度利落地站了起来，"爸爸从来不会关心这种事，他不可能突然对这样一个完全不成熟的药物研制感兴趣。"

司零试着说："老先生已经到古稀之年，他会不会……"

钮度清楚她所指，肯定地说："爸爸信佛，把生死看得很透。"

知道他无法接受，可司零不得不提醒他："可是钮度，上面写的，确实是老先生的名字。或许你可以想想，钮辰用了什么方法骗到了他，是不是用什么说法美化了这个实验？"

钮度站在落地窗前，盯着维港上的船坞。他沉了口气，换另一只手听电话："我会想办法。在我弄清楚之前，你……"

"我知道，"司零很快说，"我等你做决定。"

事情牵扯到钮鸿元，他们怎么敢再轻举妄动。

司零还不挂，钮度问："还有事要告诉我？"

"……嗯。"但她拿不准该不该说。

"什么都不许瞒我，你讲过的。"

"我不是想瞒你……是这件事好像没什么关联，是我想告诉你听，又怕多打扰你。"

虽然的确心烦意乱，但钮度不会忘记笑一笑哄她："小朋友的话，多一百句都不是打扰。"

司零抓了抓头发，往沙发一靠："阿瀚无意多拷了很多文件，发现杨教授最近一直在看克隆相关的资料……"

"克隆？"

"没错，就是你理解的那个克隆。"司零眉头微蹙，"其实这没什么突然的，杨教授之前在 M 国参与过克隆其他哺乳动物的实验，都很成功。去年年底科学院诞生了克隆猴，这是全球第一例灵长类动物的成功克隆，所有的科研人员都在关注。而且……杨教授还订了下周飞平城的航班，去研究所拜访克隆猴的团队。"

钮度不想在这个时候过度猜测，直接问："你担心什么吗？"

"我觉得我的担心很荒唐，"司零迟疑很久才说，"可最近，荒唐的事真的不少。"

"如果要查，自己多小心。"

"好。"

"我到时间开会了，"钮度抬手看一眼时间，"这件事事关爸爸，我不会掉以轻心，一有消息我会告诉你。"

"好。"

"还有，"单独给她的命令，钮度多了几分霸道，"这个月之前如果没什么进展，你就给我回港城来，过后我们再慢慢跟进。"

明明有进展最好，司零不知道自己为什么答应得这么甜："好嘛，都听你的。"

月底转眼就到，果然没什么进展。

肖瀚说："研究不是一天两天的事，你待在这里盯着也不是办法。"

司零忧心忡忡："那接下去怎么办？我和叶佐回港城，你很快也要回国，就都交给言炬一个人吗？"

钮言炬举了手："我没有问题，我在这里名正言顺，最不容易被注意，一有消息我一定马上通知你们。"

只好这样了。

回国前夜，朱蕙子和司零一起睡觉。

朱蕙子说："也不知道阿星和那个张 Sir 怎么样了，这么久过去她也没告诉我们什么。"

"长大就是这样了，你不说，我也就不问，如果是好事早就发朋友圈昭告天下了，不说的多是一言难尽，"司零无奈一笑，"回去我会找她聊聊的。"

"你说得对，"朱蕙子侧身挨近她，"我和阿星有段时间还比着发IG，后来事情多了，我开始发现这不该发那不该发……人是不是都会变成这样，慢慢地什么都往心底藏。"

这将近两年里大大小小的坎坷，让他们每个人都曾被摔打。

司零笑了："我最近发现，言炬也越来越成熟了，很多事做得都很稳，钮度也感觉到了。"

"是啊，"朱蕙子很甜蜜，"我知道他都是为了我，他知道我喜欢成熟一点的。"

"我之前告诉过你，陪着他成长也很好，是不是？"朱蕙子点点头，司零也过去挨近她，两个姑娘头挨着头，"明年春天你就要和言炬一起毕业了，你有什么打算？"

说到这个，朱蕙子就心乱如麻。家里人还不知道她和钮言炬的事，而两家人的纠葛错综复杂，事事相连，她不可能避开哪一桩不告诉父母，可一说，就必然把司零也暴露出来了。

朱蕙子叹着气说："爸妈也知道我在这边公司上班，其他的……到時候看他去哪裏，我再想辦法吧。"

司零問："那你……是決心跟着他了？"

朱蕙子轉過身去不作答。司零湊上去追問："真的啊？我還是第一次見我們朱格格這麼死心塌地。"

朱蕙子想提醒她——她們其實同病相憐："真是的，你說我們倆，還真是不折不扣的姐妹，爲什麼都要愛上他們家的人啊？"

朱格格學壞了，司零臉色一沉，躺倒下來。"是啊……"她喃喃自語，"但是直到現在，我都沒有一絲後悔。"

……

鈕度將房子的租期延了下去，回國那天，法耶送司零出門，司零提醒她記得按時過來打掃。

"如果可以的話，還要按時換繡球花，"司零只有這一樁要求，"我不想什麼時候回來，讓這裏看起來很久沒有人住了。"

"好，你放心，我做得到。"法耶紅了眼眶。

回到港城，鈕度獨自來接司零。他們還是回西半山的公寓，鈕度說："剛進董事局，我不想太鋪張，等以後我們結婚，我們再搬出去。"

司零從後視鏡看見自己緋紅的臉，不作聲。鈕度似乎沒發現，接着問她："我看中沙宣道一處房産，得空帶你去看看喜不喜歡，或者你想像在拉維市一樣住得離海近一點，我們就去淺水灣。其實我喜歡大浪灣多一點，就是如果上班會不太方便……"

司零有點傻掉："真的想娶我？"

即便是上山路，鈕度也要抽空拿好笑的眼神看她一下："不然呢？"

"我……不會做飯。"

"我來做。"

"我……也不怎麼會照顧小孩。"

她怎麼這麼可愛，鈕度忍不住又看了她一眼："媽媽說她生我之前，以爲自己永遠都不會喜歡小孩。"

司零認真起來："鈕度，我真的不怎麼擅長金融業務，我可能不是一個好的賢內助。"

鈕度笑了，拉過她的手收進掌心："只要你擅長愛我，你就是。"

她的行李已经提前寄过来放置好，钮度带她来到衣帽间，说："这些都是阿星帮你准备的。"

"好好看啊，阿星眼光好好，"司零挑出几件来看都被惊羡到，"可是都这么知性优雅，还要穿高跟鞋……我真的可以吗？"

钮度用眼神鼓励她："试试看？"

五分钟后，司零穿着衬衫搭配短裙从衣帽间出来，钮度看着她错愕了几秒，才弯起嘴角："过来。"

钮天星果然会挑，显腰显腿，最适合司零不过。司零走到钮度跟前，他接过她的手让她落座，然后单膝跪下，往她脚上嵌高跟鞋。刚刚开始穿，钮天星也不为难她，给她备的多是三至五厘米的中低跟。

鞋穿好了，钮度重新牵她的手，将她扶起来。

司零站到全身镜前，终于明白了刚才钮度眼底的那道光——她的身材配上这样的衣服真太有女人味，男人几乎都会为之倾倒，尤其是他这个年龄的男人。

钮度站到司零身边，他自然是一身笔挺的西装，司零第一次这样认真地觉得，跟他好配。

"准备好了吗？"钮度问。

司零郑重地一笑："准备好了。"

翌日一早，他们便这样如一对璧人出现在了天一中心大厦。为了与她映衬，钮度特意换了一条和她衬衫一样的蓝色领带。

进门之前，司零抬头将这座大厦望到顶。这家取自"天字一号"的企业，也占据了中环堪称天字一号的地段，占尽天时地利。

筹谋了这么久，今天是她第一次踏入天一的大门。

——我们回来了。她在心底说。

进门一路，一句接一句的"钮生"迎面而来。但今天，大部分注意力都落在司零身上，他们表面依旧得体礼貌，背过去聊天群却炸开了锅。

"她是谁？三公子的新助理？"

"你还不知道？她是三少在国外交的女朋友，硕士刚刚毕业，还不是学商科。"

"够靓哦，就是不知道业务能力怎么样？"

"我听说三少在国外，公司业务一半都是由她打理。"

"哇？这么厉害？"

传闻夸张了些，但总不是坏事。这些风声当然是曾广杰他们搞出来的，司零前期低调是为了避人耳目，现在回到天一，她可不能被认为只是一个花瓶摆设。

从钮度的办公室看出去，整个维港蛰伏脚下，繁华似锦。

"小时候新年，妈妈带我到维港看过烟花，那时候觉得好美好美啊，"司零长长地望到对岸，似乎看到了幼时的自己，"读大学的时候有一年我特意一个人跑来港城跨年，却发现，好像没有小时候那么好看了。"

"那是因为没有人陪你一起看，"钮度站到她身边，"从今年开始，每一年我都陪你。"

司零笑了，提步在四周踱步："好是好，可是我觉得你的办公室视角不够好。"

钮度的目光跟随着她："还不够好？"

"不够好，"司零转身与他相对，笃定道，"楼上那一间更好，我们应该早点换过去。"

——钮辰的办公室。

"好，"钮度顺从地应她，走到她跟前，轻敲她额头，"为了让小朋友更好看风景，我会尽快搬上去的。"

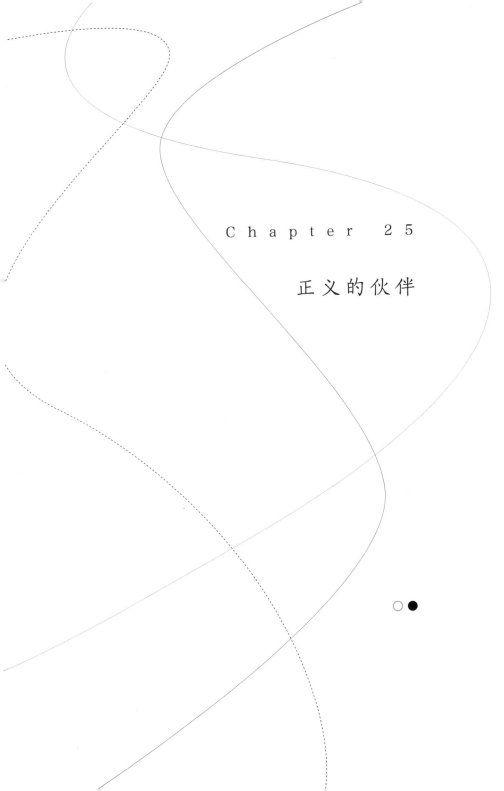

Chapter 25

正义的伙伴

　　下午六点半，天一中心大厦某一层的两位姑娘刚从工位起来，准备到食堂吃晚饭。电梯正从楼上下来，她们打算进去再吐槽一下严苛的主管，却在电梯门打开之后看见了英俊挺拔的钮度。

　　两人都下意识退了半步，同时颔首："先生。"

　　钮度招呼道："进来吧。"

　　公司的人都习惯了他的平易近人，两个姑娘都没什么顾虑，同他一起搭电梯下楼。其中一个问候道："先生下去吃饭？"

　　"嗯，"钮度接着问，"对食堂有没有什么意见？"

　　"怎么会？我们食堂已经是整个中环最便宜最好吃的了，"虽然是实话，为避免他觉得恭维，女生又补充，"以后要是有意见，我再去找先生提。"

　　钮度浅笑道："好。"

　　食堂到了，钮度却不动，两个姑娘会意地向他道别，走出电梯。电梯门一关上，两人就开始八卦："肯定又是带女朋友出去吃饭啦。"

　　"你猜他们都去吃什么？怀石料理？帝王蟹？鱼子酱？"

　　"人家哪里是为了吃饭，是为了陪女朋友吃饭啦。"

　　"一起出去吃饭还要分开走，我都想求他们两个高调一点，我们爱看啊！"

　　杨琪曼突然来了电话，钮度走出电梯，看着左右都不见头的地下停车场，确定方向之后才接起来："喂？妈妈？"

　　杨琪曼热切地问："阿度，今天曾妈煮了你最爱的海鲜粥，回不回家里吃饭？"

　　钮度惭愧地哄道："妈妈，我就在公司吃，吃完还要回来做事，粥你自己多喝一点。"

"唉，你从国外回来半年了，一直都这么忙，家都不得空回几趟。"

"妈妈，我周末尽量回去陪你。"

"你呢，妈妈看了三十年多少也腻，要多带小零回来才真，要不然她都快不记得我这个婆婆长什么样了！"

钮度笑了："好了，妈妈，我知道了，这周末一定。"

钮度挂下电话，刚好找到车位，副驾驶座上一位大美人已恭候多时。司零不用猜便说："笑得这么开心，阿姨给你打电话了？"

"是啊，催我多带你回家吃饭，'要不然她都快不记得我这个婆婆长什么样了'！"钮度学着杨琪曼的口吻，逗笑司零。

系上安全带，发动引擎，车子开出地面，穿梭于市井之间将近半个钟，就只为了寻一碗味道最老最正的云吞面。

"老板，来……"

"两碗云吞面，"老板笑盈盈地帮钮度补全了话，"又开了多久的车过来？够给我面子。"

钮度从皮夹里取钱，笑言："就算你搬到全港最远的地方，我也一定过去。"

老板并不认得钮度，只是看他贵气考究，猜测他一定从海港对岸来。老板就是这片街区人们的缩影，藏在港城最平凡的街巷中，不关心海对岸那些光可鉴人的楼盘里活着什么样的人，那属于另一个世界。他们每天计较着几块钱的水电费，从中攒出供养孩子读书的费用，或许到了那时，他们才有机会听孩子讲起海对岸的生活。

钮度很喜欢带司零偶尔来这里吃饭，没人关心也没人在乎他是谁，甚至会遇上几个烂仔粗鄙地骂两句脏话。云巅之上待久了，偶尔受受气好像也不错。对此，司零嘲笑过他。

唯一让他受不了的，是有人会对司零吹口哨。

"明天去南亚出差，我要陪爸爸两天，"钮度和司零在角落里相对而坐，"周五就回来，答应了妈妈周五带你回家吃饭。"

"陈安德也去吗？"司零问。

"当然少不了他，放心。"

钮度成功将区块链技术引入南亚能源产业，最近常过去办事。不

421

久前钮鸿元全面审视了他的成绩，将部分产业转入他名下，又一连擢升了他数个头衔，让他更有地方大展拳脚。

天一集团内部都在猜老爷子要重新洗牌，毕竟眼下看来，两位继承人已是平分秋色了。

叶佐呢，前不久刚被钮度调回港城，终于得以与女友团聚。接替他的是父母痊愈出院、归来报恩的田浩宇——钮度没有提一句要求，全然由他自愿。

后来，司零不得不承认："我现在终于明白，叶佐、田浩宇他们和你的关系，为什么比我和陈安德的关系紧密了。"

要说司零和钮度在用人方式上有何不同，司零就像一个以优厚待遇吸引到各路英才的老板，而钮度——他是一个愿意与你生死与共的将军，让无数将士心甘情愿臣服在他麾下。

而司零，挂职的虽然是钮度助理，但他将很多项目交给她负责，她不必回回陪同他出差。尤其是太阳生科，钮度几乎交由她全权打理，这样一来，她便有正当机会偶尔去Y国了。

面终于好了，两人吃得慢条斯理，好像都忘了一会儿还要回去加班。吃饭是他们为数不多可以消磨的时间，哪怕是聊今天的汤怎么咸了这样的事，都特别恣意快乐。

在这里，他们只是钮度和司零，只是一对下了班来吃饭的普通情侣；一走进那个钢筋水泥筑成的"鸟笼"里，他们就变成了钮先生和司小姐，上级和下属。

"这样偶尔偷懒，好像拥有了两种生活的感觉，也不错。"司零这样对他说。

八点之前，他们将车开进地下停车场，乘电梯飞回鸟笼，变回钮先生和司小姐。

司零踩着七厘米的细跟鞋，优雅自若地穿过长廊，随钮度进了办公室。

"——呀！"她突然记起什么重要的事，"今天奥运会门票开始报名申请，我得赶紧填表！"她小跑到钮度办公桌后一屁股坐下，打开他的电脑——整个天一只有她有敢坐到这里的本事。

钮度也走了过来，熟稔地从底下取出一双平底鞋，单膝跪地给司零换上。

　　——有人敲门，司零想收回脚，钮度却不在意。进来的是钮言炬，见到钮度屈膝给司零换鞋，他早见怪不怪了，但还是站远一些给小叔面子。

　　钮度抬头问他："什么事？"

　　钮言炬像个乖巧的学生："报表上有不太懂的地方，找你讨教。"

　　钮度耐心帮小朋友穿好鞋才起身。司零懂事地拉住他："好了好了，你们过来这里说话，我到沙发去坐。"

　　司零刚坐下就听见钮度说："这方面的业务你二叔更了解，怎么不去问他？"

　　钮度教导过钮言炬，不要在公司里明显和他走得太近，至少要在他和钮辰之间平衡一些。钮言炬说实话："我刚刚上去过了，二叔今天不在公司。"

　　钮度这才肯帮他看。说钮辰更了解不过是一个说法，整个天一哪里还有他不掌握的呢？

　　钮言炬一点就通，还很会四两拨千斤，钮度都不用费太多口舌。司零在一边赞："言炬毕业回公司短短三个多月就基本都能上手了，大家都夸你是天才呢。"

　　"你就故意笑话我吧，"钮言炬白了她一眼，"别人不知道，你还不知道去年一整年在Y国，都是小叔在教我？"

　　她这时倒想起讨功劳："喂？我和蕙子也有功劳的好不好？"

　　钮言炬不理她了，继续与钮度讲话。

　　好的，你们叔侄俩说话，我找我妹去。司零又换回了高跟鞋，大步流星地迈出办公室找朱蕙子。他们春季毕业后双双回到港城，孙子的待遇自然无可比拟，老爷子直接给他股权让他进董事局，这是两个叔叔和他爸爸都未有的待遇。

　　最可怕的是，某些人比你会投胎，出生在你的人生终点，还比你努力——钮言炬几乎是披星戴月地工作，只为让自己早日配得上坐着的董事局一席。

　　从前被狗仔追车时兴奋不已的朱格格，现在竟然最怕让人发现她和钮言炬的关系。钮言炬让她做助理她不做，老老实实坐在财务部的工位上。

　　人多不便聊天，司零在办公室冲了咖啡，邀朱蕙子上来。

　　朱蕙子还没坐下就问："他在里面跟先生说话？"

　　司零点头，她便又抬了眼，即便一墙之隔什么也看不见。然后她问："你明天跟先生一起去南亚吗？"

　　"我不去，"司零叠起双腿，"我手上活儿多着，Andrew陪他去就行了。"

　　"你呀……"朱蕙子略严肃地凑近她，"你是真不知道假不知道？外面现在有多少女人盯着先生，上次我跟你说的你都忘了？上次他出差，有个女的都直接到床上等他了……"

　　"我知道啊，他回来跟我说了，我让他自己看着办，他就去跪了一小时搓衣板。"司零闲闲地喝着咖啡。

　　"就算他老实，可是这种事一次就够了，多了你不烦啊？"朱蕙子又无奈又着急，"看着点总不会错。"

　　"有机会却不犯错，这才是我要的爱情。"司零放下咖啡，往后一靠，细长的双腿交叠，整个身材成一道窈窕的S形。她很干脆："不过我向你保证，如果他做错事，我会走得比他快。"

　　她的眼神提醒了朱蕙子，司娘娘哪是会让自己受气的女人？朱蕙子又说："那至少该宣誓一下主权吧？你知不知道你低调得公司女同事都看不下去了，巴不得哪天狗仔把你们曝光。"

　　司零的笑容多了几分温婉："谢谢你啦。我的确很多时候都有一种想向全世界炫耀他的冲动，尤其是在我发现他更爱我了的时候。是，他比以前更爱我了，你知道为什么吗？"

　　朱蕙子用眼神询问。

　　"现在的我才是他最喜欢的样子，比如——我以前绝不会像现在这样坐着。"她现在的坐姿——少了读书时的随性，换成了更为端庄的淡然自若，总之，十足的女人味。司零继续说："你理解吗？或者说，他其实一直都想要这样的女人，可是他还是爱上了我，只是因为是我，所以他可以不顾什么类型什么条件，直到我现在变成了他真正最想要的女人。"

　　"就像——你喜欢一个男演员，他演古装演学生演医生你都爱看，

424

但有一天你看了他演的警察，那个时候你才发现，原来你最喜欢的是警察这种类型的角色，而正好又是他演，你简直要喜欢到疯了。现在的我对钮度来说，就是这样。"

"我懂啦，"朱蕙子会心地握住她的手，"女人的感觉是最准的，如果你觉得他越来越爱你，他就一定是。"

费励突然来了电话。他和司零通话开头都是互损，可很快司零敛起了嘴角，朱蕙子便会意地起身离开。费励说："刚得到消息，杨教授实验室那边开始解散人手，看样子实验已经有结果了。"

关于杨教授对 PW19 的研究，半年来司零、费励和肖瀚轮番值守，得到的消息却十分有限，只在每当像现在这样——取得阶段性进展时窥得一二。这大半年来杨教授一切如常，上班生活照旧，研究所也没任何特别戒严引人怀疑，如同其他所有研究所一般低调不起眼。他们终于明白，这便是杨教授的战术，越是如常，就越找不出漏洞。

他们推测研究进度已有百分之八九十，却迟迟拿不出一个好对策。钮鸿元和钮辰这边更是没动静，耐心十足地等待着成果。

有动作才有机可乘，按兵不动便无计可施——博弈最忌于此。

司零冷峻地盯着一处："有结果必然有接应，最近几天钮辰的人一定有动作，我会多注意的。"

钮度现在已位居天一中心，打探钮辰的消息要比费励稍快，这已是默认的分工。

费励又说："还有，杨教授之前租下的那间公寓也有动静，这么久以来一直只有两个女佣出入，昨天突然到访了一个女人，我查到她是一个医生。"

半年前他们发现杨教授租下了一间豪华公寓，由一名亚裔妇女专门打扫。巧的是，实验室启动初期这名妇女也曾进入过实验室，可她毫无可查之处，的的确确只是一个没有文化的保洁工。不久后公寓又多了一名女佣，这才引起司零怀疑——杨教授几乎不到那里住，到底有什么可打扫的，一个人不够，要两个人？

司零短暂地沉默后说："杨老师认识的名医遍天下，如果是他的朋友你都用不着查了，可为什么在这种节骨眼上找一个不认识的人来？因为陌生人只有利益关联，只管办事，不会多嘴。"

费励随即说："我和你想的一样，这个地方肯定有问题。"

费励电话一走，朱蕙子来了："司零，他们喊你到办公室去。"

司零起身去钮度办公室，叶佐不知道什么时候来了，他说："我刚得到消息，钮辰申请了两架专机，都是从 Y 国出发，一架飞 M 国，一架飞港城。"

"什么时候？"

"这周六晚上。"

也就是五天以后。

办公室里气压骤降。

所有人下意识看向钮度，眼神多少带了为难。他一言不发地坐在沙发上，谁也没看。事已至此，他也无法肯定资助 PW19 全是钮辰一个人的意思了。

这个时候除了司零没人敢先说话："这么快？费励刚告诉我，杨老师才刚开始解散实验室人员，五天后就要把药送走？难道临床试验这么快就有结果了？"

钮言炬接话："我认为 Y 国没有很合适的环境进行临床试验，这次二叔安排了另一架去 M 国的飞机，也许和杨老师合作的不只是二叔，二叔连运输都帮忙安排，说明 M 国的合作方应该是二叔引荐的，并且关系不一般。"

这不难排查，叶佐立刻说："我这就查钮辰最近联系过 M 国的什么人。"

"这次消息太突然，撤离又安排得这么快，我觉得钮辰很有可能察觉到有人在盯着，未免节外生枝，"司零掏出了手机，"我现在就订到 Y 国的飞机。"

钮言炬举手："我跟你一起去。"

朱蕙子夫唱妇随："我也去。"

钮度一向最后一个发言："明天我还是照常到南亚开会，顺便……我想是时候探探爸爸的口风了。"

分工结束，即刻行动。司零订了今晚的专机，明天一早到 Y 国。刚上飞机叶佐就来消息，M 国的合作方，正是前一位因研制 PW19 而被判五年监禁的教授的合作方。

司零气得砸了一拳："杨老师怎么会这么糊涂！"

钮言炬想了好久才说："也许他太着急了，除了这一家就找不到愿意研究 PW19 的了。"

到了 Y 国，来接机的除了肖瀚，司零惊喜地看到了高长宁："你什么时候来的？"

高长宁说："梅林让我来的，他说有预感一定用得上我。"

司零略感欣慰："他越来越有队长风范了。"

上了车，肖瀚继续汇报："实验室已经清理得查不出痕迹了，这次行动有组织有计划，每一步都又快又顺利。"

司零问："杨老师现在在哪？"

"他一直照常去学校，今天是工作日，这个点应该起床了。"肖瀚顿了顿，接着说，"还有一件事，那个保洁工昨晚已经搭飞机离开，航班信息显示是前往 O 国了，而且用的是 O 国公民护照，看来钮辰给了她在 O 国的永久居留权……"

"——什么？"钮言炬最先喊起来，"你是说先帮杨教授打扫实验室，又去打扫公寓的那个大姐？"

"是。"

朱蕙子不可置信："你确定她真的没有背景？"

肖瀚很平静："确定，她只是一个偷渡过来务工的难民，此前和钮辰、杨教授从未有过接触。"

一时无言，每个人都在思考这其中的关联——她到底付出了什么，才换来这样一个发达国家公民的身份？

司零开了口："这大半年来，她除了那间公寓，还去了什么地方？"

"该去的都去了，买菜购物，没有半点异常，"肖瀚看起来并不好受，他知道自己说的这些都不是有用的，"杨教授根本不常去那里，她几乎不用做工，那房子简直快成她自己住的了，她本来就胖，这半年多还越来越胖，我看着都有二百斤……"

司零心底正将万千条消息重新排列组合，她预见到了答案，可偏偏就是卡在最后一道计算上。"言炬，"她突然出声，"我们现在就去学校找杨教授。"

离开希河大学已快两年，她那些同学、陈欣、朴敏熙、孟建宇……也已纷纷毕业回国。离校时他们都藏了不少好东西在实验室，想着有机会回去，看看被哪个聪明的师弟师妹找了出来。可眼下，谁也没了这个心思。

在杨教授的办公室里，荣誉奖杯证书摆满了整整一面墙，有少部分是学生毕业后留给他做纪念的，他全心全意为学生着想，他带过的学生，无一不深深爱戴着他。

他也和所有见过司零的老师一样偏爱着这个小姑娘，天资聪颖，才智过人，继续深造下去，一定能成为引领生命科学的变革者之一。

他从未想过，自己有一天会像现在这样不希望司零出现在他的办公室。

"刚刚从那边走过来，实验室又添了两张桌子，杨老师今年又收了不少孩子吧？"司零像往常那样，进门顺手帮老师把花浇了。

杨教授笑了："趁我还讲得动，多几个孩子多吵闹一些也好。"

钮言炬说："老师，您还年轻着呢，还得被孩子们吵好多年。"

杨教授站起来舒了舒筋骨："是啊，吵着我的孩子们永远那么年轻，我这个老头子岁数却要越来越大。"

"老师……"

"做老师的永远只会看见同一个年龄的学生，有时候真的觉得，好像只有自己在变老。"杨教授笑了起来。

"可能，这就是做老师的规律咯，"司零放下了喷壶，转头看向他，"我们学生物的，也是在探索生命的规律，老师最明白了。"

杨教授靠着沙发，点头微笑。

最靠外的钮言炬关上了门，司零将这当作正式谈话的开始。屋子封闭起来，她也换了神色："老师，我和言炬都比您更希望，我们这次来，完完全全地只是为了看望您……眼下时间紧迫，我不得不直接问您——您同意后晚将部分 PW19 运到 M 国，是为什么？"

杨教授变了脸色，司零接着作必要补充："我想一开始表明一下立场，如果这件事是您的投资人——言炬的二叔，钮辰先生告诉我们的话，我们就不需要来这里问您了。"

"钮辰？"杨教授一怔。

司零看出他并非故意，顿时明了："这么说，他们一直都是以钮鸿元的名义和您联系？"

杨教授没有回答："你们想知道什么？"

钮言炬按捺不住了："老师！难道您不知道，之前被判监禁的梅尔教授正是跟您现在……"

"那是因为他的实验不够完善！"杨教授打断了他，"他一开始没有拿充足的人类基因样本做研究！"

司零反应过来："……原来您参与建立胰腺癌中心，是为了收集基因样本。"

这个想法过于可怕，她多希望杨教授立即否认啊……可他却变得更激越："我严格控制了实验的每一步，我能保证如果这次临床实验取得成功……"

"什么？您还没有进行过临床实验？"司零彻底震惊，"老师，您是真的不知道梅尔教授最后为什么会变成这样吗？他的研究从一开始都是符合规定的，就是因为过早地引入商业合作，让一切变得不受他控制！商人根本没有科学家的耐心您不知道吗！"

杨教授迟了迟，似乎也并未完全说服自己："经过梅尔教授的事，他们保证不会再像上次那样着急……"

司零站了起来："老师！这批药一旦入 M 国，后续发展绝对不会再受您控制！时间太紧，我不想多费口舌说服您，如果不信，您现在可以给他们打电话试试看，哪怕是随便找理由延迟一天出发。"

杨教授指尖一颤，钮言炬跟着着急："老师！"

杨教授终于拿起了电话……

不出所料，哪怕是称药物漏掉了一道检验需要多一天时间，也不被允许。

杨教授重重摔坐下来，似乎直到这一刻才真正感到了恐慌。司零紧接着问："老师，您知不知道他们把药物都放在哪里？"

杨教授摇头："我只负责实验室里，出了实验室的门，都是他们在管……"

"老师，我向您保证，我有办法把这批药拦下来。"此言一出，钮言炬和杨教授都惊愕地看着她，司零一字一句地说，"但您必须告诉我，您答应了钮辰为他做什么。"

　　杨教授又是一震，低头抿紧嘴唇，久久不语。

　　司零也沉不住气了："老师，我猜是钮辰主动找您的对不对？你知道为什么吗？他找人窃取了我们电脑里的商业机密，发现我们在注意您的实验——是，我很早之前就知道了，我没有对外捅出去，是因为您是我的老师啊！您现在还以为钮辰是真心实意支持PW19吗？"

　　司零用力地往墙上一指："老师！您看看这些荣誉！您知道您多有名望吗？您桃李满天下，我们谁在外面都以是您的学生为豪……老师我没资格教您什么是对错，您一定想明白了现在做什么才是对的，是不是？"

　　每一秒钟过得都令人窒息。

　　杨教授叹气的时候，司零和钮言炬一齐屏住了呼吸。他终于抬头看向钮言炬，极不情愿地说了出口："你的爸爸，二十年前过世了，对不对？"

　　钮言炬诧异地点头时，司零整个人一震，默默闭上了眼睛。

　　杨教授显得很痛苦："他生前存有血在医院，他们同意出资帮我研制PW19，要我从你父亲的血液中提取体细胞……将你父亲克隆出来。"

　　一秒，两秒，三秒……钮言炬不知道用了多久才说服自己接受这句话，开口时声音哑了八度："……什么？"他求助地看向司零，"司零，司零……"

　　司零缓缓睁眼，苦笑一下："我一直说服自己，事情一定不会是这样，一定没有我猜的这么荒唐，没想到……"

　　杨教授和钮言炬同样震惊，钮言炬扶住沙发，借力才能站稳："你早就知道？你怎么会知道？"

　　"去年年底，我发现老师一直在看有关那对克隆猴的论文，甚至专门去了平城……"司零失神地看着杨教授，"很多事情想不出前因后果的时候，我习惯把它们排列组合，联系到钮辰要怎么骗取钮鸿元出资给老师，排列下来，这是最荒唐也最有说服力的理由……"

　　司零终于敢对上钮言炬的眼睛："言炬，你爸爸过世之后，你爷爷一蹶不振，在轮椅上一坐就是二十年。"

　　尽管听上去骇人听闻，但对于学界来说，克隆已是一项理论完善的技术，而两只克隆猴的诞生，证实了克隆可以在灵长类动物身上实现。换句话说，克隆人只有一步之遥。且，如果不是预见到了克隆人技术将在短期内实现，联合国又怎么会在十余年前就明令禁止？

说到底，克隆人实验完全不违反任何生物实验规定，即便是国际上的争议也非常模糊，唯一违背的，是人类的尊严。

这也是国际禁止克隆人能拿得出来的唯一理由。

司零颤抖的手慢慢恢复了力气，她接着说："我还猜，老师已经成功培育出了样本。毕竟老师曾经有过丰富的经验，如果再从科学院那里取得一些最新技术，对老师来说，真的不是难题……"

司零看向杨教授："老师，那位帮你做保洁的亚裔妇女，就是负责孕育克隆钮峥的，对不对？她以此换来了 O 国公民身份，对不对？"

钮言炬瘫坐下来，双眼空洞。杨教授声音在抖："你……你怎么会这么清楚……"

"所以，PW19 并不是被分成两批运往 M 国和港城，"司零双眼冷厉，"全部的 PW19 都在 M 国那架飞机上，要送回港城的，是那个培育出来胚胎样本。"

她猛地站起来，一把拉起瘫软的钮言炬："言炬！清醒一点！时间紧迫！"

门打开时，杨教授哀求一般地叫住司零："司零……"

司零没回头："老师，于公于私，这件事我们都会管到底，或许今天是我们最后一次来看您，望您以后……保重。"

钮言炬如一具行尸走肉被司零拖上了车。

"我知道你很难接受。"司零发动引擎、系安全带、倒车、开车……动作没有一秒钟停顿，从现在起他们必须争分夺秒，"言炬，我现在没有时间安慰你，但你要知道——那个样本不是你爸爸，不是钮峥，即便让他降生，将来也不具备和钮峥一模一样的人格。钮度不需要我说这些，等他知道这件事，他会立即做出和我一样的决定……"

钮言炬突然捂住了自己的脸。

司零从未觉得自己如此残忍，但她不得不说："多想想活着的人，这件事一旦曝光，整个钮家都会出事。"

回到海滨别墅，肖瀚和高长宁都在，所有人坐下来，司零拨通钮度的视频电话，把一切说了出来。朱蕙子"啊"一声抱紧了钮言炬。屏幕里，钮度英俊的脸上没有一丝血色。

肖瀚和高长宁利索地站起来："我们去查藏匿地点。"

两人一走，会议室里剩的都是"自己人"。肖瀚知道对钮家来说这是丑闻，所以才立即离场。

和钮言炬相比，钮度这一刻冷静得可怕："爸爸申请了周五飞港城的航线，却没有什么行程安排……他现在一定满心欢喜等着迎接，现在不是劝他的好时候。我先跟他一起回港，我担心钮辰的目的是拿那个样本威胁爸爸……"

"这正是我要说的。"司零说，"你留在港城，如果老先生真的拿到了那个样本，那么我们过后可以再慢慢想办法，眼下这批药最要紧，我必须想办法解决再回去。"

之后钮言炬把自己关了起来，朱蕙子一直在陪他。

一天时间过去了，肖瀚一无所获。他试探地对司零说："以往 CR 的任务，我们都是把线索报给警方再暗中帮助的，毕竟这是国外，如果是警方来查，一定比我们方便。"

这也是他们这大半年来进展艰难的原因。

司零比上次更低声下气："阿瀚，我都知道，但是……"

——一旦报警，钮鸿元就保不住了。钮鸿元一旦出事，天一集团便会重蹈二十年前的动荡。

肖瀚无可奈何："钮辰就是抓住这一点，断定你不敢报警！可是司零，万一凭我们的力量真的解决不了呢？你从来不打没准备的仗，我希望你想清楚。"

周五，Y 国时间晚上十点，距离航班起飞只剩整整二十四小时。

钮度已经回到港城，他第一件事是给司零打电话："爸爸已经承认了，去年钮辰向他说了这个办法，钮辰说杨教授的条件是要他出资帮他的研究，爸爸想也不想就答应……我已经查过所有手续，没有钮辰半点痕迹，全是爸爸一个人。"

"原来钮辰这大半年来一声不吭，在天一跟你和平共处，等的就是现在。"司零冷笑，"钮度，我知道我们现在都在慢慢走进他的圈套，但我连这个圈套最后的目的是什么都没有时间去想。"

司掌天一多年，钮辰绝非他们短短两年就可以完全扳倒的。

钮度问："找到藏匿地点了吗？"

"……没有。"司零还在犹豫要不要告诉他后半句话，就听见他疼惜地笑了笑："肖瀚他们一定劝过你报警，对不对？我从很多你们上了新闻的事迹来看，警察为主，你们为辅，这才是你们做事的风格。"

凌驾于执法力量之上很容易被扣非法组织的帽子，司零很清楚这一点，一直都严苛恪守。况且费励早就告诉他们，某些部门并不是不知道他们的存在。

钮度就这样毫无预备地听见她大哭起来："钮度，在我还没那么爱你的时候，我想过如果有一天我发现当年是你们家对不起朱一臣，我会不惜一切毁了你们家。可是现在，我违背自己，违背队友，固执地用最危险最费力的办法，为了你保住钮家，保住你爸爸……钮度，我为了你丢掉我自己，你拿什么赔给我？"

如果不是爱他深入骨髓，她又怎么会这样在意钮家？

钮度说："拿我的命。"既不是甜言蜜语，也并非海誓山盟，只是用他一贯的语气，薄凉却有力地告诉她，"拿我的命，陪你到老。"

司零最后也没告诉钮度她的最新计划。

无法查到藏匿地点，就只能到了机场再做手脚。钮度和高长宁都得到消息，钮辰雇了雇佣兵把守护送，司零终于明白费励将高长宁叫来的用心。

她没想到的是，费励把自己也送来了Y国。一见到她，费励迫不及待邀功："老子早就知道你最坏的打算是劫机！"

司零由衷表扬："一年多时间就学会了先发制人，越来越有我的风范了。"

"我？有你的风范？"费励指指自己，又指向她，"别逗了！老子生下来就比你聪明！"

"费励，"司零掏心窝子说，"我还想这样跟你吵嘴十年。"

"我不想，"费励狠狠地捏她的小圆脸，"咱们得吵上三四十年，吵到嘴皮子动不了为止。"

司零将费励、肖瀚和高长宁带上楼开闭门会议。肖瀚有些感伤："好久没有这样跟你们坐在一起了。"

这一刻，他们是梅林、回文、战神，还有史诗。

"PW19绝不能被送进M国，"费励从未如此严峻，"通过大量基本样本定向研制出来的药物，还不是经过正规科学院批准的，呵——我就这么跟你们说，那些研究生化武器的人一旦知道这批药的存在，怕不是要抢得头破血流！"

肖瀚的脸色也很难看："我们确实查到那家公司秘密约见过一些背景复杂的人，他们手上一定还有一些不清不楚的交易。"

这才是他们非要拦截不可的原因。

"既然你们都知道我的最坏打算，我想你们都知道劝不动我，"司零轻轻一笑，"我不要求你们任何人跟我一起去，这件事发展到今天的局面，全是由于我的私心，是我一手造成的。"

高长宁显得很亢奋："我当然要跟你去，不然我来这干吗？'战神'这称号白取了？蹲了这么多天点全白搭了？这可是CR最危险的任务……"

司零严词正色："老高，我现在已经不是CR成员，今天你们帮我全是出于私交……"

"你以为呢？"高长宁有点生气了，"我之所以来这里，你以为只是因为听从安排？司零，是因为我拿你当朋友。"

朋友？有朋友的感觉，真好啊。

司零过去抱住高长宁。

对比之下，他们忽然意识到，她只有一米六三，身体里却藏了这么大的能量。

肖瀚最后确认："你决定了吗？"

司零凝着桌上那株红绣球，没有很快作答。法耶真好啊，答应了她会定时过来换花，就真的做到了。

她终于说："就当作我帮朱一臣，给钮家还债吧。"

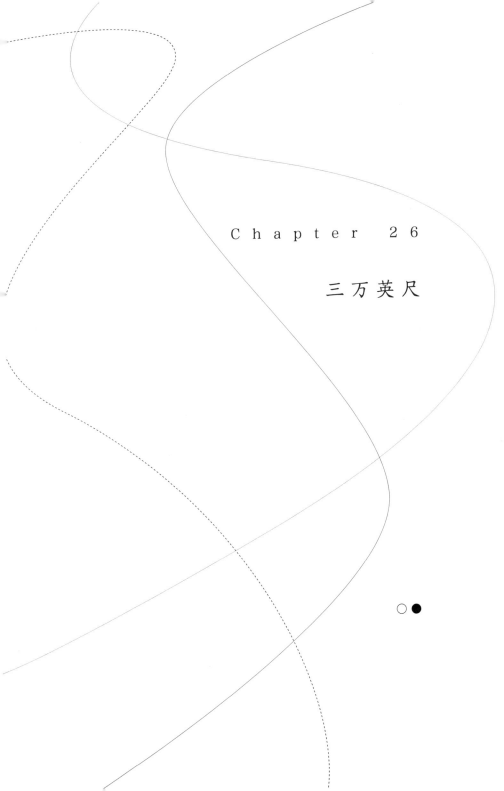

Chapter 26

三万英尺

晚上九点，商务机楼前驶来一辆车。最先下来一个白衬衣青年，四个身形矫健的男人随后，其中一人手捧一只不大不小的木箱，一齐进入候机楼。

办手续的地勤美女在这上了五年班，什么达官显贵、各国大鳄都见过，她觉得像现在这样架势的一定不是什么好生意，尽量减少接触为妙。

她接到的第一本护照来自港城，名叫郭明义，长相斯文，一看就是写字楼里的上班族。随后四个人都戴着墨镜，国籍各异，被要求摘下眼镜时都露出不悦，果然，都是她料想到的那种戾气长相——她猜这四个都是保镖。

她在办理最后一个保镖的手续时，听到他说："别这么紧张，Rose，我比他们都温柔得多。"

Rose抬头，高长宁靠在柜台上，轻佻地冲她笑。她皱眉："你怎么知道我的名字？"

"小甜心，你紧张得连自己有工作牌都忘了，"高长宁往她的工作牌一敲，"这是我见过最好看的证件照。"

Rose不想跟他多废话，盖章归还证件。

私人专机的安检只是过场，检出什么他们都不会说话。手续都全了，郭明义装腔作势命令他们把箱子抬上飞机，他这样享受着权力的表情，Rose在这里见过千百副，大概率都是帮老板跑腿的。

高长宁的身影消失前，最后冲她抛了个媚眼。Rose对着空气，回敬地说："哦，你也是我见过最帅的H国人。"

驱车来到停机坪，一同等候在夜色里的，还有站在边上的两名空姐。左边的颔首道："先生们晚上好，我叫琳达。"右边的也点头："我叫雪莉。"

几个人陆续进入机舱，轮到高长宁，隔着黑色墨镜，他深深地看了一眼站在右边的司零。

在最后关头，他们终于查到护送 PW19 的佣兵一共四个，两人一组轮守。高长宁只能设法取代待岗的其中一个，而直到去机场前他们都不再换岗，高长宁不可能在半途以一敌三劫走药物，最后只能走到下下策——上了飞机再想办法。

这一切，司零都没有告诉钮度。

药品被放进后厨冰柜冷藏，舱门关闭，各就各位。见到司零话少，琳达好心问候："第一次飞这条线？"

司零一笑："是啊，之前飞内陆多，第一次这样跨海。"

"没关系，这条线我飞了几十趟，我还能告诉你哪里的气流最折腾。"

"谢谢你。"

"放心吧，上帝会保佑我们的。"

飞机平稳之后，两名空姐起身到后厨给他们预备食物。琳达负责点心，司零负责酒，她一个不小心，一枚小小的药丸落进了香槟里。

几分钟后，客舱全员悉数睡着。琳达刚要从后厨出来，被司零一掌袭向后颈，昏倒之后被她抱到了后面。

"真对不起。"司零低声对她说完，打开冰柜。

紧接着，两个黑漆漆的枪口对准了她。

司零抬头，郭明义正冲她冷笑："钮辰先生果然料事如神。"

司零被"请"到沙发上，郭明义在她对面落座，当着她的面重新给自己倒上香槟。"别紧张，"郭明义往沙发上一靠，"我什么都不会对你做，我还要负责把你安全完好地送到 M 国。"

司零面色冷冽："你们想利用我威胁钮度？"

郭明义嗤笑："钮度先生到时候应该会自顾不暇，哪里顾得上你？"

她明白了——运送 PW19 和样本的飞机同时起飞，是为了让她和钮度分开，同时下手。

郭明义也给她倒了一杯："放心，我没有你这么有本事，敢在酒里下毒——话说回来，钮度从哪里找来你这么一个胆大包天的丫头？放着好好的美女不做，一个人就敢闯到这里来，你知道这些帅哥都是什么人吗？"

司零直勾勾地盯着他："郭明义，几年前你还在钮度手底下做事，后来用了什么天大的本事，让钮辰把这么重要的事交给你？"

"幸好我曾在钮度手下，不然这趟差真的轮不上我。"郭明义在笑，司零心底却一惊——当初知道办差的是郭明义她就曾起疑，即便钮辰不派心腹，怎么也该是明显站在他那边的人，现在证实钮辰真的特意选中钮度曾经的手下，是为了什么？

她慢慢问："干什么？钮度对你不好？"

"开始进天一的时候，我以为像我们这种打工仔，天一在哪个公子手里，对我们没所谓的。那时候看到钮辰处处欺压钮度，我也曾经同情过他，"郭明义冷哼一声，变了脸色，"后来我才知道，原来真的要学会站队才有出路。"

"钮度做了什么让你这样想？"

"张家新你不陌生，对吧？"郭明义说，"我跟他同一年进天一，他业务刚开始做得还没有我好，经理却用他多过我。后来我发现他贪污公司的钱，以为告发了他能引起经理注意到我，钮度却把这件事压了下来……后来他又调到钮辰直属部门，顺顺利利做到经理……"

"所以你觉得，看起来讨好钮辰能捞到更多的好处？"司零问。

郭明义不作声，司零一扯嘴角，说："你知不知道为什么张家新业务不如你却能被重用？因为他踏实，挪用公司的钱是不得已而为之，随后几年他省吃俭用拼命补上了亏空。而你，习惯投机取巧。"

郭明义厉声吼："够了！"

"被我戳中痛处？看来我不是第一个这样说你的人。"司零换了个坐姿，继续不咸不淡地说，"那我再猜猜另一件事，你因为劈腿刚跟女友分手，是不是？上飞机前我听到你打电话，定制的戒指已经做好了，看来钮辰真的给了你一笔丰厚的报酬，你是准备拿戒指回去讨女友欢心？既然这么爱她，当初为什么要做出那样的事？"

"够了！"郭明义猛地起身，往司零脸上扇了一巴掌。

高长宁站在一边，握着枪的手发力攥紧。

郭明义恼羞成怒:"等你明天面对记者和警察,我看看你还是不是这样会讲!"

司零缓缓坐正,捋了捋散乱的发:"我为什么要面对记者和警察?"

"当然是因为,你劝说钮度给你的导师研制违禁药,正要去 M 国寻求引进商啊。"

司零脸色骤变:"你说什么?"

郭明义太满意她现在的表情,毫不介意多告诉她:"我们这些人——全都是钮度雇来护送你的,我又曾经是钮度的手下,你说这样是不是很合理?"

"钮辰已经联系好了合作方,就这样把人家卖了?"

"根本没有什么合作方!"郭明义几乎得意忘形,"你们这些搞科研的还真是好骗,你那个导师,轻轻松松两句话就让他信以为真。"

司零明白了,完全明白了。

"这么说,他早就料到我和钮度会分头行动,钮度在港城接到飞机后,等着他的也是这出——变成了他才是护送和迎接的人……"她的声音异常冷厉,"而杨教授的手里明明白白有钮鸿元出资的证据,这样一来,整件事就变成了钮鸿元和钮度联手,和钮辰没有半点关系……"

明明她才是阶下囚,郭明义看到她的眼神时却莫名一颤。他讪笑几声:"当初听说你很聪明的时候我还不信,现在看来是真的。不过你们输就输在你太聪明!真的要谢谢你,刚好在这样一个教授手下读书,杨教授又这样信任喜欢你,说是你找他合作,想想看会有几个人不信?"

"郭先生!"其中一个保镖指着电子屏上的实时数据喊起来,"飞机正在向 Y 国返航!"

"什么?"郭明义惊愕地看了过去。

一同惊愕的还有司零和高长宁。司零往电子屏一看,飞机的确在往反向开,此时起飞不过两小时,飞机正在广袤的地中海之上。

郭明义抄起对讲机,吼道:"这是怎么回事?为什么要返航?"

听筒里传来机长的声音:"飞机故障,需要返航。"

"是什么故障？你给我说清楚！"

"通信设备故障，按照飞行手册，需要立即返航。"

郭明义立即向钮辰汇报："先生，我们这边……什么？"他猛地看向驾驶舱门，一个手势示意，两支枪口对了过去。

司零确实不知道发生了什么，她调了调坐姿，让自己随时可以迅敏地翻身起来。

郭明义挂了电话，重新拾起对讲机："里面的人听好，我要求副机长现在立刻出来！我要求副机长现在立刻出来！否则，我将打烂这扇门！"

一秒，两秒，三秒……里面毫无动静。

"——砰"的一声，舱门上捅出一个难看的窟窿，整个飞机都跟着一震。

郭明义对着话筒一笑："这样下去有什么后果，你们身为飞行员一定比我更清楚。"

他命令保镖连开两枪，舱门上的密码锁已坏，挂在门上摇摇欲坠。

门后终于有了动静，飞行员正尝试手动开门。很快，舱门被轰地一下推开，走出一个身材高大的男人，一身飞行员制服笔挺妥帖，英气逼人。

他缓缓摘下帽子，那张脸啊，放到哪个航司都绝对会被所有空姐围得团团转。

机舱里的人一个比一个震惊，司零最先喊出声："——钮度！"

郭明义迅速定住神，冷哼一声："钮辰先生刚刚知道今天执飞的副机长有问题，却没想到，是三少亲自上阵。"

钮度看向沙发上的司零，她双眼含泪，怔怔地望着他。他淡淡一笑："忘了告诉你，我在M国的时候闲来无事，考了个飞行驾照。"

郭明义可没时间让他们卿卿我我，他疾步到司零旁边，喝道："现在——立即调转飞机去M国，否则——"

一支枪口抵住司零的脑门。

机舱里，两支枪对着钮度，两支枪对着司零——其中一支是高长宁。

钮度瞪了郭明义一眼，接着迅速和高长宁交换眼神。他作势就要回驾驶舱，身子才转到一半，就听见对面传来击打声，两个保镖回头，看见高长宁已将对着司零的另一个保镖击晕，还不等举枪，站在他们身后的钮度同时出手袭向他们后颈。

双手同时的力道当然无法击晕两个训练有素的雇佣兵，却为高长宁争取够了翻身的时间。机舱里变成了一打一，郭明义吓得缩在沙发后，刚要爬起来躲避，被司零一拳击中太阳穴，晕了过去。司零趁空吐槽："我这才用了七分力……"

话音未落，枪声响起，机舱顶上冒出黑窟窿。

钮度大吼："司零！躲开！"——不知是谁的一枪打在司零耳侧，她整个脑袋嗡嗡作响。

机舱里顿时大乱，舷窗和机身被打出一个又一个弹孔，扭打成一团的男人们将对方的头往地上、往机身撞……飞机像只受惊的鸟，左摇右晃，上颠下倒。

机长惊恐的声音被淹没在枪声里："再这样下去，我们都会坠亡的……"

厮打之中，不知是谁撞中了应急门开关，舱门在万米高空中缓缓推出，舱内所有物品全部飞起，离得最近的一个保镖被巨大的压差吸出门外，濒死之际他胡乱抓住手边最近的东西，却是最开始被击晕的保镖的脚……两人一同坠入夜空，剩下的人还来不及听见他们绝望恐怖的嘶喊，就被猛烈灌入的冷风吹得晕头转向。

九千米高空，零下三十度，他们都穿着夏天的短袖。

唯一剩下的保镖暴怒地冲钮度举起枪，"砰"的一声，钮度重重往后一摔，白衬衣肩部染红一片。

"——钮度！"司零一张口，声音便被风卷走，谁也听不见谁。

高长宁冲保镖开了一枪，他向后一倒，消失在了空中。

无线电里传来机长断断续续的声音："引擎失灵，飞机即将坠毁，我最多再撑五分钟……"

钮度咬紧牙，艰难地走向驾驶舱，对着对讲机吼："还能不能降到两万三千英尺？两万六千也可以！"

"——你想做什么？"

"跳伞！"

两万六千英尺约为八千米，这是跳伞安全的极限高度。

机长也在孤注一掷："……我尽力！"

钮度挂下话筒，走到窝在沙发角里的司零身边。她满脸泪水，抬手想查看他的伤口，却被他一把攥住："冷静一点，飞机就要坠毁了，我们只能跳伞，下面是大海，谁都不知道下去之后会怎样，你的手表有定位信息，费励他们一定可以找到你……"

"那你呢？"司零根本冷静不下来，"那你呢？"

"我会在你之后跳，但是我们无法保证下去之后还能见到对方……"

"我把手表给你，我把手表给你，"司零说着就要摘表，"我可以撑住，你有伤，你必须最先被找到……"

"只是贯穿伤！我可以忍！"即便如此，剧痛还是让他无法使用左臂，钮度用一只手制止她，"司零，听我的安排，我们没有时间了！"

琳达在舱门打开之后被冻醒了，听到他们要跳伞的决定，她迅速到后面取跳伞衣。面对生死，谁也没有怪罪她先给自己穿好再递出衣物。高长宁和机长都已穿上，琳达激动地告诉他们："刚好还剩下两副！"

一二三四五，原来郭明义他们早已准备出了意外自己逃生。

琳达伸手将跳伞衣递给钮度，旁边一只手横空出现，夺走了那具跳伞衣。

所有人愕然看向突然立起来的郭明义，其实他早就醒了，被混乱的场面吓得继续装死。他迅速给自己套上跳伞衣，机长刚好从驾驶舱出来："两万四千英尺，可以跳伞了……"

话音未落，郭明义便匆匆跳出机舱，那模样像极了战场上被吓得屁滚尿流的逃兵。

只剩下了一具跳伞衣。

高长宁最先反应过来："司零，现在……"

钮度都不想再听他们废话，接过最后一副跳伞衣，毫不犹豫地往司零身上套。

"——不！不！"司零奋力挣开他的手，理智全无，甚至再说不出多一个字，"不——不——"

"高长宁——"钮度抬声吼,"还不过来帮忙!"

司零也吼:"高长宁!你敢!你敢——"

高长宁把眼泪逼退,最终过去帮钮度钳制住司零……

司零疯狂摇头:"不——不——我谁也没有了,我谁也没有了,我求你了,我不可以没有你……我真的不可以没有你……"

她终是被穿上了最后的跳伞衣。

钮度用尽全力最后一次吻她,只可惜这里太冷太冷,他们连彼此一点点的温度都感觉不到。"宝贝,我爱你,"一行泪从他眼角滑落,却一瞬被风干在脸上,"好好活下去,不要替我活,就做你自己。"

司零歇斯底里地哭喊,飞机开始失速,机长呐喊:"来不及了!"

即便到了现在,他依然坚守着民航规定——机长必须最后一个离开。

"司零,起来!"

她被钮度和高长宁一同抓起来,她死死抱住钮度不放手,绝望地喊:"一起跳!一起跳!求你了……"

"司零……"高长宁哑口无言,劝也残忍,不劝更残忍。

且不说没有任何专业工具捆绑、仅凭臂力缠抱有巨大风险,这副降落伞她从未查看过,根本不了解承重情况,两人同跳,生还机会大大减小……

司零用上整个灵魂呐喊:"生一起生,死一起死!"

钮度没有太多时间犹豫,终于答应:"好。"

飞机失速到极限之前,他们终于陆续跳下。琳达先行,高长宁紧随,接着是钮度司零,机长最后。

舱门之下,波涛汹涌,黑暗无边,好像怪兽张开的血盆大口。

最后一秒钟,司零对钮度说:"无论遇到什么我都不会放手,我等着你拿命陪我到老。"

钮度笑着应了声:"好。"

他们用力缠抱,纵身坠入茫茫夜空。

……

窗外的雨下得淅淅沥沥,司零睁眼看见熟悉的天花板,手往旁边一捞,又落了空。每天都是这样,她一睡醒,他人就不见了。

司零起身下楼，看见家里四处都是刚换好的红绣球，她逮住法耶一顿凶："以后不准再用红色！什么都可以，就是不准用红色！"

法耶好无辜："雪莉，明明是你要我用红色的。"

是啊，她明明喜欢红绣球的。可是一见到红色，她脑海里莫名地就漫上来猩红的血……她凶巴巴地吼："反正以后不准用红色！"

她又问："钮度呢？"

法耶答："走了呀。"

"走了？走了？去哪里？"她心底没来由地慌。

不等法耶回答，司零就冲出了家门。

走了，走了……他去哪里了？去哪里了……

家门外变成了无边无际的海。

她在海里绝望地喊："钮度——钮度——"

……

"钮度——"司零乍然睁眼——天花板一点也不熟悉，不是家里卧室那个好看的吊灯，也没有熟悉的他的味道。

房门被打开，朱蕙子最先冲进来："司零！司零，你醒了！"

朱蕙子笑泪交加地抱住她，钮言炬、费励、肖瀚还有周孝颐紧随而入，他们脸上一个比一个焦急，周孝颐心力交瘁地问："乐乐，感觉怎么样……"

她终于意识到这里是医院，第一句便问："钮度呢？"

"他在隔壁的病房，高长宁也在，"费励看上去无比憔悴，"钮度比你要惨一些，他中了枪有贯穿伤，又在海里昏迷了那么久……"

"——司零！"

她一把拔掉针头，掀开被子跑出病房。

钮度闭眼躺在病床上，司零看见心电图里起起伏伏的线条之后，整个人瘫倒在地，"哇——"一声大哭起来。

"还怕我们骗你？笨蛋！都告诉你他没事了！"朱蕙子边哭边安慰她。

在她跑过来的短短几秒间，她向神祷告——如果他没事，她愿意用一切来换，一切。

钮言炬主动告诉她："小叔的伤都处理好了，没伤到骨头，静养

444

就好。"

司零坐在钮度病榻边，紧握住他的手。他看起来的确比她惨，脸上全无血色，一点都不酷了。那有什么要紧呢？再不酷她也愿意一直这样看着他。

她还要感谢一下这些朋友——没有人在这个时候打扰她。

过了很久，司零才愿意关心一下这尘世间的事："现在是什么时候？"

"已经过了一天了，"费励说，"你们凌晨一点坠海，离 Y 国不远，早上七点多被打捞上来，现在是夜里十一点。"

司零想起来了……

她十九岁开始接触跳伞，不敢吹"跳伞达人"，"擅长"二字还担得起。虽然没有尝试过七千多米的高度，但她很清楚各个高度的理论状况。伞在自由落体一段时间后打开，她开始在心底默念计数，坠速却迟迟没有降至安全的范围……

她想尝试拉手动杆，呼唤他的名字提醒他自己要松开一只手，却发现他已处于半昏迷状态……失氧失压加上枪伤失血，他已快到极限……

松开一只手，他有可能就此脱手摔落；不松手，以这个速度坠海，他们同样是死。

司零含泪松开左臂，寻摸手动杆——这一定是上帝赐给她最大的眷顾，竟然还有一张备用伞！两张伞同时打开，坠速终于渐渐降下……

坠海之后钮度昏迷了过去，她用最后一丝力气对着手表声嘶力竭地喊："费励……费励……"

司零终于舍得把眼睛从钮度脸上挪开，看向费励："谢谢你……"

"求你了，这种事一点都不酷，有一次就够了，我和阿瀚都快疯了。"

"长宁呢？"

"他很好，中间醒过一次，吃了药又睡了。"

司零想起来周孝颐："师哥，爸爸……"

"我还没告诉老师，"周孝颐叹气道，"臭丫头，你现在就是求师哥说，师哥也不知道该怎么开口……"

司零用眼神向费励求助，费励承认："孝颐哥都知道了，拜托，飞机坠毁这种事，新闻都发遍了，我们废了好大劲儿才说服他别把杨教授的事捅出去……"

"那现在什么情况？"

"机长和空姐也在医院，他们都没事，郭明义……他的降落伞没有打开，也不会手动操作，应该是没有生还的可能。"

周孝颐接着说："机长和空姐都证实了你们不是肇事者，高长宁也录过口供了，但你们三个人用假身份登机，调查局还要再见你和钮度。这件事发生在公海，又牵连好几个国家公民，他们的身份也很复杂，查起来并不容易……"周孝颐还是劝，"丫头，事情是瞒不住的。"

钮言炬说："爷爷已经联系航司处理了，他会想办法把影响降到最低……"

司零问："钮辰什么反应？"

肖瀚一笑："你放心，现在没有比他更头痛的人。"

钮言炬站了出来，重重低下头："对不起，各位，说到底这都是我家里的内部斗争，这么长时间过来都害你们一起摊了麻烦……"

费励讪讪地哼了一声。

钮言炬郑重其辞："从现在开始，一切都由我来负责，我来想办法，有什么事你们都找我担。"

"还有我，"朱蕙子上前抓住他的手，"司零，你就安心陪着小叔醒过来，其他事我和言炬想办法。"

其实事情并不算难摆平。天一那边赔偿了郭明义亲属，再照价给航司赔偿，就再没什么难缠的对象了。毕竟发生在公海，又是私事，各国都懒得揽这个破事。

司零彻夜伴在钮度床榻，寸步不离，天光熹微时，她感受到有股力量动了动她的手。司零立即醒来，终于见到钮度睁开了眼。她趴在他胸膛上，号啕大哭。

她有胆去做最危险的事，直面死亡也无所畏惧。只有在他面前，她才是一个小朋友。

钮度各项体征正常，只是失血过多没有及时处理，还有些虚弱。

整箱 PW19 随着飞机毁了，那么现在就只剩下那个样本需要解决。

钮度看向司零："我们必须尽快回港城。"

司零根本不用同意："我都准备好了，随时可以走。"

……

上了飞机，钮度又继续挂点滴。他想抓紧时间处理一些公文，却被司零命令进去休息。

钮言炬的眼神愈发坚毅："小叔，事情都交给我，你去休息，有情况我通知你。"

钮度只好听命，起身时拉上了司零，她问："干什么？"

"我手不方便，你不陪我？"钮度理直气壮。他知道她也想继续办公，故意拉她一起休息。

司零就这样被他拉进了休息室。床不宽，他抱着她刚好，可司零不敢枕他的肩，只是轻轻抱住他胳膊。

钮度问："费励他们什么时候回去？"

"也是今天。"司零说，"他们不放心我，本来想跟我一起去港城，但是……钮度，接下来的事都是我们的私事，我不能再让他们卷进来。"

"我也并不想你卷进来，"钮度变得很严肃，"宝贝，那天跟你打完电话，我越想越不对，所以才赶到 Y 国。之前因为杨教授是你的老师，你想自己处理，我不插手，如果我早知道钮辰是冲我来的，我绝对绝对不会让你去。"

他沉了口气，继续说："回到港城，我自己去见爸爸，你替我回家安抚妈妈。"

司零乖乖听从他安排："好，那你自己小心，那录音……"

"我都给叶佐了，他会拷出来准备好给我。"

"钮辰的计划没有得逞，他现在在老先生眼里是大功臣，你不要轻易提起来。"

"我知道。"

钮度办事哪里会不周到，可她还是改不掉像个老母亲一样唠唠叨叨的习惯。

司零轻轻一笑，习惯地蹭蹭他颈窝，软嗲嗲道："跳伞之前，你最后跟我说了什么？"

"危急关头，哪里还记得住。"

"喂，你就说了那么一次，原来不是认真的啊？"

钮度没将明白她这句话的逻辑："什么？"

司零气恼地转过身去，还不忘说："你别动啊，伤口裂了我可不管。"

伤口裂开哪里比得上哄小情人重要，钮度从身后抱住她，她立马急了："都说了让你不要动胳膊，你——"她刚翻身，就被他用完好的胳膊扣住了腰。

"我爱你。"他贴着她嘴唇说。

"什么啊……"她红了脸。

钮度凝着她的眼睛："我爱你。"

司零鼻子发酸，认真计较："你以前从没说过，跳伞那是第一次。"

"我们不是一直默契的事都不讲出来吗？"

"那怎么能一样？别的事是别的事，可是这个……"她又委屈又生气。明明都爱得无可救药了，还这么在意他的口头表白，果然还是小女生啊……

"宝贝，怎么哭了？"钮度简直是大惊失色，他绝想不到司零会因为这样的事哭，"我……都是我的错，好不好？都是我的错……"

司零越哭越凶，钮度慌了："我爱你，我爱你，我爱你……以后我每天跟你说十遍，好不好？"

"不够！"

"那一百遍？"

"也不够！"

"那就说到你喊停为止。"

司零终于满意。

"钮度，"轮到她认真起来，"我们都为彼此死过一次了，以后无论发生什么，都不可能让我离开你，谁也不能。"

他笑了："我一开始爱你，就没想过要放你走。"

……

回到港城，叶佐、曾广杰、陈安德几个人浩浩荡荡地来接机。

叶佐看上去也好几天没睡了："我下次绝不会再让你自己行动，我已经把我手上的工作分了出去，以后你去哪里我都必须跟着！"

他这副好像他才是老板的口吻逗笑了钮度："你这样说，就不怕司零误会？"

司零也在笑："我愿意误会。"

曾广杰叹气："先生，你都不知道，杨太差点晕倒……"

"她怎么会知道？"

"忘记告诉你，老先生昨天搬到杨太那里住，每天有人进出汇报的，杨太很难不听到消息。"

钮度和司零相视一眼。

开车的曾广杰再确认："那还是直接回香岛道大宅？"

钮度点了头。最近的事变数太多，看来只好见招拆招。

这是司零第一次见到钮鸿元。他体态丰腴，全无病态，加上刚刚成功接回克隆儿，整个人气色饱满，神采奕奕。果然还是一代枭雄，即便年老气虚也不减半分威仪，每个人见到他都不敢直视他的眼睛，司零也不自觉地就束肩敛息。

一见到钮度，钮鸿元就又气又心疼地骂："你对我和你二哥资助那个研究有意见，为什么不直接来找我，要用这种极端的方式！"

站在身后的钮言炬跟着一震。此前他们并不知道钮鸿元对此事的态度，原来在他眼中，事情竟是这样……

他们刚开始说话不久，钮辰就到了。弟弟刚刚负伤回来，既然是一场"误会"，他这个做哥哥的自然要第一时间过来问候，假惺惺地负荆请罪，痛骂几句手底下的人办事不力。

杨琪曼听不下去了，直接闯进门到钮度身边："阿度不需要你道歉！不需要！"

钮天星和司零都赶过来拉她："杨太，我们先出去，先让老先生说完话……"

钮鸿元给钮度眼神："你妈妈身体不好，先带她下去休息。"

"放开我，今天谁也别拦我，我真的受够了！"杨琪曼眼眶里打转着泪。二十多年的忍辱负重，却还是让儿子遭受死亡的威胁，哪个母亲还忍得下去？

钮度扶住她："妈，我现在没事，你先出去休息，等我跟爸爸说完话……"

"你有什么好说的？你还有什么要解释的！"杨琪曼愤恨地指向钮辰，"是他！他才要解释！你让他解释！"

"阿度！带你妈妈去休息！"钮鸿元的话就是诏令，屋里顿时静默。

除了杨琪曼。她面不改色地看着钮鸿元："为了保护我的孩子，我装疯卖傻二十年却还是换来这种结果，今天谁也拦不了我！——叶佐！"

所有人都往门口看，却没人进来。杨琪曼又喊一遍："叶佐！"

良久，叶佐才为难地踏进了门。他同样最先向钮鸿元行礼："老先生。"

杨琪曼每一个字都在用力："叶佐，你把录音拿出来，就现在，放给老爷听！"

Chapter 27

香岛道

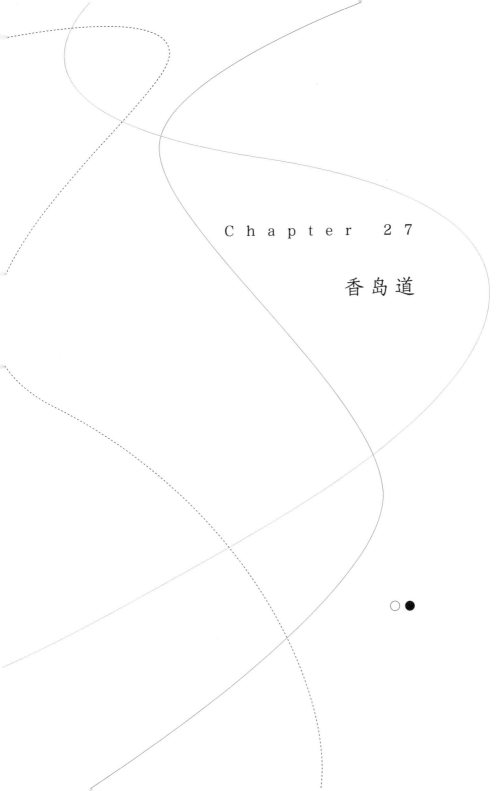

"我什么都不会做，我还要负责把你安全完好地送到 M 国……钮度先生到时候应该会自顾不暇，哪里顾得上你……幸好我曾在钮度手下，不然这趟差真的轮不上我……等你明天面对记者和警察，我看看你还是不是这样会讲……"

"当然是因为，你劝说钮度给你的导师研制违禁药，正要去 M 国寻求引进商啊……根本没有什么合作方……"

放录音的时候，反应最强烈的是杨琪曼，她几度晕厥，借着钮度的怀抱才能站稳。

两边开始打斗的时候，司零关掉了录音。

钮鸿元一言不发地看着钮辰，明明他坐着轮椅，却让所有人感觉居高临下。

钮辰耐心十足地陪他们听完录音，全程不惊不澜，轻飘飘反问道："这么说，杨太的意思，这件事变成了我要栽赃钮度？那现在又是谁站在这里陪你们说话？"

叶佐全然不顾失仪地喊："那是因为飞机没有按计划到 M 国，阿度人也不在港城，你两边都落空所以才临时中止！"

钮辰像厌恶一条狗一样睨了叶佐，开口却是对钮度："原来你给了下属这样天大的权力，可以在我们家里人说话的时候，随随便便出来插嘴？"

钮度发话："叶佐，你出去。"

叶佐深吸几口气，鞠了一躬，关门出去。

钮度束肩敛息，朝钮鸿元颔首："爸爸，司零是我的未婚妻，为了拦截那批药物同我一起死里逃生，今天要说的话，她都有资格知道。"

　　钮鸿元默认了。他转向钮辰，问："我倒想问问，郭明义说的话，你怎么解释？"

　　"爸爸，我以为这种荒谬的话你不会相信的，郭明义自己也说了，因为当年在钮度手下对他有怨，现在有些出言不逊也合情合理，"钮辰简直觉得好笑，"再说，司小姐当时出言激他，他都敢动手打司小姐，说的那些，我认为不过是吹牛吓唬她罢了。"

　　钮言炬往前一步："这么说，所有的事都是郭明义一个人胆大包天，跟你没有半点关系？"

　　钮辰极其失望地看着他："言炬，二叔都不知道做了什么让你也这样反对我，你难道不记得，当年你刚上大学，你小叔还在 M 国读书，是二叔送你去的学校？"他重重叹气，"说我设了埋伏等你二叔自投罗网，你难道不知道，我陪你爷爷在港城等的是谁！"

　　钮言炬无言以对。

　　"说白了，郭明义的意思就是我要搞钮度，如果我真的要搞他，还会让他顺顺利利坐在董事局吗？"钮辰摊开双手，"大家有目共睹，他回到天一这大半年，我处处让他，事事以他的意见为先。"

　　钮度开了口："那我猜，如果我问你之前为什么要劫走司零搜她的电脑，你一定也会说，是为了帮我审查她有没有居心叵测？"

　　钮辰理所应当："难道做哥哥的，连这点心都不该有吗？"

　　"那我倒想听听看，你找人盗取叶佐电脑里的商业计划，有什么理由？"

　　"你拿那么一大笔钱去搞医疗投资，我哪里放心？你年轻气盛，又处处提防我，如果你肯把计划放到桌上跟我聊，我不会走这种下策。"

　　有理有据，合情合理，不服不行。在这个钮家，没有人被低估。

　　司零一声浅笑，打破了压迫的沉默。

　　钮辰看向她："你笑什么？"

　　司零好天真无辜："我想说话，又怕钮辰先生像刚才骂叶佐那样骂我不该插嘴。"

　　钮辰摆了摆手，作欢迎状："我听说杨太很喜欢你，看来不久后你就会成为家里人，有什么话，你可以讲。"

　　司零这个女人可能真的天生自带女主光环，轮到她开口说话，窗外的小鸟儿都不叫了。

"好，"她不疾不徐地开了口，"首先，钮辰先生，我希望你明白，刚才你说的一切听起来合情合理，但钮度和言炬并不是无法反驳，而是直到现在，他们都还敬你是长辈，不想太直接忤逆你。其次，你可以当作我不懂规矩，毕竟我现在还是外人，接下来我要说的话，不会像他们一样客气。"

她转向一直在后面的钮天星："然后，阿星，我希望你先带阿姨出去休息。"

是杨琪曼不愿："司司……"

司零握了握她的手："阿姨，你相信我们。"

钮天星扶着杨琪曼出去了，屋里剩下的，是钮家所有男人，和一个天一未来皇后。

司零和钮度相视一眼，得到他的许可，她才敢开口。

她的开场永远那样无关紧要："从录音里你们都听得出，很多事情都不是郭明义明明白白告诉我，是我自己推断说出来，他才承认的。我不想这样吹嘘自己，但是——的确很多时候，我的思维都比别人要快。

"鄙人不才，修过一点点心理学，最信多米诺骨牌和墨菲定律，所以我习惯收集很多细微的线索——当然，这还要感谢我过人的记忆力。"

她走到正中央，认认真真向钮鸿元鞠躬九十度："对不起，老先生，如果我接下来的话对您有任何不敬，都请您原谅。"

钮鸿元用眼神默许，司零缓缓起身，开始在几人之间踱步。

"其实在飞机上我就一直在想，如果真的如郭明义所说，钮辰先生费这么大周折，让我和钮度分开同时下手，难道结果就是拉钮度下台这么简单？当然，这看起来是最说得过去的，毕竟自从钮度进天一以来，你就处处压制他，让外界几乎看不到他的名字，也没让他分到多少功劳簿。

"我还需要反驳的是，你并没有顺顺利利迎接他回到天一，你不知道在Y国这将近两年，钮度付出了多少才绕过你的层层阻挠，坐在今天的位子上。"

司零定住脚步，回头直视钮辰："今天的你，并不是无心搞他，才让他坐在董事局，而是你已没有能力再拿他怎样了。"

钮辰勾了勾嘴角，笑皮不笑肉。

钮度目不转睛地跟随司零的身影。在这个房间里，他比钮辰更紧张。

"牢牢抓在自己手里这么多年的一块蛋糕突然要分给别人一半，谁都会不爽。可问题是，你真的喜欢这块蛋糕吗？"

"抱歉，我这个人，一开始说话就关不上闸，"司零惭愧地笑笑，质问钮辰道，"让我说得直白一点，你对天一、对钮老先生，根本没有什么感情。"

站在一边的钮度，思绪回到几个小时前的万米高空上……

她说："我知道有很多话，你不敢当着你爸爸的面讲出来。"

他说："你更不能讲，人都喜欢推卸责任，即便不是因你而起，可这些话如果是你讲出来，爸爸不会再想见到你。"

"可是钮度，这一天总会来的，他总会面对的……"

他真的担心，她哪句话会触了钮鸿元逆鳞。

钮辰鼓起了掌："原来司小姐说了这么多，就是为了讲这样一个笑话。"

"我和钮度的关系、和杨老师的关系都无话可说，如果说钮辰先生是真心实意为了老先生才出这个主意，"司零的目光陡变凌厉，"那我想问一句——假如事情曝光，先生是会站出来澄清这一切都是你的主意，和钮度没有半点关系，还是会按照眼见为实的那样，任由大众指控我和钮度？"

钮辰没有很快接话。

司零转向钮鸿元："老先生，您还没有意识到吗？我和钮度一旦被曝光，您资助杨教授的事也会公之于众，上面白纸黑字签的是您的名字！无论哪种情况，钮辰都可以撇得一干二净——您还不明白，他究竟是冲着谁吗？"

"真是荒唐。"钮辰对她露出了刚才那种厌恶，他颇为无奈地说，"爸爸，我承认我独断多年，已经习惯了，这些年对钮度多少有些为难，但不过是把他当作自己的弟弟在欺负，你见我几时对他做过出格的事？再有——这位小姐讲我对您别有用心，我不知道她从哪里找到的理由。"

"理由是吗？我给你，"司零冷笑，"你出生后不久，老先生就到了港城，一心投入如何让天一在港城站稳脚跟，所以你从小……"

她被钮度打断了，钮度一改从容，疾言道："你从小只跟在周太身边，谁都知道周太和爸爸感情不和，爸爸长期不在你身边，谁都不会知道她从小都教了你什么。"

"现在是又想牵扯到我母亲的错？"钮辰愠怒道，"二十年前家里出事，是我母亲拼命保住天一，这么多年来我尽心尽力为天一做事，你敢问问天一上上下下有谁看不见？"

窗外的小鸟叽叽喳喳叫了几声，有心为他们缓冲一下。

感谢小鸟，司零的气焰压了压，重新慢慢道来："从前钮度跟我说天一的财务问题，我不太懂，所以没什么反应。后来慢慢理解，天一这些年连年亏损，存贷双高问题也没有收敛，其实已经外强中干。"

她最后说："其实你一直都在等一个机会，直到看见钮度坐上了第二把交椅，你知道再继续等下去，局势就由不得你掌控了。"

钮鸿元轻轻一声咳嗽，所有人立时噤声。

他听够了，该说话了："钮辰，其实我今早刚刚得到消息，你找人打点好了公关媒体，让他们这两天待命，是想做什么？"

钮辰的脸上，第一次露出愕然："原来你还是让人盯着我。"

"你老爸老了，但不糊涂，"钮鸿元稍稍一摆手，"这位小姑娘说了这么多，其实我跟她老师的协议内容不清不楚，即便是曝光，以我律师的嘴皮子，威胁不到我。"

全场沉默……

你真的以为那个一手创立天一帝国，曾经翻手为云覆手为雨的钮鸿元老了吗？

钮鸿元抬起眼皮子："小姑娘，你说了这么久，其实老头子我心里都有数，我在幕后这么多年，只是不想听不想看，但不是听不到、看不到。"

司零鞠躬，退后一步，钮度顺势将她拉到身后。

钮辰几声浅笑，转向钮度："既然你这么厉害，那你说说看，我为什么要这样对爸爸?"

钮度直直白白说出口:"因为梁欣仪。"

谁都看见了钮辰眼中一瞬迸出的惊愕。

钮度继续说:"当年爸爸不同意你和她在一起,要把她送去 M 国,可是去机场的路上却出了车祸,你怪罪到爸爸身上。"

钮辰没有说话。司零注意到,他的嘴角在抖。过了好久,他才终于说:"……你竟然知道欣仪。"

钮度沉了口气,看向别处:"是司零提醒我的。你派到曾广杰身边那个女助理,自从知道你因为她爱慕你而远离她之后,司零说,其实你并不是一个冷血的人。"

钮鸿元震怒道:"钮辰!是这样吗?"

所有人都低下了头。

图穷匕见,钮辰大笑一声,承认:"是!"

他用尽这些年压抑的所有怨气,每个字都充满狠戾:"你当年用尽办法拆散我和欣仪,你以为我真的不知道?你送她到 M 国只是去读书?你准备好了逼她在 M 国嫁人,永远永远不会再来见我……我没有想到,你竟然下得了狠手,欣仪只有二十四岁!她心地那么善良,看到乞丐都要落泪!你竟然下得了手找人开车撞她!"

钮鸿元将拐杖往地上一砸:"你——你——竟然以为是我故意害死她?"

"——你敢说不是?!"

钮鸿元气血攻心,猛烈咳嗽,想站起来险些摔倒。钮度和钮言炬都围了上去:"爸爸,你坐好,有话好好说……"

"是啊,爷爷,你不要太急……"

钮辰完全失控:"你去告诉警察啊,你去告诉他们是我主使这一切啊!"他指向钮度,"你以为我不欢迎他坐上今天的位子?我真是好感谢他这么努力,或许他两年前犯错还不要紧,可现在——他今非昔比,已经是天一半个掌权人,今天无论我、你、钮度中哪一个垮了,对天一都是重重一击!你去啊!"

杨琪曼匆匆从门外进来,拿了药和水给钮鸿元服下。等他缓过来,却不忍再抬头:"有句话,他们讲得对,我从小不得照顾你,是我对不起你，你不懂我，我也不懂你……"

钮鸿元别过脸去："无论你动机怎样，我都不会再追究。这么多年你贪污受贿，我都睁一只眼闭一只眼，过几天我会开董事会，撤去你所有职位，让你离开天一……"

钮辰冷冷道："你就这样放过我？"

钮鸿元一个字都不想再说，也不看他，拄着拐杖就要起来。腿还没站直，整个人往下一栽，晕了过去……

……

钮度守了钮鸿元一天，直到晚上才从屋里出来。

司零第一个迎他："老先生怎么样了？"

钮度脸色不好："心脏状况不太好，医生说要打几天针，多休息。"

司零万分羞愧："我今天不该说那么多……"

"其实我们说不说，爸爸心里都有数，"钮度握住她的手，"父子一场，爸爸一直都在纵容他，是他自己把自己逼到了今天。"

钮度犹豫了一下，说："爸爸现在状态很差，过两天还要开股东大会，我想，那个孩子的事……"

"我知道，我知道，"司零很快说，"过后再说吧。"

钮度点了头。司零随即变得比之前更着急百倍："你的伤怎么样了？你今天一直忙里忙外，都没有一秒钟可以坐下来休息，让我看看……"

钮度抱住了她，吻着她发顶，浅笑道："这样就是最好的休息。"

窝在他怀里，司零连呼吸都嫌懒。原来他和她一样容易满足，哪怕刚刚经过大风大浪，只要能够抱着彼此，就够了。

"阿度。"倏然间听到杨琪曼的声音，他们一齐抬头。

杨琪曼冲司零伸手："妈妈想借你的司司过来一下。"

司零笑了，主动离开钮度走向她："阿姨什么时候需要我，我都优先满足阿姨。"

杨琪曼牵司零的手上楼，司零回头，钮度单手插口袋站在那里，冲她点了点头，以示鼓励。

回到卧房，杨琪曼带司零到沙发坐下，诚心诚意说："今天真的要谢谢你，冒这么大风险敢把事情说出来……"

司零紧握她的手："其实阿姨，钮度不说，不是因为他不敢，更不是怕谁，是他太重感情，他谁也不想伤害。"

"我都知道，我的儿子，我懂他。"

司零认真说："阿姨，我们不见外，钮度的事就是我的事。"

杨琪曼喜笑颜开："你真的愿意跟我做一家人？"

司零一听，羞红脸低了头。

杨琪曼捏了捏她的脸："你呀你，在外面表现得这么厉害，其实还是小姑娘一个，一说到感情问题就害羞。"

"我……"虽然说不出话，可她脸上却藏不住笑。

"你们两个呀，等过一段时间事情都稳定下来就结婚，阿度把新房都看好了，沙宣道那里我也喜欢，"杨琪曼帮她安排得明明白白，"你们结了婚，明年我就能抱上孙子，你们两个怎么忙工作都好，我一个老太婆帮你们带。"

"阿姨，我……"司零的声音快低进尘埃了。

"怎么？不愿意啦？"杨琪曼故意激她。

"他、他还没正式跟我爸爸说呢……"

"什么？哪有这样的？"杨琪曼恼了，"等下我就去说他，你们家那边有什么风俗习惯没有？我让他全部照着来！"

司零笑了。过了好一会儿，她的眼神沉静下来，说："其实阿姨，我们还有一件事要解决……我不是想故意欺骗你，而是这段时间……"

"我知道，阿度都告诉我了。"司零惊愕地抬头，杨琪曼笑靥不改，依旧和蔼地道，"你父亲是谁、做过什么，都不重要，你当初是怎么认识阿度也不重要，阿姨知道你的心地，也很清楚你对阿度的心……他们都不敢告诉我飞机上发生了什么，但我都知道……谢谢你，愿意和他同生共死。"

司零已泪如雨下："阿姨，对不起……对不起……"

"真是个令人心疼的孩子。"杨琪曼抱住她，"以后我们就是一家人，阿姨会好好疼你的，等你跟阿度结婚，他也永远疼你爱你，不让你再哭……"

……

当天晚上，胚胎被毁，事情总算告一个段落。

太阳为你加晃

股东大会召开前夜，收到风声的各路高管纷纷提前向钮度道贺，要叶佐转交给他的贺礼堆成小山，饭局排到了下下个月……

钮度关掉一切通信设备，隔绝吵闹，安安心心躲在西半山的公寓里，陪他的小朋友。

司零穿着一条缎面吊带睡裙，站在落地窗前。突然一双大手环住了她的腰，温热的怀抱从身后将她包围。钮度的鼻尖在她颈间流连，慢慢地品她的香味。

司零抬眼望向熠熠生辉的维港，轻轻说："从明天起，整座维港的灯火，都是为你而亮。"

"听起来，小朋友不那么愿意？"钮度在咬她的耳根。

"哪有？我们付出了这么多，不就是为了明天吗？"

钮度用眼神逼问她，她不得不说："好吧，是有一点。钮度先生明天开始就是全港城女人都梦寐以求的男人了，什么大明星啊，名媛啊，高材生啊，都要围着钮度先生莺莺燕燕，想想就令人烦恼呢。"

钮度把她转了过来："可是钮度先生只属于你一个。"

她认认真真地作起来："我怎么知道，我不够大明星漂亮，不够名媛有钱，现在年纪也不小了，说不定什么时候又冒出来我不够她聪明的高材生……"

他仿佛听到了天大的笑话："我的小朋友……居然有一天会开始不自信？"

司娘娘是会折自己身段的人？她轻飘飘道："我也会找到比你帅、比你有钱、比你有地位有才华的男人……"

她两只手腕被他攥着一起摁在床上，下巴被他另一只手捏到吃痛，被迫抬头看他居高临下地威胁道："老子保证，你下辈子也找不到。"

……好好笑哦，听到钮度说粗话。

他真的生气了。

他真的不会讲甜言蜜语，连"我爱你"都是到了千钧一发的时候才说出口。

天亮之后，司零气呼呼地赖在被窝里："我不去上班了！你自己去吧！"

钮度正在系皮带，金属扣碰撞的声音……性感又诱人。他点了点

460

頭，认真说："OK，明天记得过去补假条。"

"你给我写好！理由你来填！"

"好，"他太愿意了，"那我实话实说了？"

"什么实话？"

"你说呢？"

司零麻利地翻身起来洗漱穿衣。

……

股东大会上，司零作为钮度的助理，坐在他身后。

她清清楚楚地听见，钮鸿元一字一句地宣布——即日起，钮度将继承他在天一集团的所有股权，成为天一集团董事局主席。

那一瞬间，她觉得整个世界都换了颜色。

之后在应接不暇的媒体采访、各界道贺、饭局晚宴之中，香岛道大宅迎来了一位不速之客。

钮度和司零刚从公司赶回，一下车曾妈就迎上来："周太进门到现在一直都在跟老先生吵架，一刻也没消停……"

光站在院子里，都能听见楼上隐约传来的争吵。

两人双双进门，看见杨琪曼、钮言炬、朱蕙子都在客厅里，钮言炬身边坐着一位妇人，盘着发髻，气度不凡。一见到她，钮度毕恭毕敬道："大嫂。"

原来，她就是钮峥的妻子，钮言炬的母亲……

关咏之微笑点头，目光却不在他脸上："这位，想必就是被传得神乎其神的，你的心肝宝贝了？真是好漂亮哦。"

"我……"司零忸怩着叫不出口，钮度捏了捏她的手打气，她才说，"……大嫂好，我是司零。"

是巧合吗？怎么今天所有钮家的人都到这里来了？

杨琪曼站起身："周太过来有一个钟头了，还跟你爸爸吵个没完。"

司零问："是为了钮辰？她还想说什么？"

"我去看看。"钮度转身上楼，钮言炬跟上。

还没走近，就听见书房里传来周杏儿尖锐的喊叫："——你生他下来，有养过他一天没有？他小时候生病发烧感冒，你有没有一次送他去医院？有没有一次为他叫医生？"

461

钮度敲门，吵闹戛然而止。钮鸿元应允之后他才进去，先后向两人鞠躬："爸爸，杏姨。"

钮言炬跟在他后面："爷爷，奶奶。"

"你来得正好，"钮鸿元指了指钮度，"你看看他肩上的枪伤，稍微再偏一点就打到心脏！我没有教好钮辰是我失职，所以你就把他教成这样？"

钮度一出现，周杏儿的怒火被激到了顶点。她仰头大笑，也指向他："钮辰十七岁进天一做事，鞠躬尽瘁二十多年才帮你稳住你的帝国——他呢？安安稳稳长大！读书！钮辰帮你遮风挡雨的时候他在做什么？想去哪里玩去哪里，想跟哪个拍拖就跟哪个！到了现在，轻轻松松就接过你给他整个天一！"

钮度受得了这气，杨琪曼可受不了。她直接开门进来，大步流星，羸弱了二十年，今天终于无所畏惧："钮度有没有轻轻松松拿到天一，你儿子最清楚！有没有安安稳稳长大，你最清楚！"

周杏儿与杨琪曼对视了一阵，讥笑道："看来我真是太久不到港城了，杨太什么时候恢复得这样精神抖擞都不知道。"

杨琪曼气势毫不逊色："你就希望我这样疯癫到咽气，连同我的儿子一起，一辈子在你们母子面前低声下气！"

钮度揽过杨琪曼肩膀："妈，有话好好说，不要太动气。"

钮天星和司零都在身后，钮天星也上前扶她："妈妈，我们不值得跟她这样大动肝火。"

周杏儿又笑，看向钮鸿元："说我不会教儿子，你看看你的三姨太，就是这样教出了这么有教养有规矩的儿女。"

关咏之也过来劝："曼姨，我们先出去吧，杏姨一定有很多话想对爸爸说，我们让她先说完。"

司零在身后看着关咏之。原来她是这么沉静温柔啊，怪不得没了父亲的钮言炬，也成长得这么快乐单纯……

上帝似乎在短短几天内给杨琪曼注入了无穷的力量，她不再逆来顺受，声如洪钟地说："你们今天谁也别拦我，正好家里人都在，这笔二十多年的账，该好好算算了！"

462

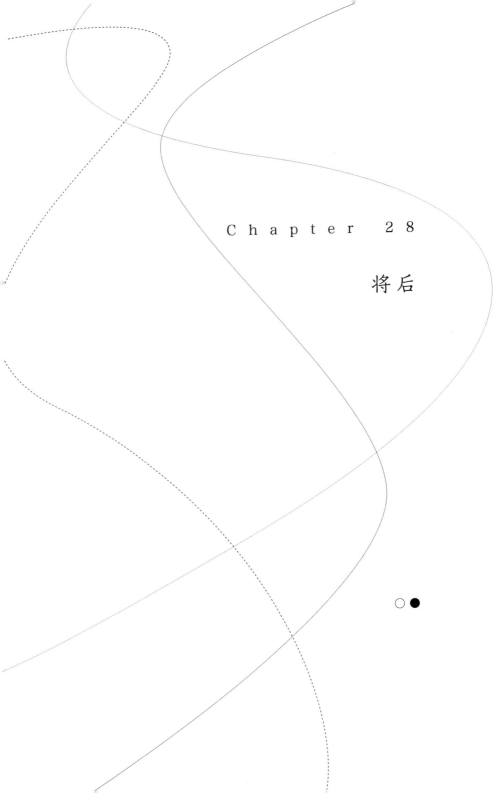

Chapter 28

将后

太阳为你
加冕

　　不知道有没有人注意到，今天距离钮峥过世，过去了整整二十一年，一天不差。

　　当然，当然有人记得。钮峥对于全世界来说微不足道，却也是某一个人的全世界，有孩子没了他，一生无父；有女子没了他，一生孤寡……

　　今天是钮峥的忌日，所以关咏之才来找杨琪曼聊聊天，不想自己一个人待在那栋空荡的大宅里。

　　周杏儿睨了司零一眼："呵，全都是家里人？这么说你已经同意她嫁进来给钮度？好啊……你明目张胆偏他至此，他想跟谁就跟谁，钮辰呢？你忘了你当年是怎么要求他的？你要求他只能娶别家千金，好为了巩固你的江山！"

　　钮鸿元被她吵聋了，提高分贝盖过她："指责人家之前，你先了解清楚人家都做过些什么！你现在随便问一个人，都知道她为钮度付出了多少！"见周杏儿不作声，他才平静下来："感情不分高低，我知道当年钮辰和那个女生是真心的，但是想做我钮家的儿媳，就是要够有本事！够有能力！"

　　周杏儿摆摆手，无话可说，气定神闲地往沙发上一靠："好，你开始算，我倒想看看你今天还能翻起什么浪。"

　　轮到杨琪曼哂笑："我觉得你最好站起来，我这个人讲话没水平，有什么就直接说，我怕我讲没超过两句，你就忍不住又跳起来。"

　　周杏儿冷哼一声。

　　杨琪曼一秒钟也等不下去了，往前一步站到钮鸿元面前，说："我要告诉你，当年钮峥在工厂爆炸身亡——不是意外！"

“——什么？”震惊的人很多，也包括周杏儿。最先喊出声的是关咏之，她怔怔地扯住杨琪曼的胳膊：“曼姨，曼姨……你说什么？”

"——什么？" 震惊的人很多，也包括周杏儿。最先喊出声的是关咏之，她怔怔地扯住杨琪曼的胳膊："曼姨，曼姨……你说什么？"

钮言炬上前将她拉回："妈，你先听奶奶说完……"

关咏之含泪看向他："你、你怎么不吃惊？难道你——难道你也早就知道？"

钮言炬抱紧她："……妈，你冷静一点，我们先听大家说完。"

钮鸿元到这个时候还坐得住："琪曼，说话要讲证据，当年我追查了这件事很久，都没有查出别的结果。"

"证据？我装疯卖傻二十年，就是证据。"毕竟是 E 国人，杨琪曼说话时表情习惯夸张，"我当年一直在跟周太斗，找了不少人跟她的消息，后来发现她一直跟钮峥那个朋友——朱一臣，秘密来往……"

这次，反应的人是钮鸿元："你说什么……"

杨琪曼没了半点告诉钮度时的恐惧，她将听见的对话内容，前后所有事情关联，一五一十地讲了出来。

这个屋子里没人有好脸色，当然，也没人比周杏儿的脸色更难看。

说到自己的父亲，钮言炬有责任、有必要主动站出来："当年和爸爸一同遇难的值班主任赵伟有两个儿子，他们爸爸背负失职罪名死去，他们不服气，为了找出真相一个做警察，一个进天一上班……那个阿Sir 这段时间都在查当年换岗的人，事发之后他很快被调到南亚，顺风顺水做到厂长。"

钮言炬巍然立在中间，斩切道："爷爷，阿 Sir 已经查明他当年受二奶奶一个手下指使换岗，证据充足，如果您想见他，我现在就打电话。"

屋内很长一段时间都没有声音。

钮鸿元筋疲力尽地开了口："你……还有什么要讲？"

周杏儿不作声。

"好……"钮鸿元挂着拐杖起身，钮言炬过去扶住他，"你不讲，到我讲——我来问你，你为什么会跟朱一臣联手起来？"

钮度的手往身后一捞，抓紧司零冷冰冰的手——别怕，我在。

许是受到钮鸿元气场压制，周杏儿连动动手指都做不到。她凄凄一笑，声音也变得不正常了："好啊，好啊……到了今天这份上，我也懒得再跟你们装模作样——为什么跟朱一臣联手？是他来找我的！是他想杀钮峥！"

司零浑身一震，钮度更用力地抓住她。

钮言炬追问道："朱叔叔小时候救过我，又跟爸爸深交多年，为什么突然要害他？"

"朱一臣究竟为什么要害钮峥，我不知道。这个人确实厉害，我搞不清他的来头，"周杏儿用施舍的眼神看钮言炬，"但是小朋友，你真的以为他和你爸爸是好朋友？你真的以为他真心实意救你？你小时候被绑架，就是他一手策划！自导自演！目的是为了有恩于你爸爸，拉近和钮家的关系！"

钮言炬的脚退了半步。

司零尽全力扼制自己，才没尖叫出声。

她和钮度心里都很清楚，朱一臣为什么要设法接近钮家……只有这样，他才能迅速跻身港城上流社会，这样谈生意、取情报都好说……

一直不说话的关咏之开口了："……我知道为什么。"

所有人看向她。她抹掉眼角的泪，缓缓抬头："我知道朱一臣和峥哥为什么突然反目……他有一个身份，突然被峥哥知道了……朱一臣他其实是……"

"——他是走私商。"

所有人转向声音的主人——司零低头站在那里，声音很低、很弱，满是绝望。她从钮度手里挣开，一步一步，低着头走到前面。

"对不起，老先生——我就是朱一臣的女儿。"

"——啊？"钮天星惊叫，她看看杨琪曼，又看看钮度，却没在他们脸上找到和自己一样的惊诧，"哥哥，妈妈，你们……"

"二十年了，我欠老先生，欠钮家一个道歉。"司零终于抬起头，双眼通红，呼吸急促，尽力让自己冷静地说，"我的亲生父亲……来到港城之后，接触了一些不该接触的人，之后就做起了军火走私……所以他才要接近钮峥先生，为自己谋取一席之地。"

杨琪曼心痛得哭了："好孩子……"

司零朝关咏之深深鞠了一躬，久久才敢起身："对不起，关太、言炬。我到了今天才知道，原来钮峥先生是因为知道了他的身份，所以才……这个身份一旦暴露，不是你死就是我活，如果不除掉钮峥先生，他自己早晚也会被除掉……"

关咏之倒在钮言炬怀里，失声痛哭。钮度想把司零拉回来，她甩掉了他的手："你让我说完，既然今天要说清楚一切，我也该给老先生一个清清楚楚的交代。"

"阿度，"钮鸿元开口了，"你让她说完。"

司零把泪水擦掉，继续说："朱一臣在一个歌厅里认识了我妈妈，我妈妈叫作颜双，从小也是大家闺秀，知书达理。后来家里破产，她一路逃到港城躲债，所以才去唱歌……朱一臣因为自己的身份，为了保护她，即便在她生下我之后也一直把我们藏起来。"

"在他和周太联手……那件事发生之后，他很快想办法把妈妈和我转移到内地，妈妈后来嫁给我的继父，零三年的时候她感染 WO 病毒过世，一直是继父带我长大。"

"妈妈一直对所有人保密她前夫的身份，甚至用谎言掩饰，我想，她是知道朱一臣的身份的……"

司零转向杨琪曼："阿姨，钮度小时候偷换了你的蓝宝石项链，钮峥先生本来要把那条项链送给朱一臣的妹妹，但是我妈妈看见了很喜欢，朱一臣就留给了她，所以才到我手里。"

杨琪曼失色："原来——原来那条项链，不是阿度从古董商那里找回来的？"

司零回过身，自始至终没敢看钮鸿元："我长大之后，想办法接近了朱家的人，现在已经知道朱一臣在钮峥先生走了之后是自杀身亡。朱家过来领他的骨灰时和您见过面，我想……其实您是知道一些什么的，如果不是因为我，如果不是因为原本这个世界上谁都不知道有这样一个人存在的我——您和朱家人，应该是一生都不愿意再相见了，是不是？"

关咏之无助地呼喊："是真的吗……都是真的吗……"

钮言炬咬了咬牙，终于说出口："妈，是真的。蕙子她……就是朱家人，她妈妈是朱一臣的亲妹妹，是司零的表妹……"

"……你、你说什么？"

"妈，对不起……"

这座香岛道钮家大宅，苦苦支撑了二十一年虚假的风平浪静，终于在今天，要一口气将海底沉船全力抛出海面。

钮度站在离司零不到两步的地方，心如刀绞。如果可以，他好希望替她受这一切……

钮鸿元闭上眼睛，把眼泪逼退才讲话，声音嘶哑又疲倦："当年……知道阿峥出事的时候，我正在陪言炬玩耍，得到消息我马上想赶去现场，可是却碰上外面大雨。我命令司机开到最快，最后在一段下坡路出了事……我被卡在车里，半条腿断了，没办法动。"

钮鸿元看向司零："是我自己看见朱一臣第一个到现场，送我到医院。我昏迷了好几天才醒过来，本想找他问个明白，却得知他已经饮弹自尽……"

司零犹豫了片刻，才说："爸爸后来查到一些朱一臣最后的事，他……他是有后悔的，他写下自白书，留下证据，最后才开枪……"

已经听了很久故事的周杏儿突然笑起来："的确，你爸爸后悔了！他很早就后悔要退出跟我的合作，最后那段时间钮峥身边的保镖加了一倍，我就知道他还是去报信了！可那又怎么样？钮峥最后不还是死无全尸！"

"你——你——"钮鸿元疯了一般往地上砸拐杖，双目突起，口中喷出一摊血……

所有人上前，什么称呼都涌了上来。

"哈哈哈……"周杏儿仰天长啸，看上去也疯了，"钮鸿元！自我入钮家门第一天起，你是怎么对我的？后来又是怎么对我的儿子？你做梦也想不到，你也会有这样一天！哈哈哈……

"还有你——杨琪曼！你想知道选中你儿子是什么意思？我告诉你，钮鸿元当年为了生意，害得一家人家破人亡，他们儿子上来寻仇，我告诉他们，如果他们现在杀了钮峥，我一定报警让他们坐牢！但是，我可以帮他们设计，意外杀死钮家另一个儿子，还给他们一笔钱让他们远走高飞！而朱一臣在这个时候找上我，说他想要钮峥的命，你的钮度才逃过一劫！"

如果不是抱着母亲，钮言炬一定已经冲过去："你疯了……你简直

468

是魔鬼！"

"我是魔鬼？你以为他就是什么好人？"周杏儿直指钮鸿元，歇斯底里地道，"你以为他手上就比我干净多少？哈哈哈哈……"

"妈——妈——"钮言炬抱住晕了过去的关咏之，"妈妈，你别吓我……"

杨琪曼抱紧钮鸿元的胳膊："够了，够了……我不想听了……"

钮度刚刚为钮鸿元服下药，柔声细语劝："爸爸，事情够清楚了，你现在应该去休息，身体最要紧，其他的我们过后慢慢处理。"

钮鸿元拼着最后一丝力气，叫进来下属，令他们看住周杏儿不准她离港。

这间屋子变成戏台，曲终人散。

钮言炬带关咏之回了家，朱蕙子也一并去了，等待他们的又是彻夜的谈话。朱蕙子也不再是两年前那个去哪里都要黏着司零的小女孩，即便关咏之最后无法释怀地接纳她，她也足够承受。

钮天星陪着杨琪曼，钮度陪着钮鸿元，谁都有事做，谁都有责任。

只剩下司零这个最闲的局外人。她甚至不敢多占钮家一块地，自己坐到花园里的小角落，生怕多在他们面前一秒，就要被扫地出门。

好想回家啊……想那个老旧的透着湿气的家属院，那棵能叫祖宗的银杏树，那只叽叽喳喳的鹦鹉……那个花白了头发的爸爸。

过年回家待了几天，一晃又是半年。原来她也是有爸爸疼有爸爸爱的，只有在爸爸那里，她才是全世界最受宠的小孩，哪怕把天捅出窟窿爸爸都会原谅她。

她突然就想丢下一切，现在就回平城，回到家她一定乖乖帮爸爸刷鞋、浇花、喂鸟……只要爸爸愿意天天给她做饭，养她到老。

司零抱住膝盖，把脸埋起来，哪怕憋得头再痛也不让自己哭出声。

毫无防备地，她被一个宽厚的怀抱拢住了，耳边响起他低沉温柔的声音："别哭，我在。"

司零抬起头看见钮度的那一瞬，她得到了救赎。

余生，就让她一直一直看着这张脸吧。

她扑进他怀里大哭，钮度拍打着她的背，慢慢哄："妈妈早就知道了，爸爸和大嫂还需要一些时间，一切都有我，嗯？"

她乖乖地点头，一直点头。

关于周杏儿涉嫌谋杀钮峥一事……刑案最高追诉期二十年，老天不公，今年刚好整二十一年。张家兄弟知道此事，抱头痛哭久久。

为了给他们一个交代，钮鸿元将周杏儿所有贪腐受贿、以公济私、官商勾结等多项违法实情报给南亚政府，引起一片轰动，周杏儿很快被收监审查。另外，钮鸿元为张母寻求最好的医院治病，给他们兄弟二人购置房产，也算是尽心尽力补偿。

……

关咏之情绪稳定之后，朱蕙子和司零一同回了平城。朱蕙子不肯告诉司零关咏之对她的态度，司零也就不问了，一连遭受重创，谁都需要时间疗伤。

在飞机上，朱蕙子反过来给司零打气："好啦，司娘娘，暂时忘了那个钮家的事吧！你马上就要回家喊一声姑姑、奶奶了！开不开心？激不激动？"

朱蕙子真真正正长大了。

当然，这件事是经过司自清批准的。他一改往日纵容，坚决道："如果他们要你搬到他们家里，我绝对不同意！"

回到朱家认亲，一待就是半个月，朱家奶奶几乎一天到晚地看着她，少一秒都不舍得。奶奶笑泪交加地抱着她说："就冲着要补上之前没有陪你的二十多年，奶奶拼了老命也要活到一百岁！"

接下来的这半年，司零在平城、港城之间往往返返，平城陪家人，港城陪爱人。

刚刚接手天一集团成为掌权人，钮度如司零料想中那样忙得焦头烂额，每天睡眠不足五小时，更别说拿什么时间陪她了。司零做总监之后也换了办公室，除去钮度出差满世界飞的时候，两人在公司也几乎碰不上面。

在钮度偶尔一次为了她赖床两三个小时的早晨，他们用力缠抱，他在她耳边低语："宝贝，再忍耐一下，熬过这段时间就好。"

司零也偶尔忍不住委屈："能不能快一点？我怕我老了，就不想跟你撒娇，也不想要你什么陪伴和浪漫了。"

他永远那样温柔："你再过多少岁，永远都是我的小朋友。"

　　新年伊始，周孝颐两年连任结束，接的新职位将在平城待上七八年。司零主动劝他："唐棠姐这两年一直没有再跟别人，去吧，去把她追回来吧。"

　　周孝颐很惊讶："我没想到你会来劝我，我知道你一直不喜欢她。"

　　"老实讲现在也还是不喜欢，但不得不承认，她比谁都会照顾你，"司零真心实意，"哥，你是除了爸爸之外我唯一的亲人，我希望你过得幸福。"

　　周孝颐嗤之以鼻："别欺负你哥不知道，我们乐乐马上就要嫁人了！还是大户人家，那边乌泱泱一大堆亲戚，过年过节比平城热闹多了，没准儿啊你去了就不想回来了！"

　　两人和好那天，周孝颐带唐棠到司自清家里吃饭。在平城，司自清就是他的父亲。

　　师徒俩做饭时，唐棠拉司零聊天。她掏心窝子告诉司零："其实我读书时没有接受你师哥，并不是介意他出身，后来爱上他，更不是贪图他什么。"

　　司零第一次这样认认真真听她说话。她继续说："是因为后来再遇见他的时候，他改变了很多，读书时他就是钢铁直男，说话一点也不讨女生喜欢，你能明白吗？"

　　司零笑了："当然明白。唐棠姐，以后就是一家人了，祝你和师哥，百年好合。"

　　……

　　气温回暖之时，叶佐和小美举行了婚礼。钮度出手便送了他一套公寓，当场被众人起哄："啊啊啊，我也要去先生手下上班！先生先生！求你看看我！"

　　最幸运的莫过于，司零接到了小美扔出的捧花。

　　真的是全世界都在催他们两个结婚。

　　是该结婚了。钮度想。上帝听到了他的心声，顺手又给他送了个预备的新婚礼物。

　　年后，钮度终于迎来苦等三年的杰作——太阳生科在港城联交所IPO上市。

　　敲锣那天，最大股东司零一袭红裙，钮度系红领带站在她身边。

两人这张合影传遍全网，被网友吹得堪称天造地设、举世无双。

钮度给司零挑了一间采光风水都俱佳的办公室，他们相拥在落地窗前遥望着维港，钮度问："司总对我挑的办公室还满意吗？"

司零若有所思："满意是满意，就是缺了点什么。"

"缺什么？"

"你啊。"

钮度立刻说："你如果愿意，我马上帮你搬东西回我那里。"

"只怕是坐在那里一整天，却是各忙各的，一句话都说不上。"

她的语气酸不溜丢，钮度低头啄了啄她的脸："生气了？"

司零别过脸："哪敢。"

他将她转过身："我已经安排好明天到 Y 国的飞机，只有我和你，我们过去两星期——度假。"

司零花了好长时间才接受这个惊喜："——真的啊？"

钮度搂住她的腰："旷工半个月陪女友，你找不到第二个这样胆大包天的老板。"

……

Y 国这时候的气温刚刚好，温暖和煦，舒朗气清。

下了飞机，钮度主动提所有行李，司零只管牵他的手蹦蹦跳跳。

进入市区一路往北，看见一座座米白色小楼都像是见到老朋友。钮度特意绕行，马路中央还是那般常年不变的绿荫，人和猫都躺在长椅上，人看书，猫睡觉。

到了传统一些的街区，便能看见来米往往的人头顶"基帕"小圆帽，手捧《塔木德》，连走路时间都不浪费。

然后到了海岸边，海上有人冲浪，有人划船。在沙滩上席地聚会的人三三两两，用着各种语言谈天说地……

"法耶最喜欢冲浪了，"司零趴在车窗上说，"她知道我们回来了一定很高兴！"

她挨着他的肩，软糯糯道："真的只有我跟你？"

他好喜欢故意："好吧，你给法耶打电话，让她来，这样我就不用做饭，让你吃她做的鹰嘴豆泥。"

"才不要！"

终于回到了海滨别墅，他们一切开始的地方。

密码没变，泳池里的水是干净的，地板家具一尘不染，床单被罩干爽好闻……最重要的，是随处可见的新鲜绣球花，有蓝色，也有红色。

——法耶，你真的够意思。

太阳从海面初升之时，司零也从床上爬起来，从这面窗台看一看久违的日出。这里的日出，见证过她和钮度最最放肆幸福的时光。

不知道什么时候，钮度从身后抱住了她。他说："忘记告诉你，这栋房子我买下来了，以后只要你想，我们就随时回来。"

司零笑了，窝在他怀里眺尽头的太阳，叹："这里的太阳真美啊，比哪里的都要美，你觉不觉得？"

钮度摇摇头，她立马噘嘴："为什么？"

"因为……我自己就有一个最美的太阳啊，"钮度敲了敲她的额头，"你啊，我的小太阳。"

第一缕阳光染过来的时候，他低头吻住了她。

突然，司零想起一件无比重要的事，推开他说："你今天还没跟我说'我爱你'呢！"

"……今天才刚开始。"

"喂，是谁说过每天都要说到我满意为止的？"

"我爱你，我爱你，我爱你……"

"唔……我还没满意呢，你不准吻我！"

"我爱你，我爱你，我爱你……"

"放我下来！我还不满意——不行！你不准碰我！"

"我爱你，我爱你——我爱你。"

Special Episoder　01

梅林和亚瑟王

太阳为你加冕

梅林并不是一开始就那么讨厌钮度的。甚至在他还不知道这位顶级富商之子将来会和司零有所羁绊的时候，他还发自心底地崇拜过钮度。

时间回到 2010 年，这一年，苹果公司刚刚推出 iPhone 4，海地地震超过二十万人罹难，B 国总统及数位政府高官所乘专机坠毁无人生还……

2010 年，费励正要上高一。

16 岁的费励好像和别的中二肥宅没什么区别，小脸油腻，头发蓬乱，个高驼背，书包里永远揣着游戏机，说起话来浓浓的翻译腔……不一样的是，他是货真价实的漫画里的天才少年，别人打游戏就真打游戏；他打游戏，顺带搞懂了游戏是怎么做出来的。

那年费励痴迷于一个叫作 Saber 的动漫角色——亚瑟王，一生戎马，英勇刚烈，铠甲之下却是一个身材娇小的萝莉，巨大反差萌勾得费励心魂飞荡。

高一的信息学奥赛成绩将费励送入平城大学的校门，剩下两年多闲来无事，他便一边打游戏，一边想算法。竞赛老师都不得不叹："他不是在学算法，而是在玩算法。"

由于实在太闲，学校里什么活动都有他的份，其中一个便是模拟联合国大会。

这次议题为地震后传染病的应对措施，费励抽中 X 国代表——得，又能偷闲，他只需要附议或反对，最后投投票就行。

第二天一进入会场，费励和多数人一样首先注意五常代表是谁，当他看到代表 M 国的女生时眼睛一亮——漂亮！清秀透净，绝对的直男斩长相。

她正在听别人说话，费励经过她身边时，刚好听见她说："好，我知道了。"

——靠！这声音也太甜了吧？简直就是动漫萝莉标配声音！细软绵绵的，这样的声音向他提出反对意见，要他怎么忍心驳回去嘛！

可接下来，"甜嗓萝莉"的表现重塑了他的认知。

模拟联合国大会全英文进行，她第一句出口，全场灯光就好像只剩她顶上那盏，双目炯炯，气势十足，语气傲慢得甚至不用看就能猜到她代表的是哪个国家……

费励全神贯注地看着"甜嗓萝莉"，右手飞速记录关键词。他已经想到了一些突破点，但他已经赞成了 M 国的动议——真可恶，他迫不及待想知道怼她是什么感觉。

会议结束后，几位代表拥上去围住她，费励从他们身边路过时，听到的都是惊羡和崇拜。顺带，他估量了她的身高，应该不到一米六。

他从签到表上看到了她的名字——司零。

找到司零的信息对费励来说小菜一碟——R 大附中高一，保送平城大学生物系，高一军训体检记录——噢，果然，159。

好巧不巧，两校联合辩论就在下个月，费励称心如意站上与司零对峙的讲台。

这是一个脑洞型辩题——如果可以，你会不会书写自己的命运？费励是正方，司零是反方。

模拟联合国大会规章烦琐，限制了发言空间，费励没想到到了辩论场上，司零才是不折不扣的屠场辩手。她反应太快了，像计算机一样捕获了对手的所有漏洞——能让费励这样承认的，她是第一个。

攻辩环节费励和司零的顺序没挨着。拆解她的逻辑的确不易，前面的同学坐下后脸色都不太好，他们知道自己辩驳得不够彻底。

进入最激烈的自由辩论，两方辩手火力全开，但司零坐下之后，接着起来的人永远是费励。

除了最后一轮。司零最后一次发言之后，对面席位无人起立。费励左手攥拳，右手速写，他不甘心！他还有话可以说！但就像线团解不开的结，他一时无法畅快地表达出来。

反方辩友趁势附议，填满了最后几秒的空白。最后，费励和司零分别代表辩方总结发言，接着评委投票——反方获胜。

散场后司零很快离场，费励追了出去，走道里人头攒动，她也不过平常——扎马尾，白衬衫，可他就是能一眼找到她。

费励一路跟，一路喊："同学……同学……"

他看到司零偏了偏头，但没停下。

"同学！同学……司零！"

司零终于停了步，转身回头。费励站到她跟前——他不想让她知道他留意过她的名字，可，她也没问。

司零没表情："什么事？"

"……"怎么赛场上气势汹汹，一下台就又变回甜嗓萝莉了。费励有一瞬都忘了自己来干吗："哦——是这样，关于你最后的例子，对不起，我还是想说一下，我……"

司零打断了他："其实我是正方。"

"……什么？"

"我真实的立场是正方，"司零重复，"我觉得我可以掌控自己的命运。"

费励愣住了。她的眼神告诉他，她的无畏并非因为无知，而是底气。

在她转身走进光里的那一刻，费励仿佛见到了自己的亚瑟王。

后来在多个辩场上，司零终于发现费励每次都在她落座后再选座，好在质询环节有机会怼她。到了自由辩论时，更是专注研判拆解她一个人的论点。

这一天散场后，司零几乎是遁地消失，费励一直跑到校门口都没见到她。一转头，她竟站在他身后，眉头微蹙，一双大眼睛警惕又率直："为什么你专挑我抬杠？"

费励从未想过，他会在现实世界里见到自己想象中 Saber 的眼神——坚毅，果敢，赤诚。

他像对一个已熟络多年的老朋友那样说："下了赛场，哪儿有机会听你说那么多话？"

司零一愣，扭头就走。

"喂！喂！你生气了？"费励跟了上去，"那我这也是按规矩来的，谁让我刚好坐你对面？"

"行行行，我承认座位是我故意挑的……喂，你倒是说句话，你这个人怎么赛场上油嘴滑舌的，下来一句话都不说的？"

费励又被司零瞪了，比以往都更狠。彼时他还是个中二少年，哪里会知道自己这种又蠢又直男的说话方式会惹女生生气呢？

费励憋红脸，终于说实话："我错了我错了，你又不爱说话，不找你磕怎么才能跟你做朋友嘛？"

司零终于停下脚步，抬头看他，眼神像是听到了什么新鲜的词。她嘴唇动了动，说："你不配。"

费励惊了，他敢说这是他碰到的第一个比他傲慢比他中二比他目中无人的人。他气呼呼地追上去："嘿，你这个小丫头片子，知道我是谁么你就这么横？你知不知道你的底细……"

司零睨向他："你上学期期末考物理和生物不及格被家长没收了所有编程书，罚一个暑假不许碰电脑，"司零给足他时间惊诧，才说，"你说得出比这更详细的我的底细吗？"

"错了，我错了，大佬，"费励认怂，"我叫费励……我要说的你应该都知道了，交个朋友，教教我物理和生物呗！"

司零的目光从他的眼睛慢慢移到路边一个娃娃摊上："你要是能写赢我……"

费励已经过去坐下了。结果，司零637的时候，费励已经641了。

从那天起，司零有了真正意义上的第一个朋友。

所以，当他们进入高二，朱蕙子出现在司零的世界之后，费励真心实意地嫉恨过她。

之后的某一个周末下午，办公室里的周孝颐第N次听到那阵地震一般的跑步声时，眼皮抬也不抬就说："你小伙伴找你来了。"

坐在他身边写作业的司零一抬头，就看见费励怀抱一堆柿子，气喘吁吁地跑进来。

司零眉头一皱："这不会是楼下路对面那棵柿子树吧？"

费励把财宝全部上缴到她面前，邀功道："那可不？掉了一地了都，多可惜。"

太阳为你加冕

"哇!"周孝颐站了起来,往他胳膊一砸,"牛啊你小伙子,那棵树从来没人敢爬。"

司零注意到费励手臂一颤,立刻说:"把袖子挽起来我看看。"

费励一怔,手下意识向后:"干啥呀?"

"我看看。"

周孝颐也奇了,主动抓过他的手:"来,咋回事?给哥看看——哎呀,你这划了这么大一道口子啊!都跟你说了那棵树危险得很,不听话!"

"哎呀,小伤,没事儿……"

费励话没说完,被司零拽着另一条胳膊走了。校医院阿姨在唠叨之中给他处理了伤,出门时费励比谁都趾高气扬:"有大佬罩就是好啊,上医院都不用掏钱。"

司零撇撇嘴:"实不相瞒,那个阿姨对我爸有意思。"

"哈?我说呢!她怎么看起来有点儿作?"

"来找我干吗?"

"这不是明天要出国比赛了,来找你打球呗,怕你一星期见不着我不习惯。"

司零翻了他一个大白眼:"你活该右手伤了打不了球。"

说是这么说,她走的方向明显是他们的秘密基地——司自清废弃的一个旧办公室,她有空就去那练琴,费励则捧着电脑写程序。

费励边走边说:"你猜怎么着?论坛上那个'回文',我找到他了!"

司零很少也这样激动:"真的啊?他在哪里?"

他们在某个讨论科学热点的平台上,发现了这位产生共鸣的"回文"。费励像是找到了失散多年的兄弟,完全不嫉妒:"他叫肖瀚,今年高三,×中的,刚保送跟我同一个专业,喷,奥赛排名差我远了……"

那年微信还没普及,三人建了个QQ群,费励为群名献计:"咱们叫个啥好呢?复仇者联盟?Superman?"

肖瀚附和都好,司零很不乐意:"为什么非得拿国外的名字?超人就超人呗还Superman。"

480

肖瀚就是个墙头草："好好好，超人就超人呗。"

后来，有越来越多的天才小伙伴加入其中，"CR"最一开始的由来，就真的只是因为大家懒得打七个拼音字母而已。

又是一个晴天，两个人又窝在秘密基地，司零手上是一本《拜占庭帝国》，她还是很有人文素养的。费励则在看 IMO 赛题——他的数学一直没有司零好，这让他很挫败。

费励一边草算，一边吐槽："2005 年的题也太水了，参赛的大多数都拿了满分，我三道题都做完了还剩个半小时……"

司零头也不抬："试试别的解法。"

"就因为这，到了 2006 年就故意出得很难了，我倒觉得 2004 年的题最妙，第三题那个组合几何，当年只有一个人做了出来，"说是这么说，费励脸上可没半点佩服，"我有同学认识他，我要到了他的解题思路，中规中矩，没意思。"

司零的目光在一行字上顿住。2004 年的赛题她也看了，因为……

毫无防备地，费励说了出来："倒是有件怪事，有个叫钮度的，他在 E 国上高中，也参加了考试……"

费励看到司零抬头看向了自己。他的眼底终于露出一丝服气："他只考了第一天，三道题都满分，听说因为他第三题用的解法，组委会准备给他颁特别奖了——特别奖啊！到底是用了什么连出题人也没想到的解法啊！"费励嘴一瘪，声音也蔫了，"可是不知道为什么，第二天他就不去考试了，第二天的题超简单，大多数人都是满分，如果他去了，肯定也是满分没跑。"

2004 年，钮度十六岁。

他究竟为什么没有参加第二天的考试，直到很多很多年以后，他才说给他的儿子听——哦，那也是司零的儿子。

但是那一年，司零还没有开始研究钮度，一门心思都在钮言炬身上。

费励还在念叨："你说到底是为什么呀？"

司零重新看进书本："人家觉得做数学太苦，回去继承家产了吧，他今年不是刚到 M 国读金融吗？"

"啊？"比起钮度的后续，费励更惊讶的是——"你知道他啊？"

轮到司零丢他白眼："你说呢？他是钮鸿元的儿子。"

费励感觉自己被骗了好久……

老天有意把这个名字提早带进他们的世界，司零便顺其自然，在后来的一天里，也是在这个秘密基地，告诉了费励她全部的秘密。

彼时他们还只是两个高中生，听着她说天一集团、钮家、1998 年……费励觉得这些仿佛是另一个星球的事。

但看着她那双坚毅的眼，他想哪怕此刻她说的是要去闯刀山火海，他也一定义无反顾——虽然这或许，真的和闯刀山火海一样难。

他几乎是下意识地喃："吾王……"

司零没听清："什么？"

费励一笑："没什么。"

梅林守护亚瑟王，他守护司零。就这样吧，就让他一直敬仰她、爱护她。

从那天起他们就没有再回头，他尽全力为她搜寻她策划中所需要的一切信息，直到这时他才发现，司零大半的才智都没在考试分数上体现出来。

难怪那个明媚的下午，她能翘着下巴对他说："我可以掌控自己的人生。"

司零去 Y 国的那个前夜，费励陪着她彻夜不眠。她说实话："其实我好怕。"

他笑："怕什么？"

"什么都怕。"

"别怕，还有我，哪怕你什么也没得到，也什么都没失去。"

司零愣了许久，笑了："这是我认识你这么久，你说的唯一一句有人文素养的话。"

后来的故事……就像学校里那间再也回不去的"秘密基地"，不再只属于他和她了。他看着她遇见钮度，爱上钮度，也看着她活得越来越真实，越来越快乐。

她之前只是司零，钮度让她变成了身为女孩的司零。

要说有什么后悔的——噢？他竟然崇拜过钮度？他真想大耳刮子抽十七岁的自己。

482

或许还有一点，但绝非出于男女之情，他知道就算司零没有遇到钮度，也绝不会爱上他。她也不会爱上别人，她会永远坐在玻璃罩子里，被他当作信仰一样供着。

当费励来到这座钮度购置的海岛，坐在钮度和司零的婚礼会场上，看着司自清缓缓将司零交给钮度的时候，他却从未感到这样如释重负。

原来他不过是想让她做自己而已。

仪式结束后的婚宴，司零和费励并肩在海边吹风。她说："其实我还有一个心愿——要你做自己。"

费励冷哼一声："所以还是我先实现了，说你比我差劲，你还不服。"

他终于说："没有人比他更适合你，除了他，你想嫁给谁都不行，我不同意。"

司零低头笑了，费励很不满："你怎么一点都不震惊？"

"很早之前我就从你的眼神里看出来了啊。"

费励翻了个白眼，说："行啦，新娘子，您今天就是众星捧月，别老围着我转，有人会恨死我的。"

司零不动，看着他说："我只想跟你待着——明天开始再做钮太太，我今天还是司零，我要和自己家的人在一起。"

"你这什么眼神，"费励轻轻一推她的脑袋，"别给我哭了啊，这多少保镖呢，看见直接给我扔海里喂鲨鱼了。"

"费励，"司零发自肺腑，"我好怕。"

和那年她就要出发去 Y 国时的眼神一模一样。只是这一次，他没法再说"别怕，还有我"。他嘲笑："我们司零天不怕地不怕，居然害怕给别人当老婆。"

人生最容易的是循规蹈矩，最难的是新的开始。

侍从过来找司零："太太，该出发了。"

钮度今夜就要带她离岛，去度蜜月。

"好。"司零应。

然后她和费励对视了很久，两人眼底都有泪光在闪。最后是费励先说："走吧，勇敢一点，别回头。"

司零没动，费励将她往前推了一把："走吧！"

她没有再回头，一步一步，走到了钮度身边。

直升机升空，众人带着最美好的祝福向他们挥手。

"再见。"费励站在人群最远的地方，珍重道别。最后一句，他犹豫了一下，允许自己最后一次做回十六岁的中二少年："……再见了，吾王。"

Special Episoder 0 2

好久不见

　　某次回港的飞机上，司零从舷窗里看见一座海岛，多说了两句"好漂亮"，后来这座海岛便被钮度购入，成了他们的婚礼会场。

　　婚礼港城一场，平城一场，但朱蕙子作为伴娘，当然两场都得到。

　　朱蕙子刚刚合上行李箱，朱一姗出现在房门口："东西都收拾好了吗？"

　　朱蕙子抬头："好啦，也没什么要带的，你还怕司零不养我？"

　　朱一姗正了正神，走近她两步："我们这次过去，是你司零姐姐的娘家人，要有底气，要是那个关咏之再对你……"

　　"妈……"朱蕙子无奈地喊，却没看她，"之前都说好了，以后就是一家人，要见面的时候还多着呢，这些就不要再提了。"

　　"再说好也要提醒你，我们当然要和气，这是我们的涵养。但如果她先有什么不妥的，我们也要硬气，"朱一姗双手抱胸，气得很，"呵，别以为他们高贵到哪去，你外公当道的时候，他们还是一群逃亡的难民！"

　　两年了，她还在记恨关咏之把她的女儿从钮言炬家里赶走的事。

　　朱蕙子背对着朱一姗，说："好了，我知道了，明天赶飞机，妈你也早点睡吧。"

　　朱一姗欲言又止，还是出去了。

　　朱蕙子停下手中的动作，仰起脖子眨眨眼，把眼泪逼退。她靠着床沿，拿起手机——真不巧，八卦公众号刚刚发的推文赫然带着"钮言炬"三个字——"美女主播成功倒贴钮言炬，陪同庆生痴缠两日"。

　　两年来，钮言炬一直是这种八卦媒体的常客。娱记敬业地拍到多张两人亲密照，他肆无忌惮地在海滩、游船上跟女人亲热，尺度之大，通稿发出两小时就有十万多阅读量便能证明。

今天是钮言炬三十岁生日，名利场里游走几年，他也终于变成了那种八面玲珑、游刃有余的资本家。朱蕙子偶然想起初见时他邋遢的模样，觉得那遥远得像是上辈子的事。

她和他无忧无虑地在路城拥有小世界的时光，也像是上辈子的事了。

其实关咏之并没有正面怨怼过她，也从没直接逼迫她和钮言炬分开，她是个温雅的女人，沉默便是她的抗争。钮度刚刚掌权天一集团，重整旗鼓，钮家绝不能再在这个时候失和。朱蕙子不想再在这个时候成为钮言炬的负担，于是，在某一天他出远差的时候，她便收拾好自己所有的行李，留下一封信，就此离开了他。

钮言炬追到平城，就在这幢宅子里，朱一姗将他劈头盖脸地骂，哪个母亲忍得了女儿受这种委屈？他低头一声不吭，全然接受，只要能把朱蕙子还给他，做什么他都肯。

最后朱蕙子送他出门，他将她也拽上了车，她没有办法抗拒，最后她还是说了分手。

从那以后，她便能经常看见他出现在花边新闻里，他不主动也不拒接，反正想倒贴他的女人能从港城排到路城。

那么她呢？她当然不会过得不好，回到平城，这里有她更多的朋友家人，她的周末从不无聊，社交平台里发的都是吃喝玩乐，每一张自拍都带着笑容。

只是她是荒凉的，她照常生活工作，但一切都没有了意义。

朱蕙子淡漠地将通稿滑到底，看完了每一张照片。然后她放下手机，起来卸妆、洗澡、吹头发……继续着与他不再有关的一切。

司零只请了朱蕙子一个伴娘，到港城之后，朱蕙子半步不离她。而钮度的伴郎本来理所应当是钮言炬，因为谁都知道的原因，换成了他的同学。

婚礼前夜的单身派对，司零被朋友们一一盘问：

"他对你好不好？对你舍得吗？他妈妈对你好不好？其他家里人对你怎么样？"

"他们家有没有重男轻女，有没有说如果你生了女儿怎么办？"

司零忽然希望，这个夜晚没有天明。

……

晚上朱蕙子和司零一起睡，司零把朱蕙子抱紧，朱蕙子笑话她："这么紧张啊？我都快喘不上气儿啦。"

司零怯怯懦懦："等你结婚的时候也是这样。"

朱蕙子嘴角一僵，司零很快说："蕙子，你想怎么做？告诉我，我帮你。"

朱蕙子摇摇头，往她肩上一靠，就忍不住了。这么多年了，她在外独当一面，回到司零身边，她还是要做小妹妹。她尽量不让自己哭："我什么也不想，就这样，只要时间够长，都会好的。"

时间总是被当成救命稻草，在绝望的顶点被寄予厚望。

她不想多说，很快问："什么时候要孩子？"

司零一笑："我不知道，他也不逼我，看缘分吧，看那个小家伙什么时候来找我们？"

两人一起笑，朱蕙子又说："你真的瘦了很多，平时找你也找不到人，每天加班到那么晚，身体吃得消吗？"

"比刚开始的时候好多了，钮度刚刚接手的那段时间，那才真的是喘不上气儿，"司零无奈地叹，"可是看他乐在其中，我也就觉得充满干劲儿……虽然你知道，我对经商管理真的不是那么感冒。"

"哈哈，我知道。"

"所以，我打算过一段时间去读博。"

"啊？去哪里啊？"

"只是一个想法，看看申请哪里合适。"

朱蕙子不可思议："可是你们刚结婚就要分开几年，钮度会同意吗？"

"他知道我一直都很想再回到学界，他也知道这两年我留在天一，是为了帮他稳住局面，"说起钮度，司零的语气就变软了，"其实是他鼓励我的，他明白我的抱负。真正爱你的人，会希望你做自己。"

"是呀，"朱蕙子握住她的手，"我也希望你做自己。"

司零犹豫之后，还是说："其实言炬也很想……"她顿了顿，让朱蕙子有所准备："他以前告诉我，他想去 M 国的实验室继续做研究。"

半晌，朱蕙子才开口："我知道。"

司零沉了口气："但现在对他来说，在港城或者去 M 国，都一样无所谓，你知道吗？"

内心荒凉的时候，吃饭或者不吃，睡觉或者不睡，都一样无所谓，没有意义。

过了很久，朱蕙子才说："睡吧，新娘子，要不然你的新郎就要娶一只熊猫了。"

……

第二天上午，有人将婚纱和珠宝送到酒店，开始为司零梳妆。司自清一身礼服走进房间的时候，他的女儿已经穿上了婚纱。

朱蕙子为司零整理头纱，对司自清笑道："叔叔，你看这样怎么样？"

司自清看了司零很久很久，嘴唇一颤，才缓缓说："真好看。"

到了吉时，司零准时被接上车，开到码头，渡船上岛。从码头到会场，一路飘着印着"DL"的气球，钮度运来了全世界最好的绣球花装扮婚礼，一切都按照她喜欢的来。

朱蕙子走在司零身后，她命令自己专注，不许去瞟别的地方。她也命令自己每一步都优雅得体，容不得在他面前有半分差错。

说到底，在喜欢的人面前，再无意也是刻意。

他太好找了。他不是什么远亲，不是什么朋友，他是新郎最亲的人。他就站在会场最前排，在身边的钮鸿元、杨琪曼、关咏之、钮天星之中拔高一个头，甚至一眼都不看，她就能确定那是他。

仪式结束后，宾客大快朵颐，朱蕙子一直让自己忙着。其间她离开会场进别墅找卫生间，一楼的有人，司零告诉过她可以去二楼，她便上了楼。

她洗手出来，经过某间房门时，被一条胳膊拽了进去。钮言炬不等她看清自己就开始吻她，她根本不用看，她太熟悉他的味道了。

两个人都没有想过会是这样。来港城之前，朱蕙子预演了千百遍见到他是什么场景，她以为一定是手握香槟不经意与他碰面，先是客气的问候，毕竟以后就是亲家了，然后，或许她还是会忍不住讽刺他风花雪月的日子，问问他怎么不把那个漂亮的女主播带来参加

489

婚礼……

他呢，和她想的差不多，假惺惺地问候，提一提她前不久刚分手的那个医生前男友，暗讽她过得不如他自在快活……可一见到她，什么精心设计好的台词和表情，都敌不过他只想重新拥有她的迫切。

朱蕙子没有看他："让我出去吧，要是有人看见……"

"看见怎么样？我跟你的关系一直都很清楚。"

她提醒他："我们已经分手了，明天婚礼结束我就回平城……"

"你看着我，"他命令道，她还是没抬头，他又喝了一遍，"你看着我！"

朱蕙子匆匆看了他一眼，又挪开了。她怕再多看一眼就要舍不得。钮言炬把她的手腕压在墙上，面目狰狞，极尽隐忍："朱蕙子，你到底要我怎么样？"

她笑了笑："现在你不是很好吗，你交的那些女朋友，哪一个不比我漂亮？"

他忘掉了所有预设好的伤害讽刺她的台词，只想告诉她原原本本的实话："我一直在等你来告诉我，你没办法看到我跟别人在一起。"

朱蕙子的眼泪簌簌落下。钮言炬低头用力地吻她。

两年了，他早已学会自持内敛，精明圆滑，但一到她面前，他还是那个下雨天站在宿舍楼下，将一大半伞让给她的钮言炬。

他放开她，立刻就说："晚上来我这里。"

朱蕙子还没喘过来气："我……妈妈会找我的……"

他重复："晚上来我这里。"

她没有办法再拒绝。

钮度和司零的直升机离开后，宾客也陆续乘船离岛。到了很晚很晚，父母都已睡下，朱蕙子从酒店出来，打车到钮言炬的公寓。

一见面她就被他抱进房间，再多说一个字都是浪费时间。两年了，她离开之后，他一直一个人住在这里，从不回家。他没有办法顶撞相依为命的妈妈，这是他唯一的抗争。

朱蕙子蜷缩在钮言炬怀里号啕大哭，哭碎了他的心。

这个夜晚过后他们还是没有明确的未来。朱蕙子在天亮之前幡然醒悟，没等他醒来便离开了。

她离开港城之前，钮言炬没能再找到她。

一个月后，朱蕙子从司零那里听说了钮言炬离开天一集团的事。她心头一震："他要去哪里？"

"他谁也不说，"司零说，"只是告诉我，很快我就知道了。"

这个快，就是第二天朱蕙子从写字楼走出来之后，看到了站在门口的钮言炬。这天平城刚好下着雨，钮言炬撑着一把伞冲她微笑，让她生出一种错觉，仿佛回到了那一年的路城。

她走到他面前，急切地看着他："你来干什么？"

钮言炬将伞分给她一大半："来接女朋友下班。"

她忍住泪水："我听司零说，你离开天一了，你要去哪里？"

他摊开掌心："我不是在这里吗？"

"你……你要来平城？"

钮言炬走近她，近到吐息拂在她脸上："把你搞丢了，总要亲自来找回来吧。"

朱蕙子红了眼眶，带着哭腔说："可是你妈妈……"

"她已经同意了。蕙子，相信我，妈妈她不会再反对我们。"

"你跟阿姨说了什么？"

"都不重要了。蕙子，我希望你理解她，她用了两年才想明白。"钮言炬抱紧她，"也谢谢你还爱我，让我有机会把你找回来。"

朱蕙子终于破涕为笑，却难以置信："这是真的吗？"

钮言炬从口袋里取出一家生物技术公司的工作证，说："我会一边上班，一边准备考博，或许以后我们不一定会在平城，但我要必须有一个可以留在平城的资格。"

她惊诧地看着那张工作证："你……你什么时候想好的？"

"在你离开之后，"钮言炬说，"没有你的生活我过了两年，我一天都过不下去了。"

朱蕙子后怕了，又问："这是真的吗？"

"是真的，蕙子，从明天起，你每天都能见到我。"

"是真的吗？"

"是真的。"

她看了他一会儿，终于"哇"一声尖叫起来，冲进雨里肆意大叫。

钮言炬刚要追上去，就见她跑回来蹦到他身上，吻住了他。

一只手不够抱紧她，他终于扔掉伞，任凭雨水打湿。

在路城的那个雨季，他们第一次亲吻也是这样，两人撑着一把伞走在雨里，他低头为她整理围巾的时候，她踮起脚尖，飞快地亲了亲他的嘴唇。

朱蕙子最后一次问："这是真的吗？"

"是真的，"钮言炬不厌其烦地告诉她，"从明天起，每一天，你都会像现在这样被我亲吻。"

Special Episoder　0 3

少 年 的 玉 颜 花

　　司自清对着镜子打了半个小时的领结，怎么看怎么丢人现眼。他说服自己接受最后一个成品，理了理衣襟，放下双手，笔直地站在镜子前。

　　他系统地将自己再检查一遍——定制西装可真够矜贵的，衣服送过来的时候还有专人给他讲解穿法，连扣子都有讲究。不过，为了他唯一的女儿的婚礼，忍受这些繁文缛节又有什么关系呢？

　　除了那个有点丑的温莎结，就没有别的问题了。

　　司自清不会忘记最重要的事。他从皮夹里取出一张旧照片，梳着短发的女人奔跑在海岸边，像是被谁唤了，回眸一笑，刻映成画。那是某一年他带颜双去青城游玩时，亲手为她拍的。

　　他不得不承认，他的拍照技术没那么好，这张照片没有司零给他的那张好看。但，他当然有私心，他怎么会带着那张照片呢？那张照片里的她，那时还是别人的妻子。

　　今天的港城阳光明媚，气淑风和。一如司自清初见颜双的那天。

　　那年他十岁，穿着从爸爸那改来的旧衬衫和裤子，脚踩一双最便宜的塑料凉鞋，跟着妈妈到大户人家的宅院里做工。他负责给花园除草浇水，就在那片种满"玉颜花"的花圃里，他每天都能听见颜双朗诵诗歌的声音。

　　偶然一个下午，颜双发现家里做工的少年竟然背下了她朗诵过的所有诗歌。颜双扎着麻花辫，小脸通红地看着他："你……你怎么背得这么快？我都还没背会呢！"

　　司自清穿着开裂的塑料鞋，站在光鲜亮丽的颜家小姐面前显得很狼狈，但他挺直腰杆，毫不怯场，轻轻松松把那些诗又背了一遍，似乎在说"这有什么难的"。

颜双不服气，又问："那你知道这首诗是什么意思吗？"

司自清说不出来。

从那个下午开始，颜双便教他一起读书。后来，颜家父母发现此事，得知他上学要走几十里路，而他的父母交不起寄宿的费用，便慷慨帮他进城里的学校读书。

颜双小他一岁，他和她一起读书，一起长大。

"双，初中语文不只是诗歌，还有文言文！比诗歌更有意思！"

"双，我们开始学物理化学了，真的好难，我还是更喜欢语文和历史……"

"双，我考了全校第二名！我可以去一中读高中了！"

"双，高中物理化学真的好难，我一定不会选理科……"

"双！高考出成绩了！我可以去平城了！"

"……双？"

在那个领到大学录取通知书的下午，司自清最想告诉颜双，他一口气跑了五公里，见到的却是颜家紧闭的大门上查封的条子。就连花园里那片茂盛的"玉颜花"也被铲除干净，只剩残土枯枝。

司自清在城里打了一个暑假的工，只为尽可能多地打探颜家的消息。有人说他们逃去了很远的地方，对那时的司自清来说，这座小城之外都是远方。

开学前夕，母亲给他买了一双新鞋。"阿清就要去平城上大学了，可不能穿着一双破凉鞋！"

老天好像逼他忘个干净似的。颜双走了，玉颜花也没了；现在，他的塑料鞋也将成为过去，他也要离开这座小城了。

就这样，开学那天他穿着新鞋子，在月台拜别父母，带着心底那份隐忍的痛惜离开了家乡。

直到七年后，颜双的一封信出现在他面前——她没有署名，但他怎么会忘了她的字？他放下信就冲下楼去，就像七年前跑向她家那样热切，一步也没有慢下来。他一直跑到学校附近的一家咖啡馆，推开门，一眼认出坐在角落里的颜双。

她静静地坐在那里，笑靥一如当年灵动，轻轻道一声："好久不见。"

他们无声地对望久久，所有的排山倒海、翻天覆地都化作眼底隐忍的泪光。

"你今年毕业就留校了，你一定是全校最年轻的老师。"

"前两年还拿到公费出国留学，真了不起呀。"

"平城这么冷，怎么也得多买两件厚衣服……"

他才知道，这些年她一直都在关注着他。而她自己的故事呢，她不必说，坐在她身边三岁的孩子就已经够了。七年过尽千帆，可她一冲他微笑，他只看见那些藏在诗页里的年少。

他问："以后什么打算？"

她正哄女儿吃东西，明明无奈，眼神却无所畏惧："还是继续教钢琴吧，或许会回老家，这样乐乐上学也方便。"

司自清没有说话，回去之后彻夜辗转。他带她们母女在平城游玩了几天，终于在最后一天抓住颜双的手："留下来吧。"

"留在平城，我照顾你，照顾乐乐。"

之后的那五年，是他一生中最最幸福安乐的日子……

敲门声将司自清带回二十年后的港城。

司自清缓了许久，抬头看了眼镜子里花白头发的自己，才过去开门。门打开后，侍从向他欠了欠身："司先生，司小姐已经准备好了，您可以出发了。"

司自清点点头，侍从离开了。

司自清用手指把照片擦了一遍又一遍，轻轻道："双，我们走吧。"

他将照片装进前襟口袋，像是摸着她的手那样，郑重地压了压。

当他走进门里，看见他穿着婚纱的女儿，他整个人一震，湿了眼眶。

司零站在他面前左右摆了摆，笑着问："爸爸，你看我怎么样？"

司自清满腹经纶，却在这一刻哑然失语。他好半天才说出："……好看，好看……"

"爸爸，你的领带打得真难看。"司零说着就上手解开，重新给他打一个。

司自清都不会说话了："你、你什么时候会打领带了？"

"钮度的领带每天都是我打的，"司零抬眼一笑，手上继续熟稔的动作，"其实一开始我打的也像你这么丑，结果有一天无意间听见员工议论他的领带打得真难看，我才发现原来我打的是错的。"

"可是他还是愿意戴着你打的领带那么久。"司自清笑了。

司零最后把结拉紧，不经意瞥见司自清口袋里照片一角，顺嘴一问："爸，你口袋里装什么呢？"

司自清将照片抽出来给她看："你妈妈的照片。"

司零的动作顿住。司自清又说："女儿出嫁，可不能忘了带上你妈妈，让她也看一看。"

豆大的泪珠砸在精工的蕾丝手套上。"傻宝贝，今天出嫁，不许哭，"司自清强忍住泪水，努力笑着安慰她，"哭花了脸，人家钮度不要你了。"

司零破涕为笑，为的这句"傻宝贝"。二十多年了，这是她第一次听见爸爸这么亲昵地唤她。她点点头："好，妈妈也一起。"

该出发了。

司自清和司零一同坐进加长轿车，浩浩荡荡的车队驶向码头。

司零挽着司自清的胳膊，靠在他肩上，突然无助地说："爸爸，我好怕。"

司自清一贯严肃："人生很多时候都是一边害怕一边前进的，爸爸不能永远都陪着你，很快你也会有自己的孩子，你也会成为他们的依靠，到时候你就知道，你什么都不会怕。"

司零点点头，没作声。司自清低头看见她愁苦的小脸，他知道自己说的话听起来很像要抛弃她了。于是他说："可是在爸爸眼里，你永远都是小孩子，再怕都是应该的。"

司零更像个小孩子那样说："爸爸，以后我还可不可以回家啊？"

"怎么会不可以？"

"我是说，我想你的时候，我还能不能回家住啊？"

"哪有不能回家的道理，只要你想，爸爸就等你回来。"

"可是我听说，结婚以后就不能回家里了，父母会担心是不是我们夫妻吵架了，公公婆婆也会以为，外人也会觉得我们是有问题所以我才会想回家。"

497

"傻宝贝,"司自清抓紧司零的手,"你爸头脑简单,只要你说想回家,爸爸就只会高兴。"

司零像是得到惊喜一样笑了。

轮船出海,连海鸥都为她护航陪嫁。

一上岛,远远地就能看见花海般的婚礼会场。司自清感受得到,钮度为了这场婚礼倾尽心力,无微不至。

司自清一提步,却被司零扯住胳膊。她手心发凉,捧花都在抖。他压了压她的手:"别怕,爸爸在。"

脚下的红毯一直延伸到——她丈夫面前。

司自清就要带她踏出第一步,司零突然喊住他:"爸爸!我……我从来没穿过这么高的高跟鞋,千万——千万别让我摔倒……"

司自清笃定地回答她:"绝对不会,傻宝贝。"

司零终于挽着司自清的手走上红毯。

乐队奏响《婚礼进行曲》,漫天的花瓣雨和衣香鬓影的宾客们共同祝福这场爱情童话。司自清一步一步,将女儿的手送到了另一个男人手里。

那一刻他失去了一切,但他由衷地高兴。

钮度和司零开始念结婚誓词的时候,司自清将手放在心口的位置,轻轻压着颜双的照片。最后,钮度将一枚硕大的鸽子蛋推进司零左手无名指,低头与她拥吻。

在全场宾客的欢呼鼓掌中,司自清还压着那张照片,无声落泪。

——你看见了吗?女儿出嫁了,嫁给了一个很爱很爱她,愿意为她付出生命的男人。

Special Episoder 0 4

所有权

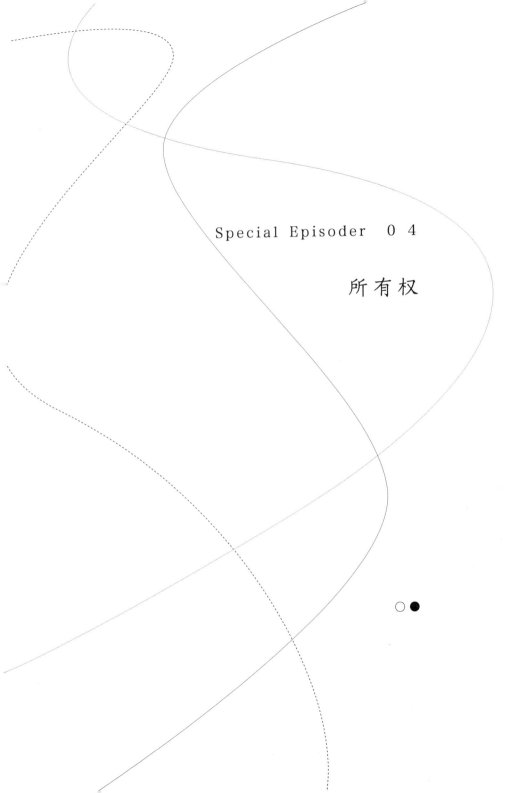

南亚某个项目启动仪式，钮度和司零都在受邀之列。

前往南亚的飞机上，助理 Winsy 告诉司零："先生说他可能赶不上启动仪式，尽量在慈善晚宴之前赶过来。"

司零不说话，Winsy 很少猜得透她的心思，只有她像现在这样露出小女生委屈的表情，Winsy 才知道。"亲爱的，先生不是故意不自己告诉你的，"Winsy 很认真，"听叶佐说，先生的手机一天二十四小时几乎都不在手上。"

"我知道。"司零嘟囔道。她自己都这样，何况他比她更忙。

"可你还是想故意生气，好让先生想办法哄你，"Winsy 简直刚从她脑子里钻出来，"谁让全世界只有你有这样的权利呢？"

司零好笑地看着她："好吧，想让他哄我是真的，可是，生气也是真的。"

此刻钮度正在邻国出差，在此之前的半个月，司零和他的行程被老天有意错开，家里那张床要么空着，要么只睡了半边。就算在公司，不是他开会就是她会客，哪里有机会造一个两人的伊甸园呢？

Winsy 抿住嘴没让自己笑出来，眼珠子一转，说："我记得前天午休的时候你去了先生的办公室，那天他可是在的。"

"我是去了，"司零承认，"可他已经睡着了，下午就要赶飞机出差，我不想吵他。"

所以，她就只是安静地趴在他的肩头，听着他微重的呼吸直到他醒来。

Winsy 开始认真替她委屈了："明白了，如果先生今晚能到，从晚宴结束开始，天塌下来我也不会去打扰你。"

到了目的地，在满场商界大佬之中，司零一如既往地瞩目。年轻貌美，头衔惊人，谁都很愿意同她多聊几句。

她的头衔——太阳生科主席，天一集团高管……没有一样与钮度扯上私人关系，这样自然有好处，不会有人拿有色眼光看待她是怎么年纪轻轻就坐上这个位子。

事实上，除了公司内部和家里人，没有人知道她和钮度的关系。

坏处还是有的，比如眼下这位——星展银行董事，钟扬先生，前来和司零搭话已经超过了十分钟，且越聊兴致越好。不得不说，钟扬说话很有艺术性，即便司零看得出他对她的惊艳——直白一点，一见钟情的惊艳，但他的言谈的确让她觉得有趣。

又是一位高段位少女心杀手啊。

如果不是主办方邀请司零入座，钟扬一定有办法继续这场聊天。

整个仪式钮度都没有出现。散会后来宾各自回酒店更衣，准备赴之后的晚宴。每位高管都安排了房间，钮度和司零各自分开，不仅分开，还因为是男女隔得很远。

日落之时，司零终于接到钮度电话："宝贝，我到了，现在从机场过去。"

司零刚好在换衣服，语气自然地就甜软下来："还有二十分钟就开始了哦。"

"我直接到会场。"

"还有谁跟你一起吗？"

"都是自己人。"

那么她终于敢撒娇："你知不知道我有多久没有听你这样全心全意地跟我一个人说话了？"

钮度低哑几分："今晚，你会听个够。"

司零站在镜子前，她看见自己在笑："我怎么知道，我和你安排的房间隔得超级远，我都不知道在哪里。"

他说情话的时候，总是声线灼热得烫红了耳根："只要想去，多远都顺路。"

司零想象得到正在开车的叶佐白眼一定翻上了天。她终于心满意足："好啦，我先换衣服，等你。"

挂下电话，司零从行李箱取出礼服。抹胸设计的高开叉鱼尾裙，Winsy贴心地给她准备了无肩带的胸衣。

可他这样的头等贵客，一定会被留下喝酒到很晚，那么，她可以先回房间洗澡……司零起身对上镜子，才知道自己还在笑。她以为跟他已算老夫老妻，可每一次等着见他的时候，还是这样令她心花怒放。

司零没有想到，当她穿着十一厘米的细跟鞋踏入会场时，第一个邀请她跳舞的人会是钟扬。跟钮度打了一通电话，她就忘了这个世上还有别的男人存在。

钟扬很礼貌，司零没有拒绝的理由。事实上她一直在找机会暗示一下自己并非单身，但钟扬说话段位不在她之下，她找不到合适的切口。

他的举止同他的言谈一样有涵养，无论是挽她的手或腰都非常客气，没有半点越距。

不像钮度，第一次跟她跳舞就攥着她的腰威胁道："我现在吻你的话，你跑不掉。"在钟扬将司零旋转一圈时，她出神地想。

真是做什么都能想起他。

司零旋转时，鱼尾裙上开衩的飘带轻盈飞旋，宛若仙女下凡带风，引来不少注目惊叹。钮度就是这样找到司零的。可他惊艳四座的仙女却是在别的男人怀里被注意到，这让他脸色有点难看。

叶佐凑到他耳边："星展银行董事钟扬。"

钮度转过来瞪了叶佐一眼："你开车为什么不开快一点？"

叶佐："……"

如果他能早到五分钟，哪里还轮得到别人牵她的手跳舞？

但之后，即便是钮度想也没了机会。他一进场便应接不暇，谁都想方设法和他说上几句话，哪怕留下丁点儿印象也能成为求之不得的商机。

司零就这样远远地看着高脚杯将钮度层层包围，他从容得一丝不苟，哪怕听到无趣的话也显得十分耐心和礼貌。

她决定先回去等他。

司零耐心地洗了一个漫长的澡。她刚敷好面膜，钮度终于发来消息：我过去了。

她靠着墙痴笑，赶忙去把面膜洗掉。

终于有人敲了她的门。

透过猫眼，司零看见钮度微醺的眼。她故意地问："谁呀？"

"来骚扰你的醉鬼。"他毫不犹豫这么答。

司零低头偷笑，按下扳手。钮度一进门，司零站在门后，明知是废话却还是问："怎么知道我房号的？"

他将她抵到墙上，吮吸她颈间的香气，声音都哑了："一间间敲过来。"

她笑："不怕得罪人？"

"得罪遍都不要紧。"钮度扣住她的腰往自己身上压，她听到他低低地哼了声，像一头蛰伏醒来的野兽。

跟他滚烫的酒气并不好闻，但她好喜欢。她勾住他的脖子："一身酒气，还一身汗，要不要先洗个澡？"

钮度从司零颈间起来，放肆地笑："我就是来弄脏你的。"

她听得浑身发痒，却娇娇嗔嗔骂："流氓。"

"是啊，"钮度好愿意承认，"没本事在外面跟你跳舞，只好来这里对你耍流氓。"

不等司零说话，钮度用力地压住了她的唇。他蛮横而粗鲁地绞着她的舌头，简直不是吻，是要吃了她。

"宝贝，等下我再洗澡好不好？"听起来像请示，可钮度已将她压到床上。

很久之后，钮度终于肯倒下来睡觉。

两人睡得死沉，竟连清早的闹钟都听不见。闹钟不肯死心地连续轰炸了十分钟，终于将司零弄醒。关掉闹钟，司零回到钮度怀里，温柔地唤："该起床啦……"钮度不动，她伸手捏紧他的鼻孔，没等几秒，他不得不"呼"地张开嘴呼吸。

钮度睁开一条缝，看见司零傻笑的脸："该起床啦。"

他压下她的脑袋："十分钟。"

司零贴着他心口，换上更清楚的嗓子："有个做天然气生意的巴西人想见你，他说他只需要二十分钟，我觉得你的早餐时间刚好合适，你同意吗？"

钮度缓缓睁开眼："他单独找你的？"

"对，怎么了？"

他似乎很满意："他很有眼力。"

司零抬头起来看他，钮度一笑："知道找你来吹枕边风。"

"你这么一说，我才发现……"这还真是找她当中介的第一人。

"好了，"钮度捏了捏她的鼻子，"冲这份眼力，我怎么也得见见他。"

司零捡起钮度掉落的衬衫，穿上去洗漱。不久后门铃响起，两人相视一眼，司零问："你叫早餐了？"钮度摇头，穿好了裤子，过去开门。

司零没听清他和来人说了什么，门关上后，钮度捧着一大束玫瑰花回来了。司零从浴室出来，靠在门边看他："哇？你什么时候叫了花？"

钮度脸色不好，把花塞到她怀里，冷哼一声走了："我哪有空？"

司零没明白他的反应，低头见到花里插了张卡：

能否请你一起用早餐呢？——钟扬

司零："……"她抬头，钮度正站在镜子前抓头发，表情显然是生气。

司零放下花，到他身后抱住他，又乖又嗲："生气啦？他又没跟我说什么，都是在谈工作，我总不能……"

"我不是气这个，"钮度微偏头，声音都重了，"什么阿猫阿狗都敢来找你了？"

堂堂星展董事，竟被他说成阿猫阿狗……也是，在钮度大帝口中叫谁阿猫阿狗，那也是只能受着。

司零扑哧一笑，亲了亲他裸露的脊背："人家也是不知道嘛，就算事先打听，昨天到场的又没几个人知道我和你……"

"就是这个问题。"钮度猛地转过身来，攥着司零肩膀，凶神恶煞，"我认为我有必要宣示一下对你的所有权。"

"你要干吗？你……钮度……"

504

钮度拽着司零往前走，他一把掀开窗帘，推开落地窗，走出阳台。司零身上还穿着他的衬衫，一双腿光洁外露，而钮度上身赤裸，只穿了长裤。

楼下一侧便是酒店景观台，远处是沙滩，这个点已有三三两两的人。

司零就这样被他架上护栏，被他疯狂又放肆地吻了。

她听见远处有人尖叫，她预见到了几分钟后港城娱乐头版头条……

现在真的是天王老子都管不了他了。

果不其然，之后，他们人还没走出酒店，已有港媒爆出大写加粗的头条——天一主席钮度与女友缠绵一夜，早晨酒店阳台大秀恩爱！

这当然不是什么好事，可有谁敢说钮度半个"不"字呢？

至少从今天起，全世界都知道，司零是谁的女人了。

Special Episoder　0 5

钮太太

司娘娘后援会 46 楼分会：

"重磅！大帝和司娘娘在会议上吵起来了！"

"大帝会跟司娘娘吵架？我不信。"

"不要搞标题党好不好？大帝和司娘娘在会议上有分歧，各执一词，司娘娘反对大帝，说到最后谁也没妥协，司娘娘就先走了。"

"我的天哪，这是什么神仙夫妇打架的绝美场面！"

"别说了，刚才吵的时候他们两个人脸上都没表情的，我们在一边都不敢喘气！"

"唉，大庭广众之下耍威风，回家还不是要跪搓衣板。"

"等不到回家了！大帝刚刚进了司娘娘办公室，你们猜他多久出来？"

"……"

二十分钟后，钮度一把将司零拉回怀里，吐息还未平复："怎么还生气？"

"我本来就没有生气，"司零搂住他的脖子，说实话，"我们意见不同是正常的，只是……"

"只是我最近的确和你沟通不够，"钮度撞了撞她的额头，"对不起宝贝。"

她觉得有点委屈："你知道就好。"

"所以我马上下来找你沟通了。"

司零看了眼他松开的裤腰："你就是这样沟通的？"

他好理所应当："这是你独有的最直接有效的方法。"

最后到底是谁妥协，钮度抱她进休息室前就已经有结果了。司零

508

笑着为他穿上衣服，问："晚上一起吃饭吗？"

钮度低头看见她期待的眼神，揪着心回答："晚上……有官员跟我约了吃饭谈点事。"

她轻轻"噢"了一声，习惯了，继续给他系扣子。钮度裹紧她的手："我早点回家。"

"没关系，说不定你比我早到家，我还在加班。"

他知道她不高兴了，好声好气哄："求你了，钮太太，在家等我，我一定早回来陪你。"

司零终于抬头冲他笑，一边抹掉他嘴角残余的口红，一边道："好。"

着装整齐，两人从休息室出来，司零直接坐回办公桌旁，没有要送他的意思。钮度经过她办公桌时顿住，司零瞧见他皱着眉，问："怎么了？"

钮度说："这张照片不够好。"

司零看向桌角相框里他和她的婚纱照，好笑道："哪里不好了？"

"这张我不够帅，"他看上去介意极了，"你换成我桌上那张吧。"

司零哭笑不得："你快出去啦！"

钮度前脚走出门，八卦群后脚炸锅——"姐妹们！看见了吗！大帝进去的时候西装外套是扣着的！现在开了！开了！"

……

夜幕落下，钮度外出应酬，司零吃完 Winsy 送来的晚餐，继续待在办公室加班。

惊喜就这样悄然降临。电脑邮件提示音响起时，司零正低头看一份报表，Winsy 就站在边上等着，她当然要把问题圈完退给她，才能看她的邮件。可她不经意抬眼一瞥，让她就此忘记全世界。

图像信息最抓人眼球，司零一眼就看见了那张盾牌上的 E 国国徽……

钮度如他承诺的那样，在十点之前回到了家。他一进门就被妻子勾住脖子，他搂着她的腰问："这个点到家，钮太太满意吗？"

他身上酒气很重，但喝再多也面不改色。司零吻着他滚烫的耳根，笑道："给你煮了汤圆——来。"

司零牵他的手到餐桌坐下，钮度立马舀起一团入嘴。司零撑着脑袋看他吃，眼神一如初见般惊喜。钮度也看向她，说："除了汤圆，你还有惊喜要给我？"

"我又写在脸上了？"

"每次你有开心事的时候，眼睛里总是不停地闪着'快猜猜看那是什么'。"

司零笑了："那你猜猜看那是什么？"

钮度一口气把碗里的汤圆和姜汤吞见得底，才说："求你了，钮太太，我现在只想在你说完之后说一句'哇真棒'然后抱你上楼。"

"那好吧，"司零正襟危坐，神乎乎地凑近他，"——我要当你的学妹啦。"

钮度似乎没反应过来，司零没趣地瞪了他一眼，打开手机邮件推过去："喏。"

——兰顿理工学院的博士录取通知书。

不久前，司零向钮度透露了想要离开天一去读博的想法，他无条件地支持她。从商并非她所愿，名利场也不是她的归宿，从那些恩怨和执念中解脱之后，她不过是想回到那些大大小小的玻璃容器堆里，做一架人与自然的桥梁。

钮度久久才从屏幕上抬头："你什么时候申请了 IC？"

"我当然不敢告诉你了，"她的音量一下提高了几个分贝，"要是没有收到 offer，我会一辈子在你面前抬不起头的。"

钮度懊悔地看着她："对不起，最近真的太忙，我都忘了问你申请结果。"

"这是第四个 offer，前面是普林斯顿、加州理工还有牛津，"司零抓住他的手，"可我一直在等你的 IC。"

钮度如梦初醒，开始讲英语："等等，你放弃了牛津？"

司零眉毛一挑，也讲美语："你知道这意味着什么吗？"

"意味着你为了 IC 放弃了在霍格沃茨上学的机会？"

"你知道这又意味着什么吗？"

"意味着和做你丈夫的学妹相比——噢，去他的霍格沃茨？"

她百分百满意丈夫的回答："那么，对你的新角色感觉如何？"

钮度想不出更惊艳的词："再好不过了！"

司零好笑地学他："——better？"

"没错，忘掉那个该死的'r'，永远别再把你的舌头卷起来。"钮度拍着手，一下子站起来，看上去像个就要上台板书的英语老师，"这还意味着等你从 E 国回来，我就再也不用听你的 M 国口音了，这简直太好了！"

用普通话对话是两种口音，用英语对话还是两种口音。

司零第一次认真觉得他醇厚的腔调真要命的性感。她双手托腮，花痴相望他："所以其实你忍了很久？"

钮度真的像个英语老师那样头头是道："我还要提醒你，pants 在 E 国专指内裤，答应我，除了商店店员你绝不会向别人说起这个词；还有，在兰顿市你穿得最多的衣服一定是 jumper，千万别说 sweater，你一定买不到什么好衣服；噢，对了——忘了你的 absolutely，你很爱用这个词，拜托！"

"absolutely 做错了什么？"

"试试看 definitely？"

司零笑答："听你的。"

"好吧，其实这些都不是最紧要的，"他在她面前来回踱步，简直是兴奋不已，"从现在开始你什么都不用管，我会帮你安排联系所有的事，没人比我更合适也没人会比我办得更好——房子你更不用担心，我那间公寓一直都没有卖，步行十五分钟就能到学校。"

"嗯哼，学长当得够称职的。"

"你一定会喜欢那里的，学校里种满了银杏树，和平城一样，"钮度重新坐下来，将妻子双手裹进掌心，"学校周围都是博物馆和剧院，你随时可以去听小提琴演奏。"

司零凝望着他："你真的很喜欢那里。"

"我的高中也在那附近，我在那里待了超过七年。"

"这就是我选择它的原因。"司零说完，钮度一怔。她凑上去吻了吻他，才接着说，"我想去看看三十岁之前的钮度生活的地方，我从来都不认识他，可我真的很想看看他是什么样……"

她转着眼珠子幻想："所以我每天都会经过你打球的地方，你那时候的女朋友可能也是走我每天走的路，就为了看你一眼。那么——你还记得你们第一次接吻的地方吗？"

钮度一声嗤笑，故意道："你是说和哪一个？"

"——喂！"

钮度将司零抱到大腿上，肯定地说："钮太太，相信我，你的博士生活一定很美好。"

司零勾住他的脖子，认真难过："可是钮先生，我们刚刚结婚，我就要离开你两三年了。"

"钮太太，我爱你，所以我要让你做自己。"

他们对望片刻，吻住了彼此。

"所以以后我要叫你学长了？"司零在他耳边呢喃，"是不是感觉自己年轻了好几岁，和我一样？"

钮度抱着她起身："在那之前，我想先贯彻一下丈夫的职责。"

……

E国九月开学，和平城没什么不同。钮度推掉所有行程，也不带任何助理随从，亲自扛着老婆大包小包的行李，用专机送她上学。

不巧的是，费励的婚礼在司零开学的第二天。他气得跳脚，在电话里骂骂咧咧："你他妈就是故意的！怕见到我老婆比你老婆美，让你无地自容！"

在飞机上，司零给钮度看费励的婚纱照，他笑了："很漂亮，看起来年纪不大。"

"是他一个本科刚毕业的学妹，"司零哭笑不得，"有一次他回学校办事，在学校里骑着电驴把人家撞了，好家伙，这一撞还撞来了个老婆。"

"看起来像是学艺术的。"

"钮先生，你是不是早就打听过了？"司零惊讶地看着他，"没错，是学美术的，费励撞坏了她好多画，她当场哭得哦，只怕把费励的心都哭碎了。"

钮度笑了："我还以为……"

"以为什么？"

"没什么。"

司零替他说了出来："你以为他会找一个很像我的女孩。"

钮度道歉："是我小心眼了。"他主动问："他们最近好吗？"

她知道他问的是 CR。司零往他怀里一靠，如数珍宝："阿瀚现在已经是专利费千万的大佬了，最近和老七一起在做国防项目。高长宁前两个月刚从南美回来，和一支国家地质勘探队一起去了西藏，他好像是个不婚主义者，不过啊，旅途上有的是愿意给他投怀送抱的小姑娘。还有一个不能告诉你名字的警察，东北边境的深山里一连几起命案都很蹊跷，他在那里乔装潜伏了一年，刚刚成功把凶手一网打尽……"

钮度看着她发光的双眸说："每次说起他们，你都很高兴。"

"是啊，"司零笑了，"虽然不见面，也不怎么联系，可是只要知道我们都活在同一片天空下，不忘初心地活着，继续奋斗着，就很好了啊。"

——继续为人类之福祉而奋斗。

钮度把司零身上的毛毯拢了拢，将她抱紧："钮太太，你知不知道你让我很心动的是什么？"

司零睁大眼望他："是什么？"

"你好真实，好坦荡，"他抵着她的额头说，"很多人活着如履薄冰，而你一往无前。"

司零哭笑不得，神色一敛："我就不一样了，我爱你纯粹是因为你长得帅而已。"

钮度看上去失望极了："真的？"

"当然是真的了，难不成喜欢你一开始说话贱兮兮的，还那么爱欺负我——啊——哈哈哈哈哈，你别抓我！别抓我！哈哈哈哈哈……"

"你再说一次。"

"你看你看，我都说了你喜欢欺负我，你还不承认——哈哈哈哈哈——求你了，别抓我——飞机会晃啦！我不要再跟你跳一次伞啦！"

……

钮度陪司零在兰顿待了一周，为她安顿好一切，像个操碎心的家长。

临别前夜，司零委屈巴巴地哭："钮先生，我们就要开始异国恋了。"

钮度给她下命令："你的婚戒无论如何都不许摘掉。"

"我干吗要摘啦？可是为什么？"

他看上去难过极了："IC 被称作和尚庙，男人太多了。"

"哈哈哈哈……"司零翻身压住他，"所以你要常来看我，让别人都知道，我是有夫之妇。"

所以，之后的一年，钮度除了到欧洲出差都会绕到兰顿以外，还常常在港城和兰顿之间往往返返。

第二年司零读博士二年级，钮度受到兰顿理工学院的邀请，到商学院讲课。到了上课时间，司零匆匆从实验室赶到时，看到的是走廊上排成长龙的学生，教室已经爆满，他们仍不死心地往里挤。

她最后也没能挤进去。她就在一墙之隔的门外站了两个小时，听她最熟悉的声音。好不容易等到下课，他却被同学们里三层外三层地围住问个不停。

司零离开教学楼，找到钮度的车，倚在门上等他。晚上他还有饭局，而她还要做实验，他们要到十点之后才能见面。可现在她一刻也等不了，一刻也不。

司零穿着单薄的风衣，双手藏在兜里，右手攥着一支管状物，不停地拿指甲抠。

天气并不那么冷，可她整个人都在发抖，她知道自己现在六神无主。

直到她的丈夫终于向她走来。

钮度一身颀长大衣，站在她面前，温然而笑："这位同学有问题问我？"

"有。"司零没好气儿，她站直身子还是没到他下巴，整个人看起来弱小可怜又无助。她几乎是在抱怨："丈夫把我肚子搞大了，可是我还没毕业呢，教授看看这事儿怎么办啊？"

钮度瞳孔骤缩，还没反应过来，司零掏出右手将验孕棒塞到了他手里。

——鲜红的两道杠。

钮度一把抱住司零，几次张嘴才终于发出声音："钮太太，这是真的吗？"

"是真的，钮先生，"司零带着哭腔说，"你要当爸爸了。"

她看见他也红了眼眶，过了很久又问一遍："宝贝，我——对不起，我高兴过头了，你能不能再告诉我一次，这是真的？"

司零第一次觉得他是这么的傻乎乎，她重复："是真的。"

在钮度放声呐喊前，司零严正声明："我先声明，宝宝一定要学平城普通话，你的普通话真的太差了！"

"好。"钮度的嘴角弧度很夸张。

"我还能教希河语呢。"

"那我再教 X 国语。"

"……那我教空手道！"

"我可以教击剑。"

"我再教书法。"

"那我教油画。"

"那我再——哎哟……"

"怎么了，钮太太？"

"肚子突然好痛哦。"

"怎么会痛？有多久了？"

"十二周了……"

"走，我带你去医院。"

宝宝：听说我要学的太多，表示一下抗议，爸爸妈妈别太紧张……

图书在版编目（CIP）数据

太阳为你加冕：全2册／米狸著 . -- 南京：江苏
凤凰文艺出版社， 2021.11
ISBN 978-7-5594-5399-0

Ⅰ . ①太… Ⅱ . ①米… Ⅲ . ①长篇小说 - 中国 - 当代
Ⅳ . ① I247.5

中国版本图书馆 CIP 数据核字 (2021) 第 188109 号

太阳为你加冕 ：全 2 册

米狸 著

责任编辑	周颖若	
特约编辑	马春雪　夏君仪	
装帧设计	仙境设计	
责任印制	刘　巍	
出版发行	江苏凤凰文艺出版社	
	南京市中央路 165 号，邮编：210009	
网　　址	http://www.jswenyi.com	
印　　刷	天津旭丰源印刷有限公司	
开　　本	880 毫米 × 1230 毫米 1/32	
印　　张	16.5	
字　　数	490 千字	
版　　次	2021 年 11 月第 1 版	
印　　次	2021 年 11 月第 1 次印刷	
书　　号	ISBN 978-7-5594-5399-0	
定　　价	59.80 元（全 2 册）	